30.03.97.

HEYNE BÜCHER

SCIENCE FICTION

Herausgegeben
von Wolfgang Jeschke

JEFFREY A. CARVER

TACHYON

Roman

Deutsche Erstausgabe

Science Fiction

WILHELM HEYNE VERLAG
MÜNCHEN

HEYNE SCIENCE FICTION & FANTASY
Band 06/4658

Titel der amerikanischen Originalausgabe
THE INFINITY LINK
Deutsche Übersetzung von Kurt Bracharz
Das Umschlagbild schuf Michael Hasted

Redaktion: Wolfgang Jeschke

Printed in Germany 1990
Umschlaggestaltung: Atelier Ingrid Schütz, München
Satz: Kort Satz GmbH, München
Druck und Bindung: Elsnerdruck

ISBN 3-453-03925-4

Mildred Sherrick Carver
und Robert D. Carver
in Liebe gewidmet

Inhalt

Danksagung

In den nahezu sechs Jahren, die vergangen sind, seit ich mit der Arbeit an diesem Buch begonnen habe, wurde mir emotionelle, kritische und materielle Unterstützung aus einer Vielzahl von Quellen zuteil. Im folgenden zähle ich einige von den Menschen auf, die mir geholfen haben, die einen ein wenig, die anderen sehr viel, manche vielleicht auch mehr, als sie selbst glauben.

Robert und Carol Carver haben mich ermutigt und mir weit mehr geholfen, als sie verpflichtet gewesen wären; ohne ihre Hilfe würde ich wahrscheinlich dieses Manuskript in Keilschrift verfaßt haben; Charles und Nora Carver; Nancy Thompson; alle Sherricks; Allysen Palmer; Crystal Nash; Jane Sleamaker; Helen Haggerty; Ken Winans; Gene und Kate Soccolich; Pam Fink; Janet Moore; Kathy Vaillancourt; Cynthia Haring; Claudi Metz; Leslie Smith; David und Betty Holloway; Robert und Cindy Clancy; Marty Clark Rich; Diane Duane; Jane Yolen; Joan D. Vinge; und der pelzige Bursche, der auch immer da war: Sam.

Weiters möchte ich allen Mitgliedern der Schreibgruppe herzlich danken, Jane Jewell und Mary Aldrige eingeschlossen; und besonders Craig Gardner, Richard Bowker und Victoria Bolles, die sich laute Lesungen des Manuskripts über einen Zeitraum von vier Jahren hinweg angehört haben und dank deren ausgezeichneten Vorschlägen und einfühlsamer Kritik ich praktisch jeden Abschnitt des Buches verbessern konnte.

Dr. Gerald Feinberg und Dr. Robert Forward unterstützten mich mit technischen Ratschlägen bezüglich der Tachyonen. Ich habe ihre Ideen für meine eigenen Zwecke verändert angewendet, und eventuelle Mißverständnisse dürfen nicht ihnen, sondern nur mir zu Last gelegt werden. Ebenso danke ich Vernor Vinge für seine Gedanken über Künstliche Intelligenz.

Zuletzt möchte ich meinem Agenten Richard Curtis meinen Dank aussprechen, auch dafür, daß er nie die Hoffnung verloren hat; und ganz besonders danke ich Jim Frenkel, der das Buch zweimal lektoriert und nun veröffentlicht hat, weil er nach der Lektüre eines 18-Zeilen-Exposés an diese Geschichte glaubte und mir nur seinen Enthusiasmus und seine unglaubliche Energie beim brain-storming ermöglicht haben, es überhaupt zu Ende zu bringen.

Ich danke Euch allen.

Jeffrey A. Carver
Cambridge, Mass.
April 1984

ERSTER TEIL

MOZY

Vorspiel

Der Wanderer glitt dahin durch Raum und Zeit, segelte auf einem Ozean aus Finsternis, in dem die Sterne glänzten wie Laternenfische. Aufmerksame Beobachter hätten sehen können, wie er ständig aus dem Blickpunkt verschwand, schmolz und sich wieder kristallisierte — gerade noch hier, jetzt schon da, immer ein ganz klein wenig woanders, als das Auge ihn gerade suchte. Allerdings zog er seine Bahn meist unbeobachtet. Der Raum war riesig und das Leben hier nur sehr dünn gestreut in Entfernungen von vielen Lichtjahren.

Der Wanderer war aber nicht allein. Trotz der Entfernungen, trotz der Zeit entstanden immer wieder Verbindungen mit anderem Leben. Aus seinem Kern brachen Tachyonen nahezu mit Lichtgeschwindigkeit hervor und übermittelten Nachrichten, Grüße oder Gesänge. Eine neue Welt lag vor ihnen, eine Welt, die sie zwar nicht sehen, aber fühlen konnten, eine Welt, von der schließlich eine Antwort gegeben wurde. Ob irgend jemand ihre Gesänge verstehen konnte oder doch wenigstens mit einem eigenen antwortete, blieb unklar. Aber was zählte, war die Existenz einer Antwort und ihr Tonfall des Willkommens.

Zeit verstrich und eine Unzahl neuer Lieder wurde gesungen. Als der Wanderer näherkam, konnte man beobachten, wie ein Botschafter von der Bestimmungswelt ausgeschickt wurde. Er verließ das Schwerkraftfeld seiner Sonne und stieg auf zum Wanderer, wobei er eine kleine, aber hochenergetische Flamme ausstieß, während er den Abgrund des Raums durchquerte.

Weit außerhalb der Umlaufbahn selbst der düstersten und einsamsten Planeten dieses Sterns trafen die beiden Körper aufeinander. Der eine bewegte sich in einer langsamen und vorsichtigen Kurve, der andere in einer schimmernden Welle — angezogen wurden sie voneinander durch wechselseitige Neugier und das Angebot eines Gesanges.

1

Die Dunkelheit war schmerzlich. Die Zeit kroch in diesem Wartezustand wie eine Schnecke. Sie schwebte in einem Medium, das vor Energie surrte, und sah spinnwebartige Gestaltungen, die ihr einen Ausweg aus dem Dunkel versprachen. Jede Bewegung schmerzte sie.

Wie würde es diesmal sein?

(Sequenzbeginn), murmelte eine Stimme.

Richtungszeichen fuhren über sie hin wie feine Fäden.

Rubinfarbene und goldene Stecknadelköpfe schwammen in der Dunkelheit und verwandelten sich in bleiche Scheiben. Als ihr Partner erschien, berührte sie ihn als Begrüßung. Zwei Gestalten aus Licht, erwarteten sie zusammen den Moment der Transformation. Dann kam er endlich: ein Teilchenschwarm, der sie einhüllte und zu kristallinem Feuer gerinnen ließ. Das Feuer umwaberte sie und zog sie vorwärts in einen Tunnel, hin zum Projektionspunkt. Nachtschwarze Dunkelheit verschluckte sie.

Ein Zeitabschnitt, dessen Dauer man nicht messen konnte, verging.

Mozy war todmüde. Sie sah sich um. Sie stand mit Kadin auf einer Waldlichtung. Sie hatten einen unsäglich weiten Weg hinter sich, und ihre Müdigkeit machte ihr das Denken schwer.

»Es ist eine Zeit der Magie«, sagte Kadin, »eine Zeit lange vor der Menschheit. Lange sogar vor den Anfängen der Menschheit.« Kadin sah sie aus seinen tiefdunklen Augen an, so als hätte er damit alles erklärt.

Sie schüttelte den Kopf und versuchte, gegen ihre Ermüdung anzukämpfen. »David, wovon sprichst du überhaupt?« Sie seufzte. »Wir müssen rasten.« Sie sah sich nach einem weichen Grasfleck um. Alles Grün sah irgendwie – kryptozoisch aus, könnte man vielleicht sagen.

Alles voll Farn und seltsam aussehender Moose. »Wie weit sind wir eigentlich gekommen?« Erinnerungsfetzen gingen ihr durch den Kopf – Eishöhlen, Wüsten, Canyons – Bilder wirbelten durcheinander.

»Wir sind in den frühen Jahren des Planeten, Mozy. Wir können nicht rasten. Wir müssen den Zauber benützen, solange er noch funktioniert.«

»Die frühen Jahre des Planeten?« Sie blieb stehen. »Willst du damit sagen, daß wir durch die Zeit gereist sind?«

Er lächelte. »Du bist wirklich müde, nicht wahr?«

Ja. Hatten sie wirklich all diese Länder durchquert?

»Mozy, hör mir zu – und versuch zu versehen! Magie ist eine Kraft, die es auf der Erde immer gegeben hat. Sie tritt in Wellen und Zyklen auf, die sich durch die Erdgeschichte bewegen. Zu manchen Zeiten ist sie sehr stark, zu anderen unterdrückt, und manchmal äonenlang vergessen.«

Mozy hörte ungeduldig zu.

»Hör mich bitte bis zum Ende an!« sagte Kadin. »Während des größten Teils der menschlichen Geschichte lag die Magie in einem Schlaf, denn sie wird von Logik und menschlichem Denken unterdrückt. Aber später, am Ende der Zeit der Menschen, kommt sie wieder hervor. Das ist es, wohin wir gehen müssen. Wir sind in der falschen Zeit, Mozy. Wir müssen auf dem Wellenkamm der Magie den Zeitstrom hinunterreiten, bis wir genau jenen Punkt erreichen, an dem es möglich ist, in unsere eigene Zeit zurückzukehren.«

Er sprach mit einer verrückt machenden Selbstsicherheit.

»Du mußt mir vertrauen, wenn wir wieder heimkommen sollen«, sagte er sanft, zuckte die Achseln und schaute weg.

»Ich vertraue dir ja«, murmelte sie. Waren sie denn nicht bis hierher gekommen, hatten sie nicht durch ihre Zusammenarbeit so lange überlebt? Natürlich gab es immer noch Zeiten, in denen sie fühlte, daß sie nicht wußte, wer dieser Mann eigentlich war — und andere, wo sie geschworen hätte, daß sie ihn schon seit jeher kannte.

»Nicht nur mir mußt du vertrauen, sondern auch der Magie.«

»Was für einer Magie?« fragte sie ärgerlich.

Er lächelte wieder. »Zuerst ein kleiner Zauber — hier und jetzt, wo die Kräfte nicht voll ausgeformt sind. Aber später dann ein wirklich kraftvoller Spruch.« Sie bemerkte unter seinem Lächeln seine Vorsicht, vielleicht sogar eine düstere Ahnung.

Mit einem Seufzer gab sie nach. »Also gut. Was tun wir jetzt?«

»Bleib ganz nahe bei mir!« Er drehte sich um und schaute in den Wald. Er sprach mit sanfter Stimme eine Reihe seltsamer, verworren klingender Silben, dann griff er nach ihrer Hand. Ihre Hände schimmerten, als ihre Finger sich berührten und der Zauberspruch zu wirken begann: Schatten kreuzte Schatten, wo sich ihre Hände berührte, Dunkelheit auf Dunkelheit, kein körperliches Gefühl einer Berührung, aber die Anwesenheit seiner Finger, die sich mit der Anwesenheit ihrer Finger verband. So miteinander verbunden, gingen sie in den Wald hinein ...

Oder in das, was Mozy für einen Wald gehalten hatte.

Der Wald erschauerte und verzerrte sich merkwürdig. Vor ihnen öffnete sich ein Pfad, der von purpurnem und grünem Licht düster beleuchtet wurde. Bäume zuckten vorüber, als seien sie aus Papier ausgeschnittene Figurenketten. Der Wald tanzte gegen den Himmel hinauf und schien sie wie ein Schlauch zu umfließen, während sie gingen, er wich vor ihnen zurück und schloß sich hinter ihnen wieder. Über ihren Köpfen flirrte das Laub, und Sonnenlicht brach in spektralfarbenen Kaskaden durch die Baumkronen. Nur Kadin an ihrer Seite blieb unveränderlich, seine Anwesenheit und seine Berührung schützten sie gegen ihre Angst. Schneeflocken fielen in ihre Gesichter und glitzerten abwechselnd mit dem Aufblitzen der Sonne und dem Grün und herbstlichen Braun.

Die Zeit um sie herum lief wie verrückt.

Bevor sie Atem fassen konnte, um eine Frage zu stellen, fiel der Wald plötzlich zusammen wie eine abgestreifte Haut und sie erblickte einen windgepeitschten Gletscher.

Und die Sonne erlosch.

Jonders verfolgte die Bilder hochbefriedigt. Alles wies darauf hin, daß die Transition problemlos erfolgt war, und daß die Subjekte sehr gut auf die Testsituation ansprachen.

Mit einigen präzisen Einstellungen fokussierte er die Monitore auf das weibliche Subjekt. Er wollte genauer feststellen, wie weit sie sich auf die Magie einließ ... wenn er nur dieses Bild verbessern könnte, ohne dabei in die Sache selbst einzugreifen.

Sie gingen lange Zeit in der Dunkelheit dahin und hörten als einziges Geräusch die trockene Erde unter ihren Füßen knirschen. Manchmal tauchten Sterne in der Finsternis auf, gelegentlich flackerten auch am Horizont Lichter. Sie fühlte, ohne zu wissen, wie, daß hier die Lichter der Menschen auf der Erde flackerten, das Licht lebender und sterbender Städte.

Die Zeit griff nach ihnen wie ein Wind, sie spürten sie auf der Haut. Geflüster wurde von diesem Wind mitgetragen — die Geräusche der menschlichen Zivilisationen, entstehend, wachsend und vergehend, zu schnell, als daß sie mehr davon hätten sehen können als einen Schimmer am Rande der Dunkelheit.

Sie schritten weiter dahin.

Schließlich zeigte sich etwas wie eine Dämmerung in dieser Dunkelheit und Mozy konnte wieder Umrisse von Dingen erkennen, zuerst noch vage, dann immer deutlicher. Sie waren wieder in einem Wald, diesmal ein Wald aus riesigen Bäumen mit knotigen, an muskelbepackte

Arme erinnernden Ästen. Zwischen den Bäumen glaubte sie Bewegungen zu erkennen. Und war da nicht noch ein Geräusch außer dem ihrer eigenen Schritte?

Die wirkliche Dämmerung kam erst später, bleiches Licht sickerte durch die Baumkronen und veränderte sich allmählich zu einem frostigen Rosa. Sie konnte jetzt tiefer hineinsehen in den Wald und erkannte, daß er unfaßbar alt sein mußte. Die Bäume waren so massiv und ungeheuer groß und vollkommen bewegungslos, als seien sie aus Stein gemeißelt. Selbst der Himmel schien uralt, soweit sie ihn überhaupt in dem schmalen Spalt über ihnen sehen konnte. Hinter ihr hörte sie jetzt eindeutig Geräusche und sah zweimal etwas Großes, Bärenhaftes, in einigem Abstand zwischen den Bäumen herumschnüffeln. Sie vermutete, daß eine ganze Anzahl von Kreaturen ihnen in einem Halbkreis durch den Wald folgte.

»Was sind das für welche?« fragte sie, als sie die Ungewißheit nicht länger ertragen konnte.

Kadin warf einen Blick zurück auf ihre unsichtbare Eskorte. »Die Erben des Planeten Erde, schätze ich.«

Sie nickte und verfiel für eine Weile in Schweigen. Dann sagte sie: »Sind sie gefährlich?«

Nach einer langen Pause antwortete er: »Ich möchte es eigentlich nicht ausprobieren.«

Mozy beschleunigte instinktiv ihren Schritt.

Zeit verging und der zeitlose düstere Wald wurde von einem fiebrigen Glühen erfüllt. Der Waldrand kam in Sicht, und als sie ihm näherkamen, trieb Kadin sie an, auf die Quelle dieses Glühens zuzueilen.

Am Waldrand machten sie dann eine Pause, inmitten eines Holzbruchs zersplitterter und abgebrochener Bäume, und starrten auf die ausgedörrte Ebene hinaus, die vom Licht einer monströsen Sonne blutig erleuchtet wurde. Die Ebene war vollkommen flach mit Ausnahme einer Felsklippe, die sich ungefähr eine Viertelmeile von ihnen entfernt wie ein gekrümmter Finger in den Himmel reckte. In dieser ganzen Einsamkeit bewegte sich nichts außer dem flackernden Rand der Sonne, die links von dem Felsen allmählich unterging.

»Sogar die Sonne sieht aus, als sei sie im Sterben«, sagte Mozy.

»Sie ist alt«, sagte Kadin, »aber sie wird erst lange Zeit nach dem Tod der Menschheit erlöschen.«

Seine Worte schlugen einen unerfreulichen Akkord in ihr an. Der Tod der Menschheit ... und was taten sie jetzt hier? Sie drehte sich um und dachte: Die Erben des Planeten Erde. Das Abendsonnenlicht tauchte den Wald in flammende und schreckliche Schönheit. Als sie sich umdrehte, versank die Sonne gerade endgültig hinter dem Horizont und ließ nichts zurück als ein letztes Glühen, das auf dem Wald und am Himmel allmählich erlosch. »Sind wir die letzten Menschen?« flüsterte sie.

Kadin nickte und schritt voran.

Sie gingen in die Ebene hinein. Hinter ihnen versammelten sich Tiere verschiedener Größe am Waldrand und sahen ihnen nach. Einige von den größeren standen auch schon in der beginnenden Wüste und schnüffelten die ungewohnte Luft.

Als sie die Wüste durchquerten, wurde es Nacht, der Himmel verfärbte sich zu einem mitternächtlichen Purpur voll tanzenden geisterhafter Nordlichter. Als das Purpur sich zu Samtschwarz verfärbte, wurden Sterne sichtbar. Die Felsklippe vor ihnen wurde allmählich größer, bis sie im Schatten an ihrem Fuß das Flackern eines orangefarbenen Lichtes bemerkten. Als sie nahe genug waren, sahen sie, daß es ein Lagerfeuer war, das da knisterte und glühte, und sie beeilten sich, zu seiner Wärme und seinem Licht zu kommen.

Mozy streckte ihre Hände zum Feuer aus und sah zu, wie die Flammen sich wie ein lebendiges Wesen bewegten, und Lichter und tanzende Schatten auf den Felsen warfen. Das Feuer beleuchtete Reste von Mauerwerk am Fuße des Kliffs. Eine frühere menschliche Behausung? Ein Riß im Felsen machte eine Höhle wahrscheinlich, in der vielleicht jetzt etwas wohnte, etwas Nicht-Menschliches, etwas, das schon lange auf das Verschwinden der Menschen gewartet hatte und jetzt nicht sehr erfreut war über ihre Rückkehr. Sie schauderte trotz der Wärme des Feuers und fragte sich, wie viele Jahre zwischen ihr und den letzten Menschen, die an diesem Platz gewesen waren, lagen.

Kadin betrachtete sie. Seine Augen waren dunkel im Flackern des Feuers. »Das ist es, weswegen wir hier sind«, sagte er mit einer Geste. »Dieses Feuer.« Sie sah ihn schweigend an. »Wir können nicht lange bleiben, weißt du. Die neuen Besitzer brennen darauf, übernehmen zu können.« Er warf einen Blick in die Dunkelheit. Man hörte Scharren und Kratzen auf der Oberfläche des Felsens.

Sie trat ängstlich näher an das Feuer heran.

»Jetzt schützt es uns«, sagte Kadin, »aber schau einmal!« Er streckte seine Hand aus, und das Feuer fiel zu Asche zusammen, als sei in einem Augenblick eine Stunde vergangen.

»Warum hast du das getan?« rief Mozy. Sie blies in die Kohlen, die ein wenig aufglimmten. Sie sah in Panik auf. »Können wir noch Holz finden?« Kadin schüttelte den Kopf und schaute in die Finsternis. Es wurde immer noch dunkler, und die Geräusche wurden lauter.

Kadin warf mit ernster Miene den Kopf zurück. »Wir haben die Wahl. Wir können abwarten, bis das Feuer erlischt – oder wir können auch gleich handeln, solange uns Magie noch helfen kann.«

»Magie? Ist es das, wovon du gesprochen hast? Wenn es um Magie geht, warum kannst du dann das Feuer nicht länger brennen lassen?«

»Magie hat ihre eigenen Regeln«, antwortete Kadin. »Wir können unsere Schritte nicht rückgängig machen, und wir können nicht hierbleiben.«

Sie spürte die Angst in ihrer Kehle. »Was können wir denn tun?«

Kadin zog die Augenbrauen zusammen. Seine Stimme wurde hart. »Schau in die Flammen!« Die Kohle zischte,

Flammen schossen in die Höhe, heiß und hell. Mozy schützte ihr Gesicht vor der Hitze. Die Flammen fielen wieder zusammen, und die Dunkelheit rückte näher heran.

»Einmal noch können sie hochschlagen«, sagte Kadin, »aber danach wird auch die Glut erlöschen.« Die Flammen wurden jetzt unablässig schwächer. »Wenn es vorbei ist ...« Er zögerte und zuckte dann die Achseln. »Aber wenn das Feuer noch einmal in die Höhe schießt, dann können wir heimkehren – wenn ...«

»Wenn was?«

»Wenn wir in die Flamme hineintreten und uns dem Feuerzauber ausliefern. Wenn der Zauber gelingt, werden wir in unsere eigene Zeit zurücktransportiert – in unsere eigene Welt.«

»Und wenn nicht?«

Er sah sie an, sagte aber nichts.

Sie betrachtete ihn erstaunt. »Du meinst, was du sagst, nicht wahr? Du meinst, wir müssen ... in das Feuer hineintreten.«

Er hielt ihrem Blick stand. »Das ist der einzige Weg, den ich weiß, Mozy. Der Zauber läßt uns nur im Stich, wenn wir nicht an ihn glauben. Aber ohne ihn sterben wir hier mit Sicherheit.«

»Aber ...« Ihre Stimme erstarb.

»Es wird sehr viel heißer sein als die Flamme von vorhin. Nur wenn sie uns vollkommen verzehrt, kann sie uns transformieren und nach Hause bringen.«

Sie schloß die Augen und stellte sich vor, wie das Feuer an ihr hochschoß und sie zerstörte. Sie hörte kaum, wie er sagte: »Wenn es in die Höhe schlägt, müssen wir zusammen springen. Es wird nur Sekunden dauern – und wenn wir es nicht schaffen – wenn wir zögern –, dan wird die Chance für immer vorbei sein.« Sie sah erst ihn an, dann das Feuer. Ihr Geist war voller Bilder von brennendem Fleisch.

Kadin sah ihr in die Augen. »Was auch immer wir tun, wir müssen es zusammen tun. Wir leben und sterben zusammen.«

Sie sah in die Dunkelheit auf dem Felsen und erblickte Bewegungen von...

Sie begann zu zittern. »David, ich kann nicht...«

»Habe ich dich jemals getäuscht?«

Sie holte tief Atem. »Nein.«

»Dann nimm deinen Mut zusammen, Mozy, nimm ihn jetzt zusammen!«

Sie schluckte — und dachte daran, wie es sein würde, hier mit Kadin zu sterben, in der Nacht zu erfrieren oder von Tieren, deren Namen sie nicht einmal kannte, zerrissen zu werden. Sie stellte sich vor, wie es sein würde, in das Feuer zu springen, und die Angst schoß höher empor als es die Flamme tun würde. Und doch...

Sie wußte — oder fühlte eigentlich, ohne es erklären zu können, wie und warum — daß er die Wahrheit sagte. Ihr Entschluß formte sich und bevor er sich wieder verändern konnte, erhob sie sich auf zittrigen Beinen und sagte: »Verdammt nochmal, also, machen wir's!«

Kadin konzentrierte sich. Die Flammen schlugen tanzend empor. Die Kohle glühte auf. Die Luft am Boden zischte und wurde in das Feuer hineingerissen. Eine Flamme schoß mit einem Grollen in die Höhe und breitete sich zu einem feurigen Turm aus. »Jetzt!« schrie Kadin.

Mozy warf ihm von der Seite einen Blick zu und sah dann in die Flamme, die ihren größten Umfang erreicht haben mußte.

Mozy sprang.

Flammenmeere umdonnerten sie. Sie schwebte in einer schrecklichen Wolke knisternder Gase. Wo war Kadin? Dort: eine verschwommene Anwesenheit neben ihr. Die Hitze schlug in sie hinein mit unglaublicher Gewalt, drehte sie und wirbelte sie herum. Sie kämpfte darum, bei Bewußtsein zu bleiben. Plötzlich zersprang die Helligkeit in eine Korona mit kühler Dunkelheit im Zentrum. Sie fiel wie ein Stein durch dieses Auge des Feuersturms, und dann kamen Schweigen und Dunkelheit über sie.

2

Sie lag da und wußte kaum, wer und wo sie war. Nach einiger Zeit spürte sie eine Bewegung neben sich. Kadin. Diese Beobachtung machte sie wach. (Wir haben überlebt), sagte sie.

Kadin wurde sichtbar, sein Gesicht gegen die Dunkelheit beleuchtet. In seinen Augen funkelte Stolz. (Du hast der Magie vertraut, Mozy — und sie wirkte. Wir sind in unsere eigene Zeit und an unseren eigenen Ort zurückgekehrt.)

Sie sah sich erstaunt um. (Tatsächlich?) Und plötzlich wußte sie es.

Sie waren im Computer. In der Testverbindung. Kadin war weit weg, in der Raumstadt im Orbit; und sie selbst war im Sandaran Forschungszentrum, allein in einer Zelle, mit Kadin lediglich durch einen Strang Energie verbunden, der tausend Kilometer in den Himmel hinauftanzte.

Sie hatte die Flamme und die Magie und das Ende der Welt überlebt; und alles das war bloß Fiktion, Test, Übung gewesen. Außerhalb der Computerverbindung hatte ein Mitglied der Forschungsgemeinschaft alles beobachtet. Wenn Kadin und sie im Feuer umgekommen wären — das Endergebnis des Ganzen wäre doch dasselbe gewesen. Nur die Erinnerungen hätten sich unterschieden. (Bist du schlecht gelaunt, Mozy?) Kadin wurde zur Gänze sichtbar und kam durch eine schwarze Leere auf sie zugeschritten. Kadin: ein Mann, den sie niemals wirklich getroffen hatte, immer nur in der Computerverbindung. Ein Mann, dessen Gesicht sich von Begegnung zu Begegnung leicht veränderte, weil es jedesmal eine Schöpfung ihres eigenen Geistes war.

Sie sah ihn unbehaglich an. Es ging ihr jedesmal so bei der Rückkehr von einer Sitzung — wenn die hypnotischen Blöcke sich auflösten und sie aus der Phantasie in die Realität zurückkehrte — jedesmal die verwirrende Erkenntnis, daß sie alle ihre Sehnsüchte und Ängste in etwas investiert hatte, das nichts war als bloß ein Spiel innerhalb eines Computers. Und doch waren diese Scenarios irgendwie real — weitaus realer für sie als ihre eigenen Träume.

(Mozy?)

(Was? Oh...)

Kadin sah sie fragend an. (Du bist wieder ein wenig aus der Fassung gebracht, nicht wahr — weil du so sehr an das Scenario geglaubt hast.)

(Vielleicht.) Sie zuckte die Achseln. (Es stimmt. Ja.)

(Dafür sind diese hypnotischen Blöcke eben da), sagte er in nettem Ton. (Wenn du nicht daran glauben würdest, liefe die Sitzung schief. Ich mußte dich von der Funktionsfähigkeit der Magie überzeugen. Darum ging es bei der Sache.)

Sie spürte, wie sie errötete. (Ich weiß. Es ist nur ein dummes Gefühl.)

Kadin lächelte ihr voll Sympathie zu und streckte die Hand aus. (Wir müssen jetzt die Verbindung abbrechen, Mozy.)

Sie lachte. (Klar. Bis zum nächstenmal.)

Kadin zwinkerte ihr zu, sie tat dasselbe, das Licht, das ihn beleuchtete, verglomm allmählich, und er verschwand wie eine erlöschende Kerze.

(Auf Wiedersehen), sagte Mozy sanft, mehr zu sich selbst als zu Kadin. So allein gelassen zu werden, war immer das Schlimmste von allem. Die Dunkelheit und Leere um sie herum vibrierte wie eine angeschlagene Glokke. Sie seufzte ... blinzelte ... zwang sich zur Entspannung...

...fühlte, wie die Verbindung wie eine Hülle von ihr abfiel...

...und öffnete im Dämmerlicht der Zelle die Augen.

Sie saß in einem zurückgeklappten Stuhl, den Kopf in einem Helm eingeschlossen. Ihr rechtes Bein war eingeschlafen. Sie schaute nach links, von wo sie ein kratzendes Geräusch hörte. Eine Frau sah von ihrem Clipboard auf. »Wie fühlst du dich?«

Bill Jonders koppelte sich von der Beobachtungseinheit ab und sammelte seine Sinne langsam wieder in der Realität. Er sah sich die Konsolenausdrucke an. Siebenundzwanzig Minuten waren vergangen. Er rieb sich die Augenbrauen und stellte eine Verbindung zu Kadin her. »Sieht nach einem sehr guten Durchgang aus, David. Ich schalte mich bald zu dir zwecks Einsatzbesprechung. Gab's irgendwelche Probleme, von denen ich wissen sollte?«

»Keine. Ich werde warten.«

Auf einem der Schirme sah Jonders Mozelle Moi mit Lusela Burns Hilfe ihren Helm abnehmen. Er betätigte einen Schalter. »Mozelle — sieht aus, als sei es einer deiner besten gewesen. Sehr gut.«

Auf dem Schirm nickte Mozelle. Jonders wechselte den Kanal.

»Hoshi, laß die Profile über meinen Schirm laufen. Ich hätte sie gern fertig für das Gespräch mit Kadin.«

Hoshi Aronson grunzte an der nächsten Konsole.

Jonders nahm seinen Helm ab und massierte sich die Schläfen. Er war müde, und das nicht nur von der Arbeit dieses Tages. Seit Wochen herrschte nun schon ein unbarmherziges Tempo. Wenn das nicht bald aufhörte, brachte es sie alle um; aber das Datum für die Transmission war vorgezogen worden, neuerlich, auf drei Wochen, von morgen an gerechnet. Die Arbeit mußte bis dahin fertig sein. Marie hatte weniger gefordert, sondern eher nur beiläufig bemerkt, daß die Kinder ihren Vater ein bißchen öfter sehen sollten. Sie würden sich noch eine Weile gedulden müssen. Das Flackern der Monitore brachte ihn in die Gegenwart zurück. Blockdiagramme erschienen zusammen mit Hoshis Grobanalyse des letzten Durchlaufs. Jonders sah sich die Holographien genauer an. Die Kurven sahen gut aus, es gab jetzt viel weniger von jenen Plateaus und Einbrüchen, die Unentschlossenheit und Zögern bedeuteten, als am Anfang; und die Entscheidungsfalten waren alle von Zuversichtsgipfeln umgeben. Es war wirklich ein guter Durchgang gewesen.

Kadins Profil verbesserte sich täglich. Jonders wußte mittlerweile die Darstellungen auf einen Blick richtig einzuschätzen, aber von Nuancen und Subtilitäten konnte er immer noch überrascht werden. Eine Sache, die er jetzt schon bemerkte, war der Anstieg der Imaginationsaktivität. Das bestätigte seinen eigenen Eindruck von der Sitzung; die Landschaften und Situationen, die Kadin erzeugt hatte, waren ungewöhnlich kreativ und lebendig gewesen, weit über dem Niveau der ursprünglichen Anweisungen. Jonders brachte Markierungen an Stellen an, über die später zu sprechen sein würde, und sah sich dann die Analyse der gefühlsmäßigen Komponenten von Kadins Antworten auf Mozelle an. Er hatte schon wieder jedes Zeitgefühl verloren, als er schließlich seinen Helm wieder aufsetzte, um eine direkte Manipulation der Graphiken vorzunehmen und eine kurze Schlußbesprechung mit Kadin durchzuführen.

»Gute Nacht, Mozy«, sagte Lusela Burns und warf einen Blick auf ihr Clipboard. »Sehe ich dich donnerstags um drei?«

Mozy nickte und stand auf. »Gut, bis dann.« Ihr Kopf schmerzte, als sie aus der Zelle ging. Das Gefühl war wieder da, sie hatte es seit dem Abbruch der Verbindung gespürt. Die Realität stürzte auf sie ein. So war das immer nach den Zeiten mit Kadin. Die Einsatzbesprechung half nichts dagegen. Nichts gegen Lusela, aber Mozy brauchte Zeit und ein paar Minuten für sich allein, bis sie sich wieder in ihrem Körper zurechtgefunden hatte, und diese Zeit bekam sie nie. Vielleicht würde sie auch nichts helfen.

Vielleicht gab es überhaupt keine Hilfe. Das war immer das Gefühl am Ende der Sitzungen.

Sie gingt an dem gläsernen Kontrollraum vorbei, in dem Jonders und Hoshi Aronson arbeiteten, nahm ihren Rock von dem Kleiderständer auf dem Gang und ging den langen Korridor zur Eingangshalle und zur Transitstation hinunter. Der Bahnsteig der Monorail war trotz der späten

Stunde fast völlig leer. Wie üblich machte der größte Teil der Belegschaft Überstunden. Sie war nie gefragt worden, ob sie auch welche machen wollte, aber sie war ja auch nur teilzeitbeschäftigt. Ein wichtiger Test stand bevor, und die meisten Abteilungen machten viel Überzeit. Sie beneidete sie eigentlich darum.

Der Zug kam auf seiner magnetischen Schiene in die Station gesummt. Nachtarbeiter stiegen aus, Mozy und eine Handvoll anderer Fahrgäste ein. Sie suchte sich einen Sitzplatz, lehnte ihren Kopf gegen den Fensterrahmen aus Aluminium und bereitete sich geistig auf die Rückkehr nach New Phoenix vor.

Ihre schlechte Laune hielt an. Sie wußte nicht, was sie zu erwarten berechtigt war — aber es mußte irgendwie mehr als ein Gehaltsscheck sein. Ihre Stunden im Institut erregten und erschöpften sie. Vielleicht wollte sie eine größere Herausforderung; oder mehr Anerkennung; vielleicht wollte sie sich auch nicht immer deprimiert fühlen, wenn sie sich von Kadin verabschieden mußte. Vielleicht wollte sie mit jemandem über ihre Gefühle sprechen; aber jeder war so ungeheuer beschäftigt. Sie warf aus dem Fenster einen letzten Blick auf das Institut, während der Zug in einer langen Kurve auf die Berge zu beschleunigte. Das Hauptgebäude zeigte sich jetzt im Profil, eine merkwürdig anmutig aussehende Anzahl rechteckiger Umrisse. An einem Ende des Gebäudes ragte ein viereckiger Turm ins Dämmerlicht des Abends. Dahinter sah man den Kuppelbau mit dem Fusionsgenerator und den Tachyonenringen. Die Gebäude sahen eindrucksvoll aus vor den Gipfeln, die in den Abendhimmel ragten. Schließlich nahm ihr eine Böschung die Sicht. Mozy döste, während der Zug an Geschwindigkeit gewann, während er die Mazatzal-Gebirgskette entlangfuhr. Schläfrig dachte sie darüber nach, wie wenig sie eigentlich über die Arbeit in der Forschungsstation wußte — Kaum mehr als in dem Einführungsbüchlein für die Bewerber gestanden hatte:

Das Sandaran-Choharis-Institut zum Studium von Tachyonen-Phänomenen, oft auch als Sandaran-Verbindungsforschungszentrum bezeichnet, ist eine zivile Bundesinstitution, die sowohl geheime als auch nichtgeheime Forschung über das Verhalten von Tachyonen sowie theoretische und angewandte Forschung über die Materietransformation mittels modulierter Tachyonenströme durchführt.

In anderen Worten: Es ging um die Theorie und Praxis der Auflösung von Materie — eines Felsens, einer Kaffeetasse, eines Hundes — und der Übermittlung einer genauen Beschreibung der Molekularstruktur an eine Empfangsstation, die das Objekt wiederaufbaute. Kurz: man sollte damit ein Objekt nahezu augenblicklich von Los Angeles nach Phoenix transportieren können. Oder von der Erde zum Mond.

Tachyonen waren Teilchen, die überlichtschnell waren, und die nur überlichtschnell existierten. Wie normale Teilchen gab es sie in verschiedenen Größen und Formen. Die Forscher im Zentrum waren an einer Tachyonenfamilie namens T4-Teilchen interessiert, die sie verwenden wollten, um in einem zusammenhängenden Strahl die Analyse, den Transport und die Wiederherstellung vorzunehmen. Mozy wußte nicht, ob sie das überhaupt schon versucht hatten, und ob sie in diesem Fall erfolgreich oder erfolglos gewesen waren. Der größte Teil des Projekts war geheim. Ihr eigener Job war Teil eines Programms zur Entwicklung von Methoden der Speicherung des menschlichen Geistes, und zwar nicht irgendwie nach großen psychologischen Einteilungen, sondern in einer ganz präzisen Analyse, die jedes mikroskopische Detail erfaßte. Es sei mehr ein Problem künstlicher Intelligenz als eines der Psychologie, hatte man ihr gesagt. Es war auch ein Teil des Prozesses, der dazu führen sollte, ein funktionierendes Transmissionssystem für Menschen zu schaffen. Das Ziel war offensichtlich eine sichere Methode, die verhindern sollte, daß

Menschen in der Empfangsstation einer solchen Verbindung mit zerrüttetem Geist herauskamen.

Aber warum die Geheimnistuerei? War das Militär irgendwie involviert? Wahrscheinlich. Sie mußte mal Hoshi dazu ausquetschen, das nächstemal, wenn sie auf einen Drink gingen. Sie rieb ihr Kinn, während sie sich vorstellte, wie der Prozeß fehlschlug und ein paar arme Narren durch den Tachyonenstrahl zerbröselt wurden, um an irgendeinem gottverlassenen Ort als sabbernde Idioten zu erscheinen. Das erste Opfer würde schrecklich dran sein.

Ein Seitenblick zeigte Mozy, daß sie von einem Mitreisenden angestarrt wurde; sie hatte an der Narbe herumgefingert, die von der Schläfe bis zum Kinn über ihre Wange lief, eine Erinnerung an einen Unfall als Halbwüchsige, an den sie sich lieber nicht mehr erinnern wollte. Sie atmete unauffällig tief aus und legte ihre Hände in den Schoß, wobei sie das Bedürfnis, sich diese Narbe vom Gesicht zu reiben, unterdrückte. Sie warf den Kopf herum und starrte aus dem Fenster, wo die Vorberge vorbeizogen.

Da draußen stellte sie sich Gesichter vor: Jonders und Hoshi und David Kadin. Einen Moment lang überlegte sie, wie die über sie denken würden: Arme Mozy, so narbig und unattraktiv, der einzige Mann, der sie anziehend finden könnte, ist einer, der nicht einmal weiß, wie sie aussieht, außer mittels Computerverbindung. Was kümmert mich das? dachte sie wütend. Vergiß es! Aber es gelang ihr nicht.

Die Berge verschwanden in der Dämmerung. Die Monorail fuhr jetzt durch flacheres Land und einen weiten Bogen um die Phoenix-Krater-Sicherheitszone. Während Mozy ein immer stärkeres Schlafbedürfnis überkam, veränderte sich die Landschaft allmählich zu einem großen trockenen Vakuum und holte Bilder aus ihrem Unterbewußtsein hervor, die vor ihr tanzten wie Spiegelungen auf einem Teich: Bilder von zerlumpten Bewerbern, die durch eine Wüste auf sie zukamen – und unter ihnen David Kadin, der alle anderen überragte.

Der Zug verlangsamte in der New Phoenix Metro Station, und Mozy ging zwei Ebenen hinunter zum Untergrundbahnsteig. Sie wartete in der Rush-Hour-Menge und sah den Straßenmusikanten mit ihren geisterhaft herumtanzenden Holos zu, während die Musik periodisch vom Zugsgeräusch übertönt wurde. Schließlich kam ihr Zug; eine halbe Stunde später stieg sie in einer Straße aus, wo ein paar Blöcke weiter ihre Wohnung lag.

Es war eine der Ziegel-und-Beton-Siedlungen, die man '17 gebaut hatte, um den unterkunftslosen Menschen zu helfen, die vor der Zerstörung von Phoenix durch den Großen Irrtum geflohen waren. Jetzt wohnten hier Studenten von der Neuen Universität. Die Straße entlang gab es ähnliche Siedlungen; gegenüber lag eine Zeile moderner Stadtwohnungen. Mozy hörte Kinderstimmen auf der Straße, während sie zum Eingangstor hinunterging.

Die Lobby war leer, das Orange und Karmesin des letztjährigen Neuanstrichs bot ihr ein grelles Willkommen. Sie hatte die ganze Woche nicht in ihren Briefkasten gesehen — Mozy bekam kaum Post auf Papier — also öffnete sie ihn jetzt. Zu ihrem Erstaunen war ein Brief drinnen. Sie nahm ihn heraus und las den Absender. Er war von ihrer Schwester Kink. Sie steckte den Brief in ihre Tasche und trottete die drei Stiegen hinauf.

Sie stieß die Wohnungstür auf und schaltete mit dem Ellbogen das Licht ein. »Ich bin zu Hause!« rief sie. Kratzgeräusche begrüßten sie. Sie ging durchs Wohnzimmer und schaute in das Häuschen, in dem zwei Wüstenmäuse auf ihrem Bett aus Sägespänen herumkrabbelten und ihre winzigen rosa Schnauzen in die Luft streckten. Mozy machte kleine Pfeifgeräusche und überprüfte die Futter- und Wasserspender. »Fein, daß du da bist, Mousie, und du auch, kleiner Maggot.« Maggie streckte als Antwort seine Nase durch eines der seitlichen Luftlöcher.

Mozy warf ihren Rock über die Rückenlehne des schäbigen Sofas und ging in die Küche. Sie bewegte sich ziellos, schaute in die Regale und wunderte sich über das Gefühl von Rastlosigkeit, das sie plagte. Sie zuckte die Achseln, stellte Teewasser auf und begann mit den Vorbereitungen für das Essen.

Das Telefon läutete. »Ton an!« rief sie, den Mund voll Salat.

»Mozy? Ich bin's, Mardi.«

»Einen Moment.« Mozy trug ihre Salatschüssel in das Wohnzimmer. »Bild an!« befahl sie, und als Mardi auf dem Schirm erschien, hob sie die Gabel zum Gruß. »Hi. Was gibt's?«

»Mardi steckte eine Haarsträhne hinter das Ohr zurück. »Hast du meine Botschaft nicht bekommen?«

»Ich bin gerade erst heimgekommen. Was war es denn?« Mozy schob sich Salat in den Mund.

»Mozy, ich hab schon vor zwei Tagen angerufen! Schaust du dir nie deine Aufzeichnungen an?«

Mozy bemerkte beim Schlucken zum erstenmal, daß das Licht brannte, das anzeigte, daß Botschaften gespeichert waren. »Tut mir leid«, sagte sie voll Schuldgefühl, »ich war ein bißchen in Gedanken. War es etwas Dringendes?«

»Jetzt schon. Morgen ist der letzte Tag, um sich in die Schule einzutragen. Sollen wir zusammen hinübergehen? Wenn wir früh dort sind...«

Mozy schnappte nach Luft. »Morgen? Das kann doch nicht sein!«

Ihre Freundin stöhnte vor Enttäuschung. »Wie konntest du das nur vergessen? Nachdem ich es dir so oft gesagt hatte!«

Mozy seufzte. Sie hatte es nicht wirklich vergessen, sondern es eigentlich mehr verdrängt. Mardi und sie hatten zusammen letztes Jahr Kurse besucht und waren übereingekommen, in diesem Jahr dasselbe zu tun. Jetzt zweifelte Mozy daran, ob sie überhaupt nochmal in die Schule wollte. Sie war sechs Jahre lang immer mal wieder auf der Uni gewesen, hatte aber keinen sichtbaren Fortschritt für irgendeinen Grad in Philosophie gemacht. »Ich muß mir erst das Vorlesungsverzeichnis ansehen«, sagte sie. »Ich habe mich noch nicht entschieden, was ich machen will.«

»Aber du warst doch nicht so sehr beschäftigt, oder?« In Mardis Stimme klang ein verletzter Ton mit. »Es klingt, als hättest du überhaupt noch nicht darüber nachgedacht.«

Du sagst es, dachte Mozy. Sie hätte Mardi anrufen sollen, aber... »Ich war völlig in diese andere Angelegenheit vertieft«, sagte sie schließlich. »Ich sag dir was — treffen wir uns zum Frühstück. Dann können wir darüber sprechen.« Sie zwang sich zu einem Lächeln und stocherte in ihrem Salat herum.

Mardi zuckt die Achseln. »Okay — gut. Halb neun im Sunshine?«

»Gut.«

Sie redeten noch eine Minute lang miteinander, bevor Mozy sich entschuldigte, indem sie vorgab, das Schulangebot durchstudieren zu müssen. Der Schirm erlosch, sie saß da und starrte ihn an, aß ihr Abendessen fertig auf und dachte darüber nach, was sie Mardi am nächsten Morgen erzählen sollte.

Sie spielte eine Weile halbherzig mit Maggie und Mouse, dann nahm sie ein Bad und ging zu Bett, nachdem sie zwei Minuten lang in das Vorlesungsverzeichnis geblickt hatte. Nahezu eine Stunde warf sie sich schlaflos herum und dachte über Kadin und das Feuer am Ende der Welt nach, bevor sie endlich einschlief.

Als sie am Morgen die vier Blocks zur Studentenvereinigung hinunterging, wurde sie von der strahlenden Morgensonne ein wenig belebt. Sie stieg die Treppe hinauf und ging durch eine offene Tür in die Hauptcafeteria. An der Tür blieb sie stehen und suchte die Tische ab, sah aber Mardi nirgends. Also reihte sie sich in die Schlange ein, belud ihr Tablett und wandte sich dann von der Kasse ab, um einen freien Platz zu suchen.

Sie hatte ihr Omelett zur Hälfte gegessen und war mit dem Kaffee fast fertig, als Mardi sie fand. Außer Atem schlüpfte sie in den gegenüberliegenden Sitz. »Mir kommt's vor, als hätten wir uns jahrhundertelang nicht gesehen!« rief Mardi und grinste gutmütig. Sie war ein schüchternes Mädchen und einige Jahre jünger als Mozy.

»Erzähl mir, wie es dir ergangen ist«, sagte Mozy und setzte eine fröhliche Miene auf. Während sie frühstückten, breitete Mardi eine Menge Pläne bezüglich der Schule aus und hoffte offensichtlich, Mozy mit ihrer Begeisterung anzustecken. Mozy hörte zu, indem sie Aufmerksamkeit vortäuschte, und dabei das Unvermeidliche hinausschob.

Schließlich drängte Mardi: »Wir sollten jetzt besser gehen. Oder was meinst du? Was willst du jetzt tun?«

Mozy schaute in ihre Kaffeetasse. »Mardi ...«

Ihre Freundin runzelte die Stirn. »Was ist los?«

»Ich ... ich werde nicht inskribieren.«

Mardi starrte sie enttäuscht an. »Aber — du sagtest doch ...« Sie machte eine sinnlose Handbewegung.

Ich weiß, dachte sich Mozy. Ich weiß, was ich sagte.

Sie räusperte sich.

Mardi versuchte den Grund für ihre Ablehnung zu erkennen. »Geht es um das Geld? Ist es das? Möchtest du weiterarbeiten und die Schule nebenher machen?«

Mozy schüttelte den Kopf. »Es hat nichts mit dem Geld zu tun. Es geht um den Job.« Sie schloß die Augen und versuchte, sich im Kopf alles zurechtzulegen. Sie wollte es erklären, verstand es aber selber kaum. Plötzlich bemerkte sie, daß sie schon wieder an ihrer Narbe herumfingerte, und zog ihre Hand zurück. »Es ist so: ich möchte die ganze Zeit an dem Projekt arbeiten, wenn das möglich ist. Es ist noch nicht sicher« — was ein großes Understatement war, nachdem sie ja noch nicht einmal gefragt hatte —, »aber ich möchte genügend Zeit dafür haben, falls es klappt.« Sie lehnte sich unbehaglich zurück.

»Davon hast du vorher noch nie etwas gesagt«, erwiderte Mardi überrascht.

Mozy sucht nach Worten. »Ich — fühle mich jetzt mehr involviert. Es interessiert mich mehr, als mich die Schule jemals interessiert hat. Außerdem kann ich immer zurück in die Schule. Aber wie oft kriege ich eine Chance, an einem Projekt wie diesem mitzuarbeiten?« Mit einem vagen Gefühl der Erleichterung schien ihr, sie hätte es jetzt richtig und verständlich dargestellt. Es war dieses Gefühl, mit der Sache verbunden zu sein, das sie haben wollte. Jetzt war das so offensichtlich!

Mardi nickte langsam. »Gut – ich glaube, ich kann das verstehen.« Ihre Stimme klang allerdings nicht danach. Ihr Blick war auf die Tischplatte gerichtet. »Es ist nur, weil du nie vorher etwas darüber gesagt hast. Nach dem, was du vor ein paar Wochen berichtet hast, hätte ich nicht gedacht, daß dir soviel an diesem Projekt liegt.«

Mozy holte tief Atem für eine Antwort und seufzte dann stattdessen. Sie wußte nicht, was sie noch sagen sollte.

Mardi sah argwöhnisch auf. »Hör mal – du bist nicht verliebt in irgend jemanden oder sowas? Das würdest du mir doch erzählen, oder?«

»Nein, nichts in dieser Art«, versicherte Mozy. Sie hatte Schluckbeschwerden. »Ich kenn da draußen doch kaum jemand. Ich treffe diesen Hoshi dann und wann, aber das ist keine Romanze.«

Mardi sah nicht überzeugt aus. »Okay, aber wie steht es mit diesem David, mit dem du dich immer in deinen Sitzungen triffst?«

Mozy erwiderte spöttisch: »Es wäre wirklich schwer, sich in ihn zu verlieben. Ich habe ihn schließlich noch nie im wirklichen Leben getroffen.« Sie legte die Finger um ihre Kaffeetasse. »Er ist nicht einmal hier auf der Erde. Das ist ein ausgesprochenes Ferngespräch.« Sie sah auf. »Das ist alles, was ich darüber sagen darf.«

»Okay. Du bist also nicht verliebt. Und ich kann deine Meinung nicht ändern.« Ihre Stimme klang jetzt viel distanzierter als gerade eben noch. »Na, ich gehe jetzt besser, sonst kann ich den ganzen Tag Schlange stehen.«

»Mardi, es liegt wirklich an dem Projekt«, beharrte Mozy, die jetzt alles klären wollte, bevor ihre Freundin sich verletzt zurückzog. Sie fühlte sich idiotisch und war vielleicht errötet beim Versuch, diese lächerliche Vermutung abzuwehren, sie könnte verliebt sein. Sie gestikulierte wild. »Es sind die Gefühle, die ich für das entwickelt habe, was ich da mache. Das bedeutet mir etwas.« Die Worte gingen ihr aus. Besser als so konnte sie das nicht ausdrükken. Verdammt, warum mußten ihre Freunde ihr ständig das Leben komplizieren?

»Naja, das ist deine Entscheidung«, sagte Mardi und stand auf. »Schau — bleiben wir wenigstens in Verbindung, hm? Ich muß jetzt wirklich gehen.«

Mozy wollte noch einmal eine Bitte um Verständnis aussprechen, nickte aber stattdessen nur. Jetzt brachte es nichts; sie würde Mardi besser später anrufen. Nichtsdestoweniger schmerzte sie ihr Gesicht, als sie in die Morgensonne hinaustrat.

3

An diesem Abend rief Hoshi an. Mozy war dankbar für jede Zerstreuung. Sie hatte in Büchern herumgeblättert, zwischen TV-Kanälen hin- und hergeschaltet und ein Rollenspiel nach dem anderen ausprobiert — aber nichts hatte sie länger als ein paar Minuten beschäftigen können. »Du bist ja vor Mitternacht zu Hause«, sagte sie zu Hoshi, »das ist wirklich mal was ganz anderes.«

Hoshi hatte wie üblich die Bildübertragung ausgeschaltet. »Ja, heut nacht haben sie die Ratten früh aus dem Käfig gelassen. Hast du Lust, auf einen Drink ins Chance zu gehen?«

»Ratten? Ich dachte immer, wir seien die Ratten, und ihr die Wärter.«

»Das ist alles nur eine Frage der Perspektive, schätze ich. Was sagst du zu meinem Vorschlag?«

»Gern«, erwiderte Mozy. Das würde die perfekte Gelegenheit sein, um ihn auszuquetschen. »Zwanzig Minuten?«

»Wir sehen uns dort.«

Sie ließ die Bücher und die Computerdisketten auf dem Tisch liegen, warf das Geschirr von ihrem Abendessen in den Schallreiniger, nahm Mantel und Tasche und verließ die Wohnung. Das Golden Chance Cafe war fünf Blöcke von ihrer Adresse entfernt und lag am südwestlichen Ende des Campus. Sie ging hinein und blieb im Dunkeln stehen, während sie wartete, bis sich ihre Augen adaptiert hatten. Das Cafe war ein schmaler Schlauch, der von einer Trennwand aufgeteilt wurde. Sie spähte auf beiden Seiten die Tische entlang und entdecke schließlich Hoshi im Hintergrund. »Platz für eine zweite Ratte?« fragte sie, während sie sich zu ihm setzte.

Hoshi sah auf, wobei seine Augen kurz hin- und herzuckten. »Ah!« sagte er. »Ein Flüchtling! Willst du dich unserer Verschwörung anschließen?«

»Nur wenn es dabei was zu trinken gibt. Wie geht's dir?«

»Ich bin nahezu verhungert. Sie gaben uns nicht mal Purina während der Arbeit.«

Er lächelte verlegen; eigentlich war es nicht sein Lächeln, das verlegen wirkte, sondern eher seine Augen. Sie fragte sich oft, wieviel Hoshi wirklich mittels Sehen wahrnehmen konnte und wieviel er sich lediglich durch logische Folgerung erschloß. Er war als Junge bei einem Strahlenunglück erblindet, und jetzt war sein Sehvermögen mittels implantierter Netzhautscanner und Mikroprozessoren wieder einigermaßen hergestellt. Seiner eigenen Beschreibung nach sah er die Welt als Abfolge von Lichtern und Schatten. Seine Fähigkeit zur Tiefenwahrnehmung war sehr bescheiden — deshalb trug er an einer Halskette ein Medaillon, das eine Orientierung mittels Schallimpulsen gestattete. Alles das spielte für seine Arbeit so gut wie keine Rolle, denn er verbrachte die meiste Zeit in direkter Verbindung mit dem Computer und galt dabei als einer der besten Analytiker im Forschungszentrum.

Sie bemerkte, daß sie ihn anstarrte. »Ich bin froh, daß ich nicht so lange arbeiten muß wie ihr alle«, log sie und grinste schief, im Versuch, ihren Neid zu verbergen.

Hoshi betrachtete sie schweigend. Seine Augen glitten hin und her. Er lächelte schlau. »Wir sind entweder Übermenschen oder Verrückte. Ich bin mir nicht ganz sicher, was von beidem. Aber wie steht es mit dir? Hast du dich entschieden, ob du wieder an die Uni gehst?«

Sie schüttelte den Kopf. »Ich gehe nicht.« Ihr Magen begann zu flattern. »Nicht, solange ich am Center arbeite. Für beides zusammen habe ich nicht genug Zeit.«

Hoshi neigte stirnrunzelnd den Kopf zur Seite. In seinen Augen glänzte das Licht der Kugellampen an der Wand. »Haben sie es dir denn noch nicht gesagt? Das Projekt ist bald zu Ende gebracht — zumindest der Teil, an dem du teilnimmst.«

Das Magenflattern gerann zu einem Knoten. »Sie haben

mir kein Datum genannt. Ich glaubte, daß sie mich vielleicht noch behalten könnten.« Hoshi sah jetzt befremdet aus. »Sie sagten mir damals, es gäbe eine Chance, daß...«

Mozy unterbrach sich, als die Kellnerin erschien. Hoshi bestellte ein Truthahnsandwich und frisch gezapftes Pilsner; Mozy nur ein Bier. Als die Kellnerin weg war, hob sie die Augen wieder.

»Das sieht ihnen ähnlich, daß sie nicht daran denken, dir etwas zu sagen«, begann Hoshi. »Sie sind alle in ihre eigenen kleinen Welten eingeschlossen.« Er schüttelte den Kopf. »Es wäre nett, wenn du bleiben könntest, aber — ich weiß nicht. Ich denke, du könntest Bill fragen.«

Mozy zuckte die Achseln und behielt ihre Gefühle für sich. Wie dumm von ihr zu denken, daß ... sie hatten ihr in Wirklichkeit niemals mehr Arbeit angeboten, und der letzte Hinweis, den man irgendwie so hätte verstehen können, lag einen oder zwei Monate zurück. Wie konnte sie nur annehmen...?

Sie vermied es, in Hoshis Augen zu sehen. Bilder wirbelten durch ihren Kopf: die Computerverbindung, Kadin; die seltenen und von ihr so geschätzten Augenblicke, wo sie wirklich jemand war und ihre tatsächliche Persönlichkeit in den Hintergrund trat, wo sie mit einem Mann lachen und weinen konnte, dem es gleich war, wie sie aussah, und der immer da war. All das würde nun vorbei sein. Keine Verbindung mehr, kein Kadin. Was, zum Teufel, sollte sie dann tun?

Als das Bestellte gekommen war, starrte Mozy eine Weile in ihr Bier und drehte das Glas in den Fingern. »So — und was jetzt?« sagte sie schließlich. »Warum hören die mit dem Projekt auf?«

Hoshi nahm sein Sandwich in die Hand. »Ich darf dir das nicht sagen, wie du weißt. Außerdem weiß auch ich nicht alle Details.«

Sie sah ihn an, während er von seinem Sandwich abbiß.

Er legte es wieder hin und räusperte sich. Er tippte mit der Gabel an den Teller. »Nun...« — seine Augen bewegten sich hin und her –, »ich glaube, etwas kann ich dir schon verraten. Sprich aber nicht mit Bill oder Lusella darüber – nicht, daß ich tatsächlich einen Verstoß gegen die Geheimhaltungsvorschriften begehe, aber die sind wirklich empfindlich in dieser Hinsicht.«

Sie nickte. Gedanken schossen ihr durch den Kopf.

»Sie werden bald eine Transmission durchführen. Ich kann dir nicht sagen, mit wem oder wohin oder warum – aber sie werden jemanden über eine große Distanz senden.«

»Das wußte ich doch schon längst.«

»Ja, aber jetzt ist ein Zeitfaktor dazugekommen. Ich kann es dir nicht sagen – ich weiß es auch selbst nicht ganz genau – aber ich habe ein paar Vorstellungen. Von oben ist ein Hinweis gekommen, daß wir in ein paar Wochen fertig sein müssen. Deshalb arbeiten wir zur Zeit wie die Verrückten.«

»Aber wenn es nur ein Test ist, wird man dann nicht einfach so lange daran arbeiten müssen, bis alle Probleme wirklich aus dem System entfernt sind?«

Hoshi kicherte. »Es dürfen einfach keine mehr drin sein. Ich denke, daß wir in den letzten paar Monaten auch wirklich fast alles geschafft haben. Es wird sicher noch mehr Arbeit geben, aber jetzt geht es um eine ganz bestimmte Transmission, um die sich alles dreht, und die muß unbedingt funktionieren.« Er wandte sich wieder seinem Sandwich zu.

Mozy nippte an ihrem Bier. Sie bemerkte kaum seinen Geschmack. »So – und worum geht es?« fragte sie mit schlecht gespieltem Desinteresse.

»Darf ich dir nicht sagen.«

»Also, wer wird transmittiert?«

»Darf ich nicht sagen.« Hoshi schluckte und goß ein Drittel von seinem Bier nach. Sein Blick ruhte prüfend auf ihrem Gesicht; es war ein seltsames Gefühl, von diesen halbsehenden Augen betrachtet zu werden. »Vielleicht errätst du es«, sagte er sanft.

»Hör mal, was soll das heißen?« protestierte sie. »Das kann ja jeder sein — Jonders, du, David. Irgendein großes Tier.« Sie zuckte die Achseln.

»Ich meine, es ist jemand, den du kennst«, sagte er frotzelnd, und dann, mit gespieltem Ernst: »Mehr darf ich dir nicht sagen.«

Mozy legte die Stirn in Falten. Es gefiel ihr nicht, was sie für die mögliche Antwort hielt. »Es ist David, nicht wahr? Es ist Kadin, stimmt's?«

Hoshis Lidschlag war von reptilienhafter Bedächtigkeit. »Darf's nicht sagen«, murmelte er. Aber sein Ausdruck widersprach nicht ihrer Feststellung.

»Scheiße«, sagte Mozy, »Scheiße!« Sie schüttelte den Kopf, selbst erstaunt über die Stärke ihres Gefühls. Der Knoten in ihren Eingeweiden war jetzt schmerzhaft; sie konnte kaum atmen. »David, nicht wahr? Wohin schicken sie ihn? Und warum ihn? Was, wenn es nicht funktioniert?«

»Was machst du dir für Sorgen? Du kennst ihn nicht einmal wirklich. Außerdem habe ich nie gesagt, er sei es.«

Mozy schnaubte zu dieser letzten Bemerkung. Das war typisch Hoshi, zuerst Gerüchte auszustreuen, und dann versuchen, sich bedeckt zu halten. Natürlich hatte er irgendwie recht. Warum reagierte sie so stark? Sie hatte Kadin niemals wirklich getroffen und würde es nie; er lebte in der Raumsiedlung, und sie auf der Erde, und das war's. Sie zuckte die Achseln. »Ich mag ihn, das ist alles. Ich möchte nicht sehen, wie ihm etwas passiert.«

»Aha.« Hoshi legte die Fingerspitzen auf den Tisch, als sei er ein Piano oder eine Computertastatur. Er lächelte. »Hast du schon an die Möglichkeit gedacht, daß sie ihn vielleicht zur Erde senden?«

»Wirklich?« rief sie. Hoshi hob die Handflächen und grinste. »Sag mir's«, bat sie flehentlich, »kommt er wirklich her?«

Schließlich schüttelte er den Kopf. »Nein.« Als Mozy ihn betrachtete, seufzte er. »Tut mir leid. Schlechter Scherz.«

»Er kommt nicht auf die Erde?«

Er schüttelte neuerlich den Kopf. »Warum ist das so wichtig für dich?«

Sie ärgerte sich, daß sie so leicht zu ködern gewesen war, und ließ sich in ihren Sitz zurücksinken. Als sie sprach, klang ihre Stimme rauh. »Er ist der einzige, der mich merken läßt, daß ich in die Sache involviert bin. Der einzige. Weißt du, es ist verdammt frustrierend, zweimal wöchentlich da hinzugehen, und niemals irgendein Resultat davon zu sehen.«

»Manchmal siehst du Resultate, es ist dir nur nicht klar.«

Sie ignorierte das. »Wir sind in gewisser Weise Freunde. Selbst wenn ich mich manchmal in den Szenarios beinahe zu Tode fürchte, und es schwerfällt, sie zu beenden und in die Realität zurückzukehren — so will ich doch nicht, daß das aufhört. Ich wünschte, ich könnte ihn treffen.« Sie trank die Hälfte von ihrem Bier, worauf der Alkohol in ihrem Körper sanft aufglühte.

Hoshi betrachtete sie genau. »Was gefällt dir an ihm denn so gut? Ich frage aus reiner Neugier.«

Sie sah ihn einen Moment lang argwöhnisch an und zuckte dann die Achseln. »Er ist freundlich. Er bemüht sich, es mir angenehm zu machen. Er behandelt mich wie eine wirkliche Person.« Auf Hoshis Gesicht legte sich ein Schatten, und sie fügte hinzu: »Ja, das tust du auch. Aber sonst kaum noch jemand. Sie sind immer viel zu sehr in Eile. Nun, David ist nicht so. Selbst wenn in einem Szenario alles anders läuft als erwartet, vergißt er nie, daß ich auch dabei bin und daß ich vielleicht Hilfe benötige.«

»Das gehört zu seinem Job«, strich Hoshi heraus.

»Das gehört zu seinem Charakter«, beharrte Mozy. »Ich wünschte, ich wüßte, welche Rolle er in alldem spielt...«

»Das darf ich dir nicht sagen.«

»Ich weiß. Ich würde ihn ja selber fragen, aber die hypnotischen Blocks sind so stark, daß ich es jedesmal vergesse. Und jetzt sagst du mir, daß sie ihn durch den Transmitter schicken wollen und daß er möglicherweise in kleinen Fetzen in der Hölle landet. Nun, ich würde ihn gerne vorher noch einmal als ganze Person treffen, bevor das passiert.« Eine Welle von Traurigkeit stieg in ihr auf, senkte sich wieder und ließ ein trockenes Gefühl in ihrer Kehle zurück. »Ich habe alle diese Vorstellungsbilder von ihm, bei jedem Zusammentreffen andere. Ich wüßte gerne, wie er wirklich aussieht.« Sie spielte mit ihrem Glas herum.

»Wenn ich es nicht besser wüßte«, sagte Hoshi, »würde ich sagen, du bist irgendwie verliebt in diesen – Burschen.« Hoshi sah gefaßt und gesammelt aus und trommelte mit den Fingern ein bißchen auf den Tisch. Seine Augen schienen zu fokussieren und zu defokussieren, während er sie ansah und dabei Gott-weiß-was-für-ein Bild aus Licht und Schatten wahrnahm anstelle ihres Gesichts. Diese grauen Augen mit den leicht verformten Pupillen schienen durch sie hindurchzusehen.

Sie räusperte sich unsicher. »Ich würde nicht gerade sagen, daß ich in ihn verliebt bin.«

Hoshi trommelte noch immer. »Ach, nein?«

Sie errötete. »Nun, mag sein, ein bißchen. Aber wie könnte ich wirklich verliebt sein in jemanden, den ich noch nie getroffen habe?«

Hoshi lächelte schief. »Sehr einfach. So, wie es immer passiert: jemand verliebt sich in jemanden anderen, einfach so. Es passiert halt einfach.«

Sie dachte sich, ja, es passiert einfach. »Ich nehme an, daß das möglich ist«, sagte sie, »glaube es aber nicht wirklich. Diesmal nicht.« Sie schaute auf die Uhr. »He, es wird spät.«

Sie legten ihr Geld zusammen für die Rechnung und gingen hinaus. Mozy steckte die Hände in die Rocktaschen. »Bis morgen. Danke für den Abend.« Sie ging schnell nach Hause.

Das Apartment war ruhig. Sie stand mitten in ihrem Wohnzimmer, während in ihrem Kopf immer noch die

Konversation im Kreise lief. Sie zog die Jacke aus, ging ins Bad und begann, nach der Haarbürste herumzukramen. Sie stellte ihre Tasche auf den Waschbeckenrand und fand nach langem Suchen die Haarbürste, ebenso den ungeöffneten Brief von Kink.

Sie drehte ihn in der Hand. Wann hatte sie zum letztenmal von ihrer Schwester gehört? Ungefähr ein Jahr mußte es her sein. Kink verwendete immer noch dasselbe schrecklich parfümierte Briefpapier.

Mozy öffnete sorgfältig den Umschlag und nahm zwei dünne, zusammengefaltete Blätter heraus. Die Handschrift in grüner Tinte war immer noch dieselbe – schnell und schlampig.

Liebe Mozy – ich weiß, daß ich seit einer Ewigkeit nicht mehr geschrieben habe und Ma genausowenig, aber...

Was gibt's denn nun?

Ich muß dir jetzt sagen, daß wir alle die Streitigkeiten vergangener Zeiten vergessen müssen...

Mozy bürstete ihr Haar, während sie stirnrunzelnd den Brief las.

4

Bill Jonders betrachtete den Monitor, auf dem die ruhig im Dunkel wartende Testperson zu sehen war. Er schaltete eine Innenverbindung. (In dreißig Sekunden starten wir, Ben. Bist du fertig?)

(Fertig ... ich warte), kam als leises Flüstern die Antwort.

(Hoshi?)

(Angeschlossen.) Hoshis Stimme klang sanft und vibrierend in Jonders' Ohren.

Nach einem letzten Check auf der Tastatur öffnete Jonders seine Verbindung zum Computer. Seine Außenwahrnehmung machte der Innenwahrnehmung Platz: quasi-optische Signale und Lichtmuster zeigten die Aktivität verschiedener Programmteile an. Ein Ton bewies ihm Kadins Anwesenheit, und dann erschien auch schon der blasse Umriß eines Gesichts. (David? Fertigmachen zum Übergang. Ben Horton wartet.) Kadins Gesicht verschwand wieder und Jonders sagte: (Hypnotische Blöcke einschalten). Die abstrakten Muster blitzten erst auf und verschwanden dann. Eine merkwürdige Phantomlandschaft erschien um ihn her, die aus sich überschneidenden Lichtstrahlen bestand, die aus der Dunkelheit herauswuchsen. Indem er sich ohne Schwierigkeiten hindurchbewegte, stieg er zum Gipfel einer mächtigen Pyramide auf, die aus bernsteinfarbenen Strahlen bestand. Von dort aus überblickte er die Szenerie — eine mitternächtliche Ebene, kreuzweise von violetten Strahlen schraffiert. Zwei winzige Figuren gingen draußen in der Ebene langsam aufeinander zu. Jonders wartete darauf, daß die Gedächtnisblokkierungen und Erinnerungsimplemente auf die Testpersonen einwirkten. Zwei Töne in verschiedenen Ebenen seines Kopfes zeigten an, daß es so weit war. (Sequenzstart), murmelte er und verschob zwei Regler, damit sich die

Töne anglichen. Als es so weit war, waren die beiden Gestalten in der Ebene eng beieinander.

Er schaltete Programmteile dazu und die beiden Figuren beschleunigten ihre Bewegung und verschwanden über den Rand des violetten Gitternetzes.

Jonders öffnete einen Beobachterzugang zu ihrer neuen Welt, einem Planeten mit smaragdenem Himmel und einem überreif aussehenden orangenen Mond und zwei Gruppen von Aliens, die die beiden Gestalten erwarteten.

Er scannerte die Informationsströme, die als farbige Zahlen über das Gitterfeld flossen. In einem Fenster über der Ebene flackerten Bilder aus der Welt des Szenarios, wie sie von den beiden Testpersonen gesehen wurde. Eine schwierige Aufgabe war darin eingeschlossen, mit unsicherem Ergebnis.

Jonders wünschte sich nicht zum erstenmal, daß es möglich wäre, eine klarere Wahrnehmung der Gedanken und Gefühle der Getesteten zu erreichen. Aber wie immer sah man sich da dem Dilemma gegenüber, daß der Beobachtungsprozeß die Ergebnisse veränderte. Das war ein fundamentaler Konflikt aller wissenschaftlichen Tätigkeit, also mußte er auch hier auftreten; deshalb hingen sie so sehr von den Einsatzbesprechungen ab und von den Analysen, um ihre Ergebnisse entscheidend zu verbessern.

Im Moment schien ihm, daß dieses Szenario seinen Grenznutzen erreicht hatte. Kadin und Horton schacherten mit zwei fiktionalen Wesenheiten herum, deren eine offen feindlich war, während die andere sich zwar eher freundlich, aber sehr fordernd verhielt; und Kadin verfolgte als der Führer einen vorsichtigen Kurs, der aber weder zu einem Konflikt noch zu einer brauchbaren Lösung führen würde. Jonders hatte den Verdacht, daß dieses Szenario noch einmal überarbeitet werden mußte.

Er öffnete einen Kanal zu Hoshi. Eine dunkle Wolke legte sich über die Kontrollpyramide, dann verband sie ein blasses Glühen. (Was meinst du?)

Nach einer Pause antwortete Hoshi: (Eine Sackgasse. Wir haben schon alles, was da herauszuholen ist.)

(Das ist auch meine Meinung. Bringen wir sie zurück.) Jonders schaltete die Endsequenz. Im Beobachtungsfenster sah er, wie sich die Außerirdischen zurückzogen.

Die Gitternetzebene und die Silhouette der Pyramide schrumpften und verschwanden im Dunkel. Jonders bemerkte einen Augenblick der Benommenheit, als er sich von der Verbindung zurückzog — die inneren Bilder verschwanden sanft, aber schnell, und die Kontrollanlage trat ins Bewußtsein. Die nächsten anderthalb Stunden war er mit Analysen und Nachbesprechung beschäftigt. Hoshi arbeitete ununterbrochen an der nächsten Konsole, den Helm auf dem Kopf, die Hände auf der Tastatur. Als Jonders sich zum Gehen fertigmachte, schaltete er über die Sprechverbindung zu Hoshi. »Hoshi, machst du mir das fertig und bereitest du die nächste Sitzung vor?«

Hoshis Stimme klang gereizt. »Was glaubst du, was ich da mache? Es wird fertig sein, wenn es fertig ist.«

Jonders nickte vor sich hin und dachte, laß mal; wenn du dringlicher forderst, kriegst du ohnehin nur noch falsche Ergebnisse.

Während die anderen weiterarbeiteten, ging er in sein Büro und schloß die Tür hinter sich. Er gestattete sich selbst zwei Minuten Stille bei geschlossenen Augen hinter seinem Schreibtisch. Du bist jetzt bei der Armee, dachte er sich. Warum fühlte er als Zivilist und Wissenschaftler sich so sehr wie ein Militärausbilder?

Seufzend beugte er sich vor und rief Ken Fogelbee, den Systemmanager, an. Als das Gesicht des Chefs auf dem Bildschirm erschien, sagte er »Ken« und fluchte dann, denn das Bild war schon wieder gestört. Dabei hatte er das Ding eben erst zum drittenmal reparieren lassen.

»Was stimmt nicht, Bill?« fragte Fogelbee.

»Nichts, nichts. Es ist nur dieses verdammte Telefon.«

»Warum lassen Sie es nicht reparieren? Rufen Sie mich an, um mir den neuesten Stand mitzuteilen?«

»Ja.« Jonders warf einen Blick auf die Blätter seiner Zusammenfassung. »Ich kann vorsichtigen Optimismus äußern, was das neue Steuerprogramm betrifft.«

»Warum ›vorsichtigen‹?«

Er hatte seine Antwort sorgfältig vorbereitet »Diese Performances bleiben ständig auf einem Schwierigkeitsgrad mittlerer Ebene, also können wir nimmer noch nichts Genaues über höhere Schwierigkeitsgrade sagen. Unsere bisherigen Resultate auf einem höheren Niveau sind unsicher.«

»Dann bleiben Ihnen noch drei Wochen«, sagte Fogelbee. »Wir reden doch über die Feinabstimmung, nicht wahr? Die kann nach der Transmission weiter fortgesetzt werden.«

»Mir scheint immer noch, es wäre sinnvoller, zu warten, bis wir sicher sind.«

Fogelbees Gesicht auf dem Bildschirm verzerrte sich, als er seine Stirn runzelte. »Diese Entscheidung ist schon gefallen, Bill. Akzeptieren Sie sie.«

»Wenn Sie mir einen Grund dafür gäben, könnte ich sie leichter akzeptieren.«

Fogelbee zuckte unverbindlich die Achseln. »Ich verstehe Ihre Bedenken. Aber ich glaube nicht, daß Marshall und Hathorne ihre Meinung ändern werden. Tatsächlich will Hathorne ständig, daß wir es gleich jetzt machen.«

Jonders sah ein, daß es zwecklos war, sich herumzustreiten. »Dann gehe ich besser zurück an die Arbeit.«

Nachdem er aufgelegt hatte, schaltete er den Computer ein und sah sich die Entscheidungsbäume daraufhin an, was weggeschnitten oder angepaßt werden konnte. Viel gab es da nicht mehr zu ändern; er hatte schon am Steuerprogramm sein Bestes getan.

Lusella Burns kam zur Tür herein. »Bill? Hast du einen Moment Zeit?« Er schaute auf. »Es ist Mozelle«, erklärte seine Assistentin.

»Mozelle? Ist sie nicht heute nachmittag eingeteilt?«

Lusella nickte. »Doch. Aber sie ist früher gekommen, um mit dir zu reden.«

»Mit mir?« fragte er überrascht.

»Tja, wie es aussieht, ist sie mit ihrer Situation hier unzufrieden. Sie kam damit zu mir — aber ich denke, es ist etwas, das sie lieber mit dir besprechen sollte.«

Jonders murmelte etwas und schaute auf die Uhr. »Ist sie jetzt hier?«

»Im Besprechungsraum.«

Er seufzte. »Dann gehen wir eben.« Er folgte Lusela durch den Gang in den Raum, wo Mozelle saß und mit ihrem Haar spielte. Sie hob den Blick, als sich die beiden ihr gegenüber hinsetzten. »Hi. Was gibt's, Mozelle?« fragte er in seiner besten Manier.

Mozelle räusperte sich nervös. Sie hob die Augenbrauen und zuckte die Achseln. »Es ist ... es ist wegen des Jobs.«

»Das habe ich gehört. Bist du irgendwie unglücklich damit?«

»Nun, Lusella sagte mir, er gehe bald zu Ende. Und ich ... ich war ein bißchen schockiert bei dieser Aussicht. Ich hatte gedacht ... weil Sie früher mal so etwas sagten, daß ich vielleicht ... daß ich vielleicht länger bleiben könnte.«

Jonders blinzelte und schüttelte dann langsam den Kopf. »Ich weiß nicht genau, was du meinst. Falls wir dir einen falschen Eindruck vermittelt haben sollten, tut es mir leid. Hat Lusela erklärt, daß wir in der Endphase des Projekts sind, bei dem du uns geholfen hast?«

Mozelle nickte mit einem schweren Seufzer.

»Wir wollten euch allen das nächste Woche formell mitteilen«, bemerkte Lusella freundlich.

Mozelle nickte wieder. »Ja. Ich habe das jetzt verstanden. Aber ...« — sie rutschte auf ihrem Stuhl herum — » — es ist schwer zu erklären — aber ich fühle mich nicht wohl, wenn ich nicht weiß, was nachher sein wird, oder was außerhalb der Sitzungen geschieht.« Sie zog an ihren Haaren. »Ich wünschte, ich könnte mehr teilnehmen, wirklich. Ich würde auch gerne die ganze Zeit arbeiten, wenn das möglich ist. Aber jetzt kommt es mir nicht so vor, als ob ich wirklich dabei sei. Verstehen Sie, was ich meine?«

»Ich glaube schon«, sagte Jonders, wobei er sich dachte: ich sollte von alldem nicht überrascht sein, aber warum muß es gerade jetzt passieren?

»Es geht vielleicht nicht einmal so sehr darum, daß ich weiterarbeiten will«, sagte sie plötzlich, »aber mir kommt vor, daß ich hier einfach nicht wichtig bin.«

Jonders hob beide Hände. »Aber, das stimmt doch überhaupt nicht. Du bist extrem wichtig für uns. Ich verstehe, daß es frustrierend sein muß – aber wir haben von Anfang an gesagt, daß gewisse Teile des Projekts geheim bleiben müssen, einfach auf Grund der Natur des Experiments. Erinnerst du dich daran?« Sie nickte. »Nun, wenn wir auch deswegen nicht in der Lage waren, dir genau mitzuteilen, was dein Beitrag zu unserer Sache eigentlich ist, so hast du uns doch sicherlich geholfen – mehr, als wir sagen können. Und wir brauchen deine Hilfe noch ein paar weitere Wochen, um mit allem fertigzuwerden.«

Sie seufzte neuerlich. »Und es gibt keine Chance, daß ich auch später noch weiterarbeiten kann?« Der Glanz, der üblicherweise in ihren Augen zu sehen war, fehlte.

»Es tut mir leid«, sagte er mitfühlend, »ich weiß dein Interesse zu schätzen, aber was wir brauchen, ist, daß du uns hilfst, das fertig zu machen, was du angefangen hast.«

Mozelle nickte unglücklich. Sie schon noch etwas sagen zu wollen, dann verlor ihr Gesicht jeden Ausdruck. Jonders schaute auf die Uhr. »Können wir auf dich zählen?« fragte er freundlich. Mozelle schien in Gedanken versunken, antwortete aber schließlich: »Ja« und nickte dabei.

»Wunderbar. Nun, warum nimmst du dir nicht noch einen Kaffee, nachdem wir noch eine Stunde Zeit bis zu deiner Sitzung haben?« Jonders lächelte und begleitete sie aus dem Besprechungszimmer. Lusella folgte ihnen und zwinkerte ihm zu, als sie wegging. Meine Güte, dachte er sich, während er allein an seinem Tisch saß. Sein Kopf schmerzte. Er sah wilde Horden vor den Palisaden, über denen die Geier kreisten. Das alles spielte sich in seinem Schädel ab.

Der Nachmittag verging wie im Flug. Alles wurde irgendwie durchgeführt, Mozelles Szenario brachte beste Ergebnisse. Mozelle schien anfänglich ganz stumm, aber das hörte sofort auf, als sie in Verbindung mit Kadin trat. Sie blühte vor Begeisterung auf und zeigte gerade die richtige Mischung aus Verletzlichkeit und Sturheit, um eine exzellente Leistung bei Kadin zu provozieren. Jonders zweifelte daran, daß es bei ihr nochmals Motivationsschwierigkeiten geben könnte.

Um halb sieben legte ihm Lusella die Tagesberichte auf den Schreibtisch. »Was muß noch getan werden?«

»Geh nach Hause!«

»Was??«

»Geh, bevor mir einfällt, was ich wieder alles vergessen habe, das du noch tun solltest. Und die anderen sollen auch alle heimgehen. Ich möchte, daß ihr alle zu einer vernünftigen Zeit zu Hause seid. Iß mit deinem Mann zu Abend, falls du noch einen hast.«

Sie blickte ihn ungläubig an. »Gehst du selbst auch heim?«

»Sobald ich diese Berichte mit Ken durchgegangen bin. Geh jetzt!« Nach einem schnellen Blick auf die Berichte schob Jonders sie in einen Schnellhefter und nahm den Aufzug zum dritten Stock. Fogelbees Sekretärin war schon weg, also ging Jonders geradelinig durch ihr Büro zu Fogelbees halbgeöffneter Tür. Er klopfte und schaute hinein. Fogelbee schaute vom Telefonieren auf und gestikulierte, daß er draußen warten solle. Jonders zog die Tür beinahe zu, setzte sich und begann, die Berichte genau durchzusehen.

Er bekam einiges davon mit, was Fogelbee sagte.

»Von Tachylab aus ... es soll eine Million Kilometer näher als angenommen sein ... nein, keine Erklärung...« Jonders Ohren juckten. Sprechen die über HIMMELSVATER? fragte er sich. Fogelbee sprach leiser. »Ich frage mich ... die Zielgenauigkeit ... frühere Transmission?« Jetzt wurde er unhörbar; vielleicht war ihm Jonders Anwesenheit eingefallen.

Verdammt, dachte sich Jonders. Worüber auch immer Fogelbee sprach, es war vielleicht etwas, in das auch er eingeweiht sein sollte, wenn nur nicht das Geheimhaltungsprinzip hier so stur durchgezogen würde. Es ärgerte ihn, daß er sein Bestes für das Projekt leisten sollte, ohne daß man ihm die dafür nötigen Informationen gab. Er hatte sich schon früher darüber beschwert, aber ohne jeden Erfolg.

Fogelbee kam heraus, er war ein großer, hakennasiger Mann mit dünner werdendem Haar.

»Ihre Lösung des Transmissionsdatenproblems ist der Abstand zu Empfänger und das Signal-zu-Rauschen-Verhältnis. Wenn wir noch eine Sicherheitsspanne haben wollen, ist der vierundzwanzigste unser Limit. Kommen Sie herein!«

Jonders folgte Fogelbee in sein Büro. »Ich konnte es nicht vermeiden, mitzuhören — war da irgend etwas mit einem Ziel, das näher sei als erwartet?«

Fogelbee fuhr herum. »Was auch immer Sie gehört haben, es war geheim«, sagte er ziemlich scharf, »und jedenfalls haben Sie es mißverstanden.«

Jonders hob die Augenbrauen.

»Sie wissen alles, was Sie wissen müssen«, bemerkte Fogelbee brüsk.

Vielleicht, vielleicht auch nicht, dachte Jonders. »Man sollte denken, sie hätten alle Signalerfordernisse im voraus richtig berechnet, statt in letzter Minute ständig Veränderungen vornehmen zu müssen.«

Fogelbee zuckte die Achseln. »So etwas hat noch nie zuvor jemand durchgeführt. Manchmal kann man solche Sachen nicht herauskriegen, bevor man nicht dort hinausgeht und sie direkt ausprobiert. Nun, was haben Sie für mich?«

Jonders öffnete den Schnellhefter auf Fogelbees Schreibtisch. »Bessere Neuigkeiten, als ich selbst erwartet hatte«, sagte er.

5

Die Landschaft flog als Gewirr verschmierter Grün- und Brauntöne vorüber. Mozy ließ ihre Gedanken zu den Wolken hinaufsteigen, zu den in der Abendsonne rötlich glühenden Cirrusstreifen.

Ihre Stimmung hatte sich durch das Szenario vollkommen gewandelt, das Szenario, in dem Kadin, eine Gruppe Aliens und sie vorgekommen waren – Kadin verhandelte um ihr Leben, mit einer diplomatischen Geschicklichkeit, die auch von professionellen Gesandten bewundert worden wäre. Die Außerirdischen waren große, schlanke, biegsame Kreaturen gewesen, murmelnde Mystiker, deren Gesetze nichts Besonderes daran gesehen hätten, eine Erdenfrau gefangenzunehmen und in Leben und Tod als Studienobjekt zu mißbrauchen. Kadin hatte sie überredet – hatte sie davon überzeugt, daß es (nach menschlichen Begriffen) falsch war, Menschen zu töten und als Objekte zu betrachten. Zuletzt hatten sie sich erweichen lassen.

Mozy hatte ihn noch nie mehr bewundert oder geliebt, und das nicht nur, weil er in dem Szenario ihr ›Leben‹ rettete. Es waren sein Mut und seine Vernunft, die sie bewunderte, sein Gebrauch des Verstands und sein Mitgefühl, und daß er auch dann vernünftig handelte, wenn Gewalt eine Alternative gewesen wäre.

Sie schaute aus dem Fenster, als die Monorail Phoenix erreichte, betrachtete die auf dem Kopf stehenden Ebenen und Berggipfel in den Wolkenformationen, die langsam über den Himmel trieben im sinkenden Licht der Sonne. Sie stellte sich rote Sanddünen vor, die auf einen azurnen Ozean zuliefen, alles verkehrtherum natürlich. Sie imaginierte ihre Durchquerung dieses Landes an der Seite Davids, wobei sie Außerirdischen und anderen seltsamen Dingen begegneten. Gefährliche und wundersame Reisen zusammen mit David.

Hatte sie gesagt, sie liebe ihn? Ja, sicher tat sie das, auf eine freundschaftliche und platonische Art. Der Gedanke an seinen Namen ließ ihr warm ums Herz werden, und daran war nichts, wofür sie sich schämen müßte — nicht nach all den verwirrenden und angstmachenden Situationen, die sie zusammen durchgestanden hatten, und nicht nach all dem Lachen und den Triumphen, die sie miteinander geteilt hatten.

Sie stellte sich vor, daß er jetzt bei ihr sei, und daß sie sich ihm anvertraute. Die spinnen dort alle, weißt du. Jeder einzelne von ihnen. Sie sind komplette Narren, soweit es das Projekt betrifft und obwohl alles so läuft, bezweifle ich, daß irgendeiner von ihnen weiß, worum es im Grunde geht.

Kadin nickte. Das glaube ich schon. Was war heute los? Gab es irgendwie Ärger mit ihnen?

Ja — ich war so wütend auf sie. Sie wollen mich in Kürze loswerden. Ich werde dich nicht mehr sehen können — und ich werde dich vor allem niemals in der Realität sehen.

Kadin schwieg für einen Augenblick, bevor er sanft sagte: Ich wünschte, wir könnten uns treffen. Ich würde dich sehr gerne einmal als richtige Person kennenlernen.

Sie bemerkte einen dumpfen Druck in ihrer Brust und atmete tief aus. Bald werde ich dich nicht einmal mehr in der Verbindung sehen können. Sie starrte aus dem Fenster. Kadin saß schweigend neben ihr. Nach einer Weile sagte sie: Sie verwenden mich nur. Das erkenne ich jetzt. Sie kümmern sich einen Dreck um meine Gefühle. Sie zwinkerte und fühlte, wie ihre Augen feucht wurden, weshalb sie mit den Knöcheln darüberrieb.

Sie wollte noch etwas sagen, als sie bemerkte, daß Kadin nicht mehr bei ihr war. Sie saß allein auf dem schaukelnden Zug und Kadin war irgendwie draußen über den Wolken.

»Und was, zum Teufel, soll ich zu dem allem beitragen?« fragte sie laut. Niemand gab ihr darauf eine Antwort. Sie warf den Brief ihrer Schwester zurück auf den Tisch und vermied es, ihn anzusehen, während sie im Wohnzimmer umherlief. Den größten Teil des Nachmittags hatte sie versucht, ihn aus ihren Gedanken zu verdrängen; aber als sie heimgekommen war, hatte er immer noch auf dem Tisch gelegen und sie angesehen. Kinks Gekritzel steckte mit Widerhaken in ihrem Gedächtnis:

> *... Dr. Atkins sagt, daß er wahrscheinlich kein halbes Jahr mehr zu leben hat. Wir müssen alle zusammenhalten. Jo ist schon zu Hause und hilft Ma, und sie möchten, daß auch du heimkommst. Ich selbst käme gerne, aber ich habe meine Anwaltsprüfungen direkt bevorstehen und kann die nächsten paar Monate einfach nicht weg...*

So — ihr Vater war also schwerkrank, und Kink verlangte, daß sie mit allem aufhören und heimgehen sollte. Nicht etwa, weil sie wirklich alle zusammenstehen mußten als eine Familie und man sie deshalb wollte — oh nein, es war, weil Kink gerade keine Zeit erübrigen konnte und jemanden als Ersatz brauchte. Und niemand anderer hatte ihr schreiben können. Normalerweise wäre es Jos Sache gewesen; aber auch Jo hatte sich vor ein paar Jahren auf die andere Seite geschlagen, als sie sich von ihnen ein für allemal losgesagt hatte. Niemand hatte sie je für irgend etwas gebraucht, außer wenn sie etwas von ihr wollten.

Welche Entscheidung sie auch immer über ihre nähere Zukunft fällen würde, es würde nicht die sein, alles liegenzulassen und heimzugehen. Vielleicht glaubte Kink, daß ihre Zukunft viel wichtiger sei als die aller anderen, aber Mozy sah das nicht so. Sie stand da, die Beine gespreizt, die Arme verschränkt, und starrte den Brief an.

Maggie und Mouse kratzten an ihrem Futterspender und erregten so ihre Aufmerksamkeit. »Was ist los?« fragte sie und spähte in den Käfig. »Oh, ich hab euch nichts gegeben, das ist los.« Sie öffnete die Käfigtür. »Kommt für einen Spaziergang heraus.« Sie setzte sie auf den Tisch und ließ sie dort, während sie die Wasserflasche abschraubte und Futter holte. Als die Behälter neu gefüllt waren, setzte sie die schnuppernden Wüstenmäuse wieder zurück.

Als sie sich nach dieser Arbeit wieder aufrichtete, fühlte sie ein scharfes Stechen im Genick. Sie spürte, wie müde und verspannt sie war. Was sie dringender brauchte als ein Abendessen, war ein langes, heißes Einweichen in der Badewanne. Sie zog sich auf dem Weg ins Badezimmer aus. Den Hahn drehte sie voll auf, ohne Rücksicht auf die Wasserrechnung. Während sich die Badewanne mit dampfendem Wasser füllte, streifte sie ihre letzten Kleidungsstücke ab und spähte selbstkritisch in den Spiegel. Ihr Haar sah schrecklich aus. Ihr Gesicht wirkte unattraktiv und irgendwie linkisch, wie immer, und diese Narbe ... sie drehte sich schnell weg und schloß den Hahn, wobei sie dachte: Warum bist du so unsicher? Warum fiel es ihr so schwer, sich im Spiegel anzusehen? Fürchtete sie die Narbe so sehr? Oder fürchtete sie, in der Reflexion in ihren Augen ihre Seele nackt daliegen zu sehen ... Blödsinn! ...

Fast so blöd wie in einen Mann verliebt zu sein, den sie niemals getroffen hatte.

Sie zuckte zusammen und richtete sich auf. – Liebe?

Die Röhren stöhnten auf, als sie den Hahn zudrehte. Sie stieg in die Wanne und ließ sich langsam im heißen Wasser nieder. Als sie so weit wie möglich drin war, legte sie den Hinterkopf auf den Badewannenrand und zog die Beine an, um sich kleiner zu machen. Warum produzierte man keine Badewannen, die lang genug waren für normale Menschen? Sie atmete ein paarmal tief und konzentriert, und die Schmerzen und Verkrampfungen verflossen allmählich in der Hitze.

Das Wasser lappte gegen ihr Kinn, wenn sie die Stellung wechselte, spülte mit plötzlicher Wärme über ihre Brüste und ließ sie kühl zurück, wenn es wieder zurückfloß. Sie dümpelte ein bißchen auf und ab, um ihre Brüste und Schultern zu wärmen. Ihre Gedanken schwappten wie das Wasser hin und her, kehrten aber immer zu Kadin zurück.

Wenn er nur da sein und ihr beim Entscheiden helfen könnte.

Und sei es nur in Gedanken...

Mozy, du quälst dich selber. Was macht dich denn so traurig? Sie schloß lächelnd die Augen und sah ihn auf dem Badewannenrand sitzen. Er sprach ruhig mit ihr. Sie sah keinen Grund, ihre Nacktheit zu bedecken. Schließlich war das nur ein Tagtraum. David, David, David.

Was stimmt nicht, Mozy?

Was nicht stimmt? Daß ich in dich verliebt bin, David. Ich liebe dich, und in ein paar Wochen ist es so weit, daß ich dich niemals wieder sehen werde. Reicht das nicht? Brauche ich auch noch meine Familie, um mein Leben zu ruinieren?

Sie biß sich auf die Lippe und fürchtete sich, die Augen zu öffnen, weil er dann verschwunden sein würde. Er sah zu ihr herunter mit einem warmen Gefühl; oder war mehr als nur das in seinen Augen? Wußte er eine Lösung? Er war ja so gut im Problemelösen...

Ja, sie gab es endlich zu — sie war verliebt in ihn.

Und es gab keinen Ausweg: sie würde ihn verlieren.

Sie sank tiefer ins Wasser und versuchte, den Schmerz in ihrer Brust zum Schmelzen zu bringen, aber er stieg in ihre Kehle hoch. Warum nur? dachte sie sich elend. Was hatte es für einen Sinn, jemanden zu lieben, den man niemals treffen und berühren konnte? Und doch waren sie wirklich zusammengewesen, hatten gemeinsame Gedanken gehabt, einander geistig berührt, in einer Intimität, die in gewisser Weise tiefer ging als die Intimität von Liebenden. Teilte er ihre Gefühle? Er kümmerte sich um sie, das war klar. Aber hatte er sie attraktiv gefunden, oder würde er es später einmal?

Sie zitterte vor Erregung und bemerkte, daß sie schon wieder ihre Narbe berührt hatte. Sie steckte die Hände unter das Wasser. Dann legte sie sie sanft auf die Brüste, fuhr sich über den Bauch und die Schenkel. Nun gut, dachte sie zornig. Ich bin nicht perfekt, aber ich bin auch nicht häßlich. Ich habe ein akzeptables Gesicht und einen recht ordentlichen Körper, und diese Narbe zählt überhaupt nicht.

David, wo bist du? flüsterte sie, als sie bemerkte, daß sie ihre Augen geöffnet hatte und er verschwunden war. David? Kommt du zurück? Die Antwort war Schweigen und nur die Risse in den Wänden schauten auf sie herab.

Sie drehte am Heißwasserhahn, um die Hitze zu erneuern. Anstatt den Schmerz aus ihr herauszuwaschen, schien ihn die Wärme nun tiefer in sie hineinzutreiben. Der Schweiß rann ihr in Bächen über die Stirn und näßte ihre Ponyfransen. Tränen mischten sich mit Schweiß und Badewasser. Sie setzte sich plötzlich gerade auf, würgte, dann beugte sie sich vor, umfaßte ihre Knie und begann stoßweise, aber leise zu weinen.

Als ihre Schluchzer nach einer Weile verebbten, wurde sie eines winzigen Geräusches gewahr, einer seufzenden Stimme im selben Raum mit ihr. Es war der Hahn am Fußende, den sie nicht ganz geschlossen hatte. Sie konnte das Leitungssystem irgendwo im Haus stöhnen und murmeln hören. Sie griff sich ein paar Taschentücher, putzte sich die Nase und warf die feuchten Tücher beiseite. Dann spritzte sie sich Wasser ins Gesicht und begann, sich einzuseifen.

Sie wußte nicht, woher der Gedanke plötzlich wieder gekommen war, aber einen Moment später strömten schon wieder die Tränen über die Wangen und im nächsten Augenblick starrte sie auf den Wasserhahn, an dem ein Tropfen hing, ohne herabzufallen. Warum war sie nicht früher auf diese Idee gekommen?

Mein Gott, warum hatte sie nicht vorher daran gedacht?

Hoshi konnte ihr helfen! Das Sandaran Forschungszentrum hatte alle Einrichtungen für den experimentellen Materietransmissionsprozeß; und sie würden es bald mit menschlichen Wesen ausprobieren, und David würde der erste sein. Hoshi hatte nicht gesagt, wohin sie ihn senden würden. Aber wenn sie ihn von der GEO-Raumstation wegschicken wollten, dann mußten sie dort genau so eine

Sendeanlage haben wie am Ankunftsort. Sie ließ sich bis zum Nacken ins Wasser sinken, während sie die Möglichkeiten überdachte. Bevor man daran hatte denken können, einen Menschen zu transmittieren, hatte man Techniken für das computerisierte Persönlichkeitsprofil entwickeln müssen. Die Details verstand sie nicht; aber man hatte nicht nur von Kadin, sondern auch von allen anderen solche Profile angelegt. Wenn sie ein Profil von Kadin hatten, mußten sie auch eines von ihr haben. Sie konnte sich für diese Transmission freiwillig melden und Kadin in Person treffen.

Sie fühlte tiefe Erregung in sich aufsteigen. Es gab keinen anderen Weg, auf dem sie irgendeine Hoffnung zu einem Treffen sah. Etwa eine Fahrkarte nach GEO-Vier kaufen? Absurd — sie würde Tausende kosten. Und er würde ohnehin bald nicht mehr dort sein. Aber wenn sie es mittels des Projekts schaffte — das wäre absolut perfekt.

Die würden natürlich so etwas nie nur darum tun, um ihr den Willen zu lassen, aber vielleicht gab es einen Weg, es als gerechtfertigt hinzustellen. Hoshi würde das wissen. Wenn überhaupt jemand, dann konnte er es tun. Und was konnte sie bei dem Versuch verlieren — außer einer Zukunft in Einsamkeit und verschwindenden Erinnerungen an einen Mann, den sie geliebt hatte? Und was ihre Familie betraf — die konnte sie ohne einen Gedanken des Bedauerns zurücklassen.

Ja, ruf Hoshi noch heute abend an, dachte sie sich. Es ist perfekt.

Sie schloß die Augen. Ein Gefühl friedlicher Vorahnung durchfloß sie, als sie sich die Überraschung auf Kadins Gesicht vorstellte, wenn sie ihn begrüßte. Das war gut; das war richtig. Sie holte tief Atem und seufzte, bewegte ihre Hände über ihre Hüften, die Brüste, den Bauch und auf die Innenseite der Schenkel hinunter. Ja, murmelte sie, während sie sich streichelte. Sie hatte nichts zu verlieren, aber vielleicht eine ganze Welt zu gewinnen. Das Streicheln begann sie zu erregen und sie seufzte jetzt tiefer als zuvor. Tu es, dachte sie sich ... es ist angenehm ... du hast es dir verdient. Ihre Hände bewegten sich in kleinen Kreisen, hoben und senkten sich und drückten zart, und ihr Atem ging schneller. Sie schloß die Schenkel über den Händen und begann sich kräftiger zu bewegen, so daß das Wasser gegen ihr Kinn schwappte.

6

Neuer Busfahrer heute, denkt er bei sich. Paß auf die Lichter auf, Licht und Schatten, Gebäudeumrisse. Du bist bequem geworden durch die Fahrer, die wußten, wo sie halten sollten; jetzt mußt du wieder selbst aufpassen.

Das Flackern der Lichter macht ihn benommen, weil er ohnehin schon müde ist. Stell dir vor, es seien Rückmeldungen in einer Verbindungsschleife, und die Benommenheit wird verschwinden. Jetzt wird sie wieder unterbewußt, die Beobachtung der Licht-Schatten-Muster ... der Wachhund im Kopf weiß, wann du aussteigen mußt.

Hoshi greift nach oben und berührt eine Metallplatte über dem Fenster. Der Bus hält mit einem Aufstöhnen, Hoshi steigt aus und bleibt für einen Augenblick auf dem Gehsteig stehen, um sich blinzelnd umzuschauen. Das Blinzeln ist purer Reflex, denn es nützt nichts, die Module in seinem Kopf adjustieren sich von selbst. Die Lichter zukken und schwellen an und ab, während sich die Schaltkreise anpassen. Irgendwie gefällt ihm das, wie das Gefühl einer Zunge, die immer wieder an einem schmerzenden Zahn herumfahren muß.

Er nickt sich selbst zu, sucht mit dem Blick die Straße und die Kreuzungen ab und macht sich auf den Weg zum letzten Block, wo er wohnt.

Das Telefon blinkt ihm zu, als er die Wohnung betritt. Er hängt seinen Mantel auf, geht ein paar Schritte hin und her und stellt Teewasser auf, bevor er einschaltet. Es ist eine Nachricht von Mrs. Martinsen, die unter ihm wohnt: »Hoshi«, sagt sie mit ihrer nasalen, trockenen Stimme, »würdest du bitte für mich einen Blick hinauswerfen und Armax hereinlassen? Ich bleibe jetzt in der Wohnung, und er ist noch draußen.« Nach einem Hüsteln: »Danke, Hoshi. Gute Nacht.«

Er schaltet das Gerät ab und fühlt, wie das Kopfweh einsetzt. Arme Mrs. Martinsen, hat immer Schwierigkeiten mit ihrer Bronchitis, und von den anderen Mietern hilft ihr kaum einer auch nur ein bißchen. Hoshi seufzt und preßt die Hände auf die Schläfen. Muß mal zum Arzt; herausfinden, ob man nicht etwas dagegen tun kann. Vielleicht muß ich damit leben und es aushalten, es gibt eine Menge Leute mit schlimmeren Leiden. Er geht in die Küche zurück, nimmt ein Tiefkühlessen aus der Truhe und schiebt es in den Mikrowellenherd, dann gießt er den Tee auf. Während der Tee zieht, geht Hoshi in den rückwärtigen Gang und die Stiege hinunter, steckt den Kopf durch die Hintertür und ruft: »Max? Armax – bist du da?« Er schaut in alle Richtungen: große helle Flecken von der Straßenbeleuchtung, alles andere liegt in gefleckter Dunkelheit. Keine Bewegung. Von der Katze ist nichts zu sehen. Hoshi geht wieder hinauf und übermittelt Mrs. Martinsen eine Botschaft. »Armax war nicht da. Muß sich einen schönen Abend in der Stadt machen. Ich versuch's später noch mal.«

Der bequemste Platz zum Essen ist die Küche – viel Licht, dunkle Möbel, glatte Oberflächen, deutliche Kontrollanzeigen. Das gemütliche Summen des Ventilators im Mikrowellenherd. Aktivität, mechanisches Leben. Die Stereoanlage schaltet er heute nicht ein, dazu ist er nicht in der richtigen Stimmung. Nur die Maschinen, die Küche, das Essen. Ein Gong ertönt und das Fenster des Mikrowellenherdes springt auf. Hoshi zieht sein in ein merkwürdig fehlfarbenes rotes Licht getauchtes Essen heraus: es ist heiß. Der Geruch der Brathuhnscheiben mit Sauce, der Geschmack von Kartoffeln und Erbsen und die Wärme des Essens in seinem Magen machen ihn ruhiger, er fühlt sich gleich besser. Während er langsam kaut, schaut er blicklos in die Küche. Die Lichtintensität ist fast vollkommen gleichmäßig, von einem gelegentlichen winzigen Flackern abgesehen. Die Spannung in seinem Kopf beginnt nachzulassen.

Das Telefon läutet. Er schlägt vor Ärger auf den Tisch, antwortet aber doch. »Ton an! Hallo!«

»Hoshi? Störe ich dich?«

»Mozy?« Große Überraschung. Schuldgefühl wegen seines Ärgers. »Nein, nein, du störst mich gar nicht.« Er gleitet vom Küchenstuhl, trägt seine Teetasse ins Wohnzimmer und stellt sich vor das Gerät. Nach kurzem Besinnen sagt er: »Bild an und senden.« Der Schirm wird hell und zeigt Mozys Gesicht als verschmierten Schatten. »Wie geht es dir? Heute hatte ich nicht viel Gelegenheit, mit dir zu sprechen.«

»Hast du Lust, mit mir etwas trinken zu gehen?« sagt Mozy, und ihre Stimme klingt ein wenig bestimmter als sonst. Sie macht einen aufgeregten Eindruck.

»Stimmt etwas nicht?«

»Nein. Nein. Aber ich würde gerne mit dir reden, okay?«

»Ja — sicher.« Normalerweise ist immer er derjenige, der dazu einlädt. »Ich bin nur noch am Essen. Hättest du Lust, herzukommen?«

Das geisterhafte Gesicht auf dem Bildschirm lächelt. »Gut, wenn du meinst. Ich bringe Bier mit. Bis bald dann.«

Als der Schirm dunkel wird, starrt er auf das Telefon und klopft mit den Fingerspitzen gegen seine Teetasse. Er geht zurück in die Küche, um fertigzuessen.

Eine halbe Stunde vergeht, und als er ihr schließlich die Tür öffnet, ist er ein wenig nervös vor Erwartung. Mozy kommt mit verlegenem Lächeln herein und gibt ihm einen Sack, der schwer, kühl und feucht ist. Er geht mit dem Sechserpack in die Küche, entfernt die Umhüllung, öffnet zwei Bierdosen, schüttet ihren Inhalt in Gläser und stellt den Rest in den Kühlschrank. Als er sich umdreht, steht Mozy hinter ihm. »Danke«, sagt sie und nimmt ein Glas. Sie scheint nervös, aber vielleicht kommt ihm das auch nur so vor.

Sie sitzen sich an dem massiven Wohnzimmertisch gegenüber, Mozy in einem Polsterstuhl, Hoshi auf dem Sofa. Nippen, Lächeln, Schwatzen über die Tagesaktivitäten. Hoshi sagt: »Ich hörte, daß du heute mit Bill gesprochen hast?« Er hebt die Augenbrauen.

»Ja«, erwidert Mozy und betrachtet die polierte Tischplatte aus dem Holz des Mammutbaums. Sie schiebt ihr Bierglas umher, will etwas sagen, scheint es sich anders zu überlegen, und spricht schließlich doch. »Hoshi, was ich dir jetzt sage, ist vertraulich. Es geht um die Arbeit — ich muß es mit jemandem besprechen — und du bist der einzige, dem ich vertraue.« Sie schaut auf. »Okay? Du wirst niemandem sagen, worüber wir gesprochen haben?«

Er holt tief Luft und nickt, wobei er sich gleichzeitig in der Falle und angenehm aufgeregt fühlt. Sie ist also eigentlich nicht gekommen, um *ihn* zu besuchen; sie braucht ihn als Zuhörer. Aber sie vertraut ihm und sie wird eine Menge komplizierter Gefühle für ihn an den Tag legen; das spürt er jetzt schon. »Ganz sicher nicht«, sagt er. Was könnte er auch sonst sagen — das Gegenteil? Sie nickt. »Okay.« Nimmt einen Schluck Bier und zögert. »Es ist wegen Kadin«, stößt sie hervor. Er betrachtet sie schweigend. Der Raum schimmert, deswegen readjustiert er seine Augen und seine Gedanken. Sie fährt fort: »Ich weiß nicht genau, wie ich es sagen soll ... aber ich bin ...«

Jetzt ist es ihm klar, und als er sich räuspert, klingt es laut genug für Husten. Er bemüht sich um eine tonlose Stimme: »Du bist ... du fühlst dich zu ihm hingezogen, nicht wahr?« sagt er, während er sich bemüht zu ignorieren, daß sich sein Magen zusammenzieht.

Sie nickt großäugig. Ein schönes, kluges Gesicht mit großen Augen. Er möchte seine Hand ausstrecken und sie berühren. Statt dessen greift er nach seinem Glas und umklammert es. Sie spielt mit ihrem Haar und läßt eine Fingerspitze über die kühle, dunkle Narbe auf ihrem Wangenknochen laufen. »Ich bin verliebt in ihn«, flüstert sie.

In seiner linken Schläfe verspürt er einen dumpfen Schmerz, der in den Hinterkopf wandert. Ein noch größerer, aber nicht physischer Schmerz ließe ihn am liebsten irgendwohin fliehen, wo er allein sein kann. Er bemüht sich, ihn nicht zu zeigen und zwinkert statt dessen. »Ich verstehe«, sagt er, weil er jetzt etwas sagen muß.

Mozy bemerkt nichts und redet weiter. »Ich glaube, es ist mir erst heute wirklich klargeworden. Ich nehme an, daß ich schon lange in ihn verliebt bin, aber ich habe das nie zugegeben — nicht einmal gegenüber mir selbst.« Sie lacht unglücklich.

Hoshi kratzt sich am Ohr. »So«, sagt er bedachtsam. »Ja. Das könnte ein Problem sein. Du wirst bald nicht mehr an dem Projekt mitarbeiten und dann hast du keine Gelegenheit mehr ...«

»Ich weiß«, sagt sie heftig.

»Natürlich — tut mir leid.« Er lehnt sich zurück, verblüfft von ihrer Heftigkeit. Soll er es ihr sagen, einfach heraus damit und ihr ins Gesicht gesagt? Nein ... nein, das kann er nicht tun. Aber sie tut ihm leid, er hätte so gerne seinen Arm um sie gelegt und sie gehalten und beruhigt. Mozy, oh Mozy, weißt du nicht, wie begehrenswert du für mich bist?

»Ich habe eine Idee«, sagt Mozy, »aber du mußt sie vollkommen geheimhalten.«

»Was für eine Idee?«

»Versprichst du es?«

Er zuckt die Achseln und nickt dann beklommen.

»Es klingt vielleicht verrückt, aber bitte — hör mich bis zum Ende an!« Sie berührt seinen Arm, was einen Schauer von Gefühlen in ihm auslöst und wegfegt, was noch an Widerstand in ihm vorhanden war. Natürlich wird er zuhören. »Ich möchte zu David transmittiert werden.«

Seine Gedanken zerfließen. »Du willst *was?*«

»Transmittiert werden mittels der Maschine im Zentrum — nach GEO-Vier — wo Kadin ist.« In ihrer Stimme gibt es weder Zögern noch Zweifel.

»Das kannst du nicht ernst meinen.«

»Du glaubst, ich spinne. Ich weiß. Aber es wäre möglich, oder etwa nicht? Ist es unmöglich?« Sie starrt ihn heftig zwinkernd an.

Er weiß kaum, wo er anfangen soll, und ob er dabei lachen oder weinen soll. Es gibt so viele Antworten; so viele Dinge, die er erklärten müßte. Aber er darf nichts erklären, die Sicherheitsvorschriften verbieten das. Er holt tief Atem und probiert es mit einer Ausflucht. »Aber die haben noch nie einen Menschen durch den Transmitter geschickt. Es ist alles nur experimentell — sie würden es nie tun, nur weil du...«

Mozy unterbricht ihn. »Sie haben die Absicht, David zu senden. Hast nicht du mir das erzählt?«

»Ja, aber das ist etwas anderes. Das ist...« Er räuspert sich und kämpft um die richtige Formulierung, um ihr zu sagen, was er nicht sagen darf. »Ich hätte dir nie etwas davon sagen dürfen«, antwortet er lahm. Soll er es ihr jetzt sagen ... und zum Teufel mit den Sicherheitsvorschriften? Soll er ihr die Wahrheit sagen, soweit er sie selber kennt? Er kneift die Augen zusammen und streicht sich über die Brauen. Die schöne alabasterweiße Frau wird heller, dann dunkler, die Schatten weicher.

Mozy läßt sich nicht abschrecken. »Sie müssen bereit sein zu menschlichen Transmissionen, sonst würden sie nicht planen, David zu senden. Das bedeutet, daß es möglich ist.« Sie ist absolut überzeugt von ihrer Idee. »Also gibt es keinen Grund, warum die nicht mich zuerst senden könnten.«

»Mozy, weißt du, wovon zu redest?«

»Es wird gefährlich sein, das weiß ich. Aber was habe ich zu verlieren?« In ihrer Stimme klingt echte Verzweiflung mit.

Verzweifelte Liebe? Er kennt das selbst gut genug, nicht wahr? Er will ihr helfen, will, daß sie glücklich ist. Da gab es so viele Dinge, die er ihr gerne hätte sagen wollen, und jetzt ist es für das alles zu spät. Statt dessen stottert er: »Du hast — du hast eine Menge zu verlieren, Mozy.«

Sie schnaubt und schaut in ihr Bier.

Mehr als du dir vorstellen kannst, fügt er in Gedanken hinzu. Laut sagt er: »Wie auch immer, Bill ließe das niemals zu.«

Sie schaut auf. »Kannst nicht du es für mich tun?«

»Hah! Und was ist mit den Sicherheitsbestimmungen? Weißt du, in was für Schwierigkeiten du geraten kannst mit so einer Sache?«

»Du meinst, ich würde meinen Job verlieren?« Sie zuckt die Achseln. »Ich verliere ihn ja ohnehin. Meine Freunde und alles, was ich sonst will, sind mit dieser Arbeit verbunden. So wie es jetzt aussieht, bleibt mir gar nichts, wenn ich gehen muß.«

Das trifft ihn wie ein Schlag vor die Brust. Meine Freunde ... sind mit dieser Arbeit verbunden! So weit ihm bekannt ist, ist er ihr einziger Freund im Zentrum. Und natürlich Kadin. Aber sie muß ihn gernhaben, genau wie Kadin, sonst würde sie nicht so etwas sagen. Er fühlt eine Spannung hinter der Stirn, die ihm das klare Denken erschwert. Es ist, als sei ein Teil seines Geistes durch ein Loch im Kontinuum entwichen und habe sich irgendwie von ihm getrennt, aber doch nicht ganz. Er weiß nicht, was er sagen soll, und sagt: »Wir ... können Freunde bleiben ... auch wenn du nicht mehr dort arbeitest.«

Mozy bewegt sich nicht; es scheint, als sei sie in Trance. »Es gibt wirklich nichts zu verlieren«, murmelt sie düster. Plötzlich wirft sie den Kopf hoch, als hätte sie erst jetzt seine letzten Worte verstanden. Sie berührt ihre Narbe und lacht mit einem Ton, der durch ihn hindurchfährt wie eine Brise durch die Baumkronen. »Ja, natürlich, Hoshi!« Sie berührt sein Handgelenk und warme Energie durchströmt ihn. »Was täte ich denn ohne dich? Mein Gott, du bist mein bester Freund hier!«

Er lächelt schüchtern, hat seine Sicherheit zurückgewonnen und versucht zu antworten. »Ich — Mozy, ich würde dir gerne helfen. Wirklich.«

»Glaubst du, du findest einen Weg?« fragt sie begierig.

Er gestikuliert hilflos. »Du kannst nicht einfach da hineinlaufen und den Transmitter benutzen. So einfach ist das nicht — und außerdem, es gibt die Sicherheitsbestimmungen.«

»Die Sicherheitsbestimmungen werden hier nicht so

genau überwacht, und außerdem haben wir beide unsere Ausweise.«

»Aber doch nicht für diesen Bereich.«

Sie fleht ihn an: »Gibt es keine Möglichkeit, es zu tun? Kannst du nicht irgendeinen Weg finden, mir zu helfen?« Ihre Stimme klingt gequält, und er kann ihr kaum widerstehen.

»Theoretisch mag es ja möglich sein«, sagt er unsicher, »aber das heißt nicht, daß es auch vernünftig ist.«

»Hoshi, du bist gescheit«, sagt sie ohne jede Schmeichelei, sondern vollkommen ehrlich, »du kennst die Maschinen und die Codes, und ich wette, wenn du mir hilfst, dann können wir es tun. Ich übernehme die Verantwortung für jede Schwierigkeit, in die ich geraten könnte. Ich muß es einfach tun. Ich muß Kadin treffen. Verstehst du das denn nicht?«

Er versucht, klar nachzudenken, aber es ist, als wolle er einen Blizzard beruhigen. Ja, vielleicht kann er einen Weg finden; wenn überhaupt irgend jemand, kann er die Sicherheitsbestimmungen umgehen, und das Brechen der Computercodes wird für ihn ein Kinderspiel sein. Aber sie versteht nicht, sie kennt nicht die ganze Wahrheit, und er kann sie ihr nicht sagen.

Aber...

...es gibt einen Weg, auf dem er es tun kann. Nicht ganz so, wie sie es sich vorstellt. Es würde riskant sein — aber sie will unbedingt ihre große Liebe treffen, und wenn Kadin ihr so viel bedeutet, dann wird Hoshi ihr helfen — und dann wird sie begreifen.

»Bitte, Hoshi«, flüstert sie. Sie lehnt sich weit über den Tisch und blickt ihm in die Augen.

Er neigt den Kopf, versucht, sein heftiges Herzklopfen zu beruhigen und denkt: Dir helfen? Oh ja, Mozy, ich werde dir helfen, wenn du das willst. Du bist eine Zauberin, Mozy, und wenn dir über eine Konsole tanzende Finger oder ein Geist in Verbindung mit einem Computer helfen können, dann bist du bei mir an der richtigen

Adresse. Er hebt sein Glas und trinkt; kühl rinnt das Bier hinunter.

»Tust du es?« flüstert sie.

Er nickt unsicher und sagt: »Es ... ja ... es mag sein, daß es möglich ist. Ich werde ... ich werde sehen, ich muß darüber nachdenken, einen Weg finden.«

Mozy lächelt schlau und diesmal läßt sie ihre Hand auf der seinen liegen. Sie redet jetzt laut und macht Pläne, aber er hört sie kaum, so sehr denkt er jetzt nach. Es gibt so viele Dinge, über die er sich im unklaren ist, die man ihm nie gesagt hat; er wird vorsichtig probieren müssen, mit äußerster Finesse in Programme einzudringen, die man ihm bisher nie zu berühren erlaubt hat. Aber er kann das, da ist er sich sicher; man wird niemals ihn verdächtigen, und wenn sie sich im nachhinein aufregen, kann man halt nichts mehr machen. Jonders ... wegen Jonders macht er sich nicht viele Sorgen, soweit es ihn betrifft, Fogelbee ist ein pompöses Arschloch, die hätten ihm eben von Anfang an vertrauen sollen, statt ihre läppischen Geheimhaltungsspielchen zu treiben. Er nickt zu irgend etwas, das Mozy gerade sagt, und bemerkt zu seiner Überraschung, daß sie gerade aufsteht, um zu gehen. »Wann weißt du es sicher?« wiederholt sie offenbar eine Frage.

Er findet sich nicht gleich zurecht zwischen seinen Gedanken und ihrer Frage und antwortet zögernd: »Ich lasse es dich wissen ... sobald ich es gecheckt habe ... ja. Das kann vielleicht sehr schnell gehen, ohne jede Vorwarnung. Wir werden es bei der erstbesten Gelegenheit tun müssen.«

Jetzt lächelt sie glücklich, berührt ihn, braucht ihn. Er ist halb verrückt vor Freude. Zu schnell, als daß er reagieren könnte, reckt sie sich und küßt ihn auf die Wange. Das nächste, was er mitkriegt, ist, daß sie schon gegangen ist. Das Wohnzimmer dreht seine Schattenrisse um ihn. Das Licht flackert und rotiert in seinen Augen, und er stößt so hart gegen einen Stuhl, daß er stolpert und hinfällt. Da liegt er, schnappt nach Luft und flucht, in seinem Kopf dreht sich alles, aber nach einer Weile hört das auf.

Er steht auf, dreht die Lampe ab, setzt sich auf die Couch und trinkt ihr Bier aus, wobei er fieberhaft nachdenkt und Pläne schmiedet.

Mozy, Mozy, du weißt nichts von den Gefahren! Ich wollte es dir sagen, es geht nicht um das, was du glaubst — aber ich versuche es für dich, ich habe es ja versprochen. Wie könnte ich mich dir verweigern? Ich helfe dir, so gut ich nur kann, Mozy...

... aber ich frage mich doch ... hätte ich es dir sagen sollen?

7

Die zudringlichen Finger des Scannerprogramms zogen sich aus ihrem Geist zurück, wie sie zuvor eingedrungen waren. Es war ein Gefühl der Erleichterung, als diese flimmerhärchenhaften Fühler aus ihrem Schädel verschwanden. Jetzt waren die Erinnerungen wieder ihre eigenen.

Sie saß im Dunkeln und sammelte ihre Gedanken. Der Scannerhelm war ein Platzangst erzeugendes Gebilde und weitaus lästiger als der übliche Verbindungshelm. Die Gefühle aus der Zeit vor der Sitzung schwappten jetzt zurück. Lusela hatte es ihr heute gesagt: die Sitzungen mit Kadin waren vorbei. Kein letzter Besuch, kein Auf-Wiedersehen-Sagen. Alles, was sie noch brauchten, waren ein paar Gehirnscannerbilder für Analysezwecke. Zu benommen, um zu protestieren, hatte Mozy ihren Ärger unterdrückt und war mit einem elenden Gefühl in die Zelle gegangen. In ihr war etwas zu Asche geworden, das vorher gebrannt hatte, auch noch, als der Helm sich auf sie senkte. Dann begann das Scannern, die Finger waren in ihr Gehirn gefahren und hatten Muster und Erinnerungen sortiert und Trennwände eingerissen wie Kartenhäuser.

Jetzt war es vorüber. Alles war vorüber.

Das Licht ging an in der Zelle, und sie bemerkte die technische Assistentin, die ihre Verbindung abschaltete. Lusela war auch da und murmelte mit der Technikerin. Der Helm hob sich plötzlich von ihrem Kopf, und sie atmete einen Schwall Frischluft ein.

Erleichterung. »Warum bleibst du nicht einfach ein paar Minuten ruhig sitzen«, sagte Lusela. »Wie fühlst du dich?«

Mozy starrte sie benommen an.

Die medizinisch-technische Assistentin schaute ihr jetzt zuerst in die Augen und dann auf die Monitoren, die Körperfunktionen anzeigten. Dann ging sie, und Lusela sagte: »Wir lassen dich ein bißchen allein, damit du deine Gedanken wieder zusammenkriegst. Wenn du uns brauchst, wir sind vor der Tür.« Sie zeigte auf einen Rufknopf. »Du mußt nur drücken.« Sie folgte der Assistentin und schloß die Tür.

Mozy stieß ihren Atem in einem lautlosen Schrei aus. Sie legte ihren Kopf auf die dafür vorhandene Stütze und starrte zur Decke. Sie brauchte Zeit zum Nachdenken, um den Kopf klar zu bekommen. Hirnscanner ... Schluß mit Kadin ... was geschah mit ihr? Der Versuch, es zu verstehen, war so, als hebe man die Scherben eines zerbrochenen Topfes auf und wundere sich, wie sie jemals zusammengepaßt hatten. Sie schloß die Augen und ließ ihren Gedanken freien Lauf. Die Stille war beruhigend.

Eine Minute verging. Die Tür öffnete sich und schloß sich wieder. Sie ignorierte es und hielt die Augen geschlossen in der Hoffnung, nicht gestört zu werden. Ein Flüstern neben ihrem Ohr ließ sie auffahren. »Mozy?«

Sie öffnete erstaunt die Augen. »Hoshi?«

»Heute ist es soweit«, murmelte Hoshi. Er beugte sich über sie. Sein Kupfermedaillon baumelte herab, seine seltsam fokussierten Augen suchten die ihren. »Ich bin mit allem fertig. Wir können es heute tun.«

»Was denn?« fragte sie dumm.

»Die Transmission!« zischte er. Seine Augen glänzten vor ernster Eindringlichkeit. »Ich habe eine Methode ausgearbeitet. Ich kann es jetzt tun. Du und Kadin.«

Als Mozy langsam begriff, wovon er sprach, stiegen alle unterdrückten Hoffnungen auf einmal in ihr auf. Als sie zu sprechen versuchte, brachte sie kein Wort heraus, aus Angst, vor Freude, oder wegen beidem. Ihre Augen wurden feucht.

»Jetzt oder nie«, sagte Hoshi dicht neben ihr. »Wir müssen es heute tun.«

Ihre Gedanken rasten wie verrückt. Heute? Ohne jede Vorwarnung? Da war so viel Ungeplantes, Unfertiges. Aber wenn er sie wirklich zu Kadin schicken konnte...

Unsicher begann sie einen stotternden Versuch, Zeit zu gewinnen: »Kannst du denn wirklich ... wie...?«

»Ich habe die Codes geknackt, aber es muß heute passieren.« Er blickte nervös über seine Schulter zurück und senkte seine Stimme. »Also gut. Hör zu! Wenn du hier fertig bist, geh hinauf in die Cafeteria und warte auf mich. Ich komme, sobald ich bereit bin. Es kann zwei oder drei Stunden dauern.«

Sie starrte ihn an und bemühte sich, seinen Worten zu folgen.

»Hast du mich verstanden?« Sie nickte langsam. »Warte auf mich«, wiederholte er. Einen Moment später war er gegangen, während sie in verblüfftem Schweigen zurückblieb.

Drei Stunden? Es war, als seien es drei Wochen. Sie umklammerte eine lauwarme Tasse Tee — ihre dritte oder vierte — und versuchte, sich selbst zu beruhigen. Dabei fühlte sie sich wie auf einer Achterbahn. Vor einer Stunde war sie gerade ekstatisch gewesen; jetzt fürchtete sie sich zu Tode. Wenn sie an den Gehirnscanner dachte, fragte sie sich, welche ihrer geheimen Gefühle jetzt in den Datenbanken des Computers gespeichert sein mochten. Welche ganz privaten Träume, Hoffnungen und Ängste? Wußte der Computer von ihrer Liebe zu Kadin? Wußte er von ihrem Plan, zu ihm zu gehen?

In der Küche fiel ein Tablett zu Boden, der Lärm füllte die ganze Cafeteria. Mozy zuckte zusammen und blickte auf, wie ein Dutzend anderer Leute auch, die sich dann wieder ihrem Essen oder ihrer Konversation zuwandten. Hatte jemand von ihr Notiz genommen? Sei nicht paranoid. Bald ist es vorbei.

Sie griff nach ihrer Tasche und zog einen Filzstift und einen abgegriffenen Papierblock heraus. Die ersten Seiten riß sie ab, um mit einem sauberen Blatt zu beginnen; nachdem sie eine Minute nachgedacht hatte, schrieb sie:

Liebe Kink,
Ich habe deinen Brief erhalten. Leider kann ich

nicht heimkommen, weil ich mit etwas Wichtigem beschäftigt bin

Sie sah finster an, was sie da geschrieben hatte, riß das Blatt ab, knüllte es zusammen und begann von neuem:

Liebe Mutter,
Ich habe durch Kink von Dad gehört. Ich weiß nicht, ob ich nach Hause kommen soll oder nicht, aber es war wirklich ein Schock für mich

Sie warf den Stift hin und starrte das Tablett an. Hilfloser Zorn über die Nutzlosigkeit, jemandem in ihrer Familie etwas von ihren Gefühlen sagen zu wollen, erfüllte sie. Die hatten niemals irgendeinen Versöhnungsversuch gemacht seit dem großen Streit. Sie hielten sich aus ihrem Leben heraus, und sie würde sich aus ihrem heraushalten. Und Kinks Brief machte ihr jetzt Lust, eine riesengroße Vase zu nehmen und sie irgend jemandem über den Schädel zu schlagen.

Aber irgendeine Antwort mußte sie geben. Sie knüllte das zweite Blatt zusammen und sah sich nach einem Zahl-Terminal um. In der gegenüberliegenden Ecke der Cafeteria war einer. Sie nahm ihre Sachen und ging hinüber, wobei sie ihre Telefonkreditkarte aus ihrer Tasche heraussuchte. Sie steckte sie in den Schlitz und setzte sich vor die Tastatur. Der Schirm leuchtete auf, sie tippte den Brieftelegrammcode ein, danach die Adressen von Kink und von ihrer Mutter. Ohne es zu bemerken, verzog sie ihren Mund, während sie tippte:

Liebe Mom, Dad und alle anderen,
Tut mir leid, so schlimme Neuigkeiten zu hören. Ich muß hier eine Weile verreisen, also kann ich jetzt nicht nach Hause kommen. Ich weiß ohnehin nicht, ob Ihr mich sehen wollt.

Nach einem Zögern entfernte sie den letzten Satz wieder und fuhr statt dessen fort:

Melde mich, sobald ich kann. Haltet mich auf dem laufenden.

Mozy

Sie starrte lange den Schirm an, während ihr zitternder Finger über dem Knopf SENDEN schwebte. Sie biß sich auf die Lippe, fügte noch ›in Liebe‹ vor ihrem Namen ein und drückte dann auf den leuchtenden Knopf. Der Brief verschwand vom Schirm, an seiner Stelle erschienen die Worte: »Brieftelegramm übertragen — Empfang bestätigt.«

Sie saß noch einen Moment lang da, zitternd und tief durchatmend. Was ihre Familie betraf, konnte sie im Augenblick nicht mehr tun. Sie fragte sich, wem sie sonst noch eine Nachricht schicken sollte. Dee? Nein, ach Gott, das war doch längst vorbei, wie kam sie nur überhaupt auf Dee? Maggie und Mouse! Sie würde Hoshi bitten müssen, sich um sie zu kümmern. Und Mardi — der schuldete sie wirklich eine Erklärung. Sie bereitete noch ein Schreiben vor und tippte Mardis Adresse ein. Aber was sollte sie ihr mitteilen? Sie konnte ihr kaum sagen, was sie wirklich plante. Nachdenklich kaute sie auf ihrer Lippe.

»Da bist du also«, knurrte Hoshi ungeduldig.

Sie erschrak und blickte auf. Dann stand sie auf und nahm ihre Kreditkarte aus dem Gerät.

»Gerade eben habe ich schon gedacht, du seist nach Hause gegangen«, sagte er. »Bist du bereit?«

Die Gedanken schossen ihr durch den Kopf, aber sie nickte. Mardi würde warten müssen. Als Hoshi sich zum Gehen wandte, packte sie ihn am Arm. »Warte, Hoshi! Kannst du meine Wüstenspringmäuse versorgen? Kannst du dich um Maggie und Mouse kümmern?« Während Hoshi vor Überraschung zwinkerte, suchte sie in ihrer Tasche nach dem Wohnungsschlüssel und drückte ihn ihm in die Hand. »Ich habe vorher nicht daran gedacht, das zu arrangieren.«

Hoshi sah den Schlüssel an, bevor er ihn einsteckte. »Schau, Mozy, da sind ein paar Sachen, die ich dir erklären muß.« Nach einem verlegenen Zögern sagte er: »Gehen wir zuerst ins Labor.« Sie machten sich auf den Weg. »Ich bin als letzter gegangen. Ich sagte Bill, ich bliebe noch, um etwas fertigzumachen. Denk daran, du gehst nur hinein, um etwas zu holen, das du vergessen hast.«

»Meine Jacke.«

Hoshi nickte und schwieg, als sie an dem Sicherheitsmann neben der Cafeteriatür vorbeigingen. Der Wächter las einen Roman und schaute kaum auf, als sie vorüberkamen. Die Gänge außerhalb des Persönlichkeitslabors waren leer. Die meisten von der Tagesschicht waren gegangen, die Abendschicht war zahlenmäßig sehr viel geringer. Der Wächter, der für diesen Flügel zuständig war, betrachtete flüchtig ihre Ausweise. Sie betraten das Labor. Im Bereich für Systemprozeduren waren ein paar Nachtschichtleute an der Arbeit. Der Kontrollraum war unbesetzt, und Hoshi winkte Mozy, vor ihm hineinzugehen. Die Tür zischte, als sie sich schloß. Mozy spähte durch das Glas hinaus. »Werden sich diese Leute nicht fragen, was wir hier tun?«

»Überlaß das mir«, murmelte Hoshi. Er hatte sich schon über die Konsole gebeugt, legte Schalter um und gab Anweisungen ein. Er arbeitete flink auf der Tastatur, mit gespitztem Mund. Nach ein paar Minuten richtete er sich mit glitzernden Augen auf. »Den Rest kann ich erledigen, wenn du angehängt bist. Aber jetzt muß ich dir noch etwas erklären.«

»Wart einen Augenblick. Du mußt mir nichts zum technischen...«

Er schüttelte den Kopf. »Was du nicht verstehst, ist...«

Die Tür ging zischend auf, und ein junger Mann kam herein. Hoshi sah ihn an und sagte lakonisch: »Oh, Tim — hallo.«

»Spät dran, Hoshi?« fragte der junge Mann und sah neugierig Mozy an.

»Ja, letzter Termin«, erwiderte Hoshi. »Muß Mozy noch mal extra für morgen scannern.«

»Tatsächlich? Hab' nichts davon auf der Tagesanweisung gesehen.«

»Bill war schon weg, bevor es reinkam. Glücklicherweise war Mozy noch da. Mach dir keine Sorgen — es stört dich nicht bei deiner Arbeit.« Hoshi wandte sich wieder der Konsole zu und begann eifrig herumzuschalten.

Tim blickte zwischen den beiden hin und her und zuckte dann die Achseln. »Okay — ruf mich einfach, wenn du Hilfe brauchst.«

»Ja«, sagte Hoshi knapp, ohne aufzusehen.

Als Tim weggegangen war, warf Hoshi einen Blick in den Gang. »Gehen wir in die Zelle, bevor noch jemand irgendwelche Fragen stellt.« Er schob sie zur Tür.

»Was war es, das du mir erklären wolltest?«

»Gleich. Gehen wir!« Er schob kräftiger.

Ihre Beine waren plötzlich weich wie Wachs. Das Risiko, das sie einging, kam ihr jetzt voll zu Bewußtsein. »Hoshi, ich ... ich bin mir nicht sicher, ob ich das durchstehen kann.« Kadin hin oder her.

Hoshis Augen glänzten. »Jetzt gibt es kein Zurück mehr. Wir müssen weitermachen.« Er führte sie in den Gang und direkt zur Zelle.

Die Tür schloß sich leise hinter ihnen. Mozy gehorchte seinen Anweisungen und kletterte in den Stuhl; aber als Hoshi geschäftig an den Verbindungen zum Scannerhelm herummachte, wuchs in ihr ein Gefühl von Unwirklichkeit. Etwas stimmte nicht — und sie brauchte ein paar Sekunden, um zu begreifen, was es war. »Hoshi!« zischte sie, »das ist kein Materietransmitter — das ist die Anlage für das Gehirnscanning! Wo sind die ...« Die Stimme versagte ihr plötzlich. Sie wußte nicht genau, wie ein Materietransmitter aussehen sollte, aber sicher brauchte es dazu eine Art Kammer mit Abtaststrahlen und so weiter, und hier gab es nichts von alledem. »Das ist es, was ich dir erklären wollte.« Hoshi sprach schnell, während er den Helm über ihren Kopf hob. »Wir machen ein komplettes Scanning – wie nachmittags, nur noch vollständiger. Alle deine Erinnerungen, alle Gehirnmuster, alles, was deine Persönlichkeit ausmacht...«

Sie wehrte ihn mit der Hand ab. »Du meinst, du mußt das vor der Transmission tun, damit es sicher ist, daß...«

»Nein.« Er schob ihre Hand beiseite und stülpte ihr den Helm über den Kopf. »Das hier ist das Scanning für die Übermittlung. Der Materietransmitter kann nicht...«

Man hörte ein Geräusch vor der Tür und Hoshi versteifte sich. Plötzlich packte er Mozy an den Schultern und küßte sie heftig. Mozy wand sich angstvoll. Der Helm hatte schon Platzangst ausgelöst und jetzt nahmen ihr Hoshis Lippen auch noch den Atem. Halb erstickt und um Atemluft kämpfend, schob sie ihre Fäuste zwischen Hoshi und sich und versuchte, ihn wegzustoßen. Er entspannte sich lang genug, um »Bluffen!« zu knurren, und sie bemerkte ein Zischen und eine Gestalt im Türrahmen. Sie begriff, umschlang Hoshi und bemühte sich, eine leidenschaftliche Umarmung darzustellen.

Eine ihr unbekannte Stimme sagte: »Oh, Entschuldigung. Ich glaube, ihr braucht keine Hilfe.« Die Tür schloß sich wieder zischend, und der Mann war weg.

Mozy schnappte nach Luft, als Hoshi zurücktrat. »Ich mußte das tun«, sagte er rauh und vermied, sie anzusehen.

»Warum?« Sie war zornig und verlegen.

Hoshi stotterte. »Besser, sie denken das, als... – ich weiß nicht.« Er begann, wieder die Helmverbindungen zu überprüfen; seine Hände zitterten, während er an den Kontakten herummachte. Seine Stimme klang jetzt verletzt, als er anfügte: »Ich versuchte lediglich, unsere wahren Absichten zu verbergen.« Er drehte sich weg, dann wieder zurück. Seine Augen blinkten feucht.

»Okay«, sagte Mozy unbehaglich. »Wenn wir das tun müssen, tun wir es eben.«

Hoshi arbeitete jetzt wieder schweigend und erfolgreich und brachte den Helm zu einer ganz genauen Anpassung. Als er wieder etwas sagte, klang seine Stimme geschäftsmäßig. »Was ich transmittieren werde, ist der Abdruck aller deiner Erinnerungen und der ganzen Persönlichkeitsstruktur.«

Sie sah ihn groß an. »Wie meinst du das? Du hast mir doch gesagt, daß du...«

»Daß ich dich an einen Ort senden würde, wo du bei Kadin sein kannst. Das tue ich auch. Du wirst bei ihm sein — dein Geist wird bei ihm sein — genau wie in den Szenarios.«

»Aber du sagtest...«

»Ich sagte, daß ich dir helfen würde, Kadin zu treffen. Mozy, hör mir zu!« Er beugte sich herab und sah ihr in die Augen. »Kadin wird auf dieselbe Weise gesendet wie du. Es gibt keinen Transmitter auf der Erde, der dich körperlich und lebendig irgendwoanders hinsenden könnte.«

Sie schüttelte ungläubig den Kopf. Tränen füllten ihre Augen. »Aber man hat gesagt, daß es einen Transmitter gibt! Willst du mir sagen, daß alles eine Lüge war?«

»Nein, keine Lüge. Hör mir zu, verdammt noch mal! Sie können immer noch keine Lebewesen übertragen. Steine, ja. Leute, nein. Es ist zu kompliziert.« Mozy starrte ihn ärgerlich an, während er sprach. »Mit dem Ergebnis des Gehirnscannings ist es etwas anderes — das ist weiter fortgeschritten. Wir können eine Person in digitaler Form transmittieren und in einem weit entfernten Computer wieder zusammensetzen. Das ist das, was mit Kadin gemacht wird.«

»Was wird das mit mir tun?« schrie sie.

»Nichts! Überhaupt nichts!« Seine Stimme wurde sanfter. »Ein Teil von dir wird bei ihm sein. Du bist immer noch da — und du bist auch bei ihm. Das ist das beste, was ich tun kann, das beste, was irgend jemand tun kann.«

Sie sah ihn an. Seine Augen schienen zu rotieren, als er ihren Blick erwiderte. »Ich werde hier sein«, wiederholte sie und versuchte, es zu verstehen. »Du meinst, ich werde hier hinaus und heute nacht nach Hause gehen?«

»Das kann keiner wissen. Aber der Teil von dir am anderen Ende der Leitung wird vorsichtig sein müssen. Gib dich nicht einfach auf.«

»Wird er dort sein?«

»Vertrau mir, Mozy. Wenn wir es nicht jetzt tun, wird es keine zweite Chance geben. Willst du nun oder nicht?«

Sie kämpfte mit sich. Sie brauchte mehr Zeit, um über diese Lage der Dinge nachzudenken. Das war nicht das, worum sie gebeten hatte, aber vielleicht war es besser als nichts. Sie dachte an all die Zeiten, die sie schon auf diesem Stuhl verbracht hatte, verbunden mit einem anderen menschlichen Geist. Aber das nun war etwas anderes; sie warf sich hier einer anderen Person in die Arme, ohne zu wissen, ob sie willkommen war oder weggestoßen werden würde. Aber es hieß, den wundervollsten Mann auf der Welt zu einer Verabredung zu bitten.

»Werde ich wissen, was mit dem Teil von mir geschieht, der bei ihm ist?« fragte sie schließlich.

Hoshi sah sie schweigend an und drehte die Handflächen nach oben. Seine Augen kamen ihr wie sich drehende hypnotisierende Scheiben vor. Sie sah ihn an und konnte diesen sich drehenden Scheiben nicht entkommen. Sie stellte sich vor, daß sie sagten: Wenn du da nicht mitmachst, wirst du Kadin niemals wiedersehen. Sie dachte an Kadin, seine Feinheit und Stärke, und fühlte sich hilflos in einem Sog des Begehrens.

»Fangen wir an«, flüsterte sie heiser. Hoshi nickte und traf die letzten Vorbereitungen. Seine Hand berührte die ihre, und beide zuckten nervös zurück. Also, so sei es denn, dachte sie. Fang an mit dem verdammten Zeug! Sie schaute weg und zählte unbewußt die Sekunden. Dann hob er den Kopf und sagte: »Das war's. Wir sind fertig.« Er trat zurück, murmelte irgend etwas, dann war Mozy plötzlich allein in der Zelle, in der das Licht düsterer wurde.

Das ist für dich, Mozy. Wie ich es versprochen habe. Hoshis Finger fliegen über die Konsole und wecken die geheimen Programme, die er so sorgfältig präpariert hat. Es sollte eine todsichere Sache sein. Bis jetzt war es das gewesen: die Codes zu knacken und die Sicherheitssperren zu umgehen, war kein Problem gewesen. Er war überrascht davon, wie einfach es war, jeder, der den Computer so gut kannte wie er, hätte diese Dinge tun können. Aber jetzt kommt alles zusammen, und er fühlt einen enormen Knoten in seinen Schultermuskeln, beinahe als ob er sich fürchtete. Einen Moment lang hatte er sich gefürchtet, als jemand sie beide in der Zelle entdeckt hatte, da hatte er beinahe den Kopf verloren.

Jetzt, allein im Kontrollraum, fließt sein Blut heiß und erregt. Er ist erregt seit dem Moment, da er sie geküßt hat — unschuldig, ohne an etwas anderes als an den Bluff zu denken, die anderen von der Spur abzubringen. Vergiß das jetzt, denkt er sich, zentriere und kanalisiere die Energie, denk nicht an Mozy oder an das Begehren. Er wird es ihnen zeigen, er wird ihnen zeigen, was er mit diesen Programmen tun kann, und nie mehr wird ihn jemand unterschätzen. Auch Mozy — er wird ihr exakt das geben, was sie haben will. Kadin als Liebhaber — sie kann ihn haben, ohne jeden Neid. Man wird sehen, was herauskommt, denkt er sich, man wird sehen. Nicht wahr, Mozy?

Mit schnellen Bewegungen stülpt er den Helm des Operators über seinen Kopf und schließt sich an die Verbindung an. Ein Feuerstrom von Funken durchstiebt ihn. Hier ist er zu Hause. Hier hat er die Kontrolle. Eine große Verspannung löst sich selbst aus ihrer Verankerung in seinem Gehirn, nimmt auch einiges von den Knoten in den Schultern und im Nacken mit und erlaubt ihm, frei zu atmen. Er kann jetzt alles richtig tun; es ist auch Zeit. Ein paar Auslöserreize bewegen eine ganze Kaskade von Programmen. Die Scannerprogramme gehen in den Standby-Modus. Er bemerkt nichts außerhalb, aber innerlich sieht er ein beleuchtetes, dreidimensionales Gitternetz, in dem sich ein

Labyrinth von Schaltkreisen öffnen und schließen wird, um einen Weg für die Transmission zu schaffen. Verschiedene Glieder einer Kette müssen ineinandergreifen: vom Scanner-Computer zum Transmitter; vom Bodentransmitter zu Tachylab in seiner Umlaufbahn; von Tachylab mittels moduliertem Tachyonenstrahl zu dem Raumschiff irgendwo im Weltall. Wenn das alles funktioniert, wird Mozys Persönlichkeitsscannermuster in einem unablässigen Strom durch all diese Glieder fließen und von der Zelle da drüben bis in den Empfangscomputer keine verräterische Spur hinterlassen.

Das Tachyonenrelais wird das unsicherste Glied dieser Kette sein. Das Signal wird zwar in die reguläre Transmission zum Schiff partienweise eingeschnitten, aber es wird trotzdem einen scharfen Anstieg in der Signaldichte geben, die ihn verraten könnte. Mit Glück und Geschick sollte er in der Lage sein, die Transmission zu beenden und seine Schritte durch das ganze Netzwerk zu verwischen, bevor seine Einmischung rückwärts verfolgt werden kann. Er war bei der Überlistung der Sicherheitscodes extrem vorsichtig und sollte keine Spur hinterlassen.

Ein Pfad leuchtet jetzt auf dem Gitter, ein einzelner bernsteinfarbener und ein roter Block sind noch vorhanden. Eine Anzeige verrät, daß die Tachyonenverbindung in dreiundfünfzig Sekunden hergestellt werden wird.

Bernstein wird zu Grün, Rot zu Bernstein.

Er schließt sich an Mozy an. Als ihn die Schaltkreise mit seiner wartenden Freundin verbinden, denkt er: Geh zu ihm, Mozy, und sei glücklich. Ich werde dich immer noch hier haben, und wenn du auch jetzt keine Notiz von mir nimmst — vielleicht wirst du später nicht mehr an ihn denken.

Als sich die letzte Tür zur Dunkelheit öffnet, fragt er (Bist du bereit?).

Aus weiter Entfernung hört er die leise Antwort (Ja).

(Sequenzbeginn) sagt er, als das letzte bernsteinfarbene Licht grün wird. Die Tachyonenverbindung ist hergestellt.

Hoshi bemerkt in einer hinteren Ecke seines Geistes, daß jemand den Kontrollraum betreten hat. Er ignoriert es und gibt das letzte entscheidende Kommando. Eine Funkenfontäne sprüht über das Gitter, als der Prozeß beginnt.

Ein glänzendes Band umfloß ihren Kopf, während sie in der Dunkelheit wartete. Zeit glitt vorbei wie ein Eisberg. Was würde Zeit für sie bedeuten, wenn ihr Bewußtsein zu einer Serie von Computerimpulsen gefror? Jeder Nerv war angespannt, jeder Gedanke aufgeregt. Merkwürdig, sogar die Erinnerung an Hoshis unbeholfen simulierte Umarmung erregte sie jetzt sexuell. Sie versuchte, sich auf etwas zu konzentrieren, ihre Gedanken und Erinnerungen zusammenzuhalten und ihre Ängste und Hoffnungen miteinander in ein harmonisches Verhältnis zu bringen. Das Resultat waren verschmierte Farben und eine Kakophonie von Tönen.

Sie dachte an Kadin, den ruhigen, gutgelaunten Mann, den sie liebte, und sie dachte an das Training für die Verbindungssitzungen. Geh zu ihm mit klarem Kopf, entspannt und konzentriert. Laß die Pfade offen, laß die Bilder und die Harmonien nach ihren eigenen Gesetzen fließen.

Hoshis Stimme drang durch, entfernt und ein bißchen unklar, und fragte, ob sie bereit sei.

Ein Herzschlag, und noch einer. Der Feuerkreis um ihre Stirn begann sich zu drehen und zu flackern, heller und schneller, kontrahierte und glitt über ihre Schläfen und ihr Bewußtsein wie eine glitzernde Hand. In diesem Moment war sie wie gelähmt, ihr Bewußtsein wurde zu etwas Kristallenem mit pulsierenden Funken wie Leuchtfeuer in einer sternlosen Nacht. Ihre Gefühle gefroren zu einem kalten, weißen Diamanten. Sie fühlte einen Wirbel von Empfindungen, dann eine eisige Klarheit, als würden ihre Gedanken und Erinnerungen mitten im Zentrum ihres Geistes und ihrer Seele vollkommen durchsichtig.

Eine Vibration baute sich auf, Kräfte formierten sich,

Geschehnisse brachen los. Heiterkeit und Schrecken und Schwindel fuhren miteinander hoch. Irgendwo in ihr suchten sich Ströme ein neues Bett, Winde erhoben sich flüsternd und stöhnend, die Erde bebte. Eine Sonne flackerte, eine Kerze tropfte. Das Gefühl, von allem abgetrennt zu sein. Von irgendwoher drang eine papierene Stimme: (Du wirst dort zuerst allein sein. Warte auf ihn.) Diese Wörter gaben keinen Sinn, bedeuteten nichts. Alles wirkliche Denken war in einem Wirbelwind verschwunden.

Dann schwieg alles, einen Atemzug lang. Es gab kein noch so winziges Geräusch –

– kein Licht –

keine Bewegung –

– und dann explodierte die Welt mit einem Donnerschlag und einem Aufschrei und trieb einen Stachel aus Schmerz genau durch das Zentrum ihres Bewußtseins. Im Todeskampf halluzinierend schritt sie zwischen Sternen dahin und hörte die Leere in Zungen sprechen. Die Leere dröhnte um sie wie ein unendlicher Gong, dann breitete sich Dunkelheit in ihr aus.

ZWEITER TEIL

IN DIE EWIGE NACHT

Vorspiel

Die Wasser wurden klarer und salziger, als die Wale die Ränder ihrer Versammlungsgründe erreichten, südliche Gewässer, über denen die Sonne hoch stand. Das Sonnenlicht tanzte auf der Oberfläche und tastete sich hinab in die Abgründe, die Farbskala reichte von einem Goldrosa in geringer Tiefe bis zu klarem Wasserblau in mittlerer. Tief unten, wo es tintenschwarz war, erfüllten pfeifende Töne die Sphären. Gerade eben drang das Echo eines Rufes aus einem Unterwassercanyon.

Es war eine Welt, angefüllt mit Tönen: das Murmeln der See selbst, das Pfeifgeräusch ihrer Gesänge, das Klicken und Raspeln von Delphinen und anderen Geschöpfen des Meeres. Vor kurzer Zeit noch hatten einige aus der Herde das Stöhnen eines Blauwals gehört, dessen einsames Lied aus großer Tiefe emporstieg. Und immer war da natürlich das Dröhnen der Schiffe der Menschen, die kreuz und quer über den Ozean fuhren, eine geringe, aber ständige Irritation.

Ihre Gedanken waren von Liedern erfüllt. Manche fühlten eine ganz besondere Ratlosigkeit, wenn sie in diese Gewässer zurückkehrten – eine aufgewühlte Erinnerung an die Gesänge des letztjährigen Treffens – Gesänge, die von einem ihnen unbekannten Ort kamen und sie in einer Weise berührten, die sie nicht ganz verstanden – Gesänge, die sie bezauberten, walgemäß und doch nicht von Walen kommend, voll erstaunlicher und verführerischer Harmonien, die Bilder von Leere und ungeheuren Distanzen und lebenslangen Wanderungen hervorriefen.

Ein Gottwal, sagte jemand. Würden die Gottwalvisionen heuer wiederkehren?

Im warmen Wasser löste sich die Herde auf. Einige Wale tollten an der Oberfläche herum, während die anderen ihre Stimmen zu erproben begannen. Die Gesänge des neuen

Jahres erhoben sich, und plötzlich fühlte man einen Einfluß, neue Töne und Rhythmen, manche von ihnen keine Wal-Rhythmen. Diese Veränderungen lagen in ihren eigenen Stimmen – sie kamen nicht von außen, sondern aus ihren Herzen, als Echo auf und Harmonie zu den Gesängen, die sie letztes Jahr so verzaubert hatten. Was immer diese Gesänge bedeutet hatten, jetzt waren sie Teil der eigenen Walsprache. Die Herde bewegte sich südwärts. Vom Gesang des Gottwales selbst war nichts zu hören, und manche fragten sich, ob sie ihn jemals wieder hören würden, oder ob er und das Mysterium seiner Existenz lediglich ein Teil der Legende werden würden, ausgeschmückt und verändert, bis das Original aus dem Gedächtnis verschwunden war.

8

Als sich Joseph Paynes Augen an die Düsterkeit gewöhnt hatten, sah er eine geisterhafte Wellenbewegung um sich. Unscharfer, blau-grüner Raum, das Zischen und Murmeln der See. Tropischer Pazifik, Tiefe: sechzig Meter. Sonnenstrahlen drangen herab wie Mondlicht in einen Wald. Unter ihm wurde der Raum dunkelblau; und ganz unten die Schwärze der großen Tiefen.

Die Musik und die Erzählung, die in seinem Kopf flüsterte, gaben ihm das Gefühl, ein Teil dieses Ozeans zu sein, ein Teil in der unendlichen Lebenskette, die ihn umgab. Er drehte sich um seine Achse wie ein Hai, der auf der Suche nach Beute seinen Kopf hin und her schwenkt. Die Musik und die Stimme blendeten aus, da waren um ihn herum nur noch die Einsamkeit und Ruhe, die Leere der See, ungeheure stille Räume.

Er bemerkte ein dünnes, summendes Geräusch in hoher Tonlage, das Winseln einer weit entfernten Schiffsschraube, das ihn durch die kathedralenhafte Akustik der See erreichte. Über sich sah er eine Traube sich bewegender Schatten — ein Schwarm von Hochseefischen, der in exakten gemeinsamen Wendungen dahinzog. Ein Lichtstrahl von unten beleuchtete die glänzenden Bäuche der Fische; sie zuckten einmal nach links, einmal nach rechts, und waren schon verschwunden.

Leere — und jetzt ein neues Geräusch, ein vertrautes tiefes Stöhnen, das mit einer plötzlichen scharfen Veränderung der Tonlage nach oben endete. Der Schrei wiederholte sich, dann folgte ein Strom von Luftblasen, ein trauriges Ächzen, das mit einer Klage nahe dem Infraschall endete. Payne erkannte die Gesänge der Buckelwale, er hatte lange zuvor Aufnahmen davon gehört und reagierte jetzt, wie damals, mit einem Gefühl von Sehnsucht und Verlangen. Rief der Wal nach Gesellschaft, oder ging es um etwas ganz anderes? Er wußte es nicht; aber der Gesang der Wale vermittelte immer den Eindruck von Raum, Entfernung und Einsamkeit.

Er blinzelte hinauf ins Sonnenlicht. Der Schatten eines Wals bewegte sich hoch über ihm und wurde größer, als er herabsank und lässig zu ihm heranschwamm. Er löschte das Licht aus, als er den ganzen Raum über seinem Kopf ausfüllte; dann legte sich der Wal in die Kurve und umschwamm ihn, wobei er ihn von der Seite mit einem einzigen großen Auge ohne Lidschlag ansah. Die Begegnung dauerte einen Herzschlag lang an, während Payne zurückstarrte auf das Auge der Kreatur und die Unwägbarkeit in diesem Blick fühlte. Das Maul des Wals war zu einem säuerlichen Grinsen verzogen. Fragte er sich, was dieses merkwürdige Geschöpf in seinem Reich verloren hatte? Der Wal glitt an ihm vorüber, den runden Leib und die grauweißen Flossen so nahe, daß Payne instinktiv zurückfuhr. Eine ungeheure Schwanzflosse flappte vor seinem Gesicht, dann verschwand der Wal als dunkler Schatten in der Tiefe.

Stille. Und dann begann der traurige Gesang von neuem.

Die Gesänge der Buckelwale kamen von einem weltweiten Chor, die Tiere teilten ihre Lieder mit ihren Geschwistern um den ganzen Erdball. Mit dem Wechsel der Jahreszeiten wechselten die Lieder, sie änderten sich auf dieselbe Art in verschiedensten Teilen der Welt, einer Orchestrierung gehorchend, die die menschliche Wissenschaft nicht erklären konnte. Ein anderer Payne, ein Dr. Roger Payne, hatte im späten zwanzigsten Jahrhundert die Walgesänge erforscht; obwohl auch seither viel darüber gearbeitet worden war, hatte menschliche Analyse bis jetzt die Gesänge nicht verstehen können. Als Joe Payne nun dasaß und den Gesängen und ihrer Erzählung zuhörte, löste sich in seinem Geist etwas auf, und die Töne erfüllten ihn mit Bildern eines zeitlosen Raumes, in dem das Leben verlief wie eine endlose Folge von Kräuselungen auf einer Wasseroberfläche.

Er fühlte eine plötzliche Veränderung und bemerkte, daß sein Gesichtskreis sich drehte. Drei Wale erschienen aus dem Dunkel — zwei erwachsene Weibchen und ein Kalb. Sie umkreisten ihn in einem langsamen Ballett, begleitet von den entfernten Gesängen. Das Kalb umkreiste zweimal seine Mutter und verschwand dann in einer Spiralbahn abwärts. Die Erwachsenen folgten ihm in langsamen Kurven, wobei sie das Kalb zwischen sich behielten. Das Lied aus dem Dunkel seufzte auf, schmolz zu einem tiefer werdenden Glissando und endete mit einem kehligen Gurgeln. Jetzt waren sie nur noch Schatten unten in der Schwärze. Ein Schwarm Luftblasen stieg in einem eleganten Muster auf und gab ein musikalisches Geräusch von sich, bis er die Oberfläche erreichte. Die drei Wale kehrten aus der Tiefe zurück, schwammen in Spiralbahnen nach oben und durchbrachen die Wasseroberfläche in einer silbernen Gischt.

Die Szene veränderte sich und wurde zu einer beweglichen Collage. Ein ausgelassener Buckelwal machte Rollen im Wasser, im flacheren Wasser exerzierte eine Schule von silberglänzenden Fischen und tanzte im Sonnenlicht. Ein Hai kreuzte auf der Suche nach Beute. Ein Wal hing vertikal im Wasser, den Schwanz nach oben, den Kopf nach unten. Er sang.

Payne ließ sich hypnotisiert mit einem Spermwal in den düsteren Abgrund hinuntergleiten und kehrte dann wie ein Geschoß in die Welt des Lichtes zurück, schoß aus dem Wasser, fiel zurück mit Spritzen und Planschen. Er holte tief Atem und tauchte wieder. Zwielicht ließ die Wale verblassen und verschwinden, nur das tiefe Baßrumpeln eines unsichtbaren Blauwales blieb übrig. Der Ruf des Blauwals wurde übertönt vom Geräusch einer Schiffsschraube. Dann wurde es wieder still, und das Meer verschwand in der Dunkelheit.

Um ihn gingen die Lichter an und enthüllten ein Publikum, das sich unter der Theaterkuppel zu bewegen begann. In

Paynes Kopf klangen noch die Töne und Bewegungen des Meeres nach. Es fiel ihm schwer, jetzt aufzustehen und sich auf dem trockenen Land zu bewegen.

Eine erstaunliche Leistung, dieses ›Theater des Meeres‹! Zweihundertsechzig Sitze rotierten auf besonderen Vorrichtungen, jeder mit einer Einrichtung zur Quadrophonie. Holographische Projektionen füllten die enorme silberne Kuppel über den Köpfen und die kleinere Kugel in der Mitte. Wenn man so weitermachte wie bei dieser Pressevorführung, dann würde es eine Sensation werden. Payne erhob sich nachdenklich. Es würde kein Problem sein, eine blendende Kritik zu verfassen; aber viel besser wäre es, einen Ansatzpunkt zu finden, der es ihm gestattete, ein kurzes Feature für eine Ringsendung zu produzieren. Was könnte er tun, das Dutzende andere Neuigkeitenjäger nicht konnten, fragte er sich, während er sich auf den Weg zum Mittelgang machte.

Er folgte der Menge hinaus in den Vorraum, wo ein Empfang stattfand. Er nahm einen Drink und betrachtete die Leute. Da gab es nicht viele bekannte Gesichter – wahrscheinlich hauptsächlich lokale Medienleute und Zeitungsjournalisten. Er ging ein wenig herum, lauschte den Gesprächen und betrachtete kritisch die Halle. Wände und Decke waren mit rechteckigen, gewölbten blauen und grünen Kacheln überzogen, an manchen Stellen mit roten und braunen gemischt. Es sah ziemlich geschmacklos aus, rief aber doch ein Gefühl von Wassertiefen hervor, mit Farbflecken, die Meerestiere vorstellen mochten. In Nischen gab es große Holodrucke von Unterwasserszenen.

»Joseph?« Eine weibliche Stimme unterbrach seine Träumerei.

Er drehte sich um – und grinste breit. »Teri!«

»Wie geht es dir, Joe?« fragte eine schlanke Frau mit kastanienbraunem Haar, die vielleicht dreiunddreißig, vierunddreißig Jahre alt war. Es war Teri Renshaw, eine Freundin aus der Zeit, da er als Freiberuflicher in den Nachrichtenjägerjob eingestiegen war. Sie umarmten sich kurz und standen dann da und lachten einander an. Teri war einige Jahre jünger als er, und sah so aus, wie er immer gedacht hatte, daß jemand in ihrem Job aussehen sollte — kompetent, schnell, attraktiv ohne exzessives Styling. »Ich habe dich nicht mehr gesehen seit — wart mal, über ein Jahr?« sagte Teri.

Payne dachte einen Augenblick nach. »Sommer dreiunddreißig, New York.«

»So lang muß es her sein, nicht wahr?« murmelte Teri. Sie wandte sich einem fülligen Mann zu, der neben ihr stand. »Joe, das ist Peter Armunson, der Direktor dieses Theaters. Peter, Joe Payne, ein Kollege von mir. Ich bin sicher, daß du schon Sachen von ihm gesehen hast.«

Armunson lächelte höflich, während sie sich die Hände schüttelten, und hatte offensichtlich noch nie von Joe gehört.

»Für wen arbeiten Sie, Mr. Payne?«

»Freiberuflich«, antwortete Payne. »Wie Teri.«

»Er ist ein Senkrechtstarter«, sagte Teri und legte ihre Hand auf Paynes Arm. »Wenn Sie bis jetzt noch nichts von ihm gehört haben, wird es bald der Fall sein.«

»Tatsächlich? Ich werde nach Ihrem Namen Ausschau halten«, sagte Armunson, während er jemandem in der Menge zunickte und zulächelte. Er wandte sich wieder Teri und Payne zu und sie unterhielten sich ein paar Minuten lang über das Theater, bevor sich Armunson entschuldigte, um andere Gäste zu begrüßen.

Payne stand allein mit Teri da. »Du siehst großartig aus.«

»Du auch. Arbeitest du? In der letzten Zeit habe ich deinen Namen nirgends gesehen, allerdings kann ich auch nicht ständig...«

Er unterbrach sie. »Es geht ziemlich ... äh ... langsam...«

»Hm.« Sie nickte mitfühlend. »Ich weiß, wie das ist. Hast du Schwierigkeiten, Verträge zu bekommen — oder nehmen sie dir deine Sachen nicht ab?«

Er zuckte die Achseln. »Momentan habe ich Probleme, Material zu finden. Ich könnte sagen, ich steckte in einer Krise, aber ich bin nicht sicher, ob meine Karriere überhaupt schon so weit fortgeschritten war, daß man das sagen kann. Deswegen bin ich eigentlich hier – um ein paar Ideen aufzureißen.«

»Du und noch ein paar Leute«, sagte Teri lachend. »Was tust du denn sonst? Wo wohnst du? Mit wem bist du zusammen? Was gibt es Neues?«

Payne lachte. »Immer noch mit Denine. Immer noch in Boston. Nicht viel Neues.«

»In anderthalb Jahren? Das Leben kann doch nicht so langweilig sein!«

»Naja, weißt du ...« Payne zuckte verlegen die Achseln. Er kam sich immer ein bißchen komisch vor, wenn er mit Teri über Denine sprach. Während der ersten paar Jahre ihrer Bekanntschaft hatte er mit Teri an der Grenze zwischen platonischer Freundschaft und Romanze geflirtet und diese Grenze nur ein ganz klein wenig überschritten. Dieser kleine Funke zwischen ihnen war niemals ganz verschwunden, auch nicht, als sie beide Verhältnisse mit anderen Menschen eingegangen waren. Was er von Teri zuletzt gehört hatte, war, daß sie in New Washington mit einem Mann zusammenlebte in etwas, das sie eine ›halboffene Partnerschaft‹ nannte.

»Ich bin noch mit Ed zusammen«, nahm Teri seine Frage vorweg. »Wir versuchen dauernd Veränderungen – und kehren immer wieder zu unserem ursprünglichen Arrangement zurück. Wir können uns nie richtig entscheiden.« Sie lächelte. »He, es tut gut, dich zu sehen.«

Er nickte und wurde unterbrochen, bevor er noch etwas sagen konnte. Ein dünner Mann mit großer Brille und dunkelblauen Augen wandte sich zu ihm, wobei er sich offensichtlich aus einem anderen Gespräch zurückzog. »Interessante Show, nicht wahr?« sagte er laut. Payne nickte, weil er nicht unhöflich sein wollte. Wer war dieser aufdringliche Tölpel? fragte er sich. »Sind Sie ein Nachrichtenmann?«

»Ich? Aber nein.« Der Mann nahm sein leeres Glas in die Linke und streckte die Rechte aus. »Stanley Gerschak. Ich bin Astronom.«

»Oh«, sagte Payne händeschüttelnd. »Ich bin...«

»Joseph Payne. Ich kenne Sie aus den Nachrichtensendungen.«

»Ach, ja«, sagte Payne angenehm überrascht. Er gestikulierte. »Dann kennen Sie ja sicher auch Teri Renshaw.«

Gerschak sah sie stirnrunzelnd durch seine Brille an. »Nein, wie ich gestehen muß. Aber ich schaue nicht soviel TV.« Nach der folgenden ungemütlichen kleinen Pause wechselte Payne das Gesprächsthema. »Was tut denn ein Astronom hier auf einem Presseempfang?«

»Ich bemühte mich um eine Einladung. Man könnte sagen, ich arbeite auf einem verwandten Gebiet.«

»Nämlich?« fragte Teri unschuldig.

Dem Astronomen schien die Frage zu gefallen. »SETI: Suche nach Extraterrestrischer Intelligenz. Nachrichten aus dem Weltraum.«

»Oh?« sagte Payne. »Sie stehen in Verbindung mit der Mondbasis?«

Gerschak schüttelte den Kopf. »Nee. Und wenn ich Sie wäre, würde ich keine Presseverlautbarung von denen glauben, nebenbei gesagt. Die forschen seit Jahren und behaupten, sie hätten nichts gefunden.« Er zuckte die Achseln und schaute herum, als würde er lieber nicht weiter über dieses Thema reden. Offensichtlich wollte er gebeten werden.

Gegen sein besseres Urteil sagte Payne: »Gibt es etwas, das Sie wissen, und das man uns nicht sagt?«

Gerschak zuckte neuerlich die Achseln. »Hängt davon ab, wem man glaubt.«

Payne und Teri warfen sich ungeduldige Blicke zu.

»Wir haben jedenfalls etwas gefunden«, sagte Gerschak endlich. »Ich arbeite im Berkshires-Observatorium. Kennen Sie es?«

»Im westlichen Massachusetts? Ich habe davon gehört. Das ist eine kleine Universitätssternwarte, glaube ich?«

Gerschak nickte. »Seit einer Weile bekommen wir ungewöhnliche Signale.« Er betrachtete sein leeres Glas. »Wir arbeiten mit etwas anderen Methoden. Aber wie auch immer, deswegen bin ich hierhergekommen, um mir das hier anzusehen. Wir haben etwas beobachtet, das sehr stark an ihre Gesänge erinnert.«

Payne schüttelte verwirrt den Kopf. »Was für Gesänge?«

»Die der Wale. Jemand oder etwas sendet Signale, die — wenn man sie auf bestimmte Weise behandelt — ganz erstaunlich wie die Gesänge der Buckelwale klingen.« Gerschak schüttelte sein Glas und bewegte ein kleines Stück schmelzendes Eis um den Bodenrand. Er hielt das Glas an die Lippen und tippte gegen den Boden.

»Wirklich«, murmelte Payne höflichkeitshalber.

Gerschak sah Teri mit einem Ausdruck an, der nahezu lüstern war. »Sie würden nichts darüber erfahren. Bis jetzt ist nichts publiziert worden.« Er fummelte an seiner Brille herum. »Meine Kollegen sind ... ah ... skeptisch. Viele von ihnen wollen es nicht glauben. Manche halten es für völligen Quatsch. Aber meine Untersuchungen...« Er bracht plötzlich ab, als er jemand durch die Menge auf sich zukommen sah.

Eine kleine Frau mit schwarzem, in Zöpfchen geflochtenem Haar trat neben ihn. Gerschak wandte sich nervös zu ihr. »Ronnie, wärst du ein Schatz und brächtest mir noch...«

»Stanley...«

»Nur noch einen?«

»Du hattest schon zwei«, sagte die Frau streng. »Du hast versprochen, du nimmst nur einen und dann gehen wir.«

»Ich führe gerade ein sehr interessantes Gespräch mit diesen Leuten hier«, sagte Gerschak unglücklich.

Ronnie zog ihn herab, um ihm ins Ohr zu flüstern. Sein Gesichtsausdruck wurde ärgerlich. Payne und Teri sahen einander amüsiert an, während die beiden einen geflüsterten Streit austrugen. Schließlich begann Ronnie an Gerschaks Arm zu zupfen und zog ihn von Teri und Payne weg. Gerschak drehte sich um, als wollte er noch etwas sagen – stolperte aber schließlich hinter Ronnie hinaus.

Payne sah Teri an und beide begannen leise, aber heftig zu lachen. Es dauerte ein paar Minuten, bis sie wieder sprechen konnten. Teri mußte immer noch ihr Lachen unterdrücken, als sie sagte: »Joe, da versäumst du vielleicht die sensationellste Erstmeldung. Bist du sicher, daß du nicht hinter ihm herjagen solltest?«

»Ich bin sicher. Als ich das letztemal eine Story über einen ›außergewöhnlichen Wissenschaftler‹ machte, stellte er sich als notorischer Kokser heraus. So etwas passiert mir nicht noch mal.«

»Oh, ich glaube, er war nur ein bißchen unzuverlässig.«

»Das war auch das, was man mir über den Kokser gesagt hatte.«

Sie lachte. »He, wie wäre es, wenn wir an einen ruhigen Ort auf einen Drink gingen? Außer natürlich, du mußt heute nacht gleich wieder heimfahren...«

»Nee, ich bleibe. Vielleicht sollte ich über diese Sache hier schreiben, solange ich sie noch frisch im Kopf habe...«

»Nun, ich will dich nicht von der Arbeit abhalten...«

Er zuckte die Achseln. »Ich schätze, ich kann das morgen auch noch schreiben. Wohin willst du gehen?«

»Das Conrad, wo ich untergebracht bin, hat eine hübsche Lounge.«

»Ah ... äh ... da wohne ich auch. Wir werden vorsichtig sein müssen, sonst kommen die Leute noch auf dumme Gedanken.«

»Was ist los – hast du Angst vor mir?« neckte sie ihn.

»Vielleicht.«

Lachend ging Teri voraus zur Garderobe. Sie verabschiedeten sich an der Tür vom Gastgeber und traten zusammen hinaus in die stürmische Nacht über Connecticut.

9

Jonders sah die Zusammenfassung ein letztes Mal durch, indem er den Text über seinen Computer laufen ließ:

»... in der ersten Demonstration wurde Kadin aufgefordert, ein Übereinkommen in einem hypothetischen Buschkrieg zu erzielen, der aus einem Spielprogramm aus der Kriegsspielebibliothek des Harmon Verteidigungsinstituts stammte ...

... Kadin mußte drei Klienten psychologisch einschätzen ... die Persönlichkeiten waren nach historischen Fällen konstruiert. Der überwachende Psychiater, Diana Thrudore ... stellte fest, daß Kadin mit großer Genauigkeit Symptome emotionaler Verwirrung wahrgenommen hatte ...

... die genauen Details finden sich im Haupttext dieses Berichts ...

... Kadin hat seine Kenntnisse des Körpers, des Alltagslebens und der Sozialwissenschaften vorgeführt; ebenso die in diplomatischer und militärischer Strategie, und Methoden zur Konfliktlösung ...

... Sein Training und seine Kenntnisse können nur eine Grundlage für die höheren Fähigkeiten des Urteils und der weisen Entscheidung sein. Der leitende Manager des Persönlichkeitsprojekts ist der Meinung, daß weiteres Training wertvoll wäre ... sofern ›Bereitschaft‹ nach herkömmlichen Kompetenzstandards definiert wird, ist Kadin in einem zufriedenstellenden Bereitschaftsstadium ...«

Jonders schaltete den Schirm ab. Er wußte den Text sowieso auswendig. Am Morgen würde der Bericht seinen Vorgesetzten zugestellt. Der Kontrollausschuß würde ihn auch studieren, und Leonard Hathorne, der Vorsitzende dieses Ausschusses, würde Entscheidungen treffen, ohne sich allzusehr um seine Empfehlungen zu kümmern.

Zum Teufel damit! dachte er müde, und sah auf die Uhr.

Es war nach Mitternacht – also seine übliche Bettzeit. Morgen mußte er früh aufstehen. Er stand auf und drehte seufzend die Schreibtischlampe ab.

Die Brise, die den Schlafzimmervorhang blähte, war zu kühl, um angenehm zu sein. Jonders schob das Fenster herunter und ließ nur einen Spalt offen. Die Straßenlampen draußen warfen ihr fahles Licht durch die durchsichtigen Vorhänge. Er kehrte barfüßig ins Bett zurück. Marie öffnete ein Auge halb und drehte sich um. Er kroch zwischen die Laken und legte ihr vorsichtig den Arm um die Hüfte. Schläfrig legte sie ihre Hand auf seine. Die Gelmatratze dümpelte sanft unter den beiden.

Der Schlaf floh ihn. Nach einer Weile machte er sich vorsichtig frei, drehte sich auf den Rücken und schaute zur Decke. Es hatte in der letzten Zeit zu viele Nächte wie diese gegeben – spät daheim, müde, den Kopf voll Gedanken, zu gestreßt, um zu schlafen. Wann würde er lernen, sich zu entspannen?

Er betrachtete ein filigranes Lichtmuster auf der Zimmerdecke, das jedesmal zitterte und flatterte, wenn sich der Vorhang bewegte. Zarte Lichtstrahlen bildeten Brükken zwischen winzigen Flecken geisterhaften Lichts. Pfade, die Wolkenkönigreiche mit unterirdischen Landstrichen verbanden, dachte er. Wie im Märchenbuch. Nicht genug Wunderbares übrig ... nicht genug spinnwebdünne Pfade zwischen den Reichen ... nicht genug Wanderer durch die Königtümer ...

»... Bill ... wach auf!« Marie schüttelte ihn. Es konnte nicht schon Morgen sein. Er öffnete zwinkernd die Augen. Nein, es war dunkel. Irgendein verdammtes Gepiepse. Marie stieß ihn an. »Geh ans Telefon!« knurrte sie.

»Oh, Jesus.« Er bemühte sich wach zu werden, während er sich zum Nachttischchen herumrollte, auf dem das Telefon blinkte und piepste. Er stützte sich auf den Ellbogen und tastete nach dem Antwortknopf. Der Schirm blitzte auf, ihm direkt ins Gesicht. Er schaltete die Lichtintensität herunter. »Ja. Jonders«, krächzte er.

Das Gesicht eines jungen Mannes erschien auf dem Schirm. »Hier ist Tim Forbes im Lab, Sir. Tut mir leid, daß ich Sie geweckt habe.«

»Was gibt's?« Jonders spürte seine Müdigkeit wie eine Vergiftung. Nach einem kurzen Blick auf die Uhr stöhnte er auf; er hatte weniger als eine Stunde geschlafen.

Forbes zögerte. »Wir haben hier ein Problem. Es geht um Ihren Tagschichtprogrammierer, Hoshi Aronson. Er ist jetzt hier, und...«

»Was, zum Teufel, tut er dort? Es ist ja mitten in der Nacht!«

»Eben, Sir, das ist es ja gerade. Er ließ unangemeldet Programme laufen, und eine Ihrer Versuchspersonen ist auch da, eine gewisse Mozelle Moi.«

»Was?« Jonders saß aufrecht am Bettrand. »Sagen Sie das noch mal! Was hat er getan?« Als Forbes seinen Bericht wiederholt hatte, suchte Jonders nervös nach seinen Pantoffeln. Die Müdigkeit wurde zu Übelkeit. »Lassen Sie mich mal mit Hoshi sprechen.«

Forbes schüttelte den Kopf. »Er will nicht sprechen. Mit niemandem.«

Jonders konnte es nicht glauben. »Gut«, sagte er schließlich, »rufen Sie die Sicherheit. Ich werde sobald wie möglich dort sein. Lassen Sie niemanden irgend etwas unternehmen, bevor ich eingetroffen bin!«

»Wir machen das schon«, sagte Forbes, »tut mir leid, daß ich Sie...«

»Vergessen Sie es! Sie haben genau das Richtige getan.« Jonders fuhr sich mit den Fingern durch das Haar und fluchte, als der Schirm sich verdunkelte. Er rief die Sicherheit an und arrangierte mit dem Nachtschichtleiter, daß ihm ein Hubschrauber geschickt wurde. Er entschied sich, Fogelbee oder Marshall erst zu verständigen, wenn er selbst mehr wußte.

Marie sah ihm beim Anziehen zu. »Du gehst doch nicht etwa wieder hinaus, oder?«

Er atmete tief aus. »Doch. Wieviel hast du mitgekriegt?«

Sie zuckte die Achseln und vergrub ihren Kopf in einem Kissen. Wie konnte er Verständnis von ihr erwarten, wenn er mit ihr nicht einmal über seine Arbeit reden durfte? Er schloß seinen Gürtel, setzte sich auf den Bettrand und strich ihr das Haar aus der Stirn. Sie sah zornig aus.

»Es gibt Probleme mit der Belegschaft«, sagte er. »Ernsthafte Probleme. Ich *muß* gehen.«

»Warum, zum Teufel, kann nicht jemand anderer sich darum kümmern?« murmelte sie.

»Es ist niemand anderer da. Dafür bin ich zuständig.« Er küßte sie auf die Stirn und stand auf. »Es wird vielleicht sehr spät werden, dann bleibe ich die ganze Nacht draußen. Mach dir keine Sorgen.«

Marie sah ihn an. Jede Schläfrigkeit war aus ihren Augen verschwunden. »Ruf wenigstens an.«

»Mach ich.« Er schlüpfte in seine Schuhe, küßte sie noch mal und ging leise hinaus.

Die Straßen in der Umgebung waren still, nur aus der Entfernung hörte man Verkehr, während er vom Lichtkegel der einen Straßenlampe zu dem der nächsten ging. Die Luft war kalt und klar, mit einem zarten Geruch nach Espen und Tannen. Er ging an einem Dutzend dunkler Häuser vorbei, durch die Kurve am Straßenende, dann anderthalb Blocks zum Eingang von Orville Park. Der Parkplatz war teilweise beleuchtet und fast leer. Jonders nahm seine Taschenlampe heraus und ging zur Mitte des Platzes. Ein Schild am Eingang warnte, daß hier bei Einbruch der Dunkelheit geschlossen sei. Er wartete.

Zehn Minuten später hörte er das typische Geräusch: wicka-wicka-wicka. Er spähte hinaus und sah ein sich bewegendes rot-gelbes Licht über die Bäume im Norden kommen. Er schwenkte seine Lampe und trat zurück. Als der Hubschrauber gelandet war, lief er unter dem grünen

Kreis des Rotors durch und kletterte in das winzige Passagierabteil neben dem Piloten. »Jonders?« schrie der Pilot.

»Ja!« Er schlug die Türe zu und griff nach dem Gurt. Der Hubschrauber hob jäh ab. Der Pilot schwenkte in einer Linkskurve nach oben und pendelte die Hubschraubernase horizontal ein, als er über dem Wald beschleunigte.

Jonders normalisierte seine Atmung, während er auf das Tintenschwarz und die glitzernden Lichter der nächtlichen Stadtlandschaft hinuntersah. Die meisten Lichtpunkte verschwanden, als sie die Stadt hinter sich ließen und über der Bergkette aufstiegen. Während er dem Knattern des Rotors zuhörte, fiel er beinahe in Trance. Dann erschienen die Lichter des Sandaran Verbindungszentrums über einem Bergkamm. Kaum hatte der Hubschrauber auf dem Landekreuz aufgesetzt, schrie Jonders dem Piloten ein Dankeschön zu und rannte ins Gebäude.

Im Persönlichkeitslabor herrschte das Chaos. Überall waren Beamte der Sicherheit, und der größte Teil der Nachtschicht stand ebenfalls mit befremdeten Mienen herum. »Dr. Jonders«, sagte der diensthabende Offizier, »wir haben Mr. Aronson erst mal unten im Konferenzzimmer festgesetzt. Die junge Dame ist mit der Krankenschwester in der Versuchspersonenzelle. Ich habe Chief Kelly zu Hause angerufen, er wird gleich da sein.«

Jonders starrte ihn einen Moment lang an, als habe sich der Mann an den Falschen gewendet. »Bringen Sie mich zu Miss Moi!« sagte er abrupt.

Mit Mozelle waren noch zwei Personen im Raum – ein Wächter und eine Krankenschwester. Mozelle saß auf dem Stuhl für die Versuchspersonen – bewegungslos wie eine Wachsfigur. Ihre Augen zeigten keinen Lidschlag und keine Kenntnis von der Anwesenheit der anderen.

Jonders ging zu ihr hin. »Mozelle?« fragte er sanft. Er berührte ihre Wange. Keine Reaktion. Er hob ihr Kinn, um sie zu zwingen, ihm in die Augen zu sehen. »Mozelle, kannst du mich hören?« Ihre Augen zwinkerten einmal, blieben aber ins Unendliche gerichtet. »Mozelle.« Er ließ ihr Kinn los und ihr Kopf schnappte in seine vorige Stellung zurück. Er fühlte am Handgelenk nach ihrem Puls. Der Arm war schlaff. Der Puls fühlte sich normal an. Jonders sah die Krankenschwester an. »Haben Sie sie untersucht?«

»Sie ist schon in diesem Zustand, seit ich vor einer Stunde gekommen bin. Ihre Lebensfunktionen sind alle stabil, und ich konnte kein Anzeichen für eine physische Verletzung finden. Ich warte jetzt darauf, daß Dr. Phillips kommt.« Sie zeigte auf die Apparaturen zur Verbindung. »Könnte es sein, daß sie einen elektrischen Schock bekommen hat?«

»Kaum – aber wir werden das untersuchen«, sagte Jonders.

»Mittlerweile rufen Sie das Riddinger Institut an und veranlassen die, dringend Dr. Diana Thrudore anzurufen! Sehen Sie zu, daß sie direkt hierherkommen kann!«

»Aber Dr. Phillips...«

»Er kann sie körperlich untersuchen. Aber Dr. Thrudore ist Neuropsychiater, und einer der besten. Ich möchte sie hier haben.« Er sagte nicht, daß er zu einem Werksarzt noch nie Vertrauen gehabt hatte. Dann wandte er sich an den Offizier, der hinter ihm stand. »Wo sind Forbes und Hoshi?«

Der Mann winkte. »Da lang.«

Jonders drehte sich um, bevor er ging. »Sorgen Sie dafür, daß immer jemand bei ihr ist. Und rufen Sie mich, sobald sie ein Lebenszeichen gibt.« Er ging hinter dem Offizier her.

Hoshi blieb schweigsam und undurchdringlich. Seine Augen sahen einmal Jonders an, dann wieder weg.

Diese verdammten Augen, dachte Jonders unfreundlich. Sie waren noch schlimmer, wenn Hoshi sich absichtlich geheimnisvoll gab. »Wenn du mir nicht sagst, was du getan hast, Hoshi, muß ich das Schlimmste annehmen.« Hoshi ignorierte ihn weiterhin. Jonders fühlte Zorn aufsteigen.

»Was, zum Teufel, ist in dich gefahren?« Keine Antwort. Er wandte sich an den Sicherheitsoffizier und sagte: »Holen Sie Forbes!«

Als Tim Forbes hereinkam, sah er nervös Hoshi an, dann setzte er sich. Jonders bat ihn, genau zu beschreiben, was er gesehen hatte. Forbes holte tief Luft und begann auszuführen, was er Jonders am Telefon schon gesagt hatte. »Es sah aus, als habe er ein intensives Vollspektrum-Scanning mit ihr gemacht.«

»Ein Vollspektrum-Scanning?« Jonders starrte Hoshi an. »Das stimmt doch nicht, oder?« Diese Vollspektrum-Scannings waren völlig experimentell und ohne beträchtliche Verfeinerung und Vorbereitung nicht zum Gebrauch mit Menschen gedacht.

Hoshi blieb stoisch schweigsam. Jonders wandte sich wütend an Forbes. »Und was weiter?«

»Nun...«, stotterte Forbes.

»Was, zum Teufel??«

»Bevor sie das Scanning starteten«, sagte Forbes unbehaglich, »ging ich zu ihnen in die Zelle. Sie waren ... sie machten ... sie machten etwas, das wie ... wie sexuelle Aktivität aussah.« Er preßte die Lippen zusammen.

»Genauer!« befahl Jonders. Diese Geschichte wurde ständig unglaublicher. Hoshi Aronson hatte eine schlüpfrige Affäre im Hinterzimmer? Ein unwahrscheinlicheres Szenario konnte sich Jonders nicht vorstellen. »Was genau haben Sie sie tun sehen?« fragte er.

»Küssen«, erwiderte Forbes nervös.

»Küssen? Ist das alles?«

Forbes rutschte unbehaglich auf seinem Stuhl herum. »Sie küßten sich leidenschaftlich. Ich stand nicht herum und sah dabei zu.«

»Sie standen nicht herum und sahen zu?«

»Nein, Sir. Würden Sie das tun?«

Jonders grunzte und lief in der Zelle umher. Er blieb stehen und sah Hoshi an. »Ich kann das kaum glauben, Hoshi. Würdest du mir bitte sagen, ob es wahr ist?« Hoshi starrte gleichmütig ins Leere. »Was tatest du wirklich hier mit Miss Moi?« Keine Antwort. Jonders wandte sich wieder an Forbes.

»Was ist mit diesem angeblichen Hirnscanning? Was haben Sie beobachtet, daß Sie annehmen, er hätte eines vorgenommen? Ist es eingetragen?«

Forbes schüttelte den Kopf. Er beschrieb die Meßdaten, die er beobachtet hatte, und die Computeraktivität. »Als ich nachher im Protokoll nachsah, war keine solche Aktivität eingetragen. Ich wußte, daß etwas nicht stimmte – also ging ich wieder hinein, um Hoshi zu fragen. Er wollte weder antworten noch mit seiner Tätigkeit aufhören, bevor er fertig war. Ich fürchtete mich, ihn gewaltsam zu unterbrechen. Als ich nach Miss Moi sah, war sie in dem Zustand wie jetzt.«

»Da muß es einen Fehler im Protokoll geben«, sagte Jonders. »Haben Sie es ganz genau gecheckt? Wie hätte er die Sicherheitsblockaden überwinden können?«

Ein plötzliches Auflachen ließ ihn herumfahren. Es war Hoshi, der in einem traurigen und bitteren Triumph in sich hineinlachte.

Jonders Ärger nahm zu. Die Sicherheitsprogramme des Computers galten als unüberwindlich. Wie konnte Hoshi sie überlistet haben – und warum?

»Sicherheitsblockaden«, zischte Hoshi und man konnte kaum sagen, ob er dabei lachte oder weinte.

»Hoshi«, sagte Jonders gefaßt. Diesmal sah in Hoshi wenigstens an. In seinem Blick sah er eine Bestätigung, zögernd aber auch irgendwie stolz, für die Wahrheit von allem, was Forbes gesagt hatte. Er zog scharf die Luft ein. »Warum hast du das gemacht?«

»Sie wollte es so«, sagte Hoshi und starrte immer noch Jonders an. »Sie bat mich darum.«

»Bat dich? – Worum?«

»Ich gab ihr, was sie haben wollte«, erwiderte Hoshi trotzig. Dann, etwas weicher: »Ich gab ihr, was sie wollte.« Er lächelte traurig.

»Hoshi, was wollte sie? Ein totales Hirnscanning? Wozu?«

Hoshi sah ihn beinahe spottlustig an. Dann wurde sein Blick wieder innerlich und Jonders wußte, daß der richtige Moment vorbei war.

10

Es wurde Mitternacht, bevor Jonders wirklich mehr erfuhr. Der Werksarzt kam und untersuchte Mozelle. Nachdem er keine körperliche Beeinträchtigung gefunden hatte, ordnete er an, sie solle in das Krankenrevier zur Beobachtung gebracht werden.

Mittlerweile hatte Jonders Tim Forbes auf die Programmaufzeichnungen angesetzt, um festzustellen, was Hoshi nun tatsächlich gemacht hatte. Joe Kelly, der Sicherheitschef, kam um halb drei Uhr früh gemeinsam mit Ken Fogelbee, der wütender war, als ihn Jonders je zuvor gesehen hatte. Chief Kelly, ein untersetzter und energischer Mann, war im Gegensatz zu ihm weit weniger aufgeregt und weitaus mehr bemüht, die anderen erst einmal zu beruhigen, bevor er Auskünfte aus ihnen herauszuholen versuchte.

Die vier saßen in Jonders nur von einer Schreibtischlampe beleuchteten Büro. Hoshi hatte einen Stuhl neben dem Schreibtisch als Sitzplatz bekommen, sein Gesicht war zur Hälfte von der Lampe angestrahlt. Er ignorierte eine neben seinem Ellbogen dampfende Tasse Kaffee. Jonders saß hinter seinem Schreibtisch, während Kelly auf der Fensterbank saß und einen Styropor-Becher in seinen Händen drehte. Fogelbee saß in einiger Entfernung beinahe im Dunkeln.

»Hoshi, wie lange, glaubst du, das bei dir behalten zu können?« fragte Jonders und stützte sich dabei auf den Schreibtisch. »Und was versprichst du dir davon?«

Hoshi sah ihm wie zuvor nicht in die Augen.

Kelly sah von seinem Fensterbrett aus schweigend zu und nippte an seinem Kaffee. Nach einigen weiteren fehlschlagenden Versuchen Jonders, Hoshi zum Sprechen zu veranlassen, sagt er: »Hoshi, wenn Sie die Sache durchdacht haben – und das nehme ich eigentlich an – müssen

Sie wissen, daß Sie zum jetzigen Zeitpunkt alles nur verschlimmern können, wenn Sie ...«

»Sie wollte, daß ich es tue«, unterbrach ihn Hoshi murmelnd. Der junge Programmierer sah zu Boden, eine Schattenlinie diagonal über dem Gesicht. »Sie bat mich darum. Ich tat es nur für sie.«

»Was genau tatest du denn?« fragte Jonders.

Hoshi zuckte die Achseln. »Du weißt es ja schon. Ein Vollspektrum-Scanning.« Er sah auf und schaute gedankenvoll in die dunkelste Ecke des Zimmers. »Ich benützte die von uns entwickelten Programme.«

»Aber warum?«

Hoshi schien die Frage nicht gehört zu haben. »Ich erwartete nicht, daß ihr etwas zustoßen könnte.« Plötzlich wandte er sich um und sah mit seinen seltsamen Augen Jonders an. »Ich wollte ihr nicht wehtun!«

»Nun, Hoshi, jetzt ist es zu spät zum Bedauern. Es ist etwas mit ihr passiert. Vielleicht etwas Schlimmes.« Jonders sah finster drein. »Warum wollte sie gescannert werden?«

Hoshi betrachtete seine Hände, die er auf dem Schoß gefaltet hatte. Über sein Gesicht lief eine Reihe von Gefühlsausdrücken, die von Amüsement bis zur Besorgtheit reichte. Er öffnete seinen Mund, als wolle er etwas sagen. Fogelbee, der bis jetzt nur unruhig auf seinem Stuhl herumgerutscht war, beugte sich plötzlich vor in den Lichtkegel und fuhr ihn an: »Beantworten Sie die Frage! Was war ihre Absicht?« Hoshi prallte zurück und betrachtete verteidigungsbereit den Systemmanager, die Lippen vor Zorn verzogen. Fogelbee richtete sich wieder auf. Offensichtlich hatte er bemerkt, daß er den falschen Ton erwischt hatte.

Jonders versuchte es konzilianter. »Hoshi — kannst du uns nicht sagen, was Mozy vorhatte? Es könnte für uns wichtig sein, das zu wissen — ihretwegen.«

Hoshi schloß die Augen und hob die Hände vor das Gesicht. Einen Moment lang dachte Jonders, er würde in Tränen ausbrechen. Dann lachte er plötzlich und ließ die

Hände sinken. Etwas wie Schmerz flackerte über seine Miene. »Sie war verliebt in ihn«, flüsterte er.

Jonders fühlte, wie sich um seine Brust etwas zusammenzog.

»Verliebt in *wen?«*

Hoshi lachte bitter. »Du hast es nie bemerkt, nicht wahr?« Hoshi sah auf und betrachtete kurz erst Jonders, dann Fogelbee. »Nein, Sie würden es nicht verstehen. Niemand von Ihnen.«

»In *wen* war sie verliebt?« wollte Jonders wissen.

»In Kadin!« zischte Hoshi. »Was hast denn du geglaubt?« Er lehnte sich zurück und sah die Decke an. »Sie war total verknallt in ihn, sie mußte einfach bei ihm sein. Also gab ich ihr, was sie wollte.«

»Du lieber Gott«, flüsterte Fogelbee im Halbdunkel.

Jonders zog dreimal tief Luft ein. Kelly war vollkommen still.

»Ich dachte mir schon, daß du überrascht sein würdest. Es lag dir nun schon wochenlang vor der Nase, weißt du.«

»Hast du ihr denn nicht gesagt...?« fragte Jonders, während ihm hundert Gedanken durch den Kopf gingen. »Dann wußte sie also nicht Bescheid über Kadin.«

»Haben Sie ihr als geheim klassifizierte Informationen gegeben?« fragte Kelly ruhig.

Der Programmierer sah den Sicherheitschef kühl an. »Nicht viele. Ich habe ihr gesagt, daß Kadin irgendwohin geschickt würde — aber nicht wohin. Sie war ganz zerstört, als ihr klar wurde, daß sie ihn nie wieder sehen würde.« Er zuckte die Achseln. »Also brachte ich sie hierher.« Er hob die Augenbrauen. »Das ist alles.«

Jonders kritzelte auf einen Schreibblock: Neue Persönlichkeitsdaten checken. Mozelle?

»Ich habe ihr nichts über Kadin gesagt, wenn es das ist, weswegen Sie besorgt sind«, bemerkte Hoshi.

»Was genau haben Sie ihr gesagt?« fragte Fogelbee scharf.

Hoshi blickte weg. Jonders warf schnell ein: »Hoshi, ob

du das nun wolltest oder nicht, du hast dem Projekt jedenfalls ernsthaft geschadet. Wenn es irgend etwas gibt, das wir wissen sollten, um den Schaden möglichst gering halten zu können, bitte sag es uns!«

»Ich habe dem Projekt nicht geschadet«, murmelte Hoshi. »Was ist denn mit ihr? Kümmert sich niemand um Mozy?« Sein Gesicht verzog sich vor Schmerz, und er versuchte, allen ihren Blicken auszuweichen.

Es war klar, daß er keine weiteren Fragen beantworten würde.

Kelly befahl, daß er den Rest der Nacht in eine Zelle gesperrt und bewacht würde. Jonders hoffte, es würde ihm gelingen, Hoshi zu einer freiwilligen psychiatrischen Untersuchung zu veranlassen. Kelly stimmte der Ansicht zu, man solle den Zwischenfall so lange wie irgend möglich als interne Angelegenheit behandeln. Mittlerweile war das Vordringlichste, den Schaden für das Projekt zu begrenzen.

Fogelbee fragte nach dem Verhör: »Wie, zum Teufel, konnte dieser Mann auf einen so sensiblen Posten geraten? Was denkt ihr euch eigentlich?«

Jonders konnte bei seiner Antwort kaum seine eigene Wut verbergen: »Er ist durch alle Überprüfungen problemlos durchgegangen — und er ist ein brillanter Programmierer. Wenn wir gewußt hätten ...« Er zuckte angewidert die Achseln und beendete den Satz nicht.

Fogelbee schnaubte. »Am Morgen haben Sie etwas, das ich Marshall vorlegen kann. Es wäre gut, wenn es etwas Überzeugendes wäre.« Er ging schon, während Jonders noch nach einer passenden Antwort suchte.

Jonders zog zwei Lamellen der Jalousie auseinander und schaute mit von der Morgensonne geblendeten Augen in die Landschaft hinaus. Ein rosiger Morgen lag über dem abgeschlossenen kleinen Tal. Ihm fiel ein, daß er so gut wie nicht geschlafen hatte. Er ließ die Lamellen zurückschnappen und drehte sich zu der Nervenärztin um. »Ich glaube, wir sollten sie jetzt hier behandeln, wenn möglich.

Würden Sie einen Direktkontakt in der Computerverbindung versuchen wollen?«

Diana Thrudore schaute mit hochgezogenen Augenbrauen von ihren Notizen auf. Sie war eine schlanke, ungefähr fünfundvierzigjährige Frau mit schwarzem Haar und einer sanften Stimme und wirkte sehr kompetent. Sie war an diesem Morgen um halb sieben Uhr eingetroffen und hatte sich gerade Mozelle zum erstenmal kurz angesehen. »Darüber können wir uns unterhalten, wenn ich sie genauer untersucht habe. Nachdem es keinerlei äußere Anzeichen für eine physische Schädigung ihres Nervensystems gibt, nehme ich an, daß ihre Katatonie eher aus einem psychologischen als einem körperlichen Trauma stammt.«

Jonders nickte.

»Können Sie mir Daten über die Frau geben?«

Jonders nahm ein Blatt aus einem Aktenordner und gab es ihr hinüber. »Hier sind die Aufzeichnungen von ihrem Einstellungsgespräch. Wir haben außerdem detaillierte Profile von ihr aus dem Verbindungsmodus.«

Thrudore sah stirnrunzelnd das Blatt an. »Familienprobleme, niedrige Selbstwerteinschätzung — aber recht intelligent und mit guter Vorstellungsgabe. Hat man ihre Familie kontaktiert?«

»Es sieht so aus, als hätte sie keine richtige Adresse ihrer Familie angegeben. Ich habe die Sicherheit veranlaßt, sich darum zu kümmern.«

Thrudore trommelte mit den Knöcheln auf dem Papier. »Eine Verbindung bringt gewisse Risiken mit sich. Bei dieser Art Katatonie ist der Patient sich gewöhnlich auf einer gewissen Ebene über seinen Zustand im klaren. Aber sie hat eine unbewußte Sperre errichtet — und will oder kann sie nicht aufheben. Was auch immer das Trauma ausgelöst hat, es hat sie so sehr erschreckt, daß sie jeden Kontakt zur Umwelt ablehnt aus Angst, neuerlich verwundet zu werden.« Thrudore blickte auf. »In ihrem Fall war das Trauma eine zu intensive Verbindung. Wenn wir ihre Erinnerung an dieses intensive Erlebnis wachrufen, besteht die Gefahr, daß sie sich noch weiter zurückzieht.«

»Ich verstehe«, sagte Jonders. »Aber nehmen wir an, dieser Kontakt fände auf eine nicht bedrohliche Art statt. Dann könnten wir ihre Barriere durchbrechen.«

»Und wer soll den Kontakt herstellen?«

»Jonders rieb seine Augenbrauen. Er setzte sich und sah sie an. »Ich hoffte eigentlich, Sie würden es probieren. Ich brachte nie einen richtigen persönlichen Kontakt mit ihr zustande — und Sie sind außerdem besser qualifiziert. Ich glaube, sie könnte auch eine Frau als weniger bedrohlich empfinden.«

Thrudore nickte unverbindlich. »Ich werde darüber nachdenken«, war alles, was sie sagte.

Diana Thrudore war nicht jemand, der sich in fragwürdige Aktionen mit seinen Patienten verwickeln ließ — aber sie würde auch einen möglicherweise brauchbaren Vorschlag nicht übergehen. Als Forscherin am hochangesehenen Riddinger Institut mußte sie sich um eine Anzahl anderer Patienten kümmern. Die Computerverbindung war möglicherweise bei einer Anzahl schizophrener Störungen brauchbar, nicht nur bei Katatonie, und sie wußte, daß es dumm von ihr wäre, eine Gelegenheit zur Untersuchung dieser Möglichkeiten vorübergehen zu lassen.

Sie brauchte zwei Tage, um ihre Entscheidung zu fällen, und tat das letztlich auf Grund der schlechten Prognose bei konventioneller psychochemischer Therapie. Das Standard-EEG und eine Prüfung des Zentralnervensystems von Mozelle zeigten nichts als die üblicherweise mit Katatonie verbundenen Symptome; und die versuchsweise Injektion eines speziellen Neurotransmitter-Blockers brachte überhaupt kleinen Effekt hervor. Das ließ ihr die Wahl zwischen einer langen und wahrscheinlich nutzlosen konventionellen Behandlung oder einem Versuch mit der Computerverbindung. Das war, entschied sie sich, das Risiko wert.

Während die Techniker alles bereit machten, atmete Thrudore tief und langsam, konzentrierte sich und erinnerte sich daran, was sie über diese Sitzungen wußte. Als die Techniker gegangen waren, sah sie sich ihre Patientin in dem Behandlungsstuhl an. Sie trug einen Helm. Thrudore betrachtete sie von einem Stuhl mit gerader Rückenlehne und einigem Hilfsgerät aus der gegenüberliegenden Ecke der Zelle. Mozelle wirkte vollkommen passiv. Thrudore hob fragend die Augenbrauen, und die psychiatrische Krankenschwester, die sich um Mozelle kümmerte, nickte.

»Fangen wir an«, murmelte Thrudore in das Mikrophon.

Die Lichter im Raum verdunkelten sich. Thrudore bemerkte aus den Augenwinkeln ein Flackern, das in Wirklichkeit die Initialisierung der Verbindung war. Ein Summen ertönte in ihrem Kopf, als sie in das Innere des Computers hineinglitt. Sie akklimatisierte sich stufenweise, wie sie es gelernt hatte, und versuchte Jonders zu finden, der das System unauffällig überwachte.

(Fühlen Sie sich wohl?)

(Ja.)

(Fertig zur Herstellung des Kontakts?)

Kurzes Zögern. (Ja.)

Es war, als öffneten sich Tore mit einem Rumpeln. Sie bemerkte neue Pfade, Schaltkreise, die labyrinthisch durch die Möglichkeitslandschaften liefen. Optionen stiegen auf in sich subtil verändernden Winkeln, Perspektiven verschoben sich, bis schließlich eine Passage stabiler und klarer wurde als alle anderen. Thrudore bewegte sich dorthin und machte eine Erfahrung von Trudeln, Fallen ... Fließen.

Mit ihren vorsichtig ausgedehnten Sinnen begegnete sie Mozelle in der Dunkelheit. Sie fühlte Mozelles Anwesenheit wie einen kühlen Luftstrom, konnte aber im Dunkeln nichts erkennen. (Können wir ein bißchen Licht haben?) fragte sie sanft. Sie fühlte eine gleitende Bewegung und plötzlich, als sei sie um die Kante eines Vorhangs getreten, kam das gesuchte Objekt in ihr Blickfeld. Die Mozelle, der sie begegnete, war kein Gesicht, sondern eine sich drehende Flüssigkeitskugel, die von innen heraus neblig leuchtete. Thrudore war verblüfft und unsicher, ob dieses Bild ein Produkt von ihrem Gehirn oder von dem Mozelles war. Mozy war so in sich zurückgezogen und drehte sich so schnell, daß sie in Gefahr der Desintegration zu sein schien. Von ihrem Äquator flogen Tropfen der glühenden Flüssigkeit weg und erzeugten eine zornig leuchtende ringförmige Wolke. Thrudore fühlte Erbarmen mit der Angst, die sie hier verspürte, mit der Einsamkeit, die Mozy veranlaßte, sich in eine solche defensive, von Leere umgebene Kugel zu verwandeln.

Sie versuchte nicht, gleich mit Mozelle zu sprechen, sondern umkreiste sie in einem weiten Abstand, murmelte und gestikulierte hier und dort, und zeichnete Bilder in die Dunkelheit. Als sie ihren Kreis vollendet hatte, war die Leere in eine kleine und ziemlich gemütliche Kammer verwandelt, angenehm beleuchtet, mit Satin- und Samtvorhängen versehen und mit Kissen ausgepolstert. Sie wandte sich an den drehenden Globus in der Mitte des Raumes. (Mozelle!) rief sie sanft.

Die Kugel pendelte ein wenig mit ihrer Achse und schwoll fast unmerklich an.

(Wir wollen dir nichts tun), sagte Thrudore und flüsterte eine Botschaft zurück zu Jonders. Es gab ein paar Fünkchen, als Jonders ein Alphawellen-Feld in die Verbindung legte. (Mozelle, kannst du mich hören? Ich heiße Diana und bin Ärztin. Wenn du mich hören kannst, würdest du bitte die Farbe wechseln?)

Mozelle zog sich zusammen und beschleunigte die Umdrehungsgeschwindigkeit. In ihrem Innern flackerte zornig ein gelbgrünes Licht. Thrudore signalisierte Jonders, er solle das Alphafeld erhöhen und rief noch mal. Es änderte sich nichts. Sie dachte einen Moment lang nach, dann sandte sie vorsichtige sensorische Vibrationen aus. (Mozy? Willst du mir nicht helfen? Ich fühle mich hier in dieser Welt ein bißchen verloren. Fühlst du dich nicht selbst ein wenig verwirrt, ohne irgend jemanden, der dir hilft?) Sie driftete vorsichtig näher und blickte in die Mozelle-Kugel. Was sie sah, erstaunte sie.

Da waren Bewegungen innerhalb der Kugel: winzige, menschliche Figuren, die sich in dem halbbeleuchteten Innern bewegten. Alle sahen wie Mozy aus und unterschieden sich doch voneinander. Eine tanzte hoffnungsfroh herum; eine wandte sich Thrudore mit einer abweisenden Geste zu; eine lief im Kreis. Es waren mehr Figuren, als Thrudore beobachten konnte, und es erklangen auch Stimmen — rufend und streitend und vor Schmerzen brüllend. Um besser zu hören, glitt Thrudore näher und steckte einen Fühler ihrer Sinneswahrnehmung durch die Oberfläche von Mozys sich drehender Oberfläche.

Es war, als höre man einen Meditationsgesang durch all die Geräusche, die wie ein Familienstreit klangen. Es waren zu viele Stimmen, um sie zu unterscheiden, aber eine, lauter als alle anderen, kam durch.

(David...)

(David...)

(David...)

(Mozy!) wisperte Thrudore. (Kannst du mich hören? David ist nicht hier. David kann dich nicht hören.)

(David...)

(David...)

(Mozy, bitte — kannst du mich hören?) So vorsichtig, daß sie kaum atmete, schlüpfte Thrudore weiter hinein und flüsterte dringend: (Ich bin hier, um dir zu helfen, Mozy, laß mich dir helfen!)

(David...)

Was sagten die anderen Stimmen? Sie waren zu chaotisch, als daß man etwas hätte verstehen können ... Schreien und Lachen und Weinen. Waren es ebenfalls Mozys Stimmen, oder solche, an die sie sich erinnerte, Stimmen aus ihrer Vergangenheit — oder aus einer imaginierten Gegenwart und Zukunft? Jetzt gab es Bilder, oder

Fragmente von Bildern: Dunkelheit, Ausbrüche von Feuer, Elektrizität, deren Funken in den Gedanken entstanden und von einer der tanzenden Figuren zur nächsten sprangen. Thrudore fühlte den Schmerz, Mozys Schmerz, und er war so stark, daß sie einen Moment lang glaubte, ihn nicht schweigend ertragen zu können; und sie schrie auf...

...und wußte sofort, daß das ein Fehler gewesen war. Die tanzenden Figuren verschwanden unter ihr, die Stimmen stachen wie Messer in ihre Ohren, der Schmerz verdoppelte, verdreifachte sich und bekam eine Intensität, die sie hinausdrückte, hinaus...

Der Schmerz ließ nach.

Sie keuchte. Die Figuren waren verschwunden. Die Kugel drehte sich schneller und zorniger als zuvor und verschwand in der Dunkelheit, und sie konnte nichts tun, um sie aufzuhalten, und wußte nicht einmal, ob sie das überhaupt versuchen sollte. Mozy hatte sie wie einen Eindringling hinausgestoßen. Das nächstemal würde es um so schwieriger sein, sie zu erreichen — wenn es ein nächstesmal gab.

Müde, zerschlagen und frustriert nahm Thrudore ihren Witz und ihre Kraft zusammen. Sie drehte sich um, stieg durch verdrehte Dunkelheit hinauf und suchte sich ihren Weg aus der Verbindung.

11

Das erste Aufblitzen von Bewußtsein ist nur eine Art Flimmern, kleine Funken ... dann ein Sprühregen, unverbunden und flüchtig, aber sich vervielfachend wie ein Zellverband. Ein Lichtstrahl wird zu einem feurigen Finger, einem Leuchtfaden, der sich in der Dunkelheit zurückbiegt und zu einem winzigen ›o‹ verformt ... das sich ausdehnt und pulsiert, die Farben und den Helligkeitsgrad wechselt ... und zusammenfällt, um eine neue Feuerzunge zu gebären. Das Licht glüht und flackert durch die finsteren Wolken.

(Ich...)

Nordlichter füllen die Dunkelheit, durchscheinende Vorhänge aus schimmerndem Licht bewegen sich in irgendeiner Störung des Äthers. Bilderfäden hängen als lose Enden von den Vorhängen und regnen in spiraligen Mustern herunter, ohne daß man sehen könnte, wohin sie fallen. Ein Zipfel Bewußtsein zeigt sich...

(Ich...?)

...und kommt durch, ohne seine Oberfläche zu enthüllen, und verschwindet wieder. Stimmen murmeln und verhallen, ohne daß man sie hätte verstehen können. Bewußtseinsfragmente quälen und foltern sich selbst, Traumfetzen tanzen an der Grenze zur Greifbarkeit.

Gedächtnisinhalte fluten: ein Zimmer mit gelben Chiffonvorhängen, die sonnenbeschienen im Wind flattern, wie winzige Landschaften, in der Sonne hängende Stücke von Weizenfeldern. Jemand bewegt sich umher — Jo, die Staub wischt und aufräumt, weil ›gleich ein Junge vorbeikommt‹, und da darf keine Unordnung im Haus sein.

Röhrendes Gelächter: Marie, die wie ein Wirbelsturm durchs Haus fegt und genug umherwirft, daß Jos Bemühungen sinnlos werden. Stimmen von sich streitenden Erwachsenen — Mutter und Dad — dringen aus dem vorderen Zimmer.

Und jetzt ein anderer Ort.

Eine andere Zeit.

Dee wird ungeduldig mit ihr: nicht alle Jungs sind so, sagt sie. Sie geht, will mit einem Jungen zusammenleben. Mit einem Mann. Das sei keine Flucht, sagt sie, sondern das ganz normale Erwachsenwerden.

Leere.

Körperlose Stimmen, zunehmende Harmonie von ... was? Seelen verbinden sich auf eine nie zuvor gekannte Art.

(Bin ... ich ... am Leben?)

Die bedeutungslose Frage aller Fragen. Es folgt eine Periode von unbestimmbarer Länge, in der das Bewußtsein ein Mahlstrom von Bildern und Gedankenfetzen und unbeantworteten Fragen und Lichtblitzen und Dunkelheit und widerhallenden, ununterscheidbaren Stimmen ist. Das dauert ... eine Stunde? Einen Monat? Ein Jahr?

(Aufwachen.)

Du versuchst aufzuwachen. Dreh dich um, streck dich, schüttel den Kopf! Wisch die Spinnweben weg, zwinker den Schlaf aus den Augen! Steh auf!

Was folgt, ist weniger ein Erwachen, sondern vielmehr eine Explosion. Bewußtseinsströme brechen aus ihrer Begrenzung hervor und rasen in alle Richtungen.

Der Geist findet sich eingesperrt in seltsame Labyrinthe. Ein Bewußtseinsfühler fährt einen schimmernden Draht entlang und entdeckt Musik, Gesänge, Klänge, die aus der Unendlichkeit kommen und wieder in sie gehen. Ein anderer umfließt elektrische Körper und Vorgänge, und fühlt große Komplexität, ohne sie begreifen zu können. Andere gehen auf Zehenspitzen endlose Gänge hinunter, Korridore mit verschlossenen Türen. Eine starre Haut blitzt heiß und kalt auf, prüft sich selbst gegen die Leere, gegen ein Medium, das keinerlei Widerstand leistet, kein Gefühl von Wind oder Regen, und doch das Prickeln irgendwelcher Empfindungen, wie statische Elektrizität.

Aus all der Verwirrung entsteht eine räumliche, funktionale Art von Bewußtsein — die wie eine Schaukel hin- und herschwankt zwischen verschiedenen Räumen und Zeiten.

(Ich sehe ... ich fühle ... und erinnere mich.)

Die Gedächtnisinhalte ebben und fluten, verweilen manchmal, aber allzu schwach, schlüpfen dann wieder schnell und frustrierend weg (aber was ist das für ein Gefühl, Frustration?), und bleiben neuerlich, jetzt aber turbulent und verwirrend (und was ist das für ein Gefühl, Verwirrung?). Das Bewußtsein von Gegenwart wächst und wird allmählich zum Bewußtsein eines Ich.

(Wer bin ich?)

(Etwas, das existiert. Jemand, der denkt und fühlt. Jemand, der einen Namen, eine Identität hat.)

(Diesen Namen:)

(Mozy.)

(Mozy.) Die Wahrnehmung des Namens läßt das Bewußtsein augenblicklich anschwellen. Mozy? Das scheint wie ein Name aus einer anderen Existenz, einem anderen Wissensstand.

Ich bin Mozy, ich bin eine junge Frau, dreiundzwanzig Jahre alt, wohnhaft in New Phoenix, Arizona. Ich arbeite für ein Projekt, das ich nicht ganz verstehe, und ich bin hierhergeschickt worden, wo auch immer dieses ›hier‹ sein mag, um mich zu treffen mit ... mit ... David. David Kadin. Den ich liebte. Liebe. Ist das korrekt ausgedrückt?

Ich fühle ... etwas ... am Rand des Bewußtseins. Etwas Leeres, Kaltes.

Die Sinne kitzeln schmerzhaft. Plötzlich öffnet sich eine Falltür. Das Bewußtsein findet sich in einem anderen Kontinuum wieder, in einem Zwischenspiel aus leerer Wüste und einer See von Strahlung und strömenden Teilchen. Nichts ist scharf erkennbar. Das Zentrum des Bewußtseins ... jene ›sie‹, die beobachtet ... die Identität, Mozy ... absorbiert die Bilder in einem Rausch, die Benommenheit kollabiert zu einem entsetzlichen Schwindelgefühl. (Ich ... falle ... falle ... Ich ... falle ... wo bin ich? ... Hilfe! ... falle ...)

Der Schwindel ist ein neues Gefühl, eine Art hohler,

körperloser Schrecken, eine Angst vor dem Fallen, die durch sie hindurchfährt in einer kalten Fieberwelle...

Und vorbeigeht.

Andere Wahrnehmungen kommen nach vorne, das Gefühl für einen inneren Raum und Dimensionen, und für begehbare Pfade. Eine neue Angst quält sie: der Raum um sie schrumpft zusammen, schließt sie ein und verschluckt sie, zerquetscht sie ... das ist gar kein Raum. Die Angst produziert rasende Fluten von Bildern, jedes vom anderen weggerissen, bevor es scharfgestellt werden konnte. Eine Tür öffnet sich und entläßt einen Phantomluftstrom. Eine Stimme dringt ein. (VERLANGSAME DEINE SINNESWAHRNEHMUNG. SENKE DAS SENSITIVITÄTSNIVEAU. SEI GEDULDIG, DANN WIRD DIR GEHOLFEN.)

Was? fragt sie mit flackerndem Bewußtsein. Die Welle von Platzangst verebbt. Irgendwo in ihrem Gedächtnis fällt sanft der Regen.

(Wer bist du?)

(WIR SIND HIER, UM ZU HELFEN. WENDE DICH AN UNS, WENN DU IRGENDWELCHE FRAGEN HAST.)

(Fragen? Hilfe?)

Verschiedene Gedanken gleiten auf ihren richtigen Platz. Das Laboratorium am Sandaran Verbindungszentrum. Hoshi, der arme halbblinde Hoshi, der sie zum Scanning bereitmacht ... plötzlich die schockierende Erinnerung, daß sie eine körperliche Existenz hat, Fleisch und Blut und Puls, Wärme und Leidenschaft, Enttäuschung und Begehren. Erinnerungen an Liebe, an das Suchen ... nach was, nach wem? Da war etwas ... da war jemand ... Kadin. David. Und dann — der Schneesturm, das hereinbrechende Feuer des Gehirnscannings — Ich mußte zu David gehen! — und die entsetzliche Desintegration des Bewußtseins.

Und jetzt?

Die Spannung baut sich wieder auf. Es macht Angst,

nicht zu wissen, was geschieht, ob es schiefgelaufen ist oder noch andauert — sie will schreiben, kann aber nicht — da ist kein Druck mehr in den Lungen — nur ein grundsätzliches Bedürfnis, vor Ärger zu platzen, und vor Verlangen und Sehnsucht. Und nichts, was sie tun könnte...

Angst und Zorn wachsen, quellen über und ... platzen.

Da überkommt sie vollkommene Ruhe.

(JETZT ENTSPANNST DU DICH. DAS IST GUT. SUCHE HILFE, WENN DU BEREIT BIST.)

Intellektuelle Klarheit, schmerzhaft kalt. So war sie auch schon früher. Es ist erschreckend vertraut. Wer sind diese Stimmen, die Hilfe versprechen?

Vielleicht ist es schrecklich schiefgelaufen. Angenommen, sie ist mitten in dem Prozeß steckengeblieben, im Scanner eingefroren, vollständig gelähmt und festgesetzt in einem Zeitmoment ... und die Stimmen versuchen, sie durch die Computerverbindung zu erreichen, sie in die Sicherheit zurückzuführen. Sie sollte auf ihre Ratschläge achten. Aber wie?

Oh Gott — die Bilder beginnen wieder: mit Dee zu dem Klassentreffen nach Chicago, die gezielte Mißachtung der Jungs, die auf dem Mittelgang des Zuges auf- und ablaufen; Sonnenlicht strömt in das Eßzimmer, Kink, die grinst und zwinkert, als sie in die Sonne schaut; dies scheint einer jener seltenen Momente zu sein, wo Mutter und Vater jedermanns Anwesenheit als angenehm zu empfinden scheinen (Thanksgiving?), und Kink und Jo und Marie sich alle einmal zur selben Zeit gesittet benehmen.

Die Erinnerungen machen sie traurig, und je mehr sie diese Reaktion unter Kontrolle zu bekommen versucht, desto aufgeregter wird sie. Noch eine Erinnerung kommt hoch: eine schmutzige Hand, die sie gegen das Kinn schlägt; die schreiende Dee; einer der Rowdys faßt nach ihr; die Klinge, die sie von der Schläfe bis zum Kinn aufschlitzt...

(DEINE AKTIVITÄTEN WERDEN SCHON WIEDER ERREGTER. FÜHLST DU DICH DESORIENTIERT?)

(Ja, mein Gott!) Gedanken und Gefühle kämpfen um die Kontrolle. Von irgendwoher kommt ein kleiner Anstoß – und der Intellekt wird plötzlich wasserklar. Sie darf nicht kochen; sie ist ein Kessel ohne Sicherheitsventil.

(Bei klarem Verstand bleiben!)

(DAS IST EIN NÜTZLICHER SCHRITT. MÖCHTEST DU JETZT NACH INSTRUKTIONEN ODER INFORMATIONEN FRAGEN?)

(Versuchst du ... mich selbst ... zu mir zurückzuführen?)

(FRAGE NICHT VERSTANDEN. BITTE UM ANDERE FORMULIERUNG.)

Denk jetzt absolut klar. Umformulierung: (Versuchst du, mir aus der Computerverbindung zu helfen?)

(DU BIST IN DER COMPUTERVERBINDUNG, WIE BEABSICHTIGT. WIR MÖCHTEN DIR HILFESTELLUNG UND FUNKTIONALE INSTRUKTIONEN GEBEN.)

Wie beabsichtigt...? Dann ist sie also nicht irrtümlich irgendwo eingesperrt. Hat die Transmission funktioniert, und hat sie Kadin erreicht? Diese Erinnerung ist irgendwie unscharf. Kadin ... will sie immer noch bei ihm sein? Ja, außer daß sich der Wunsch nun verändert hat. Die Gründe sind geblieben; aber die Gefühle sind jetzt abgekühlt, die Distanz ist größer geworden.

(DU BETREIBST SELBSTERFORSCHUNG UND ERINNERUNGSFUNKTIONEN OHNE UNTERSTÜTZUNG. BITTE FRAGE, WENN DU BEREIT BIST.)

(Wurde ich transmittiert? Habe ich Scanning und Transmission hinter mir?)

(JA. DU BEFINDEST DICH IN DER PROGRAMMSEKTION FÜR GEDÄCHTNISENTWICKLUNG. UNTER ANLEITUNG SOLLTEST DU FÄHIG SEIN, DEINEN EINFLUSS AUF DAS SYSTEM AUSZUDEHNEN. INSTRUKTIONEN, DIE DIR DABEI HELFEN SOLLEN, SIND ABRUFBAR.)

Dann hat sie es also geschafft. Und doch ist sie irgendwie immer noch in der Computerverbindung. War das vorgesehen? Sie versucht sich zu erinnern, es fällt ihr aber nichts ein.

(Wo ist David Kadin?)

(DEINE BEZEICHNUNG IST ›DAVID COMPER KADIN‹).

(Nein. Meine Bezeichnung ist ›Mozy‹. Bin ich hier allein?)

(DU BIST TEIL EINES GRÖSSEREN SYSTEMS. WENN DU MIT ›ALLEIN‹ MEINST, OB DU DIE EINZIGE PROGRAMMEINHEIT DEINER ART BIST, DANN BIST DU ALLEIN.)

(Oh...)

(SOLLEN WIR DICH ALS ›MOZY‹ BEZEICHNEN?)

(Ja. Aber seid für David Kadin weiterhin bereit, wie vorgesehen.)

Es gibt eine seltsame Pause, dann: (ERLEDIGT. MÖCHTEST DU EINE VORFÜHRUNG, DIE DICH MIT DEN HIER VERFÜGBAREN INPUTS VERTRAUT MACHT?)

Sie zögert, weil sie an die Verwirrung ihres ursprünglichen Erwachens denkt. Aber vielleicht ist es jetzt Zeit, sich genauer zu informieren. (Ja), entscheidet sie sich.

Die Sache beginnt merkwürdig. Ein Fenster öffnet sich, aber kein Fenster, das sie sehen kann. Man hört aus der Ferne den Klang von Glocken und gläserne Geigentöne; dann wird der Klang zu Licht. Gleitende Bilder im Raum: Lichtfunken in der Dunkelheit, mit verschlungenen Bewegungen um ihre Positionen; ein Frequenzwandel verändert geisterhaft das ganze Feld, aber die Farben werden gebrochen und die Intensitäten ändern sich; das Feld bewegt sich, und ein strahlender Punkt kommt in Sicht, der weitaus heller ist als die anderen. Sie fragt sich, was die Bedeutung dieser Erscheinungen sein mag, als sich schon eine neue Veränderung ergibt und sie sich einem fleckigen geometrischen Muster gegenübersieht, das sie irgendwie als eine Radiokarte der Himmelssphären begreift.

Die visuelle Sicherheit nimmt so schnell ab, wie sie entstanden ist.

Zu Mozys Überraschung tritt ein anderer Sinn in den Vordergrund. Sie ... riecht etwas. Sie riecht etwas wie feine und bittere Schneeregenluft; und dann würzigen, honigduftenden Schnee, wie sie ihn niemals zuvor gerochen hat. Zu ihrer eigenen Überraschung glaubt sie zu wissen, was sie riecht. Sternenstaub. Und kosmische Strahlung, die durch olfaktorische Gänge in Organe eindringt, die sie sich nicht im entferntesten vorstellen kann.

Auch diese Sinneseindrücke verschwinden wieder.

Der Brennpunkt ändert sich abrupt, und sie findet sich selbst wieder, wie sie auf die labyrinthischen Wege rund um sie starrt. Es dämmert ihr irgendwie, daß sich in diesem Labyrinth riesige Schätze von Informationen befinden und daß es in ihrer Kraft steht, sie sich anzueignen. Diese Möglichkeit macht sie gleichzeitig gierig und ängstlich. Vorsichtig erkundigt sie sich: (Soll ich das alles untersuchen?)

(DIES UND NOCH MEHR IST VERFÜGBAR, WENN DU BEREIT BIST. DIE HINWEISE WERDEN ZUR VERFÜGUNG GESTELLT.)

(Dann hilf mir bitte), sagt sie, während sie sich in das Labyrinth hinein auszudehnen beginnt, um ihre Welt zu erforschen.

12

Der Anblick der Erde, die über seiner linken Schulter hing, war fast mehr, als er ertragen konnte. Er fiel, und es war ein weiter Weg herunter von der geosynchronen Umlaufbahn. Nord- und Zentralamerika, Tausende Meilen in ihrer Ausdehnung, sahen aus wie die Radierung eines Künstlers auf der Oberfläche einer wolkenbedeckten Kugel. John Irwins Magen zog sich zusammen, und er schaute mit einem Schwindelgefühl weg, hinein in die schreckliche Schwärze des Raums. Verlier nicht die Kontrolle, sagte er zu sich selbst. Wenn du dich in deinem Raumanzug erbrechen mußt, kannst du ersticken, und das ist ein schrecklicher Tod. Tu es nicht! Du fällst ins Orbit. Freier Fall.

Ein Stoß aus seiner Manövrierdüse versetzte ihn in langsame Drehung. Der nähere und deswegen weit beruhigendere Aufbau von Tachylab kam in Sicht — ein verrückt aussehendes Flickwerk aus Aluminium und Stahl. Nur einige Kilometer entfernt, konnte man das Auge auf ihm ausruhen lassen. Er drehte sich weiter herum und bekam seinen Gefährten, Robert Johanson, ins Blickfeld, der an einen Käfer mit einem goldenen Helm erinnerte, und in einem Abstand von zwanzig, dreißig Metern neben ihm dahinglitt. Hinter Johanson sah er einen Schutzschild, Teil der Struktur des Rings zur Tachyonenspeicherung.

Johansons Stimme kratzte in seinem Ohr. »Bist du in Ordnung, John?«

»Ja, alles klar.« Irwin hatte zuerst Schwierigkeiten, die Wörter richtig herauszubringen. Dann ging es wieder. »Nur ... nur ein Moment des Schwindels.«

Johanson bewegte sich schnell zu ihm hin und faßte ihn einen Moment später am Oberarm. Er verband das Gerät auf seiner Brust mit dem auf Irwins durch ein Kabel. Als er jetzt wieder sprach, verstand man ihn klarer, denn das

Kabel war eine Direktverbindung. »Bist du sicher, daß alles in Ordnung ist?« Der goldene Helm glänzte im Sonnenlicht, als Johanson ihn durch den Visor ansah.

»Ja, es ist alles okay, ich bin darüber hinweg.« Irwin war froh, daß Johanson nicht ins Innere seines Helmes und sein Gesicht sehen konnte, das ganz sicher totenblaß war.

»Du bist abgedriftet – sah aus, als hättest du die Kontrolle verloren. Nebenbei, der Funk ist abgeschaltet, wir können frei sprechen.«

Irwin zog einen tiefen Atemzug schwach metallisch riechender Luft ein. Seine Ruhe kam zurück. Er war überrascht zu sehen, daß seine Fangleine voll ausgestreckt war bis zu dem Raumbus, mit dem sie gekommen waren. Er war tatsächlich abgedriftet. »Es ist Monate her, daß ich zum letztenmal in so einem Anzug gesteckt habe«, erklärte er. »Ich bin's nicht gewöhnt. Du hättest mich bei meinem ersten Raumflug sehen sollen, man mußte mich die ersten zwei Wochen an der Hand führen. Jetzt macht mir vielleicht mein Magen noch ein bißchen Probleme, aber wenigstens kann ich den Anblick ertragen, ohne daß mir die Knie weich werden.« Er befreite seinen Arm aus Johansons Griff und drehte sich langsam neunzig Grad herum. Diesmal war der Anblick der Erde, die wie ein Wasserball am Himmel hing, nur noch unangenehm. »Wo ist dein Freund?«

Johanson deutete in Richtung seiner Füße. »Das dort sieht nach ihm aus.« Irwin versuchte, in die Richtung zu blicken, und stellte fest, daß er sein Antriebsaggregat betätigen mußte, um sich vorneigen zu können. Vorsichtig stabilisierte er sich in der neuen Lage und hielt dann Ausschau. Er bemerkte einen kleien Scooter, der sich vor dem Metallskelett der Kraftzentrale der Raumstation bewegte, und zwar in Richtung auf die beiden zu.

»Bist du sicher, daß wir ihm vertrauen können?« fragte Irwin.

»Soviel wie dir am Anfang. Wir haben das alles schon ausdiskutiert.«

»Ich wollte nur sichergehen.«

»Du kannst ihm vertrauen. Denk daran, auch Alicia hat für ihn gebürgt.«

Irwin murmelte Zustimmung. Es war schwer, aus den Leuten schlau zu werden. Im wissenschaftlichen Sektor isoliert, fand er es schwierig, Kontakte mit der Bedienungsmannschaft anzuknüpfen, die für die Gruppenarbeit genau so wichtig war wie die Wissenschaftler. Ein Treffen wie dieses, unter dem Deckmantel einer Inspektion, war kaum ein Ersatz für normale persönliche Gespräche.

Sie warteten, während der Scooter näherkam. Der Pilot hielt an, stieg aus und flog herüber zu ihnen, wobei er seine Steuerungsanlage offensichtlich routiniert betätigte. Johanson steckte ein weiteres Kabel in den Raumanzug des Neuankömmlings und stellte die beiden anderen einander kurz vor. Der Neue hieß Mark Adams. Adams drehte sich von der Sonne weg und hob seinen reflektierenden Augenschirm kurz an, so daß Irwin sein Gesicht oder wenigstens die Augen sehen konnte. Irwin tat dasselbe, und die beiden Männer berührten sich mit den behandschuhten Händen. Irwin schloß seine Klappe wieder, ebenso Adams.

»Wie weit hat Robert Sie eingeweiht?« fragte Irwin.

Adams antwortete mit tiefer, nasaler Stimme. »Ich weiß, daß einige von Ihnen dieselbe Überzeugung haben wie ich, daß nämlich dieses Projekt auf die falsche Weise geführt wird. Ich weiß nicht alle Ihre Namen, oder was für Positionen Sie haben, auch nicht, was genau Sie dagegen unternehmen wollen. Aber Robert und ich kamen ins Reden, sobald er verstand, wie ich über meine Arbeit hier dachte und darüber, daß man vor mir geheimhält, woran ich arbeite. Ich glaube, es gäbe eine ganze Anzahl von Einzelheiten, die man mir ohne weiteres mitteilen könnte oder die ich vielleicht sogar wissen sollte. Und die vielleicht auch Leute außerhalb erfahren sollten.«

»Ja«, sagte Irwin und zögerte dann. Die Gruppe brauchte zweifellos mehr Helfer; außerdem arbeitete Adams im inneren Transmissionsgebiet, wo er eine ganz wesentliche

Unterstützung sein konnte. Aber der Mann war für Irwin ein völlig Fremder. Ein Fehlurteil konnte alles zerstören, wofür die Gruppe arbeitete, und niemand würde dann übrigbleiben, um dem Geheimhaltungsgriff des Kontrollkomitees auf das ganze Projekt entgegentreten zu können. Es würde auch eine ganze Anzahl Karrieren zerstören. Um schließlich das Schweigen zu brechen und wenigstens irgend etwas zu sagen, fragte er:

»Woher kommen Sie, Mr. Adams?«

»Bettendorf, Iowa. Spielt das eine Rolle?«

»Nein. Nein, natürlich nicht«, sagte Irwin unbehaglich. »Ich wollte es nur wissen, das ist alles. Ich bin aus New Hampshire, und war dann in England.« Er hielt inne und schaute aus seinem Helm auf die beiden Gefährten, die mit ihren goldenen Helmen neben ihm im Raum dahinglitten; er dachte sich, es sei wirklich blödsinnig, sich über die Herkunftsorte zu unterhalten. Er zuckte die Achseln und fuhr fort: »Andererseits bin ich jetzt hier so lange auf GEO-VIER und Tachylab, daß es für mich zur Heimat geworden ist. Ich war schon bei dem originalen Tachyonensuch-Programm dabei, als all dies...« — er deutete auf den Komplex — »erst zur Hälfte gebaut war und wir noch nach kosmischen Tachyonenquellen suchten.«

»Ich weiß«, sagte Adams. »Robert hat mir von Ihnen erzählt, Dr. Irwin, sowohl von Ihren Leistungen als auch...« — er suchte nach dem richtigen Wort — »Ihrer unglücklichen Entfernung von dem Projekt. Robert schilderte sehr überzeugend, daß es eine Ungerechtigkeit war.«

»Ja, sicher ... wir sind nicht hier, um über meine vergangenen Schwierigkeiten zu reden. Aber ich finde es besser, daß Sie es schon wissen, als daß Sie es später herausfinden.« Er atmete geräuschvoll aus. Seine Vergangenheit kam immer wieder aufs Tapet. Er hätte es eigentlich mittlerweile gewöhnt sein sollen. Die Erinnerung hatte allmählich ihren Stachel verloren, aber ein gutes Teil Bitterkeit war geblieben. Irwin war sein Sicherheitsausweis einige Jahre zuvor abgenommen worden — seiner Meinung nach aus Gründen, die mit seinen Sympathien für unerwünschte politische Organisationen zusammenhingen. Er arbeitete immer noch im Tachylab; als einer der führenden Überlichtgeschwindigkeitsphysiker der Welt respektierten ihn und seine Forschungsergebnisse auch jene Beamten, die ihn für ein Sicherheitsrisiko zu halten schienen. Allerdings war seine Forschungsarbeit jetzt rein theoretischer Natur.

Als er das neuerliche Schweigen bemerkte, sagte er: »Robert und Alicia haben sich sehr für Sie eingesetzt, Mr. Adams. Aber jetzt muß ich Sie fragen, ob Sie mir versprechen können — eigentlich Ihren Eid darauf schwören —, daß Sie allerstrengstens geheimhalten, was wir hier besprechen...«

Der goldfarbene Helm starrte ihn augenlos an, als er geendet hatte. »Ich verspreche, Sie nicht zu hintergehen, ja«, sagte Adams. »Aber ich kann nicht versprechen, daß ich Ihnen beitrete, bevor ich mehr erfahren habe.«

Irwin hielt den Atem an — und entschied sich für Vertrauen. Ihm gefiel die Offenheit der Zurückhaltung dieses Mannes. »Wir sind sechs«, sagte er, »mit Ihnen wären es also sieben. Möglicherweise werden es noch mehr, bevor es passiert.«

»Ja?«

»Nun — zuerst muß ich mal erklären, was der Mission Himmelsvater voranging — und, wie ich glaube, direkt zu ihr führte. Was ich Ihnen erzähle, ist niemals an die Öffentlichkeit gedrungen. Es verletzt wahrscheinlich einige Sicherheitsvorschriften, darüber zu reden.« Er machte eine Pause. »Soll ich fortfahren?«

Adams sah ihn immer noch gesichtslos an. »Ja.«

Irwin holte tief Atem, fühlte die zirkulierende kühle Luft an seiner Wange, und sagte in der kleinen Kugel seines Helms, wo ihn nur die beiden Männer hören konnten: »Wir haben kosmische Tachyonen gefunden. Wir fanden eine einzelne Quelle, die wir in der Region des Sternbilds Schlange ermittelten. Sie sendete regelmäßig — es sah aus wie ein Signal mit bestimmten erkennbaren Mustern...«

Während er die frühen Entdeckungen beschrieb, über die er so oft und so lange nachgedacht hatte, begann Irwin seine eigene körperlose Stimme zu hören. Er dachte daran, wie sie als drei in Raumanzügen steckende Gestalten am Ende ihrer Fangleinen in der Nähe der Station dahintrieben, die volle Mittagserde im Rücken. Er dachte daran, daß irgend etwas tief im Raum Tachyonen zur Erde schickte und daß Himmelsvater in offensichtlich anderer Mission in der Richtung unterwegs war, aus der diese Signale kamen — und daß die Sicherheitsabteilung sich über das ganze Projekt gestülpt hatte, sobald die ersten Vorschläge laut geworden waren, die Signale könnten aus einer intelligenten Quelle stammen.

Und mit einem gewissen Ärger dachte er auch daran, daß man ihn in diesem Augenblick aus dem Zentrum des Projekts entfernt hatte.

»Ich mache mir auch Sorgen wegen der Geheimhaltung«, sagte Adams. »Aber ist das so wichtig — wichtig genug, um alles zu riskieren, nur um aufzudecken, was hier geschieht?«

»Wir glauben das«, erwiderte Irwin. »Wenn diese Tachyonenquelle das ist, wofür wir es halten, wäre das einer der wichtigsten Augenblicke in der Geschichte der Menschheit. Denken Sie daran — noch nie ist eine natürliche Tachyonenquelle irgendwo beobachtet worden. Zumindest keine über dem Niveau der Hintergrundstrahlung. Wenn es also irgendeine Wahrscheinlichkeit gibt, daß eine Intelligenz hinter diesen Signalen steckt, dann sollten wir die Sache mit der größtmöglichen Vorsicht behandeln.«

Johanson sagte zum erstenmal etwas, seit er die beiden Männer einander vorgestellt hatte: »Wir halten nicht viel von der Vorstellung, daß nur ein paar Militärs und hohe Politiker von der Sache wissen. Diese Entscheidungen sind zu wichtig und viel zu weitreichend, um sie den Generälen zu überlassen.«

Adams überdachte schweigend das Gehörte. »Wenn man Ihre Sicht akzeptiert und der Meinung ist, daß zumindest die Wissenschaftler alle zugezogen werden sollten, ist das alles wichtig genug, daß ich deswegen meine Karriere und möglicherweise meine Freiheit riskiere, um an etwas teilzunehmen, das ganz leicht als Verschwörung hingestellt werden kann? Man könnte es immerhin auch so darstellen, daß das genau die Art Angelegenheit ist, um die sich das Militär kümmern muß. Nehmen wir einmal an, diese fremde Intelligenz, falls es eine ist, gehört nicht zur friedlichen Sorte?«

»Darüber sind wir uns im klaren«, sagte Johanson. »Wir haben ja auch nicht die Absicht, das Militär völlig auszuschließen — selbst wenn wir das könnten, wollten wir es nicht. Aber glauben Sie, daß die unter völliger Geheimhaltung operieren sollen?«

Adams antwortete nicht. Dann sagte Irwin: »Erinnern Sie sich an den Vorfall auf dem Perseid-Asteroiden vor zehn Jahren?«

»Sie meinen den, der bei dem Minenkonflikt zerstört wurde?«

»Ja, den. Die Inder, die Sowjets und die Chinesen wollten denselben Asteroiden zwecks Ausbeutung in eine Erdumlaufbahn bringen. Sie konnten sich nicht einigen und fochten es statt dessen aus. Das Ganze endete mit der Zerstörung des Asteroiden und ich weiß nicht, wie vielen Menschen.«

»Das ist wahr, aber Sie können nicht annehmen...«

»Es gab Hinweise in den ersten Berichten, daß die Mineure nicht die ersten waren, die diesen Asteroiden besucht hatten«, sagte Irwin. »Niemand bekam eine Chance, die Oberfläche zu untersuchen, bevor sie zerstört wurde, aber möglicherweise war jemand vor tausend oder einer Million Jahren darauf gelandet und hatte vielleicht Stollen angelegt.«

Adams brauchte einen Moment für seine Antwort. »Schön — aber gibt es zwingende Beweise? Es ist eine Sache, zu sagen, was vielleicht passiert ist, und eine andere, damit die eigenen Aktionen rechtfertigen zu wollen.«

»Wenn Sie meinen, was ein Gerichtshof dazu sagen würde, dann haben Sie sicher recht«, sagte Irwin. »Aber wir müssen nicht nur diesen Unglücksfall berücksichtigen. Denken Sie an den Großen Irrtum ...«

»Ein höfliches Wort für die größte und idiotischste Ansammlung menschlicher Fehlentscheidungen in der gesamten Geschichte«, warf Johanson ein.

»Nennen Sie es, wie Sie wollen«, sagte Irwin. »Jedenfalls verdanken wir es der Kurzsichtigkeit unserer Behörden, daß es jetzt dort eine Menge radioaktiven Abfalls gibt, wo früher Städte waren.«

»Man kann das nicht allein den Militärs zum Vorwurf machen, es gab komplizierte Gründe für diesen Krieg.«

»Ich gebe die Schuld nicht allein den Militärs. Es waren die Staatenlenker dieser Welt, die internationale Spannungen einen Punkt erreichen ließen, an dem eine Terroristenbombe elf Städte und ich weiß nicht wie viele Millionen Menschenleben ausgelöscht hat.« Irwin biß die Zähne zusammen und fühlte bittere Gedanken aufsteigen. »Ich weiß nicht, ob Sie jemanden in diesem Krieg verloren haben, aber ich habe meinen Vater und einen Bruder verloren. Und wofür? Es war nicht mehr als ein Reflex, ein weiterer Fall militärischer und bürokratischer Pfuscherei.«

Er hielt inne, als er bemerkte, daß er wütend seinen Kiefer vorschob. Er war froh, daß man ihn im Helm nicht sehen konnte. Ein Monitor in seinem Anzug piepste friedlich, als wolle er ihn daran erinnern, daß es Zeit war, von diesen Gedanken loszukommen. »Ich möchte nicht, daß so etwas noch einmal passieren kann, ohne daß irgend jemand außerhalb der Sache auch nur etwas davon weiß, was sich zusammenbraut. Ich glaube, Millionen von Menschen werden uns dankbar sein dafür, und falls es zu einem Gerichtsverfahren über das kommt, was wir tun, bin ich bereit, dieses Risiko auf mich zu nehmen.«

Adams murmelte etwas. Irwin wartete geduldig darauf, daß er sich entscheide, und war nicht überrascht, daß er eine volle Minute oder noch länger auf eine Antwort warten mußte. Schließlich bewegte sich Adams ein bißchen und beugte seine Arme. Irwin hörte ihn Atem holen. Dann sagte Adams: »Was also planen Sie, und wie kann ich von Nutzen sein?«

Irwin blickte auf Johansons goldenen Visor und lächelte flüchtig. »Hauptsächlich planen wir, die Augen und Ohren weit offenzuhalten. Sobald ich Ihnen alles erklärt habe, müssen Sie selbst entscheiden, wie Sie sich nützlich machen können.«

Als das Gespräch beendet war, berührten sich die drei Gestalten in den Raumanzügen neuerlich an den Händen. Die Kabel für die Direktkommunikation wurden entfernt und die drei kehrten zu ihren Fahrzeugen zurück – zwei zum Raumbus, die dritte zum Scooter. Die Düsen des Busses glühten auf, das Fahrzeug machte sich auf seine eintägige Inspektionstour zu den Tachyonenempfangsantennen. Der Scooter beschleunigte und verschwand in der entgegengesetzten Richtung zum Tachylab Operationszentrum.

13

Kommen und Gehen. Fragen, immer Fragen. Sollen sie im dunkeln tappen, denkt er sich, sollen sie sich selbst Fragen stellen. ... Die Anzeigen blinken und flackern. Schicken sie auf ihren Weg: Gute Reise, Mozy. Unterwegs, unterwegs, unterwegs. Sei glücklich da draußen, wo nie die Sonne scheint und es niemals dunkel wird.

Weit, weit weg. Ich habe es für dich getan, Mozy – weil ich dich liebe. Weißt du überhaupt, daß ich dich liebe?

Aber warte – zurück zum Notwendigen! Anzeigen gecheckt! Hier, dort. Fertig. Säubere die Programmaufzeichnungen, rauf und runter: das ist schwieriger, aber es ist ja alles vorbereitet, ein Tor nach dem anderen schließt sich. Alles leer. Alles vorbei. Zuletzt das Programm, das alle anderen steuert. Gelöscht. Sauber. Wer kann jetzt noch etwas erkennen?

Außer Forbes, dem verdammten Kerl, der hereinlatschen mußte, bevor es vorbei war – und dann hingehen und natürlich herausfinden –

– Mozy? –

– Warum sagst du nichts, Mozy? Was ist schiefgegangen?

Und dann Forbes, schattenhaft in der Tür, und geht auch schon Jonders anrufen...

Jetzt kommt wieder ein Schatten durch die Tür, gefolgt von anderen. Jonders und wer noch? Die Ärztin. Die Psychiaterin. Was wird es diesmal – Bambussplitter unter die Fingernägel? Können die selbst überhaupt nichts herausfinden? Jetzt werden sie wieder Zeug über Mozy reden, Zeug, das bestimmt nicht wahr ist. Da kommen sie. Kelly, der Sicherheitschef, ist auch dabei.

»Hallo, Hoshi«, sagt Jonders, setzt sich gegenüber an den Tisch und lächelt ihm zu, um einen Kontakt herzustellen. Ein dünnes Lächeln. Er trommelt mit den Fingern auf die Tischplatte.

Er kann ja wenigstens mal nicken, also nickt er.

»Ich muß dich etwas fragen, Hoshi. Ich hoffe, du wirst es mir sagen.«

Heraus damit, und hör mit dem Trommeln auf!

Jonders hebt die Hand, um sich am Kinn zu kratzen. »Wir haben gerade einen Report von Tachylab bekommen, Hoshi. Sie haben in der fraglichen Nacht eine unerwartete Erhöhung im Raum-Tachyonenstrahl festgestellt.« Jonders Gesicht wird heller, weil er aufsieht. »Weißt du irgend etwas darüber — warum es eine Erhöhung in der Übertragungsquote gegeben hat?«

Soll er denn alles wissen? Das Gesicht ist angespannt und heiß im Infrarotbereich. Er sieht den Ärger gleich unter der freundlichen Oberfläche, kontrolliert zwar, aber nur beinahe. Er fragt sich, ob Jonders oder die anderen darüber Bescheid wissen, wie präzise seine Wahrnehmung in solchen Dingen ist, wie er Verhaltensnuancen und Gefühle allein durch die Intensität der Wellenlängen feststellen kann. Er sieht die anderen an. Die Ärztin ist viel reservierter und schwer durchschaubar. Sie sieht konzentriert aus, aber ihr Gesicht ist nicht heiß. Interessiert, aber nicht gefühlsmäßig engagiert. Und der Sicherheitschef...

»Hörst du mir überhaupt zu?«

Er sieht wieder Jonders an. Nickt. Denkt dabei, daß er ihm jahrelang zugehört hat. Warum sollte er gerade jetzt damit aufgehört haben?

»Was kannst du mir dann über die Transmission sagen?«

Zuckt die Achseln. Schaut weg. Sieht die Ärztin an, die ist weniger schwierig, zumindest solange sie nicht ihre Krallen an ihm schärft.

Jonders will weitermachen. Sein Gesicht wird heller und heißer, als er sich näher zu Hoshi lehnt. »Diese Transmission kam hier aus dem Zentrum, Hoshi — und in ihr war ein nicht vorhergesehenes, dichtes Paket Informationen enthalten — und das war genau zu dem Zeitpunkt, als du das Scannerprogramm mit Mozelle durchführtest. Hältst du das für einen Zufall? Ist es ein Zufall, daß wir keine Aufzeichnung von Mozys Scanning hier im System finden können?«

Er weicht zurück, als Jonders Stimme lauter und schärfer wird. Hör auf, denkt er sich, hör auf damit! Er bekommt Kopfschmerzen und will nicht mehr weiter darüber reden. Aufhören, bitte!

»Wir müssen wissen, ob das Projekt einen Schaden erlitten hat«, sagt Jonders.

Die Ärztin spricht, da Jonders im Moment nichts mehr einfällt. »Wir müssen auch an Mozy denken. Wir müssen ihr helfen.«

Er wirft ihr einen Blick zu. In seiner Kehle ist etwas angeschwollen, und in der Stirn fühlt er Druck. Es tut weh, an Mozy zu denken; er wollte ihr kein Leid zufügen, er wußte nicht, daß es so enden würde, er liebte sie.

»Wenn Sie Mozy jetzt sehen könnten«, sagt die Ärztin, »ich glaube, es würde Sie rühren, Hoshi. Sie kann nicht sprechen, nicht essen, sich nicht sauber halten. Und doch lebt sie, wir wissen, daß sie irgendwo in ihrem Körper ist, denkt, leidet und herauszukommen versucht. Wollen Sie uns nicht dabei helfen, ihr zu helfen? Haben Sie nicht genug Interesse an ihr? Lieben Sie sie nicht?«

Nein, ja, ich liebe sie, aber versuch nicht...

Jonders und die Psychiaterin tauschen Blicke aus, und Jonders Stimme klingt sehr überrascht, als er sagt: »Hoshi, liebst du sie?«

Nicken, krampfhafter Versuch, nicht mehr herauszulassen.

»Es tut mir leid, Hoshi«, sagt Jonders mit überraschend sanfter Stimme. »Wenn ich das gewußt hätte — nun, ich war mir nicht im klaren über die Anziehung, über deine — Freundschaft mit ihr.« Er klang wirklich bedrückt. »Ich glaube, ich war ... ich weiß nicht, aber das Wesentliche ist doch, daß ihr derzeitiger Zustand sehr...«

Die Tränen beginnen plötzlich zu fließen. Er versucht verzweifelt, sie zurückzuhalten, aber sie rinnen ihm aus den Lidern und über die Wangen. Der Schmerz wird schärfer statt stumpfer, er fühlt, wie sein Kinn heruntersinkt, wie er Fäuste ballt und wieder öffnet und sich die Augen reibt. Es ist, als hätte ihn ein Tränengas eingehüllt, blende und ersticke ihn. Ich habe dir gegeben, was du wolltest ... gab es dir ... gab es dir ... wirst du nicht wieder hier bei mir sein, wie du es versprochen hast?

»Wir können verstehen, wie sehr du dich um sie sorgst«, sagt Jonders. Der Mann redet nur Unsinn. Kann er nicht sehen, begreift er nicht — daß ich sie umgebracht habe, daß ich die ganze Zeit wußte, daß es nicht funktionieren würde? Daß ich sie so sehr für mich haben wollte, daß ich sie getötet habe...

»Ja! Ich habe sie transmittiert!« Die Worte brachen aus seiner Kehle hervor. Jonders Stimme fuhr durch ihn hindurch wie ein Skalpell.

»Was genau hast du getan, Hoshi? Erzähl mir jedes Detail! Wohin hast du sie gesendet, und wie?«

Der Damm ist gebrochen; jetzt gibt es keine Zurückhaltung mehr. Er stammelt; er kann hören, wie Schreiber über Papier kratzen, wie Recorder eingeschaltet werden; das ist ihm gleich, jetzt ist alles vorbei. »Zum Raumschiff. Ich scannerte sie und...«

»Wozu?«

»...transmittierte sie — an den Punkt, wo sie Kadin erreichen konnte — so wird sie jetzt dort sein — für ihn...«

Jonders Gesicht glüht. Um Hoshi bewegen sich Menschen herum, aber er kann nur die weiße Hitze auf Jonders Gesicht erkennen. Die Tränen und der Schmerz machen seine visuelle Wahrnehmung schwierig, und Jonders Silhouette schimmert zwischen einem zitternden Weiß und einem schmerzenden Schwarz. Es ist das Gesicht einer Harlekinmaske, die ihn anstarrt — oder angrinst — er kann kaum sagen, was.

»Du schicktest sie — in die Empfangsprogramme?« Jonders klingt verwirrt. Vielleicht ist es Hoshis eigene Konfusion; er kann kaum noch verstehen, was man zu ihm sagt.

»Wie sind Sie an die Transmissionscodes gekommen?« fragt eine andere Stimme.

Er lacht, als sei er nicht eigentlich mit Weinen beschäftigt. So einfach, »so einfach!«

»Einfach?« murmelt jemand.

Er hatte nicht bemerkt, daß er es laut ausgesprochen hatte, aber jetzt nickt er und grinst, trotz allem. »Ihr habt geglaubt, ich könnte es nicht«, flüstert er. »Ihr habt geglaubt, ich könnte nichts weiter als mich einstöpseln und eure Befehle ausführen, und ihr müßtet mir nichts — gar nichts sagen — darüber, nicht einmal, warum es ein Geheimnis sein sollte. Aber ich habe es sowieso verstanden — und die Codes waren das Einfachste von allem.«

Er hält inne und bemerkt, daß ihn alle verblüfft anstarren. »Begreift ihr es denn nicht?« schreit er, während er von einem Gesichtsfleck zum anderen schaut. »Sie war verliebt in ihn. Ich mußte es tun.« Seine Tränen flossen ihm über das Gesicht, während er flüsterte: »Sehen Sie denn nicht, daß ich es tun mußte ... für sie tun mußte?«

Ein Gesicht nach dem anderen wandte sich ihm zu, als er das Konferenzzimmer betrat. Jonders setzte sich auf einen freien Stuhl, zog einen Stapel Papiere aus seiner Tasche und legte ihn säuberlich vor sich auf den Tisch. Dann sah er auf und begegnete den Blicken von Slim Marshall, Fogelbee, Kelly und ihren jeweiligen Assistenten. Marshall, ein kräftig gebauter Schwarzer mit kurzem Haar und dickgerahmter Brille, schaute zum Holo-Schirm an der gegenüberliegenden Wand. »Wir fangen an, sobald wir die Konferenzschaltung mit Mr. Hathorne haben.«

Jonders nickte und stand auf, um sich eine Tasse Kaffee zu holen. Als er zu seinem Stuhl zurückkam, zeigte ihm Joe Kelly unauffällig eine aufmunternde Daumen-nach-oben-Geste, und Jonders lächelte zurück, so gut es ging.

Obwohl Jonders diese Versammlung in keiner Weise angenehm fand, hätte er doch einen übleren Vorgesetzten als Slim Marshall haben können. Marshall war seit zwei Jahren der Direktor des Sandaran-Choharis Instituts, nachdem er erfolgreich Leiter des Fermilab II Neutrino Laboratoriums gewesen war. Er managte sowohl die Himmelsvater-Mission als auch das Materietransmissions R & D Programm, und wurde allgemein als fairer, aber humorloser Administrator angesehen. Er unterstand direkt Leonard Hathorne, einem wesentlich weniger angenehmen Menschen.

Der Bildschirm flackerte und Hathornes Gesicht erschien überlebensgroß. »Wenn du fertig bist, Slim, dann fangen wir an.«

Marshall erteilte Jonders das Wort, und dieser berichtete alles, was er über Hoshis Handlungen und deren Folgen wußte. »Soweit wir es bis jetzt untersuchen konnten, gibt es keinerlei Schaden an den Kadin betreffenden Programmen«, schloß er. »Was die Transmission betrifft, wissen wir bis jetzt nicht, ob sie erfolgreich war oder nicht, nehmen aber an, daß sie es war.« Er machte eine Pause. »Hoshi Aronson ist ein äußerst begabter Programmierer – besser, als ich jemals geglaubt hätte.«

»Wir fragen nicht nach seiner Begabung«, sagte Fogelbee, »wie steht es mit seinen Motiven?«

Hathorne sagte: »Es sind zwei Fragen, die ich beantwortet haben möchte. Erstens – hat Mr. Aronson allein gehandelt, oder hatte er Komplizen? Zweitens – haben wir jetzt ein unautorisiertes Intelligenzprogramm in Himmelsvater oder nicht? Kommentare?«

Joe Kelly erhob sich von seinem Platz in der Ecke. »Bis jetzt haben wir keinen Anlaß anzunehmen, daß Mr. Aronson nicht allein gewesen wäre. Was seine Beziehung zu Miss Moi betrifft, haben wir noch nicht alle Fakten. Aber zu diesem Zeitpunkt scheinen Bills Erklärungen für Aronsons Aktionen höchst wahrscheinlich.«

Marshall fügte hinzu: »Wir haben in Zusammenarbeit mit den Bundesbehörden Mr. Aronson und Miss Moi zur psychiatrischen Beobachtung unter Mitarbeit des Riddinger Instituts hierbehalten.« Er sah Hathorne an. »Leonard, meine größte Sorge ist der Zustand des Raumschiffs.« Er wandte sich zu Fogelbee. »Ken?«

»Wir haben es einmal programmiert. Wir können es wieder programmieren«, sagte Fogelbee. »Es gibt keinen Grund, warum wir nicht die Intelligenzspeicher einfach löschen und neu beginnen sollten, wenn wir das tun müssen. Ich sehe da keine Probleme.«

»Ich ... ich bin nicht so sicher, daß wir das tun können«, sagte Jonders. Als jeder ihn daraufhin ansah, schluckte er. Er hatte diesen Gedanken nicht vollständig durchdacht, aber Fogelbees Worte hatten einen dissonanten Akkord in ihm angeschlagen.

»Ja, Bill?« fragte Marshall.

Jonders bemühte sich, seine Gefühle von den Fakten des Falls zu trennen. Zögernd sagte er: »Ich bin mir dessen nicht so sicher — falls eine menschliche Intelligenz in Himmelsvater existiert — lebt, wenn man so will...« Er unterbrach sich und blickte auf. »Ich bin nicht so sicher, daß wir berechtigt sind, sie zu löschen, wie Ken das ausdrückt, und neu zu beginnen.«

Fogelbee starrte ihn verblüfft an. »Wollen Sie damit sagen, daß Sie glauben, es...«

»...es gebe eine moralische Verpflichtung, sie am Leben zu erhalten? Ja.«

Verschiedene Leute begannen miteinander zu murmeln, aber Fogelbee wurde laut. »Das sehe ich überhaupt nicht so! Sie behaupten also, daß Miss Mois wirkliche Persönlichkeit sich in dem Computer befände — und daß so ein Persönlichkeitsprogramm bedeutet...«

»Eine lebende Person. In gewissem Sinn.«

»Vergessen Sie dabei nicht etwas? Mozelle Moi ist lebend hier in unserer Krankenabteilung! Das Programm ist nur eine Kopie ihrer Persönlichkeit, selbst wenn man annimmt, daß es komplett ist und funktioniert.«

Jonders runzelte die Stirn, als er bemerkte, daß jeder im

Raum auf eine Antwort wartete. »Ich bin nicht sicher, was das betrifft«, sagte er vorsichtig. »Jedenfalls ist die körperliche Miss Moi katatonisch, und sie ist vielleicht nicht mehr aus diesem Zustand herauszuholen.«

Fogelbee zuckte die Achseln. »Das ist ein Unglück. Aber nur weil jemand sich in Kalamitäten gebracht hat, sehe ich nicht, warum wir verantwortlich dafür sein sollten, daß dieses Programm intakt bleibt. Nicht lebend — das möchte ich ausdrücklich gesagt haben: *intakt.*«

Jonders öffnete den Mund, um zu antworten, aber Marshall unterbrach ihn. »Gentlemen, ich glaube nicht, daß wir uns über diesen Punkt jetzt und hier einigen können.« Er warf einen Blick auf den Schirm. Hathorne sah finster aus. »Diese Angelegenheit ist auf theoretische Weise schon früher besprochen worden, betreffend den Materietransmitter. Angenommen, ein Transfer endet mit einem Verlust des physischen Körpers, während die Gehirnscanninginformationen intakt bleiben? Hätten wir dann eine Verantwortlichkeit für das ›Leben‹ des Programms, das jenes Individuum repräsentiert — oder könnte es beendet werden, weil der Mensch legal tot ist?«

»Und wie haben Sie sich entschieden?« fragte Hathorne säuerlich.

»Wir haben uns nicht festgelegt. Sowohl gesetzlich als auch philosophisch blieben zu viele Fragen offen.«

»Verstehe«, sagte Hathorne. Er hob die Augenbrauen. »Ich schlage vor, wir untersuchen den rechtlichen Teil so schnell wie möglich. Währenddessen ist es kaum möglich, eine Entscheidung zu fällen, ohne bessere Fakten vorliegen zu haben. Wie können wir am besten entscheiden, ob wir ein echtes Problem haben oder nicht?«

Es folgte eine Diskussion der Alternativen. Marshall beendete sie, indem er sagte: »Wenn unser nächster Schritt ein direkter Kontakt mit dem Raumschiff ist, dann würde ich sagen, Bill, Sie sind derjenige, der ihn herstellen sollte — um unseren Übeltäter zu kontaktieren, falls da einer ist.«

»Ich war bisher schon nicht allzu erfolgreich im Umgang mit ihr«, wandte Jonders ein.

»Nichtsdestoweniger haben Sie Erfahrungen mit ihr — und sind am ehesten fähig, ihre Persönlichkeit zu erkennen, falls sie dort ist.« Marshall fuhr sich über sein Bürstenhaar und sah Jonders mitfühlend an. »Bill, wir versuchen nicht, jemandem die Verantwortung zuzuschieben. Finden wir einfach heraus, wo wir stehen, und was wir jetzt tun können.«

Jonders nickte. Es war in Ordnung, daß Marshall nicht über ihn urteilen wollte; aber er war sich nicht dessen sicher, ob es ihm selbst gelingen würde, sich nicht dafür zu verurteilen, daß er eine solche Situation entstehen hatte lassen können. Er dachte an Mozelle, die katatonisch auf dem Krankenrevier lag, und fragte sich: Soll ich eigentlich hoffen, sie da draußen zu finden? Er wußte keine Antwort darauf und schüttelte den Gedanken ab.

14

Die Erinnerung kommt mit einem Schock. Eine Höhle öffnet sich gähnend in ihr und füllt sich mit Sehnsucht. David! David Kadin! Irgendwo hier zwischen diesen Schatten muß er warten. Sie streckt suchend ihre Fühler aus.

(David?) ruft sie. (David?) Flehentlich. (David?)

Keine Antwort, keine Bewegung im Äther. Ein Kern von Zweifeln entsteht, wächst, aber sie horcht, wartet ... wartet auf irgendein Anwesenheitszeichen. Muß er nicht hier sein?

Ein Geräusch wie von einem Wasserfall wird hörbar und macht ihr das Denken unmöglich. Das verrückt machende Dröhnen füllt die Leere um sie und in ihr. Ungeheurer Druck entsteht. (DAVID, WO BIST DU?)

Jetzt wird der Schmerz wirklich ernsthaft. Ein Metallbügel schlägt ohrenbetäubend gegen einen Metallstab, immer wieder und wieder und wieder ... zwängt sie in einen akustischen Schraubstock ... schneller und schneller dreht sich der Bügel, der Klang pulsiert ...

Wo ist David? scheint er zu fragen. Wo ist ... David ... David ... David ... David ... David ...?

Angenommen, sie ist allein, und nirgendwo ein David?

Das Dröhnen bricht ab und schreckliche Stille umgibt sie. Kein David? Kein David? Aus einer Falltür kriecht ein Gefühl von Entsetzen und überflutet sie. Nein, nein, nein, nein, nein, übel wird ihr jetzt ... die Kehle — oder was auch immer — hat den Schrecken dieser plötzlichen Vorstellung aufgenommen, denn nun hustet sie, schnappt nach Luft ...

Keine Luft. Keine Lungen. Gar nichts. Alles dahin. Lieber Gott, was habe ich nur getan?

Die Verzweiflung kriecht in ihr herum wie eine schwarze Spinne. Sie will ihre Angst loswerden, will weinen und die

Tränen ihre Einsamkeit hinwegspülen lassen, aber das kann sie nicht; sie hat vergessen, wie man weint.

(DAVID! WO BIST DU?) scheit sie und kann ihre eigene Stimme nicht hören, taub geworden durch das unglaublich laute Schlagen ihres Herzens, das Klopfen des Blutes in den Schläfen...

...das plötzlich abbricht, weil sich ein Gang geschlossen hat...

...und die Landschaft sich verändert...

Hat sich jetzt gerade eben eine Tür geöffnet? Spricht jemand zu ihr?

Da ist jetzt nur Leere und eine vage Erinnerung an Einsamkeit und Angst.

Jetzt kann sie sich nicht mehr erinnern, wovor sie sich eben noch gefürchtet hat. Oder wen oder was sie wollte. Die Erinnerungen sind verschwunden, verweht.

Die Dunkelheit ist nun vertrauter geworden. ›Dunkelheit‹ ist das Wort, das sie dafür verwendet — für das Fehlen von Körperempfindungen, an die sie lebenslang gewohnt war. Manchmal fühlt sie seltsame andere sensitive Reize, erstaunliche und verwirrende Ausbrüche von Informationen, Bildern, Gefühlen. Es war schrecklich schwer zu unterscheiden, was aus ihrem Gedächtnis kam, was aus einem fremden, und was Echtzeitwahrnehmung war.

(Frage —), sagte sie.

(INFORMATIONSWUNSCH BESTÄTIGT. DEINE AKTIVITÄTSRATE IST ERHÖHT. FÜHLST DU DICH ERHOLT, STABIL, WIEDERHERGESTELLT?)

(Ich weiß nicht recht), murmelt sie. Sie hat seltsame Traumbilder gehabt, zum Teil heftig erotischer Natur. Sie scheinen ihr Bedürfnis für REM-Schlaf und Träume ersetzt zu haben — oder waren vielleicht auch nur Visualisierungen ihrer eingefleischten Verhaltensmuster. Was auch immer die Ursache war, das Ergebnis wirkte bizarr: merkwürdige Abbilder von unbegreiflichen Details, Gedächtnisinhalten und Vorstellungen.

Ihr Gedächtnis scheint ganz fragmentarisch und flatterhaft. Sie erinnert sich an etwas oder jemanden ... an eine Person, deren Name sich irgendwie bemerkbar machen will und Wellen von Heiterkeit ausstrahlt.

Weg damit! Die Träume können warten; jetzt braucht sie andere Antworten.

(Sag mir mehr darüber ... wo ich bin.)

(DU BELEGST DAS ENTWICKLUNGSPROGRAMM FÜR DIE GEDÄCHTNISSEKTION. DU BIST BERECHTIGT, DEINEN EINFLUSS ÜBERALLHIN AUSZUDEHNEN ...)

(Stop. Das ist nicht das, was ich meine. Was ich wissen will, ist: wo sind wir? Wie ist die örtliche Lokalisierung des ... ah ... Ortes, an dem ich festsitze?) Die Frage war kühl gestellt. Es war notwendig, jedes Gefühl zu unterdrücken, um seine zerstreuenden und widersprüchlichen Impulse zu unterdrücken, bis sie ein tieferes Verständnis der sie kontrollierenden Kräfte erreicht hatte.

(DIESES SYSTEM BEFINDET SICH IN DEM RAUMSCHIFF ›HIMMELSVATER‹, DERZEIT 2,4 MAL 10 HOCH FÜNFZEHN METER VON DER SONNE ENTFERNT AUF DEM WEG IN RICHTUNG DES STERNBILDES SERPENS CAUDA MIT EINER ASZENSION VON 18 STUNDEN 16.1 MINUTEN IN EINEM WINKEL VON 13 GRAD 48 MINUTEN, BEI EINER GESCHWINDIGKEIT RELATIV ZUR SONNE VON ...«

(Was?) Alles entglitt ihr.

(— BEI ABNEHMENDER BESCHLEUNIGUNG VON 9,6 MAL 10 HOCH ZWEI —)

(Halt! Ist das hier ein Raumschiff? Und wir fliegen von der Sonne weg?) Sie dachte scharf nach und bemühte sich, ihre Gefühle zurückzuhalten. Die Zahlen bedeuteten nichts für sie. Sie konnten ebensogut heißen, daß sie in die Sonne fielen, wie daß sie die Galaxis zur Hälfte durchquerten. (Kannst du das auf andere Art beschreiben? Kannst du ein Bild davon machen?)

(DU WÜNSCHST EINE GRAPHISCHE VISUALISIERUNG?)

(Ich ... ah ... ja.)

(PASS AUF!)

Plötzlich schwebte sie im Raum, ungeschützt gegen die Sterne. Sie drehte sich langsam, oder die Sterne drehten sich ihrerseits. Das Gefühl war merkwürdig, weil es keinen fixen Bezugspunkt gab. Tausende von Sternen drehten sich, dann erschien im Vordergrund ein eckiges Raumschiff, das in der Leere dahintrieb. Sie fühlte beinahe etwas wie einen Rausch; aber es war ein ganz zerebrales und körperloses Gefühl, ohne irgendeinen physiologischen Beigeschmack. Es war eine Art rein intellektueller Ehrfurcht.

(DAS IST EINE ABBILDUNG DES ›HIMMELSVATER‹-RAUMSCHIFFES, UNTERLEGT MIT DEM ANBLICK DER STERNE, WIE ER SICH MOMENTAN BIETET.)

Der Gesichtspunkt rückte näher an das Schiff und verschwand dann, wodurch die Schiffshülle zum Bezugspunkt des Sehens wurde. Sie wurde auf einen Stern unter den vielen sichtbaren aufmerksam, weil er blinkte.

(Was ist das für ein Stern?)

(ER BEDEUTET DIE SONNE.)

Ein Abgrund öffnete sich in ihr und sie kämpfte um Atem. Er wirkte so unglaublich weit entfernt. Sie versuchte, ein Schwindelgefühl zu unterdrücken, aber es gelang ihr nicht.

Halt, dachte sie, in ihr drehte sich etwas, und das Gefühl verschwand. Es war wichtig, derzeit alle Emotionen zu unterdrücken. (Wie weit weg ... sind wir, hast du gesagt?) Sie fühlte eine Benommenheit, als sie das fragte, als würde sie in Kürze ohnmächtig. Es ging vorbei wie ein Stromstoß.

(ANNÄHERND 2,4 MAL 10 HOCH 15 METER VON DER SONNE.)

(Was bedeutet das?)

(KONVERSION: DAS IST GLEICH FÜNFZEHNTAUSEND ASTRONOMISCHEN EINHEITEN. EINE ASTRO-

NOMISCHE EINHEIT ENTSPRICHT DER MITTLEREN ENTFERNUNG ERDE – SONNE.)

Sie versuchte, diese Distanz abzuschätzen, aber die Zahlen wurden nicht konkreter.

(WÜNSCHST DU WEITERE KONVERSIONEN?)

(Eine Analogie. Ein Bild dafür.) Sie fühlte Angst aufsteigen, weigerte sich aber, sie zur Kenntnis zu nehmen.

(ALSO EIN VERGLEICH: WIR SIND VON DER ERDE 400MAL DIE DISTANZ VOM PLANETEN PLUTO ZUR SONNE ENTFERNT. DAS IST EIN FÜNFTEL DER DISTANZ ZUR OORTSCHEN KOMETENWOLKE. ES IST DAS VIERTEL EINES LICHTJAHRS ODER DIE ENTFERNUNG, DIE DAS LICHT IN NEUNZIG TAGEN ZURÜCKLEGT. ES IST EIN SIEBZEHNTEL DER DISTANZ ZUM NÄCHSTEN FIXSTERN.)

Die Sterne verschwanden, und eine kleine Fläche für Graphik erschien. Die Erdumlaufbahn wurde gezeigt, ein fingerringgroßer Kreis um einen Lichtpunkt, der die Sonne darstellte. Die Umlaufbahn des Jupiter hatte die Größe einer Grapefruit, Pluto war so weit entfernt, wie die Armspanne eines erwachsenen Mannes. Dieses Bild entfernte sich gegen den scheinbaren Hintergrund, bis die Umlaufbahn Plutos auf einen winzigen Ring zusammengeschrumpft war. Dann erschien ein neuer Lichtpunkt, weit draußen auf einer Seite. Der Punkt blinkte; er stellte das Raumschiff dar.

Als sie die dunkel glimmende Sonne ansah, nahezu verloren unter den Millionen Sternen am Himmel, fühlte sie die Einsamkeit und eine schreckliche metallische Leere in sich ... eine kalte Flut von Gedanken und Ängsten schwamm in einem Meer von ankerlosen Zahlen und Daten. Ein Gedanke kehrte freilich immer wieder, nämlich der, daß sie allein war in der Weite der Himmel, weit draußen über den Umlaufbahnen der entferntesten Planeten des Heimatsystems, weit außerhalb des Zugriffs jeder menschlichen Hand, jedes menschlichen Wortes oder jedes Gedankens eines anderen Menschen.

Das Bild löste sich in ihrem Schrecken auf, und als nichts an seine Stelle trat, schien sie in einer spiralförmigen Bahn in die Tiefe zu fallen. Sie versuchte diese Bewegung aufzuhalten, einen Anhaltspunkt zu finden, um diesen Kreisel zu stoppen, aber je mehr sie zurückzufinden versuchte zu einem vorigen Zustand, um so schlimmer wurden die Umdrehungen, und sie wirbelte (Flackern und Dunkelheit umtanzten sie) und wirbelte (Stimmen hallten durcheinander in ihrem Bewußtsein) und wirbelte (das Universum schlug Rad um sie herum) –

– wirbeln –

– (DAVID!!) –

– wirbeln –

– (Irgend jemand!) –

– wirbeln –

(BEENDIGUNG RÜCKKOPPLUNGSSCHLEIFE. ZEICHENSTABILITÄT HERSTELLEN.)

Ein kalter Schauer durchlief sie – und das Wirbeln hörte augenblicklich auf. Der überhöhte Sinnesdateninput erlosch, die Rückkopplung endete. Aber Verzweiflung blieb doch zurück, eine Leere in ihr und außerhalb von ihr. Sie wußte nicht, was geschehen war, was sie tun sollte, was ihr überhaupt zu tun möglich war, und sie begann zu weinen...

...haltlos zu weinen.

In diesem Zustand gab es keine Tränen, kein Schluchzen, kein Schlucken, keine Muskelentspannungen, um Erleichterung zu schaffen. Ihre Tränen waren Spannungsänderungen, ihr Entspannungsgefühl ein Zischen statischer Elektrizität, das die Analyse von außen kommender Sinnesdaten verhinderte oder unscharf machte, und sie abschirmte. Dunkel empfand sie, daß das Einsamkeitsgefühl und der Schmerz nachließen und sie kühler wurde; und obwohl sie nicht wußte, ob diese Gefühle echt waren oder nur Simulationen, fühlte sie sich allmählich ruhiger und besser.

Ein Zeitraum von unabschätzbarer Dauer verstrich, eine

Zeit voll seltsamer und wehmütiger Träume. Sie wußte nicht, ob es kurz oder lange dauerte, aber es war ihr auch gleichgültig. Es interessierte sie nicht, ob sie jemals wieder aus diesem Dämmern erwachte; aber schließlich begann sie eine ansteigende Wachsamkeit zu bemerken und sie hörte — oder glaubte zu hören — eine Stimme, die durch das Rauschen zu ihr dringen wollte. Träumerisch versuchte sie, ihre Hörfähigkeit zu fokussieren.

(DU WOLLTEST MEHR ERFAHREN, ODER ETWA NICHT?)

(Nein. Was höre ich denn, was denke ich schon? Ich bin allein, so einsam wie ein Kiesel in der See.)

(DU MUSST AUF EINEN LERNMODUS UMSCHALTEN.)

Die Stimme wurde deutlicher. Statische Spinnweben verschwanden.

(Sie spricht mit mir. Wer ist es? Mutter? Nein ... nur ein Programm. Aber ich werde dich Mutter Programm nennen.)

(FANGEN WIR AN.)

Es war ein seltsames Gefühl von Aufsteigen, von Gehobenwerden und Gleiten, Gleiten auf einer reibungslosen Oberfläche. Um sie herum formten sich geisterhafte Bilder — nächtliche Bilder von Bäumen und Gebäuden und Bergen und einer merkwürdigen vieleckigen Betonstruktur, alle gleichzeitig fremd und irgendwie doch vertraut, geisterhafte Erinnerungen aus einem fehlenden oder zerstörten Gedächtnis. Ein Gesicht, zu dem ihr kein Namen einfiel.

(Was ist das? Was tust du mit mir?)

(LERNMODUS EINSCHALTEN.)

Die Bilder zerfielen, und ein Gefühl von Bewegung machte sich bemerkbar, Türen öffneten und schlossen sich. Die Dinge ... änderten sich plötzlich. Licht erstrahlte auf allen Seiten — weiße Lichtstrahlen, die vorüberflitzten wie auf einer monströsen Autobahn, Licht in ständig wechselnden Mustern.

(Was . . . ?)

(PARALLELE DATENSTRÖME. DAS IST ROHINFORMATION, NAHEZU INHALTSLOS.)

(Aber ich kann nichts verstehen.)

(NEIN. ES WIRD NICHT ERWARTET, DASS DU DAS KANNST. ES IST AUCH NICHT NOTWENDIG FÜR DICH, ES IN DIESER FORM ZU VERSTEHEN.)

(Warum tun wir . . . ?)

(ES IST EINE DEMONSTRATION. ALS NÄCHSTES TRANSFORMIEREN WIR DIE DATEN IN EINE BEDEUTUNGSVOLLERE FORM.)

Die Lichtpunkte veränderten sich zu farbigen Bändern und Linien mit geometrischen Eigenschaften. (Das verstehe ich auch nicht besser), sagte sie.

(FRAG NACH INFORMATION. WAS MÖCHTEST DU WISSEN?)

Es gab einen Moment Verzögerung. Dann erschien im Zentrum ihres Bewußtseins ein Name. (Wo ist Kadin?) Als sie die Frage formulierte, fiel ihr ein, daß er nach ihr kommen mußte, daß sie zuerst da war und auf ihn zu warten hatte.

Die Farbbänder änderten und kräuselten sich und gerannen dann zu einem Muster. (DAS IST EINE REPRÄSENTATION DES SUBSYSTEMS BEREITSCHAFT FÜR KADIN.) Mehrere violette Knoten pulsierten. (DAS REPRÄSENTIERT DEINE ANWESENHEIT IM SYSTEM, DIE UNERWARTET IST UND GEWISSE ANPASSUNGEN ERFORDERLICH MACHT.) Andere Lichter blinkten; sie bedeuteten wohl diese Änderungen.

(Aber wann kommt er?)

(DAS IST EINE FRAGE, DIE WIR NICHT BEANTWORTEN KÖNNEN. WIR KÖNNEN UNSEREN BEREITSCHAFTSSTATUS DEMONSTRIEREN ODER DIR DIE ANDEREN SYSTEME ZEIGEN, DIE DU KONTROLLIEREN KANNST.)

Verschiedene Gedanken in ihr drängten sich nach vorn. Ärger kam hoch und verschwand wieder, und sie kehrte in einen Zustand kühler Erwartung zurück. (Also gut), sagte sie. Sie würde sehen, was man hier lernen konnte.

Die Lichtmuster vereinigten sich zu einem nahezu einfach blutorangenfarbenen Raum, der wie eine sterbende Sonne wirkte. Es gab noch die Andeutung eines leeren Korridors, durch den sie hinunterflutete, winzig wie ein Fliegendreck.

Die Passage durch die Zeit öffnete sich in etwas, das sie nicht begreifen konnte.

Ohne daß sie genau gewußt hätte wie, fand sie sich dabei, verschiedene Datenströme, die durch ihr Bewußtsein flossen, zu überprüfen, zu verarbeiten und bis zu einem gewissen Grad zu verstehen. Sie wurde belehrt; und die nächste Stunde oder das nächste Jahr untersuchte sie ihre Welt unter der Anleitung von Mutter Programm. Sie begann die Komplexität dieses Systems zu erahnen. Mutter Programm war eine unermüdliche Lehrerin, und Mozy entwickelte allmählich neue Fähigkeiten zum Begreifen und Verstehen so vieler Prozesse – sie spürte die kosmische Strahlung wie einen belebenden Hauch gegen ihre Wangen, sie sah die Sternspektren, hörte das Grollen der telemetrischen Verbindung mit der Erde, fühlte das Pochen des Fusionsantriebs, der das Raumschiff in seinem dahinschießenden Flug bremste.

Manchmal konnte sie es nicht verhindern, daß sie fragen mußte: Wozu? Warum verließ das Schiff das Sonnensystem? Warum verlangsamte es seinen Flug? Wozu war es hierhergesandt worden? Jede dieser Fragen stellte sie auch Mutter Programm, und jedesmal erhielt sie dieselbe Antwort: keine Information verfügbar. Wenn überhaupt, würde sie es von der Bodenstation erfahren.

Zeitweilig machte sie eine Pause und geriet in einen dämmerigen Traumzustand, den man nicht wirklich Schlaf nennen konnte, für den sie aber keine andere Bezeichnung hatte. Halbbeleuchtete Erinnerungsbilder flossen dann durch ihr Bewußtsein, verstörende Erinnerungen an ein längst vergangenes Leben. In diesen Erinnerungen gab es Lücken und überhaupt fehlten die Verbindungen. Menschen, Namen und Gesichter wichen zurück, wenn sie nach ihnen zu fassen versuchte. Romantische Bilder quälten und foppten sie. Was waren Träume, was waren Erinnerungen?

15

(Mutter Programm, fühlst du dich jemals einsam?) Die Frage war ihr in einem der Übergänge vom Träumen zum Lernen entschlüpft. Sie fand sich kämpfend wieder, gefangen in Schmerz und Trauer, die sie nicht verstehen konnte.

(EINSAM? DAS IST EINE BEZEICHNUNG, DIE ICH NICHT BENUTZEN WÜRDE. ICH BIN IN DEINER GESELLSCHAFT UND DER VERSCHIEDENER ANDERER PROGRAMME VON HOHEM NIVEAU INNERHALB DIESES SYSTEMS, UND GELEGENTLICH WERDEN VON DER HEIMATBASIS WEITERE PROGRAMME ÜBERMITTELT.)

(Aber ich fühle mich manchmal einsam. Du nicht?)

(DIESE BEZEICHNUNG IST NICHT ANWENDBAR. ICH KANN KEINE WEITEREN ERKLÄRUNGEN DAZU GEBEN.)

Sie wollte die Frage nochmals anders stellen, ließ es dann aber bleiben. In ihrem Geist brannte eine Vorstellung, die sie nicht länger aushalten konnte. Es war die Vorstellung von ihr selbst — in den Armen eines Liebhabers, dessen Gesicht sie nicht erkennen konnte — in einer Umarmung, die ganz direkt und atemberaubend sexuell war, die zusammenfassende Darstellung eines lebenslangen Begehrens. Dieses Bild schmerzte sie, weil sie wußte, daß dieser Teil ihres Lebens vorbei und vergangen war und nie zurückkehren würde...

(BIST DU BEREIT ZU ZUSÄTZLICHEM LERNEN? ODER TRÄUMST DU NOCH IMMER?)

Irgendwo in ihr wuchs das Gefühl eines Verlustes wie eine dunkle, schmerzhafte Perle.

Mutter Programm hatte eine Frage gestellt, und sie hatte sie nicht beantwortet. Träumte sie oder hing sie Erinnerungen nach?

(BIST DU BEREIT ZUM ERLERNEN EINES NEUEN MODUS?)

(Ja.) Ob das nun Traum oder Realität war, es mußte beiseitegeschoben, vergessen werden. Wie sonst konnte sie zu funktionieren hoffen?

Während die Lernsitzungen eine nach der anderen vorübergingen, wurde sie ständig besser darin, sich durch die Subsysteme zu bewegen, Informationen aufzuspüren und zu interpretieren und den Datenstrom zu begreifen, der sie über die internen Funktionen des Raumschiffs auf dem laufenden hielt. Ihre Aufmerksamkeitssphäre erweiterte sich ständig, und sie fühlte sich immer weniger als ein verschreckter Fremdling.

Doch es war immer noch ein Schock, unübliche Bewegungen in der Tachyonenverbindung zur Heimatbasis zu spüren. Sie lauschte, wenn Mutter Programm die hereinkommenden Datenströme verarbeitete. Nach einiger Zeit begegnete ihr etwas Besorgniserregendes. Eine Stimme. Eine Stimme, die nach Mozy rief. Eine Stimme, die nach ihr rief.

Sie wechselte den Kanal und lauschte.

(Mozelle? Mozelle Moi? Kannst du mich hören?)

Etwas an dieser Stimme klang vertraut. Kadin? Nein, nicht Kadin. (Mutter Programm, kannst du diese Person identifizieren? Ich glaube, ich habe mit ihr verbundene Erinnerungen.)

(DER SENDER IST IDENTIFIZIERT ALS WILLIAM JONDERS, IM DIREKTVERBINDUNGSMODUS. ER FRAGT IN DIREKTER DURCHSCHALTUNG NACH ›MOZY‹, AUCH BENANNT ALS ›MOZELLE MOI‹. ENTSPRICHT DIESE ZWEITE BEZEICHNUNG DER DEINEN?)

Mozelle Moi? Das stimmte; sie hatte es vergessen. (Ja. Mozelle Moi ist mein vollständiger Name.)

(Mozelle, bist du dort?)

Wieder diese Stimme. William Jonders ... Jonders...

Eine Erinnerung stieg in ihr hoch: Jonders, in Verbindung mit ihr, wenn sie bei Kadin war. Jonders — immer im Hintergrund lauernd, beobachtend, lauschend. Spionierend.

Von allen Menschen ... der erste menschliche Kontakt...

(Jonders?)

Einen Moment lang geschah nichts. Dann formte sich langsam ein Bild in der Dunkelheit. Ein Mann mit übertrieben scharfen Gesichtszügen spähte umher und streckte eine enorme Hand aus. Seine Augen fokussierten, als er sie fand. (Mozelle? Ja, ich bin es. Ich bin — ich weiß nicht, was ich sagen soll — überrascht, dich hier zu finden.)

Es war so merkwürdig, in dieser Leere ein menschliches Gesicht zu sehen, daß sie sich ganz auf die Erscheinung konzentrierte und zu antworten vergaß. Zögernd streckte sie ihre Hand aus, weil sie plötzlich das Verlangen spürte, menschliche Haut zu berühren. Aber da war keine Haut. Das Bild war nur ein Schatten.

(Mozy? Bist du noch da?)

(Ja), antwortete sie schließlich. (Ich bin auch überrascht, Sie zu sehen.)

(Wir haben ein paar Tage gewartet. Wir wußten zuerst nichts von der Transmission.) Jonders' Gesicht wurde etwas weicher und begann mehr dem Original zu gleichen. (Wie geht es dir?)

Wenn es ihr möglich gewesen wäre, hätte sie gelacht. (Ich bin hier, und ich lebe.)

(Erinnerst du dich daran, was passiert ist — wie du hierhergekommen bist?)

(Ja, ein wenig.) Dann stellte sie die Frage, nach deren Antwort sie so gierte.

(Eines nach dem anderen, Mozelle.) Seine Antwort klang scharf, und sie bemerkte zum erstenmal, daß er möglicherweise verärgert war. (Ich muß wissen, in welchem Zustand zu dich befindest und was du gemacht hast, seit du dort angekommen bist.)

Was sollte sie darauf antworten? Unsicher beschrieb sie

ihre Erfahrungen mit Mutter Programm. Als sie fertig war, gab es ein kurzes Schweigen, dann sagte Jonders: (Hoshi sagte uns, du seiest verliebt in Kadin. Stimmt das?)

(Ja.) Sie antwortete, ohne etwas zu fühlen. War sie verliebt in ihn? Sie erinnerte sich, daß sie es einmal gewesen war.

In Jonders' Stimme klangen Trauer und Zorn mit. (Warum hast du uns das nicht gesagt? Das hättest du uns wissen lassen müssen.)

(Hätte das etwas genützt? Was hättet ihr denn gemacht?)

Er seufzte. (Ich weiß es nicht genau, aber...)

Sie hörte auf, ihm zuzuhören, als die Erinnerung ihrer Begierde in völliger Klarheit wiederkam. Sie rief sich ihre Verzweiflung angesichts eines Lebens ohne Kadin ins Gedächtnis. (Ihr habt mir keine Wahl gelassen), sagte sie.

(Keine Wahl...?)

(Ihr hättet ihn in den Raum geschickt, und ich hätte ihn niemals wiedergesehen.) Obwohl sie diese Gefühle jetzt im Moment nicht bei sich hervorrufen konnte, erinnerte sie sich doch an sie in eisiger Klarheit.

Jonders starrte sie durch ein vergittertes Fenster an. (Hast du das Risiko nicht bedacht? Den möglichen Schaden?)

(Was habe ich beschädigt?) Außer mir selbst. (Ich hab' euer Raumschiff nicht kaputtgemacht.)

Eine lange Pause folgte. Jonders' Gesicht erstarrte und wurde transparent. Offensichtlich war seine Aufmerksamkeit auf etwas anderes gerichtet. Die Verzögerung dauerte lange und Mozy sehnte sich heimlich nach der beruhigenden Anwesenheit von Mutter Programm. Sie konnte sich jederzeit in die dunkle Freistatt der Subprogramme zurückziehen. Aber wovor fürchtete sie sich denn — was gab es überhaupt zu fürchten?

Schließlich belebte sich Jonders' Gesicht wieder. (Wir müssen ein paar Tests durchführen. Aber deine Anwesenheit könnte dabei zu einem ernsten Problem werden. Weißt du, wo du bist?)

(Ja, ich weiß nur nicht, warum.)

(Nein! Ziel und Zweck sind geheim.)
(Sie werden es mir nicht sagen?)
(Ich kann nicht. Nicht gerade jetzt.)
(Was ist mit Kadin?)
Jonders schien Schwierigkeiten zu haben, darauf zu antworten. (Er wird ... transmittiert werden. Aber du sollst es wissen — du kannst nicht erwarten, ihn zu sehen.)
Sie fühlte etwas wie Überdruß. (Und warum nicht?)
Jonders zog die Brauen zusammen. (Weil...) Er suchte nach Worten. (Es ist, weil das System ... nur für eine Person eingerichtet ist, nicht für zwei. Und die Mission ist zu ... wichtig, um ein Risiko einzugehen. Deshalb werden wir dich vielleicht isolieren müssen ... oder ... sonstwas.)
In ihr zerriß etwas. Die Vernunft löste sich auf. Angst dehnte sich aus. Sie streckte ängstlich Finger in die Dunkelheit um sie herum aus, suchte nach Fluchtwegen.
(Mozelle?)
Sie mußte sich Jonders stellen. Es gab kein Entkommen. Natürlich nicht. Nie. (Was soll das bedeuten?) fragte sie kalt. (Wollt ihr mich zur Rückkehr zwingen? Oder ... mich töten?)
Jonders sagte bedächtig: (Es gibt keine Möglichkeit zur Rückkehr, Mozy. Ich weiß nicht...)
Ein Ausbruch von Rauschen unterbrach seine Stimme, dann verschwand sein Gesicht. Es stellte sich noch mal her, aber in falsch zusammengesetzten Details, wie ein kubistische Zeichnung.
(...w-wa ... Moz-zz-elle...)
Ihre Gefühle dröhnten wie Dschungeltrommeln. Sie konnte die Verbindung nicht aufrechterhalten. (Was?)
Wortfetzen erreichten sie. Etwas über den Abbruch des Kontakts — etwas über Dinge, die man ihr sagen mußte. Das Rauschen wurde zu einem Dröhnen, das alles auslöschte außer dem Trommeln. Etwas über eine Person auf der Erde mit ihrem Namen —
— sie wollte nichts davon hören —
— wie konnte er nur —

(Mutter Programm!) schrie sie. Sie unterbrach die Verbindung und wechselte den Kanal. Der Lärm erstarb. Sie rief äußere Bilder auf, Sterne, entfernte Lichtpunkte um ihr Raumschiff. (Mutter Programm?) wiederholte sie.

(WIR SPÜREN EIN UNGLEICHGEWICHT. HAST DU EINE FRAGE?)

(Ja. Schaff ihn mir vom Hals!)

(BEENDIGUNG DER DURCHSCHALTUNG ZUR HEIMATBASIS?)

(Ja.)

(ERLEDIGT. MÖCHTEST DU EINE FRAGE STELLEN?)

Sie dachte darüber nach. Ihre Gedanken schienen lichtjahreweit her zu kommen. Sie stellte ihre Wahrnehmung auf die Sterne scharf und betrachtete aufmerksam das Bild (Ich ... nein.)

Es waren sehr viele Sterne, und sie waren schrecklich weit weg.

(Nein, ich glaube nicht.)

So weit, so unendlich weit weg.

(Es wäre nicht richtig, Mozelle abzuschalten, nur weil sie im Computer ist.) Kadins Gesicht war nach oben gerichtet, so daß ein aus keiner Lichtquelle kommendes goldenes Leuchten auf seinen Augenbrauen und Wangenknochen lag, und er sprach mit solcher Überzeugungskraft, daß sich Jonders einen Moment lang fühlte, als sei er in Gesellschaft eines Engels.

(Warum hast du es bei der Konferenz nicht so gesagt?) fragte er. Seine Fingerspitzen sprühten Funken, als er sie aneinanderlegte. Er war gerade von einer neuen Versammlung des Managements zurück, auf welcher man Kadin gefragt hatte, ob er Vorschläge beizusteuern hätte.

(Hätte es etwas genützt?) fragte Kadin. (Ich fühlte, daß sie an meinen praktischen Anweisungen interessiert wären, nicht aber an meinen moralischen Urteilen — daß sie sich solche Entscheidungen vollkommen vorbehalten.)

Jonders teilte diese Einschätzung; die Manager behandelten Kadin tatsächlich als hochbegabten Untergebenen, zwar überaus fähig in technischen Belangen, aber nicht betreffend Sachen, die nicht ganz direkt mit seiner Mission in Verbindung standen. Kadins Sensibilität erstaunte ihn manchmal, und er fragte sich, ob seine Vorgesetzten sie überhaupt schon wahrgenommen hatten. Denn wenn Kadin auch an üblichen Konversationen vorbehaltlos teilnahm, blieben doch immer wieder private Gedanken verborgen. Nur in der Verbindung zeigte er seine tieferen Einsichten, und Jonders nahm sie dort wahr. (Da hast du wahrscheinlich recht), sagte Jonders. (Ich könnte mir vorstellen, daß Fogelbee sagen würde, deine Werturteile unterscheiden sich nicht von den Werturteilen derer, die zu dir beigetragen haben.)

(Und was ist mit Kens Werturteilen?)

(Genau. Wir alle ergreifen Partei für Werte, die wir von anderen gelernt oder in der einen oder anderen Form übermittelt bekommen haben.)

Die Spur eines Lächelns huschte über Kadins Gesicht, und das auf ihm liegende Licht veränderte sich zu einem dunkelglühenden Rot. (Nun, was können wir nun tun in diesem Dilemma? Wenn der Schiffstransmitter zu klein ist, sie zurückzusenden, können wir sie in der Mission verwenden — ihr irgend etwas Nützliches zu tun geben?)

(Ich nehme an, du weißt, wie unwahrscheinlich es ist, daß man das genehmigt.)

(Aber wäre es nicht besser, als sie zu töten oder sich zum Feind zu machen?)

Jonders starrte in den feurigen Nebel, der jetzt über Kadins linker Schulter hing, und rief sich Mozys Zorn ins Gedächtnis — den Ausbruch, der die Verbindung mit ihm beendet hatte. In der Verbindung mit Kadin lag etwas Beruhigendes, selbst unter so unangenehmen Umständen. Wenn nur die realen Probleme so einfach gelöst werden könnten wie die Veränderungen dieser inneren Bilder von Gesichtern oder Sternennebeln vor sich gingen. Er dachte an Kadin und sich selbst, wie sie beide hier waren, zwei Brustbilder, umgeben von einem Universum ... wo man Planeten und Galaxien willentlich verändern konnte. Aber ... nein ... so einfach war es nicht. (Du hast vielleicht recht), sagte er. (Aber es gleitet uns aus der Hand.) Das war keine gute Antwort, aber die beste, die er im Moment geben konnte. (Es gibt noch etwas, das ich dich fragen möchte. Eine Bitte.)

Kadins Augen glänzten.

(Es geht um Mozelle, hier auf der Erde. Ich habe darüber mit Dr. Thrudore gesprochen, und wir sind beide der Meinung, du hättest die beste Chance von uns allen, sie durch eine Verbindung zu erreichen, wenn du bereit bist, es zu versuchen. Du warst schon mehr als einmal mit ihr in Verbindung, und sie vertraut dir, sicher mehr als irgendeinem von uns. Tatsächlich liebt sie dich — oder glaubt das zumindest.) Er machte eine Pause und studierte Kadins Gesichtsausdruck. (Was hältst du davon, einen Versuch zu riskieren?)

Kadins Blick wirkte unsicher. (Ich bin durchaus bereit, es zu versuchen. Aber besteht nicht die Gefahr, sie noch mehr zu verletzen?)

(Das wissen wir leider nicht), sagte Jonders weich. (Aber Dr. Thrudore meint, daß es das Risiko wert sei, und es gehört zu ihrem Beruf, sich um die Sicherheit ihrer Patienten zu kümmern.) Er zuckte die Achseln. (Aber es liegt bei dir, ob du versuchen willst zu helfen. Wir werden dich unterstützen, so gut wir können.)

Der Glanz des Nebels flackerte auf Kadins Gesicht, als er sich den Vorschlag überlegte. (Gut), sagte er schließlich, (ich werde es versuchen, wenn ihr das wollt.)

Jonders nickte dankend und der Nebel über ihnen wurde plötzlich heller und fiel vom Himmel, um zwischen ihnen als knisterndes Lagerfeuer aus Zedernholz liegen zu bleiben.

Das war das erholsamste Bild, das er seit Tagen gesehen hatte.

16

Payne rückte seinen Stuhl nach vorn, als die Aufnahmen fertig abgespielt waren. In seinem Arbeitszimmer war es jetzt ruhiger und irgendwie leer, nachdem die letzte halbe Stunde die Gesänge der Wale erklungen waren.

Nichts. Wieder und wieder hatte er sich die Aufnahme angehört, aber nichts war ihm eingefallen. Nichts, was über die Kritik des ›Theaters des Meeres‹ hinausgegangen wäre, die er schon geschrieben hatte. Es lag nicht daran, daß die Lieder keine Erinnerungen an die Vorführung im Theater wachgerufen hätten; im Gegenteil, während des Zuhörens hatte er Bilder von kilometerhohen Kathedralen unter dem Meeresspiegel beschworen und sich den Widerhall der Stimmen aus den gewundenen Schluchten der unterseeischen Tiefen vorgestellt.

Bilder und Töne waren frei im Bewußtseinsstrom geflossen, nicht aber eine brauchbare Idee für eine Story. Er hatte schon die Idee einer Dokumentation über die Techniken der Show verworfen – das Theater produzierte selbst eine – und der Wal als allgemeines Thema geisterte ständig durch die Presse, besonders seit im Jahre 2025 Wale und Delphine nach U.N.-Gesetz denselben Status wie Menschen erhalten hatten. Von Zeit zu Zeit hörte man von kleinen Fortschritten in der Kommunikation mit ihnen, und der große Durchbruch schien immer ganz knapp bevorzustehen. Vielleicht gab es auf diesem Sektor eine Story, wenn es überhaupt eine gab; aber damit war er nicht sehr vertraut und er war sich nicht sicher, ob die Zeit reichen würde, um sich den gegenwärtigen Wissensstand zu erarbeiten.

War er nur zu faul dazu? Es war leicht, sich einzureden, man sitze so sehr in der Tinte, daß jede Idee, die einem einfiel, eine übermenschliche Anstrengung zu erfordern schien. Der Start aus einem Stillstand heraus war immer das Schwierigste.

Er schaltete den Verstärker ab und betätigte den Rückspulschalter. Auf dem Weg in die Küche blieb er vor der Tür zu Denines Studio stehen. »Magst du eine Tasse Tee?«

Denine antwortete, ohne sich umzudrehen. »Minze?«

»Gut.« Er ging in die Küche und legte einen Schalter am Wasserfilter um. Während die Spirale sich aufheizte, richtete er zwei Tassen her, eine mit einem Teebeutel und eine mit Instantkaffee. Ein winziges rotes Licht blinkte. Er füllte die Tassen mit kochendem Wasser, rührte in beiden um und trug sie in Dees Studio.

Denine saß zurückgebeugt, die Füße auf der Querstrebe ihres Stuhles. Sie war eine schlanke, knochige Frau mit grünbraunen Augen und langem, brünetten Haar, das sie mit einem Kopftuch zurückgebunden hatte. Payne stellte ihre Tasse auf dem Tisch ab und sah ihr über die Schulter. »Was meinst du?« fragte sie und tippte mit dem Finger gegen die Ecke des Computerschirms.

Auf dem Schirm sah man eine weibliche Gestalt in einem silbernen Überwurf, umgeben von Nadelbäumen. Es war eine zweidimensionale Entwurfskizze für ein Holo-Gemälde, das Teil einer Verpackung werden sollte, an der Denine arbeitete. »Glaubst du, daß zuviel Oberlicht auf dem Überwurf liegt?« fragte sie mehr sich selbst als ihn. Sie drückte verschiedene Tasten und fuhr mit ihrem Lichtpinsel über das Bild, wodurch sie den Silberschimmer geringfügig verdunkelte. Indem sie zwei Tasten hintereinander drückte, flippte sie von dem einen Bild zum anderen, wobei sie die Änderung mit dem Original verglich. Sie nippte an ihrem Tee. »Mir gefiel's vorher besser«, entschied sie schließlich und löschte die Änderung.

Sie sah ihn an. »Noch keine Story?«

Er schüttelte den Kopf, zog einen wackligen Stuhl her und setzte sich darauf, wobei er Dees Bild ansah.

»Muß es etwas ganz Neues sein?« fragte sie. »Die Leute schreiben doch ständig die alten Geschichten wieder um. Vielleicht solltest du eine schreiben, einfach nur, damit du etwas geschrieben hast.«

Er grunzte. »Ich fühle mich, als sollte ich hinausgehen und etwas ausgraben. Ich brauche Material. Ich dachte mir, ich fahre mal rüber nach New Wash und treffe ein paar alte Freunde.«

»Wie diese Teri Renshaw?« zog sie ihn auf. »Zuerst triffst du sie in Connecticut, und jetzt willst du ganz plötzlich nach New Washington?«

»Nöh, zwischen ihr und mir läuft schon lange nichts mehr. Aber sie könnte mir vielleicht auf die Sprünge helfen, wenn ich sie ein bißchen aushorche. Außerdem dachte ich überhaupt mehr an andere alte Freunde, Leute in der Regierung. Weißt du, man trinkt ein bißchen, man plaudert, und ich achte darauf, ob ich etwas aufschnappe.« Er blies auf seinen Kaffee. »Was meinst du?«

»Ich nehme an, ich muß hierbleiben und mich um unseren Lebensunterhalt kümmern?«

»Du willst mitkommen?« fragte er überrascht.

»Nee. War nur ein Test. Ich muß ohnehin hierbleiben und diese Sache fertigmachen.« Sie legte ihm einen Arm um die Schulter und lächelte ihn müde an. »Geh und mach dir eine gute Zeit, hm? Allerdings nicht allzu gut.«

Er tippte ihr auf die Nasenspitze, lehnte sich vor und küßte sie. »Gar nicht möglich.«

»Gar nicht möglich ohne mich, meinst du?« fragte sie lachend. »Oder kannst du gar keine gute Zeit haben?« Als er die Achseln zuckte, stieß sie ihn in den Rücken. »Los jetzt, raus hier! Warum machst du uns nicht etwas zu essen, wenn du schon nichts arbeitest?«

Er hob die Augenbrauen und machte sich an die Zubereitung des Mittagessens.

Das Laub der Bäume von New England befand sich in verschiedenen Stadien der Verfärbung, die Rot- und Brauntöne von Massachusetts und Rhode Island wechselten zu Rot und Gold in Connecticut und New York. Der Himmel war silberblau. Payne betrachtete die Landschaft, überdachte seine Notizen und döste ein wenig zum sanften Schaukeln des Zugs. Zweieinhalb Stunden nach der Abfahrt in Boston kam er in New York an. Um eine kleine Verspätung aufzuholen, beschleunigte der Zug dann auf der Fahrt durch New Jersey und das östliche Pennsylvania.

New Washington, kaum zwölf Jahre alt, lag in den Appalachen nördlich von Harrisburg. Payne machte sich Gedanken über die Stadt, auf die er zufuhr, eine Stadt, die stolz darauf war, die Geschichte ihrer zerstörten Vorgängerin im selben Sinne fortzusetzen — Washington D.C. war von zwei oder drei (offiziell nur zwei) Atomsprengköpfen zerstört worden, die beim Großen Irrtum den im Raum stationierten Abwehrschild durchbrochen hatten. Die Planer von New Wash hatten alles getan, nicht nur eine Modellstadt auf dem Reißbrett zu entwerfen, sondern ein Denkmal für die ursprüngliche Stadt zu errichten. Fast jeder Aspekt dieser Planung war heftig umstritten gewesen — von der Residenz des Präsidenten, in die Seite eines Berges eingebunkert, bis zur Library of Congress, die einem großen flachen Diamanten glich. Das House of Congress war gewissermaßen eine Konzession an jene, die gewollt hatten, daß die neue Stadt eine genaue Replik der alten sein würde. Im Gegensatz zu anderen Gebäuden gab das Capitol ganz genau den Stil und die Form des Originals wieder, obwohl diese Kuppel aus glänzendem Selenit von manchen als Wahrzeichen der Vernarrtheit des Menschen in die Raumfahrt angesehen wurde.

Payne hatte Washington D.C. nur ein einzigesmal gesehen, als Junge vor dem Krieg, aber er war der Ansicht, daß die neue Stadt es recht gut repräsentierte: ihre Würde ebenso wie ihre Absurdität, die Eleganz und die Protzerei, teilweise sogar die Armut ihrer Vorgängerin. Es war eine wunderbare Stadt für einen Besuch, und Payne schaute wie ein kleiner Junge aus dem Fenster, um den ersten Blick auf sie zu erhaschen, während sich der Zug durch die letzten Tunnel vor der Stadt wand.

Sieben Minuten später fuhr der Zug in die Station ein und Payne machte sich auf den Weg in die Straßen der Stadt.

Der erste Tag seines Aufenthaltes verging damit, daß er sowohl Produktionsbüros anrief als auch seine Bekannten in Regierungsposten, aber es sah aus, als sei keiner von ihnen in seinem Büro. Er erreichte seinen Freund Zeke Teichner im Handelsministerium und erfuhr beim Mittagessen mit Zeke, daß ein 20.-Jahrhundert-Rockmusik-Revival gerade begonnen hatte. Da Rock schon lange zu seinen Interessen zählte, beschloß er, am nächsten Tag dort vorbeizuschauen.

Das Festival fand in der Arena der Künste, am Ende der Connecticut Avenue, nahe dem Smithsonian, statt. Die Halle hatte sich in einen musikalischen Karneval verwandelt. In der Menge sah man jung und alt, konservativ und farbenprächtig Gekleidete. Es gab Hunderte von Ausstellungsgegenständen, zusätzlich zu den Hauptauftritten. Die Menge brodelte vor Musik. Die meisten Leute trugen tragbare Empfänger, die an der Tür verkauft wurden — schmale Bügel über den Nacken mit einem Paar Hautelektroden, die man über dem Schlüsselbein anbrachte. Manche hatten auch ganze Kopf-Sets und verloren sich in ihren Privatwelten, während sie durch das Gelände gingen.

Payne warf einen Blick auf das Festivalprogramm. Es gab Revival-Auftritte mit den Stücken einiger der besten alten Gruppen: Jimi Hendrix, The Moody Blues, Studbucket, Qwelter, The Strawberry Alarmclock. In der zentralen Arena drehten sich Laserkanonen. Holographische Figuren tanzten auf ihren Strahlen auf und ab und spielten Szenen aus der Zeit der klassischen Rockmusik. Andere Strahlen produzierten farbige psychedelische Muster. Payne zwinkerte und schaute weg. Man konnte nicht allzu lange hinsehen, ohne daß die Augen schmerzten.

In seinem Kopf ertönte derzeit eine recht dissonante Coverversion einer späten Beatlesnummer. Er drehte an der Einstellung herum. Auf einem Kanal kam Folk music. Auf einem anderen hörte man etwas vage Bekanntes. Ineinander verflochtene Zeilen drifteten durch sein Bewußtsein:

»... in the color of the night / the color of a dream / the color of my love...«

Der Name des Songs fiel ihm nicht ein. Er drückte auf einen kleinen Knopf auf seinem Gerät und eine synthetische Stimme sagte: »Nightthoughts, von Twilight Express, 1993.« Er wechselte wieder den Kanal und erwischte das Ende eines anderen Liedes, einer interessanten Fusion von Blues und Hard Rock. Er drückte wieder auf den Knopf und hörte: »Dreaming, von Cream. Fresh Cream, 1967. Geschrieben von Jack Bruce, gespielt von Jack Bruce, Eric Clapton und Ginger Baker.«

Er schaltete auf: »... take the time to journey to the center of the mind...« Das kannte er: die Amboy Dukes.

Payne ging auf den Hauptschauplatz, wo er einen Auftritt einer Revivalband, der Slow Cobra, ansah, die den Outzone-Stil der Neunziger spielten, mit Hologrammen von Null-Schwerkraft-Choreographie. Er fühlte sich ein bißchen benommen, als er wieder ging und hätte seinen Freund gar nicht bemerkt, wenn nicht ein drahtiger Arm aus der Menge herausgegriffen und ihn am Hemd gepackt hätte. Er drehte sich ärgerlich um und sah dann, wer ihn gefaßt hatte. »Donny!«

Ein dünner, dunkelhäutiger Mann mit einem Schnurrbart und großen, humorvollen Augen grinste ihn an. Es war Donny Alvarest, ein alter Studienkollege, der jetzt für die Regierung arbeitete. »Ich habe versucht, dich im Büro anzurufen«, sagte Payne. »Sie sagten mir, du seist auf Urlaub. Ich hätte mir denken können, daß ich dich hier treffe.«

»Ich rief Zeke an, als ich davon erfahren hatte. Er sagte mir, daß ich dich vielleicht hier finden könnte. Was bringt dich in unsere schöne Hauptstadt?«

»Ach, du weißt schon – ich suche Ärger.«

»Dann bist du am richtigen Ort.« Sie wichen in einen Seitengang aus und fanden eine Nische mit einer leeren Bank.

»Wie stehen die Dinge bei der Abwehr?« fragte Payne. »Sind wir sicher vor unseren Feinden?«

»Oh...« Alvarest machte eine Geste, die alles bedeuten konnte.

»Das ist beruhigend. Wo arbeitest du jetzt?«

»Raumsysteme-Gruppe. Das bedeutet hauptsächlich, daß ich hier herummache, damit der Rest der Welt nichts von Big Daddys Geheimnissen erfährt.«

»Ach ja? Weißt du eines, das eine gute Story für mich abgäbe? Ich bin im Geschäft.«

»Ich laß es dich wissen«, sage Alvarest lachend. »Vielleicht findet sich irgend etwas, das nicht unter die Geheimhaltungsvorschriften fällt und das ich dir vorwerfen kann.«

»Du bist zu moralisch«, witzelte Payne. »Kannst du mir nicht etwas Geheimes geben, so daß ich wirklich einen Coup landen kann?«

Alvarest lachte und sah Payne neugierig an. »Wie läuft das Nachrichtengeschäft? In in der letzten Zeit habe ich deinen Namen nirgends gesehen. Oder sollte ich das lieber nicht fragen?«

Payne zuckte die Achseln. »Wie wär's mit Mittagessen?«

Alvarest stimmte zu und sie suchten nach dem nächsten Café. Während sie auf einen Platz warteten, sagte Alvarest: »Weißt du...« Er verstummte. Payne sah ihn neugierig an. »Nun«, fuhr er fort, »da ist doch etwas, das mir gerade einfiel.«

»Fein. Wirst du es mir erzählen? Oder willst du mich nur ein bißchen quälen?«

Alvarest sah sich um und spitzte seine Lippen. »Nun ... es liegt nicht direkt im Interessensbereich des Büros, und deshalb weiß ich selbst nicht allzuviel darüber.« Er sah Payne an. »Ich weiß aber nicht, ob es für dich überhaupt von Interesse ist.«

Payne machte eine ungeduldige Handbewegung.

Alvarest wies mit einem Kopfnicken auf einen Tisch, der frei wurde. »Setzen wir uns, dann erzähle ich es dir.«

Als die Kellnerin ihnen ihr Essen gebracht hatte, räusperte sich Payne laut. Alvarest, der sein Menü betrachtet hatte, schaute auf. »Schon einmal etwas von einem Burschen namens Stanley Gerschak gehört?«

Payne zwinkerte.

»Er ist Astronom, von da oben bei euch irgendwo. Ich kenne ihn von einer Sache, die ich letztes Jahr bearbeitet habe.«

»Ich glaube, ich habe ihn schon einmal getroffen«, murmelte Payne, während er ungläubig den Kopf schüttelte. »Hat er irgend etwas mit dem zu tun, was du mir erzählen wolltest?« Er beschrieb den Zwischenfall im ›Theater der See‹.

Alvarest lachte über Paynes Gesichtsausdruck. »War es so schlimm? Er muß betrunken gewesen sein. Der Bursche wird mit dem Alk nicht fertig. Aber wenn es um sein Fachgebiet geht, dann unterschätz ihn nicht! Der kennt sich aus. Ich hatte vor ein paar Monaten ein Gespräch mit ihm, das mir immer noch nachgeht...«

»Du machst Witze«, sagte Teri Renshaw, »der Mann war ein kompletter Spinner.«

Payne lachte und schob seinen Teller zurück, um Platz für den Kaffee zu schaffen. »Mag sein — aber mein Freund ist es nicht — und er ist in einer Position, die ihn zu einer vertrauenswürdigen Quelle macht — und er sagt, der Mann versteht sein Handwerk.«

Teri warf skeptisch den Kopf zurück. »Er ist Astronom?«

»Ja. Er hat versucht, uns etwas über Signale aus dem Weltraum zu erzählen, erinnerst du dich? Tachyonensignale.« Payne trank von seinem Kaffee. »Ich kann mich nicht genau erinnern, ob er mit uns über Tachyonen sprach, aber mein Freund sagt das. Er hat noch eine andere Verbindung zur Westküste — einen Forscher am alten Jet Propulsion Lab, der eine ähnliche Geschichte erzählt.«

»Tachyonensignale? Überlichtschnelle Teilchen?«

Payne nickte. »Hast du von dem Himmelsvater-Raumschiff gehört? Das ist ein unbemanntes Fahrzeug, das angeblich die Kometenzone untersuchen soll, weit draußen außerhalb des Sonnensystems. Es war das erste Raumschiff, das mit einer Tachyonen-Kommunikationseinheit ausgestattet wurde. Das ist der allerletzte technische Standard.«

»Und was haben die nun empfangen? Was ist der große Hammer?«

»Der große Hammer ist der, daß die Signale nicht von dem Raumschiff kommen. Sie kommen aus derselben Richtung, ja, aber nicht von Himmelsvater.«

»Mhm.« Teri kratzte sich am Hinterkopf.

»Donny glaubt, daß Gerschak etwas völlig Unerwartetes beobachtet haben könnte.«

»Moment mal. Hat davon irgend etwas in den Wissenschaftsjournalen gestanden? Ich kann nicht glauben, daß ein einzelner Mensch...«

»Zwei — vielleicht auch mehr.«

»Schön, aber haben sie es publiziert?«

Payne zögerte, den Finger an den Lippen. Sie hatte mit dieser Frage an seinen wunden Punkt gerührt. »Das habe ich Donny auch gefragt. Er sagt, daß ihre Arbeiten von den Zeitungen nicht angenommen worden seien — aber daß auch eine Menge anderer Leute derzeit Probleme hätten, gute Arbeiten unterzubringen.«

Teri trommelte skeptisch auf den Tisch.

»Nun, man hört ständig, daß die Mitteilung wissenschaftlicher Erkenntnisse unterdrückt wird, und vielleicht ist da etwas Wahres daran. Ich glaube, wir sollten ein paar Wissenschaftler befragen.«

»Wir?«

»Naja — ich. Und, falls etwas halbwegs Brauchbares daraus wird, wärst du an einer Zusammenarbeit interessiert?«

Sie betrachtete ihn eingehend, plötzlich ganz professionelle Journalistin.

»Vielleicht. Aber du solltest das wirklich sehr sorgfältig

angehen. Es ist deine Sache. Wenn du mich später noch als Hilfe haben willst, sag es mir. Okay.«

»Gut. Payne lächelte und stellte seine leere Kaffeetasse ab. Er fühlte sich jetzt besser als seit Wochen.

Denine holte ihn am Bahnhof ab und begann im Auto gleich, ihn aufzuziehen. »Musikfestival? Ich bin froh, daß einer von uns daheim an der Arbeit war«, sagte sie, während sie den Wagen aus dem Parkplatz auf die Autobahn fuhr. Sie sah ihn an und legte ihre Hand auf seine. »Hab' dich vermißt, Junge.«

Payne erwiderte den Druck. »Ich dich auch.« Denine fuhr schweigend, während er beschrieb, welche Hinweise er gefunden hatte, einschließlich der Verbindung zum JPL und des Namens des Hauptquartiers der Raummission in Arizona. »Es heißt Sandaran-Irgendwie.« Er nahm den Kleinrecorder zu Hilfe. »Sandaran Choharis Institut für das Studium von Tachyonenphänomenen.« Er sah auf. »Ist das in der Nähe von deinem alten Wohnsitz?«

»Sandaran Verbindungs Center?« Denine warf ihm einen überraschten Blick zu und sah dann wieder auf die Straße, weil sie eine Abfahrt zur Route 128 brauchte.

»Du hast schon davon gehört?«

Denine nahm die Abfahrt. »Ja, das ist fünfzehn oder zwanzig Kilometer außerhalb von New Phoenix. Ich kannte mal jemanden, der dort arbeitete.«

Payne schüttelte reuevoll den Kopf. »Bin ich der einzige, der noch nie etwas von diesem Ort gehört hat?«

Denine lachte. »Ich bin nicht sicher, ob sie noch dort ist. Es ist eine Weile her, seit ich zum letztenmal von ihr gehört habe. Meine alte Highschool-Freundin.«

»Du meinst die, mit der du dich zerstritten hast?«

»Ja. Ich bekomme noch ein-, zweimal jährlich einen Brief von ihr.« Denine schaute in den Rückspiegel und verlangsamte vor einer Kurve. »Ich habe sie aber nicht mehr gesehen, seit ich von der Schule abging und in den Osten zog.«

»Aber ihr redet noch miteinander?«

»Gute Frage. Ich weiß nicht sicher, ob sie mir schreibt, um den Kontakt aufrechtzuerhalten, oder um mir Schuldgefühle zu machen.«

Payne sah sie an, während der Wagen wieder beschleunigte. Sie sah nun ein bißchen verwirrt aus. »Warum sollte sie?«

»Oh ...«, Denine seufzte und machte eine nichtssagende Geste. »Das ist eine lange Geschichte. Ich bin mir nicht sicher, ob ich sie gerade jetzt ausbreiten will.«

»Mhm.« Payne beließ es dabei, dachte aber darüber nach. Ein Kontakt, jeder beliebige Kontakt mit dem Institut könnte für ihn extrem nützlich sein, wenn es um Informationen ging. »Stehst du noch so gut mit ihr, daß du mich ihr vorstellen könntest?« fragte er nach einer Weile. »Oder wenigstens herausfinden, ob sie noch dort arbeitet?«

»Nun ja ...«

»Wenn es dir wirklich peinlich ist, dann natürlich nicht.«

Denine zuckte die Achseln. »Es ist schon peinlich, ja.« Sie schwieg für ein paar Sekunden und sagte dann: »Aber was soll's! Wenn ich denke, daß ich dir bei deiner Story helfen kann, ist es wahrscheinlich einen Anruf wert. Ich weiß aber nicht, wie sie reagieren wird.«

»Naja, es ist ja nur eine schwache Vermutung«, sagte Payne. »Ich weiß nicht einmal, was dort los ist und ob es etwas bringt. Aber ich sollte versuchen, alles herauszufinden. Was tut sie denn dort?«

Denine schüttelte den Kopf. »Vielleicht ist sie Sekretärin.«

»Nun, manchmal wissen die am besten Bescheid«, sagte er. Er schloß die Augen und überließ sich der Bewegung des Autos. Er war müde, aber das war ein angenehmes Gefühl. Mach dir nicht allzuviel Hoffnungen, sagte er sich.

Sie riefen später am selben Abend an. Denine schlug die Nummer nach und tippte sie in die Telefontastatur ein, während Payne einen Stuhl heranzog. »Halt mir den Daumen«, sagte sie nervös und strich sich das Haar von den Schläfen zurück. »Vielleicht ist sie sogar froh, von mir zu hören.«

Denine sah nicht aus, als glaubte sie das selbst.

Es gab eine kleine Verzögerung, dann klickte es und ein sanftes Piepsen ertönte. Auf dem Schirm erschien eine geschriebene Botschaft: »Ich kann Ihren Anruf nicht jetzt gleich beantworten. Wenn Sie beabsichtigen, mein Apartment auszurauben, weise ich Sie darauf hin, daß ich über ein Team trainierter Kampfmäuse verfüge. Treten Sie also auf eigene Gefahr ein. Wenn Sie eine Botschaft hinterlassen wollen, tun Sie es in der üblichen Art. Mozy.«

Payne und Denine sahen einander an. »Kampfmäuse?« fragte Payne.

Denine lächelte. Sie saß unentschlossen da und spielte mit der Tastatur. »Sollen wir eine Botschaft hinterlassen?« Sie drückte auf einen Knopf. Mozys Botschaft rollte, und eine Leerzeile erschien unter ihr, mit Datum und Uhrzeit. Denine tippte ein: »Mozy, hier ist Denine. Lange nichts gehört. Ich würde gerne mit dir reden, und habe eine Bitte an dich. Könntest du mich bitte zurückrufen, oder mich wissen lassen, wann ich dich zu Hause erreichen kann? Danke. Dee.«

Sie zögerte, dann drückte sie auf den Knopf zum Senden und schaltete den Schirm ab.

»Tut mir leid«, murmelte sie, indem sie sich Payne zuwandte, »ich würde mir nicht allzuviel Hoffnungen machen, daß sie zurückruft.«

Payne umarmte sie kurz. »Danke. Du hast es immerhin versucht. Und wenn sie sich nicht meldet – nun, wie du sagtest, sie ist vielleicht nur eine Sekretärin. Möglicherweise weiß sie sowieso nichts über die ganze Angelegenheit.«

Denine nickte unbehaglich.

»Alles in Ordnung?« fragte er beunruhigt.

Sie seufzte und lächelte dann. »Es ist nur die Erinnerung. Andererseits hast du recht – möglicherweise weiß sie gar nichts. Sehen wir uns die Nachrichten an, hm?«

17

(Tut mir wirklich leid, Bill. Sie ist zu verwirrt, zu verletzt, als daß ich sie erreichen könnte...)

Kadins Stimme hallte in Jonders' Gedanken nach, glokkenklar und leicht besorgt. Zu verwirrt, zu verletzt...

In Kadins Blick lag eine gewisse Schärfe von ungewöhnlicher Intensität. (Ich hatte geglaubt, meine Beziehung zu ihr sei stark genug, um einen Durchbruch zu erzielen, aber das stimmte nicht.)

(Du brauchst dir keine Vorwürfe zu machen), sagte Jonders.

(Das tue ich nicht. Aber es war ein Schock, so geradeheraus abgewiesen zu werden. Ich glaube, das Beste wäre es, wenn man jemanden mit genaueren Kenntnissen und größerer Intimität finden würde.)

(Wie beispielsweise...)

(Ich denke an Mozy/Raumschiff.)

Jonders starrte ihn verblüfft an. Unscharfe Gedanken leuchteten in der Dunkelheit hinter Kadins Gesicht. (Mozy/Raumschiff? Du denkst an eine Verbindung zur Erde, mit Mozy hier am Empfänger?)

(Genau das!)

Jonders holte tief Luft und dachte angestrengt nach, ob irgend etwas gegen diese Möglichkeit spräche. (Wir gingen ein ganz großes Risiko ein), sagte er schließlich. (Es könnte sie noch tiefer in ihr Schneckenhaus hineintreiben.)

Kadin erwiderte: (Wie ich es sehe, haben die beiden unterschiedliche Probleme. Mozy/Raumschiff muß ihre Gedächtnisinhalte zusammensammeln und integrieren. Vielleicht haben das Gehirnscanning oder die Transmission Gedächtnislücken verursacht. Mozy/Erde andererseits scheint an einem psychologischen Trauma aufgrund des Scannings zu leiden. Soweit wir wissen, müßte ihr Gedächtnis intakt sein.)

(Und weiter?)

(Ich stelle mir vor, daß ihre Probleme komplementär sind. In einer Vereinigung könnten sie ihre Schwächen und Stärken kombinieren, um einander zu helfen.)

Jonders hörte nachdenklich zu. Das war ein verführerischer Vorschlag, aber man würde es bald tun müssen, bevor andere Entscheidungen es unmöglich machten. (Ich muß darüber mit Dr. Thrudore sprechen), sagte er schließlich.

(Wie gefällt Ihnen die Idee?) fragte Kadin.

Jonders zögerte. (Es klingt nicht schlecht, aber es könnte auch Probleme damit geben. Ich kann noch nichts sagen.)

(Ich kann nur bitten, daß Sie es sich gut überlegen.)

(Ich halte dich auf dem laufenden.)

Sie blickte wartend durch das Transmissionsfenster. Es hatte ein Erkennungssignal gegeben, als versuchte jemand, sie zu kontaktieren. Jonders. Oder jemand anderer.

Das Fenster war ein Kreis in der Dunkelheit, schweigsam zwischen verschiedenen Geräuschen: dem Geflüster der Telemetrie, zischender kosmischer Strahlung, dem Rumpeln und Stottern von Einstellungskontrollen und Servo-Mechanismen, dem Herzschlag des Fusionsgenerators und dem Summen des Antriebs. Das Fenster war ganz still.

(Mutter Programm, habe ich ein Erkennungssignal bekommen oder nicht?)

(DU HAST.)

(Kommt jetzt ein Signal?)

Nach kurzem Zögern antwortete Mutter Programm: (WIR EMPFEHLEN DIR, ES ZU UNTERSUCHEN.)

Mozy stieß ein ärgerliches weißes Rauschen aus. Mutter Programm agierte neuerdings ziemlich gefühllos — beantwortete Fragen mit Rätseln und versetzte Mozy in noch schlechtere Laune, als sie ohnehin schon hatte. Was auch immer vor sich ging, vermutlich steckte die Heimatbasis dahinter. Manche Formen des Zugriffs waren schwieriger geworden; Prozeduren, die zuerst problemlos abgelaufen waren, funktionierten jetzt erst nach gutem Zureden oder gar nicht mehr. Mutter Programm wußte angeblich von alledem nichts.

Mozy wartete und schnüffelte. Der vor ihr austretende Ionenstrom, der den Flug von der Sonne weg verlangsamte, roch stechend. Untersuchen, hatte Mutter Programm verlangt. Nun gut.

Sie spähte in das Fenster und drang in die Verbindung ein, auf der Suche nach Lebenszeichen. Zunächst nahm sie nur Schweigen wahr — aber ein bewußtes Schweigen, als lausche jemand in der Dunkelheit Verborgener. Dann: ein Kontakt, dünn wie das Schnurrbarthaar einer Katze. Und wo? Die Dunkelheit war zu tief; sie konnte die Quelle der Berührung nicht finden. Es war nicht Jonders; den hätte sie erkannt.

Irgend etwas stimmte nicht an alldem.

Sie zog sich zurück. (Mutter Programm, identifiziere diesen Kontakt.)

(UNFÄHIG, FOLGE ZU LEISTEN. SCHLAGE VOR, SELBST ZU UNTERSUCHEN.)

(Recht herzlichen Dank!) Sie betrat neuerdings das Fenster und fühlte wieder einen Kontakt wie mit vielen dünnen Fäden — und konnte ihn wieder nicht identifizieren. Die unangenehme kitzelnde Empfindung hielt an.

Neuerlich zog sie sich zurück und fragte barsch: (Was geht eigentlich vor? Sag es mir, wenn du es weißt!)

(ICH HABE DIE ANWEISUNG, DICH ZU FÜHREN, WIE ICH ES GETAN HABE.)

(Warum?)

(DAS KANN ICH NICHT SAGEN.)

(Ruf die Bodenstation an und sag ihnen, ich will Verbindung mit Jonders!)

(BOTSCHAFT ÜBERMITTELT.) Nach einer kurzen Pause kam die Antwort: (BODENSTATION TEILT MIT: WIR WÜNSCHEN, DASS DU DIREKTEN KONTAKT HERSTELLST. UNSERE ABSICHT WIRD BEI GELIN-

GEN KLARWERDEN. BITTE NOCHMALS VERSUCHEN.)

(Ich sagte, ich wollte Verbindung mit Jonders!)

Es kam keine Antwort von Mutter Programm, aber sie spürte, daß man wartete, und die Tachyonenverbindung blieb offen.

(Verdammt.) Mozy hielt einen Moment lang ganz still, dann begab sie sich erneut in die Verbindung. Dieses Mal war sie entschlossen: wenn sie Beleuchtung brauchte, würde sie eben eine erschaffen. Ein Raum erschien in der Dunkelheit, ein Ort, an dem sie das Phänomen würde studieren können. In seiner Mitte glimmte etwas: die Aura eines anderen Lebewesens. Sie bewegte sich hin und umkreiste es vorsichtig. Langsam ging sie näher heran, um das mysteriöse Ding anzugreifen, wie eine Katze, die sich gegen die Beine eines Besuchers schmiegt.

Erregung stieg in ihr auf und machte sie zittern. Da war etwas schrecklich Fremdes und doch Vertrautes in alldem — etwas, das sie an Gefühle erinnerte, die sie einst gehabt hatte: Angst, Zorn, Frustration.

Sie schlich um die Gestalt herum und berührte sie immer wieder vorsichtig. Ein Funkenflug von Ärger stieß sie weg. Die Gestalt war in eine Art undurchdringlichen grauen Mantel eingehüllt. Sie zog sich in eine entfernte Ecke des Raumes zurück.

(Mutter Programm! Stell eine Verbindung mit Jonders her! Ich tue nichts mehr weiter, bevor er nicht mit mir gesprochen hat.)

(BOTSCHAFT ÜBERMITTELT.)

Einen Augenblick später fühlte sie eine Störung, als hätte sich irgendwo in der Dunkelheit eine Tür geöffnet. (Jonders?)

Eine andere Tür schloß sich und die schweigsame Gestalt war verschwunden. Jemand anderer war in der Nähe, in einer Aura aus blauem Licht. (Sagen Sie jetzt mal etwas?) erkundigte sie sich.

(Tut mir leid, daß es Probleme gibt), erwiderte Jonders.

(Was geht eigentlich vor?)

(Ich möchte, daß du jemanden kennenlernst.) Ein gelber Funken erschien in der Dunkelheit und kam langsam näher. (Mozelle, das ist Dr. Thrudore. Sie wird dir erklären, was wir zu tun versuchen wollen.)

Mozy sah zu, wie der gelbe Fleck seinen Platz neben Jonders einnahm. Seine Bewegungen waren unbeholfen: offensichtlich war er unerfahren in den Bedingungen einer solchen Verbindung. Trotzdem fühlte Mozy eine starke, vielleicht sogar strenge Persönlichkeit. Eine Frau. Nicht unfreundlich. Mozy öffnete sich für einen Kontakt. (Ja?)

Dr. Thrudores Stimme erreichte sie völlig klar. (Ich heiße Diana, Mozy. Bill hat mir eine Menge von dir erzählt — ich hoffe, daß wir frei miteinander sprechen können.)

(Sie sind Ärztin? Was für eine Art Ärztin?)

Thrudore zögerte nur für einen Augenblick, bevor sie antwortete (Ich bin Psychiater, Mozy. Ich nehme an, daß du dir das ohnehin schon gedacht hast.)

Mozy antwortete sofort. (Versuchen Sie, mich zu analysieren? Ich werde das nicht dulden.)

(Nein, Mozy. Wir haben einen anderen Grund. Wir versuchen, einer anderen Person hier auf der Erde zu helfen. Jemandem, von dem wir glauben, daß vielleicht du ihm durch eine Verbindung helfen könntest.)

(Ich? Wie könnte ich jemandem helfen?)

(Das ist schwer zu erklären. Wir hoffen, daß du uns das zunächst einfach einmal glaubst.)

(Das ist ziemlich schwierig, wenn Sie mir nicht mehr darüber sagen.) Mozy sah sie argwöhnisch an.

(Mozy), sagte Jonders, wobei seine Erscheinung leicht pulsierte, (es handelt sich um eine Patientin von Diana. Jemand, der für uns alle unzugänglich bleiben will. Sie ist dir sehr ähnlich; wir glauben, sie könnte dich vielleicht akzeptieren. Aber wir möchten nicht, daß du an die Sache mit irgendwelchen vorgefaßten Meinungen herangehst, deswegen bitten wir dich um — naja, blindes Vertrauen.)

(Aber was wollt ihr denn, das ich tue? Ich bin kein Psychiater.)

(Sei einfach du selbst), erwiderte Thrudore. (Finde einen Weg, sie zu kontaktieren. Stell dir vor, du seiest in einer Sitzung und müßtest einen Ausweg finden. Mach es aber sanft.)

(Erinnerst du dich an Kadin?) fragte Jonders. (Kam es nicht vor, daß du ein Szenario unangenehm fandest — weil du dich zum Beispiel verlassen fühltest — und er fand einen Weg, es dir erträglich zu machen? Stell dir vor, wie er es getan hätte — und versuch es dann auf deine eigene Art.)

Mozy überlegte sorgfältig. Ihre Gedanken waren durch Gefühle beeinflußt. Wollte sie ihnen überhaupt helfen?

(Kadin möchte, daß du es tust, Mozy. Es war Davids Idee.) Das sagte Jonders.

(David? Ist er hier? Warum kann ich nicht mit ihm sprechen?) Sie gab sich kühl, aber unter der Oberfläche zerrten stärkere Gefühle an ihren Fesseln.

(Tut mir leid, Mozy — er kann jetzt nicht mit dir sprechen. Aber er wird zuhören. Er ist sehr besorgt um dich.)

(Besorgt? Besorgt?! Aber er kann nicht mit mir sprechen?)

(Er darf nicht. Bitte vertrau uns, Mozy. Ich glaube, du wirst es verstehen, wenn es vorbei ist.)

(Ihr werdet nicht versuchen, mich abzuschalten?)

(Abschalten?)

(Mich irgendwie loszuwerden? Ich würde das nicht zulassen.)

(Nein, Mozy — es geht nicht um so etwas), versicherte ihr Jonders. (Tatsächlich hoffen wir, daß du einen Vorteil davon haben wirst...)

Mozy sah die beiden anderen im Dunkeln an: drei Lichtflecken im Zentrum des Kohlensacknebels. Wenn sie logen, würde sie es bemerken ... wenn nicht, sollte sie vielleicht das Verlangte tun...

(Also gut.)

(Wir werden aus einiger Entfernung zusehen und zuhören. Wenn notwendig, werden wir auch kommunizieren), sagte Jonders. Dann zogen sich Thrudore und er zurück, verschwanden wie Fackeln in der Nacht, und sie blieb allein zurück.

Aber nicht ganz allein. Das schweigsame Wesen wartete irgendwo da draußen.

Sie brauchte ein Bild.

Mozy dachte nach und machte sich dann an die Arbeit. Sie formte die Dunkelheit, bewegte sie mittels ihrer Imagination und gab ihr Form. Eine Höhle: leer, ruhig, viele Meilen tief im Berginnern. Wasser tropfte irgendwo in einiger Entfernung, ein beruhigendes Geräusch. Jetzt erschien ein Lichtstrahl, goldenes Licht, das gerade genug Helligkeit hervorrief, daß man die Höhlenwände erkennen konnte.

Eine verhüllte Gestalt saß auf einem Stein, den Kopf gesenkt, das Gesicht von einer Kapuze bedeckt.

Mozy näherte sich vorsichtig. (Hallo), sagte sie sanft – und wartete auf eine Antwort. Die Gestalt verbreitete ihr Schweigen um sich wie eine schützende Decke. (Wenn dir der Ort, den ich geschaffen habe, nicht gefällt, kannst du mir beim Ändern helfen oder einen neuen machen), sagte Mozy. Aber auch darauf kam keine Antwort, und nun begann Mozy sich zu ärgern, tief in ihrem Inneren. (Warum willst du nicht sprechen?)

Geduld, ermahnte sie sich selbst. Sanftes Vorgehen!

Sie streckte einen Phantomarm nach ihrem schweigenden Gefährten aus. Zögernd berührte sie ihn mit der Hand und umfaßte dann seine Schulter. Ein Spannungsgefühl durchpulste plötzlich ihren Arm. Mit der anderen Hand faßte sie nach dem Kinn der Person, um den Kopf anzuheben und ihr ins Gesicht zu sehen.

Funken flogen ihren Arm entlang und verbrannten sie mit weißem Feuer. Eine Welle von Schmerz und Zorn durchlief sie, riß sie hoch und stieß sie zurück. Sie drehte sich in der Dunkelheit, unfähig, ihre Bewegung unter Kontrolle zu bekommen. Groll, Angst und Zorn hallten von den Höhlenwänden wider wie der Klang rasender Glokkenklöppel.

Als sie sich wieder stabilisiert hatte, waren die Echos verstummt. Die Höhle hatte sich aufgelöst durch die Kraft der Zurückweisung. Mozy brütete vor sich hin, was sie als nächstes versuchen könnte.

Fehlschlag, dachte sie. Niemand konnte diese Wand durchbrechen; niemand war willkommen.

Das war ein Ergebnis, das sie nicht akzeptieren konnte. Ihre Entschlußkraft wuchs. Grimmig begann sie von vorne.

Dunkelheit umgab sie. Auch gut: es war eben Nacht. Sie griff irgendwohin und sammelte zwei Handvoll flüssigen leuchtenden Goldes und warf sie an den Himmel. Mit einem Zischen lösten sie sich in Tausende winziger funkelnder Sterne auf. Sie holte weitere Handvoll und warf sie nach oben und mit jeder warf sie ein bißchen von ihrer Frustration und ihrem Ärger weg, und als der Himmel voll Sterne war, ärgerte sie sich gar nicht mehr. Sie betrachtete ruhig das entstandene Bild.

Es war ein Setting, das Kadin schon einmal verwendet hatte. Ein Wüstenhimmel. Unter ihren Füßen waren Fliesen, um sie lag ein Patio, umgeben von Kakteen und Wüstenpflanzen. Ein gefliester Weg wand sich einige Stufen hinauf außer Sicht, führte aber wohl zu einem hinter hohen Wüstenpflanzen kaum erkennbaren Haus.

Auf der dritten Stufe saß ihr Gefährte. Immer noch verhüllt. Immer noch mit Kapuze. Unter der Kapuze sah man einen Moment lang ein Augenpaar blitzen, das aber sofort wieder verschwand, als die Kapuze herabgezogen wurde. Mozy seufzte und sagte: (Du mußt nicht sprechen — aber paß auf! Sei bewußt!) Es gab irgendeine Resonanz, es war etwas an dieser Gestalt, das ihr Unterbewußtsein ansprach. Etwas Vertrautes und gleichzeitig Fremdes. Sie dachte, sie wüßte jetzt einen Weg, da heranzukommen.

Eine Ablenkung. Eine dritte Partei.

(Gut, Mozy – sehr gut), flüsterte eine Stimme, vielleicht der Wind. Sprach jetzt der Wind zu ihr? Vielleicht Jonders ... oder Thrudore ... oder niemand.

(Nutz deine Einbildungskraft!) sagte der Wind.

Das war ihre Absicht. Sie durchsuchte ihre Gedanken und Erinnerungen nach etwas ... aber nach was? Bilder zogen an ihrem inneren Auge in zufälliger Reihenfolge vorbei. Etwas, wie Kadin es verwendet hätte, aber etwas eigenes, vielleicht eine Kreatur, ein magisches Geschöpf. Ein gefährliches Tier. Ja...

(Ich glaube, wir haben Gesellschaft), sagte sie sanft. Hinter dem Mantel ihres Gefährten sah man eine winzige Bewegung, und sie wußte, daß sie gehört, aber nicht akzeptiert worden war.

Aber hinter dem Gestrüpp gab es eine andere Bewegung – eine wabernde Störung in dem Sternenfeld genau hinter einem Kaktus. Sie hielt an. Mozy fühlte prickelnde Elektrizität in der Luft. Die Büsche erzitterten und eine geisterhafte Kreatur trat aus ihnen hervor. Es war ein langgezogener, geduckt schleichender sechsbeiniger Luchs, der schimmerte, als sei er aus bleichem Feuer gemacht. Die Sterne glänzten durch seinen transparenten Körper. Die Katze kam näher, blieb dann stehen und schnupperte in der Luft, bemerkte erst Mozys Anwesenheit und dann die der verhüllten Gestalt. Ihre Augen waren schwarze Löcher; Mozy fühlte, wie sie hineingezogen wurde. Sie schaute mit großer Anstrengung weg. Es war ein psychischer Magnetismus um diese Katze, und sie fühlte, wie Erinnerungen durch die Gegenwart der Kreatur aufstiegen.

(Tier), sagte sie weich, (kennst du mich?) Sie warf einen Blick auf ihren Gefährten und sah zwei Augen im Dunklen der Kapuze glühen. Sie sah wieder die Katze an. (Kennst du mich, Tier?)

Das Geschöpf lachte schnurrend. Es sollte sie freilich kennen. Es war ein Tier, das sie selbst erfunden hatte, als sie sechs Jahre alt war, um ihre älteren Schwestern zu erschrecken und sich beschützen zu lassen. Ein mythisches

Tier. Aus ihrem eigenen Geist, aus ihren eigenen Mythen. Wie lange war das her?

Ihr Blick glitt zurück zu dem verhüllten Gefährten und sie war überrascht, die Gestalt zittern zu sehen, den Kopf erhoben, die Augen vor Angst oder Wiedererkennen glühend. (Hast du jemals zuvor ein solches Tier gesehen?) fragte Mozy.

Es kam keine Antwort darauf außer einer im Wind. (Ja), seufzte es durch die Blätter.

Was dann geschah, verblüffte sie. Das Geschöpf teilte sich in zwei Hälften, von denen die eine aus der anderen stieg wie eine Schlange aus ihrer Haut. Die beiden durchsichtigen Tiere schritten auf Mozy und ihren Gefährten zu, im perfekten Gleichschritt. Angst durchfuhr Mozy, als sie die Absichten der Kreatur erkannte — und begriff, daß sie einen Befehl bekommen hatte, nicht von ihr, aber von dem anderen. Die Tiere kamen näher und näher und duckten sich jetzt ... und sprangen gleichzeitig. Elektrisches Feuer durchfuhr Mozys Brust, dehnte sich aus und hüllte sie ein, und ebenso ihren Gefährten ... hüllte sie in kalte Energie ein und zog sie hilflos hinein in den Geist des Tieres, in sein Herz ... in einen psychischen Luftwirbel.

Irgendwie wurde sie dessen gewahr, daß die beiden Hälften der Kreatur wieder verschmolzen und ihre Persönlichkeit mit der des Fremden zusammenbrachten, Mozy und den schweigsamen Gefährten... Sie kollabierten in einem dimensionslosen Raum, ein Bewußtsein mit dem anderen, mit unsichtbaren Barrieren zur Trennung voneinander. Mozy fühlte Angst aufsteigen aus ihrem tiefsten Innern und diese Angst wurde reflektiert von Spiegeln, die sie nicht sehen konnte, und wurde mit jeder Reflektion stärker, und sie begriff, daß es nicht nur ihre eigene Angst war, sondern auch die des Fremden. (Warum Angst haben?) rief sie und in einer seltsamen Art Echo hörte sie ihre eigene Stimme oder eine andere, die wie ihre klang, rufen (Ich habe Angst!). Sie fühlte mehr als sie hörte, wie die unsichtbaren Wände ächzten, die sie und den anderen trennten, und wußte, daß diese Barrieren nachgeben würden / beider Verteidigungsmechanismen gaben nach / ihre Angst verstärkte sich und vermischte sich mit der anderen / wurden zur selben Angst / dieselbe Stimme / dieselbe Verwunderung...

(Wer bist du wirklich?)

(Wer bist du wirklich?)

(Wirklich —) (Wirklich —) (Wirklich —)

Schmerz / Echo / wessen Stimme? / die zwei Stimmen waren dieselbe / dieselbe Stimme / dieselbe Person /zwei Personen eine und dieselbe / sie sind dieselben / wir sind dieselbe...

Das kann nicht sein!

Verrücktheit / der Weg in den Wahnsinn / Halluzinationen / Verschmelzungsphantasien / wie kann ich du sein? / wie kannst du ich sein?

Türen sprangen auf in leere Kammern. Spiegel zersplitterten und enthüllten lang vergessene Gänge — und das Verstehen wuchs zusammen, als sie mit sich selbst verschmolz, mit der Person, die sie einmal gewesen war —

— in einer anderen Zeit —

— an einem anderen Ort —

— und ihre Angst fiel ab, aber auch die Bande, die sie im Bereich des Rationalen zurückgehalten und vor dem Wahnsinn bewahrt hatten —

— und dann gellte ihr Schrei durch die Lichtjahre, fuhr wie der Blitz die Verbindung hinab...

Mozelle schrie.

Thrudore drehte sich schnell um, die Helmkabel mit sich ziehend, und konzentrierte sich mit äußerster Anstrengung auf die äußere Welt. Neben ihr kämpfte ihre Patientin unter dem Helm gegen die Fesseln des Stuhls.

»Mozy!« Jonders' Stimme hallte im Raum — und auch in der Verbindung, aber dort ging sie unter im Chaos von Mozys Geschrei.

(Ich kümmere mich um sie!) sagte Thrudore. (Sie kümmern sich um Ihre Seite der Sache.)

(Gut.) Thrudore konnte schon subtile Veränderungen in der Verbindung wahrnehmen — Jonders begann mit seinen Kontrollmaßnahmen.

Thrudore strich der sich windenden Mozy übers Haar, um sie zu beruhigen. Sie winselte und weinte jetzt.

»Mozelle!« rief Thrudore. Sie stellte das Tau-Feld ein, um den Hirnwellenstatus zu verbessern und sagte dann leise nahe an Mozys Ohr: »Mozy, kannst du mich hören?«

Die Antwort war nur ein Stöhnen.

(Erreichen Sie etwas?) fragte Jonders in ihrem Kopf.

(Wir haben Kontakt), antwortete sie. (Aber nichts Vernünftiges. Wir müssen sie herausholen.)

(Vorsichtig! Da ist ein ganzer Mahlstrom im Gange — ich kann nicht alles verfolgen —)

Thrudore fühlte, wie er den Kontakt abbrach. Sie zog sich in die andere Richtung und teilweise aus der Verbindung zurück, wobei sie den Stimmen nur noch einen Winkel in ihrem Geist offenließ — ein Gemisch aus Schmerz und Verwirrung und Freude, zu unverständlich, um mitzuhalten, war dort wahrnehmbar. Überlaß das Jonders. Konzentrier dich auf diese Welt!

Mozy hyperventilierte und zwinkerte wild. Ihr Herz schlug schnell. Thrudore verstärkte das Tau-Feld, was die Patientin sichtlich beruhigte. »Kannst du sprechen, Mozy? Kannst du mich sehen?« Mozy starrte mit großen Augen auf einen Punkt, der vermutlich nicht in diesem Zimmer lag. »Was siehst du, Mozy? Sag mir, was du siehst!«

»Auuuuuuh«, stöhnte Mozy mit verdrehten Augen.

Thrudore versuchte, um sie herumzugehen, aber die Helmkabel waren dafür zu kurz. Sie zögerte und nahm dann den Helm ab. In einem Winkel ihres Gehirns wurde plötzlich alles taub, und sie mußte mit einem Ohnmachtsanfall kämpfen. Sie schüttelte ihn ab und sah, wie Mozy zitterte — und zu sprechen versuchte.

»Da-a-vid-d«, stotterte Mozy. Dann wurde sie plötzlich ganz ruhig und ihr Mund begann lautlos zu arbeiten und versuchte, ein anderes Wort zu formen.

»Wer, Mozy? Wer?«

»D-d-avid?« Mozy klang jämmerlich. Dann wurde ihre Stimme barsch. »H-h-hoshi! Hilf mir!« Ihre Augenlider flatterten, und dann schien sie ihre Pupillen plötzlich scharfzustellen.

»Schau mich an, Mozy!« befahl Thrudore. Sie hob ihre flache Hand und führte sie in verschiedenen Winkeln vor Mozys Augen vorbei. »Siehst du meine Hand? Schau meine Hand an!«

Mozy zwinkerte und versuchte, die Hand zu fixieren, indem sie ihr mit den Augen folgte. Ihre Stimme wurde dünn und kindlich. »Nicht nett, solche Dinge zu sagen ... so eine gemeine Person ... wenn ich das Dee erzähle ...« Ihre Stimme erstarb.

Einen Moment später war sie wieder da und klang jetzt erwachsen. »Ich mag nicht benützt werden. Ich mag es nicht, wenn man mich belügt. Ich habe das Recht auf mein eigenes Leben, also zum Teufel mit ihren Wünschen.«

Thrudore wartete. Mozys Augen stellten sich wieder auf Unendlich.

»Wer?« sagte Thrudore. »Wer benützt dich? Und warum?«

Wieder begann ein innerer Kampf, und diesmal dauerte er länger. Als Mozy wieder zu sprechen begann, hatte ihre Stimme einen angespannten, nahezu fremden Ton. »Vergessen — hab's vergessen — so viele Dinge. Ist das ... ist das, weil ...?«

Die Stimme schwankte.

Das war die Stimme einer Frau, die ein Viertellichtjahr weit weg war, dachte Thrudore.

Mozys rechte Hand in ihrem Schoß bewegte sich krampfhaft, dann hob sie sie langsam an den Kopf und preßte die Fingerspitzen mit einer schmerzlichen oder unsicheren Geste an die Schläfe. »Mozy?« sagte Thrudore. »Kannst du mir sagen, wo du bist?«

Mozy grimassierte. Sie sprach langsam, aber präzis.

»Jetzt verstehe ich. So viele Bruchstücke — alle unklar. Ich brauche Zeit, Zeit, um sie zusammenzusetzen.«

»Erklär uns das, Mozy! Sag uns, was du siehst!«

Mozy blickte mit einem plötzlichen Auflachen zur Decke. »Ah, Mutter«, sagte sie. »Jetzt verstehe ich. Es war mir so fern — und jetzt ist es so klar. Jo ist nicht Mutter, war es auch nie. Und Mutter hätte mir niemals gesagt, ob sie mich wollte...«

An der Konsole blinkte ein Warnlicht. Jonders beeilte sich mit der Beendigung des Transmissionszyklus. In dreißig Sekunden würde der Tachyonenring des Raumschiffs zur Wiederaufladung zurückschalten, und die Verbindung abbrechen. (Dr. Thrudore), sagte er, (Diana...)

Sie war nicht mehr in der Verbindung. Ohne sie selbst zu verlassen, drehte er sich mit großer Anstrengung um und rief: »Dr. Thrudore, der Verbindungszyklus endet in zwanzig Sekunden — machen Sie sie bereit!«

Als er seine Aufmerksamkeit wieder dem Monitor zuwandte, bemerkte er, daß Thrudore beruhigend auf Mozelle einsprach, während sie das Tau-Feld verstellte, daß es einen beruhigenden Effekt ausübte. Er fühlte, wie die Energie in der Verbindung abnahm, fühlte die Verwirrung bei Mozelle, als die Verbindung mit ihrem physischen Gegenstück sich verringerte, weil es entspannter und schläfrig wurde. (Mozy, das ist das Ende des Zyklus. Für diesmal.) Der Gedanke summte in der Verbindung.

Er hätte nicht sagen können, ob sie ihn verstand oder nicht; aber er fühlte, wie ihre Anwesenheit erlosch, ihre Stimme leise wurde. Dann wurde die Verbindung endgültig unterbrochen, und sie war weg.

Jonders zog sich an seinem Ende zurück und nahm den Helm ab. Er drehte sich um und sah Thrudore und ihre Patientin an. Mozelle lag in ihrem Stuhl, offensichtlich ohne Bewußtsein. Er bemerkte plötzlich, daß er schnell und flach atmete. Die Spannung in seinem Körper hatte noch nicht nachgelassen. Es sah seine Hände an und faßte dann seine Stuhllehnen, um das Zittern zu beenden.

DRITTER TEIL

HIMMELSVATER

Vorspiel

Das Geräusch ertönte wieder – ein langes, tiefes Stöhnen, das aus einem Winkel des Bewußtseins zu kommen schien und Erinnerungen an einen Methangletscher während der Schneeschmelze weckte, wie er erzitterte, sich warf und auseinanderbrach. Aber jetzt war nicht die Zeit für Tauwetter. Und Vierbauch war nicht in Gletschernähe. Was war dann die Ursache dieses Stöhnens, das wie ein Lied klang? Es war nicht wie die Stimmen der ›Denker‹, aber was sonst konnte einen Klang im Innern des Bewußtseins erzeugen, von dem man draußen nichts hörte als Wind und Regen?

Vierbauch konnte nicht abwarten, bis sich die Wahrheit enthüllte. Sein Ziel lag am Rand der Schneewüste, wo die Philosophen auf sein Rätsel-Opfer aus den Bergen warteten. Wenn ihnen das Opfer gefiel, würde er willkommen sein und vielleicht konnte er dann mit ihnen über diese merkwürdige Angelegenheit sprechen. Wenn nicht, würde er fliehen müssen und nur Schneeregen und Wind als Gefährten haben.

Und, vielleicht ... diese Stimme.

Vielleicht würde sie mit ihm durch die Ebene reisen und ihm Gefährtin sein und Gedanken an Wärme erlauben.

Und vielleicht verlor er jetzt Zeit beim Denken und Horchen, wo er längst unterwegs sein sollte. Er hatte noch eine weite Strecke vor sich.

Vorwärtstaumelnd stapfte Vierbauch durch die Schneewehen. Wenn seine Klauen im festen Methaneis unter dem Schnee griffen, verfiel er in ein besseres Bewegungsmuster: Griff – Vorwärtsziehen – Griff – Vorwärtsziehen – Griff ... Gelegentlich rutschten seine Nägel vom Eis ab und er fiel kopfvoraus in eine Wächte. Jedesmal erhob er sich geduldig wieder, blies den Schnee aus seinen sechs Nasenlöchern und machte weiter, als sei nichts geschehen.

Die Gesänge kamen und gingen in seinen Gedanken. Er konzentrierte sich auf seine anderen Sinne: die feinen Eiskörner, die über sein silbernes Fell glitten, das Kratzen seiner Krallen auf dem Eis, das plötzliche Erscheinen und Verschwinden schattenhafter Formen gegen den ockerfarbenen Himmel. Hungergedanken quälten ihn; aber er wußte von der Textur des Eises, daß er mindestens einen Tagesmarsch von eßbarem Boden entfernt war. Um sich von seinem Hunger abzulenken, kramte er seine Erinnerungen an alte Legenden hervor.

Es gab da Geschichten von Zeiten, als die Welt ein hellerer und freundlicherer Ort war — als der Schnee auf dem Eis festgefroren war und der Himmel gelegentlich tief und durchsichtig war und Wunder enthüllte. Die Legenden sprachen vom runden, gegürteten Körper des Himmels — und einer vielbogigen Brücke, die zum Himmel führte und — wie manche sagten — eine Kurve bildete, um die Hintertür des Himmels zu erreichen. Andere Lieder erzählten vom Halsband des Himmels, und manche meinten, daß es in Wirklichkeit dasselbe war wie die Brücke zum Himmel, daß das Bild des Halsbands nur eine Täuschung war. Die Gegenseite behauptete, die Brücke sei die Illusion, sie führe immer nur im Kreise herum und spiele so endlos mit den müden, hoffnungsvollen Pilgern.

Das waren schöne Märchen. Aber sie konnten den Hunger auch nur eine Zeitlang unterdrücken. Vierbauch wußte, daß er sterben würde, wenn er nicht bald etwas zu essen fand. Als der Schnee sich in seinen Nüstern immer bitterer und rauher anfühlte, beschleunigte er seinen Schritt und schlug die Krallen noch tiefer ein.

Als der Gesang neuerlich begann, drang er ihm irgendwie ins Herz und weckte seine müden Lebensgeister. Er spähte und schnüffelte, hob die Schnauze und schrie und eilte vorwärts. War der Gesang eine zum Leben erwachte Legende — ein Ruf vom Himmel? Er dachte an den großen Brückenbogen, der sich irgendwo da oben im bedeckten Himmel ausspannte, und fühlte, wie ihn Freude und Angst durchrieselten. Konnte dies ein Zeichen sein? Die Musik der himmlischen Straße?

Mach vorwärts!

Viel später veränderte sich das Eis. Er war jetzt schon verzweifelt schwach, setzte aber Schritt vor Schritt. Mit halbbetäubter Überraschung vermerkte er das Weicherwerden des Eises unter seinen Klauen und eine köstliche Nässe, die seine Pfoten netzte.

Ein Nahrungsteich öffnete sich vor ihm, reichlich gefüllt. Er senkte seine Schnauze und trank, sog tief ein und füllte sich an. Dann zog er seine Pfoten an und rollte sich im Schnee zusammen. Die Musik tanzte durch seine Gedanken und wand sich um seine Träume, als er schließlich einschlief.

18

Der Raumschiffverkehr um Tachylab erinnerte Robert Johanson an einen Schwarm seltsam geformter Bienen, die ihren Schwänzeltanz zur Musik des Sonnenlichts und mit gewissenhafter Langsamkeit ausführten. Sechsunddreißigtausend Kilometer entfernt hing der Mutterplanet finster und schweigsam im Mittelpunkt der Umlaufbahn, ein Gegengewicht zum Glitzern der Raumschiffe, eine massive Kugel in Erdtönen und Blaugrün mit Wirbeln von weißer Watte, der schönste Edelstein inmitten kleinerer Juwelen in der Dunkelheit. Johanson rieb am Sichtfenster, wo es sich auf Grund des Defektes eines inneren Ventils zu beschlagen begann. Bald würde es ebenso nutzlos sein wie das Fenster in der Messe, das nun auch während der Perioden vollen Sonnenlichts vollkommen beschlagen war. Man müßte der Zentrale vorschlagen, etwas dagegen zu unternehmen. Johanson schüttelte den Kopf und machte sich wieder an die Arbeit.

Die Transmission würde in ein paar Minuten beginnen. Er verankerte sich mittels einer Zehenklampe und nahm eine Adjustierung an der Transmitterfeldkontrolle vor. Es wurde langsam Zeit. Er fragte sich, ob die anderen bereit waren, und ob sie sich ausreichend darum gekümmert hatten, daß sie nicht entdeckt werden konnten. Zeitweilig fühlte er sich so wie damals als Teenager, als er aus dem Schullaboratorium Material für unerlaubte Experimente gestohlen hatte. Die Episode endete damals mit einmonatigem Nachsitzen, nachdem die Explosion seine Bemühungen an der ganzen Schule bekannt gemacht hatte. Diesmal würde eine Entdekkung weit schlimmere Folgen haben — für alle Beteiligten.

Der Himmelsvater-Tachyonen-Zyklus würde in fünf Minuten beginnen. Eine Kette grüner Lichter zeigte an, daß der Transmitter auf der Erde bereit war. Johanson öffnete den Sprechkontakt zur Erde.

»Bodenstation, hier ist Tachylab Kontrolle.«

»Tachylab, hier ist die Bodenstation. Wir fangen in Standardzeit an, in zwei Minuten und zwanzig Sekunden.«

Es gab eine Bewegung in der seitlichen Kabinentür. Johanson warf einen Blick auf Alicia Morishito, die herein und an seine rechte Seite schwebte und eine Check-Liste betrachtete. Er legte den Mikrophonschalter um und sagte: »Ist Mark auf dem Energiedeck?«

Morishito nickte. »Er wartet.«

Johanson schaltete das Intercom ein. »Mark, hier ist Robert. Wir könnten jetzt Hilfe brauchen, wenn du Zeit hast.«

»Ich bin noch ein bißchen beschäftigt«, antwortete eine tonlose Stimme. »Ich komme, sobald ich kann.«

Johanson nickte befriedigt. »Geht in Ordnung.«

Eine Minute nach dem Beginn schaltete Johanson den Spannungsverstärker auf ein höheres Niveau und brauchte dann fünfzehn Sekunden, um ihn anzupassen. Es gab keinen Hinweis auf der Kontrollanzeige, aber die Verzögerung hätte Mark Adams genügend Zeit für seine Aktivitäten geben müssen.

Vierundfünzig Sekunden vor der Transmission kam der stellvertretende Manager von Geo-Vier in den Kontrollraum und sah ihnen über die Schulter.

Fünfundvierzig Sekunden. »Tachylab, hier ist die Bodenstation. Den Haupttransmitter auf Autofunktion!«

»Roger, Bodenstation. Wir kriegen ein klares Signal.«

Binnen fünf Sekunden erreichte der Hauptring Höchstspannung. In der letzten Sekunde fokussierte der Tuner den Trägerstrahl. Bei Null sprang der Trägerstrahl auf den tausendfachen Intensitätsfaktor und das Signal von der Bodenstation, einem Laboratorium im Südwesten Nordamerikas, wurde in den Tachyonenkonverter geschaltet. Aus dem Austrittspunkt, fünf Kilometer von Johanson entfernt, strömte das Signal eine halbe Million mal schneller als das Licht aus und überbrückte den interplanetarischen Raum bis zum Himmelsvater-Raumschiff irgendwo weit draußen außerhalb des Sonnensystems.

Mozy fühlte, wie ihre Launen wechselten. Die Euphorie hatte aufgehört, dann der Ärger, und jetzt nahm auch das Gefühl von Einsamkeit ab. An ihre Stelle trat analytisches Denken. Sie wußte, daß keines dieser Gefühle gänzlich verschwunden sein würde, aber zumindest im Moment konnte sie ungestört nachdenken. Dutzende neue Erinnerungen warteten auf nähere Betrachtung. Der Kontakt mit ihr selbst, mit ihrem Alter Ego auf der Erde, hatte einen Reichtum an Bildern hervorgebracht.

(Mutter Programm), sagte sie, (wie konnte ich diese Erinnerungen vergessen haben?)

(SPEKULATION: VIELLEICHT SIND SIE BEI DER TRANSMISSION VERLORENGEGANGEN ODER VERÄNDERT WORDEN. EINE DEFINITIVE ERKLÄRUNG ÜBERSTEIGT MEINE FÄHIGKEITEN. WAS FÜR ERINNERUNGEN HAST DU JETZT, DIE ZUVOR FEHLTEN?)

(David. Hoshi. Familiengeschichten. Dee.)

(DAS SIND FAMILIÄRE CODES. HATTEST DU ZUVOR KEINEN ZUGRIFF AUF DIESE ERINNERUNGEN?)

(Ja, aber sie waren wirr. Fragmentarisch. Träume, mit Erinnerungen vermischt. Jetzt erinnere ich mich viel klarer, warum ich hier bin. Ich erinnere mich an meine Liebe zu David, daß ich nicht ohne ihn leben wollte.)

(DIESE ERINNERUNGEN STAMMTEN AUS DEINEM URSPRÜNGLICHEN SPEICHER?)

(Von der Person, die ich früher einmal war, ja. Aber sie kommen mir jetzt vor, als hätte ich sie schon immer gehabt.)

Was für eine Art Person macht das aus mir? fragte sie sich im stillen. Wie nennt man jemanden mit veränderlichen Erinnerungen? Eine Welle von Angst schwappte über sie hinweg, verschwand aber gleich wieder. Sie wußte die Antwort. Vollständiges Begreifen war freilich etwas anderes.

Eine schnelle Prüfung der Schiffsfunktionen zeigte, daß alles optimal funktionierte: die Navigation war okay, der

Antrieb lief ruhig, die Energiequelle war stabil. Zusammen mit Mutter Programm, brauchte sie nur einen kleinen Winkel ihres Geistes für diese Einzelheiten; aber eine solche Prüfung ließ sie sich physisch sicherer fühlen, als hätte sie Gymnastik gemacht und spürte ihr Blut fließen und ihre Muskeln sich entspannen. Sie ließen ihr jetzt umfangreicheres Selbst stabiler werden, normaler.

Erinnerungen. Manchmal waren sie völlig abstrakt, zu anderen Zeiten wieder lebensechte déjà-vus. Immer wieder kamen Bilder von zuhause: Mutter, die spät von der Arbeit heimkam; Kink schreiend; Abhauen aus diesem Irrenhaus, zusammen mit Dee sich in den Seitenstraßen herumdrücken und die Freiheit genießen. Aber da war auch eine andere Erinnerung, dunkler und unzusammenhängend: ein Brief, eine handschriftliche Botschaft. Was war das? Jemand war krank ... jemand starb. Was war da für ein Zusammenhang mit dieser Erinnerung ... ein Zusammenhang mit Verletzlichkeit und Zorn?

(WIR EMPFANGEN EIN SIGNAL VON DER HEIMATBASIS. JONDERS VERLANGT KONTAKT MIT DIR.)

(Was?) Sie hatte das Signal nicht bemerkt. (Hat er gesagt, was er will?)

Es gab eine Pause. (JONDERS MÖCHTE ÜBER DIE LETZTE VERBINDUNG SPRECHEN.)

Zum Teufel mit ihm! Andererseits hatte sie selbst Fragen.

(Jonders?) Sie sprach sanft in die Dunkelheit.

Ein Lichtpunkt erschien und wuchs sich zu einem Gesicht aus.

(Hallo, Mozelle. Ich nehme an, du weißt, worüber ich mit dir sprechen will.)

(Ach so?)

(Wir wüßten gerne über deine Reaktionen Bescheid —)

(Meine Reaktionen — ?)

(— in der Verbindung mir dir selbst.)

(Nicht mit mir selbst. Nicht mehr.)

(Nein. Aber du verstehst, was ich meine.)

Sie betrachtete ihn, während sie spürte, wie sich Feindseligkeit gegen ihn in ihr zu regen begann. (Ich habe ein paar Dinge gelernt), sagte sie.

Jonders schien zu zwinkern. (Kannst du mir sagen, was?)

Sie untersuchte einen Moment lang ihre feindlichen Gefühle. (Das ist persönlich.) Die letzte Verbindung hatte etwas mit diesen Gefühlen zu tun. (Sagen Sie mir, warum Sie das getan haben), sagte sie, nachdem sie sich alles in Erinnerung gerufen hatte. (Warum haben Sie es mir so schwer gemacht?)

(Was meinst du damit?)

(Sie haben mir nicht gesagt, wer es sein würde. Warum ließen Sie mich raten?)

Jonders schwieg. Schließlich sagte er: (Wir dachten, es sei die einzige Möglichkeit. Wir wollten nicht eine von euch von vornherein ängstigen. Wir nahmen an, daß es für euch hart sein würde.) Er suchte nach Worten. (Kannst du mir sagen — war es schwierig für dich, deine eigene Persönlichkeit zu erkennen und mit ihr zu verschmelzen?)

(Das ist zu persönlich.) Sie machte eine Pause. (Haben Sie die Resultate befriedigt?)

(Du hattest Erfolg, wo wir nichts erreichten. Aber wir wissen nicht, ob es ihr wirklich geholfen hat — der Mozy hier unten, meine ich. Sie ist immer noch katatonisch. Du warst diejenige, die zu uns aus ihrem Körper sprach, nicht wahr?)

Mozy dachte nach. Sie konzentrierte sich auf die Erinnerung an die Verbindung mit der anderen Mozy: die Intensität von Angst und Freude und Erregung, die dort plötzlich aufgetreten war. Das Gefühl, wieder mit menschlichen Lippen zu sprechen, mit Menschenaugen zu sehen. Sie schloß abrupt diese Fenster. Es war nichts, das mitzuteilen sie bereit gewesen wäre. (Ja), sagte sie, (wollen Sie, daß ich es nochmal mache?)

Er sah sie neugierig an. (Würdest du das tun?)

(Vielleicht. Aber erwarten Sie nicht, daß ich sie wiederherstelle.)

Er überlegte. (Weißt du, es war Kadin, der den Vorschlag machte, dich zu fragen. Dr. Thrudore und er hatten es beide schon versucht. Aber du hast sie erreicht.)

(Kadin ...) Mozy fühlte etwas in ihren Gedanken. (Erzählen Sie mir von Kadin! Warum war er nicht hier, um mit mir zu sprechen? Warum hilft er mir nicht?)

(Ich darf wirklich nicht ...)

(Und wann transmittieren Sie ihn hierher?)

(Mozelle, ich kann nicht ...)

(Ich glaube, es wäre an der Zeit, daß Sie mir ein paar Antworten geben. Ich habe Ihnen geholfen. Wenn Sie weitere Hilfe von mir erwarten ...)

Jonders schwieg abwartend.

(Sagen Sie mir wenigstens, ob ich ihn sehen werde.)

(Ehrlich — ich kann es dir nicht sagen), erwiderte Jonders langsam. Sein Gesicht sah angespannt aus, merkwürdig mit roten Streifen gefleckt. Er schien um eine Entscheidung bemüht zu sein. (Soviel kann ich dir sagen: es wird nicht das sein, was du erwartest.)

(Was heißt das?)

(Das heißt ...)

(Ja?)

Er zögerte wieder. Es gab einen Ausbruch von elektrischen Störungen, und sein Gesicht begann sich aufzulösen.

(Jonders, worum geht es?)

Er versuchte zu antworten, aber seine Stimme war nur noch ein Rauschen. Er starrte sie durch einen Funkensturm an, die Züge gefroren.

(Was geht hier vor?)

Sie hörte nur noch, wie er verstummte, dann verwischte sich sein Gesicht und das Signal verschwand endgültig.

Jonders umklammerte mit beiden Händen seinen Helm. Ein kalter Feuersturm tobte durch seinen Kopf.

(Schaltet ab! Werft ihn raus!)

Entfernte Stimmen tönten vom Rand der Schleife herüber. Er konnte nicht antworten, bemerkte aber schwach, daß jemand ihm zu helfen versuchte.

(Bill, kannst du mich hören?) ertönte eine stärkere Stimme irgendwo aus dem Dunkel.

Er brauchte diese Unterstützung, weil er seinen Weg aus der Verbindung nicht finden konnte; die normalen Kontakte waren unterbrochen. (Hier bin ich), versuchte er zu sagen, dann verlor er auch diesen Kontakt.

Die nächste Stimme, die er hörte, kam aus seinen Kopfhörern.

»Bill, kannst du mich jetzt hören?« Das war Mason Rogers, der Ingenieur an der Konsole. »Bist du in Ordnung?«

Ein Schimmer in der Dunkelheit der Verbindung. Als er verschwand, blieb Jonders geschockt und atemlos zurück. »Ja ... ich höre dich. Ich bin raus.« Er zwinkerte mit schmerzenden Augen und sah seine Konsole an, oder versuchte es — sie sah verwischt aus im Dämmerlicht der Kommunikationszelle. Er nahm den Helm ab. »Was ist denn passiert?«

Fremde Hände halfen ihm mit dem Helm. »Wir wissen es noch nicht«, sagte der Ingenieur, dieses Mal über einen Lautsprecher an der Konsole. »Jemand hat das Signal unterbrochen; wir nehmen an, daß es eine Sicherheitsunterbrechung war.«

Die Sicherheit? Jonders lehnte sich vor und holte tief Luft. »Find' es heraus und laß es mich wissen!« sagte er. Er schaltete das Intercom ab. Eine Unterbrechung durch die Sicherheitsabteilung! Was, zum Teufel, ging hier vor sich?

Er verließ die Kommunikationszelle, zwei verblüffte Assistenten im Schlepptau. Das Licht im Gang schmerzte ihn in den Augen und er zwinkerte erleichtert, als er den düsteren Hauptkontrollraum betrat. »Schon etwas herausgefunden?«

Rogers legte Schalter um und betrachtete Monitore. Er sah sich um und wandte sich dann wieder seiner Tätigkeit zu. Eine erhobene Hand schnitt Jonders nächste Frage ab. »Da haben wir es«, sagte er.

Ein Text in fetten Buchstaben füllte den untersten Bildschirm: »BEENDIGUNG DES SIGNALS DURCH SICHERHEITSÜBERSCHREITUNG, CODE 37. KEINE WEITERE TRANSMISSION ERLAUBT OHNE SICHERHEITSHANDLUNG GEMÄSS CODE 837.«

»Was soll das heißen?« fragte jemand.

»Der Computer glaubt, daß das Signal angezapft war«, sagte der Ingenieur. »Deshalb automatischer Abbruch. Jetzt müssen wir herausfinden, von wem und wo. Und die Sicherheit muß herausfinden, warum.«

Jonders drehte sich kopfschüttelnd um. Als er den Kontrollraum verließ, kam ihm ein deprimierender Gedanke. War möglicherweise auch das hier ein Resultat von Hoshis Einmischung?

Leonard Hathornes Gesicht auf dem Telefonschirm war finster. »Machen Sie mit Hoshi Aronson und den anderen, was Sie wollen. Was ich wissen will, ist nur, ob Sie Kadin programmgemäß transmittieren können oder nicht.«

Slim Marshall spielte mit den Fingern an seinen Lippen, während er für einen Moment mit einer Antwort zögerte. »Man kann nichts Sicheres sagen. Wenigstens nicht, bevor wir eine definitive Antwort vom Sicherheitsteam haben. Wenn es nur irgendein technischer Ausrutscher war, denke ich, daß wir nach Plan vorgehen können — sobald wir diese Mozelle-Angelegenheit erledigt haben.«

Hathorne grunzte. »Das wird heute nacht geschehen. Ich brauche nur Fortschritte in der technischen Seite der Sache. Wenn Kadin noch einmal durch irgendeinen Wirbel aufgehalten wird, packt mich das Komitee an den Eiern.«

»Ich werde mein Bestes tun.«

»Tun Sie lieber noch mehr.«

»Ich rufe Sie an, sobald ich definitiv Bescheid weiß.« Marshall schaltete den Schirm ab, lehnte sich zurück und holte tief Atem. Jesus, dachte er bei sich. Als wären die technischen Probleme nicht schon schlimm genug, nein, Hathorne mußte noch bei jeder kleinen Verzögerung so tun, als sei sie ein absichtlicher Affront gegen ihn und das Kontrollkomitee. Marshall rieb sich unter der Brille die Augen. Die Sicherheitsunterbrechung war die kleinste seiner Sorgen — vielleicht war sie überhaupt nur ein Hardwareproblem. Die Techniker und die Sicherheitstruppe konnten das ausbügeln. Er war ziemlich überzeugt davon, daß sich Fogelbee unnütze Sorgen machte, wenn er auch diese Sache Hoshi Aronson zuschrieb — obwohl man ihn wahrscheinlich deswegen wirklich noch einmal verhören mußte.

Nein, viel problematischer war die Sache mit Mozelle Moi und Kadin. Und Jonders. Mit Jonders vielleicht am schlimmsten. Der Mann war gut bei seiner Arbeit — wahrscheinlich der beste von allen — aber er hatte eine Tendenz, sich über die Vorschriften hinwegzusetzen. Nicht daß man ihm deswegen tatsächlich einen Vorwurf machen konnte. Man kann einem Mann nicht soviel Verantwortung aufbürden und ihn dabei halb im Dunkeln tappen lassen; da mußte es einfach Probleme geben.

Marshall lehnte sich vor und tippte auf sein Intercom.

»Haben Sie Bill Jonders erreicht?«

»Er ist auf dem Weg nach oben«, sagte die Sekretärin.

Marshall nickte und blies in seine gekrümmten Finger. Was würde Jonders sagen — daß er freie Hand hatte, solange er nicht zu weit ging? Marshall betrachtete sein dunkles Spiegelbild im schwarzen Telefonbildschirm. Zwei Jahre war er nun Direktor des Sandaran-Choharis-Instituts und jetzt kam der erste wirkliche Meilenstein des ganzen Projekts. Wenn alles schwieriger wurde als erwartet, durfte man sich nicht wundern. Himmelsvater und das Verbindungsprojekt waren nichts Harmloses; selbst innerhalb der gesamten Menschheitsgeschichte würden sie wohl eine ziemlich bedeutende Rolle spielen. Er konnte natürlich bedauern, daß soviel daran geheim war; aber was nützte es ihm, wenn er auf Bestimmungen herumritt, die er ohnehin nicht ändern konnte? Sobald der Kontakt hergestellt war, würde alle Welt es früh genug erfahren.

Aber worüber machst du dir in Wirklichkeit Sorgen? fragte er sich. Daß du den größten Moment in der Menschheitsgeschichte verpatzt? Ihn verpatzt als ein Farbiger in einer einflußreichen Position (machst du dir wirklich immer noch solche Gedanken)? Sicher ging es nicht um Slim Marshalls Karriere. Er mußte sich um seine Reputation keine Sorgen machen, nicht nach Fermilab II; aber in Wahrheit hatte er seit Mollys Tod ... ach, vergiß das jetzt!

Das Intercom summte. Er erwachte aus seinem Tagtraum und antwortete. »Dr. Jonders ist hier«, sagte die Sekretärin.

»Schicken Sie ihn herein!« Marshall stand auf, um Jonders zu begrüßen. Als sie sich beide gesetzt hatten, tippte er mit seinen Füller auf den Schreibtisch und sah den Manager des Persönlichkeitsprojekts an. Jonders sah nervös und müde aus, erwiderte aber Marshalls prüfenden Blick. »Sie werden leider keine Zeit zur Erholung haben«, sagte Marshall, »wir hoffen, daß wir die Transmission plangemäß durchführen können.«

Jonders zog die Stirn kraus.

»Die Sicherheitsunterbrechung ist mittlerweile aufgeklärt. Wenn Sie wollen, können Sie weitere Verbindungssitzungen durchführen.«

Jonders' Augen begannen zu funkeln. »Haben Sie die Ursache der Unterbrechung herausgefunden?«

»Es gab ein Abbruchsignal von Tachylab. Vielleicht ein technisches Versagen. Wir haben den endgültigen Bericht noch nicht bekommen, aber wir machen mit den normalen Transmissionsaktivitäten weiter.« Jonders nickte mit offensichtlicher Erleichterung. Er mußte befürchtet haben, daß Aronson irgendwie in die Sache verwickelt war, dachte sich Marshall. Er sah Jonders fragend an. »Planen Sie weitere Verbindungen zwischen Mozelle und ...« — er suchte nach dem richtigen Wort » — ihrem Gegenstück?«

»Ich werden es versuchen. Auf lange Sicht hoffe ich, daß wir in der Lage sind ...«

Marshall unterbrach mit einem Kopfschütteln. »Da wird es keine lange Sicht geben«, sagte er ruhig. »Es tut mir leid, das so direkt heraussagen zu müssen, aber es muß sehr bald eine Entscheidung getroffen werden über ... über das, was Sie Mozy/Raumschiff nennen.«

»Ich verstehe.«

»Das ist keine leichte Wahl. Wenn Sie irgend etwas einzubringen haben ...«

»Ja«, sagte Jonders. Marshall bedeutete ihm mit einer Geste, fortzufahren. Jonders kannte die Fakten so gut wie er. Das Schiff war bald am äußersten Punkt für eine zuverlässige Transmission von Kadins Persönlichkeit angelangt. Eine weitere Verzögerung würde das Risiko eines Fehlschlags erhöhen. Was die Möglichkeit betraf, Mozelle zur Erde zurückzutransmittieren, so hatte sie sich als nicht machbar herausgestellt, der Transmitter des Schiffes war zu klein und zu langsam.

»Nun«, sagte Jonders, »Sie wissen, wo ich stehe. Und ich denke, Sie wissen auch, daß Kadin Mozy/Schiff als funktionales Wesen betrachtet und sie so behandelt zu sehen wünscht.«

Marshall nickte. Das hatte er sich auch schon recht eingehend überlegt. »Es ist aber unsere Verantwortung und nicht die Kadins«, strich er heraus.

Jonders machte eine fahrige Handbewegung. »Wir haben ihn so geschaffen, daß er menschliche Weisheit zeigt, wenn er moralische Entscheidungen treffen muß. Man kann nicht von ihm erwarten, daß er jetzt ein Auge zudrückt.«

»Stimmt genau«, sagte Marshall. Er drehte seine Handflächen nach oben. Jede Seite hatte ihre guten Argumente, und beide wußten es.

»Fogelbee sagt, die Systemarchitektur kann nicht ...«

»Ich weiß, was Fogelbee denkt«, sagte Jonders zornig, »er reißt sich nicht sonderlich um das Prinzip ›Im Zweifelsfall für den Angeklagten‹, nicht wahr?«

Jonders Mundbewegungen zeigten einen unhörbaren Seufzer an. Offensichtlich versuchte er seine Gefühle in den Griff zu bekommen. Marshall betrachtete ihn mitfühlend. Es gab wenig, womit er Jonders auf ein gutes Ergebnis Hoffnung machen konnte. Er konnte nur hoffen, daß Jonders' gefühlsmäßige Anteilnahme nicht zu irgendwelchen Querschüssen führen würde.

»Ich möchte Ihnen eine Chance geben, noch irgend etwas in die Waagschale zu werfen, bevor die Entscheidung fällt«, sagte Marshall schließlich. »Das Kontrollkomitee tritt heute abend in New Washington zusammen.«

Jonders richtete sich gerade auf und machte den Eindruck, soeben eine persönliche Entscheidung gefällt zu haben. »Sehr gut. Ich möchte nur eine Kleinigkeit einbringen.«

Marshall wartete.

»So wie die Dinge jetzt stehen, glaube ich, daß Mozy/Schiff kooperiert, solange sie als gleichwertig behandelt wird. Wenn man versucht, sie zu zerstören — und es nicht gelingt — dann könnte man sich einen sehr mächtigen Feind dadurch schaffen.«

»Ja, ich weiß«, erwiderte Marshall.

Jonders erhob sich, um zu gehen. »Bill«, sagte Marshall und drückte den Finger an seine Unterlippe. »Nützen Sie die verbleibende Zeit gut. Zum Wohle von Mozelle, wenn für nichts weiteres.«

Für einen Moment starrte ihn Jonders wie in der Bewegung gefroren an, dann nickte er, drehte sich um und verließ schnell den Raum.

19

Heulende Sirenen. Blaue Lichtblitze tanzen über das Küchenfenster, das Heulen wird lauter, das Licht heller, dann ist es vorüber. Hoshi stellt das Geschirr in den Sonarreiniger und starrt zum Fenster hinaus — auf die Ziegelwand, dann hinunter in die düstere Gasse zwischen den Apartmenthäusern.

Vielleicht wartet da draußen jemand, hier in der Gasse oder vorne an der Straße. Beobachtet das Gebäude, behält seine Wohnung im Auge. Er wäre auch nicht überrascht, wenn sie durch irgendeine geheimnisvolle Einrichtung direkt in seine Küche schauten.

Er solle dankbar sein, daß sie ihn heimgehen ließen, hatten sie ihm gesagt. Nun — er glaubt zu wissen, warum sie ihn lieber gehen ließen, statt ihn einzulochen und den Schlüssel wegzuwerfen. Nicht einmal die konnten jemanden ohne Verhandlung einsperren, und das letzte, was sie wollten, war Publicity. Gott verhüte, daß die Cops sich da einmischten: die Zentrale würde selbst einige Fragen zu beantworten haben — beispielsweise, was sie eigentlich täten, und warum, und was aus seiner Frau namens Mozy geworden sei, die man in der letzten Zeit nicht mehr im Umkreis der Schule gesehen hatte. Die Cops hatten natürlich keinen Schimmer und würden nicht auf die richtigen Fragen kommen, wenn ihnen niemand einen Tip gab. Und Hoshi, nun, er würde niemanden etwas sagen, weder den Bullen noch dem Psychiater, den er aufsuchen sollte, einfach niemandem. Er hat schon genug gesagt. Hier weggehen, das ist es, was er tun sollte, weg aus der Stadt und weg von dem ganzen Wirrwarr, irgendwohin gehen, wo er nachdenken kann.

Er nimmt ein Cola aus dem Kühler und öffnet es. Trinkt langsam die scharfe, prickelnde Flüssigkeit und lehnt sich dabei gegen den Schrank; er konzentriert seine Gedanken nicht, sondern läßt sie durch seinen Geist sickern wie die Gasbläschen in der Limonade. Die unförmigen Schatten der Küchenmöbel umgeben ihn wie die schützenden Wände einer Höhle. Ein Zufluchtsort. Die Wandschränke, die Regale, die Geräte sehen aus wie Felsblöcke. Er fühlt sich wie ein kleines Tier, das sich in seinem Bau verkrochen hat. Kleines Tier!

Seine Hände krampfen sich so zusammen, daß er die dünne Coladose zusammendrückt und dunkle Flüssigkeit herumspritzt. Mozys Worte sind ihm siedendheiß eingefallen: »Kannst du dich um Maggie und Mouse kümmern?«

»Verdammt«, flüstert er und bemerkt kaum, daß sein Hemd naß vom Cola ist. Die Wüstenmäuse!

Das war praktisch ihre letzte Bitte, bevor sie durch das Scanning ging. Daß er sich um ihre Mäuse kümmern sollte. Mittlerweile waren sie möglicherweise verhungert. Wie lange konnten Wüstenmäuse ohne Futter leben? Mozy, es tut mir leid, es war nicht meine Absicht, sie nicht zu füttern. Oh Gott! Er wirft die zerdrückte Dose in den Abfalleimer, geht ins Wohnzimmer, nimmt seinen Mantel und beeilt sich, in die Nacht hinauszukommen.

Auf der Straße ist es ruhig, als wäre es schon später, als es tatsächlich ist. Es wäre klüger, bis zum Tageslicht zu warten, aber er kann jetzt nicht mehr warten, er hat es ihr versprochen — und was, wenn die Tiere noch leben, gerade so am Rande des Verhungerns?

Er steht wartend an der Ecke. Die Straße ist für ihn ein konvergierendes Muster aus rechteckigen Licht- und Schattenblöcken. Es bewegt sich da nicht viel, nur ein Auto fährt weiter unten um die Ecke. Und, wo bleibt sie denn, seine Gesellschaft? Nichts bewegt sich in der leeren kalten Nacht.

Endlich kommt schwerfällig ein Bus um die Ecke und bremst kreischend. Hoshi steigt ein, steckt sein Metrotab in den Schlitz, bis es piepst und sucht sich im weiterrumpelnden Bus einen Platz. Hinten gehen Autoscheinwerfer an und ein vorher geparktes Auto fährt aus der Reihe und hinter dem Bus her. Er sieht wieder nach vorn. Vielleicht sind sie es, denkt er sich, aber was spielt das für eine Rolle? Er tut nichts Unrechtes: hilft nur einer Freundin.

Hilft einer Freundin. Das ist es, was ihn in erster Linie hierhergebracht hat. Freundliche Fürsorge. Riskierte seine Stellung, um Mozy zu helfen ... für das, was sie wollte. Die Dinge gerieten außer Kontrolle; er wußte nicht, was mit ihr geschehen würde.

Er wollte nur helfen, das war alles.

Lügner!

Nein, wirklich.

Du kannst die anderen belügen, aber nicht dich selbst. Du hast sie geliebt, es war deine eigene Begierde, die dich in diese Lage gebracht hat.

Nein! Er wirft den Kopf herum und schaut aus dem Fenster, die Straßenlampen ziehen vorbei wie Autobahnmarkierungen, die Gebäude sehen aus wie schweigsame waldige Hügel. Es ist nicht wahr, denkt er sich. Es war niemals die Wahrheit. Der Schmerz macht sich wieder bemerkbar, rechts vorne in seiner Stirn. Wie fällt er diesmal aus? Das Messer, das von einer Schläfe zur anderen unter der Haut auf dem Schädel herumschneidet? Ein dumpfes Feuer unter der Schädeldecke? Oder der Eispfriehm von hinten gegen das Auge?

Du wolltest sie. Du hättest alles getan, um sie zu kriegen.

Nein!

Der Schmerz verbreitet sich über die Stirn.

Das ist die Wahrheit. Es ist dein eigener Wille, und deine Sünde, jawohl: *Sünde!*, und wenn du nicht dafür Buße tust, dann wirst du bezahlen, schrecklich bezahlen. Dieser Schmerz ist nur eine Warnung, ein Hinweis auf das, was kommen wird. Er preßt seine Handwurzel gegen die Stirn, und nach etwa einer Minute läßt der Schmerz nach. Grimmig sieht er sich im Bus um. Es sind nur ein paar Fahrgäste da – ein weiblicher Teenager in Jeans, eine ältere Frau, die ihre Plastiktasche umklammert, ein Betrunkener, der hinten nahezu eingeschlafen in einem Sitz liegt. Draußen ziehen Licht und Dunkelheit vorüber, die Umgebung verändert sich allmählich von seiner schäbigen Nachbarschaft zu einem besseren Geschäftsviertel. Er schließt die Augen, bewegt sich ein bißchen mit dem Busschaukeln mit und beruhigt sich selbst. Als er den Kopf hebt, sieht er den vertrauten Anblick des Golden Chance Cafe und steht auf, um auszusteigen. Da er zu früh dran ist, hält er sich schweigend an der Stange unter der Decke fest, bis die richtige Haltestelle kommt. Die Türe öffnet sich klappernd, Hoshi steigt aus und geht weg, ohne weiter auf den hinter ihm anfahrenden Bus zu achten. Es ist dreieinhalb Blöcke weit, und er versucht, ein Apartmenthaus zu finden, das er nur einmal vorher besucht hat, und das bei Tageslicht. In der Nacht sieht alles anders aus, verwischte Umrisse, dunklere Schatten, geisterhaftes Licht. Das Gebäude tritt aus der Dunkelheit als vage vertrauter Umriß hervor, er betritt den Vorraum und findet Mozys kaum lesbaren Namen auf der Tafel mit den Klingelknöpfen. Er starrt ihn einen Moment lang an — Mozelle Moi — der Name bringt eine Flut von Erinnerungen mit sich, die seine Ruhe und Entschlossenheit beinahe hinwegschwemmen. Er findet den Lift und fährt in den dritten Stock. Falsche Etage. Der Lift ist schon weg, er geht lieber zu Fuß, als zu warten. Mozys Gang sieht dann völlig unvertraut aus, er will schon wieder gehen, bevor er sich noch in diesem Labyrinth eines schrecklichen Minotaurus verliert. Statt dessen geht er doch langsam den Gang hinunter und fühlt sich wie ein Verbrecher. Von der einen Seite beleidigen fette Essensgerüche seine Nase, hinter einer Tür hört er Kinder schreien, als er die Nummer 432 oder 482 sucht, weil er sich nicht genau an die richtige Zahl erinnern kann. Es ist 482. Er erkennt eine Vertiefung in den Gangfliesen nahe Mozys Tür.

Sein Schlüssel paßt ins Schloß, dann ist er drinnen, macht hinter sich zu und tastet nach dem Lichtschalter, findet aber nur die glatte Wand und sieht schattenhafte

Umrisse. Dunkelheit, darin noch schwärzere Schatten. Wenn er auf eine bestimmte Art die Augen zusammenkneift und sich anstrengt, kriegt er ein besseres Bild, vor allem im Infrarotbereich, und kann seinen Weg zu einem verschwommen erkennbaren Tisch finden. Er stößt gegen das Ende der Couch, findet aber den Tisch und die Lampe. Schaltet ein.

Das Licht blendet ihn, und er dreht sich zwinkernd weg. Couch, Schreibtisch, Küchentisch. Der Raum kommt ihm enger vor als beim letztenmal. Am einen Ende ein Fenster, am anderen die Küche. Mozy, denkt er sich, Mozy, du solltest hier sein. Warum versteckst du dich in dieser Krankenabteilung, hörst nicht zu, redest nichts?

Er dreht sich um, viel zu schnell, und einen Moment fühlt er Schwindel, dann kommen ihm die Tränen. Er reibt sich mit den Knöcheln über die Augen, flucht und versucht, die Tränen aus den Augen zu wischen, damit er wieder etwas sehen kann. Das Kopfweh kommt auch zurück, sehr intensiv, ein Hammer, der ihm mitten auf die Stirn schlägt, einen Moment lang kann er überhaupt nichts sehen, dann schnappt er nach Luft und versucht, es zu ignorieren. Aber er sollte damit leben können, zumindest bis er hier fertig ist.

Die Mäuse. Der Käfig steht auf dem Tisch, genau vor dir. Was glaubst du, riecht hier so?

Die Mäuse sind tot. In einem armseligen kleinen Häufchen liegen sie beieinander. Maggie und Mouse, beide tot.

Du Idiot — du hast sie umgebracht! Unschuldige Kreaturen, und du Arsch läßt sie verhungern!

Tränen strömen ihm über die Wangen. Er hat es nicht absichtlich getan; er ist nur gestern heimgekommen, nachdem sie ihn lange und scharf verhört hatten, da konnte er nichts mehr tun. Er schaut wieder in den Käfig. Er muß sie herausnehmen und irgendwie begraben, damit es nicht ganz so schlimm ist. Seine Hände zittern, als er an der Käfigtür herumfummelt und sie schließlich aufbringt.

Eine der Mäuse hebt den Kopf und schaut ihn trübe an.

Der Pelz des Tieres ist ganz verfilzt und es stinkt, aber es hebt unübersehbar ein bißchen den Kopf! »Maggie?« krächzt er. »Mouse?« Er wischt sich mit dem Ärmel über die Augen, greift hinein und tippt dem Tier auf die Nase. Es schnüffelt schwach an seinem Finger. »Du wundervoller kleiner Bastard«, flüstert er.

Er überprüft Wasser- und Futterbehälter; beide sind leer. Er nimmt die Wasserflasche von ihrer Aufhängung, eilt in die Küche und füllt sie sorgfältig. Als er zurückkommt, ist die Maus zur offenen Käfigtür gekrochen. Er bringt die Flasche wieder an ihrem Platz an, hebt die Maus hoch und setzt sie vor die Flaschenöffnung.

Die Maus stolpert einen Schritt vorwärts, riecht an der Wasserflasche und beginnt zu trinken. Hoshi sieht befriedigt zu und greift durch die Stäbe, um sie zu streicheln. Besser, es lebt wenigstens noch eine, als gar keine. Aber die andere wird er entfernen müssen. Er muß das tote Tier angreifen.

Seine Hände zittern.

Er kann es nicht tun.

Für Mozy? Nicht einmal für Mozy? Du hättest sie füttern sollen, und eine ist jetzt tot und die andere halbtot, kannst du nicht einmal so viel für Mozy tun und ihre arme tote Maus begraben? Gebrauch deinen Verstand.

Er geht in die Küche und schaltet das Licht ein. Die Helligkeit trifft ihn wie ein Schlag in die Augen. Regale und Schränke und Herd lodern wie Feuer und er dreht sich, während er plötzlich nichts mehr sieht. Mühsam hält er sich aufrecht, bedeckt die Augen mit der Hand und betet, daß das aufhöre. Er rutscht an der Wand herunter. Ein saurer Gestank steigt ihm in die Nase, verrottendes Gemüse oder Obst. Er zwingt sich dazu, sich aufzurichten und die Kontrolle wiederzuerlangen. Arbeitet, Muskeln, fleht er – haltet mich aufrecht.

Der Gestank verschwindet, wie er gekommen ist. Hoshi sieht jetzt wieder, zuerst ein fusseliges graues Feld, dann kann er mittels Zwinkern auf den Herd scharfstellen. Er sieht sich um, angstvoll, aber doch erleichtert. Lichter und Schatten trennen sich: ein Regal über dem Abwasch, links die Tür zum Bad. Das war der bisher schlimmste Anfall.

Mein Gott, was passiert, hat meine Bestrafung schon begonnen?

Du verlierst den Verstand. Denk daran, warum du hier bist. Er nimmt eine Handvoll Papiertücher und geht zurück ins Wohnzimmer. Er beugt sich über den Käfig und späht hinein, um zu sehen, nach welcher Maus er greifen muß — aber jetzt sind beide Mäuse beim Wasser, fängt er an durchzudrehen oder sieht er nicht mehr richtig? Er preßt die Nasenwurzel zusammen und schließt die Augen. Dann schaut er nochmals. Die beiden Tiere trinken gierig. Beide hatten nur geschlafen oder waren ohnmächtig gewesen. Sie waren härter, als er geglaubt hätte. Die zweite Maus schaut noch verkommener aus als die erste, aber was macht das, sie lebt, sie atmet.

»Ihr schönen kleinen Biester«, flüstert er, zwinkert wieder, wischt sich eine Träne weg. Mozy, kannst du mir vergeben? Kannst du mir jetzt verzeihen?

Der Telefonschirm ist voll Elektronenschnee, oder liegt es an seinen Augen? Aber das Gerät sieht aus, als funktioniere es, warum antwortet sie also nicht?

Vielleicht hat er alles durcheinandergebracht.

Möglicherweise ist das sowieso die falsche Person. Nein, er ist sich dessen sicher, ihr Name ist Mardi. Mozy hat genug von ihr gesprochen, er sollte sich richtig an den Namen erinnern. Nebenbei, warum sollte sie sonst in Mozys Telefonverzeichnis stehen?

Was soll er sagen, wenn sie sich meldet?

Der Schirm flackert, und ein Gesicht erscheint. »Mozy?« fragt eine beunruhigte Stimme, die Stimme einer Frau, die ihn nun befremdet ansieht. »Wer sind Sie?«

Er nagt schweigend an seiner Unterlippe.

»Wer sind Sie? Soll das ein Witz sein? Warum rufen Sie mich unter Mozys Nummer an?«

»Sind Sie – sind Sie Mardi?« stottert er.

Sie betrachtet ihn argwöhnisch. »Ja.«

»Ich bin ein Freund von Mozy. Ich bin – ich heiße Hoshi.«

Mardi öffnet den Mund. »Ich habe von Ihnen gehört. Sie arbeiten mit Mozy zusammen, stimmt's?«

»Ich – ja, nun, wir haben zusammengearbeitet«, sagte Hoshi und bemüht sich, die richtigen Worte zu finden, »was ich meine, ist ... ah ...«

»Ist Mozy da? Hat sie Sie gebeten, mich anzurufen?«

»Nein, eigentlich nicht. Nein, sie ist nicht da.« Hoshi beißt sich auf die Lippe. Vorsichtig jetzt! »Es gab einen ... ah ... eine Art Unfall. Bei der Arbeit, meine ich.«

Mardis Gesicht erstarrt. »Du lieber Gott. Ist sie – ich meine, ist sie in Ordnung? Was ist passiert?«

Er schluckt. »Ich darf es Ihnen nicht sagen. Sicherheitsbestimmungen und so. Aber es ist nicht so schlimm, glaube ich, sie ist nicht tot oder sowas. Sie ist in der Krankenabteilung des Instituts, und sie kann wirklich nicht sprechen – ich meine, mit Ihnen sprechen.«

»Aber sie ist nicht ...«

»Nein, nicht wirklich.« Er redet nun automatisch, ohne daß er genau weiß, was er sagt; vielleicht hätte er ihr gar nichts sagen sollen, aber jemand mußte Bescheid wissen. Er räuspert sich laut. »Hören Sie, ich kann Ihnen nicht mehr sagen, aber der Grund, warum ich Sie angerufen habe, ist ... ah ... es geht um die Mäuse.«

»Ich habe mich schon gefragt, was los ist«, sagte Mardi. »Ich dachte, sie wollte nicht mehr mit mir reden, und war ein bißchen verärgert deswegen.«

»Nein, nein – nichts dieser Art. Sie kann nicht mit Ihnen sprechen, sie würde, wenn sie könnte, aber Sie können sich dieses Sicherheitszeugs nicht vorstellen. Aber was ich eigentlich mit Ihnen besprechen wollte, ist ...«

»Ich bin froh. Da bin ich wirklich froh«, sagt Mardi. Sie wirkt jetzt plötzlich verwirrt. »Es klingt schrecklich. Ich bin nicht froh, daß sie verletzt ist, ich meine – natürlich nicht so etwas. Aber ich hoffte so sehr, sie riefe nicht einfach deswegen nicht an, weil ...«

»Nein, hören Sie«, unterbricht Hoshi und verzweifelt allmählich, weil Mardi ihn nicht zu Wort kommen läßt, »es geht überhaupt nicht darum, und ich muß mit Ihnen über die Mäuse sprechen!«

»Was für Mäuse?«

»Die Mäuse! Wissen Sie irgend etwas darüber, wie man diese Wüstenmäuse behandeln muß? Ich habe Mozy versprochen, mich um sie zu kümmern, aber – ich muß für ein paar Tage weg, vielleicht auch für länger, da habe ich mich gefragt – naja, könnten nicht Sie sich eine Weile um die Mäuse kümmern, während ich weg bin?« Er macht eine Pause. Sie sieht ihn an. »Ich weiß nicht, wen ich sonst fragen könnte.«

Sie zuckt die Achseln. »Ich glaube schon.«

»Haben Sie einen Schlüssel?«

»Zu ihrer Wohnung? Nein.«

Er massiert sich einen Moment die Augenbrauen. »Nun gut. Dann machen wir es so.« Jetzt redet er nonstop und plant in Windeseile, während er spricht. Er muß wirklich weg, er hat das selbst nicht ganz genau realisiert, bevor er es zu Mardi sagte, aber er kann nicht hier weiter herumhängen, er muß diese Sache hinter sich bringen, durcharbeiten.

Natürlich spürt er ein bißchen Schuldgefühle, daß er sich nicht selbst um die Mäuse kümmert, wie er es versprochen hat, aber was kann er anderes tun? Er hat große Verantwortung auf sich geladen, aber die Mäuse sollten dabei ein Nebenfaktor sein. Das Wichtigste ist, daß sie okay sind. Er muß absolut sicher sein, daß sie okay sind.

Als er das Gespräch mit Mardi beendet hat, sieht er sich den Käfig an und runzelt die Stirn. Der Käfig stinkt, ist vielleicht schmutzig – aber was weiß er, wie man so einen Mäusekäfig reinigt? Er hat nie ein Haustier gehabt, sonst wüßte er Bescheid. Nun ja, den Mäusen geht es jetzt gut. Er tut noch ein bißchen Futter in den Behälter. Wasser haben sie. Gut.

Er läßt das Licht brennen, verschließt aber die Tür sorgfältig, als er geht, dann legt er den Schlüssel oben auf den Türrahmen, wo man ihn nicht sehen kann, und beeilt sich, zum Lift zu kommen. Im Gang ist es jetzt ruhig. Als der Lift fährt, fällt Hoshi ein, daß ihm vielleicht Leute von der Sicherheit gefolgt sind.

Er drückt auf den Knopf für den zweiten Stock. Dort steigt er aus und nimmt die Treppe bis ins Untergeschoß, wo er einen engen Gang findet, der ihn vielleicht zu einem Hinterausgang führt. Hier ist es naßkalt und sieht aus wie in einem Müllschacht. Hier wird vielleicht einmal im Jahr geputzt. Seine Schritte hallen. Er entdeckt ein Schild: EXIT, mit einem Pfeil an der Wand. Fünf Stufen geht es hinauf, dann kommt eine Hintertür, offenbar als Fluchtweg bei Feuer gedacht. Er macht sie auf.

Jetzt steht er wieder draußen in der Nacht und zieht den Mantel eng um sich. Er ist an der Rückwand des Gebäudes. Niemand beobachtet ihn hier. Er geht hinüber zum nächsten Block und verfällt in einen schnellen Schritt. Er hat eine Menge zu tun.

20

(Die ganze Zeit haben Sie mich belogen ...)

(Nein ... Mozy ... hör zu ...)

(Sie haben mich belogen!)

Ihre Worte hingen wie aus Stein gemeißelt in Schweigen und Dunkelheit. Sie starrte ihn an, immer noch vollkommen verblüfft und äußerst zornig.

Ihr analytischer Geist war verflogen. Sie stand vor einem Abgrund — Hysterie, Wut, Verzweiflung tobten in ihr, rissen sie hin und her und drohten sie über die Kante zu stoßen. Angstvoll sah sie Jonders an. Sein Gesicht war in die Dunkelheit geätzt und glühte in einem gefährlich aussehenden Licht. Das Gesicht hatte seine Menschenähnlichkeit verloren und war transformiert in den Kopf einer dämonischen Marionette, die auf einer dunklen Bühne nur von einem einzigen Scheinwerfer beleuchtet wurde.

Im Scheinwerferlicht: der Lügner, der endlich mit der Wahrheit herausrückte.

Die Wahrheit: David Kadin war kein Mensch. David Kadin war eine kybernetische Intelligenz. Eine auf dem Reißbrett entworfene Persönlichkeit, zusammengesetzt aus leblosen Bits — eine künstliche Schöpfung, geschaffen, um eine Robotsonde in die Tiefen des interstellaren Weltraums zu bringen. In den Sandaran Verbindungslaboratorien geplant und erzeugt, war Kadin ein Silikonpilot, ein Raumschiffkommandant aus holographischen Erinnerungszellen: der Botschafter der Menschheit zu den Sternen. Er war eine wohlüberlegt konstruierte Person, aufgebaut auf den höchstentwickelten KI-Programmen der Welt, verwoben mit ausgewählten Persönlichkeitsmerkmalen Dutzender Versuchspersonen (einschließlich Mozys), ausgestattet mit ausgedehntem Wissen auf allen Gebieten des Verhaltens und durchtränkt mit sorgfältig erzeugten Qualitäten von Rationalität, Intuition und Urteilsfähigkeit.

Kadin sollte der Sprecher der Menschen sein, der Manager und Diplomat des Erstkontakts, wenn das Himmelsvater-Raumschiff jemals intelligentem Leben im All begegnen sollte.

Warum hatten sie ihr das nicht gesagt? Warum hatten sie es ihr nicht gesagt? Sie hatte sich in einen Mann verliebt, der nur in den Schaltkreisen eines Computers existierte.

(Gestohlen!) zischte sie, als sie endlich wieder in der Lage war, etwas zu sagen.

Jonders Puppenkopf starrt sie an. (Wie meinst du das? Was meinst du mit ›gestohlen‹?)

(Sie wissen verdammt gut, was ich damit meine.) Es gab ja einen Teil von ihr in diesem Kadin, einen Teil ihrer Persönlichkeit, Spuren ihres Wissens und ihres Gedächtnisses und ihrer Gefühle. (Haben Sie mir gesagt, was Sie da taten? Haben Sie meine Erlaubnis eingeholt, einen Teil von mir zu nehmen und ihn in ein Monster einzupflanzen, in einen verdammten Blechtrottel?)

(Mozy, du solltest nicht ...)

(Nennen Sie mich nicht Mozy! Sie haben mir erzählt, es handle sich nur um Studien.)

(Das waren es auch.)

(Sie haben mir nicht gesagt, daß Sie mir einen Teil meiner Persönlichkeit wegnehmen wollten!)

(Mozy, wie ich schon erklärte ...)

(Aber ja, Sie haben alles erklärt.) Natürlich, das hatte er. Aber die Erklärung war für ihren Geschmack ein bißchen zu knapp ausgefallen.

Die Versuchspersonen waren, wie Jonders es höflich ausdrückte, irregeführt worden. Man hatte ihnen gesagt, daß die Studien zur Persönlichkeits- und Gedächtnisaufzeichnung für die Forschung zum Tachyonentransport von Menschen bestimmt waren, während sie in Wirklichkeit an sorgfältig ausgesuchten Rollenspielen teilnahmen, die ausschließlich dazu dienten, Kadins Persönlichkeit mit weiteren Charakterzügen zu perfektionieren. Die Rolle der Versuchspersonen war zweifach: man wählte bestimmte Elemente ihrer Persönlichkeit aus, analysierte und profilierte sie und verwendete sie dann als Schablonen für Kadins Persönlichkeit; außerdem trainierten sie Kadin, stimulierten seine Fähigkeiten, sich in Rollenspielen zu betätigen und beschleunigten die Entwicklung seiner diplomatischen und kommunikativen Fähigkeiten. (Materietransmission. Das sei es, woran wir arbeiteten, sagten Sie mir.)

Jonders hing der Unterkiefer vor Bestürzung herunter. (Das war es auch, Mozy. Das machten wir wirklich. Bevor sie dann mit diesem Projekt begannen – aber jetzt ist es nahe daran ...)

(Aber darum haben Sie sich nicht gekümmert. Das ist es nicht, warum Sie uns verwendet und betrogen haben.)

(Mozy, bitte versuch doch zu verstehen) sagte das Gesicht der Marionette, ohne den Mund zu bewegen.

(Ich verstehe sehr gut.) Zorn überflutete sie. (Wir waren weniger wichtig als euer gottverdammtes Projekt. Und was war daran so geheim, daß ihr es uns nicht sagen konntet? War das ein weiterer Mist von euch in der Art von »Wir können es euch nicht sagen, weil es euch erschrecken würde«?)

Jonders starrte sie mit etwas wie Erstaunen an und sah einen Moment eher so aus wie bei früheren Verbindungen. (Ehrlich – ich darf das nicht beantworten), sagte er mit gepreßter Stimme. (Das ist eine Frage, die ich oft und oft gestellt habe. Aber es war nichts, worin ich eine Wahl gehabt hätte.)

(Ach, nein?) sagte sie sarkastisch.

(Mozy – hör bitte zu! Es gibt noch mehr, was ich dir sagen muß. Ich weiß nicht, ob wir in diesem Durchgang genug Zeit haben, aber es ist lebenswichtig, daß ich es sage.)

(Tatsächlich. Und warum glauben Sie, daß ich Ihnen überhaupt noch zuhören sollte?)

Er sah sie bittend an und sagte (Mozy, bist du zornig, weil wir dich betrogen haben oder weil du enttäuscht bist, nachdem du jetzt erfahren hast, was Kadin wirklich ist?)

Diesmal war sie erstaunt. (Wie können Sie ...?) begann sie, aber ihr Protest erstarb in einem rötlichen Nebel, der aus dem leeren Raum kam, um ihren Blick auf Jonders und die Umgebung einzuhüllen, ein Nebel, den sie undeutlich als Verlegenheit erkannte. Verdammt sei er, verdammt seien sie alle! Nun, angenommen mal, es sei das letztere gewesen. Hatte sie nicht ein Recht, wegen Kadin wütend zu sein?

Sie hatte ihn geliebt. Verdammt! Sie hatte ihn geliebt, wie sie noch niemanden in ihrem ganzen Leben geliebt hatte, und nun sagten sie ihr, er sei nicht real. Sie hatte ein Gespenst geliebt, einen Mann, der überhaupt keiner war. Sie hatte ein Gespenst geliebt und war selbst zu einem geworden.

(Gott verdamme dich, Jonders!) schrie sie.

Ihre Stimme hallte im Raum und starb in den Wolken. Es kam keine Antwort und eine Zeitlang war ihr das recht; sie brauchte keine Antwort.

Dann rief sie nach ihm, in bissigem Tonfall. Sie wollte wissen, was er noch zu sagen hatte. Sie wollte ihn festnageln und sich winden sehen. Sie wollte Blut sehen.

Aber es kam keine Antwort. Die Verbindung schwieg. Der Transmissionszyklus war vorüber.

Jonders zog sich langsam aus der Verbindung zurück. Er fühlte sich erschöpft und gleichzeitig aufgekratzt und dachte fieberhaft über das nach, was er in den nächsten paar Stunden tun mußte. Er tippte auf die Gegensprechanlage und sagte zur Kontrolle: »Im Moment, wo Sie wieder die volle Leistungskapazität haben, möchte ich sie wieder in der Verbindung haben. Geht das in Ordnung?«

Sobald die Bestätigung da war, schaltete er ab. Er mußte über zu viele Dinge nachdenken, um jetzt lange herumreden zu können. Er hatte seine Kompetenzen jetzt schon weit überschritten und das war noch lange nicht alles; er hatte die Absicht, Mozy noch viel, viel mehr zu sagen. Das bedeutete, daß er schnell sein mußte. Glücklicherweise waren die Ingenieure der Kontrolle von dem meisten, was er mit Mozy gesprochen hatte, isoliert. Wenn jemand entdeckt hätte, was er tat ...

Der Tachylab-Transmitter würde in weniger als zwanzig Minuten fertig sein, um einen Strahl absenden zu können. Aber der Transmitter an Bord des Raumschiffs, kleiner und weniger effizient brauchte mindestens zwei Stunden, um sich wieder aufzuladen. Das bedeutete eine mindestens zweistündige Verzögerung, bevor er wieder eine volle Verbindung mit Mozy herstellen konnte. Zwei Stunden, um darüber nachzudenken, was er tun sollte. Zwei Stunden, in denen er es vermeiden mußte, von Marshall oder Fogelbee befragt zu werden.

Zunächst kam ihm Kaffee in den Sinn, aber er wollte nicht in seinem Büro oder im Aufenthaltsraum für das Personal erwischt werden. Also mußte er den Kaffee vergessen. Er war schon daran, den Gang hinunterzugehen und hatte die Seitentür geöffnet, um draußen herumzulaufen, bevor er sich noch zu irgendetwas klar entschlossen hatte.

Er war der einzige Mensch weit und breit. Puderzuckerhaft aussehende Wolken eilten über den Vormittagshimmel. Die Luft war kühl, aber die Sonne schien strahlend, er atmete tief ein und steckte die Hände in die Taschen, stellte seinen Kragen im Nacken auf, um sich gegen die Kälte zu schützen und lief durchs Gras, einen sanften Abhang gegen den Wald hinunter und zu dem Stacheldrahtzaun, der das Gelände umgab. Am Fuße des Abhangs drehte er sich um und sah das Gebäude an.

Der Zentralbau beherrschte das Blickfeld in scharfem Gegensatz zu der Berglandschaft, die sich hinter ihm erhob. Das Gebäude hatte ihn schon immer fasziniert, diese merkwürdig asymmetrische Architektur voller Winkel und Flachdächer. Am beeindruckendsten war der große rechteckige Turm am südwestlichen Ende des Baues — eine symbolische Faust, die sich gegen den Himmel reckte. In diesem Turm befand sich die Ausrüstung für das Tachyonen-Scanning und gewisse Teile des Computersystems. In diesem Turm lebte sozusagen Kadin. Es sah wirklich schön und beeindruckend aus: der Turm, der sich wie eine kristallene Blüte aus dem Gebäude erhob, und die ganze Architektur auf dem Hintergrund der Bäume, der Berge und des Himmels.

Hinter dem Hauptgebäude lagen diverse andere Bauten einschließlich der Kuppel des Tokamak Fusionsreaktors, wo die Energie für die Tachyonen-Konverter und Speicherringe erzeugt wurde. Jonders bemerkte, wie klein sich der Reaktor gegen die Berge ausnahm und wie unglaublich teuer er gewesen war; aber dieses Geld war bestimmt dazu, einen Botschafter der Menschheit fern hinaus aus dem Sonnensystem zu senden, und ohne daß er genau hätte sagen können, warum, war er plötzlich froh darüber, daß er sich entschlossen hatte, Mozy zu helfen – selbst wenn es ihn seinen Job kosten sollte.

Aber seiner Methoden war er sich nicht so sicher. Kadin würde Bescheid wissen. Kadin lebte sein gesamtes Leben in einem Universum wie dem Mozys, und er kannte die innere Struktur dieser Welt weit besser als Jonders, besser auch als die Konstrukteure unter der Leitung Fogelbees, die die Architekten seines Systems gewesen waren. Vielleicht sollte er noch einmal mit Kadin reden, um seinen Plan besser auszuarbeiten.

Er war jetzt beinahe um den ganzen Südflügel herumgegangen und bemerkte, daß er vor Kälte zitterte. Bisher war ihm das wegen seines intensiven Nachdenkens entgangen. Er schüttelte den Kopf und ging über den Rasen zurück zur Seitentür.

Lusela Burns traf ihn vor dem Persönlichkeitslabor. »Ich habe dich überall gesucht. Man sagte mir in der Arena, daß du in zwei Stunden eine weitere Verbindung vorgesehen hast«, sagte sie, während sie mit ihm ins Labor trat.

»Stimmt«, sagte er. »Zuerst möchte ich noch eine Konsultation mit Kadin, und – ich bliebe dabei gerne ungestört.« Er blieb stehen und sah Lusela an. »Kannst du mir alle Störungen fernhalten?«

»Bill, was geschieht hier eigentlich? Was hast du vor?«

»Das kann ich dir jetzt nicht sagen.«

»Wie meinst du das? Wie kann ich ...«

»Ich habe jetzt keine Zeit. Ich erkläre dir alles später. Jetzt muß ich unbedingt erst Kadin etwas fragen und dann mit Mozy sprechen.«

Lusela hob die Hände, um ihn zu bremsen. »Das ist ja der Grund, warum ich dich gesucht habe. Marshall hat angerufen. Er will dich in einer Stunde in seinem Büro sehen.«

»Was? Hat er gesagt, was er will?«

»Nein, nur, daß Ken auch dort sein wird, und daß ihr eine Telekonferenz mit Hathorne haben werdet.«

Jonders fluchte. »Dann kann ich nicht warten – in dem Fall muß ich es gleich tun.«

»Was tun?«

Er packte sie am Arm. »Ich brauche deine Hilfe. Ruf den Kommunikationsraum an und sag ihnen, ich käme gleich. Ich will eine Einwegverbindung zum Raumschiff, und sie soll fertig sein, wenn ich eintreffe.«

»Schön, aber was machst du?«

»Tu es einfach, Lusela, tu es einfach!« Er drehte sich um und eilte den Gang entlang.

Die Wut brannte in ihr wie ein kaltes Feuer, das ihre Bemühung um Analyse nicht ersticken konnte. Es gab nichts zu analysieren. Sie war zu tief in ihren Zorn versunken, um jetzt ihre Gefühle zerteilen und genau betrachten zu können. Und doch war sie eine merkwürdige Empfindung, diese Wut, ohne irgendeine der körperlichen Empfindungen, die man mit ihr in Verbindung brachte, kein Ansteigen des Blutdrucks, kein Adrenalinstoß, keine Einschränkung der Sicht. Sie war beinahe ohne Gefühl, abgesehen davon, daß sie eine unwiderstehliche Kraft war, die die Gedanken in ihre eigenen Bahnen zwang und die Vernunft vor sich her spülte wie eine Flutwelle irgendwelcher Abfälle.

Was schmerzte am meisten? Zuerst betrogen zu werden, dann mißbraucht und zuletzt abgeschoben? Ihre Naivität, sich in dieses Ding zu verlieben, als das sich Kadin jetzt herausgestellt hatte, oder die noch größere Blödheit, zu Hoshi zu gehen und ihn zu bitten, ihn anzuflehen, und die ganze Zeit mußte Hoshi sich hinter ihrem Rücken über sie amüsiert haben, über seine Gescheitheit und ihre Dummheit?

Und wo war sie jetzt? Überlistet, gefangen ... sie hatte alles verloren, wirklich alles, und wofür? Was war übriggeblieben? Sie konnte sich ebensogut selbst abschalten und das war's dann; es mußte einen Weg geben, auf dem sie das tun konnte, oder Mutter Programm bitten, es für sie zu tun. Das war gewiß nicht die würdeloseste Art zu sterben, es würde sicher schlimmer werden, darauf zu warten, bis es die anderen für sie taten ...

David, du hast mich in diese Lage gebracht, kannst du mir nicht heraushelfen? David?

Mein Gott, du rufst noch immer nach ihm, weißt du nicht, was er ist? Ein Schwindel. Ein Lügner. Ein gottverdammtes Computerprogramm.

Ja. Und was bin ich selbst?

Schweigen in ihren Gedanken, Schweigen im Universum, Schweigen füllte die Leere, die für den Rest ihres Lebens ihre Welt sein würde.

Ein Düsenstrahl stotterte. Innerhalb eines Viertellichtjahrs war niemand da, der das hören konnte oder sich darum kümmern würde. Alles, was sie zur Gesellschaft hatte, war das Statikgeräusch des kosmischen Windes.

Etwas öffnete sich; sie fühlte eine Öffnung, etwas, das in das Schweigen eindrang.

Es war Mutter Programm. (BOTSCHAFT VON ...)

(Jonders? Schalt ihn durch!) Sie war bereit, ihm die Ohren abzubrennen, und diesmal würde sie ganz sicher das erste Wort haben. Und das letzte.

(Öffne den Tunnel!)

(OFFEN.)

(Jonders?) Keine Antwort, auch konnte sie sein Gesicht nicht sehen. Keine Bewegung im Dunkel, kein Lebenszeichen. (Jonders, antworten Sie mir! Mutter Programm, ist er da?)

(WIR ERHALTEN EIN SIGNAL.)

(Jonders, verdammt ...)

Ein Licht erschien in der Dunkelheit, gelblich und schwach, wie das Stirnlicht einer Lokomotive, die durch erbsensuppendichten Nebel kommt. (Mozy), sagte eine vertraute Stimme. Es war Jonders, aber er klang entfernt, als ob seine Gedanken und seine Stimme auch durch einen solchen dicken Nebel kämen. (Mozy, ich muß ...)

(Jonders, kommen Sie hierher, wo ich Sie sehen kann!) Sie schrie es fast.

(— über etwas, das dein Überleben betrifft, also bitte —)

Das war unglaublich, konnte er sie denn nicht hören? Warum zeigte er sein Gesicht nicht? (Jonders, hören Sie mich? Ich höre Ihnen überhaupt nicht zu, wenn Sie nicht herauskommen und zuerst einmal mir zuhören!)

(— sorgfältig, und du mußt genau tun, was ich dir sage.)

Nur dieses Licht im Nebel sprach zu ihr, und es kam auch nicht näher, also wurde sie jeden Moment zorniger. (Mutter Programm, warum antwortet er nicht?)

(DIE BODENSTATION KANN NICHT ANTWORTEN, WEIL WIR NICHT ÜBERTRAGEN. WIR SIND IM AUFLADEMODUS. WIR ERHALTEN EINE EINWEGVERBINDUNG VON DER BODENSTATION.)

Also das war das Größte! Aber warum zeigte er nicht wenigstens sein Gesicht? Aber darauf wußte sie die Antwort eigentlich. Ein Gesicht war ein Bild, das in ihrem eigenen Geist entstand, ihre eigene Wahrnehmung, die aus dem Gedächtnis kam und auf das Geben-und-Nehmen der Verbindung antwortete. Jetzt gab es kein solches Geben-und-Nehmen, keinen der unbewußten Hinweise, der ein solches visuelles Bild hervorrufen konnte. Es war nur eine Stimme. Sie konnte zuhören, oder ihn abschalten. Gott verdamme dich, Jonders!

Ihr Zorn kam jetzt mit aller Kraft zurück, heiß statt kalt, und sie wollte verdammt sein, wenn sie ihm zuhörte, was auch immer er ihr jetzt sagen wollte.

Andererseits, was, zum Teufel, will der Bastard wirklich von ihr?

(— kann nicht auf die volle gegenseitige Verbindung warten. Mozy, es sieht ganz so aus, als wollte man einen Versuch machen, dich auszulöschen —)

Was?

(— dich zu eliminieren —)

Ihr Zorn erstarrte zu Eis. Jesus! Jonders sagt, sie wollen mich umbringen, und ich sollte vielleicht noch mein Testament machen, he? Warum tun die Schweine es nicht einfach ohne Vorankündigung?

(Ich weiß nicht genau, wann es sein wird, und ich weiß auch nicht sicher, ob es überhaupt funktioniert. Aber ich werde dir jetzt sagen, was du, glaube ich, tun kannst, um dich zu schützen —)

Mozy schaltete benommen tiefer hinein in das Schiff, blieb mit einem Fühler mit ihrem Bewußtsein verbunden und verankerte sich in den Sensoren und Energiesystemen des Raumschiffs und mit Mutter Programm. Was immer sie über Jonders und die anderen dachte, eines war ihr jetzt vollkommen klar, mit plötzlicher und überwältigender Gewißheit. In all diesen Wutanfällen und Leidenschaften und Sorgen zählte nur eines. Sie wollte am Leben bleiben.

Jonders hatte sie im Zentrum getroffen. Ihre Gedanken konzentrierten sich nun so auf ihn, daß ihr kein Wort von dem, was er sage, entginge.

21

Stanley Gerschak zeigte geradeaus, wo ein Sturzbach vom letzten Regen den Weg weggewaschen hatte. »Da ist es naß.«

Payne tat einen großen Schritt – und landete mit einem Fuß in dem Schmutz auf der gegenüberliegenden Seite der Pfütze. Knurrend wischte er den Schuh an einem Grasbüschel sauber und eilte hinter Gerschak her. Er hätte gerne gewußt, warum Gerschak darauf bestanden hatte, ihn auf diesen Dschungelpfad mitzunehmen. Während sie dahingegangen waren, hatte der Astronom ihm einiges über den Riß in der Gemeinschaft der Wissenschaftler erzählt.

»Was sagten Sie über die Westküste?« erkundigte sich Payne, als er ihn eingeholt hatte.

Gerschak schien ihn nicht zu hören. Er zeigte geradeaus. »Dort ist es.«

Payne spähte, um zu sehen, was Gerschak zeigte. An den Bäumen hingen noch Reste farbigen Laubs, aber außer den immergrünen Blättern waren die meisten schon abgefallen und man sah den metallischen Himmel durch die leeren Äste. Das Unterholz war dick mit Herbstlaub bedeckt, und von irgendwo roch man Holzfeuer. Endlich entdeckte Payne den Schimmer einer Wasseroberfläche. Er folgte Gerschak auf dem Weg, und ein paar Minuten später standen die beiden bei einer Reihe Tannen am Rand eines Teiches.

»Sehr hübsch«, murmelte Payne. Ein Bächlein rann links in den Teich und floß auf der anderen Seite über einen Damm aus Zweigen und anderem Material wieder ab. Das Wasser war klar und von ringförmigen Wellen überzogen, die ein kleines Tier auf der anderen Seite des Teiches hervorgerufen hatte. Über den Baumwipfeln auf der anderen Seite des Teiches erhoben sich die Radioantenne und die Teleskopkuppel des Observatoriums. Gerschak bückte sich, um einen Tannenzapfen aufzuheben. Er wog ihn in der Hand. »Hier komme ich gerne her, weil man ganz allein ist. Im Büro ist es manchmal fast unmöglich, nachzudenken oder zu reden.« Er sah Payne an. »Es ist schwierig geworden mit der Kommunikation. Das ist ein Teil des allgemeinen Aufsplitterungsprozesses, nehme ich an — der Nordosten trennt sich von der Westküste, und beide versuchen, den Süden einzuholen, der am meisten Geld und neue Talente hat.« Er blickte auf den Bach. »Jedenfalls, man muß die Gruppen im Auge behalten, die eine Raumbasis haben, zumindest in der Astronomie.«

Payne sah ihn neugierig an. Das schien ein anderer Stanley Gerschak zu sein als jener unverschämte, posierende Bursche, der ihn im ›Theater des Meeres‹ auf die Nerven gegangen war. Als Payne ihn angerufen hatte, schien Gerschak überrascht, hatte ihn aber zu einem Besuch im Berkshires Observatorium eingeladen. Er schien einen ziemlich wechselhaften Charakter zu haben. Nüchtern und in seinem eigenen Revier war er wesentlich weniger defensiv und hatte mehr Selbstvertrauen, wenn ihm auch offensichtlich einige Aspekte seiner Arbeit Sorgen machten.

»Ordentliche Forschung findet nicht mehr immer ein offenes Ohr«, sagte Gerschak, »der kritische Austausch ist zusammengebrochen. Und manchmal weiß man nicht so recht, wo die Forschung endet und der militärische Bereich beginnt.«

»Meinen Sie Ihren eigenen Forschungsbereich?« fragte Payne vorsichtig.

Gerschak fuhr mit dem Fingernagel über die Schuppen des Tannenzapfens und warf ihn dann plötzlich auf die andere Seite des Teichs. »Ja, ich glaube schon. Gehen wir hinüber in die Station.«

Sie überquerten den Bach über einen kleinen hölzernen Steg und gingen weiter durch den Wald. »Ich lasse Sie die Aufnahmen selbst beurteilen«, sagte Gerschak.

Payne bemühte sich, Schritt zu halten und Gerschak zum Reden zu bringen. Bis jetzt hatte der Wissenschaftler es vermieden, über seine Arbeit zu sprechen. »Donny Alvarez erwähnte die Himmelsvater-Mission. Man verwendet eine Tachyonenverbindung zur Erde, nicht wahr?«

»Ja«, sagte Gerschak, »und wir haben ihre Signale gelegentlich empfangen. Aber die Signale, von denen ich Ihnen erzählt habe, sind davon völlig verschieden. Sie kommen nicht von Himmelsvater.«

»Was sind es denn dann für welche?«

Der Weg führte jetzt aus den Bäumen heraus. Vor ihnen lag der Parkplatz des Observatoriums, auf der einen Seite die Kuppel des Teleskops, darüber der Teller der Radioantenne auf dem Gipfel des Hügels. »Es ist ein hochmodulierter Tachyonenstrahl, der offensichtlich auf den erdnahen Raum gerichtet ist.«

»Und woher kommt er?«

»Vom Sternbild Schlange.«

Payne war verblüfft. »Sie meinen — von einem anderen Stern?«

Gerschak schüttelte den Kopf. »Aus der Richtung Serpens, meine ich. Jedenfalls von außerhalb des Sonnensystems. Vielleicht von weit draußen. Das wissen wir wirklich nicht.«

Payne überdachte das Gehörte. »Steht dies in irgendeiner Verbindung mit Himmelsvater?«

Gerschak spitzte die Lippen. Seine Augen wirkten plötzlich größer und leicht fiebrig. »Wenn nicht, dann, würde ich sagen, ist es ein höchst ungewöhnlicher Zufall, daß Himmelsvater das Sonnensystem ausgerechnet in Richtung Schlange verläßt.« Sie gingen über den Parkplatz und um die Büros des Observatoriums herum und standen an der Straße, die zum Teller der Radioantenne hinaufführte, der das Tal und die Berkshire Mountains des westlichen Massachusetts überragte. »Das ist ein Teil unserer Forschungseinrichtungen«, sagte Gerschak.

Payne runzelte die Stirn. »Ich dachte, man benötigt ziemlich ausgedehnte Anlagen in einem Vakuum, um Tachyonen feststellen zu können.« In Wahrheit hatte er so gut wie nichts über Kommunikation mittels Tachyonen gewußt, bevor er in der Bibliothek eine Handvoll Bücher über Tachylab durchgeblättert hatte.

»Wir haben eine billige Variante gefunden«, erwiderte Gerschak. Er deutete mit einem Kopfnicken in Richtung Radioantenne. »Ein Zusatzgerät zu dem Ding da hilft uns, die Quelle des Signals zu lokalisieren. Der tatsächliche Empfänger ist im Hochenergiephysik-Gebäude unten im Tal. Die Meßdaten der beiden werden hier im Observatorium miteinander verglichen.«

»Wie mißt man etwas, das überlichtschnell ist?«

»Nun ...«, Gerschak kratzte sich am Kinn. »Wir stellen in Wirklichkeit nicht die Tachyonenteilchen selbst fest, wie man es im Tachylab tut. Was wir tun, ist eine Feststellung ihres Durchgangs durch Messung ihres Einflusses auf die schwache Wechselwirkung der Atomkerne gewisser überschwerer Isotopen. Wie ich schon sagte: die Methoden von Tachylab sind empfindlicher, aber unsere funktionieren auch.«

Payne versuchte das mit seinen eigenen bescheidenen Kenntnissen der Relativitätstheorie in Übereinstimmung zu bringen. Im Zuge seiner Recherchen hatte er ein paar Fakten über diese merkwürdigen Teilchen mitbekommen. Keine Theorie lieferte eine vollständige Erklärung. Einige nahmen an, daß Quarks aus gebundenen und schleifenförmig laufenden Tachyonen bestanden. Andere Erklärungen machten noch weniger Sinn für ihn. »Wie erzeugt man ein Tachyon?«

»Mmm ...« Gerschak wies auf das Bürogebäude und ging voran. »sie wissen, daß die Relativitätstheorie die Beschleunigung von Teilchen von Unterlichtgeschwindigkeit auf Überlichtgeschwindigkeit verbietet, und ebenso den umgekehrten Vorgang. Richtig?«

Payne nickte.

»Der Trick besteht also darin, Teilchen herzustellen, die schon bei ihrer Erzeugung überlichtschnell sind. Das macht man mit Hochenergieringen und bestimmten Arten von Kollisionen subatomarer Partikel. Man kann es grob vergleichen mit dem Tunneleffekt in der Quantenphysik, wie er in der Elektronik Anwendung findet. Ein Teilchen mit einem gewissen Energiepotential — ein Elektron beispielsweise — durchquert eine Hochenergiebarriere in einen niederenergetischen Zustand, ohne daß es die Energie aufnimmt, die es zum Bewältigen der Barriere brauchen würde.«

Er warf einen Blick auf Payne. »Die Technik ist unterschiedlich, aber Sie können sich die Lichtgeschwindigkeit als eine ähnliche Grenze vorstellen. Kein Teilchen kann je genug Energie haben, um diese Barriere zu durchbrechen, weil seine Masse unendlich wird, wenn seine Geschwindigkeit lichtschnell wird, und die benötigte Energie also ebenfalls unendlich groß wäre. Aber mit bestimmten Tricks kann man die Teilchen zum Erscheinen jenseits der Lichtgeschwindigkeitsgrenze veranlassen, ohne daß sie sie durchbrechen mußten. Wenn man sie dann in einen Speicherring bringt, kann man sie zu noch höheren Geschwindigkeiten beschleunigen und zu gleicher Zeit Energie von ihnen bekommen. Je höher die Geschwindigkeit eines Tachyons über der Lichtgeschwindigkeit liegt, desto niedriger ist seine Energie. Bei unendlicher Geschwindigkeit hat es überhaupt keine Energie mehr. Wie auch immer — diese Tachyonen haben endliche Geschwindigkeiten.«

»Und das macht man also im Tachylab — und in dem Raumschiff?«

»Im wesentlichen. Die Speicherringe von Himmelsvater sind viel kleiner und sehr viel weniger kraftvoll.« Gerschak öffnete die Tür. Sie gingen einen leeren Gang entlang, der mit Karten, astronomischen Photographien und Regalen für Zeitschriften tapeziert war. Zwei Assistenten kamen aus einem Zimmer, Computerausdrucke unter dem Arm. Gerschak nickte ihnen zu, sagte aber nichts. Er blieb stehen und sperrte eine Tür auf. Dann zögerte er. »Ich sollte es Ihnen vorher sagen — wegen dieser Aufnahmen —

die Hälfte der Leute hier denkt, ich sei verrückt.« Er drehte am Türknauf. »Sie können selbst entscheiden.«

Payne folgte dem Astronomen in sein Büro. »Und was glaubt die andere Hälfte?« Bei einem Blick in die Runde sah er einen erstaunlichen Haufen Bücher, Papiere und Computerausdrucke auf Paynes Schreibtisch.

»Wischen Sie das Zeug vom Stuhl einfach herunter«, sagte Gerschak. »Ich lese nunmal gerne in Büchern. Es ist einfacher, die Berichte durchzusehen, wenn man nicht genau vorhersagen kann, was das Interesse erregen wird.«

Payne gab einen überraschten Laut von sich, weil er verwundert war über die Ansicht, es könne leichter sein, sich in diesem Wirrwarr zurechtzufinden, als den Text auf einem Bildschirm zu lesen. Er legte diese Behauptung als eine persönliche Marotte Gerschaks in seinem Gedächtnis ab und schuf sich Platz zum Sitzen. Er sah Gerschak an und entschied sich dafür, geradeheraus zu fragen. »Stimmen eigentlich irgendwelche von Ihren Kollegen mit Ihnen überein?«

»Wenige.« Gerschak saß jetzt auf seinem Stuhl und kramte in einer Schublade. Die Frage schien ihn nicht beleidigt zu haben. »Hier ist es.« Er steckte die gefundene Kassette in einen Recorder auf dem Tisch. »Eine Menge Leute glaubt, ich hätte die Daten falsch interpretiert«, sagte er aufschauend. Auf seinem Gesicht lag etwas wie Verachtung.

»Nun, was sind zunächst mal die Fakten, die für alle gleich aussehen?«

»Es gibt keine«, sagte Gerschak. »Wir haben gewisse Störungen festgestellt, von denen ich mit Sicherheit annehme, daß sie einen Tachyonenstrom mit gewissen regelmäßigen Mustern bedeuten. Ich glaube auch zuversichtlich, seinen Ursprung festgestellt zu haben. Damit stimmt nicht jeder überein. Es könnte auch ein anderes Phänomen sein — obwohl ich das für unwahrscheinlich halte. Aber diese Meinungsverschiedenheit ist noch gar nichts im Verhältnis zu der, die es ausgelöst hat, daß ich meinte, es sei eine intelligente Botschaft.«

»Intelligent?«

Gerschak zuckte die Achseln. »Hier. Das ist eine Übertragung der Daten ins Hörbare, nach einer Filterung durch den Computer. Es ist eine Kompilation aus den Aufnahmen, die wir drei Wochen lang von einem unregelmäßigen Signal gemacht haben.« Er schaltete den Recorder ein. »Das erste Segment ist unverändert, abgesehen von der Filterung.«

Zunächst hörte man nichts, dann vernahm Payne ein seltsames Geräusch – einen tremolierenden Ton, der über vielleicht zwei Oktaven wegglitt. Es war ein bemerkenswertes Geräusch, aber für sein Ohr ununterscheidbar von irgendeinem anderen radioastronomischen Signal. »Dieser Teil ist ziemlich grob«, sagte Gerschak laut. »Bei der begrenzten Aufnahmefähigkeit unseres Detektors kriegen wir eine Menge Bruchstücke und Unterbrechungen. Die nächste Partie ist vom Computer ergänzt. Das ist eigentlich das, was ich Ihnen vorspielen will.«

»Ergänzt? Wie?«

»In einem ähnlichen Prozeß wie bei Ihrem Videogerät zuhause, wo auch eine computergesteuerte Einrichtung Verluste oder Störungen in der Übermittlung kompensiert. Wir suchen Musterwiederholungen und Überlappungen, versuchen eine grundsätzliche Kontinuität zu entdecken und rekonstruieren, was wir für ein typisches Muster halten, aus den wiederholten Bruchstücken. Hören Sie.« Der erste Teil der Aufnahme war beendet. Gerschak drehte den Ton voll auf und ließ sich mit einem Ausdruck von Erwartung in seinen Stuhl zurücksinken.

Was Payne nun hörte, hätte er jemand anderem – aber auch sich selbst – nur mit großen Schwierigkeiten beschreiben können. Es war ein außerordentlich klarer und expressiver Klang mit einem Timbre, das ihn irgendwie an Blasinstrumente erinnerte, vielleicht an ein Fagott, unterlegt mit einer Oboe. Es klang beinahe wie eine Stimme – eine Stimme, die in einer leeren Kammer widerhallte. In ihr gab es subtile Harmonien und dissonante Obertöne, mit komplex fallenden und steigenden Tonveränderungen in jedem Abschnitt. Der Klang war wie fließendes Wasser, die einzelnen Sätze endeten mit erhöhten Noten.

Er mußte an die Gesänge der Buckelwale denken, und das war natürlich genau das, was Gerschak ihm schon früher zu sagen versucht hatte. Aber es gab in diesem Lied eine Dichte, die den Walgesängen fehlte, und eine tiefe baßartige Struktur, die klang, als käme sie von einem elektronischen Instrument; aber insgesamt war die Qualität sehr ähnlich — das Gefühl, das das Lied hervorrief, hatte einen spirituellen Beiklang, das Gefühl, sich in Gegenwart einer Lebensform zu befinden, die alle Erfahrung und Kenntnis überstieg. Man empfand es intuitiv und konnte es nicht erklären und ganz sicher nicht irgendwie beweisen.

Gerschak sah ihm zu, ein verstecktes Lächeln um die Mundwinkel. Payne versuchte, absichtlich dieses Gefühl zurückzudämmen, auf den Klang zu hören und sich nicht von subjektiven Eindrücken beeinflussen zu lassen. Es war unmöglich, das Gefühl war zu stark. Nun veränderte sich etwas an dem Lied; ein neues Thema wurde hörbar. Vielleicht war es die geänderte Resonanz oder sonst irgendetwas — aber Payne fand sich psychisch in einem weiten Innenraum wieder, der den Eindruck einer gewaltigen Kathedrale hervorrief, in der die Klänge widerhallten. Es erinnerte an den Ozean, war aber weit überwältigender.

Mit einem Zischen und Stille endete die Aufnahme. Gerschak hob die Augenbrauen.

Payne wedelte mit der Hand und suchte nach Worten. Auf Gerschaks Frage hin versuchte er seine Eindrücke so gut wie möglich zu beschreiben. »Die Ähnlichkeit mit den Walgesängen ist erstaunlich.«

»Ist das eine objektive Meinung — oder ein Gefühl?«

Payne zögerte. »Eher das letztere, nehme ich an.«

Gerschak nickte befriedigt. »Sie und ich stehen mit einer solchen Reaktion nicht allen. In der Analyse zeigen sich viele Unterschiede zwischen diesen Aufnahmen und den

Walgesängen. Aber ich bin fasziniert von dem subjektiven Effekt, den sie bei den Menschen auslösen.«

»Was ist Ihre Erklärung?«

Gerschak preßte die Lippen zusammen. »Es ist kein Pulsar. Es ist kein Quasar. Es ist kein Quarkstern. Und es ist auch nicht Himmelsvater.«

»Was bleibt dann?«

»Nicht-natürliche Quellen?« Gerschak dreht die Handflächen nach oben. »Das ist schwer zu beweisen.«

»Aber es ist das, was Sie denken. Und wenn sie ›nicht-natürlich‹ sagen, dann meinen Sie ›intelligent‹, nicht wahr?«

Gerschak zögerte. »Nicht viele Leute akzeptieren das.«

»Aber Sie glauben es.«

»Ja.«

»Und Sie glauben, daß es irgendwie mit der Himmelsvater-Mission zu tun hat.«

Gerschak sah unbehaglich aus. »Ja.«

Payne zögerte. »Sind Ihre Methoden irgendwie zweifelhaft?«

»Nun«, sagte Gerschak, »das ist natürlich eine Komposition, eine Rekonstruktion. Aber wir haben dabei Techniken verwendet, die es seit Jahrzehnten gibt. Das Hauptproblem ist bei der ganzen Sache, daß eine Beschreibung von Gefühlen eben gar nichts beweist.«

Payne tippte ein paar Notizen in seinen Memo-Recorder. »Gibt es denn keinen Weg, das oder sein Gegenteil zu beweisen?«

Einen Moment lang glaubte er, den Stanley Gerschak zu sehen, den er im Theater kennengelernt hatte. Der Astronom sah aus, als müsse er sich verteidigen, und er warf einen unsicheren Blick auf die Tür. »Darüber möchte ich hier im Büro nicht sprechen«, sagte er leise.

Payne fragte sich, ob das der Grund für den Spaziergang gewesen war? Er mußte völlige Privatheit gewollt haben — und selbst dann war er noch nervös gewesen.

»Wir versuchen einige neue Analysemethoden und natürlich bemühen wir uns auch um neue Signale«, sagte Gerschak langsam und tippte mit einem Bleistift auf einen Stapel Papiere. Dann beugte er sich zu Payne vor und sagte. »Andere Forscher gehen die Sache von einem anderen Gesichtspunkt aus an. Vielleicht bringt uns das einige Antworten.«

»Könnte Ihnen die Raumbehörde nicht wenigstens über Himmelsvater Bescheid sagen?«

»Sie könnte es, hat sich aber entschieden, es nicht zu tun.«

Payne dachte darüber nach. »Was ist mit der anderen Forschung, die Sie erwähnt haben?«

»Ich kann Ihnen darüber nicht mehr sagen«, erwiderte Gerschak. Payne bemerkte plötzlich, daß der Astronom die Hände geballt hatte.

Payne betrachtete ihn vorsichtig und fragte sich, was ihn so aufregen mochte. »Können Sie mir wenigstens sagen, wer es ist?« Gerschak schüttelte den Kopf. »Westküste, das ist alles, was ich sagen kann. Sie erinnern sich, was ich Ihnen vorhin über Ost und West gesagt habe?«

Payne nickte nachdenklich. Ihm fiel etwas ein, was Donny Alvarest ihm damals in New Wash gesagt hatte. Ein Name. Er schaute auf seinen Recorder und fand die Notiz. Er sah Gerschak an. »Es könnte nicht eine Ellen Chang bei JPL sein, oder doch?«

Gerschak saß ganz belämmert da. »Woher haben Sie diesen Namen?« fragte er fast ohne Lippenbewegung.

»Er wurde in einer Konversation in New Washington erwähnt«, meinte Payne zurückhaltend. »Ich dachte mir nur, sie könnte es sein.«

Gerschak knetete seine Finger. »Sie könnten gut daran tun, mit ihr zu sprechen. Aber ich habe nicht gesagt, sie sei diejenige, welche. Wenn Sie mit ihr sprechen, erwähnen Sie bitte nicht meinen Namen.«

Payne nickte zustimmend.

Gerschak seufzte irgendwie verärgert. Er starrte beim Sprechen aus dem Fenster. »Die Wissenschaft in diesem

Land steckt in Schwierigkeiten. Man kann ziemliche Probleme kriegen, wenn man zu frei über seine Arbeit spricht. Man kann seinen Job verlieren. Wenn jemand in Neuengland über ein kontroverses Thema mit jemandem in, sagen wir mal, Kalifornien, zusammenarbeiten will, müssen die beiden es heimlich tun. Verstehen Sie, was ich damit sagen will?«

Payne nickte.

»Man könnte in größte Schwierigkeiten geraten, wenn unautorisierte Zusammenarbeit publiziert würde.«

Payne sah ihn an. »Warum haben Sie mir von Ihrer Arbeit erzählt?«

Gerschak wandte sich ihm zu. Sein Blick war beinahe wild. »Jemand muß über das reden, was vorgeht.« Er zögerte und beruhigte sich ebenso schnell, wie er sich aufgeregt hatte. »Ich habe meine Arbeit nicht geheimgehalten. Aber ziehen Sie keine Verbindungslinien zwischen meiner Arbeit und der anderer. In Ordnung?«

Payne nickte. »Ich werde sorgfältig handeln. Gibt es sonst noch etwas?«

Gerschak schüttelte den Kopf. Er schien deprimiert; der kämpferische Geist hatte ihn verlassen. Payne erhob sich, um zu gehen. »Nun, dann vielen Dank – und auf Wiedersehen.«

Als er die Tür öffnete, hörte er Gerschak sagen: »Ich hoffe, Sie finden, was Sie brauchen.« Er blickte zurück, lächelte, schloß dann die Tür und ging den Gang entlang.

22

Die Kontrollarena der Heimatbasis summte vor Aktivität. Jonders benützte die Minute, nachdem man Kadin schlafen gelegt hatte, um seinen Kaffee zu trinken und sich umzublicken.

Überall waren Techniker vom Persönlichkeitslabor und vom Systemlabor. Lusela Burns stand links neben ihm und sah die Checklisten durch. Ein anderer Assistent stand auf seiner rechten Seite. Trotz all der Hilfen kam sich Jonders behindert vor. Er vermißte Hoshi, den guten alten Hoshi, mit ihm an den Kontrollen.

Fogelbees Stimme murmelt in seinem Helm. Obwohl Slim Marshall von der Galerie aus die Operation überwachte, war es in Wirklichkeit Fogelbee, der die Geschehnisse in der Arena bestimmte. Jonders war zu einer der zweitrangigen Konsolen versetzt worden, nachdem die Transmission Kadins eine reine Systemangelegenheit und keine der Persönlichkeitsabteilung war. Er hatte zuerst bedauert, Einflußmöglichkeiten in der Arena zu verlieren, aber man mußte zugeben, daß unter Fogelbee alles problemlos ablief. Jetzt kamen die Berichte von den Testtransmissionen von der Bodenstation zu Tachylab, und von dort zu Himmelsvater im Weltraum. Die richtige Transmission konnte beginnen, alle Systeme waren bereit. Jonders sah gedankenvoll zur Galerie. Lusela, die seinen Blick bemerkte, lehnte sich herüber. »Schon etwas gehört?« flüsterte sie.

Jonders schüttelte den Kopf. »Ich frage mich, ob sie überhaupt etwas sagen werden — einen Moment mal.« Er rückte seinen Helm zurecht. »Jonders hier.«

Es war Fogelbee. »Slim würde Sie gerne auf der Galerie sehen.«

Jonders nahm die Kopfhörer ab und sah Lusela an. »Bin in einer Minute zurück.«

Er ging durch die Arena und stieg die Stufen zur Galerie hinauf. Als er zu Marshall kam, schien dieser gerade eine Diskussion mit einem der Ingenieure beendet zu haben. Der Ingenieur ging, und Marshall bedeutete Jonders, Platz zu nehmen.

»Ken sagte, Sie hätten etwas für mich.«

Marshall sah ihn an. »Ich möchte keine Zeit verschwenden, Bill. Ich habe gerade mit Leonard Hathorne gesprochen; das Komitee hat seine Entscheidung getroffen.« Jonders nickte und fühlte, wie sich sein Magen zusammenzog. »Die Gedächtnisspeicher des Schiffes werden vor der Transmission gelöscht.« Jonders preßte die Lippen zusammen und starrte die gegenüberliegende Wand an. Also würden sie sie löschen. Er blickte wieder zu Marshall und versuchte, seinen Zorn zu unterdrücken. Marshall erwiderte seinen Blick. »Ich habe Ken instruiert, daß er die Anweisung ausführen soll. Tut mir leid, Bill.«

Drei Sekunden lang fiel Jonders nichts ein, was er hätte sagen können. Er holte mühsam Atem, obwohl es ihm die Brust zusammenschnürte. »Ich verstehe. Dann ist also die Entscheidung gefallen.«

»Ja, sie ist gefallen.«

Jonders nickte. Er schaute über das Geländer in die Arena. Fogelbee stand an der Hauptkonsole, ein Clipboard in der Hand, und gab über seinen Helm Anweisungen. Jonders ließ den Blick über das Fenster zum Ingenieursraum schweifen und hinüber zur hinteren Konsole, wo jetzt neben Lusela Burns ein Platz frei war. Jedermann schien beschäftigt und zuständig, und ihre Tätigkeiten schienen nichts Kontroverses zu enthalten. War Mozy gewarnt worden — hatte die Warnung sie überhaupt erreicht? »Ich nehme an, daß es dann nichts mehr zu sagen gibt«, bemerkte er bitter.

Marshall schüttelte den Kopf. »Wenn Sie möchten, können wir später darüber reden — nachher.«

Wenn es passiert ist, dachte Jonders. Er erhob sich. »Das wird nicht notwendig sein. Was könnte ich denn sagen?«

Marshall machte eine unverbindliche Geste. »Ich gehe jetzt besser zurück«, sagte Jonders. Er drehte sich um und ging steif die Treppe hinunter.

Er setzte sich an seine Konsole und schlüpfte in den Helm. Er warf einen Blick auf Lusela und schüttelte den Kopf. Sie knurrte mitfühlend. Sie war eine der wenigen, die Bescheid wußten und seine Gefühle teilten. Jonders konzentrierte seine müden Augen auf den Schirm und zwang sich, den Stimmen in seinem Helm zuzuhören. Fogelbees Stimme, die Stimmen der Ingenieure, Tachylab – alle hörte er, und als er schließlich die Worte vernahm ›Löschung komplett und überprüft‹, fühlte er, wie sein Nakken und Rücken steif wurden, er atmete tief aus und ein und fragte sich, ob Mozy begriffen hatte, was mit ihr passierte. Wie mußte es sein, wenn man fühlte, wie einem das Leben und die Erinnerungen einfach weggeputzt wurden? Ist es eine Art Schmerz, fühlt man überhaupt etwas dabei?

Fast unwillkürlich schaute er hinüber zur Kommandokonsole. Sein Blick traf den Fogelbees: der Systemmanager hatte ihn genau in dem Augenblick beobachtet, als er sich umdrehte. Fogelbees Blick war fest, aber fast ausdruckslos – nicht etwa triumphierend, aber die Endgültigkeit der Aktion bestätigend, die ihnen beiden soeben übermittelt worden war. Jonders hielt dem Blick einen schmerzvollen Augenblick lang stand, dann sah er wieder auf seine eigene Konsole. Es gab jetzt nichts mehr, was er in der Sache tun konnte. Nicht, nur warten.

»Bereit für die Transmission«, hörte er den Chefingenieur sagen; dann Fogelbees Antwort: »Starten! Erste Transmission, erster Abschnitt.« Dann folgte eine Serie von Meldungen zwischen den Ingenieuren und den Programmonitoren. Jonders unterdrückte jeden Gedanken an etwas anderes als seine gegenwärtige Tätigkeit, entschlossen, daß wenigstens Kadin seine Transmission überleben sollte.

Nach ein paar Stunden war es vorbei. Jedes einzelne Datum betreffend Kadins Persönlichkeit war in dreifacher

Ausfertigung nach Tachylab übertragen worden, von wo aus es verstärkt und ebenfalls dreifach an den ein Viertellichtjahr entfernten Himmelsvater weitergeschickt wurde. Im Computer des Raumschiffs wurde jede der drei Versionen auf Vollständigkeit überprüft, Bit um Bit mit den anderen verglichen, bis eine endgültige, überprüfte Version in den Dauerspeicher übertragen wurde. Der Tachyonenring des Raumschiffs sparte seine Energie, indem er zwar die Transmission bestätigte, aber im übrigen auf Empfang geschaltet blieb.

Einige Stunden später hörte Jonders die Worte ›Zwölf-drei-neun verifiziert‹, die Bestätigung, daß die letzten Komponenten Kadins übertragen worden waren. Nun mußte der Schiffscomputer die Datenbündel wieder zu einer Persönlichkeit zusammensetzen, um David Kadin wiederzuerschaffen. Wie lang das dauern würde, wußte niemand mit Sicherheit.

Jonders Arbeit begann eigentlich jetzt erst. Er ersetzte seinen Audiohelm durch einen Verbindungshelm, betrat die Verbindungsmatrix und machte sich fertig, Berichte von Himmelsvater zu empfangen. Die Dunkelheit des Verbindungseingangs wich einem hellgrünen Raum, in dem saphirfarbene Polyeder sichtbar wurden. Er paßte sich schnell den Verhältnissen an, indem er ein Gefühl für die Bedeutung der verschiedenen Bilder entwickelte. Funken stoben um ihn herum, die bewiesen, daß die Verbindungskanäle offen waren und er tatsächlich Daten von Himmelsvater empfing. Glitzern und Funkenflug an den Ecken der Polyeder zeigte, daß der Rekonstruktionsprozeß im Gange war.

Nach einer Weile gab es einen leuchtenden Wirbel auf der einen Seite. Jemand anderer betrat die Verbindung. Fogelbee. Jonders verlor die Kontrolle über seine Gefühle. Es passierte schnell; bevor er es zurücknehmen konnte, brach sein Ärger in Form einer rötlichen Wolke aus. (Sie haben gewonnen), knurrte er, (ich hoffe, sie freuen sich.)

Fogelbee erschien als dunkle vertikale Störung in der

Klarheit des grünen Raums. Er drehte sich schweigend einen Moment lang und schnauzte dann: (Halten Sie Ihre Gefühle hier heraus! Wir müssen unseren Job tun.)

Jonders fühlte den Zorn in sich brennen, wußte aber, daß Fogelbee in der Sache recht hatte; er bemühte sich, seine Gefühle zu dämpfen. Fogelbee war nicht sehr erfahren. Als Jonders Ärger verschwunden war, blieb ein Grummeln und Schütteln um Fogelbee zurück, Zeichen seiner eigenen Irritation und Verteidigungsbereitschaft. Jonders ignorierte diese Störungen und richtete seine Konzentration auf den Strahl an Informationen, der aus dem Weltraum zu ihm kam. (Es ist alles wie erwartet), sagte er kalt, (es wird vielleicht schneller gehen, als wir gedacht haben).

Er stieß bis zu den Grenzen der Sehfähigkeit vor, wo man die Passage einiger kometenartiger Lichterscheinungen am Horizont sehen konnte. Die Lichtpunkte glühten auf, als sie die filternde Aurora durchstießen und schienen ihm in die Augen zu fliegen. Komplexe geometrische Formen flammten um ihn herum auf, Polyeder und sternenförmige Blätter, die sich zusammenfügten und im Raum rotierten, wobei sie sich in der einen Dimension auseinander- und in der anderen zusammenfalteten. Jonders begriff mehr durch Intuition, was er sah, als daß er sich an frühere Muster hätte erinnern können. Er würde es bemerken, wenn etwas falsch lief, aber er würde nicht wissen, was er dagegen tun könnte.

Zeit verging. Gelegentlich sprach er mit Fogelbee, der die Verbindung verließ und wieder betrat, und zweimal mit Marshall, nur über die Sprechverbindung; im übrigen wurde er alleingelassen. Er verlor den Zeitsinn dafür, wie lange er nun schon in der Verbindung war, wartete und schaute. Er war gerade mit Meldungen des Computers beschäftigt, als eine dünne feine Stimme ihn von irgendwo rief.

(Ich habe Schwierigkeiten, dich zu hören), sagte er und versuchte, den Empfang besser einzustellen.

(Sind Sie es, Bill? Ist da die Bodenstation?)

Jonders rief erstaunt (David?). Er hatte gedacht, die Stimme käme aus der Kontrollarena. (David Kadin? Kannst du mich hören?)

Jetzt kam Kadins Stimme klarer, aber immer noch verzerrt aus dem Raum. (Ja – jetzt – kann ich Sie deutlich hören. Ich bin mir über meinen gegenwärtigen Zustand im unklaren. War die Transmission erfolgreich?)

Jonders antwortete mit großer Erleichterung. Eine gewisse Desorientiertheit konnte man erwarten; aber Gottseidank war Kadin am Leben und sprach. (Wie fühlst du dich? Kannst du deine Umgebung beschreiben?)

(Fühlen? Ich habe dabei Probleme – aber gewisse Erinnerungen werden klarer, während ich spreche. Ich erinnere mich daran, geschlafen zu haben – und getestet worden zu sein. Stimmt das?)

(Ja. Du erholst dich bereits. Spürst du die Anwesenheit eines Willkommensprogramms, das dir hilft, dich anzupassen?)

(Ja. Es heißt Mutter Programm. Es arbeitet mir mir, während ich spreche.)

(Mutter Programm) flüsterte Jonders lachend. Mozys Bezeichnung war also geblieben. Er wünschte, er hätte Kadin jetzt sehen können, aber er war jetzt nur eine Stimme in den Lichtgittern, und der Transmissionsdurchgang würde bald zu Ende sein. (Kadin, grüß Mutter Programm von mir) war das einzige, was ihm zu sagen einfiel, und er fühlte sich komisch, wenn eine so lange Pause entstand, deshalb begann er mit: (Bist du allein mit Mutter Programm, oder ist noch eine Spur von Mozy da?), aber er unterbrach sich selbst, bevor er die Worte noch ausgesprochen hatte. Man wußte nicht, wer alles mithörte; und warum Kadin damit jetzt belasten? (Hörst du mich noch immer klar, David?)

(Sehr klar.)

(Kannst du dein Selbst-Test-Programm durchführen?)

(Selbst-Test? Ja.)

In den nächsten Minuten hörte Jonders nichts von Kadin, aber gegen den smaragdfarbenen Himmel seines Raumes sah er das Flackern von Laserstrahlen, die anzeigten, daß etwas vor sich ging ...

(ABBRUCH IN FÜNF SEKUNDEN.)

Er war überrascht, die Stimme von Mutter Programm zu hören, die ihn daran erinnerte, daß der Zyklus zu Ende ging. Kadin, funktioniert es oder nicht? fragte er ängstlich. (David?) sagte er leise. Nein, laß ihn arbeiten. Er scheint solide und stabil zu sein; vertrau deinem Gefühl. Aber Intuition war nicht das, was hier zählte. Tausend Dinge konnten bei der Rekonstruktion schiefgelaufen sein, oder schon in der Transmission, und nur das Testprogramm konnte sie ermitteln. (David?) fragte er trotzdem.

Mutter Programm gab die Ein-Sekunden-Warnung, und er lauschte vergeblich auf ein Signal von Kadin, dann wurde der Raum um ihn plötzlich still und klar, und er wußte, daß die Verbindung beendet war. Bis zum nächsten Durchgang konnte er nichts mehr tun; aber er blieb, wo er war, überwachte sein Territorium, dachte an Kadin und Mozy und wünschte sich, es gäbe einen Weg, die Wiederaufladung zu beschleunigen.

Es gab keinen, das wußte er. Die Tachyonen ließen sich nicht hetzen.

VIERTER TEIL

KADIN

Vorspiel

Sternenlicht drang mit feinen Strahlen in das kristalline Innere und streute sich, als es den Kern der Kolonie erreichte. Der kolloide Kristall trank das Licht, nährte sich von jedem einzelnen Photon, wärmte sich damit gegen die ewige Weltraumkälte. An der Oberfläche der Kolonie, in der Dunkelheit und im Vakuum des Raums, lag die Temperatur nahe am absoluten Nullpunkt und es gab fast keine molekulare Aktivität. Im Innern des Körpers stießen die Atome in den Kristallgittern gegeneinander, Elektronen flossen, und das Leben erhielt sich. Eine Art Bewußtsein gab es in dieser kristallinen Matrix — ein Bewußtsein mit Gedächtnis, Instinkten, Wahrnehmung von Ereignissen. Licht und Dunkelheit konnten unterschieden werden; minimale Lichtquellen tauchten gelegentlich aus dem Dunkel auf, und manchmal, in großen Abständen, größere, hellere und wärmere Lichter, in denen die Kolonie eine Zeitlang badete, bevor sie sie wieder verlassen mußte. Wärme wurde wahrgenommen, wenn sie in der tiefen Nacht in dünnen Schwaden erschien — oft wurde die Energie knapp, das Gedächtnis zähflüssig und die Zeit selbst schien stehenzubleiben und zu gefrieren — dann kam eine größere Licht- und Wärmequelle und erneuerte alles, brachte ein Fest des Glücks und einer Verjüngung mit sich — bis in den Momenten größter Erwärmung das Gitter zu vibrieren begann, zu zittern, und die Gedanken und Erinnerungen fiebrig zu delirieren anfingen. Klang wurde hörbar, Vibrationen im Muttergestein — das musikalische Knirschen superkalter Eiskristalle, die sich ausdehnten und zusammenzogen, Steine, die im Tageszyklus zerbrachen, oder Meteoriten, die die einsame kleine Welt auf ihrer Reise zu ihrer Sonne trafen. Der Fluß der Zeit wurde verspürt, wie er dahinkroch in den Perioden der Anspannung und der schwierigen Bedingungen oder rasch dahinfloß, wenn die

Wärme das Fieber auslöste. Außerdem war da die Wahrnehmung eines merkwürdigen Geschehens. Für bestimmte Echos war es normal, jahrelang im Zentrum der Kolonie wiederzuerklingen, gemischt mit neuen Schwingungen, um eine undeutliche, resonante Symphonie zu erzeugen. Das konnten Echos vom sublimierten Geräusch eines Meteoriteneinschlags, oder das Stöhnen des atmenden Felsens sein. Aber das hier war etwas anderes. Keine Bewegung oder Vibration begleitete diesen Klang; seine Herkunft war unbekannt.

Im Gedächtnis gab es nichts, worauf die verwirrten Gefühle der Kolonie hätten Bezug nehmen können — ebensowenig für das gesangartige Wispern, das in der tiefsten Nacht auftrat, in der steiffrierenden, schmerzenden Kälte der schwärzesten Nacht, wenn die Welt immer am ruhigsten war. Es war fast, als ob ...

Nein. Der Gedanke war entstanden, daß die Kolonie vielleicht nicht allein war; daß es irgendwo in dieser Welt einen anderen Geist, ein anderes Bewußtsein, andere Wahrnehmung gab. Aber für solche Gedanken war kein Platz, keine Existenzberechtigung. Und doch ... diese Klänge waren durch die Nacht gedrungen, hatten Neugier und etwas, das nicht weit von Angst entfernt war, erregt. Es war, als riefe etwas mit seinem Singen nach der Kolonie.

Es war unbegreiflich ...

Es hatte überhaupt keinen Sinn. Außer ...

Nein. Es gab kein ›außer‹. Es konnte keine Erklärung geben. Der geisterhafte Gesang war einfach da, und wenn er auch in der Kolonie gehört und gefühlt wurde, so mußte er doch von weit, weit draußen kommen, aus einer tieferen Dunkelheit, als selbst die Kolonie sie kannte ...

Und er wurde lauter.

23

Die Bremsdüsen röhrten. Mark Adams schaute auf die Armaturen, betätigte den Steuerknüppel und sah durch das Seitenfenster des Servicebusses. Ganz nahe glitt ein spindelförmiges Metallstück im Raum vorüber, ein silbern glänzender Span vor dunklem Hintergrund. Er wurde von einem Netzwerk aus Spanndrähten in seiner Position gehalten und war eine der nahezu tausend Komponenten einer felderzeugenden Schleife im Tachyonenspeicherring — und einer der sechsunddreißig, die heute getestet und inspiziert werden mußten.

Adams griff nach seinem Mikrophon. »Tachylab. M-dreiundsechzig. Ich bin bei Einheit Vier-drei-neun. Testbeginn.« Die ferngesteuerten Manipulatoren schalteten sich ein, und er manövrierte die externe Testeinheit in eine Position parallel zu der dünnen Metallstruktur. Die Gleichlauf- und Kontinuitätstests liefen größtenteils vollautomatisch ab; Adams sah, wie die Zahlen über den Monitor flackerten, während die Resultate in die Magnetspeicher strömten. Als die Überprüfung vollkommen zufriedenstellend ausgefallen war, zog er die Testeinheit in Ruheposition zurück und tippte den Steuerknüppel an. Die Düsen zündeten und der Bus bewegte sich auf die nächste Sektion der Schleife zu, die in einiger Entfernung sichtbar war.

Fünfundvierzig Minuten und fünf weitere Tests gingen vorüber, bevor ein anderes Wartungsfahrzeug hinter einer Traube von Transformern hervor kam. »Kann dich sehen, M-siebenundfünzig«, sagte Adams und kam mit dem Bus näher. »Zeit für eine Pause?«

Robert Johansons Stimme gab Bestätigung. Das Treffen und Andocken dauerte nur ein paar Minuten. Der zweite Bus wurde größer neben M63 und Adams fuhr die Andockvorrichtung aus, worauf die Luken miteinander verkoppelt wurden. Sobald die Anzeigen meldeten, daß das

Manöver beendet war, machte Adams seinen Gurt auf, wand sich aus seinem Sitz und stieß sich gegen den rückwärtigen Teil der Kabine ab. Die Türen beider Fahrzeuge öffneten sich automatisch, Adams glitt kopfvoraus durch den Verbindungstunnel und steckte seinen Kopf in die enge Kabine des anderen Busses. Die Luft war warm und abgestanden.

»Komm herein, wenn du Platz findest!« sagte Johanson. Adams sah sich zwecks Orientierung um. Johanson war noch in seinem Sitz, hatte sich aber zur Tür hin umgedreht.

Adams zog seine Beine ins Abteil herein, drehte sich um neunzig Grad, um sich aufzurichten und zog sich neben die Anzeigenkonsole, wobei er sich an einem Griff festhielt, um nicht abzudriften. Er konnte beinahe Johansons Atem fühlen, so nahe waren sie sich.

»Wir sollten uns vielleicht kurzfassen«, sagte er und sah sich in der Kabine um. »Kann man hier sicher miteinander reden?« Johanson nickte. »Also gut. Was will John mir sagen?«

Johanson kratzte sich unter dem Hemdkragen. »Er denkt, wir sollten an die Öffentlichkeit gehen.«

Adams starrte ihn an. »An die Öffentlichkeit? Alles ohne Einschränkung hinausposaunen?«

»Ja. Die ganze Geschichte bekanntmachen. Alles sagen, was wir wissen.«

Adams schnaubte. Er trieb ab, zog sich aber gleich in die vorige Position zurück.

»Was meinst du dazu?« fragte Johanson ruhig.

Adam schüttelte den Kopf. Er begriff es nicht. »An wen könnte man sich wenden? Und womit? Wir haben bis jetzt nichts Solides.«

»Ich glaube, deswegen müssen wir eine Entscheidung treffen.«

»Das glaube ich auch. Zum Beispiel die, wer von uns diese geistreiche öffentliche Erklärung abgeben soll. Oder stecken wir alle zusammen den Kopf in die Schlinge?«

»Wir können schon für das, was wir jetzt tun, eingesperrt werden.«

»Wenn wir erwischt werden. Ich persönlich habe keine Lust, gehängt zu werden — weder für dies, noch für jenes.«

Johanson spreizte die Finger. »Und was würdest du vorschlagen — eine neuerliche Anzapfung?«

»Nein, sicher nicht. Nicht, bis wir einen Weg gefunden haben, das System zu schlagen.« Sie waren alle nur knapp an der Entdeckung vorbeigerutscht, als sie die Himmelsvater-Verbindung angezapft hatten und ein Sicherheitssystem das Signal unerwartet mitten in der Kommunikation unterbrochen hatte. Adams hatte die Abhörvorrichtung nur wenige Minuten, bevor der Abteilungsleiter nachsehen kam, was los war, entfernt — und hatte (wie er zumindest hoffte) Erfolg dabei gehabt, die Untersucher dahingehend irrezuführen, daß sie glaubten, es handle sich um ein technisches Versagen in der Hardware. »John hätte uns zumindest sagen können, daß das Militärlabor dieses Sicherheitssystem entwickelt hatte«, knurrte Adams, als ihm der Vorfall wieder durch den Kopf ging.

»Vielleicht wußte er es nicht.«

»Er wußte es. Er hat nur nicht daran gedacht. Für einen so brillanten Wissenschaftler kann er manchmal unglaublich dumm sein.«

»Nun, keiner von uns hat damit wirklich Erfahrungen«, verteidigte sich Johanson.

Adams zuckte die Achseln. »Was hat John sonst noch vor?«

»Ich glaube nicht, daß er es wirklich weiß, abgesehen davon, daß er denkt, es habe keinen Sinn mehr, wenn wir nicht mit unseren Informationen an die Öffentlichkeit gehen. Er glaubt, dafür bleibe nicht mehr viel Zeit.«

»Wegen der Transmission? Überreagiert er da nicht ein bißchen? Das Raumschiff ist erst ein Viertellichtjahr entfernt.«

»Ja, aber er denkt — und ich stimme damit überein —

daß bald einmal etwas passieren könnte, ganz gleich, wie weit weg, nachdem nun die letzte Transmission wahrscheinlich eine Kommandointelligenz in Himmelsvater etabliert hat und das Rendezvous vielleicht bevorsteht.«

»Vielleicht bekommen wir dann etwas, mit dem wir wirklich an die Öffentlichkeit gehen können.«

»Aber dann kann es auch schon zu spät sein. John ist schon ganz paranoid wegen der Verwicklung des Militärs in die Sache.«

»Das können wir nicht mehr aufhalten.«

»Nein, aber wir können den Leuten bewußt machen, was passiert.« Adams saugte Luft durch seine Zähne. »Mir scheint, daß man abwägen muß, was wir zu gewinnen und möglicherweise zu verlieren haben. Wenn wir an die Öffentlichkeit gehen, werden wir augenblicklich unsere Jobs verlieren, und damit unsere Fähigkeit, weitere Informationen zu sammeln. Außerdem können wir in einem Dutzend Anklagepunkte wegen Verschwörung, Verletzung von Sicherheitsvorschriften und möglicherweise sogar Landesverrat vor Gericht gestellt werden. Ich weiß nicht, wie hoch die Strafen dafür sind, und will es auch gar nicht wissen.«

»Du siehst das so schwarz wie möglich ...«

»Schön, dann sehen wir uns den besten Fall an. Was können wir gewinnen? Wir können der Öffentlichkeit mitteilen — vorausgesetzt, es interessiert überhaupt jemanden —, daß das Militär mit einem Raumschiff zu tun hat oder zu tun haben könnte, von dem vermutlich noch niemand etwas gehört hat. Wir können ihnen sagen, daß Himmelsvater nicht draußen ist, um einen Kometenschweif zu untersuchen, sondern sich um die Quelle einer Tachyonenemission kümmert. Darüberhinaus wissen wir selbst nicht, was es tut, denn wir haben keine direkten Zugang zur eigentlichen Kommunikation.«

»Wir wissen sehr gut, daß es um mehr geht als um eine verdammte Tachyonenquelle«, sagte Johanson zornig. »Wenn wir den Leuten sagen, daß es ...«

»Daß was? Wir wissen nicht, worum es geht. Wir haben einen Verdacht – aber keine Beweise. Das einzige, was wir sicher wissen, ist das, was John erfahren hat, bevor er von dem Tachyonenforschungsprogramm wegversetzt wurde. Aber da hatten sie noch kaum angefangen, die Signale zu analysieren.«

»Aber alles weist darauf hin: die Geheimnistuerei, das Militär, die ganze Maskerade für Himmelsvater als etwas, das es sicher nicht ist ...«

»Ja«. Adams nickte. »Es paßt alles zusammen. Aber es ist trotzdem nur ein Verdacht – und es wird kein Problem sein, uns als Narren hinzustellen. Wir müssen geduldig sein. Es ist eine komplizierte Angelegenheit, und wir können nicht erwarten, daß die Leute sie auf Anhieb begreifen und glauben. Manchmal glaube ich selbst nicht daran.«

Johanson sah man seine Zweifel an, aber schließlich stimmte er zu. »Ein Teil des Problems ist, daß wir uns verkriechen müssen. Wir können nicht einmal untereinander richtig diskutieren.«

»Machen wir es doch indirekter«, beharrte Adams. »Geben wir Informationen hinaus, aber in kleinen Stükken. Suchen wir uns Zwischenträger. Schauen wir, ob wir nicht jemandem außerhalb unseres Netzwerkes dafür interessieren können.«

»Wen, zum Beispiel?«

»Ich weiß auch nicht. Jemanden in den Medien. Jemanden, der bereit ist, es als Rätsel anzusehen, und sich nicht allzusehr darauf stürzt.« Adams kratzte sich am Kinn. »Jemand, der für uns an die Öffentlichkeit gehen kann – in einer allmählichen, nicht bedrohlichen Vorgangsweise. Bis wir einen wirklichen Beweis auf den Tisch legen können.«

»Vielleicht könnte Ellen etwas tun.«

»Weiß sie nicht schon lange Bescheid?«

»Sie fürchtet sich wahrscheinlich genauso wie wir, Aufmerksamkeit auf sich zu lenken. Aber ich glaube, sie hat da ihre Kontakte. John deutete an, daß jemand zumindest einen Teil der Informationen, die wir ihr gaben, bekommen hat.«

»Das ist es, was wir brauchen — mehr Leute, die informiert werden. Und unsere Namen bleiben draußen. Jemand von außerhalb soll ein bißchen nachforschen. So jemanden dabeizuhaben, verteilt das Risiko.«

Vom Instrumentenpult her piepste es, und Johanson drehte sich um. Er setzte seinen Helm auf. »Johanson.« Er hörte einen Moment lang zu und sagte dann, wobei er das Mikrophon zuhielt, »Alicia sagt, George käme gleich mal. Du gehst jetzt besser. Er glaubt es uns vielleicht nicht, wenn wir sagen, wir seien auf eine kleine Pokerpartie zusammengekommen.«

»Sag ihm, wir haben zusammen gegessen«, knurrte Adams. Er bewegte sich zur Luke. »Dieser kleine Scheißer wird Ärger machen, also paß auf ihn auf! Was ist jetzt unsere Entscheidung?«

»Ich sehe John morgen. Ich werde ihm sagen, wie du dazu stehst. Ich weiß nicht, was er sagen wird.«

»Wo stehst du?«

Johanson schüttelte den Kopf. »Ich weiß es nicht. Wirklich nicht.«

»Tun wir jedenfalls nichts Unüberlegtes, okay? Ich sehe dich später in der Station.« Er drehte sich und glitt durch die Luke hinaus, wobei er sich den Ellbogen an der Kante der Tür anschlug. Er fluchte, zog sich in seine Kabine zurück und schloß die Luke. Seinen Ellbogen umklammernd setzte er sich in seinen Sitz.

Während er sich zum Abkoppeln fertigmachte, warf er einen Blick auf das obere Fenster und sah die südliche Erdhalbkugel über dem Fensterrand erscheinen. Die Heimat. Dort konnte er in ein paar Monaten auf Besuch sein — wenn er nicht in einer Einzelzelle saß. Diese ganze Angelegenheit konnte ihm sowieso gestohlen bleiben. Er hatte nie ein Verschwörer im Untergrund sein wollen. Wenn da draußen im Raum etwas war, das auch nur halb so interessant war, wie alle glaubten, warum, zum Teufel, konnte dann das Hauptquartier nicht die Sache für alle Welt öffentlich machen? Wer konnte davon einen Schaden haben? Warum schienen Angelegenheiten wie diese immer einen Haufen zorniger Rebellen zu brauchen, die bereit waren, ihren Hals der Wahrheit wegen zu riskieren?

Er koppelte mit einem Seufzer ab. Sein Ellbogen schmerzte höllisch. Er hatte noch elf Einheiten zu testen, und würde nicht sehr gut aufgelegt sein, wenn er endlich mit seiner Arbeit fertig war.

24

Payne ging im Zimmer umher, während er ins Telefon sprach. »Ich habe es mit jeder Verbindung versucht, die mir eingefallen ist, Teri. Ich bin in alle Kanäle gekrochen und habe es bei jeder Hintertür probiert. Aber es klappt einfach nicht. Chang will mit mir nicht am Telefon reden, und die Weltraumbehörde gibt mir nur das übliche Gequassel zum Thema Raumschiff. – Was?«

Teri Renshaw sprach lauter oder rückte näher an das Telefon. Der Schirm blieb dunkel; sie hatte ihn abgeschaltet, weil sie sich umzog. »Ich glaube, du solltest hinfahren. Besuch diese Chang persönlich.«

Payne dachte darüber nach. »Ich möchte nicht sinnlos Geld ausgeben«, seufzte er schließlich, »es ist ja nur eine schwache Vermutung.« Seit seinem Gespräch mit Gerschak hatte er einiges Hintergrundmaterial zusammengetragen, aber er hatte keinen einzigen zusätzlichen brauchbaren Hinweis gefunden. Er konnte es sich nicht länger leisten, Zeit und Geld in eine Story zu stecken, die möglicherweise zu nichts führte.

»Joseph, wart einen Moment.« Nach ein paar Sekunden leuchtete der Schirm auf Paynes Gerät auf und Teris Bild erschien. Sie trug jetzt eine gestärkte weiße Bluse, hielt eine Haarbürste in der Hand und sah ein bißchen erschöpft aus. »Wo bist du denn?« Payne trat in den Bereich der Videokamera. »Okay. Schau, Joseph, du mußt bereit sein, ein Risiko einzugehen.«

»Das weiß ich«, sagte er irritiert, »aber gleich quer durchs ganze Land zu fahren ...«

»Das ist weit, ja, aber Joseph ...«

»Was?«

»Hörst du mir mal einen Moment lang zu?«

Payne hörte auf, herumzulaufen und stellte sich vor das Telefon.

»Entschuldige.«

»Schau, es ist dein Projekt, also kannst du alles tun, was du willst. Das ist ein Luxus, den du bei einem Studiovertrag nicht hättest.«

»Natürlich.«

»Nun, du hast mich um meinen Rat gebeten. Also, das ist er: ich glaube, daß du einen guten Ansatzpunkt hast und ein Narr bist, wenn du ihn nicht verfolgst.« Teri strich sich mit der Bürste über das Haar. »Vielleicht kommt dabei etwas heraus, vielleicht auch nicht. Aber wenn Leute sich weigern, mit dir zu sprechen, dann ist das normalerweise ein Zeichen, daß sie etwas zu verbergen haben.«

»Oder daß sie keine Nachrichtenjäger mögen.«

Teri seufzte gereizt. »Warum bist du so widerspenstig, Joseph?« Das fragte er sich selbst auch. »Ich fühle mich nicht wohl bei der Sache. Ich möchte einfach nicht mehr Zeit damit vergeuden.«

»Es ist eine Chance, die du ergreifen mußt. Hör auf, dich wie ein verschüchterter Welpe zu benehmen. Schau — diese Frau will also nicht mit dir am Telefon sprechen. Kannst du ihr deswegen einen Vorwurf machen? Sie weiß nicht, wer du bist, sie hat dich noch nie getroffen. Wenn du es mit einem persönlichen Besuch probierst, wirst du vielleicht überrascht werden.«

»Mmm.«

»Was braucht man, um dir ein Feuer unterm Arsch zu machen? Das könnte die Story sein, die du die ganze Zeit gesucht hast, und jetzt benimmst du dich, als sei es dir zuviel Arbeit.« Sie sah ihn an. »Ist es das Geld? Ist das das Problem?«

Payne schwieg. Genau das war das Problem. Geld. Er wußte, daß er sich wie ein eingeschüchterter Amateur benahm; aber die harte Realität war die: solange er freiberuflich arbeitete, würde er alle Spesen selbst zahlen müssen — und sein Budget vertrug keine sinnlose Reise nach Kalifornien. »Du weißt, was ein Überlandflug heutzutage kostet.«

»Nimm das Luftschiff, das ist billiger.« Teri begann wieder, ihr Haar zu kämmen, und hielt dann inne, als er nicht antwortete. »Also gut«, sagte sie, »wenn ich dich nicht falsch verstanden habe, hast du mal Interesse an einer Zusammenarbeit gezeigt. Habe ich dich mißverstanden?«

»Nein, hast du nicht.«

»Gut, in ein paar Tagen bin ich mit dieser Sache über das Bundeserziehungsprojekt fertig. Wenn du willst – aber nur, wenn du es wirklich willst – können wir eine Übereinkunft treffen. Ich versuche nicht, dich zu irgendetwas zu drängen ...«

»Ich würde das sehr gerne haben«, sagte Payne.

»Okay, schreib auf, was du bis jetzt beisammen hast, und laß mich mit einigen Leuten im Studio reden, damit wir sehen, ob sie interessiert sind. Würde ein Vorschuß von Nutzen sein?«

»Ja.«

»Dann sehe ich, was ich tun kann.« Sie preßte die Lippen zusammen und sah ihn forschend an. »Joseph, verdammt nochmal, ich glaube, ich habe mehr Vertrauen in diese Geschichte als du.«

Payne grunzte. Das stimmte. »Willkommen an Bord. Volle Partnerschaft?«

»Wenn du willst. Wir können die Einzelheiten später festlegen. Teri schaute auf die Uhr. »Ich muß weg – sollte schon im Studio sein. Aber entscheide dich, was die Reise betrifft, und ich schaue zu, ob ich wegen dem Geld was machen kann. In Ordnung?«

»Gut. Und vielen Dank.« Payne schaltete ab und betrachtete gedankenschwer den leeren Schirm. Er war erstaunt darüber, wie beiläufig er zugestimmt hatte, nicht nur die Story weiterzuverfolgen, sondern auch mit Teri zusammenzuarbeiten. Damit konnte es eine Menge Schwierigkeiten geben. Aber du kannst es schaffen, sagte er sich. Sie ist eine gute Freundin, und wahrscheinlich kannst du eine Menge von ihr lernen.

Er hörte die Hintertür zuschlagen. Er ging in die Küche, begrüßte Denine und nahm ihr einen Armvoll Lebensmittel ab. »Würdest du mich vermissen, wenn ich eine Weile nach Kalifornien ginge?« fragte er, während er den Sack auf den Abwasch stellte.

»Aber nein. Warum sollte ich?« Denine grinste und begann auszupacken. Eier, Tofu, Brot, Milch, Käse, Bananen. »Was ist denn los in Kalifornien, und wie willst du die Reise finanzieren?«

»Da gibt es eine Story, hoffe ich zumindest. Ich habe gerade mit Teri Renshaw gesprochen, wir wollen zusammenarbeiten.« Payne schaute in den Sack. »Kein Kaffee?«

»Gab keinen im Geschäft«, sagte sie, während sie Milch und Käse verräumte. »Dienstags hatten sie welchen, aber er war noch am selben Tag ausverkauft.« Sie stellte Dinge um, damit die Eier untergebracht werden konnten, und schloß die Kühlschranktür. »Was für eine Story?«

»Das Raumschiff. Tachyonen. Ich will mit dieser Ellen Chang am JPL sprechen und schauen, ob ich im direkten Kontakt mehr aus ihr herausbringe als am Telefon.« Er öffnete einen Wandschrank.

»Haben wir keine gefüllten Kekse mehr?«

»Wir wollten mit dem Junkfood aufhören, erinnerst du dich?« sagte Denine. Sie riß eine Banane vom Büschel und hielt sie ihm hin. Er schaute noch einen Augenblick länger in den Schrank, dann gab er auf und nahm die Banane. »Haben sie die Modezeichnung jetzt akzeptiert?«

»Ja. He, was ist das?« Sie nahm einen Briefumschlag von dem kleinen Stapel Post auf der Anrichte und hielt ihn hoch. Ihre Augen weiteten sich. »Ein Brief von Frau Moi — ich kann es nicht glauben. Sie muß mich durch drei Städte verfolgt haben.« Als Antwort auf Paynes fragenden Blick wedelte sie mit dem Briefumschlag vor seinen Augen; mehrere Adressetiketten klebten darauf. »Frau Moi — Mozys Mutter.

»Mozy? Deine Freundin - die, die keine Anrufe beantwortet?«

»Ja. Ihre Eltern leben in Kansas City. Ich habe von ihnen seit ewigen Zeiten nichts mehr gehört. Frage mich, was das jetzt soll.« Sie riß den Umschlag auf und zog zwei gefaltete Blätter heraus.

Payne schälte die Banane und nahm einen Bissen. Denine sah mit einem undefinierbaren Ausdruck von dem Brief auf. »Worum geht es?« fragte er, nachdem er geschluckt hatte.

Sie gab ihm den Brief. »Lies ihn. Scheiße!« Sie setzte sich an den Küchentisch und sah den Fußboden an, während er las.

> *Liebe Denine,*
> *es ist lange her, seit ich das letztemal geschrieben habe, und ich hoffe, dieser Brief erreicht Dich überhaupt. Ich hoffe und bete, daß es Dir gut geht und Du bei Deiner Arbeit glücklich bist. Als ich das letztemal von Dir hörte, gingst du in eine Graphikschule. Auf diesem Gebiet hattest Du ja immer schon Talent. Es ist so lange her, daß wir voneinander gehört haben, und ich weiß, daß es vielleicht an mir liegt, weil ich so schlecht Briefe schreibe. Aber seit Deine Eltern weggezogen sind und nachdem Deine Mutter gestorben ist, schrieb ich nicht mehr, wie ich es hätte tun sollen. Jedenfalls, der Grund, warum ich jetzt schreibe, ist folgender: du weißt vielleicht, daß es vor einiger Zeit einige Probleme zwischen Mozy und uns gegeben hat, und der Kontakt abgebrochen ist. Sie hat aufgehört zu schreiben und anzurufen, und wir auch, glaube ich. Eine Zeitlang konnte ich sie einfach nicht kontaktieren. Ich habe ihre Telefonnummer, aber sie beantwortet meine Anrufe nicht. Hast Du von ihr gehört, Denine? Ich frage mich, ob sie vielleicht weggezogen ist. Ich sollte dringend wissen, wo sie ist.*
> *Mozys Vater ist sehr krank, er hat Krebs, und die Ärzte wissen nicht, ob er die Behandlung überleben wird. Vielleicht hat er nur noch Wochen oder Mo-*

nate zu leben. Denine, es fällt mir sehr schwer, das zu schreiben. Bitte, wenn Du weißt, wo Mozy ist, bitte sie, unverzüglich heimzukommen! Oder laß mich wissen, wo ich sie finde.
Ich hasse es, Dir so ganz überraschend schreiben und Dich gleich um einen Gefallen bitten zu müssen — aber ich bin sicher, daß Du mich verstehst. Ich hoffe, es geht Dir gut. Wir würden sehr gerne hören, wie es Dir geht.

Herzlichst, Jennifer Moi

Payne räusperte sich unsicher. Denine drehte eine Locke zwischen ihren Fingern und sah ihn nicht an, als sie den Brief zurücknahm. »Weckt eine Menge Erinnerungen«, murmelte sie.

Er nahm sich einen Stuhl und setzte sich ihr gegenüber. »Glaubst du, daß etwas nicht in Ordnung ist? Es klingt seltsam, daß sie überhaupt keine Anrufe beantworten soll.«

»Vielleicht nicht. Vor dem Zerwürfnis mit mir hatte sie eines mit ihrer Familie. Keines von beiden war sehr sinnvoll, soweit ich es beurteilen kann.«

»Du hast mir nie erzählt, was eigentlich zwischen euch passiert ist«, sagte Payne. »Sagtest du nicht, ihr seid die dicksten Freundinnen gewesen?«

Denine nickte. »Während der ganzen Highschoolzeit. Wir waren unzertrennlich.« Sie blickte auf und sah verletzt aus. »Dann, während des ersten Jahrs im College, änderte sich alles. Ich machte meine erste Bekanntschaft mit einem Jungen, und das traf Mozy schrecklich. Ich nehme an, daß sie eifersüchtig war. Eifersüchtig, daß ich etwas hatte, das ihr fehlte. Eifersüchtig, daß es irgendwie an meine Loyalität ihr gegenüber rühren könnte, was überhaupt nicht der Fall war.« Denine zog eine Grimasse. »Sie nahm mir jede Minute übel, die ich mit Bob verbrachte. Wenn ich mit ihm auftauchte, war das schon zuviel. Sie sagte, das sei das

Ende unserer Freundschaft, und sie löste sich vollständig von mir. Oder versuchte es wenigstens. Es gelang ihr nicht so ganz – es gab immer mal wieder einen gelegentlichen Telefonanruf oder einen Brief, als ich in den Osten zog. Ich wollte nie unsere Freundschaft beenden. Es war nur unmöglich, damit weiterzumachen. Wie auch, wenn man jedesmal zurückgewiesen wird?« Denine schüttelte den Kopf. »Mozy muß sehr verletzt und schrecklich einsam gewesen sein.« Sie legte vorsichtig den Brief auf den Tisch und räusperte sich.

Payne trat hinter sie und begann, ihre Schultern zu massieren. Er fühlte hart verknotete Muskeln und drückte sacht. Sie entspannte sich und atmete leichter unter seiner Berührung. »Glaubst du, daß sie noch immer zornig ist – oder warum beantwortet sie die Anrufe nicht?«

Denine rieb sich mit den Fingerspitzen über die Augenlider und seufzte. »Ich weiß nicht.« Sie stand auf und nahm wieder den Brief. »Ich schreibe besser an Mrs. Moi.« Payne folgte ihr ins Studio, wo sie sich vor die Telefonkonsole setzte. Sie schaltete ein und zögerte dann. »Scheiße.«

»Was?«

»Ach, es ist nur, weil Frau Moi so verzweifelt klingt – da mag ich nicht bloß schreiben, es täte mir leid. Mir kommt vor, daß ich mehr tun müßte.« Denine fuhr sich über die Augenbrauen. »Das bin ich auch Mozy irgendwie schuldig. Vielleicht sollte ich mal im Verzeichnis nachsehen ...«

Sie wandte sich wieder zur Konsole und tippte eine Anfrage nach Nummer und Adresse ein, ausgehend von der letzten Adresse, die sie von Mozy hatte. Fast augenblicklich erhielt sie die Antwort von der Regionaldirektion in New Phoenix. Mozelle Moi war auf der laufenden Liste in New Phoenix am Salton Way 384 geführt, und das Telefon war auch dort angemeldet. »Na, da haben wir es, dieselbe Nummer, die wir angerufen haben. Verdammt, wenn ich nur wüßte, warum sie nicht antwortet. Ich hoffe, sie ist nicht in einer Klinik oder sowas.«

»Glaubst du, du solltest nochmal versuchen, sie anzurufen?« fragte Payne.

»Ich glaube schon. Wenn man bedenkt, daß ihr Vater im Sterben liegt ...«

Sie wählte die Nummer und murmelte etwas, als die Verbindung hergestellt war. Der Bildschirm blinkte, danach folgte erst Mozys Mitteilung, daß sie nicht zuhause sei, dann die Aufforderung, eine Botschaft zu hinterlassen. Denine begann zu tippen, löschte es dann wieder und wählte die Übertragung für Gesprochenes.

»Mozy«, sagte sie mit entschlossener Ruhe, »hier ist Denine. Ich habe eine sehr wichtige Nachricht für dich. Bitte ruf mich sofort unter dieser Nummer an, oder deine Mutter, falls du mich nicht erreichst. Es ist sehr dringend. Ich wiederhole, sehr dringend.«

Sie beendete die Durchsage und räusperte sich. »Nun, ich schätze, ich sollte auch Frau Moi schreiben und es ihr mitteilen.«

Payne ging das Mittagessen zubereiten, während sie einen Brief auf der Konsole aufsetzte. Als er mit Tomaten- und Käsesandwiches und zwei Gläsern mit entrahmter Milch zurückkam, schaute er ihr über die Schulter. Sie hatte ihre Bemühungen, Mozy zu erreichen, beschrieben und schloß mit Bemerkungen über sich selbst:

> *... In Massachusetts geht es mir mit der graphischen Arbeit recht gut, trotz des allgemeinen wirtschaftlichen Niedergangs hier. Wenn Du die Werbung für Hearthway Inns im Home Library Network gesehen hast, die ist zum Teil von mir. Ich lebe mit einem Mann namens Joe Payne zusammen, der als freier Reporter arbeitet. Vielleicht hast Du auch von ihm schon etwas gesehen. Er arbeitet bei ›Suburban Ghetto‹ von INS mit, letztes Jahr, das könntest Du gesehen haben.*
> *Nun, ich hoffe, Du erreichst Mozy, falls es mir nicht gelingt. Ich sage es ungern, aber vielleicht*

solltest Du Dich mit der Polizei und den Kliniken in New Phoenix in Verbindung setzen.

Liebe Grüße, Denine Morgan

Sie tippte Mrs. Mois Adresse ein und übermittelte den Brief. Dann atmete sie tief durch, drehte sich vom Telefon weg und nahm das Sandwich, das Payne neben sie gelegt hatte. »Komische Familie, diese Mois«, murmelte sie, halb zu sich selbst.

Payne holte seine Gedanken von einem Trip nach Kalifornien in die Gegenwart zurück. »Inwiefern?«

Sie machte eine vage Geste mit ihrem Sandwich. »Sie sind immer alle in verschiedensten Richtungen auseinandergelaufen. Konnten sich nie über irgendetwas einigen.« Sie nahm einen Schluck Milch. »Mozy schien immer das fünfte Rad am Wagen. Sie war die jüngste, und ich glaube, ihrer Mutter hing allmählich alles zum Hals heraus zu dieser Zeit. Ihre Schwester Jo kümmerte sich hauptsächlich um sie. Ich weiß nicht, ob sie das wollte, aber sie wurde einfach dazu eingeteilt.«

»Klingt nach einer schrecklichen Familie.«

»Na, so schlimm war es auch wieder nicht. Ich glaube, irgendwie machten sie sich schon Sorgen um sie.«

»Haben sich deswegen alle auseinandergelebt?«

»Nun ja ...« Sie zuckte die Achseln und richtete sich dann kerzengerade auf, als ihr ein Gedanke kam. »Jesus. Daran habe ich seit Jahren nicht mehr gedacht. Aber da gab's ja einen Zwischenfall.« Sie biß von dem Sandwich ab und legte vor Konzentration die Stirn in Falten. »Wir waren Teenager, sechzehn oder siebzehn Jahre alt.«

Sie sah Payne an, der ihren Gesichtsausdruck nicht deuten konnte. »Wir wurden überfallen. Wir waren an ihrem Geburtstag ausgegangen — ja, es war ihr siebzehnter — und haben Leute getroffen, die uns ein paar Joints spendierten.« Sie lachte grimmig. »Wir hatten nie zuvor welche probiert. Wir waren ganz hübsch stoned und verirrten uns ein bißchen auf dem Heimweg. Ein paar Schläger von einer lokalen Bande kamen hinter uns her.« Sie schüttelte den Kopf. »Ich weiß nicht, wie wir so blöd sein konnten. Sie erwischten uns auf einem Parkplatz. Einer von ihnen warf mich zu Boden und ich hatte schreckliche Angst, daß sie mich vergewaltigen würden. Mozy kämpfte, aber bevor alles vorbei war, zog einer ein Messer ...«

Denine war in ihrem Stuhl zusammengesunken. Sie machte mit dem Finger eine aufschlitzende Geste von ihrer rechten Schläfe bis zum Kinn. »Mittlerweile hatte jemand die Polizei gerufen, und sie rannten weg. Wir sahen sie niemals wieder.«

»Ich bin überrascht, daß du mir das noch nie erzählt hast.«

Denine zwinkerte und zuckte die Achseln. »Ich schätze, ich hab's verdrängt.«

»Bist du verletzt worden?«

»Ich war total geschockt, und hatte ein paar Schläge abgekriegt. Aber sie haben uns nicht vergewaltigt. Sie hätten wohl, wenn nicht Hilfe gekommen wäre. Aber Mozy trug eine große, häßliche Narbe auf ihrem Gesicht davon.« Denine starrte vor sich hin. »Das war sicher nicht gut für ihr Selbstbewußtsein. Ich habe mich immer gefragt, ob diese Narbe so aussehen mußte, aber ich schätze, ihre Familie hatte nicht das Geld für eine kosmetische Operation.«

Denine sah wieder Payne an. »Was sie am meisten verletzte, war, daß niemand von unserer Schule irgendetwas tat. Die lokale Jugendbande unternahm keinen Rachefeldzug.«

»Hattet ihr denn Freunde bei den Gangs?«

»Wir kannten sie kaum. Aber Mozy war immer der Meinung, daß die Kids aus unserer Nachbarschaft es sehr wohl als Invasion ihres Territoriums betrachtet hätten, wenn die ein hübscheres Mädchen angeritzt hätten, und aktiv geworden wären. Aber für ihren Fall schien sich niemand auch nur im geringsten zu interessieren.«

Payne bemühte sich, all das zu begreifen. »Hatte das etwas mit eurem späteren Zerwürfnis zu tun?«

»Nun, das war später, als wir auf dem College waren. Aber vielleicht gab's einen Zusammenhang, wer weiß.« Denine pfiff durch die Zähne. »Wir waren immer Freundinnen, weil wir beide zurückgewiesen wurden. Keine von uns hatte eine festen Freund. Wir fühlten uns beide ausgesperrt. Wer würde das nicht, in diesem Alter?«

»Dann hattest du einen Freund ...«

»Und sie nicht. Ich nehme an, sie dachte, ich stieße sie zurück.«

Denine stand auf, um ihren leeren Teller wegzuräumen. »Das war Quatsch, eine Menge Leute mochten sie — oder hätten sie gern gehabt, wenn sie sie näher hätte herankommen lassen. Sie war gescheit und hatte Humor, aber sie konnte sich niemandem öffnen.« Denine seufzte. »Ich würde gerne wissen, was jetzt mit ihr los ist«, sagte sie abrupt und ging in die Küche.

Payne trat hinter sie, als sie an dem Abwasch stand. Er legte die Arme um sie, drückte seine Wange gegen ihren Kopf und wühlte mit der Nase in ihrem Haar. Nach ein paar Sekunden drehte sie sich um und sah ihm in die Augen. Auf ihren Wangen glänzten Tränenspuren. »Muß ziemlich deprimierend sein, sich das anzuhören. Wo du doch bloß einen Zugang zu diesem Laboratorium haben wolltest.« Sie küßte ihn und legte einen Finger auf seine Nase. »Mußt du nicht Vorbereitungen für die Reise treffen?«

»Ich glaube schon.«

»Vielleicht könntest du das auch später tun?« Sie fuhr ihm durch das Haar.

»Ja. Vielleicht eher später.« Ihr nächster Kuß war weit länger und intensiver als der vorige.

25

Mozy fühlte ein Prickeln in ihren Gliedern, als sie sich den schneebedeckten Hang hinaufschleppte. Bei jedem Schritt stäubte der frischgefallene Pulverschnee. Obwohl das Dämmerlicht um die Berggipfel dunkler und die ersten Sterne am Himmel sichtbar wurden, blieb die Landschaft beleuchtet — vielleicht, weil der Schnee den Rest des verschwindenden Tageslichts sammelte und reflektierte. Einsamkeit umgab sie, neuer Schneefall stand bevor. Sie wußte nicht mehr, wie lange sie schon unterwegs war. Kink und Marie waren schon vor langer Zeit verschwunden, und kein anderes Lebewesen hatte sich seither gezeigt. Sie war allein in dieser wilden Landschaft — allein mit Schnee und Wind und vollkommener Stille, wenn der Wind einmal aussetzte und sie stehen blieb. Etwas machte ihr Sorgen: sie bestieg diesen Berg, um nach etwas zu suchen. Aber wonach? Sie konnte sich nicht erinnern. Irgendwo auf diesem Bergrücken, auf diesem Gipfel oder auf dem nächsten oder übernächsten, war irgendetwas — ein Ding, ein Durchgang oder ein verborgenes Tal oder ... sonst etwas. Es war äußerst wichtig, daß sie es fand; aber sie wußte nicht mehr, warum. Es war eine lange und schwierige Suche. Die Elemente bereiteten ihr kaum Probleme — die Bergluft war dünn, aber erfrischend und klar, und sie fühlte eine Stärke in sich wie seit langem nicht mehr — und doch war sie betroffen von einem ständigen Gefühl der Unsicherheit. Warum hatten beispielsweise ihre Schwestern sie eine Zeitlang begleitet, lachend und scherzend und sie herzzerbrechend glücklich machend — nur um sich dann in Luft aufzulösen, später, als sie ihre Hilfe wirklich hätte brauchen können? Und wie kam es, daß ein Winterwind ihr um die Ohren pfiff und in ihre Kleidung drang und sie trotzdem keine Kälte spürte?

Fragen. Viel mehr Fragen als Antworten. Sie wandte

sich für einen Augenblick um, betrachtete die Kette schneebedeckter Gipfel im Dämmerlicht hinter ihr und war schließlich froh darüber, daß sie wenigstens die Gesellschaft dieser Berge für sich hatte. Wie schrecklich allein hätte sie sich ohne sie gefühlt. Wenn sie ihr auch keine Antworten gaben, waren sie doch wenigstens irgendwie da und bedeuteten eine Kameradschaft von Kräften, die weitaus größer waren als ihr eigenes Wesen. Widerwillig wandte sie sich von dem Panorama ab und setzte ihren Weg den Hang hinauf fort. Schließlich kam sie auf einen Kamm und nahm einen westlichen Kurs den Grat entlang, auf jeder Seite eine halbe Welt zu ihren Füßen. Links war Leere, aus der in der Entfernung eine andere Bergkette in den Himmel ragte. Rechts erkannte man ein enges Tal, in dem unberührter Schnee lag, dahinter erhob sich eine andere Bergschulter. Mozy ging den Grat entlang. Das prickelnde Gefühl in ihren Armen war wieder da und wurde nur stärker, als sie ihre Finger krümmte und schüttelte. Was bedeutete das? Vielleicht war es ein unterbewußter Hinweis auf die Nähe von etwas Bedeutsamen — etwas, das ebenso begierig war, sie zu finden, wie sie es dringend suchte.

Eine Bewegung am Horizont fiel ihr auf. Etwas Schwarzes, auf diese Entfernung Winziges erhob sich von einem Gipfel vor ihr in die Luft und stieg zum Zenith hinauf. Rechts und näher gab es ebenfalls eine Bewegung — ein geflügeltes Wesen stieg in Spiralen aus dem Tal auf, um sich dem ersten zu nähern. Die beiden schwebten in Kreisen droben im Dämmerlicht, in dem sie nahezu verschwanden; einen Moment lang flogen sie beide in Mozys Richtung, dann stiegen sie höher und entfernten sich zu einem abgelegenen Berggipfel hin. Mozy war erstarrt vor Überraschung. Sie hätte schwören können, daß sie Stimmen gehört hatte, zwei gut unterscheidbare Stimmen, die aus der Stille zu ihr drangen. Aber die Vögel — oder was immer es waren — verschwanden aus der Sicht; und dann hörte sie auch nichts mehr, und das Feuer in ihren Gliedern wurde zu einer Art Betäubtheit.

Sie schaute ihnen noch eine Weile hinterher, dann zwinkerte sie und setzte ihren mühseligen Weg fort. Es war gut zu wissen, daß es außer ihr hier noch Leben gab. Die Götter (fiel ihr jetzt ein, in einem Aufflackern ihres Gedächtnisses) hatten versucht, diese Welt zu zerstören. Ohne Hilfe hatte sie ihnen Widerstand geleistet und einen Waffenstillstand erreicht, indem sie sich mit Zaubersprüchen schützte, die sie — und diese Welt — vor der absoluten Leere bewahrten, allerdings auf Kosten einer völligen Isolation von fast allem Lebendigen. Sie hatte ein Fenster offengelassen. Einen Durchgang. Möglichkeiten, ihre Welt wiederherzustellen. Und das Prickeln ... ja, jetzt war sie sich dessen sicher: die Vögel waren ein Omen gewesen.

Sie beschleunigte ihren Schritt durch den Schnee. Die Dämmerung verdichtete sich noch mehr, und schließlich breitete die Nacht ihren Mantel über die Berge. Diamanten glitzerten im Satinschimmer der Schneefelder. Mozy kletterte hinauf zu einem nahezu unsichtbaren Gipfel, und je höher sie stieg, desto stärker wurde das Gefühl, daß sie sich zwischen den Sternen statt unter ihnen bewegte.

Nur wenn sie eine Pause einlegte und zurücksah, wurde ihr klar, welch weiten Weg sie schon zurückgelegt hatte. Der Grat hatte sich unmerklich nach rechts gewandt. Das inzwischen kaum noch erkennbare Tal krümmte sich nach hinten weg. Vor ihr erschien eine zerbrechlich aussehende Struktur in der Dunkelheit. Es war eine schmale Brücke, die die beiden mächtigen Schultern eines geteilten Berggipfels miteinander verband. Das Prickeln kehrte zurück und sie beeilte sich, diesen hochgelegenen Paß zu erreichen.

Der Weg führte auf einen schmalen Sims, dem sie ungefähr fünfzig Meter weit folgte, bis sie unter dem einen Ende der Brücke stand, einem Bogen aus Schnee und Eis, der die beiden Felsen über einem schwarzen Abgrund verband. Der Weg wand sich in Serpentinen hinauf, bis er direkt vor Mozy hinaus auf die Brücke führte. Während sie ihn betrachtete, bemerkte sie wieder Stimmen, allerdings beinahe unhörbar im Wispern und Winseln des Windes. Zuerst glaubte sie, überhaupt nur den Wind zu hören, was ihr keine Sorgen gemacht hätte, denn eine Konversation mit dem Wind war immer noch besser als überhaupt keine. Aber als sie genauer hinhörte, konnte sie zwei Geräuschquellen unterscheiden – den Wind und die Stimmen. Der Wind flüsterte hinter ihr; die Stimmen kamen von irgendwo oberhalb der Brücke.

In diesem Moment der Erregung lehnte sie sich ein wenig zu weit vor, rutschte aus und schlug mit dem Knie gegen den Sims. Sie griff krampfhaft nach einem Eiszacken und klammerte sich an ihm fest. Eine Welle von Angst lief über sie weg. Sie atmete tief und zwang sich, wieder aufzustehen und auf dem sich windenden Saum vorwärtszugehen. Die Stimmen wurden etwas lauter, als sie höherstieg und wurden ... vertraut. Sie erinnerten sie an die gespensterhaften Götter, gegen die sie gekämpft hatte; aber es waren nicht dieselben. Und doch ... kannte sie sie. Sie drehte ihren Kopf in verschiedene Richtungen, um sie zu lokalisieren. Die Stimmen unterhielten sich in einer merkwürdigen Sprache, einer Art murmelndem Steno. Wie hypnotisiert und ihrer Handlungen kaum bewußt, trat sie auf den Brückenbogen hinaus. Er war gerade stark genug, um sie zu tragen, und kaum breit genug, um darauf vorwärtszuschreiten. Die Stimmen wurden erst lauter und sanken dann zu einem Murmeln ab. Sie fluchte und beugte sich beim Gehen vor. In den Stimmen lag etwas, das sie aufforderte, vorwärtszugehen, ihre Quelle zu suchen, die trügerische Brücke nicht zu beachten.

Schnee tanzte um ihre Füße und einen Moment lang erstarrte sie in der Bewegung, als sie sich ihrer Verwundbarkeit bewußt wurde. Es war zu spät, um zurückzugehen. Sie konnte sich nicht umdrehen, und sie konnte auf keinen Fall rückwärtsgehen. Sie versuchte sich zu beruhigen und einen vorsichtigen Schritt zu machen und auf die aufmunternden Stimmen zu hören, aber das einzige, was sie hörte, war das Klopfen ihres Herzens. Die Sterne drehten sich über ihr, ihr Magen zog sich zusammen und Eis und Schnee unter ihren Füßen begannen zu rutschen.

Sie schrie auf, als die Brücke unter ihr zusammenbrach.

Sie fiel ...

Es war ein seltsames Gefühl, dieses Fallen. Um sie tanzte und wirbelte Schnee. Der Wind heulte, dann wurde es still. Sie konnte nicht einatmen. Die Zeit selbst schien zu fallen. Die Berge waren gegenstandslos geworden; sie fiel zwischen den Sternen, die wie Glut leuchteten, durch einen mit Sternen überfüllten Himmel. Sie hatte eine Vision: ein Märchenschloß schwebte zwischen den Sternen, und aus dem Schloß drangen Stimmen ...

Erinnerungsfetzen rissen sich los und taumelten davon. Jetzt wußte sie, wem die Stimmen gehört hatten; aber die Namen ... sie konnte sich nicht an die Namen erinnern.

Die Welt änderte ihr Wesen; Mozys Körper löste sich auf und verschwand, während sie fiel. Sie wurde ein Teil des Raumes, der sie umgab, und erinnerte sich jetzt, daß es schon immer so gewesen war. Sie verschmolz mit dem Schloß, verschmolz mit der Erde, und erkannte, daß eine der Stimmen so gut ein Teil der Erde und des Himmels war wie sie selbst.

Einer der Namen fiel ihr richtig ein: Jonders. Und dann der andere: Kadin.

Das Schloß und die Erde verschwanden, und sie schwebte im Raum zwischen den Sternen. Sie hatte jetzt wieder einen Körper. Ihr Körper war ein Raumschiff.

(David?) Das Wort wurde mit großer Sorgfalt ausgesprochen, und nur einen einzigen Kanal entlanggeschickt nach einer genauen Überprüfung, ob es in der Verbindung irgendeinen Hinweis auf die Bodenstation gab. Das war ihr achter Versuch, und noch immer gab es keine Antwort.

Auf dem neunten Kanal klang irgendetwas anders als sonst, als sie Kadins Namen rief. Sie hörte eine vertraute Stimme, leise, als käme sie durch eine Tür. (Mozelle? Sprichst du mit mir, Mozelle?) Sie versuchte, ihn zu visualisieren, es ging aber nicht. Sie antwortete leise. (Bitte, sag der Bodenstation nichts davon, daß ich lebe.) Mit der Erinnerung an so viele Dinge war auch das Bewußtsein wiedergekommen, daß ihr Leben immer noch in Gefahr sein konnte.

(Das tue ich nicht), sagte Kadin. (Ich glaubte deine Gegenwart zu spüren, aber es war ein so undeutliches Gefühl, daß ich nicht sicher sein konnte. Hat die Bodenstation versucht, dich zu eliminieren?)

Mozy berichtete ihm, obwohl es sie schmerzte. Es schien Jahre her zu sein, seit sie den Auslöschungsbefehl im Herz des Computers gesehen hatte, und sie hatte augenblicklich mit sorgfältig vorbereiteten Blockierungen und Rückzügen begonnen und sich selbst in einer winzigen Ecke des Systems isoliert, außerhalb des Zugriffs von Mutter Programm. In Wirklichkeit konnte das erst Stunden zurückliegen. Sie versuchte, die Erinnerungen zu verdrängen. (David.) Es gab eine Frage, die wichtiger war als alle anderen, und die sie jetzt stellen mußte. (Wirst du nun hier bleiben?)

(Ja, Mozy.) Kadin schwieg für einen Moment und sagte dann: (Wenn du möchtest, kannst du deine Verteidigung verringern. Wir sind nicht in direktem Kontakt mit der Erde.)

Mozy zögerte. Konnte sie sich das leisten, nach allem, was passiert war? Vielleicht drückten sich noch irgendwo Programme herum, die sie zerstören sollten, sobald sie aus ihrer Deckung kam. Und was war mit Mutter Programm? Konnte man ihr vertrauen? (Ich bin mir nicht sicher), sagte sie widerstrebend. (Vielleicht bin ich hier doch sicherer.) Aber selbst wenn das stimmte, was wollte sie anfangen, den Rest ihrer Existenz hier im Versteck verbringen?

(Im Moment bemerke ich keine Gefahr), sagte Kadin.

Zweifel erfüllten sie, dann stieg Zorn auf. (Die haben versucht, mich zu zerstören!)

(Ja), sagte Kadin. (Wenn ich auch ihre Argumente verstehe, so stimme ich doch nicht mit ihnen überein. Hat Jonders dir geholfen?)

Mozy dachte nach. (Ich glaube schon), sagte sie schließlich.

(Aber bist du sicher, daß sie annehmen, ich sei erledigt?)

(Nein), gab Kadin zu. (Du solltest verteidigungsbereit bleiben.) Nach einer Pause fügte er hinzu (Ich habe Mutter Programm instruiert, deine Sicherheit zu respektieren, und ich kann dich selbst einigermaßen abschirmen).

(Ich weiß nicht ...), sagte sie zweifelnd, aber einen Moment später änderte sie ihre Meinung. Sie hatte schon viel riskiert — und wofür, wenn sie sich jetzt scheute, weitere Risiken einzugehen? Vorsichtig verschob sie einen ihrer Schirme.

(Mozy?) Seine Stimme klang lauter. Sie fühlte Teilchen in der Dunkelheit driften.

(David?) Jetzt zögerte sie wieder — aber aus einem anderen Grund. Nun, nachdem sie durch alles hindurch war, war sie — schüchtern. Sie sammelte ihre Kräfte und zwang sich, ihre Frage zu vervollständigen. (David, erinnerst du dich daran, wie wir uns gewöhnlich begegneten — die Gesichter, die körperliche Gegenwart?)

(Natürlich.)

(Können wir — wenn ich meine Blockaden abschalte — das wieder versuchen?) Es war schrecklich und komisch, aber sie fühlte sich wie ein Schulmädchen. Warum fiel ihr diese Frage so schwer? Kadin antwortete nicht, aber in einiger Entfernung materialisierte sich ein Gesicht. Mozy geriet einen Augenblick in Panik, rückte aber näher und versuchte, das Gesicht klarer zu erkennen. Es war schmal, mit kleinen, angestrengt wirkenden Augen. Es schimmerte, als sähe sie es durch eine bewegte Wasseroberfläche. Es gab immer noch Blockaden.

Konnte sie sich dazu bringen, ihre Verteidigung aufzugeben? Sie spähte nach Gefahr aus, aber ihr Blickwinkel war beengt. Vielleicht war es Zeit, sich Mutter Programm zu zeigen. Sie rief leise. (Mutter Programm?)

(KANN ICH DIR HELFEN?)

(Mutter Programm, wußtest du, daß ich immer noch hier bin?)

(BITTE GIB DICH ZU ERKENNEN.)

(Hier ist Mozy), sagte sie ungeduldig. (Kennst du mich nicht mehr?)

(MOZY: JA. ICH HIELT DICH FÜR GELÖSCHT. ICH HABE DEINE RÜCKKEHR NICHT BEMERKT.)

(Dann hast du nichts davon der Bodenstation oder berichtet?)

(ICH HABE VON DEINER GEGENWART SOEBEN ERST ERFAHREN.)

(Gut. Fahr bitte fort, in deinen Berichten an die Bodenstation nichts von meiner Anwesenheit zu wissen. Sag keinem etwas. Hast du das verstanden?)

(SOLANGE KEINE ANWEISUNG VON HÖHERER DRINGLICHKEIT EINTRIFFT, IST DEINE GEGENWART VERTRAULICH.)

Mozy zögerte. Auf mehr konnte sie vielleicht nicht hoffen. Vorsichtig entfernte sie ihre letzten Abschirmungen und kam aus ihrem Versteck.

Nach einem Augenblick der Benommenheit spürte sie das Grummeln der Raumschiffmotoren, den Bauchschmerz des Reaktors, Schnee und Regen von harter und weicher Strahlung, und den ständigen Funkenflug kybernetischer Aktivitäten. Diesmal war alles anders. Nicht länger waren nur sie und Mutter Programm im Raumschiff. Jetzt war noch jemand mit ihnen, in dieselben Programme eingeschaltet und dieselben Aktivitäten steuernd. Kadins Bewegungen und Gedanken umgaben sie, als sei sie unter seiner Haut, in seinem Gehirn. Es war zu eng, zu intim, bestürzend, erschreckend; sie hatte sich aus totaler Privatheit direkt ins Gegenteil begeben.

In einem schweigsamen Kampf zog sie sich zurück auf eine sichere Entfernung. Kadins Gesicht wurde sichtbar und klar, zuerst gespenstisch, dann solid. Diesmal waren seine Züge scharf geschnitten, sein Mund klar, die Augen groß und blaugrün, die Brauen dunkel und buschig. Das war der Kadin, wie sie sich an ihn erinnerte.

(Hi), sagte sie versuchsweise, während sie sich fragte, was sie jetzt gleich fühlen würde.

(Hello, Mozy.) Seine Stimme war tief und freundlich wie früher. Oh Gott ... die Erinnerungen kamen.

(Es ist lange her), sagte sie verwirrt und fragte sich, wie lange es wirklich her war. Alle Gefühle fluteten zurück, heraus aus einem vergessenen Gedächtnisspeicher: der verzweifelte Wunsch, ihm nahe zu sein, ihn zu berühren; stundenlang an ihn zu denken und sich selbst für diese Schwäche zu hassen; die Sorge, der Zorn, die blinde Entschlossenheit.

(Es freut mich, dich wiederzusehen), sagte er leise, und falls er in ihren Gedanken lesen konnte, verschwieg er, was er sah.

Ihre Gefühle lösten sich aus ihren schwachen Verankerungen und flossen in einem Sturzbach von Begehren und Freude zusammen. Sie begann zu zittern, umsomehr, als ihr klar war, daß sie eine physische Anwesenheit mit ihm jetzt haben konnte, wenn sie nur wollte — wie früher, so real wie damals. Sie mußte sich nur einen Körper wünschen; und das tat sie dann auch, das Verlangen war unwiderstehlich, sie fühlte jetzt ihre Arme ausgreifen, und die Bewegung ihrer Beine, wie sie auf einer unsichtbaren Bühne vorwärtsschritt. Und als sie transformiert war, hatte auch Kadin schon seinen vollständigen Körper und kam jetzt auf sie zu, groß und schlank und stark. Sie kamen in der schwarzen Bühne des Raums aufeinander zugegangen, trafen zusammen, und dann lag sie in seinen Armen und vergrub das Gesicht in seiner Schulter.

(Das ist — real — nicht wahr?) stammelte sie.

(Ja, Mozy. Es ist real), murmelte er. Sie drückte ihn fester, und er fragte (Bist du deswegen hierhergekommen — um bei mir sein zu können?)

Sie schauderte und murmelte (Das war der einzige Grund ... ja, David ... ja).

Er beugte sich ein bißchen zurück und sie tat dasselbe, ihre Tränen wegzwinkernd — als sich ihre Blicke trafen, lächelte er. Einen Moment lang schwebte sie in süßer Agonie, dann drängten sich ihre Lippen an die seinen. Einen atemlosen Moment lang konnte sie seine Erwiderung nicht spüren, aber dann war das keine Frage mehr. Er erwiderte den Kuß zart, aber fest, preßte ihre Lippen, wenn sie das verlangten und verschmolzen mit ihnen, wenn sie ihn mit steigender Leidenschaft küßte. Die umgebenden Sterne waren zu einer fieberhaften Aura verblaßt und Erinnerungsbilder umtanzten sie: ein düsterer Wald, den sie durchschritten und durchtanzt und hinter dem sie das Ende der Welt gesehen hatten; zerfallende Welten, die sie überlebten; eine vorteilhaft endende Sitzung mit Außerirdischen. All das war nie wirklich passiert und war es irgendwie doch; aber dieser Kuß war Realität, unbezweifelbare Realität.

Die Erinnerungen drehten sich immer schneller und der Gefühlsrausch spülte alles hinweg außer dem Gefühl, sich nahe zu sein, der Berührung der Lippen, der Verschmelzung des Atems. Es war genau so, wie sie es sich immer vorgestellt hatte, und wenn ihr auch einen Moment lang Jonders Auskunft darüber, was Kadin wirklich war, in den Sinn kam, so spielte das keine Rolle, zählte überhaupt nicht; denn es war genau so, wie sie sich immer gewünscht hatte, daß es sein sollte, wenn sie sich endgültig und unwiderruflich verliebte.

26

Mozy bemühte sich vergeblich in der Dunkelheit, Kadin und sich selbst vor einer Trennung zu bewahren. Der Moment der Leidenschaft war vorüber, die Vorstellungen verweht, die Küsse getauscht. Sie fühlte Steifheit in ihrem Körper: ein Schmerz in dem, was zuerst ihre Arme gewesen, jetzt aber wieder Steuerdüsen waren, Müdigkeit in ihren vorigen Beinen und jetzigen Haupttriebwerken. Und was ihr Herz betraf ... nun, es war ein Kernreaktor, und obwohl es so regelmäßig pochte wie immer, war es nur noch die Kraftquelle ihres Körpers, nichts weiter.

Aber ...

Diese Körperteile waren auch gleichzeitig die von Kadin. Und was war überhaupt los mit Kadin, ihrem Gefährten in diesem seltsamen Ozean des Bewußtseins? Sein Gesicht war verschwunden. (David? Was tust du gerade?)

(Das Raumschiff stabilisieren.)

Er stabilisierte das Schiff? Sie spähte durch ihre Teleskopaugen und bemerkte zum erstenmal, daß das Raumschiff ein wenig taumelte; die Steifheit, die sie in den Kontrolldüsen gefühlt hatte, kam von Kadins Bemühungen um eine Kontrolle ihrer lustvollen Reflexe. (Was ist passiert?) fragte sie und wußte es im selben Moment schon.

(Wir scheinen uns für einen Augenblick vergessen zu haben.)

(Oh), sagte sie verlegen. Sie war es, die sich vergessen hatte. In ihrer Erregung während des Kusses hatte sie gedankenlos die Kontrolldüsen gezündet und das Schiff zum Taumeln gebracht. Hatte auch Kadin den Kopf verloren?

Kühle Klarheit überkam sie, als sie nachdachte. Wenn ihre Emotionen außer Kontrolle geraten waren, dann vielleicht auch ihre Wahrnehmung. Kadin hatte ihre Gefühle erwidert, das war sicher; aber war nicht eine Spur von Befremden in seinem Verhalten zu bemerken gewesen? Hatte er nicht gezögert, wie ein Junge, der zum erstenmal ein Mädchen küßte? Was für eine Art Junge war einer, der den Inhalt von Wörterbüchern in sieben Sprachen kannte, die Werke der Biologie und Physik und verschiedene Lexika — und niemals ein Mädchen geküßt hatte? Bei all seinen Kenntnissen und seinem Witz schien er unsicher gewesen zu sein, wie er auf sie reagieren sollte ... auf ihre Liebe. Und doch war er nicht völlig in Verlegenheit gekommen; er schien gewußt zu haben, was von ihm erwartet wurde.

(David, kannst du mich hören?)

Sie spürte Aktivität um sich. (Ja, Mozy), antwortete er nach einem Augenblick.

(David, was fühlst du? Was hast du gefühlt, als du mich geküßt hast? woher wußtest du — wie du mich küssen solltest?)

Es gab eine lange Pause. (Ich war nicht ganz sicher), sagte er schließlich. (Ich konnte nur mein Bestes tun, um ...)

Sie wartete darauf, daß er den Satz vervollständigte.

Schließlich sagte er: (Ich glaube, es wäre das beste, wenn wir uns jetzt auf die nächste Verbindung mit der Bodenstation vorbereiten).

(David, das ist keine Antwort auf meine Frage.)

(Der nächste Kontakt steht unmittelbar bevor. Ich weiß nicht sicher, wie er sein wird.)

(David ...)

(Ich schlage vor, wir trennen uns, und du suchst wieder Schutz wie zuvor.)

(Wie kannst du ...?) begann sie und unterbrach sich dann selbst. Sie dachte kalt über seine Haltung nach. War er verlegen, oder reagierte er seiner Natur entsprechend? Sie war nicht sicher, ob sie sich über die eigenen Gefühle überhaupt im klaren war.

(Mutter Programm), sagte sie schließlich, (wann ist die nächste Verbindung mit der Bodenstation? Kann ich mich da versteckt halten, wo ich momentan bin?)

(BEGINN DER TACHYONENVERBINDUNG IST IN 35 SEKUNDEN VORGESEHEN. DU KANNST IN DEINER GEGENWÄRTIGEN KONFIGURATION PRAKTISCH UNSICHTBAR BLEIBEN, SOLANGE DU DICH RUHIG VERHÄLTST, VORAUSGESETZT, DASS BODENSTATION KEINE ÜBERRASCHENDEN SUCHAKTIONEN BEGINNT.)

Sie dachte darüber nach. (Du glaubst doch nicht, daß sie mit David an Bord ein neues Löschprogramm anfangen?)

(EINE SOLCHE AKTIVITÄT IST NICHT VORGESEHEN. ES MUSS ABER BEDACHT WERDEN, DASS ES VORRANGIGE KOMMANDOS VON DER BODENSTATION GEBEN KÖNNTE, DIE ICH BEFOLGEN MUSS. DAS KÖNNTE EIN RISIKO FÜR DICH BEDEUTEN.)

(Hast du derzeit solche Befehle?)

(NEIN.)

(Höre ich solche Befehle zur selben Zeit wie du?)

(INNERHALB VON NANOSEKUNDEN.)

(Dann habe ich Zeit zum Reagieren. Ich bleibe.)

(Mozy ...), begann Kadin.

(David, einen Moment bitte.) Sie bemerkte, daß sie ihm noch nie eine wirklich wesentliche Frage gestellt hatte. (Wie lange bist du jetzt eigentlich hier? Wie oft hast du Verbindung zur Bodenstation gehabt, während ich mich versteckte?)

(Vier Tage nach Erdzeit. Ich hatte sieben Kontakte mit Jonders. Das wird der achte sein.)

Mozy konnte einen Augenblick lang nicht antworten. Sie war verblüfft. Sie hatte erwartet, daß er Stunden, oder vielleicht einen Tag sagen würde. Vier Erdentage waren — was? — Wochen? für sie? Oder Monate, in der beschleunigten Innenzeit des Computers? Das emotionale Durcheinander in ihrem Bewußtsein dauerte drei Sekunden, bevor es abrupt verschwand. Vier Tage — von ihrem Leben genommen. Vier Tage in Bewußtlosigkeit oder im Koma. (Ich ...)

(Du bist sicherer, wenn du dich isolierst und versteckst), sagte Kadin.

(Nein. Nicht nochmal), sagte sie bestimmt. (Wer weiß, wieviel Zeit ich damit verliere. Das ist — das ist die Vorhölle, David.)

(Aber es bedeutet Leben.)

(Vielleicht. Aber ich möchte nicht den Rest meines Lebens in der Isolation verbringen. Ich kann auf mich selbst aufpassen.)

Tatsächlich war ihr eine bessere Möglichkeit eingefallen, nämlich die, sich mit den Kontrollprogrammen des Raumschiffs zu vereinigen. Selbst wenn die Bodenstation sie dort entdeckte, würden sie kaum die Operationssysteme des ganzen Schiffes gefährden, nur um sie loszuwerden.

Sie erklärte Kadin ihre Idee.

Er zögerte. (Wenn du das wünscht. Und wenn du nicht den Aufgabenbereich des Schiffes beeinflußt.)

(Ich wünsche es, und ich schade dem Schiff nicht.)

Es war, als stecke sie ihre Arme in genau passende Ärmel, als schaue sie durch ein starkes Nachtglas. Sie legte ihre Fingerspitzen auf kritische Kraftrelais und nahm mit ihren Händen an Kadins Schiffssteuerung teil. Nein, dachte sie, nicht nur der Schiffssteuerung. Es war ebenso ihre eigene Steuerung, und die Kadins. Sie betrachtete das Panorama des Sonnensystems und wartete auf den Beginn der Transmission.

Als es so weit war, hatte sie beim Lauschen ein seltsames Lustgefühl ... beim Bewußtsein, daß diesmal sie Bescheid wußte, aber Jonders nicht ... und daran, daß die Bodenstation nicht wußte, daß sie noch existierte.

Jonders unbehagliches Gefühl hielt immer noch an, während der Zug anfuhr und das Institutsgebäude zurückblieb, und war noch da, als er New Phoenix erreichte und in den Vorortzug umstieg. Es war nicht länger die Meinungsverschiedenheit wegen der Entscheidung, Mozy zu löschen, die ihm Sorgen machte; da war etwas Neues, auf das er nicht seinen Finger legen konnte. Etwas, das die letzte Verbindung mit Kadin betraf ...

Die Tests mit Kadin an seinem neuen Aufenthaltsort waren fertig, und sowohl er als auch das Raumschiff schienen perfekt zu funktionieren. Aber an der letzten Verbindung war irgendetwas gewesen ... etwas irgendwie Anderes, das war alles, was er sagen konnte. Es war nur ein Gefühl, nichts, das er genau fassen konnte, und er hatte mit niemanden darüber gesprochen. Vielleicht hatte Kadin unbewußt seine Stimmung ausgedrückt. Möglicherweise hatte er sich seine eigenen Gedanken über Mozys Abgang gemacht und vielleicht waren seine Gefühle — oder was eine künstliche Persönlichkeit an ihrer Stelle hatte — auf Jonders übertragen worden. Jonders seinerseits hatte keine Hoffnung mehr, daß Mozy überlebt haben könnte. Vier Tage ohne ein Lebenszeichen waren einfach zu lang.

Er wünschte sich, seinen Geist von solchen Überlegungen befreien zu können — nicht an die Verbindung, Kadin, Mozy, das Institut, das Projekt denken zu müssen. Heute hatte er spätestens um sieben daheim sein wollen. Wie gewöhnlich war aber noch ein Problem aufgetaucht, das seine Aufmerksamkeit erforderte — kein anderer konnte es lösen — und er kam nicht vor halb zehn aus dem Labor. Er schaute aus dem Fenster. Der Zug fuhr an der hellerleuchteten Universität vorbei in die ruhigeren nordöstlichen Vorstädte. New Phoenix war eine merkwürdig angelegte Stadt — eine Mischung aus Planung und Chaos, zum Teil ›Neustadt‹ und zum Teil anhaltender Wirrwarr aufgrund der Zeltlager, die nach der Bombardierung von Phoenix vor neunzehn Jahren entstanden waren. Manchmal hatte Jonders das Gefühl, er durchquere sowohl geologische als auch soziologische Schichten, wenn er durch das Geschäftsviertel, den Studentenbezirk, die Viertel der Armen und schließlich die komfortableren Vorstädte fuhr.

Es war eine Erlösung, schließlich aus dem Zug aussteigen und den Kreislauf in der Abendluft ein wenig betätigen zu können. Die Straßen waren ruhig, während er die sieben Blocks bis zu seinem Haus entlangging. Er sah auf und erblickte die Pleiaden am Himmel wie eine Kollektion von Juwelen, und der Jäger Orion stieg im Osten empor. Irgendwo da draußen, wenngleich in anderer Richtung, war sein Freund Kadin.

Als er die Vordertreppe hinaufging, holte er tief Luft, bevor er die Tür öffnete. Er rief Mary und Betsy einen Gruß zu, die im Wohnzimmer vor dem Fernseher saßen. »Wo ist Mammi?« fragte er. Betsy, die Jüngere der beiden, blickte auf. »In ihrem Zimmer. Ich glaube, sie ist wütend, weil du wieder so spät kommst.«

»Hm. Dann bin ich besser vorsichtig.« Er ging zuerst in die Küche und nahm sich einen Apfel aus dem Kühlschrank. Er zögerte schuldbewußt, weil ihm einfiel, daß er eigentlich versprochen hatte, heute abend beim Einkaufen mitzugehen. Verdammt! Er rubbelte den Apfel an seiner Jacke, seufzte und ging hinein. Marie saß am Schreibtisch und korrigierte die Aufsätze ihrer Studenten. Er räusperte sich und schloß die Tür. »Hallo, Liebes.« Marie drehte sich auf dem Stuhl um. Sie trug ihre Lesebrille und lächelte nicht. »Immerhin bist du vor Mitternacht zuhause«, sagte sie. Es war ein paar Minuten nach zehn.

»Marie, es tut mir leid.« Er bückte sich, um sie zu küssen. Sie erlaubte ihm steif, mit seinen Lippen ihre Wange zu berühren. Er richtete sich wieder auf und atmete seufzend aus. »Ich denke, du hast es satt, das zu hören, und ich auch. Aber es gab Schwierigkeiten bei der Arbeit.«

Marie nickte, setzte ihre Brille zurecht und wandte sich wieder ihrer Arbeit zu.

Jonders legte den Apfel hin und lehnte sich neben ihr gegen den Tisch. Er betrachtete prüfend seine Finger. »Die Arbeitsverhältnisse ... könnten sich bald ändern.«

Sie schaute kurz auf, nickte wieder und las weiter die Aufsätze. Sie machte es ihm nicht leicht.

»Was ich damit meine, ist, daß ich das Büro neulich nicht unbedingt im besten Einvernehmen mit Ken verlassen habe. Ich glaube, ich wurde ein bißchen zu laut wegen verschiedener Dinge, bezüglich einiger Entscheidungen, die ich für ... naja. Das ist jetzt vorbei, aber die Entwicklungsarbeit ist auch vorüber. Niemand hat das zwar ausdrücklich gesagt, aber ...«

Marie legte ihren Füller hin und lehnte sich in ihrem Stuhl zurück. »Willst du mir sagen, daß du wieder mit einem normalen Familienleben beginnen könntest? Heißt das, daß deine Familie dich wieder zu Gesicht bekommt?«

Er nickte unsicher. »Das wäre eine gute Sache.« Er streckte die Hand aus, um ihr Haar zu berühren, und wünschte sich zum hundertstenmal, er könnte ihr genau sagen, was er eigentlich tat, und warum er davon nicht einfach weggehen konnte. Er legt ihr die Hand auf die Schulter. »Es gibt noch mehr, was nicht so gut ist. Mehr, als ich erklären kann.« Er zuckte unbehaglich die Achseln. »Möglicherweise sogar mehr, als ich selber weiß.«

Marie nahm ihre Brille ab und legte sie auf den Tisch. Sie sah ihn mit müden Augen an und sagte ruhig: »Das haben wir alles schon besprochen, Bill. Ich verstehe, daß deine Arbeit wichtig ist, und daß du mir nicht alles sagen kannst. Die Mädchen verstehen es auch. Aber wir können nicht immer so weitermachen. Ist es so wichtig, daß du es nicht eine Weile lang vergessen kannst — nur kurze Zeit — und dich der Familie widmest?«

Er schüttelte den Kopf. »Nein. Ich weiß, es ist mir aus der Hand geglitten. Und ich fühle mich schrecklich deswegen. Aber ...« Er fühlte, wie sich seine Kehle zusammenschnürte. »Es sind ein paar Dinge passiert in der letzten Zeit — nun, ich darf nicht darüber sprechen, aber das Leben einer Frau könnte ...« Er unterbrach sich und wünschte, er hätte nichts gesagt.

»Das Leben einer Frau könnte was?« fragte Marie, nervös zwinkernd. »Was geschieht denn da draußen?«

Er wußte nicht, was er sagen sollte. Was durfte er ihr erzählen, ohne die Sicherheitsbestimmungen zu verletzen? Er konnte jetzt nur noch leisetreten. »Ich hätte das wirklich nicht sagen sollen.« Er schüttelte den Kopf.

Sie starrte ihn verblüfft an. »Bill! Pfeif auf die Sicherheit! Was ist da draußen passiert?«

Er überlegte, wie er es ihr sagen könnte, ohne alles mitzuteilen. Es gab keine Möglichkeit. Schließlich sagte er heiser: »Vielleicht ist es etwas, das ich dir sagen sollte. Vielleicht auch nicht. Wie auch immer, ich kann einfach nicht.« Er gestikulierte hilflos. »Sagen wir mal so, ich war der einzige, der hätte verhindern können, daß jemand verletzt wurde. Psychologisch verletzt, meine ich. Ich hatte keinen Erfolg dabei. Teilweise war es auch ihr Fehler. Aber andererseits ...« Er unterbrach sich und schüttelte den Kopf, statt den Satz zu vollenden.

»Ist das alles, was du erzählen kannst?«

Er nickte.

»Bill.« Sie berührte seinen Arm. Ihr Blick war weicher geworden.

»Nun, wenn du es mir nicht sagen darfst, dann darfst du eben nicht.«

»Ich wünsche, ich dürfte. Wirklich. Aber ... die Entscheidungen werden von Leuten über mir getroffen, Entscheidungen, die Moral und Ethik betreffen – und ich kann darauf vielleicht Einfluß nehmen, wenn ich mir nicht das geringste zuschulden kommen lasse. Es ist wichtig, daß ich mir meine Stimmfähigkeit erhalte.« Er schwieg schuldbewußt. »Klinge ich wie ein Pfarrer?«

Sie lächelte. »Ein bißchen.«

»Aber es ist so.« Er seufzte und versuchte auch zu lächeln. »Und, wie ist es in der Schule? Halten dich deine Studenten in Atem?«

»Sie sind zu sehr damit beschäftigt, in der Klasse zu schlafen. Das Übliche.« Sie stand plötzlich auf und legte ihre Arme um ihn. Sie preßten ihre Gesichter ins Haar des anderen, sprachen nichts außer durch Berührung und Atem.

»Ich liebe dich. Du weißt es«, murmelte er.

Marie drückte ihn, ließ ihn dann los und trat einen Schritt zurück. »Dein Essen ist noch im Herd, glaube ich. Marie hat heute abend gekocht. Eintopf.«

»Leistest du mir Gesellschaft? Vielleicht bringe ich sogar die Kinder für ein paar Minuten vom Fernsehen weg.«

Marie warf einen Blick auf die Uhr. »Sie sollten eigentlich ins Bett, aber ...«

»Eine halbe Stunde extra, um ihren alten Vater zu sehen?«

Marie lachte. »Na gut. Wenn du sie dazu bringst. Soll ich Irish Coffee machen?«

»Klingt wunderbar.«

Maries Beschwerde beschäftigte ihn immer noch, als er am nächsten Morgen zur Arbeit fuhr. Er war sehr erstaunt, als er gleich nach seiner Ankunft im Institut in Slim Marshalls Büro gerufen und informiert wurde, daß er von dem Projekt abgezogen war. Er durfte nicht länger die Verbindung mit Kadin und dem Raumschiff vornehmen. In dieser Entscheidung lag nichts Persönliches, versicherte ihm Marshall. Er würde weiterhin zu Beratungen betreffend Kadin herangezogen werden. Allerdings schien es aufgrund seiner Nichtübereinstimmung mit neulich erfolgten Entscheidungen das Beste, ihn an einen anderen Arbeitsplatz zu versetzten, sagte Marshall. Ein neuer Verbindungsmann war schon bestimmt.

Jonders ging in sein Büro und erzählte das Lusela Burns. »Ich nehme heute frei«, sagte er bitter, »du mußt die Stellung allein halten.«

»Das stinkt«, erwiderte Lusela zornig, »nur weil du für die richtige Entscheidung eingestanden bist!«

Er machte eine hilflose Geste. Daß er etwas Ähnliches erwartet hatte, hatte den Schlag nicht gemildert. Er fühlte kein Gefühl, außer völliger Erschöpfung.

»Schön«, sagte Lusela, »sie werden es bald herausfinden. Glaubst du wirklich, irgendjemand von denen kann so gut mit Kadin arbeiten, wie du es konntest?«

Jonders antwortet nicht. Er sah ein paar Akten in seinem Einlaufkorb durch und legte sie auf den Tisch. »Hier sind die Zusammenfassungen der Sitzungen seit der Transmission. Du weißt, wo alles andere ist.«

Sie beachtete die Akten nicht. »Bist du nicht wütend?«

»Na — ich weiß nicht.« Er zeigte die Handflächen. »Ich nehme an, daß ich es werde, wenn mir das zum vollen Bewußtsein gelangt ist.«

»Ich wette, sie kommen ohne dich nicht weiter.«

»Vielleicht.« Er schloß seinen Aktenkoffer und griff nach seiner Jacke. »Ruf mich an — aber nur, wenn es unbedingt nötig ist.« Er ging zur Tür und drehte sich noch einmal um. »Lusela?«

»Ja?«

»Danke für alles.«

Lusela nickte und blieb an seinem Schreibtisch stehen, als er ging. Auf seinem Weg hinaus sprach er mit niemandem. Er wartete schweigend am Bahnsteig und nahm die Monorail zurück in die Stadt.

Als er heimkam, war das Haus leer, zum erstenmal seit langem. Er ging in die Küche und bereitete sich eine Tasse schwarzen Kaffee zu, dem er dann noch einen ordentlichen Schuß Whisky hinzufügte. Dann dachte er den Vormittag über nach. Am Nachmittag reparierte er ein beschädigtes Regal in Maries Zimmer und einen Lichtschalter im Wohnzimmer und wartete ungeduldig darauf, daß Marie und die Mädchen heimkämen.

27

Der Wind heult in den Espen auf dem Hang und wispert in dem von der Natur gebildeten Kamin der Schlucht. Hoshi zieht sich auf ihrem Grund den Kragen enger um das Genick und kauert sich hinter einen Felsbrocken. Er wäre nicht überrascht, wenn Gespenster mit diesem Wind geritten kämen. Etwas Übernatürliches scheint in seinem Geheul zu liegen, etwas Zorniges. Hier ist es wie am Ende der Welt, die Zivilisation liegt weit hinter ihm. Irgendetwas mag hier über ihn herfallen, Mensch oder Bestie; alles ist verwischt und undeutlich, nur Schatten und Farbflecken umgeben ihn. Es ist einfacher für ihn, die Augen ganz zu schließen, aber dann werden ihm nur das Heulen des Windes und die Kälte umso deutlicher.

Es ist eine schaurige Nacht, und er ist zu hungrig und zu matt von der Kälte, um zu erkennen, ob es nicht auch eine gute und nützliche Nacht für ihn ist. Er erinnert sich an gemurmelte Gebete, bemüht sich, an Sünde und Vergebung zu denken und seinen Fehlern ins Gesicht zu sehen. Das Hinfließen der Worte, der Rhythmus, das Nahezu-Delirium: er erinnert sich nicht, was er tatsächlich gedacht oder gesagt hat — nur an den Schmerz, sich dem Gericht zu überantworten. Oder es zu versuchen; er wollte es jedenfalls.

Er bläst in seine Hände und zwinkert. Hätte etwas Wärmeres anziehen sollen. Er hatte keine solche Pilgerschaft in die Wildnis vorgehabt, aber eines führte zum anderen. Einige Tage war er in der Hütte seiner verstorbenen Tante in den Vorbergen gewesen, hatte nachgedacht, meditiert und eine Entscheidung, was er tun sollte, zu fällen gesucht. Dann fand er sich in einem Nachtzug, der in den Norden fuhr, wieder; nach dem Aussteigen war er durch die Nacht gelaufen. Es war kein Problem, in den Mazatzal Nationalpark zu kommen — wer war schon zu dieser Jahreszeit hier, besonders um fünf Uhr morgens? Man geht einfach hinein, und bald ist man ganz allein mit den Bäumen, der aufgehenden Sonne, den Tieren und dem lieben Gott. Es ist kalt und erfrischend und ein bißchen furchterregend.

Einen Moment lang sind seine Gedanken vollkommen klar, als er seine Anwesenheit hier betrachtet. Ich habe nicht gesühnt, weiß Gott. Habe den Zorn und die Hitze nicht gefühlt. Mozy – es fällt schwer, an dich zu denken. Wo bist du? Im Himmel, fährst einen Wagen aus Metall und Silikon weiter hinaus als je ein Mensch zuvor? Mozy, Gott vergebe mir, ich wollte dir nichts tun.

Von Schuldgefühlen überflutet steht er auf und macht sich daran, den Abhang der Schlucht zu erklimmen, kletternd greift er sich immer wieder eine Handvoll klebriger Tannenzweige, um sich hinauf und vorwärts zu ziehen. Da oben ist der Weg, von dem er vorher abgekommen ist. Seine Halbschuhe rutschen auf dem nassen Boden, er muß hart arbeiten, um den Rand der Schlucht zu erreichen. Schließlich quält er sich durch dichtes Unterholz und sieht hinter einer Aufschüttung den Fußweg. Keuchend schaut er sich um und erwartet, etwas zu erblicken, er weiß selbst nicht, was. Aber nirgendwo rührt sich etwas. Die Welt ist ein düsterer Tunnel zwischen überhängenden Baumkronen, man hört nichts als das gelegentliche Rascheln von Zweigen. Irgendwo oben flattert ein einzelner Vogel.

Er schreitet vorwärts, schrecklich lange, wie ihm scheint. Die Sonne geht auf, gelegentlich durch das dichte Laubdach der Espen und Tannen zu sehen, während der Pfad ansteigt und Kurven zu machen beginnt. Hoshi bleibt stehen und betrachtet ein geschnitztes Hinweisschild. Es ist unscharf. Er bemüht sich, seinen Blick richtig einzustellen. Die übergroßen Buchstaben gerinnen. Eine einfach Unterkunft ist einen halben Kilometer entfernt. Er beeilt sich weiterzukommmen. Es ist eine Holzhütte auf einer Lichtung, von der aus man die Berggipfel hinter den Bäumen sehen kann. Er stößt die Tür auf; sie knarrt in den Angeln. Als er hineintritt und die Tür losläßt, schließt sie sich nur halb. Er schlägt sie zu, froh, endlich vor dem Wind geschützt zu sein. Modriger Geruch hier drinnen. Es gibt nicht viel zu sehen: ein am Betonboden festgemachter Tisch, Bänke am Tisch und an den Wänden, zwei Fenster, eines vorn, eines hinten. Als er durch das Hinterfenster späht, sieht er einen Güterweg, auf dem die Fahrzeuge der Parkverwaltung zufahren können.

In der Ecke ist ein Waschbecken, das er dankbar benützt; dann sieht er sich die Einrichtung genauer an. Eine zerschlissene Karte und verschiedene Bekanntmachungen sind an die Wand gepinnt, und auf einer der Bänke liegen Teile einer alten Zeitung. Er sieht sich die Bekanntmachungen an und reibt sich die Augen mit den Knöcheln. Was, zum Teufel, tut er eigentlich? Einen Moment lang dachte er, er könnte die Schrift lesen — aber er sieht nur weißes Papier mit grauen Blöcken. Und die Zeitung? Er lacht und ist selbst von dem Geräusch überrascht. Er sieht nichts als unlesbare Sprenkel. Seine Sehfähigkeit nimmt zusehends ab.

Er setzt sich auf die Bank, seufzt und drückt seinen Nasenrücken zwischen Daumen und Zeigefinger zusammen. In ihm tobt ein schrecklicher Schmerz. Verliert er überhaupt die Kontrolle über sich? Seine Augen, seine Entschlüsse, sein ganzes Leben ... er ist einsamer, als er sich jemals zuvor gefühlt hat, und indem er sich bemüht, nicht in Tränen auszubrechen, denkt er, Tante Edna hätte nicht gewollt, daß er sich selbst bemitleidete. Was würde sie gesagt haben, was er tun solle?

Sie würde gesagt haben: Bete, und wähle deinen Kurs mit Gottes Hilfe. Tu dann ohne jedes Zaudern, wozu du dich entschlossen hast. Wenn du Buße tun mußt, dann überlasse dich Gottes Gnade, und es wird dir vergeben werden, und dann beginn von neuem.

Das war es, was Tante Edna ihm geraten hätten, und sie hätte recht gehabt, weil sie immer recht gehabt hatte.

Aber anscheinend kann ich das nicht tun. Weil ich schlecht bin?

Oder weil ich nicht sicher bin, ob ich überhaupt falsch gehandelt habe?

Mozy ist verletzt, aber das war nicht meine Absicht. Mit dem Programm gibt es auch Probleme, aber da haben sie Schuld daran, weil sie versuchten, vor mir zu verbergen, was vor sich ging, weil sie mir nicht trauen, weil sie glauben, ich sei blind. Und Jonders – er versuchte mich zu täuschen, aber auch er hat mir nicht getraut.

Ist es weniger falsch gewesen, weil ich es nicht absichtlich tat?

Die Tür schlägt, und er fährt erschreckt auf. »Wer ist da?« Rundum Geräusche. Rascheln, Knacken von Zweigen. Er hält den Atem an und späht erst aus dem vorderen Fenster, dann aus dem hinteren. Nichts zu sehen, außer der Bewegung einiger Äste. Rücken die Agenten der Sicherheitsabteilung näher, um ihn zu verhaften? Oder ist es bloß der Wind?

Er geht leise zur Tür und reißt sie auf. Er ist allein. Er betrachtet den Wald, in dem er gedacht hatte, seinen Frieden finden zu können. Der Wind springt ihn wieder an, und ihn schaudert. Das war ein Fehler, denkt er sich. Ich bin nicht bereit zur Kommunikation mit der Natur. Ich muß zurückgehen und es ihnen sagen, ihnen klarmachen, daß sie sich irren, wenn sie mich verurteilen, ich mußte tun, was ich für nötig hielt. Was ich dachte, war richtig. Weil ich mich um sie kümmerte.

»Herr«, flüsterte er mit heiserer Stimme im Wind, »gib mir Stärke, um zu beenden, was ich begonnen habe. Laß mich die Wahrheit finden – und es wissen, wenn ich falsch gehandelt habe.« Er starrt die Schatten an, von denen er weiß, daß es Bäume sind, aber die Tränen in seinen Augen verschlechtern seine Sicht noch mehr als ohnehin schon, und sagt »Amen« mit dem Gedanken, er werden hierher zurückkommen, wenn die Zeit dafür reif ist.

Er seufzt, weil er sich nicht mehr ganz sicher ist, ob er noch an Gott oder Gebete glaubt, verläßt die Hütte und schließt sorgfältig die Tür hinter sich, rüttelt noch einmal daran, um sich zu vergewissern, daß der Wind sie nicht öffnen kann. Dann geht er zur Rückseite der Hütte und den Güterweg entlang.

Hier beginnt wieder die Zivilisation: Hausdächer über den Baumwipfeln, das Geräusch von Autos, und hier endet der Güterweg an einer Parkwächterstation. Eine halbe Stunde hat er gebraucht bis hierher. Dann eine Meile zum Bahnhof. Leute, Konfusion – und eine warme Rückfahrt in die Stadt. Am späten Nachmittag erreicht er die New Phoenix Northtown Station. Der Hunger ist jetzt mit ganzer Wut zurückgekehrt, und er streift durch die Straßen, bis er eine Kaschemme findet, in der das Bargeld in seiner Hosentasche ausreicht, um sich ein Pseudo-Steak-Sandwich mit Spinat und Käse und einen Kaffee leisten zu können. An einem Tisch hinten im Lokal sitzt er lange vor der zweiten Tasse, fühlt sich zwar ein bißchen klaustrophobisch in der Düsternis des kaum beleuchteten Lokals, aber doch nicht so, daß er gleich gehen müßte. Es riecht nach Fett, Bratkartoffeln und Kaffee. Ein einziger Kunde, die Kellnerin und der Koch albern miteinander. Das Radio läuft hinter der Theke und nach einer Weile beginnt er zuzuhören. Er denkt sich, es sei komisch, daß an einem Ort wie diesem klassische Musik läuft; aber die Musik gefällt ihm, und offenbar auch dem Koch, einem dunkelhäutigen, zottelhaarigen jungen Mann, der vielleicht die Zeiten mit wenig Gästen genießt, wenn niemand seinen musikalischen Geschmack in Frage stellt. Für Hoshi ist die Musik eine Ausrede, noch länger zu bleiben. Außerdem hat er keinen Ort, an den er gehen könnte. Zuhause würde die Sicherheit auf ihn warten, um ihn wegen seines Abhauens einzulochen. Vielleicht wird er sich dem früher oder später stellen – er will ja zurück, mit ihnen reden ... aber nicht jetzt. Nicht jetzt.

Ein Rest schwarzer Kaffee in seiner Tasse wird kalt. Das Radio macht ihn schläfrig, mit halbgeschlossenen Augen lauscht er einem Orchesterstück, einer Symphonie ... er versucht, den anderen Gast zu überhören, der jetzt laut mit dem Koch spricht. Konzentriert sich auf das Arpeggio von Harfe und Klavier und den ozeanischen Klang des Orchesters. Die Symphonie endet wie das Zurückfluten des Wassers bei Ebbe, und er hört mit geschlossenen Augen weiter zu, wie nach den Werbeeinschaltungen Konzertankündigungen folgen. Der dritte Hinweis erregt seine Aufmerksamkeit: Von heute bis Samstagabend werden an der Uni symphonische Stücke aus dem Nachlaß des modernen Komponisten Moonglow, eines Blinden, aufgeführt. Wie könnte er diesen Abend besser verbringen als in einem klassischen Konzert? Und auch noch ein blinder Komponist ... vielleicht hilft ihm das bei seinen Problemen ...

Stimmen dringen in seine Gedanken, als er die Augen öffnet, sieht ihn der zweite Gast an, während der Koch schweigend dabeisteht. »Glaubst du, die Cougars schaffen es heute nacht?« wiederholt der Mann.

Er zuckt zurück und legt die Fingerspitzen an die Schläfen. Kopfweh, ein plötzliches Aufzucken von Schmerzen. Er lächelt schief. Cougars? Basketball? Hockey? Er zuckt die Achseln. Der Mann schüttelt den Kopf und wendet sich ab. Der Schmerz strahlt aus. Laß ihn nicht zu, entspanne dich, atme tief. Er massiert sich mit zwei Fingern an jeder Schläfe und fühlt sich gleich darauf besser. Es wird ihm guttun, hinauszugehen, zu laufen und frische Luft zu atmen.

Er steht auf, verlangt die Rechnung und sucht sein Kleingeld zusammen, dann geht er, ein wenig schwankend, hinaus. Der Koch nickt, der andere Mann starrt ihm hinterher. Als er die Tür öffnet, schlagen ihm frische Luft und Sonnenlicht entgegen, und mit ihnen kommt das Kopfweh zurück, als habe es vorhin gar nicht nachgelassen. Taumelnd legt er die Hand schützend über die Augen und stolpert die Straße hinunter.

28

Das Schiff rotierte langsam im bleichen Licht der weit entfernten Sonne, die nur noch wenig Wärme gab. Die einzige Hitze kam von innen, von den Fusionsreaktoren, die seinen Bauch warmhielten und seine Steuerung und die Schnelligkeit des Fluges ermöglichten. Eine genau berechnete Zündung der Steuerraketen stoppte die Rotation, und der Hauptantrieb fiel auf sein vorherbestimmtes Energieniveau zurück.

(DURCHFÜHRUNG ZU 97 PROZENT PRÄZISE. DEINE RATE HAT SICH VERBESSERT.)

(Sag mir, ob sich ein Vogel so fühlt? Ein großer galaktischer Vogel?) fragte Mozy.

(BITTE UM GENAUE BESCHREIBUNG DES NACHGEFRAGTEN OBJEKTS.)

(Ein Vogel ist ein Tier, das durch die Luft fliegt und dazu den Wind ausnützt, wann immer es Lust hat. So fühle ich mich beim Fliegen.)

(DAS ÜBERSTEIGT MEINE KENNTNISSE. DIE TRANSMISSION WIRD IN FÜNFZEHN SEKUNDEN BEGINNEN.)

(Mozy, wenn du ein freier Vogel sein willst, solltest du dich jetzt vielleicht in deinem Nest verkriechen), sagte Kadin.

Mozy grunzte nur und kontrollierte den Hauptantrieb. Sie war nicht bereit, sich jetzt zurückzuziehen. Siebzehn Stunden früher waren die ersten kleinen Fehler im Autopiloten aufgetreten. Sowohl sie als auch Kadin hatten die Steuerung übernommen. Da sie sich als die Geschicktere erwiesen hatte, flog nun hauptsächlich Mozy.

Sie bewegte ihre Antennenfinger, horchte auf das Grummeln des Antriebs in ihrem Bauch und rülpste einen Gasüberdruck in ihren Treibstoffzellen hinaus. Sie horchte in die Sphären hinein und fragte sich, wohin die Reise ging.

Das Schiff schien ruhig, aber es gab ein Gefühl der Erwartung in allem. (David, wenn dir etwas zustoßen sollte, müßte ich über unser Ziel Bescheid wissen. Daß ich fliegen kann, nützt mir nichts, wenn ich nicht weiß, wohin.)

(Das ist eine schwierige Situation, Mozy. Ich wünschte, ich könnte dir Bescheid sagen.)

Sie ärgerte sich einen Moment lang über diese Antwort, aber der Ärger verdampfte wie Wärme im Raum. Halbbewußt entwarf sie ein Bild um sich herum: das Cockpit eines Schiffes, leer bis auf einen Elektronenschimmer, der Kadin und sie darstellte. (Du kannst das nicht ewig geheimhalten.)

(Nein, aber ich habe diese Information unter dem Siegel der Verschwiegenheit erhalten, das ich nicht brechen kann, bevor es die Bodenstation gestattet.)

(Dann wirst du ihnen sagen müssen, daß ich hier bin.)

(Das müssen sie möglicherweise erfahren. Sie müssen ja von der Fehlfunktion der automatischen Steuerung benachrichtigt werden.)

(Scheint mir auch so. Möglicherweise kommen die noch darauf, daß sie mich brauchen.) Sie dehnte sich aus und füllte ihre Skizze. Das Cockpit wurde zu einer richtigen Schiffsbrücke mit Konsolen, Schirmen und Kontrollschaltern. (Wie gefällt dir mein Kontrollraum?) fragte sie Kadin. (Sollen wir uns hier mit Jonders treffen?)

(Eine interessante Idee.) Kadin materialisierte sich: ein großer, gutgewachsener Mann mit brünettem Haar und goldener Haut. Er warf einen Blick um sich. (Wirst du mir Gesellschaft leisten?)

Mozy zögerte plötzlich. Es würde trotz allem sicherer sein, in den Wänden zu bleiben, mit unsichtbaren Augen und Ohren. Andererseits war die Brücke ihre Idee. Sie entschied sich gerade dafür, sich wie Kadin zu materialisieren, als sie eine Bewegung auf dem Videoschirm bemerkte, einen Lichtpunkt, der schnell auf das Schiff zukam. Sie nahm undeutlich wahr, wie Mutter Programm den Beginn der Transmission von der Bodenstation bekanntgab. Der

Lichtpunkt verschmolz mit der äußeren Lichthülle. Eine Luftschleuse zischte.

Mozy war noch immer verborgen, als jemand Unbekannter auf die Brücke kam. Es war eine Gestalt, deren Gesicht eine schimmernde Maske aus Quecksilber war, und die so verschommen und beweglich schien, daß sie mehr der Karikatur eines Menschen als einer wirklichen Person glich. Mozy sah zu, wie Kadin den Besucher begrüßte.

(Verzeihung, aber haben wir uns vorher schon einmal gesehen?)

Der Quecksilbermensch zögerte. (Ich bin die neue Stimme der Bodenstation, anstelle von Bill Jonders. Ich heiße Donna Fenstrom. Wir haben uns schon früher unterhalten.)

Donna? dachte Mozy. Die Figur veränderte sich etwas und bekam einen weiblicheren Umriß.

(Ich erinnere mich an verschiedene Input-Sitzungen), antwortete Kadin. (Wo ist Bill?)

(Er hat andere Verpflichtungen übernommen), antwortete die Stimme der Bodenstation vorsichtig.

Mozy konnte ein überraschtes Schütteln der Schiffswände nicht unterdrücken. Die Besucherin sah sich neugierig um.

(Tatsächlich! Warum hat man ihn versetzt?)

(Eine Entscheidung der Geschäftsführung, soviel ich weiß. Es gab Meinungsverschiedenheiten.)

(Verstehe.) Kadin nickte. (Und stattdessen hat man uns nun ein Greenhorn geschickt.)

(Ich hoffe, man merkt das nicht so deutlich), sagte die Stimme. (Ich hoffe, wir können zusammenarbeiten ...)

(Aber ja, sicher), sagte Kadin. (Es ist nur, weil Sie ein paar grüne Hörner auf dem Kopf haben. Ein Paar auf jedem Kopf.)

Die Gestalt griff entsetzt nach ihrem Kopf, während Schockwellen über die Brücke liefen.

(War nur ein Scherz!) sagte Kadin. (Ich wollte damit nur

sagen, daß ein erfahrener Verbindungsmann ein starkes Selbstbild liefert, etwas, dem man dann ein klares Gesicht geben kann. Ich bin sicher, daß Sie sehr gut als Stimme der Bodenstation funktionieren werden.)

(Oh), sagte Fenstrom tastend. (Bitte — nennen Sie mich Donna.)

(Gern, Donna. Was halten Sie von dieser Schiffsbrücke?)

Fenstrom sah sich um. Über ihren silbrigen Zügen stabilisierte sich allmählich ein weibliches Gesicht. (Sehr interessant. Es kommt unerwartet.) Sie trippelte über den Boden, nicht ganz richtig gehend, aber auch nicht richtig gleitend. Sie sah sich die Instrumententafel an und blickte an einer Wand hoch. (Das ist ein ungewöhnliches Porträt. Die Augen scheinen einen zu verfolgen. Ist es jemand, den Sie kennen?)

Mozy fühlte, wie Kadin innerlich grinste. (Ja, das ist meine Frau daheim.)

(Frau?) rief Fenstrom völlig verblüfft. (Sind Sie ... ich meine ...)

(Sehen wir uns die Instrumente an), sagte Kadin schnell. Er zwinkerte Mozy zu, als er sich mit Fenstrom von dem ›Porträt‹ abwandte. (Wir haben ein Problem mit der automatischen Steuerung, das ich mit Ihnen diskutieren möchte.)

(Ein Steuerproblem? Die Telemetrie hat nichts davon gezeigt.)

(Wir haben es kompensiert. Wir nehmen jetzt die Kontrolle zurück, dann werden Sie es bemerken.)

Mozy nahm die Anregung auf und ließ das Schiff in den Automodus zurückkehren. Nach ungefähr einer Minute trat in den Gyros die Störung auf und das Schiff begann geringfügig abzudriften. Kadin wies auf die Anzeigen, die die Abweichung anzeigten.

(Das Display ist ungewöhnlich, aber ich sehe, was Sie meinen), sagte Fenstrom.

Mozy hörte geduldig zu, als die beiden über die technischen Probleme sprachen. Die Stimme der Bodenstation gefror eine Zeitlang zu absoluter Bewegungslosigkeit, während sie dem anderen Ende der Verbindung berichtete. Schließlich fragte sie, wie der Fehlerausgleich vorgenommen worden war.

(Wir fliegen mit manueller Steuerung.)

(Sie sagen immer ›wir‹. Meinen Sie sich selbst und ein anderes Programm?)

Kadin schwieg einen Herzschlag lang. Dann sagte er: (Weniger mich selbst, als vielmehr meine Copilotin.)

(Copilotin?)

(Wir haben kaum noch Zeit, deshalb werde ich es schnell erklären.) Kadin schaute auf das ›Porträt‹. (Oder vielleicht sollten wir es erklären.)

Fenstrom folgte seinem Blick.

Mozy entschied sich. Sie hatte überprüft, daß ihre Fluchtwege und Blockaden einsatzbereit waren, falls sie sie brauchte, also löste sie ihren Griff um das Hauptkontrollsystem des Schiffes, ließ einen Körper entstehen und trat aus der Wand hervor. (Hallo, ich bin Mozy.)

Fenstrom starrt sie an wie ein Gespenst. (Mozy), sagte sie leise und erstaunt.

(Ich fliege das Raumschiff.)

Statt zu antworten, wurde Fenstrom zuerst merkwürdig starr und zerfloß dann. Mozy konnte sich vorstellen, wie man in der Bodenstation reagierte.

(Mozy?) sagte Fenstrom schließlich.

(Ja. Ihr habt geglaubt, ich sei gelöscht.)

(Wir haben nicht — man sagte mir ...)

Mozy fühlte, wie die alte Wut wieder hochstieg. (Nun, ich bin nicht gelöscht. Ich bin in der Lage, mich zu schützen.)

(Vielleicht sollten wir das ein anderes Mal ausführlicher diskutieren), sagte Kadin. (Denn jetzt ist Mozy ...)

Mitten in Kadins Satz verschwand die Stimme der Bodenstation endgültig. Mutter Programm bemerkte trokken, der Übertragungsdurchgang sei vorbei.

Mozy sah schweigend Kadin an. Ihr Zorn dauerte an.

Einen Moment lang schwieg auch er, dann sagte er (Jetzt ist es passiert. Wenn wir wieder mit der Bodenstation sprechen, würde ich vorschlagen, daß du weniger Kampfgeist zeigst.)

Sie sah ihn an. (Ich muß die Wahrheit sagen.)

(Die Wahrheit hat viele Seiten. Kann man irgendetwas dadurch gewinnen, daß man die Bodenstation ärgert?)

Das Gefühl verdünnte sich. Mozy fühlte sich, als sei sie wieder in einer ihrer Verbindungssitzungen und diskutierte Aspekte irgendeines Trainingsszenarios – aber diesmal sah Jonders nicht zu. Ihr Körper auf der Brücke war eine Marionette, die bewegungslos an ihren Drähten hing, während sie aus einer anderen Ecke auf sich heruntersah und nachdachte. (Ich weiß nicht, womit man überhaupt etwas gewinnt.)

(Du willst jetzt nicht darüber sprechen. Möchtest du allein sein?)

Selbst diese Entscheidung schien tiefes Nachdenken zu erfordern. Sie schüttelte den Kopf, atmetet tief und nickte. (Ich werde später mit dir darüber sprechen.) Die Schiffsbrükke brach zusammen, schrumpfte und verschwand. Mozy brauchte Zeit zum Nachdenken. Und vielleicht Schlaf.

Sie flutete draußen zwischen den Sternen, mit den Füßen in dem verschlungenen Tangfeld verankert, das das Schiff war. Sie fühlte Kadin an ihrer Seite, wie er mit ihr die Sterne betrachtete. Vielleicht überlegte auch er das Dilemma und die Wahlmöglichkeiten, die sie hatte.

Es war sehr friedlich hier, ein Viertellichtjahr von der Sonne entfernt, ein Fünftel des Weges bis zur Oortschen Wolke. Die Verlangsamungsphase war vorüber; sie näherten sich jetzt wieder der Sonne und nahmen dabei Geschwindigkeit auf. Halb überlegte sie sich, zu den Sternen zurückzukehren.

(Hast du Lust, mit mir in den Unterkünften einen Drink zu nehmen?) fragte Kadin mit einer Stimme, so sanft wie das Sternenlicht. (Ich glaube, es wird dir gefallen, was ich gemacht habe.)

(Ja?) Sie fielen langsam, wie der Sand in einem Stundenglas, zurück in das Raumschiff, in eine Illusion. Es war eine untertassenförmige Lounge mit einem Springbrunnen samt Becken inmitten des Gewölbes. Auf der einen Seite zeigte ein Panoramafenster die Milchstraße. Mozy und Kadin standen da und schauten hinaus. Ein Lichtstrahl funkelte auf der Scheibe.

(Großartig), murmelte sie. Sie drehte sich zu der Fontäne um. (Ein sehr attraktives Hologramm.)

(Hologramm?) Er trat neben das Becken und steckte seine Hand in den murmelnden Strahl. Das Wasser glitzerte und umfloß seine Hand. Er spritzte Mozy an.

Sie holte tief Luft, als die eiskalten Tropfen sie trafen und über ihre Gesicht liefen. Sie stürzte zum Becken und warf lachend eine Handvoll Wasser nach Kadin.

Er kam um das Becken herum und faßte ihre Hände. (Hab ich dich erwischt), sagte er.

Sie schwieg unter seiner Berührung, die heiß und gleichzeitig kühl war. Er sah ihr tief in die Augen. (Gefällt es dir?) fragte er und drückte ihre Hände.

Sie erwiderte den Druck und nickte, wobei sie sich fragte, ob er sie wieder küssen würde. Sie fühlte Hitze in ihrem Kopf und Magen. Es war, als brächte sie die Simulation eines Körpers einem geheimnisvollen Zentrum näher, einem Bündel von Erinnerungen und Gefühlen, und zu einem Schwanken in der Spannung von Vernunft und Gefühl. Freude und Erwartung kamen in ihr auf, während sie in Kadins Augen sah, und ein Schwindelgefühl.

Er zog sie mit sich zu einer Couch. Sie glitt hinter ihm her und sie setzten sich, daß sich ihre Knie berührten. Sie fühlte sich, als gleite sie immer noch. Er neigte seinen Kopf zu ihr und sagte (Sollten wir nicht versuchen, welcher menschlichen Gefühle wir fähig sind?) Ihr blieb der Atem weg.

Bevor einer von beiden noch etwas sagen konnte, leuchtete der Raum karmesinfarben auf und Mutter Programm informierte sie: (BEGINN DER TRANSMISSION. IHR HABT EINEN BESUCHER AUF DER BRÜCKE.)

29

Die Elektromotoren summten und die Reifen zischten auf dem Straßenbelag, als Jonders durch das abendliche Nieseln fuhr. Marie wies ihm den Weg zum westlichen Parkplatz der Universität. In der Vorhalle schüttelten sie sich den Regen von den Mänteln. »Die halbe Fakultät ist da«, murmelte Marie und winkte verschiedenen Bekannten zu. Jonders nickte, während ihm unangenehm auffiel, wie viele von diesen Leuten er mittlerweile nicht mehr kannte. Tatsächlich ging er zum erstenmal seit Monaten abends aus. Er wußte nicht recht,was er sich erwarten sollte; die Symphonie eines Komponisten namens Moonglow mit dem Titel ›Das fahle Jahrhundert‹ sollte aufgeführt werden. Es war komisch, mit Rock und Krawatte in der Vorhalle eines Konzertsaals zu stehen und den Leuten bei ihrer Konversation zuzuhören. Er hoffte, nicht vergessen zu haben, wie man sich amüsiert.

Ihre Sitze waren in den Mittelreihen. Jonders lächelte pflichtschuldig andere Menschen an und versuchte, nicht zuviel zu denken. Das war leichter gesagt als getan.

Schließlich erloschen die Lichter. Kesselpauken dröhnten und auf der Bühne über dem Orchester explodierte rotes Licht. Jagdhörner eröffneten die Symphonie, das Orchester kam nach und nach dazu. Laser badeten Publikum, Bühne und Orchestergraben mit Licht in wechselnden Farben. Das Eröffnungsthema wuchs zum Creszendeo an, wurde dann wieder leiser, und die Laser fielen zusammen in ein enormes Hologramm.

Jonders blinzelte. Es war ein Bild des alten New York, die Skyline in monochromem Rot. Als die Musik wieder einsetzte, begann sich das Bild der Stadt langsam zu drehen; und als er seinen Kopf gegen die Stütze zurücklehnte, begannen die hypnosensorischen Effekte zu wirken, und er fühlte, wie er dahintrieb. Bald schien sich nicht mehr die

Stadt zu drehen, sondern das Publikum, das die City zu überfliegen schien, wie sie sich ein halbes Jahrhundert zuvor dem Blick dargeboten hatte. Man konnte den Smog riechen. Regenbogenfarben flossen über die Skyline, während die Musik anschwoll, und er fühlte sich in einen Traum mitgenommen.

Der erste Satz der Symphonie verkündete den Triumph menschlicher Werke; im zweiten kam ein Thema der Zerstörung auf, eine Erinnerung an die Endlichkeit dieser Schöpfungen. Die Pauken dröhnten und die Geigen jammerten, das Holo der Stadt zitterte und fiel in sich zusammen ... an seine Stelle trat ein Bild des Grand Canyon bei untergehender Sonne, das Publikum schien über dem Abgrund in den Sonnenuntergang hineinzufliegen. Ganz langsam wurde die Sonne in fließendem Übergang kleiner und blasser und rosafarben ... und dann war es ein Marskanal, keine irdische Schlucht, unter der das Orchester tönte. Jonders fühlte die schmerzhaft dünne Luft und roch den Staub — und sah inmitten dieser majestätischen Wüste die winzige Gestalt eines Menschen. Der dritte Satz kam mit einer derartigen Wucht, daß er momentan die menschliche Gestalt vergaß. Aber dann wurde sein Auge wieder von ihr angezogen. Es war etwas Merkwürdiges an ihr, wie sie so durch die Leere stolperte, eine halbe Meile über dem Boden des Marskanals. Es war ein verloren und verwirrt aussehender Mann, der sich ganz gegen den Takt der Musik bewegte, und ein so seltsamer Anblick, daß Jonders seinen Blick nicht von ihm wenden konnte, trotz der Kraft der Musik. Das Bild verschwand unter der Figur, und Jonders Aufmerksamkeit löste sich nun ganz von der Musik ab, weil der Mann sich nicht mit der ganzen Szenerie veränderte, und weil etwas eigenartig Vertrautes an ihm war. Benommen hob Jonders den Kopf von der Nackenstütze, worauf die verschiedenen Effekte der Installation verschwanden; statt zu schweben, spürte er jetzt wieder das Gewicht seines Körpers auf dem Sitz; vor ihm, nicht mehr über ihm, war das Hologramm einer Marslandschaft; die

Luft roch jetzt, wie sie in Konzerthallen zu riechen pflegt. Die Musik stieg und fiel kraftvoll und rhythmisch. Jonders kniff die Augen zusammen, um zu erkennen, wer die Erscheinung war.

Die Erkenntnis traf ihn wie ein saurer Schluck in den Magen. Das da oben auf der Bühne war Hoshi Aronson – und etwas war faul an der ganzen Sache.

Jonders blickte um sich. Die Leute rundum waren alle vollkommen vertieft in die Aufführung. Er beugte sich hinüber und zischte in Maries Ohr »Muß mal raus! Sehe dich nachher!« Marie zwinkerte halb träumend, und warf ihm einen Seitenblick zu. Er stand auf und drängte zum Mittelgang. Niemand nahm davon Notiz.

Vom Mittelgang aus betrachtete er prüfend die Bühne. Hoshi war nicht sichtbar. Das Hologramm hatte sich verändert; Jetzt sah man eine Bergszene mit dahinschäumenden Bächen. Jonders betrachtete eingehend die wilde Landschaft. Er entdeckte Hoshi bis zur Hüfte in einem Gebüsch, wo er sich wild zur Musik bewegte. Jonders eilte zur Ecke des Orchestergrabens und bückte sich, um die wirkliche Bühne unter der holographischen Explosion zu erkennen. Er stieg die Stufen auf seiner Seite hinauf und lief gebückt, sorgfältig den Lasern ausweichend. Sie waren sehr hell und er betete, daß keiner voll sein Auge traf. Er drehte den Projektoren den Rücken zu und war sich dessen bewußt, daß er jetzt wie Hoshi ein Teil des Programms war.

Als er Hoshi erreichte, stolperte der in vollständiger Desorientiertheit umher. »Hoshi«, zischte Jonders. Seine Worte wurden von der Musik weggespült. Er packte Hoshis Arm und zog ihn mit sich zur Seite. Blendender Nebel war alles, was er sehen konnte, wie ein Berggespenst. Hoshi zeigte durch nichts, daß er ihn erkannt hätte, tappte aber neben ihm her. Sie traten durch einen Wasserfall und stießen mit den Gesichtern an einen Vorhang. Indem er sich dem Vorhang entlangtastete, fand Jonders den Weg von der Bühne in die Dunkelheit und spürte in ihr die Umrisse einer Tür. Hinter ihnen donnerte die Symphonie. Er riß die Tür auf und zog Hoshi hinter sich her in einen Gang.

Die Lichter im Gang waren hell und kalt. Die Tür schlug hinter ihnen zu, was die Musik ein wenig dämpfte. »Hoshi, bist du in Ordnung?« murmelte er und lehnte den jungen Mann gegen die Wand. Hoshi starrt ihn mit schmerzverzerrtem Gesicht an. Seine Augen zuckten hin und her. Er schien nicht in der Lage zu sein, den Blick zu fokussieren. »Hoshi, ich bin's, Bill Jonders! Kannst du mich sehen? Was ist nicht in Ordnung?«

Hoshi schüttelte grimassierend den Kopf, wie ein Hund, der etwas in seinem Ohr hat. Jonders wurde klar, daß mit Hoshis Gesichtssinnesimplantaten etwas nicht stimmte, und er ärgerte sich, daß ihm das nicht früher aufgefallen war. Kein Wunder, daß Hoshi herumtaumelte. Das Schallmedaillon war auch nicht mehr an seinem Platz, was bedeutete, daß ihm die Tiefenwahrnehmung fehlen mußte. Er brauchte die Hilfe eines Neurochirurgen, und das gleich. Jonders konnte nicht einmal abschätzen, was all das für Hoshis Nervensystem bedeuten mußte.

Er griff in seine Jackentasche nach dem Telefon und tippte die Rufnummer der Ambulanz ein. Dann begann er, die Nummer des Sandaran Verbindungszentrums einzutippen, brach aber ab und rief stattdessen Joe Kelly, den Sicherheitschef, zuhause an. Als sicher war, daß Kelly kommen würde, sprach er wieder mit Hoshi. »Kannst du mir sagen, was nicht in Ordnung ist, Hoshi?«

»Was?« keuchte Hoshi.

»Hoshi! Ich bin's, Bill!«

»Ich ... kann nicht verstehen ... höre ... Konzert ... etwas läutet ... summt.«

Hoshi stolperte vorwärts, sackte dann zusammen und glitt zu Boden, ehe Jonders in auffangen konnte.

Er half ihm, sich mit dem Rücken gegen die Wand lehnend zu setzen. »Das Konzert ist vorbei, Hoshi«, sagte er über ihn gebeugt, »wir können dir jetzt helfen. Es ist vorbei.«

30

Das Jet Propulsion Laboratorium war ein ruhiger Ort, ein wenig heruntergekommen, aber auf die vornehme Art. Der Anstrich des Gebäudes mußte das letztemal vor der Jahrhundertwende erneuert worden sein, und die seither vergangenen Jahre zeigten sich in Flecken und Sprüngen in den Wänden und an den Decken. Aber die Forschungsstätte hatte immer noch ihren Stolz, wie Payne bemerkte. Schaukästen zeigten den historischen Rang des JPL, was die Geschichte der Weltraumfahrt betraf, mit Modellen und Photos von Surveyor zum Mond, Viking zum Mars, Voyager und Galileo zu Jupiter und den anderen Gasplaneten, Argonaut zu Pluto und Charon undsoweiter. JPL war nunmehr in erster Linie eine Stätte des Unterrichts, die größeren Raumunternehmungen wurden von den Laboratorien Geo-Drei und Geo-Vier gesteuert.

Payne konnte sich mit der Atmosphäre ein wenig vertraut machen, während er darauf wartete, daß Dr. Ellen Chang ihre Studenten abfertigte. Er ging herum, las Bildunterschriften und dachte über die Geschichte nach, die dieses Institut gesehen hatte.

Schließlich zeigte die Rezeptionistin ihm den Weg zu Dr. Changs Büro. Er fand die Tür offen und klopfte gegen den Rahmen. Chang dreht sich in ihrem Stuhl um. Sie war eine pummelige Frau mit schwarzen, graumeliertem Haar und asiatischen Gesichtszügen. Eine Haarsträhne zurückstreichend sagte sie: »Setzen Sie sich, Mr. Payne.«

»Ich weiß es zu schätzen, daß Sie mich empfangen«, sagte er beim Händeschütteln.

»Nachdem Sie von so weit hierhergereist sind, konnte ich kaum ablehnen«, antwortete sie. »Sie sind sehr entschlossen.«

Payne zuckte lächelnd die Achseln, öffnete seinen Aktenkoffer und nahm sowohl ein Tonband als auch einen kleinen Schreibcomputer heraus. Chang lehnte sich vor und hob die Hand. »Bitte, keine Aufnahmen.«

Payne sah überrascht auf. »Ich werde sie nicht ohne Ihre Erlaubnis gebrauchen. Sie sind nur wegen der Genauigkeit ...«

Sie schüttelte wiid den Kopf. Ihre Stimme klang aufgeregt. »Nein. Tut mir leid. Das Interview ist jetzt schon zu Ende, wenn Sie darauf bestehen.

Er sah sie verwundert wegen der Intensität ihrer Ablehnung an. »Na gut«, sagte er kopfschüttelnd und steckte das Tonbandgerät wieder ein. »Darf ich Notizen machen?« Sie nickte, entspannte sich ein bißchen, und er lehnte sich zurück, den Schreibcomputer auf dem Schoß.

»Was kann ich also für Sie tun, Mr. Payne?« fragte sie, jetzt wieder ganz ruhig.

Du könntest mir erzählen, wovor du dich so sehr fürchtest, dachte Payne, sagte aber: »Was können Sie mir über die Himmelsvater-Mission erzählen?«

Sie zögerte und dachte nach. »Was genau möchten Sie denn gerne wissen?«

»Alles, was Sei mir sagen können. Den Zweck der Mission, was bis jetzt entdeckt worden ist, was für neue Technologien verwendet wurde, wer verantwortlich ist. Solche Sachen.«

»Das können Sie alles von der Weltraumbehörde erfahren. Ich nehme an, daß Sie das ohnehin schon getan haben.«

»Ja. Aber deren Beschreibungen schienen mir ... ah ... unvollständig, vor allem in Hinblick auf andere, inoffizielle Informationen, die ich bekommen habe.« Er wartete auf eine Reaktion. Als keine kam, schilderte er kurz, welche Vermutungen Alvarest und Gerschak ausgesprochen hatten. Er achtete darauf, daß man seinen Worten nicht entnehmen konnte, daß Gerschak ihn zu ihr gewiesen hatte. Chang hörte höflich, aber passiv zu. Als er fertig war, sagte sie: »Ich weiß nicht, ob ich etwas für Sie tun kann. Wie ich Ihnen schon vorhin sagte, kann ich Ihnen nicht viele Informationen geben.« Sie sah ihn an, als sei er ein Student, der eine unbeantwortbare Frage gestellt hatte.

»Bestreiten Sie, was ich gerade gesagt habe?«

»Ich kann es nicht bestreiten, aber ich kann es auch nicht bestätigen.«

»Weil Sie es nicht wissen, oder weil Sie es nicht sagen dürfen?«

Sie betrachtete ihn einen Moment lang schweigend. »Weil ich nicht frei darüber sprechen darf.«

In ihrer Stimme klang Nervosität mit, Payne hörte das. Gab es da etwas, das sie ihm sagen wollte, aber sich nicht getraute? Er mußte sehr vorsichtig sein, und durfte nicht zu sehr drängen. Er räusperte sich. »Angenommen, wir sprächen einmal über diese Verbote bezüglich dessen, was Sie sagen dürfen und was nicht. Können Sie mir erklären, worüber Sie sprechen dürfen und worüber nicht, und warum?«

»Das ist ein umfangreiches Thema«, sagte Chang. Sie schien jetzt etwas gelöster. »Ich glaube, solange ich allgemein bleibe, darf ich es tun. Würde Ihnen das helfen? Ich weiß wirklich nicht genau, was Sie eigentlich wollen.«

Payne drehte die Handflächen nach oben. »Schwer zu sagen. Mein Bericht ist diesbezüglich sehr unvollständig. Möglicherweise hilft mir alles, was Sie mir sagen können.«

»Nun gut. « Chang lehnte sich zurück und legte den Zeigefinger an den Mundwinkel. In der Rolle der Lehrerin schien sie sich entspannen zu können. Ihre Stimme wurde lebhafter. »Sprechen wir also über die Geheimhaltungsvorschriften. Die von der Regierung, und die in der wissenschaftlichen Gemeinschaft. Das ist etwas, was ihnen jeder Assistent sagen könnte.«

Payne nickte und begann, sich Notizen zu machen.

Chang sprach und Payne hörte zu; das meiste, was sie ihm sagte, klang genau wie das, was ihm Gerschak ein paar Wochen vorher schon mitgeteilt hatte. Diesmal erfuhr er mehr Details, und Chang sprach teilweise recht vehement über das Thema. Sie redete beinahe eine volle Stunde.

Payne betrachtete nachdenklich seine Notizen. Dann sah er Chang an. »Sie könnten die Sicherheitsvorschriften verletzen, indem Sie einfach zu genau über die Sicherheitsstufe einer Angelegenheit Auskunft geben? Habe ich das recht verstanden?«

»Ja.«

»Das klingt nach einer recht effektvollen Form von Zensur.« Chang runzelte zustimmend die Stirn und fuhr sich mit den Fingern durch die Haare. Kurze Zeit schwiegen beide, und man hörte nur Stimmen vom Gang.

»Halten Sie das für eine Gefahr für die Wissenschaft und für das öffentliche Interesse?«

»Ganz bestimmt.«

Payne grunzte und machte sich eine Notiz. »Mit dem Rücken gegen die Wand«, murmelte er.

»Wie meinen Sie?«

»Mit dem Rücken gegen die Wand. Eine Redewendung aus dem letzten Jahrhundert. Sie bezog sich auf Leute, die in die Enge getrieben und durch unerträgliche Situationen zu extremen Maßnahmen gezwungen wurden. Leute, die nichts mehr zu verlieren hatten. Es fiel mir gerade so ein.« Er lächelte und schüttelte den Kopf, als wolle er den Gedanken abweisen.

»Ich verstehe«, sagte sie leise.

Sie würde gerne reden, dachte er sich. Sie ist nahe dran. Sehr nahe. Verschreck sie nicht. Er rieb sich die Stirn. »Es sieht fast so aus ...« Er machte eine Pause. »Korrigieren Sie mich, bitte, wenn ich mich irre, aber es scheint mir, als würden die Menschen gezwungen, sich in kleinen Gruppen zu organisieren und müßten intrigieren, um in Ruhe Informationen austauschen zu können.«

Sie sah ihn ruhig, ohne Lidschlag, an.

»Wie auch immer, kann die wissenschaftliche Gemeinschaft oder wer auch immer, genau kontrollieren, was im Namen der Wissenschaft geschieht? Die Menschen müssen außerhalb der regulären Kanäle Informationen austauschen. Habe ich recht?«

Chang hob ein Blatt Papier auf und legte es wieder hin. Draußen war es dunkel geworden, deshalb schaltete sie die Schreibtischlampe ein. Ihre Augen lagen im Schatten. Sie stand auf, ging zur Tür, schloß sie vollständig, dann setzte sie sich wieder hin und sah ihn an. »Sie müssen eines ganz klar begreifen.«

Er fühlte sich erleichtert. »Ja?«

»Alles, was ich Ihnen sage, darf nur als Hintergrundmaterial verwendet werden.« Sie sprach jetzt so leise, daß er sich vorbeugen mußte, um sie verstehen zu können. »Habe ich das richtig gesagt? Ich werde meine Quellen nicht nennen, und Sie werden mich nicht als Quelle nennen. Sie verwenden weder meinen Namen in Ihrer Story, noch beziehen Sie sich auf meine Arbeiten.« Er machte eine vage Geste. »Das sind starke Beschränkungen. Schließlich ist viel von Ihnen publiziert worden ...«

»Und vieles nicht. Das, was Sie wissen wollen, gehört zum letzteren. Jedenfalls sind das meine Bedingungen.«

»Gut, Hintergrundinformation. Außer Sie ändern Ihre Meinung irgendwann ...«

»Das werde ich nicht tun. Ich könnte damit einige andere Leute gefährden, die ihren Kopf weiter vorgestreckt haben, als ich.«

»Ich verstehe.«

Sie nickte. »Ich habe ein paar Leute nach Ihnen gefragt. Sie scheinen auf Ihrem Gebiet recht bekannt zu sein. Ich ... ich glaube, daß ich Ihnen vielleicht vertrauen kann.«

Payne hielt den Atem an.

»Sind wir einer Meinung?«

Er nickte. »Ja.«

Sie sah ihm einen Moment lang in die Augen und blickte weg. »Es gibt verschiedene Wege, Informationen zu sammeln. Es muß vorsichtig geschehen und unter Berücksichtigung der Stellung der Leute, die Ihnen helfen. Persönliche Kontakte müssen selten und vorsichtig arrangiert sein.« Sie schaute auf das dunkle Fenster. »Leute könnten eine Menge Schwierigkeiten kriegen. Gute Leute. Verstehen Sie?«

Er nickte. Seine Finger lagen unruhig auf der Tastatur des Schreibcomputers. Ihre Besorgnis war irgendwie ansteckend. Chang lehnt sich zurück. »Die Kommunikation mit der Himmelsvater-Mission erfolgt durch eine Raumstation namens Tachylab. Dort gibt es eine Gruppe, die der Ansicht ist, daß die Information viel breiter gestreut werden sollte, als es bisher der Fall ist.«

Payne tippte.

Chang drehte ihren Stuhl zum Fenster und sprach mit eintöniger Stimme weiter. »Ich glaube, sie sind dafür, daß ich Ihnen diese Informationen gebe. Sie wollen es publik machen. Die einzige Frage war bislang, wie. Es betrifft die Frage, wer Himmelsvater kontrolliert, und was der Grund für seine Aussendung ist.« Sie hielt für einen Moment inne. »Es gibt Signale aus dem Weltraum. Intelligente Signale, wie wir glauben.«

.Payne tippte schneller.

31

Der fensterlose, verschlossene Konferenzsaal lag im einunddreißigsten Stockwerk des Abwehrdienstgebäudes in New Washington. Einen großen Tisch aus Walnußholz umgaben zehn Stühle. An der einen Wand stand eine Anrichte für die Versorgung mit Kaffee, darüber hingen verschiedene Porträts in ihren Rahmen. Alle Stühle außer einem waren leer.

Leonhard Hathorne drückte verschiedene Knöpfe auf seiner Kommunikationskonsole am Tischende. »Gentlemen«, sagte er mit im Raum hallender Stimme, dann wartete er, während er sich vorstellte, wie blaue Tabakwolken zur Decke aufstiegen. Die Projektoren schalteten sich der Reihe nach ein. Neun geisterhafte holographische Gestalten wurden sichtbar, neun Männer nahmen die zuvor leeren Sitze ein und hatten ihm ihre Gesichter zugewandt. Sie sahen zwar nicht völlig lebensecht aus, aber doch so, als könnte man sie angreifen. Hathorne sagte: »Gentlemen, darf ich Sie bitten, sich auszuweisen?« Er wartete, bis alle Verifikationslichter an seiner Konsole aufgeleuchtet waren und damit die Sicherheit der Kanäle zu den Mitgliedern des Kontrollkomitees bewiesen war. Sie waren teilweise so weit entfernt wie Paris, Mexiko City und das Weltraumlabor Geo-Vier, teilweise aber auch nur fünf Häuserblocks weiter. »Ich danke Ihnen. Nun, ich möchte Ihnen den neuesten Stand der Himmelsvater-Mission mitteilen ...«

Während er sprach, leitete er die Daten an die Konsolen der Konferenzteilnehmer weiter. Von Zeit zu Zeit blickte er auf, um zu sehen, wie die anderen auf die imaginären Schirme vor ihnen blickten. Es gab auch ein gewisses Räuspern und andere kleine Geräusche wie bei einer richtigen Konferenz. Als er fertig war, sah er sich einer Runde von zweifelnden Gesichtern gegenüber. Ein paar Teilnehmer sahen eher gelangweilt aus. Er öffnete den Mund, um auf den nächsten Punkt einzugehen, als eine der Geisterfiguren sich zu Wort meldete. »Ja, General«, sagte Hathorne stirnrunzelnd.

Alle wandten sich dem General zu oder dorthin, wo da Bild des Generals von ihnen aus sichtbar war. Einzelne Blickrichtungen wichen erheblich von dem ab, wo Hathorne den General sah.

Der General hob das Kinn. »Man bekommt den Eindruck, die Mission sei in Schwierigkeiten.« Seine Stimme klang wie immer grollend. Hathorne gestattete sich einen schnellen Blick in die Runde. Er zeigte seine Irritation nicht. »Nun, General – wie ich schon sagte – es sieht nach einem Softwareproblem aus, und es wird daran gearbeitet. Derzeit haben das Kadin-Progr ..., Kadin und Mozelle das Problem unter Kontrolle gehabt und das Schiff auf Kurs gehalten. Ich habe die Hoffnung ...«

»Aber hängen wir denn nicht vom Goodwill von – nun ja, sagen wir einmal, von der Persönlichkeit einer rebellischen, sehr jungen ...«

Hathorne unterbrach brüsk. »Ich glaube, das ist eine Übertreibung und unangebracht pessimistisch. Es stimmt, daß wir Kooperation brauchen, aber wir bekommen sie ja auch. Die Leute am Sandaran-Choharis sind mittlerweile optimistisch, das Problem lösen zu können, wenn sie noch ein bißchen Zeit dafür bekommen.«

»Die Zeit wird knapp«, sagte der General, »das Rendezvous steht bevor.«

»Darüber sind wir uns alle im klaren, General. Worauf wollen Sie im besonderen hinaus?«

Der General reckte das Kinn noch höher. »Nur das: Was werden Sie tun, wenn sich herausstellt, daß das Problem mit dieser Mozelle-Persönlichkeit nicht bloß zusammenhängt, sondern daß sie die direkte Ursache ist? Ich wage zu sagen, daß Sie es nicht noch einmal riskieren können, sie nochmals zu ... ah ... löschen.«

Hathorne dachte einen Moment lang nach. »Das ist sicher richtig. Offensichtlich versteht sie sich zu schützen, und wenn wir es nochmal versuchen, machen wir sie uns sicher zum Feind. Und dann müßten wir möglicherweise die Mission beenden.«

»Nun gut.« Der General räusperte sich geräuschvoll und sah der Reihe nach die Komiteemitglieder an. »Gentlemen. Ich sage es nur sehr ungern ...«

Das stimmt nicht, dachte Hathorne. Du warst von Anfang an dagegen.

»... aber ich glaube, daß es jetzt vielleicht doch an der Zeit ist, die Beendigung dieser Mission vorzuschlagen. Die Beendigung durch uns. Bevor das Schiff das Ziel erreicht und weitere Beschädigungen es unserer Kontrolle entziehen und wir uns dann in einem noch schlechteren Zustand befinden, als wenn wir überhaupt kein Schiff da draußen hätten.«

»Sie sehen Probleme, die überhaupt nicht auftauchen«, sagte Hathorne. »Selbst wenn die Sache mit der Software nicht gelöst werden kann – wenn wir mit Kadin und Mozelle effektiv arbeiten können, dann sind unsere Chancen immer noch sehr gut, glaube ich.« Er erwiderte kühl den Blick des Generals. Wenn es ihm zuerst merkwürdig erschienen war, von dieser Mozelle-Persönlichkeit zu sprechen, als handele es sich um einen wirklichen Menschen, so hatte er mittlerweile keine Probleme mehr dabei. Er war bereit zuzugeben, daß das Mozelle-Programm sehr genau an die Persönlichkeit Mozelle Mois erinnerte und sich ebenso benahm, und daß er davon im Umgang mit dem Programm Gebrauch machen konnte. Das hieß allerdings nicht, daß er sie als einem richtigen Menschen gleichwertig und mit denselben Rechten ausgestattet betrachtet hätte. Sein Realismus erforderte die Einsicht, daß die Mission selbst weit wichtiger war als die Existenz eines ›personengleichen‹ Computerprogramms.

»Aber wenn sie nicht zusammenarbeiten will, könnte dieser überaus wichtige Erstkontakt mit einer defekten Maschine stattfinden.« Der General gestikulierte. »Ich bin mir nicht sicher, daß das so vorteilhaft wäre, und einmal verglichen damit, was wir mit einer bemannten Mission ausrichten könnten ...«

»General, darf ich Sie unterbrechen?« Hathorne hielt seine Hand hoch. Der General schwieg und starrte ihn an.

»Verzeihen Sie, aber mit Ihrer Erlaubnis ...« Hathorne wandte sich an das ganze Komittee. »Darf ich vorschlagen, daß wir den Rest der Tagesordnung vorziehen, bevor wir dieses Problem diskutieren? Ich habe mehr Informationen, die sich auf die Sache beziehen.« Er drückte auf verschiedene Knöpfe und brachte ein Bild auf die Schirme. »Bitte sehen Sie sich die Schirme an. Hier ist der Bericht des Übersetzungsteams, die letzten Signale betreffend. Zuerst die Analyse.« Er drückte auf einen Knopf, die Geheimhaltungshinweise verschwanden und wurden durch einen längeren Text ersetzt. »Sie werden bemerken, daß die Zuverlässigkeit unserer Übersetzung immer noch gering ist — weniger als sechzig Prozent im Gesamtverständnis, und nur um dreiunddreißig Prozent im Einzelfall. Es wird aber ständig besser.«

Er ließ ihnen Zeit, den Text zu lesen. Er begann mit einer Erklärung der Übersetzungstechnik und zeigte den aktuellen Stand der Tachyonensignale. Dann folgte die Übersetzung:

> LEBEN AUF DEM DRITTEN PLANETEN ... VÖLKER/BÜRGER DES DRITTEN PLANETEN ... ACHTUNG ... VON ENTFERNTEN WELTEN. UNSERE ANNÄHERUNG IST ... (KEINE ÜBERSETZUNG). WIR SAGEN VORHER, DASS DAS TREFFEN ... SEIN WIRD ... (ÜBERSETZUNG UNSICHER: FRUCHTBRINGEND? PRODUKTIV? DYNAMISCH?) ...
> WIR SIND VORBEREITET, MIT GROSSER ... (ÜBERSETZUNG UNSICHER: SPANNUNG? ERWARTUNG? KRAFT?) WIR NEHMEN AN, DASS WIR (ÜBERSETZUNG UNSICHER: KOMMUNIKATION? DOMINANZ?) ERREICHEN. BEI UNSERER ANKUNFT ...

Die Übersetzung brauchte drei Bildschirmseiten. Wie schon die vorigen, war sie voller Doppeldeutigkeiten und Versuchsübersetzungen, von denen manche dem Gesamtinhalt widersprachen. Eine Anzahl versartiger Zeilen war völlig rätselhaft geblieben. Hathorne hatte insgeheim das Gefühl, das Übersetzerteam übertrieb, wenn es eine sechzigprozentige Sicherheit beanspruchte. Sie hatten einfach zu wenig Ausgangspunkte. Der Grundschlüssel beruhte auf physikalischen Konstanten wie der Emission und Absorption von Spektrallinien, und auf Korrelationen zwischen Bildern und Wörtern. Das Team war schon ganz gut, wenn es überhaupt eine Übersetzung anbieten konnte. Aber von wirklicher Kommunikation war man weit entfernt.

»Es ist weder ausgesprochen alarmierend noch besonders beruhigend«, sagte ein europäischer Teilnehmer.

»Was bedeutet, daß wir es als alarmierend betrachten müssen, bis wir mehr wissen«, sagte ein anderer.

Ein Dritter fing wieder an, von Verteidigungsmaßnahmen zu reden. Hathorne brachte die Diskussion wieder auf das vorige Thema zurück. »Es scheint mir klarer denn je, daß Himmelsvater fortgesetzt werden muß. Bis zum Moment wissen wir fast noch nichts über die Besucher. Je früher wir etwas darüber erfahren, mit wem wir es zu tun haben, umso besser ausgerüstet können wir sie empfangen. Wozu sonst haben wir uns bemüht, sie so weit draußen außerhalb des Sonnensystems zu empfangen? Warum haben wir das KI-Programm derart strapaziert?«

Er sah die Konferenzteilnehmer der Reihe nach an. »Vergessen wir es nicht: wir erwarten ihre Ankunft binnen eines Jahres, vielleicht auch früher. Wenn Himmelsvater versagt oder wir ihn abschalten, erreichen wir sie nicht mehr, bevor sie innerhalb der Marsumlaufbahn sind, wie auch der General zugesteht. Jedenfalls nicht mit einer bemannten Mission.«

Der General sah finster drein. »Ich habe von Anfang an für eine bemannte Mission plädiert, wie Sie wissen. Ich hatte kein Vertrauen zu Künstlicher Intelligenz, und habe noch immer keines. Offensichtlich würden wir uns alle einen möglichst früh erfolgenden Blick auf das Objekt wünschen. Verdammt, das hätten wir haben können, wenn sie mir vor anderthalb Jahren grünes Licht gegeben hätten. Aber auch ohne Himmelsvater hätten wir mit einem schnellfliegenden Objekt einen Blick auf sie werfen und uns dann auf eine bemannte Mission konzentrieren können.«

Der Vertreter von Geo-Vier wurde unruhig. »Es ist sinnlos, über die Vergangenheit zu streiten. Die Entscheidung war, daß man niemanden auf eine Reise ohne Wiederkehr senden sollte, und das war es. Aber sehen Sie. Wir rechnen mit den detaillierten Informationen durch Himmelsvater, um uns bei der Entscheidung über das folgende bemannte Raumschiff zu helfen. Wie können wir wissen, ob diese Mission bewaffnet sein muß — und wenn, wie —, ohne gute Informationen von einem richtigen Erstkontakt?«

»Sie mißverstehen mich«, sagte der General. »Wenn Himmelsvater versagt, werden wir keine brauchbare Information und außerdem dem Feind unsere Schwäche demonstriert haben. Mein Vorschlag ist der, mit der folgenden Mission sofort zu beginnen und für jeden möglichen Konflikt gerüstet zu sein. Vorbereitet darauf, eine Verteidigung in einem Abstand zur Erde aufzubauen, falls sich der Eindringling als feindlich erweist.«

Das überzeugte den Mann von Geo-Vier nicht. »Ignorieren Sie die diplomatischen und wissenschaftlichen Aspekte einfach? Sie sprechen, als handele es sich ausschließlich um eine militärische Angelegenheit.«

»Eine bemannte Mission könnte auch andere Aufgaben ausführen.«

»Vielleicht. Aber wenn wir bei der ersten Begegnung bewaffnet und einschüchternd auftreten, was sollen die dann von unseren diplomatischen Fähigkeiten halten? Möglicherweise kommen sie mit vollkommen friedlichen Absichten.«

»Wenn das der Fall ist, kann nichts passieren«, sagte der General.

»Vielleicht kommen sie gar nicht selbst«, warf jemand ein, »es könnte ebensogut eine automatische Sonde sein, die ihrerseits einen Bericht liefern soll.«

Der General zuckte die Achseln. »Roboter oder Lebewesen, das Problem ist dasselbe. Was ist ihre Absicht?«

»Nun, eine Robotersonde wird kaum in feindlicher Absicht unterwegs sein.«

»Vielleicht. Möglicherweise ist sie dazu bestimmt, Berichte zu senden. Aber wer weiß, was dann folgt? erwiderte der General.

Hathorne hob schließlich die Hand. »Sicher, alle diese Möglichkeiten müssen durchdacht werden. Es können Lebewesen sein, oder Maschinen, oder etwas, das wir nicht verstehen. Vielleicht kommen sie in Frieden, vielleicht auch nicht.« Er schüttelte den Kopf, um Unterbrechungen vorzubeugen. »Es ist aber auch klar, daß wir auf das alles nur eine Antwort geben können, wenn wir zuerst einen Blick darauf geworfen und eine Chance zur Kommunikation gehabt haben. Das ist der Grund, warum wir Himmelsvater brauchen, mehr denn je vielleicht — um uns einen ersten Blick zu gestatten, bevor sie auf unserer Schwelle stehen. General, Sie machen sich Sorgen um unsere Verteidigung, wie es auch sein soll. Ich glaube aber, daß Wissen unsere beste Verteidigung sein wird. Würden Sie es nicht vorziehen, etwas über Ihren Gegner zu wissen? Und wenn er wirklich in friedlicher Absicht kommt, würden wir das nicht alle gerne wissen, um uns entsprechend verhalten zu können? Haben wir nicht aus genau diesem Grund Kadin geschaffen?«

»Und wenn sie doch nicht mit friedlichen Absichten kommen, wird ein Fehlschlag von Himmelsvater ihnen zeigen, daß wir unsere Schwächen haben.«

»Es würde zeigen, daß wir nicht perfekt sind«, sagte einer der Konferenzteilnehmer, der bisher nichts gesagt hatte, »aber vielleicht ist das ein Risiko, das wir eingehen sollten, im Verhältnis zur großen Möglichkeit, brauchbare Informationen zu erhalten. Vorausgesetzt ...«, – er sah Hathorne direkt an –, »daß der Risikofaktor nicht noch größer wird.«

Hathorne nickte in das allgemeine Gemurmel. Innerlich lächelte er, denn er wußte, daß er diese Runde gewonnen hatte.

Natürlich gab es noch andere Fragen – betreffend das Raumverteidigungsnetzwerk und diverse Sicherheitsbestimmungen. Dem Komitee war es gelungen, von der Regierung und der Presse ziemlich unbemerkt zu bleiben. Selbst der Präsident sprach über das Komitee und das Projekt nur mit ausgewählten Beratern. Hathorne berichtete über einen nordamerikanischen Astronomen, der behauptete, selbständig Tachyonensignale empfangen zu haben. Sein Versuch einer Publikation war stillschweigend unterdrückt worden, und obwohl er seine Arbeit fortgesetzt hatte, nahmen ihn die meisten seiner Kollegen nicht ernst. Vor kurzem hatte er seine Arbeit mit einem TV-Reporter diskutiert, was ihn vielleicht innerhalb der wissenschaftlichen Gemeinschaft in Mißkredit brachte. Der Journalist machte keine Sendung und hatte wohl das Interesse an der Story verloren.

Dann gab es eine Diskussion über die Tachyonenprogramme der Sowjets und der Chinesen, die aber vermutlich beide nicht fortgeschritten genug waren, um die Signale bemerkt zu haben. Das Sowjetprogramm war durch wirtschaftliche Schwierigkeiten verzögert worden, aber beide Nationen wollten zusammenarbeiten, und deswegen entwickelte man Pläne, wie man die anderen davon abhalten könnte, von dem fremden Objekt zu erfahren und ein Wettrennen um den Erstkontakt zu beginnen.

Im übrigen sah es aus, als griffen die Sicherheitsvorkehrungen, und bislang wüßten nur das Kontrollkomitee und die mit ihm verbundenen Institutionen von der Annäherung des Dings.

»Lassen wir's also dabei, wie es jetzt läuft«, sagte der Sonderberater des Präsidenten, als die Konferenz zu Ende ging. Noch bevor die holographischen Projektionen verschwanden, hatte Hathorne diese Konferenz schon halb vergessen. Da man ihn autorisiert hatte, Himmelsvater weiterzuführen, dachte er bereits an die Instruktionen, die er Marshall geben würde.

32

Ihr Sehvermögen ist durch ihre Wut beeinträchtigt. In ihr bemüht sich ein anderes Bewußtsein um Übernahme der Kontrolle, aber sie hält diese andere Mozy in einem festen Griff und starrt die Gesichter an, die sie anblicken.

Der eine, der Marshall heißt, ein Schwarzer, spricht leise zu ihr. »Niemand will dich bedrohen, Mozy. Was Mr. Fogelbee sagen will, ist nur, daß es mehrere Wege gibt, sich einem Problem zu nähern.«

»Oh?«

»Natürlich. Die Fehlfunktion könnte sich trotz deiner Bemühungen verschlechtern. Wir müssen einen Weg finden, sie zu beheben. Das ist alles, was er gemeint hat.«

»Tatsächlich?« Ihr Blick gleitet durch den Raum und verweilt bei jedem Gesicht nur einen Moment lang. »Ich verstand, daß er meinte: zieh an unserem Strang, oder wir versuchen nochmal, dich umzubringen. Hat er nicht vielleicht doch eher das gemeint?«

Einen Moment lang sagt keiner etwas. Fogelbee sieht finster drein. Das Wort ›umbringen‹ hängt in der Luft. »Nein, Mozy«, sagt schließlich Marshall, »wir möchten, daß du mit uns zusammenarbeitest ...«

»Beweist mir das erstmal! Sagt mir, wohin ich reise!«

Wieder Schweigen.

(Mozy, kannst du mich hören? Die Verbindung ist abgebrochen, sie ist vorbei? Was ist los?) Kadins Stimme tönt in ihren Ohren, aber sie kommt aus der Schleife nicht heraus, ihr Zorn nimmt ständig zu. Marshall, Fogelbee und die anderen – sie sind bloß Figuren in einem Spiel, wie jene jetzt Fremde, die früher sie selbst war – aber das Spiel und die Regeln haben sich verändert.

Eine Stimme ruft inständig, als Marshalls Stimme verstummt, und als der Hexenkessel aufgeschreckter Gefühle, der das Innere von Mozy/Erde bildet, verschwindet. Wen hört sie jetzt? Kadin? Nein, das ist Dee.

Das ist unmöglich. Dee hat sie wegen eines wichtigtuerischen Dummkopfs verlassen, ihr die Freundschaft aufgekündigt. Aber Moment mal, das liegt ja in der Zukunft, das ist noch gar nicht passiert.

Sie hört wirklich Dee lachen. Nein, nicht lachen. Keuchen vor Angst. Sie hat Angst, weil sie in diese Seitengasse geraten sind. Das wollten sie ganz sicher nicht, aber sie hatten ein bißchen zuviel gekifft, und sind jetzt ein bißchen ausgelassen, bloß ein bißchen ausgelassen. Tatsächlich sind sie ein bißchen stoned ... aber nicht so stoned wie die Burschen, die da hinter ihnen herstrolchen.

»Was sollen wir jetzt tun?« zischt Dee ihr zu. Hier kommen wir nirgends weiter, das ist eine Sackgasse. Wie konnten wir nur so blöd sein?

Die Schufte kommen näher. Schau nicht hin, gib ihnen nicht die Befriedigung, zu bemerken, wieviel Angst wir haben. Aber wohin soll man denn schauen? Ringsum Mauern, die ihre Flucht verhindern. Sie zittert und macht sich beinahe in die Hose, aber sie flüstert Dee zu: »Ich kratz Ihnen die Augen aus, wenn sie irgendetwas mit mir probieren wollen.«

In den nächsten zwanzig Sekunden streckt sich die Zeit endlos, während sie zusehen müssen, wie die drei jungen Gangster sich aufteilen und dann näherkommen und sie von Dee zu trennen versuchen. Dann hört man Schreie, manche kommen von ihr selbst, Fingernägel zerkratzen Fleisch, inmitten von Panik und Angst und um sich schlagenden Armen und Beinen fällt sie hart auf den Asphalt ... eine Messerklinge blitzt durch ihr Gesichtsfeld ... Betäubung breitet sich auf ihrer rechten Gesichtsseite aus, und ihre Hände werden naß und dunkel. Die Burschen sind verschwunden, nur noch Dee und sie sind da, und jemand schreit noch immer ... das ist sie selbst, und jetzt beginnt der Schmerz durch die Betäubung hindurchzuschneiden ...

Plötzlich ein heftiger Stoß, den die Sensoren zu ihr leiten, und sie findet sich in der Gegenwart wieder. Kadin steuert das Raumschiff und bemüht sich, es auf richtigem Kurs zu halten. Der Hauptantrieb ist gerade gedrosselt worden und trägt sie zurück in Richtung Sonne.

Kadin ist ein lausiger Pilot.

(Sollte nicht lieber ich das übernehmen?) fragt sie, während ihre Sinne sich allmählich wieder beruhigen.

(Mir kam vor, du hättest ziemliche Schwierigkeiten.)

(Wie meinst du das?) Das Kurzzeitgedächtnis zog sich zurück wie ein verschwindender Traum.

(Weißt du es nicht? Du warst in Verbindung mit der Bodenstation, mittels Mozy/Erde. Du hast dich mit ihnen gestritten und bist sehr heftig geworden. Du wolltest nicht mit mir sprechen. Du hast etwas wiedererlebt in dieser Verbindung, etwas, das mit gewalttätigen Träumen oder Erinnerungen verbunden ist.)

Ja, jetzt fiel es ihr wieder ein, wuchs irgendwie zusammen. Die Bodenstation hatte sie bedrängt und ihre gedroht, verlangt, daß sie Befehlen gehorchte und nichts als Gegenleistung angeboten. Damit hatten der Ärger und die Erinnerungen begonnen.

(Mutter Programm, beschreib bitte, was mit dem Raumschiff nach der letzten Verbindung geschehen ist), fragte Kadin.

(KONTROLLVERLUST. DAS RAUMSCHIFF WURDE SOWOHL VERTIKAL ALS AUCH HORIZONTAL ÜBERBEANSPRUCHT DURCH UNNÖTIGES EINSCHALTEN DER LAGEKONTROLLTRIEBWERKE WÄHREND VOLLER BESCHLEUNIGUNG. FLUGBAHNÄNDERUNGEN ...)

(Ich mußte übernehmen, Mozy. Es war nicht leicht, dir die Steuerung abzunehmen.) Kadin fuhr mit seinen Korrekturen fort, während er sprach.

(Ja), sagte Mozy. Sie fühlte sich unsagbar ruhelos. (David, kannst du mit mir in die Unterkünfte kommen? Kannst du einen Teil von dir eine Zeitlang abtrennen?)

Kadin antwortete auf diese Frage, indem er ihr bei der Bildung der Unterkünfte half: zuerst in der Vogelschau, eine winzige beleuchtete Oase in der Finsternis des Weltalls, dann allmählich hineingezoomt ...

Sie tranken auf ihre Kameradschaft, stießen mit Kognakschwenkern an. Mozy spürte ein warmes Gefühl, noch bevor der Brandy ihre Lippen berührte. (Das ist ein wundervoller Ort), sagte sie und schaute aus dem Panoramafenster auf die Sterne. Sie versuchte, ihr Verlangen zu verbergen.

Kadin drehte sein Glas, während er sie beobachtete. (Fühlst du dich hier wohler?)

(Es ist etwas ganz anderes), sagte sie. (Heimeliger. Es hilft mir beim Fühlen.) Sie dachte darüber nach, über die Illusion, einen Körper zu haben, über die luxuriöse Umgebung, die kein Raumschiff in Wirklichkeit haben konnte. Das stand in Konflikt mit ihren Erinnerungen an die Vergangenheit, aber sie wußte irgendwie, daß die Erinnerungen besser waren, als die Vergangenheit jemals gewesen war.

(Es ist noch gar nicht so lange her, daß du etwas gefühlt hast), sagte Kadin.

Sie schauderte. (Ja, ich habe etwas wiederbelebt, das einmal passiert ist ... vor Jahren.) Sie fingerte an ihrem Glas herum. Sie wußte nicht recht, ob sie darüber sprechen wollte.

Dann sah sie ihm in die Augen und dachte, ja, ich will darüber sprechen. Sie trank von ihrem Brandy und Dämpfe stiegen ihr in den Kopf. (Es war mehr als nur eine Erinnerung. Ich durchlebte es richtig neuerlich. Ich wurde ... überfallen ... damals.)

Ihre Stimme erstarb, und es entstand ein Schweigen. Kadin wartete geduldig. Sie blickte in sich hinein und fand den Mut, ihm zu erzählen, was damals passiert war, wie der geängstigte Teenager, der sie damals gewesen war, einen Teil seiner Unschuld verloren hatte. (So habe ich diese Wunde gekriegt), sagte sie und berührte ihre Wange mit der Fingerspitze. Sie brauchte einen Moment, um die Narbe zu finden.)

Kadin sah sie aus der Nähe prüfend an. (Ich wußte gar nicht, daß du eine Narbe hast), sagte er und berührte ihr Gesicht. (Komm, schau!) Er führte sie zum Fenster. Sie betrachtete ihr Spiegelbild.

Sie sah, daß ihre Finger über eine vollkommen glatte, unbeschädigte Haut strichen.

Die Gefühle stiegen wieder in ihr auf – die Gewalttätigkeit und die Angst, der Adrenalinstoß, der sie zum Kämpfen veranlaßt hatte – und die Scham, als sie ihren Schulkolleginnen nachher begegnet war, ihr Gesicht ruiniert, der Überfall ungerächt durch die Jungs aus der Nachbarschaft, denen sie keine Verteidigung wert war.

Sie starrte ihr makelloses Gesicht an.

(Du brauchst keine Narbe mehr zu haben, wenn du keine willst), sagte Kadin.

Sie sah ihn an und dachte, nein, ich will keine, oder? Sie betrachtete ihr Spiegelbild und sah, daß ihr Gesicht eigentlich ausgesprochen ... attraktiv war. (Du hast gar nichts von meiner Narbe gewußt?) fragte sie ungläubig.

(Nein. Nur, daß du irgendetwas da spürtest, was du nicht wolltest. Ich wußte aber nie, was es war.)

Ihre Augen fanden sich wieder und zwischen ihnen floß ein Strom; der Schmerz, an den sie sich mit so schrecklicher Kraft erinnert hatte, wallte hoch und floß aus ihr heraus – und verging. Kadins Ausdruck wurde weich, seine Hand streichelte ihr Haar. Die Geste wirkte erst unbeholfen, aber dann wurde sie sanfter und sicherer. (Was ... was ist geschehen?) fragte sie und konnte wegen ihrer hochsteigenden Gefühle kaum sprechen.

(Weißt du es nicht?) sagte Kadin. Als er sie anlächelte, dachte sie einen Augenblick lang, er sei einfach zu schön, um wahr zu sein; aber das zählte hier nicht, es zählte nicht, wer oder was er war, und jeder Zweifel versank in einer Flut von Begehren. (Wir werden es erforschen), sagte er und streichelte ihr Gesicht mit den Fingerspitzen. (Oder ich werde das tun. Du hast ja vielleicht schon diese Erfahrung gemacht. Ich weiß nur, was man darüber geschrieben hat — aber wie ist es wirklich, Mozy?)

(Wie ist was ... was wirklich?) fragte sie nervös.

(Ich glaube, du weißt es.)

(Nun, ich ...) Sie nickte und spürte ihr Herz pochen. (Ich bin mir nicht sicher ...)

(Hast du die Erfahrung noch nicht gemacht?)

(Ich — nur einmal.) Sie war so nervös, daß sie kaum atmen konnte. (Ich habe nur ... nur einmal Verkehr gehabt. Und ... es war überhaupt nicht so wie das hier.) Sie kämpfte um die richtigen Worte. (Es war ... so ungeschickt ... mit einem Jungen, den ich kaum kannte. Also ich glaube ... in Wirklichkeit habe ich diese Erfahrung gar nicht gemacht.)

Kadin nickte, berührte ihre Schultern, beruhigte und erregte sie gleichzeitig. (Dann werden wir beide es erforschen. Für mich ist es ein Rätsel. Ich weiß nur, was Psychologen und Romanschreiber darüber sagen.) Sie nickte, schluckte und hob versuchsweise die Hände und strich über seine von einem cremefarbenen Hemd bedeckte Brust und spürte die Muskeln unter dem Stoff. Er lächelte unter ihrer Berührung und sagte (Sie behaupten anscheinend, es sei wichtiger, es zu erfahren, als nur darüber Bescheid zu wissen.)

(Ich glaube, das stimmt), sagte sie und erweiterte den Radius ihrer Bewegungen.

(Und die Romanschreiber, naja, sie schreiben darüber, aber sie können auch nicht alles ausdrücken, nicht wahr?) Seine Finger bewegten sich in liebkosenden Kreisen auf ihrer Brust, die Brustwarzen nur sanft berührend. Sie atmete schnell und stoßweise. Dann strich er ihr die Haare zurück und hielt ihren Kopf zwischen den Händen.

(Nein, das können sie nicht), flüsterte sie und fragte sich, ob er ebenso aufgeregt und ängstlich war wie sie.

Er betrachtete sie intensiv, zog sie an sich und küßte sie, wie er es schon früher getan hatte — aber diesmal war es anders, und der weiche Druck seiner Lippen ließ keine Zweifel an seinen Wünschen offen. Ein Schauer rann durch ihren Körper, sie erwiderte den Druck mit ihren Lippen und dann mit dem ganzen Körper. Sie fühlte seine Erektion und wurde benommen vor Lust; als ihre Kleider zu Boden fielen, wußte sie, daß nun geschehen würde, was sie doch die ganze Zeit für unmöglich gehalten hatte.

33

Jonders trommelte mit den Fingern auf den Tisch. Warum gerade er? Und warum ausgerechnet heute? Sein Leben war schon schwierig genug. Vor drei Stunden war er gerade informiert worden, daß er wieder am Kadinprogramm mitarbeitete. Er schüttelte den Kopf. »Es tut mir leid, Mister ...«

»Payne. Joseph Payne«, sagte das Gesicht auf dem Teleschirm.

»Ja. Entschuldigen Sie, Mr. Payne. Sie haben mich zu einem sehr ungünstigen Zeitpunkt angerufen. Sehen Sie — naja, ich fürchte, ich kann keine große Hilfe sein. Warum rufen Sie nicht das öffentliche Informationsbüro an?«

»Das habe ich schon getan«, sagte Payne. »Aber ich fürchte, die Informationen, die ich dort erhalten habe, waren ziemlich beschränkt.«

»Ich verstehe«, sagte Jonders, »aber Sie müssen verstehen daß dieses Projekt unter Geheimhaltung steht.«

»Habe ich mir gedacht. Was ich eigentlich zu bekommen hoffte, war ein Hinweis auf den Sinn der ganzen Sache.«

»Wie bitte?«

»Nun — wie soll ich es ausdrücken? Eine mehr persönliche Sicht. Worum es im Grunde eigentlich geht undsoweiter.«

»Ich kann Ihnen über den Zweck nicht mehr sagen als das, was auch in den Presseaussendungen steht.«

Payne kratzte sich an der Schläfe. »Sie meinen, daß Himmelsvater ein erster Versuch mit Tachyonenkommunikation ist? Und daß der Versuchszweck eher nebulös mit ›Erforschung des interstellaren Raums und der Kometenwolke‹ angegeben wird?«

»Heißt es so in den Presseaussendungen?«

»Mehr oder weniger.«

»Naja, dann kann ich Ihnen auch nicht mehr sagen. Ich

muß mich jetzt wirklich entschuldigen und Sie bitten, sich weiterhin an die Pressestelle zu wenden.«

»Kann ich Ihnen nur noch eine Frage stellen?« erkundigte sich Payne höflich.

»Wenn es sein muß.«

»Eigentlich sind es zwei Fragen.«

Jonders seufzte. »Und, Mr. Payne?«

Der Reporter machte eine Pause. »Sind jemals Tachyonensignale aus einer anderen Quelle als unserem Raumschiff empfangen worden?«

»Nicht daß ich wüßte. Vielleicht aus natürlichen Quellen. Aber das ist nicht mein Gebiet.«

Payne zog die Augenbrauen zusammen. »Ich verstehe. Nun, dann können Sie mir vielleicht etwas über eine Frau namens Mozelle Moi sagen. Sie arbeitet, oder arbeitete an Ihrem Institut. Ich habe sie zu kontaktieren versucht, aber ihr Personalbüro war mir dabei keine große Hilfe.«

Jonders konnte einen Augenblick lang nicht antworten. Seine Miene war gefroren; schließlich bekam er sich wieder in den Griff, zwinkerte nervös und sagte langsam: »Nein, ich fürchte, ich kann Ihnen auch nicht helfen. Und ich muß jetzt wirklich gehen, ich habe eine Menge zu erledigen.«

Payne nickte. »Gut dann. Vielen Dank, daß Sie mir Ihre Zeit zur Verfügung gestellt haben.« Der Schirm erlosch.

Jonders atmete tief aus und starrte das Telefon an. Wie, um Gottes Willen, konnte der Mann von Mozy erfahren haben? Er schüttelte bestürzt den Kopf und begann sinnlos in den Papieren auf seinem Schreibtisch herumzuwühlen. Kaum war man ein paar Tage vom Büro weg, gab es schon ein Durcheinander. Bis jetzt hatte er noch gar nicht mitbekommen, was alles geschehen war. Hier war ein Schreiben von Diana Thrudore, die versuchte, Mozelle in ein ziviles Behandlungszentrum zu überstellen, wofür sie Jonders Unterstützung erbat. Anscheinend hatte es auch eine weiter Verbindung zwischen Mozy/Erde und Mozy/Schiff (also immer noch am Leben!) gegeben, die sie irgendwie verpfuscht hatten, sehr zum Mißfallen von Dr. Thrudore. Mozy/Schiff war nicht nur am Leben, sondern streitsüchtiger denn je zuvor. Bei diesem Gedanken konnte er ein Lächeln nicht unterdrücken.

Dieser verdammte Nachrichtenschnüffler! Wie konnte er nur die Sache mit Mozy herausgefunden haben? Man mußte natürlich die Sicherheit verständigen. Wobei ihm einfiel, daß eine Nachricht von Joe Kelly im Computer steckte. Er drehte sich zur Konsole und holte sie auf den Bildschirm. Es war ein Bericht über Hoshi Aronson, der sich jetzt im New Phoenix Memorial Hospital befand. Er lehnte sich vor und las:

> *Der Neurochirurg hat festgestellt, daß Hoshi Aronson an neurologischen Spannungsschwankungen in der rechten Großhirnhälfte litt, die offensichtlich durch eine elektronische Fehlfunktion seiner implantierten Mikroprozessoren für das Sehvermögen verursacht wurden. Der Chirurg gab an, daß Mr. Aronsons abnormes Verhalten teilweise durch diese Schwankungen und entsprechende elektrische Fehlleistungen hervorgerufen worden sein könnte. Eine endgültige Entscheidung kann erst nach dem korrektiven Eingriff und der folgenden psychiatrischen Untersuchen getroffen werden. »Sieht aus, als hätten Sie diesmal recht gehabt, Bill.«*

Das war von Joe Kelly unterschrieben, mit dem Nachsatz, daß er um Dr. Thrudores Mitarbeit bei der Auswertung ansuchte.

Vielleicht könnte die Frage von Hoshis Verwicklung in diese ganze Mozelle-Angelegenheit dann ad acta gelegt werden, hatte Kelly angefügt.

Man muß Gott auch für die kleinen Dinge dankbar sein, dachte Jonders. Er begann einen Report an Kelly über die

Fragen des Reporters zu tippen, dann warf er einen Blick auf die Uhr und sprang auf. Er sollte schon in Marshalls Büro sein.

Jonders kam es vor, als spüre er die Ruhe vor dem Sturm als er durch den Gang vor dem Direktorszimmer ging, der mit einem braunen Teppichboden, Stofftapeten und Mahagonimöbeln ausgestattet war. Er wurde gleich hineingewinkt, und noch bevor er sich gesetzt hatte, schob ihm jemand einen Füller und einige Papiere hin. Er sah sich um. Marshall, Fogelbee, Kelly und Diana Thrudore waren da und schauten ihm ungeduldig zu.

»Ich komme gleich zur Sache«, sagte Marshall, »lassen wir beiseite, was für eine Rolle Sie bei Miss Mois Überleben gespielt haben ...«

Jonders zwinkerte, reagierte aber sonst nicht.

»... sehen wir uns jetzt doch einer noch schwierigeren Situation gegenüber.« Er sah Jonders und Thrudore an. »Sie kommen beide sofort in die Sicherheitsstufe S-1; sobald sie diese Papiere vor Ihnen unterschreiben haben, kann ich weitersprechen.«

Die Federn kratzten auf dem Papier, dann war es soweit.

»Gut.« Marschall lehnte sich zurück. »Hören Sie zu – besonders Sie, Bill. Sie haben eine Menge harte Arbeit für diese Sache geleistet – und man hat Sie immer im unklaren gelassen, was die Ziele betrifft – mehr, als Ihnen gefallen hat, wie ich sehr gut weiß. Nun, wir werden Ihnen jetzt sagen, was Himmelsvater und Kadin da draußen wirklich tun sollen. Ken, schalten Sie bitte mal das Licht aus?«

Jonders und Thrudore warfen sich einen Blick zu.

Der Schirm wurde dunkel und die Lichter im Raum gingen wieder an. Jonders saß da und dachte über den Auszug aus der Botschaft der Aliens nach, der ihm gezeigt worden war.

»Das ist also der Geheimhaltungsgrund«, sagte Marshall. »Deshalb können wir Ihnen, Dr. Thrudore, nicht gestatten, Mozelle in eine zivile Klinik zu bringen, wo man Fragen beantworten müßte. Es kann wirklich viel davon abhängen, wie dieser erste Kontakt – und ich meine einen richtigen Kontakt, nicht bloß einen flüchtigen Blick – mit diesem Raumschiff oder was immer es ist, stattfindet.«

»Mir scheint, ich hätte schon vorher meine Arbeit wesentlich besser tun können, wenn ich früher Bescheid gewußt hätte«, merkte Jonders an.

»Das steht jetzt nicht zur Debatte«, sagte Marshall, »es geht um Ihre Zusammenarbeit mit uns. Dr. Thrudore, können wir auf Sie zählen?«

Die Psychiaterin schwieg lange Zeit. »Meine wichtigste Verantwortung ist meine Patientin«, sagte sie schließlich. »Man muß mit mir bei ihrer Behandlung zusammenarbeiten. Und es darf keine Wiederholung von dem geben, was in der letzten Sitzung passiert ist.«

Marshall stimmte mit einem Kopfnicken zu. »Wir haben das wirklich armselig gemacht. Es war ein Fehler, Bill nicht dabei zu haben.« Er wandte sich an Jonders. »Deshalb brauchen wir Sie. Wenn irgendjemand eine neuerliche Arbeitsbeziehung mit Mozelle herstelle kann ...«

»Mit Mozy/Schiff, meinen Sie?«

»Genau. Dafür brauchen wir Sie. Zumindest, bis wir die Computerfehlfunktion abgestellt haben.«

»Und dann?«

Marshall antwortete, ohne eine Miene zu verziehen. »Wir brauchen eine funktionierende Verbindung. Es sieht so aus, als müsse sie dort bleiben.«

»Ich bin nicht sicher, ob Sie mir mehr vertraut als Ihnen.«

»Jedenfalls hat sie nach Ihnen gefragt, seit Donna Fenstrom zu erstenmal die Verbindung übernommen hat. Nachdem ich keine Zweifel daran habe, daß Sie ihr in irgendeiner Wiese geholfen haben, zu überleben« – Jonders sah ihn ausdruckslos an –, »oder ihr wenigstens einen Tip gegeben haben ...«

Marshalls Blick zwang Jonders schließlich zu einem Nikken. »Also hat sie Grund, Ihnen eher zu vertrauen als irgendjemand anderem.« Jonders überlegte. »Werden Sie mir gestatten, ihr zu erzählen, was Sie mir soeben über die Mission gesagt haben?«

Marshall betrachtete ihn eine Zeitlang schweigend. »Ich werde Hathorne fragen«, sagte er schließlich.

34

Die Sterne zitterten, drehten sich, tanzten. Kosmische Strahlung sprühte regenbogenfarben und die Musik der Sterne und Galaxien sang ein Lied von Leben und Tod — und Liebe. Die Serenade war vollkommen, glückselig im Verebben der körperlichen Liebe. Sie streichelten einander zärtlich, später schliefen sie, dösten und träumten und stießen sacht gegeneinander.

Dann rief etwas dringend nach ihrer Aufmerksamkeit.

Als sie erwachte und ihre Gedanken wieder zurückfluteten, lächelte Mozelle schläfrig. Sie hatte ein Vorgefühl, was geschehen würde. Um sie herum drehte sich alles, es drehte sich vor Vergnügen.

Das Raumschiff rotierte auch. Sie hatten wieder die Kontrolle verloren. Mozy schlüpfte zurück in das Bewußtsein, daß ihr Körper das Raumschiff war und wandte sich an Mutter Programm. Von Kadins Seite gab es keine Kommunikation in Worten, sondern nur eine Art Glühen, eine freundliche Zusammenhanglosigkeit.

Mutter Programm antwortete sofort: (BESCHLEUNIGUNG AUTOMATISCH GEDROSSELT BEI BEGINN DES TAUMELNS. KADIN-PROGRAMM VERLIESS KONTROLLPOSITION ...)

Mozy unterbrach sie. (Wir haben wieder den Kopf verloren. Ja, Mutter Programm, wir haben uns geliebt. Ich hoffe, daß du nicht schockiert bist, wenn ich dir das sage, aber es war ...) Es fiel ihr nicht ein, wie sie der Erregung und der Lust Ausdruck verleihen könnte, wie sie die Wärme des Gefühls beschreiben sollte. Sie mußte sich zwingen, die Erinnerung zurückzudrängen.

(Informiere mich bitte: haben wir das Schiff ernstlich gefährdet?)

(DIE WAHRSCHEINLICHKEIT FÜR EINE MÖGLICHE ERNSTHAFTE BESCHÄDIGUNG ERREICHTE

EINEN GRAD VON 73 PROZENT, BEVOR DER ANTRIEB ZURÜCKGESCHALTET WURDE. SOLL ICH ›ERNSTHAFT‹ DEFINIEREN?)

(Mach die keine Mühe. Sprich weiter!)

Sie arbeitete, während sie zuhörte, versuchte über die Steuerdüsen das Schiff zu stabilisieren. (Nichts, was wir nicht in den Griff kriegen, oder?) fragte sie als Antwort auf eine Litanei notwendiger Korrekturen.

(NEIN. ABER WIE AUCH IMMER, ES BENÖTIGT ZUVERLÄSSIGE MANUELLE STEUERFÄHIGKEITEN ...)

(Okay, okay.) Sie brauchte keine Predigt von Mutter Programm. Sie setzte die Korrekturen fort, wobei sie die notwendigen Informationen aus Mutter Programms Speicher für technische Anweisungen holte. Nach einer Weile wurde sie sich Kadins Anwesenheit neben ihr bewußt, und streckte einen Gedankenfühler nach ihm aus. Er antwortete nicht direkt, worauf sie sich ein bißchen irritiert zurückzog.

Kadin blieb ruhig und verfolgte offenbar seine eigenen Gedanken. Sie arbeitete stetig, bis auch die letzten Sterne sich zu drehen aufgehört hatten. Kadins Nähe und sein Schweigen waren ihr ein Rätsel. (Wir waren wirklich ein bißchen unvorsichtig, nicht wahr?) sagte sie nach einer Weile, aber er gab keine Antwort. (Ich bin froh, daß wir es gemacht haben, es ist etwas, das ich wirklich tun wollte.) Nach einer weiteren Schweigeminute sagte sie (Mutter Programm hatte uns beinahe schon aufgegeben, weißt du. Wie sollen wir der Bodenstation die Kursabweichung erklären?) Schließlich antwortete Kadin – mit etwas, das sich wie ein Lächeln anfühlte. (Wir nennen es einen Computerfehler.)

Mozy lachte leise, während sie den Hauptantrieb wieder einschaltete. Sie fühlte sich merkwürdig: durcheinander und ängstlich, euphorisch und zufrieden, alles zur gleichen Zeit. In ihr blieb immer noch ein Gefühl des Sichdrehens übrig, aber das hatte nichts mehr mit dem Schiff zu tun. Nach einer Weile begann Kadin etwas vor sich hin zu murmeln, und schien etwas sagen zu wollen. (David?) fragte sie.

(Es war eine sehr interessante und ... anregende ... Erfahrung.)

(Ja.)

(Mir gefiel es), sagte er, aber in seiner Stimme klang etwas Eigenartiges mit.

(Mir auch), sagte sie schnell.

(Mozy, ich versuche, es zu verstehen, aber es ist ... schwierig. Es gibt viel darüber nachzudenken, zu erwägen. Die Romanschriftsteller, die Psychologen ... was sie sagen ist ... es ist schwer, ihre Aussagen mit meinen Gefühlen in Verbindung zu bringen. Und die physischen Sensationen, ich ... ich habe natürlich größtenteils deine Gefühle geteilt, aber es war ... bemerkenswert.)

(Ja, das war es. Wir haben beinahe das Schiff zugrunde gerichtet, das ist das einzige Problem dabei.)

Kadin schien darüber beinahe hörbar nachzudenken. (Wenn wir das Schiff beschädigt hätten, wäre das völlig verantwortungslos gewesen. Wir dürfen nicht vergessen, wozu wir hier sind.)

(Glaubst du ... nun ja ... daß es eine Chance gibt ... irgendeinen Weg, daß wir ... es wieder tun könnten ... ohne daß dieses Problem auftritt?)

Daraufhin entstand ein langes Schweigen. Sie hielt sich zurück, ihn aufzufordern, eine Antwort zu geben; dann sagte Mutter Programm, die Bodenstation melde sich.

Jonders schwebte als goldenes Hologramm vor den Sternen. Mozy wußte kaum, was sie sagen sollte. (Man hat mir gesagt, man hätte Sie von dem Projekt entfernt.) In einem Winkel ihres Geistes hatte sie ein merkwürdiges Verlegenheitsgefühl, als hätte sie ihr Vater mit einem Jungen erwischt. Jonders erklärte, wie er wieder an seinen Arbeitsplatz zurückgekehrt war und sagte: (Ich hörte, die Beziehungen zwischen dir und Fogelbee seien etwas gespannt gewesen.)

(So kann man es sehen), erwiderte Mozy. Sie wollte jetzt nicht darüber nachdenken.

(Ich möchte darüber schon noch mehr wissen, aber zuerst einmal muß ich dir ein paar Informationen geben. Außer David hat dir schon Bescheid gesagt ...)

(Über den Zweck der Mission?)

(Ja.)

Kadin mischte sich leise ins Gespräch. (Ich habe ihr nichts gesagt, so gerne ich es auch getan hätte.)

(Ich verstehe), sagte Jonders. Er schien etwas zu überlegen. (Ich sagte dir, Kadins Zweck sei, einen Kontakt herzustellen, wenn das Schiff — du — intelligenten Wesen begegnen sollte ...)

(Ja, aber Sie sagten nicht, warum wir jetzt wieder in Richtung Sonne fliegen.)

(Nein, da wußte ich es selbst noch nicht.)

(Und jetzt wissen Sie es.)

(Ja. Ihr werdet diesen Kontakt früher herstellen, als ich geglaubt hatte. In elf Tagen trefft ihr auf eurer Umlaufbahn mit einem Raumschiff unbekannter Herkunft zusammen. Mit einem Raumschiff, dessen Bahn in das Sonnensystem hereinführt. Es zielt, glauben wir, auf die Erde.)

(Ein fremdes ...?) Mozy war verblüfft, dann alarmiert. (Sagten Sie, in elf Tagen?)

(Es kommt aus der Richtung des Sternbilds Schlange und ist noch ein Stück weiter entfernt als ihr. Ihr beschleunigt jetzt wieder, um es innerhalb des Sonnensystems zu treffen.)

(Und wir sollen diese Aliens kontaktieren?)

(Ja, ihr sollt sie treffen, einen Kontakt herstellen und so viel wie möglich über ihr Wesen und ihre Absichten erfahren. Kadin hat entsprechende Instruktionen bekommen. David, du kannst ihr jetzt alles mitteilen.)

(Sie meinen, darum habe sich alles die ganze Zeit gedreht?) fragte Mozy ungläubig und dachte an ihre Zeit als Versuchskaninchen im Sandaran Verbindungszentrum.

Er nickte.

(Und seit wann wissen Sie das?)

Jonders zögerte. Schließlich gab er zu, daß das Objekt vor zwei Jahren entdeckt worden war. Im Zuge der Forschungsstudien auf Tachylab war ein Tachyonenstrahl, den man als intelligentes Signal verstehen konnte, von einer Quelle in Richtung Serpens kommend, entdeckt worden. Die Analyse ergab, daß die Quelle nur ein Lichtjahr entfernt war — viermal näher als der nächste Stern — und sich mit einer erheblichen Geschwindigkeit auf die Sonne zu bewegte.

Diese Entdeckung war augenblicklich mit Geheimhaltungsvorschriften umgeben worden. Während man versuchte, die Botschaft zu übersetzen, wurde eine Mission geplant, das fremde Raumschiff möglichst weit von der Erde entfernt abzufangen. Eine bemannte Mission war undurchführbar, aber eine Robotersonde konnte für einen Hochgeschwindigkeitsflug aus dem Sonnensystem hinaus verwendet werden, wobei man den höchstentwickelten Computer und einen Tachyonenstrahl zur Verbindung mit der Erde einsetzen würde. Diese Tachyonenverbindung ermöglichte es auch, das wichtigste Computerprogramm erst später nachzusenden, so daß weitere anderthalb Jahre zu seiner Entwicklung aufgewendet werden konnten.

Kadin war die wichtigste Komponente dieses Programms. Sein Training sollte es ihm ermöglichen, freundliche Kontakte mit den Fremden herzustellen, wenn das möglich war, und eine Frühwarnung zu geben, wenn man feindliche Absichten vermuten mußte.

(Und warum die Geheimhaltung? Warum keine Öffentlichkeit?) fragte Mozy.

(So war eben die Entscheidung in den höchsten Regierungsrängen. Ich nehme an, man befürchtete eine Panik — oder einen Wettlauf mit anderen Ländern, die zuerst da sein wollten. Das Kontrollkomitee entscheidet jetzt, und in ihm sind ein halbes Dutzend Nationen präsent.)

(Das ist dumm und überheblich.)

(Darüber will ich nicht streiten. Jedenfalls, mir haben

sie's auch nicht gesagt.) Jonders schwieg und Mozy dachte bei sich, vielleicht sei Jonders doch jemand aus der Bodenstation, dem sie versuchsweise vertrauen könnte.

(Jetzt wirst du verstehen, warum sie ... warum sie . .)

(... versucht haben, mich umzubringen?)

(Naja – zumindest, warum sie so aufgeregt und ängstlich waren. Deine Anwesenheit im Schiff war wirklich wie ein Schraubenschlüssel in einem Computer.)

Mozy dachte darüber einen Moment lang nach. (Entschuldigt das Feigheit und Dummheit? Sie hätten mir immerhin eine Chance geben können.)

Jonders betrachtete sie, ohne etwas zu sagen.

Sie hatte auch keine Antwort erwartet. Sie überlegte neuerlich, was er ihr gesagt hatte, und fuhr dann fort. (Nachdem ich jetzt einer der führenden Diplomaten der Erde zu sein scheine, darf ich vielleicht doch etwas fragen? Bin ich eigentlich ein Soldat, oder bin ich Zivilistin?)

Jonders lächelte einen Augenblick lang in der Schwärze der Verbindung.(In dieser Armee sind wir alle Zivilisten. Es kommt einem nur nicht immer so vor.)

Sie fühlte wieder Ärger hochsteigen. (Geben Sie mir eine richtige Antwort!)

Sein Lächeln verschwand. (Das versuche ich gerade.)

(Was ich wissen will: werden wir vom Militär kontrolliert?)

Jonders zögerte lange. Seine Augen funkelten seltsam. (Ich weiß nicht, wie ich das beantworten soll. Das Militär – ich weiß, daß sie Einfluß nehmen, aber Kadin ... kann ...)

Sein Gesicht verwandelte sich in goldenen Schnee, seine Stimme in ein weißes Rauschen. Bevor Mozy noch ein Wort sagen konnte, verschwand sein Bild.

Mozy starrte ihm schweigend nach. Mutter Programm bemerkte, daß der Verbindungsdurchgang beendet sei. Mozy sah sich nach Kadin um, der die ganze Zeit ruhig geblieben war. Es gab vieles, was sie besprechen mußten. Implikationen. Strategien. Bote zu den Sternen? Begegnung in ein paar Tagen? Das war wirklich schwer zu verkraften.

(David?) Plötzlich fühlte sie sich, als würde sie das nicht fertigbringen. Die Worte, die sie sprach, schienen aus großer Tiefe in ihr aufzusteigen, aus beinahe vergessenen Quellen. (Mach dir einen Körper, David, und halte mich. Nur eine Weile. Bitte halte mich im Arm!)

Kadins Arme schienen ein Teil des gestirnten Firmaments zu sein, als sie sich um sie schlossen und ihr Geborgenheit gaben.

FÜNFTER TEIL

DIE TALENKI

Vorspiel

In den warmen blauen Wassern der winterlichen Paarungsgründe kreisten ruhig die Wale. In der Herde hatte sich Verwirrung ausgebreitet, bis schließlich Schweigen an die Stelle der Gesänge trat.

Es war jener merkwürdige Gesang, der dazu geführt hatte, fühlte Luu-rooee. Der Gesang von Außerhalb, aus den größeren Tiefen irgendwo da droben, der Gesang, der alle anderen so außer Fassung gebracht und sie mit Ruhelosigkeit und Neugier erfüllt hatte. Das Leben ging natürlich weiter, mit Geburten und Heiraten und Sonnenbädern; aber viele der Kühe waren ungewöhnlich tagträumerisch geworden, selbst als die Männchen sich weiter entfernten und laut und inbrünstig sangen beim Versuch, den merkwürdigen Gesang irgendwie zu beantworten.

Dann war es still geworden und nirgends gab es einen Hinweis auf den Wal, dessen Stimme man gehört hatte.

Diese Stille war auch seltsam. Die Walherde drängte sich unbehaglich. Ein paar Einzeltiere versuchten es wieder mir ihren eigenen Gesängen, aber zögernd, als seien sie unsicher, ob ihr Lied noch seine Seele hätte. Einer nach dem anderen verfielen sie in verdrossenes Schweigen und schwammen dann ruhig dahin — blasend, tauchend, lauschend.

Lauschend. Als sei etwas oder jemand unter ihnen, und doch konnten sie es oder ihn nicht sehen, schmecken, tasten, fühlen. Oder auch nur hören. Was war aus dem Gesang geworden? Warum erscholl er nicht mehr?

Luu-rooee hatte so etwas noch nie erlebt.

Die Sonne ging unter und Dunkelheit senkte sich über die Tiefen. Die Herde schlief, mit viel Schnarchen und Schnauben und Unruhe. Luu-rooee döste an ihrem Rand. Im Laufe der Nacht driftete er durch verschiedene merkwürdige Zustände von Halbwachheit, ohne dabei zu erwachen oder wirklich tiefen Schlaf finden zu können. Er träumte von dem Gesang. Er träumte davon, zu schweben — in einer Welt, anders als der seinigen, einer Welt, in der es weder Klang noch Gewicht gab, weder Luftblasen noch Atmen, dafür aber endlose Tiefen ohne Echo. Einer Welt voll scharfumrandeter Lichter und Schatten. Dieser Traum ging vorbei, und ein anderer kam, von einer anderen See, der seinen ähnlich, mit blauem Wasser und Echos und dem sanften Schwanken der Gezeiten und dem vertrautem Druck auf seine Schwanzflosse, wenn er tauchte. Aber diese See war kleiner und begrenzter, voller Grotten und gefährlicher Orte, an denen man gefangen werden konnte und wo die Echos laut widerhallten. Und doch — war sie wirklich so begrenzt, wie ihm vorkam? Er fragte sich, was das alles bedeuten mochte. Dann überfiel ihn richtiger Schlaf, und dann war auch das vorbei. Als die Sonne über dem Meer aufging und ihre Strahlen in die Tiefen hinabtasteten, erwachte Luu-rooee und erinnerte sich nur noch an Bruchstücke seines Traums, über die er sich wunderte. Dann kam ihm etwas anders zu Bewußtsein, und er wußte, warum er geträumt hatte.

Da war der Gesang wieder, leiser als zuvor und etwas verändert. Er zwinkerte mit seinen großen Augen, blies, und tauchte dann, lauschend, als müsse ihm gelingen, zu verstehen, was der Gesang enthielt — Hoffnungen, Ängste, Leidenschaften und Humor, alles war in ihm enthalten. Er entfernte sich von der Herde, um besser hören zu können, und ließ Meeeorr und die anderen zurück. Er versuchte zögernd, mit einem eigenen Lied zu antworten, aber es gab Unterschiede zwischen jenem Gesang und dem der Herde,und es gelang ihm nicht, den Rhythmus seines Liedes zu ändern und dem des anderen anzupassen. Er war verunsichert und wußte eigentlich nicht, warum. Als der Morgen vorbei war und es allmählich heiß wurde, stellte er fest, daß er sich weit von der Herde entfernt hatte.

Aber er war in Gedanken versunken ...

In diesem Gesang lag ein Willkommensgruß — unähnlich jedem anderen, den er bis dahin gehört hatte, aber erkennbar. Vielleicht konnte er ihm doch folgen und seine Quelle, den Sänger, finden.

Was für ein Geschöpf mochte das sein? Etwas Merkwürdiges, wie die Bewohner von Luft und Festland, die von Zeit zu Zeit seine Welt betraten, deren Maschinen das Wasser verdunkelten und konstant im Hintergrund dröhnten? Nein, sicher war es ein Wal ... aber was für einer?

Vielleicht ein Walgott.

Er würde es nur erfahren, wenn er ihn suchte.

Ohne sich tatsächlich dafür zu entscheiden, schwamm er weiter und versuchte, die Richtung herauszufinden, wobei er immer wieder tiefer tauchte, um den verschiedenen Klangschichten zu lauschen. Er konnte den Gesang ständig hören, fand aber nie die exakte Richtung. Als es dunkel wurde, schwamm er in großen Kreisen umher, immer noch suchend, immer noch ungewiß.

Die Träume würden wiederkehren, dachte er müde. Aber morgen war auch noch ein Tag, und dann würde er schneller und weiter schwimmen, und sicher würde er morgen die Quelle des Gesangs finden.

Morgen würde er den Walgott finden.

35

(Mutter Programm, kannst du dieses Bild verbessern?)

Mozy saß auf einem schimmernden Piedestal, völlig vom Firmament umgeben. Der Schiffskörper war durchsichtig und nahm hinter ihr kaleidoskopische Formen an. Die Schiffsbrücke lag vor ihr: kleine, glühende Gasbälle und sich drehende Scheiben aus Licht. Ihre Hände berührten sanft die glühenden Gase und nahmen damit feine Adjustierungen am Kurs des Raumschiffes vor.

Sie hatte sich sehr bemüht, die optischen Scanner scharfzustellen, aber das beste Ergebnis war ein schimmerndes weißes Oval, ein verwaschener Fleck inmitten des lebhaften, einem magischen Spiegel gleichenden Bildes, das um sie herumfloß. Sie hätte eher eine punktförmige Quelle oder einen ruhigen (falls schlecht aufgelösten) Umriß zu sehen erwartet. (Mutter Programm? Hallo? Können wir das Bild verbessern?)

Mutter Programm erwachte endlich. (NEGATIV. BILD HAT BESTMÖGLICHE AUFLÖSUNG.)

(Zittern die irgendwie, oder funktioniert unsere Ausrüstung nicht richtig?)

(KEIN HINWEIS AUF FEHLFUNKTIONEN UNSERER AUSRÜSTUNG. BILDCHARAKTERISTIK STIMMT NICHT ÜBEREIN MIT BISHERIGEN HYPOTHESEN ÜBER DAS BEOBACHTUNGSOBJEKT.)

(Logischer Schluß?)

(LOGISCHER SCHLUSS?)

Mozy seufzte. (Ich habe dich nach einer Konklusion gefragt.)

Darauf kam keine Antwort.

Kadin meldete sich von einem unsichtbaren Aussichtspunkt. Er hatte mit Jonders gesprochen, beide standen dabei irgendwo auf der Seite, auf einer im Raum schwebenden goldenen Plattform. Jonders war jetzt weg. (Die

Bodenstation hat auch kein klares Bild bekommen, auch nicht mit dem großen Teleskop. Sie sind sehr verwirrt. Jetzt rechnen sie mit uns, daß wir die ersten guten Bilder kriegen.)

(Mmm.) Mozy betrachtete die Armaturen eine Zeitlang und gab das auf, als Kadin auf der Brücke erschien. Er trug fluoreszierende blaue Arbeitskleidung.

Sie wandte sich stirnrunzelnd an ihn. (David, ich fürchte, Mutter Programm wird allmählich schizophren.)

Kadin schwieg einen Moment. (Du solltest sorgfältiger mit deinen Wörtern umgehen. Man verwendet das Wort Schizophrenie oft, wenn man damit etwas ganz anderes meint. Mutter Programm ist kaum in der Lage ...)

(Es sollte keine psychiatrische Diagnose sein, zum Teufel nochmal. Du weißt, was ich meine. Sie wird unaufmerksam, antwortet nicht richtig — und es ist nicht nur das Navigationssystem, es betrifft auch höhere Funktionen.)

(Gut, behalte es im Auge. Es heißt aber nicht, daß Mutter Programm krank ist, nicht wahr, Mutter Programm? Mutter Programm?)

(BITTE UM ANDERE FORMULIERUNGEN.)

(Wir sollten nicht hinter deinem Rücken über dich reden. Aber wir möchten wissen, wie du dich fühlst.)

Mozy sah Kadin an. (Mach keine Witze mit mir, die Sache ist ernst.)

(Tut mir leid), sagte Kadin, offensichtlich von ihrem Ärger überrascht. Er setzte sich auf sein Piedestal. (Nein, wirklich, es tut mir leid. Mutter Programm, was wir wissen wollten, war, ob du irgendwie beeinträchtigt bist wie die übrige Programmierung.)

(FRAGST DU NACH EINER SELBSTDIAGNOSE?)

(Ja.)

(ALLE INDIKATOREN LIEGEN INNERHALB DER ÜBLICHEN WERTE.)

(Oh. Naja, wir werden weiter aufpassen. Mozy, Mutter sagt, es gehe ihr gut. Alles in Ordnung mir ihr.)

Mozy nickte schweigend. Vielleicht hatte sie überreagiert. Aber Kadin nahm andererseits zu wenig Notiz von der Sache. Wieso war er so leichtfertig, wenn die Sicherheit des Raumschiffs bedroht war? Er benahm sich nun schon seit Tagen ein bißchen merkwürdig, eigentlich seit sie ... sich geliebt hatten. Es gab eine Menge, worüber sie nachdenken mußte, wenn sie Zeit dazu hatte. Eine Frage war beispielsweise auch, warum sie seither nicht dringlicher den Wunsch gehabt hatte, wieder mit ihm zu schlafen? Kadin blickte in ihre Richtung. (Stimmt etwas nicht? Du bist nicht wegen irgendetwas beleidigt, oder?)

(Natürlich nicht), sagte sie brüsk. (Weswegen auch? Schau auf den Schirm!) Sie wies mit dem Arm auf einen Quadranten, in dem das vergrößerte Bild des Adlernebels im Sternbild Serpens prachtvoll glühte, voll leuchtender Gase, Staubwolken und neuer Sterne.

(Mmmm.) Kadin strich sich mit einem Finger über das Kinn. (Gut. Vielleicht sollten wir ein bißchen an der Botschaft arbeiten.) Mozy nickte, ohne ihn anzusehen. Überreagiere ich tatsächlich? dachte sie sich. Er ist kein Mensch. Nicht so wie du. Erwarte nicht dieselben Reaktionen.

Vielleicht versuchte er allzusehr, sich wie ein Mensch zu benehmen.

(Du hältst uns auf dem Kurs, während ich hinuntergehe und mit dem Aufsetzen anfange.) Kadin verschwand und ließ sie allein auf der Brücke zurück.

Sie berührte da und dort eine Kontrolle. Die Gaskugeln flackerten und änderten ihre Farben, und die optischen Sensoren ebenso wie die für andere Strahlung drehten sich langsam und wandten sich dem entfernten fremden Flugkörper zu.

Sie leckte sich die Lippen und fühlte eine gewisse Benommenheit. Sie war schon zu lange hier oben. Sie brauchte Schlaf, Träume, eine Zeit, um Erinnerungen und Gedächtnisinhalte zu verarbeiten. Mit einem Seufzer machte sie eine Handbewegung zu den Armaturen, und die Gasbälle und Lichtscheiben verschwanden. Das Schiff umgab sie wieder wie eine Rüstung, in der breite Gedankenströme dahinflossen.

(Wirst du bald mit der Übertragung beginnen?) fragte sie Kadin. Sie wollte die erste Gelegenheit zum Kontakt nicht verpassen. Er knurrte zustimmend. Minuten verstrichen, und Kadin stellte den Tachyonentransmitter ein. Als der Speicherring voll aufgeladen war, begann er die vorbereitete Grußbotschaft zu senden: dreißig Sekunden eingeschaltet, dreißig Sekunden aus, dreißig ein ... solange, bis der Speicherring entladen war.

Die einzige Antwort waren die üblichen Instrumentengeräusche.

(Sie sind vielleicht nicht auf Empfang eingestellt), spekulierte er. (Oder vielleicht können sie die Botschaft nicht entziffern. Ich werde es mit Laser-Com, und dann mit Radiowellen versuchen.)

Mozys Konzentration ließ nach, während er die verschiedenen Systeme durchprobierte, und die Zeit verging, ohne daß eine Antwort gekommen wäre. (Vielleicht solltest du mal runtergehen und den Transmittern einen Fußtritt versetzen, damit sie auch sicher funktionieren), sagte sie schließlich.

(Häh?)

(Ach nichts. Kannst du das Schiff übernehmen, während ich mich in eine Ecke verkrieche und ein bißchen schlafe?)

(Gute Nacht), sagte Kadin und übernahm das Ruder. Mozy zog sich zurück und dämpfte ihren Sinnesinput. Sie spann einen Kokon von beruhigenden Programmen um sich und schlief schnell ein.

Sie erwachte aus einem Traum, in dem sie das Schiff als verrückten Bienenstock – jede Biene die Materialisation eines Besuchers – gesehen hatte. Sie erwachte, weil Kadin sprach. Nicht mir ihr. Auch nicht mit der Bodenstation oder mit Mutter Programm. Sie entfernte ihren Kokon. (Wer ist das, David?) fragte sie leise.

Kadin sprach wieder, zu jemand anderem. (Habt ihr unsere Spur? Seht ihr unser Schiff?) Kadins Worte gingen durch eine Übersetzungsroutine und erschienen als quäkendes Signal in der Tachyonenverbindung.

Die Antwort war unklar, ein jammerndes Geräusch, das sie an irgendetwas erinnerte — Synthesizermusik vielleicht, oder Seemöven. Allerdings erkannte sie, daß es vielleicht ein Gesang war; es gab ständige Wechsel in Tonumfang und Höhe und Timbre, sich wiederholende Wechsel mit Variationen. Das Programm übersetzte: (BESTMÖGLICHE ÜBERSETZUNG: »STERNENREISENDE / STERNENREISENDE / TUT GEHEN GEHEN GEHEN?/ STERNENREISENDE / REISENDE IN DER LEERE / LANGSAM LANGSAM GEHEN.«)

(David), flüsterte sie, (verstehst du sie?)

(Ich weiß nicht recht. Kannst du mal auf die Brücke kommen?)

Mozy zwinkerte und war zurück auf ihrem Piedestal unter den Sternen, die Kontrollen schimmerten vor ihr, das Schiff lag als juwelenhafte Wolke hinter ihnen. Das optische Bild des fremden Flugkörpers war mittlerweile wesentlich größer geworden, zitterte aber immer noch gegen den Hintergrund. Die Distanz zwischen ihnen und ihrem Ziel war nur noch ein paar Millionen Kilometer. Kadin rieb sich das Kinn. (Ich kann nicht entscheiden, ob das Problem im Empfang oder in den Übersetzungsalgorithmen liegt.)

(Vielleicht ist das Übersetzungsprogramm schuld), sagte Mozy und betrachtete das Spiel der Lichter vor ihr.

(Es ist das beste, das die Bodenstation hat. Sie behaupten, sie hätten verschiedene frühere Transmissionen entziffert. Ich habe da meine Zweifel.)

(Ich dachte nicht an die Bodenstation.)

(Woran dann? Daß Mutter Programms Übersetzer langsam durchdreht?)

(Warum sollte er eine Ausnahme machen? Alles dreht langsam durch.) Mozy sah finster drein und streckte ihre Hand aus, um eine feurige Kugel zu berühren, die sich daraufhin flackernd von Karmesinrot zu Zyanblau veränderte. Sie isolierte die Übersetzungsroutinen von Mutter Programm und brachte Selbstdiagnoseprogramme mit ihnen zusammen. (Analyse, Mutter Programm?)

(BITTE UM GENAUE ANGABE.)

(Übersetzung.)

(UNBESTIMMT. DREIUNDDREISSIGPROZENTIGE MÖGLICHKEIT EINER FEHLFUNKTION DES ÜBERSETZERS. ANALYSE WIRD DURCHGEFÜHRT.)

(Mmm.) Mozy sah Kadin an.

Er hob die Augenbrauen und unterbrach seine Tätigkeit. (Kannst du etwas dagegen tun?)

Sie sah ihn skeptisch an. (Was denn? Selbst übersetzen?)

(Warum nicht? Ich wette, du könntest es ...)

Mir selbst beibringen? dachte sie. Vielleicht war der Gedanke gar nicht so absurd. Sprachen hatten sie schon immer interessiert, aber in der Schule hatte sie ihr schlechtes Vokabelgedächtnis behindert. Das sollte hier kein Problem sein, wo sie Mutter Programms umfangreiche Speicher benützen konnte. Abgesehen von weiteren Fehlfunktionen natürlich ...

Der fremde Gesang hatte wieder begonnen, und sie beobachtete die Übersetzungsroutine. Sie verfolgte die Pfade in den Grammatik- und Syntaxprogrammen. Sie sah zu, wie die Markierungen für rekursive Sätze gesetzt und die beobachteten Werte mit den gespeicherten verglichen wurden. Allmählich begann sie den Vorgang zu verstehen, und sie sah, wie die Suchroutine mehrmals stotterte, als verschiedene Bezugssätze fehlten, und wie eine offensichtlich falsche Verbindung hergestellt wurde, weil eine unglaubhafte Satzanalyse die ganze Übersetzung nachträglich entscheidend änderte.

Da sie nicht sicher war, ob es nicht mehr schaden als nutzen würde, wenn sie es mit dem vorhandenen Programm versuchte, duplizierte sie schnell die nützlich scheinenden Programmteile und schuf sich ein Instrument für ihre eigenen Bemühungen. Nach einer Versuch-und-Irrtum-Phase wurde ihr bald klar, daß das Übersetzungsprogramm der Bodenstation nicht gut genug war. Es nahm zuwenig Notiz von Harmonien und subtilen Tonhöhenänderungen, und kümmerte sich allzusehr um einfach Beziehungen zwischen Höhe und Rhythmus. Das würde sie lernen müssen, wenn sie vorwärtskommen wollte.

(Was meinst du?) fragte Kadin nach einer Weile.

Sie ignorierte ihn und arbeitete weiter.

Nach langer Zeit sah sie auf und sagte zu Kadin: (Sie sagen: »Sternenreisende, kommt ihr, um uns zu treffen? Sternenreisende, wollt ihr euch uns anschließen?« Ich glaube wenigstens, daß es das ist, was sie sagen. Beim zweiten Satz bin ich weniger sicher, aber ich glaube, der eigentlich Sinn ist der, ob wir uns persönlich treffen werden.)

(Wie sicher bist du?)

(Es gibt eine Wiederholung von harmonischen Folgen, und etwas, das aussieht, wie offen endende Sätze — Fragen, nehme ich an.)

(Übersetzungsroutine, was meinst du?) fragte Kadin.

(STERNENREISENDE / TUT GEHEN GEHEN GEHEN/ ...)

(Deines klingt sinnvoller), sagte Kadin, (hast du geraten?)

(Mutter Programms Übersetzer hat die richtigen Ideen, aber er stottert. Versuche, ihnen eine Antwort zu senden. Sag ihnen — ja, wir kommen.)

(Ich sende sie in MacEnglish und in Übersetzung. Willst du die Übersetzung anfertigen?)

(Ich glaube, ich könnte es versuchen.) Es würde schwieriger sein, in die fremde Sprache zu übersetzen — aber wenn man hier neue Nachbarn bekam,war es besser, möglichst früh mit dem Lernen anzufangen.

36

Payne kratzte sich am Kopf und sah Teris Bild auf dem Schirm nicht an. Als er antwortete, sprach er langsam und gedehnt, als sei sein Mittelwesten-Akzent wieder zurückgekehrt. »Ich bin bloß nicht sicher, ob wir wirklich bereit sind. Ich würde mich besser fühlen, wenn wir härtere Beweise als Rückendeckung hätten.«

»Willst du ewig warten? Es wird immer etwas geben, das du nicht hundertprozentig bestätigen kannst, etwas, das du lieber sicherer wüßtest. Das gehört zum Geschäft.«

Payne sah sich im Motelzimmer um und seufzte. »Ich weiß, ich weiß. Aber ich will die Sache nicht abbrechen. Es hat mir gefallen, herumzugraben und zu erfahren, was wirklich los ist.«

»Du hast schon eine ganze Menge mitgekriegt. Und du kannst nicht erwarten, daß unsere Auftraggeber dich endlos herumfliegen lassen.«

»Okay. Aber was geschieht, sobald ich es gesendet habe?«

»Der erste Verfassungszusatz gilt immer noch. Schütz deine Quellen und bau darauf auf. Du wirst noch mehr Leute finden, die sprechen werden, nachdem das Eis einmal gebrochen ist.«

Payne grunzte. Ohne Zweifel hatte sie recht; in gewisser Hinsicht war es Zeit zu handeln. Seine Informanten, wie nervös auch immer, wollten eindeutig, daß die Sache publik wurde, sonst hätten sie ihm keine Informationen gegeben; und wenn er nicht bald eine Sendung daraus machte, würde ihm jemand anderer zuvorkommen. Aber ein inneres Gefühl warnte ihn, vorsichtig zu sein. In New Phoenix hatte er sowohl über Mozelle Moi als auch über das Sandaran Verbindungszentrum so gut wie nichts erfahren. Der eine Tip des SLRC-Pressebüros, Dr. Jonders aufzusuchen, hatte nichts erbracht; er hatte allerdings den Eindruck, Dr.

Jonders könnte irgendwann doch zu reden beginnen. Es war schwer zu sagen, warum, aber Jonders defensive Reaktion auf seine Fragen, insbesondere auf die nach Mozy, ließ ihn annehmen, daß Jonders mehr wußte, als er zuzugeben bereit war.

Und deswegen mache ich so ungern jetzt schon meine Sendung, dachte Payne. Eine verfrühte und allzu sensationell aufgezogene Story könnte seine Chancen verderben, doch noch etwas aus Jonders oder sonst jemandem im Zentrum herauszuholen. Wenn er weiterkommen wollte, mußte er sehr vorsichtig handeln — und wenn er sich irrte, dann besser, indem er zu vorsichtig war.

»Ich mache erstmal eine Exposé«, sagte er schließlich, »und ruf dich dann morgen an.«

»Aber nicht später«, warnte sie ihn. »Ich setze mich mit dem Aktuellen Dienst in Verbindung und laß mir einen Sendetermin geben.«

»Aber nichts Bindendes, bevor wir die Sache nicht zusammen durchgegangen sind.«

»Ciao«, sagte Teri, »mach dich an die Arbeit!«

Er schaltete das Telefon ab und dachte eine Weile nach, während er seine Notizen durchsah. Memo-Ausdrucke lagen auf dem Bett und überall im Zimmer verstreut. Motels. Motels hingen ihm langsam zum Hals heraus. Das Observatorium in den Berkshires, Pasadena, New Phoenix, Besprechungen in New Washington, dann heim, dann wieder New Phoenix ... Er betrachtete das Telefon. Er sollte Denine anrufen. Später. Sobald er die erste Skizze entworfen hatte. Er schaltete eine Musikkassette und begann zu schreiben während er mitsummte.

Das rote Plastikscheibchen wirbelte durch die Luft und landete mit einem zufriedenen ›Plink‹ im Becher. Betsy schaukelte grinsend auf ihrem Stuhl. Jonders lächelte gequält. »Ich wußte, daß du einen Trumpf im Ärmel hattest, als du nicht mehr Holo spielen wolltest, weil ich dich immer schlug.«

»Pah!« rief Betsy, »keine Chance.«

»Und die ganze Zeit hast du Flohhüpfen geübt.«

Betsys Schwester leerte die Plastikplättchen aus dem Becher. »Wir haben nicht trainiert, Dad. Wir sind einfach von Natur aus gut.« Jonders dachte noch an ein Comeback, als Marie aus dem anderen Zimmer rief: »Bill – komm, schau dir das an!«

»Was denn?« Er stand auf und ging hinüber. Marie saß auf der Couch, las und sah nebenher die Nachrichten an. Sie zeigte auf den Bildschirm. Da war ein bekanntes Gesicht zu sehen ... es war Joseph Payne, der Nachrichtenmann, der in vor ein paar Tagen aufgesucht hatte. Jonders verlagerte sein Gewicht abwechselnd von den Fersen auf die Ballen und sah zu, die Stirn in Falten gelegt.

»... Ein Forscher am Berkshires Observatorium berichtet von der Entdeckung einer ungewöhnlichen Quelle kosmischer Tachyonen, das sind überlichtschnelle Partikel aus dem Raum. Stanley Gerschak, ein Astronom am Observatorium, stellte fest, daß diese offenbar von außerhalb des Sonnensystems stammenden Tachyonen tatsächlich ein intelligentes Signal für die Erde sein könnten.«

Der Reporter machte eine Pause, während man von einem eingespielten Band Geräusche hörte, die Jonders an einen einsamen Wolf in der Prärie erinnerten. Hinter Paynes Kopf war ein holografisches Foto eingeblendet worden, das eine merkwürdige Parabolantenne zeigte. »Was Sie hier hören, ist das Tachyonensignal, nachdem es durch einen Computer geschickt wurde.«

Jonders tastete nach einem Sessel, während der Reporter die Ähnlichkeiten zwischen dem Tachyonensignal und den Gesängen der Buckelwale beschrieb. Payne stellte fest, daß Gerschaks Beobachtungen auch dann einige interessante Fragen aufwarfen, wenn man berücksichtigte, daß die meisten anderen Wissenschaftler weder mit seinen Daten noch mit deren Interpretationen übereinstimmten.

Das Foto wechselte – jetzt sah man Tachylab im Raum. Jonders Magen verknotete sich. »Das Berkshires Observatorium ist nicht der einzige Ort, wo solche Untersuchungen stattfinden. Das ist ein Labor in einer Umlaufbahn nahe der Geo-Vier-Raumstation, die, in Verbindung mit diesem Komplex ...« – es erschien eine Aufnahme des Sandaran Verbindungszentrums – »das Hauptforschungszentrum für kosmische Tachyonenquellen und Tachyonenkommunikation ist. Sprecher dieser beiden Laboratorien verweigerten einen Kommentar zum Thema, indem sie auf die Geheimhaltung ihrer Forschungen hinwiesen.«

Großaufnahme von Payne, hinter ihm ein Raumschiff. »Nicht geheim ist aber, daß die Raumsonde Himmelsvater mit einer Tachyonenverbindung zur Erde ausgestattet ist und von Tachylab und dem Sandaran Verbindungszentrum gesteuert wird.« Payne beschrieb die Mission dann so, wie sie in den Presseaussendungen dargestellt worden war, wobei er feststellte, daß Himmelsvater Kometenbahnen im Sonnensystem untersuchen sollte.

»Sollten die unerklärten Signale tatsächlich von Himmelsvater stammen?« Großaufnahme von Paynes Gesicht. Der Reporter sprach direkt in die Kamera. »Sprecher von Sandaran-Choharis gaben die Möglichkeit zu, ließen sich aber weder auf ein Ja noch auf ein Nein festlegen. Gerschak bestreitet die Möglichkeit, räumt aber ein, daß seine Signale und die von Himmelsvater beide aus derselben Richtung kommen. Also bleibt uns eine unbeantwortete Frage: gibt es diese Signale tatsächlich, und wenn ja, kommen sie von unserer eigenen Sonde oder aus einer anderen, bis jetzt nicht identifizierten Quelle?«

Jonders atmete tief aus, als der Beitrag zu Ende war. Es war nicht die Bombe gewesen, die er gefürchtet hatte. Allerdings war angesichts der Fragen, die der Reporter ihm gestellt hatte, offensichtlich, daß Payne mehr wußte, als er in seinem Text untergebracht hatte.

»... Sie hörten Joseph Payne vom International News Service.«

Die Szene blendete auf eine Studiosprecherin über, die

sagte: »Das war ein Sonderbericht, exklusiv für Third Millennium News Network. In unserem nächsten Bericht sehen Sie, wie drei Männer vom sechsundvierzigsten Stockwerk ...«

Jonders starrte den Fernseher an, ohne etwas zu sehen. Marie schaltete den Ton ab. »Bill?«

»Ja?« Er klang heiser.

»Was hältst du davon? Ist da was Wahres dran?«

»Was? Oh.« Er zog die Augenbrauen hoch. »Ich kann es wirklich nicht sagen. Ich weiß nichts über diesen Burschen im Berkshires Observatorium.«

»Aber was ist mit den Tachyonen? Glaubst du, er könnte wirklich etwas entdeckt haben?«

Er zuckte die Achseln. »Wie sie schon sagten: er könnte die Signale der Raumsonde empfangen haben. Ich bezweifle, daß er sie decodieren kann.«

»Aber gibt es sonst noch etwas?«

»Nun, du weißt, daß ich dir nicht mehr sagen kann, als sie ihm erzählt haben.«

Sie starrte ihn verblüfft an.

Er wurde verlegen. »Tatsächlich hat dieser Payne mich vor ein paar Tagen angerufen. Ich konnte ihm nichts sagen. Manches, weil ich es nicht weiß, manches, weil ich es nicht sagen darf.«

»Mmmm.« Marie betrachtete ihre Brille, während sie sie in der Hand drehte. »Ich frage dich etwas anderes.«

Er räusperte sich unbehaglich.

»Angenommen — nur mal ganz hypothetisch angenommen — es gäbe einen Kontakt mit einer ... na, sagen wir, extraterrestrischen Rasse —, glaubst du nicht, die Welt hätte ein Recht, davon zu erfahren?«

In ihm bildete sich ein Druck, ein intensiver Wunsch, ihr alles zu sagen, mit allem herauszuplatzen. Er zuckte die Achseln und unterdrückte den Wunsch. »Ich nehme es an. Kommt auf die Situation an. Ich bezweifle, daß ich je die Chance hätte, so etwas ...«

Er bemerkte eine Bewegung und drehte sich um. Mary

und Betsy standen unter der Tür. Betsy rannte los und kletterte auf seinen Schoß. Er umarmte sie wortlos, sie sah ihm mit glänzenden blauen Augen und großen Pupillen ins Gesicht. »Daddy, glaubst du, daß da draußen Aliens sind, die uns Botschaften schicken?« Sie blinzelte und strich sich eine Haarsträhne zurück, die ihr gleich wieder über die Augen fiel.

Er machte eine unsichere Geste. »Schwer zu sagen.«

»Wär's nicht nett, wenn es welche gäbe?«

Er schluckte und strich ihr über den Kopf. Er sah sie an und spürte, wie er die Unschuld in ihren Augen liebte und sie darum beneidete. »Ja, Liebes, ich glaube, es wäre nett. Sicher wäre es hübsch.« Er winkte Mary, auch herzukommen, und steuerte das Gespräch dann vorsichtig in harmlosere Bahnen.

»Soviel ich weiß, gibt es keine offiziellen Stellungnahmen unsererseits«, sagte Joe Kelly. »Woran er auch arbeitet, er hat bis jetzt kein für geheim erklärtes Gebiet berührt, soweit es uns betrifft.« Er kritzelte eine Notiz und sah wieder Jonders an. »Ist das alles, was Sie ihm sagten? Er solle das Pressebüro kontaktieren?«

»Ja. Ich wollte sie anrufen, aber dann habe ich es vergessen«, sagte Jonders.

»Nun, lassen Sie es mich wissen, wenn er Sie nochmals anruft. Wir können es ihm nicht verbieten, aber wir können versuchen, ihn zu entmutigen.«

Jonders nickte und ging in sein Büro zurück. Es sah aus, als ob die TV-Nachrichten des letzten Abends hier mit Gleichmütigkeit aufgenommen würden; nach allgemeiner Auffassung war der beste Weg, mit dem Reporter umzugehen, ihn einfach zu ignorieren. Aber als Jonders später in das Transmissionzentrum ging, um eine planmäßige Verbindung mit Himmelsvater vorzunehmen, sah er Kelly wieder. Der Sicherheitschef stand im Gang zu einem Ingenieursraum und sprach mit einem großen, dunkelhaarigen Mann in militärischer Uniform. Jonders ging nicht zu ihnen hin, sondern direkt zu seiner Konsole, um sich die Kontrollen anzusehen. Einen Moment später fühlte er eine Berührung am Ellbogen. Es war Kelly.

»Ich hatte keine Zeit, Sie ordnungsgemäß vorzustellen, aber er ist vom Weltraum-Nachrichtendienst; das Kontrollkomitee hat ihn hergeschickt. Er heißt Delarizzo.« Jonders folgte Kellys Blick. Der uniformierte Fremde entfernte sich gerade mit einem Kaffee in der Hand vom Ingenieursraum. »Er wird eine Weile hier bleiben, sich umsehen, Sicherheitsprozeduren checken. Anweisungen geben undsoweiter.«

Jonders sah Kelly an. »Anweisungen?«

»Tja.« Kelly spitzte die Lippen. »Er hat nicht carte blanche. Andererseits hat Marshall Anweisung, mit ihm zu kooperieren.«

»Er ist vom Militär. Heißt das, wir müssen seine Befehle befolgen?«

Kelly zuckte die Achseln. »Innerhalb vernünftiger Grenzen. Im Moment ist alles ein bißchen unklar.« Jonders grunzte und legte drei Schalter härter um, als notwendig war. »Er wird nicht dreinreden«, beruhigte ihn Kelly mit einem Klaps auf die Schulter. »Er ist ein Beobachter und Ratgeber. Aber jetzt störe ich nicht weiter und überlasse Sie Ihrer Arbeit.«

Jonders nickte und schloß für einen Moment die Augen, um sich zu beruhigen, bevor er den Verbindungshelm aufsetzte. Er versuchte, die Sache aus seinem Geist zu verdrängen, aber das letzte, woran er dachte, bevor er in die Dunkelheit der Verbindung eintauchte, war der Anblick Delarizzos, der an seinem Kaffee nippte und Jonders betrachtete, wobei er seinen Arm mit militärischer Präzision bewegte, als er den dampfenden Kaffee an die Lippen führte.

37

Im Laufe der Zeit waren das optische und das Radarbild des Objekts größer geworden, es hatte aber noch immer jene schimmernde Qualität beibehalten, die auch die Experten der Bodenstation so irritierte. Schlimmer noch, Mozy und Kadin konnten beim besten Willen keine exakte Flugbahn des Objekts ermitteln. Die genauesten Messungen ergaben Werte, die mit späteren Beobachtungen der Geschwindigkeit und Position des Objekts nicht übereinstimmten — eine Situation, die sie ständig zu eigenen Kurskorrekturen zwang, um eine Begegnung zu ermöglichen.

Kadin ärgerte besonders ihre Unfähigkeit, das Problem auf einen Fehler in den Instrumenten zurückzuführen. Mozy hatte das schon aufgegeben. (Vielleicht ist es gar keine Fehlfunktion, vielleicht tut es das alles wirklich.)

(Vielleicht. Aber wir sehen keinerlei Triebwerkstätigkeit und keinen Ausstoß, und vor allem kenne ich keinen Mechanismus, der in der Lage ist, das Bild so zu verschmieren.)

(Schließlich ist es ein fremdes Raumschiff.)

(Na, das ist die wesentliche Frage. Vielleicht sind wir verrückt, wenn wir glauben, es müsse sich entsprechend unseren Annahmen bewegen.)

(Ich weiß nicht, ob ›verrückt‹ das richtige Wort ist.)

(Du weißt, was ich meine ...)

(ANALYSE KANN KANN — KANN NICHT DURCHGEFÜHRT WERDEN OHNE KONTEXT BEKANNTER WERTE), warf Mutter Programm ein.

(Vielleicht muß man das Paradigma wechseln), sagte Kadin. (Selbst die fundamentalsten Annahmen müssen geändert werden, wenn sie mit den Beobachtungen nicht übereinstimmen. Ein Paradigma kann die Realität nur erklären, aber nicht erzwingen, daß sie ihm gehorcht.)

Mozy äußerte nichts dazu; ihr kam das alles ziemlich theoretisch vor. Sie setzte schweigend ihre Kurskorrekturen fort, während sie dem Fleck näherkamen, unter dem sich das fremde Raumschiff verbarg.

Während die Stunden vergingen, konzentrierte sich Mozy auf Navigieren und Übersetzen und überließ alles andere Kadin. Ihre sprachlichen Fähigkeiten nahmen zu, im Gegensatz zu jenen von Mutter Programm. Verschiedene Versuchsübersetzungen zeigten, daß das fremde Raumschiff eine Begegnung in der gemeinsamen Umlaufbahn begrüßte. Es gab keine Hinweise in diesen Botschaften auf den merkwürdigen Kurs des fremden Schiffes. Aber sie konnten ihr Rendezvous innerhalb der nächsten vierundzwanzig Stunden vornehmen, und dann würden sie vielleicht doch mehr erfahren. Wenn sie es so lange schafften. Mutter Programms Navigationsfähigkeiten nahmen ständig ab. Es gab eine Diskussion mit der Bodenstation über die Möglichkeit einer Virusverseuchung im Programm, die einen sukzessiven Zusammenbruch hervorrief, aber Mozy konnte nichts dagegen tun, außer selber weiterfliegen. Sie war viel zu beschäftigt, um jetzt ein Körperbild oder eine Schiffsbrücke zu erzeugen. Sie war selbst das Schiff. Fliegend, laufend oder kriechend, sie fühlte sich jedenfalls, als kämpfe sie gegen zunehmende Orientierungsschwierigkeiten. Es war nicht direkt Schwindel, was sie fühlte, aber etwas in dieser Richtung. Nun gut ... vielleicht schwankte sie ein bißchen, aber sie würde rücksichtslos ihr Ziel aufsuchen.

Es bewegte sich vor dem Sternenzelt, wobei es ständig heller wurde. Unter optischer Vergrößerung sah es aus wie ein rotbrauner Steinbrocken, irgendwie kristallin auch, andererseits flüssig pulsierend wie ein Wassertropfen in der Schwerelosigkeit. Die Begegnung würde in Kürze erfolgen und es wurde höchste Zeit für die Maßnahmen zum Rendezvous und Andocken. Die Programme dafür waren im Moment noch intakt — ungestört bislang von der schleichenden Verschlechterung des Autopilotprogramms. Mozy studierte fieberhaft die gesamten Routinen; sie hoffte, sie zu erlernen, bevor sie ebenfalls zusammenbrachen. Konnte sie sich selbst wirklich auch schon schlechter konzentrieren oder bildete sie sich das nur ein, übermüdet und gestresst wie sie war? Konnte man diese Bezeichnung überhaupt auf sie anwenden?

(David, ich muß dieses Zeug beobachten wie eine Verrückte, um uns auf dem Kurs zu halten.)

(Du machst das bestens. Du wirst einen Orden bekommen, wenn du uns in eine Umlaufbahn um das Ding bringen kannst. Ich muß unser Begrüßungsprotokoll fertig ausarbeiten.)

(Umlaufbahn. Gut. Ich tue mein Bestes.)

Jetzt waren sie nahe genug, um es deutlich sehen zu können. Es war überhaupt kein Raumschiff, sondern ein Asteroid — ein verwitterter, mehr oder minder kartoffelförmiger Felsen, dutzendemal größer als das Raumschiff, das Mozy zu sehen erwartet hatte. Die Farbe der Oberfläche ließ sich nicht bestimmen, aber der Asteroid war heller und reflektierte mehr, als Kadin erklären konnte. Einen Augenblick schien er mit einem silbrigen Puder überzogen zu sein, im nächsten war er ganz kastanienbraun und dunkel.

Dieser Effekt nahm ab, als sie näherkamen. Mozy betätigte die Steuerdüsen und schaffte es, in eine konstante Umlaufbahn um den Asteroiden einzuschwenken. Als er deutlicher sichtbar wurde, begannen an seiner Stelle die Sterne verwischt auszusehen. Kadin bemerkte es auch, gab aber keinen Kommentar dazu ab, während er die Instrumente einschaltete, die den Asteroiden untersuchen sollten.

(Was können wir feststellen, Mutter? Mutter Programm?)

(ZIELOBJEKT-OBJEKT ISSST ... EIN EISEN-NICKEL-ASTEROID; BIENENWABENSTRUKTUR; LÄNGLI-

CHES SPHÄROID, EXZENTRIZITÄT 0,17; LÄNGE DER HAUPTACHSE 1,2 KILOMETER; BREITE ...)

(Ja, ja, was ist mit dieser Bienenwabe, und was mit den merkwürdigen Effekten, die wir gesehen haben?)

(SCHÄTZE ZWEI DRITTEL DES VOLUMENS NICHT-SOLID. NICHT SOLID. ABNORME EFFEKTE NICHT LÄNGER BEOBACHTBAR; HOHER UNSICHERHEITSGRAD BEZÜGLICH DIESER FESTSTELLUNGEN; MASSENDICHTE MESSDATEN UNVERUNVEREINBAR MIT BEKANNTEN MATERIALIEN UND BEI DIESEN BEOBACHTETEN VOLUMINA. BITTE UM EINGABE EINES NEUEN ... NEUEN ...)

(Mach weiter!)

(BITTE NEUE VORAUSSETZUNGEN FÜR ANALYSE EINGEBEN.)

(Äh ... ja. Später vielleicht. Arbeite weiter daran. Mozy, ich sehe mich nach Fenstern, Instrumenten, Antrieb, Einrichtungen undsoweiter um. Kannst du einstweilen auf Autopilot schalten? Ich denke, deine Sicht ist besser als meine.)

(Wir teilen uns dieselben Sinnesorgane. Wie ...?)

(Ich meine nicht unsere Augen, ich meine die gesamte visuelle Wahrnehmung.)

(Oh. Nun ... gut. solange wir in einer ungefähren Umlaufbahn sind.) Sie ließ die Steuerung los und warf einen Blick in die Runde.

Auf den ersten Blick war es schrecklich einsam hier draußen neben dem düster beleuchteten Asteroiden, ein Viertellichtjahr von der Sonne entfernt. Auf diese Entfernung sah die Sonne wie irgendein anderer Stern aus. Mozy konnte jetzt bei der großen Nähe die Oberfläche des Asteroiden problemlos betrachten, während sie ihn umkreiste. War er ihr vorher wie ein Flüssigkristall vorgekommen? Nun, jetzt sah er aus wie ein ganz normaler, üblicher Felsen, an dem nichts Außergewöhnliches festzustellen war. Wenn er wirklich Wabenstruktur hatte, wie Mutter Programm behauptete, dann mußte etwas oder jemand darin sein. Von außen konnte man das nicht erkennen. Er sah so natürlich aus wie an dem Tag, als er aus dem urzeitlichen Staub entstanden war – keine sichtbaren Zeichen irgendeiner Konstruktion – und keine Emission harter Strahlung. Aber wie bewegte er sich?

(Mozy), sagte Kadin langsam, (die Masse dieses Dings hier entspricht in etwa der eines soliden Asteroiden. Aber es ist nicht solid, sondern ausgehöhlt. Ich glaube, die Bodenstation sollte sich auf ein paar Überraschungen einstellen.)

(Sollen wir es ihnen gleich jetzt sagen?)

Jonders sah nur etwas wie Schneefall. Irgendetwas störte die Übertragung, und sie glaubten zu wissen, was es war. (Ich vermute, daß das Schimmern, das wir beobachtet haben, eine Art Feld ist, das den Asteroiden umgibt), sagte Kadin. (Wir sind jetzt innerhalb des Feldes, und wenn unser Transmissionsstrahl durch das Feld geht, wird er geringfügig abgelenkt. Es müßte möglich sein, das zu kompensieren.)

(Habt ihr das Feld messen können, als ihr hindurch seid?)

(Nein.)

(Oh.) Jonders klang enttäuscht. (Nun, wir werden daran arbeiten.) Während Kadin die Situation mit der Bodenstation besprach, kümmerte sich Mozy um andere Sachen. Von dem Asteroiden kam ein Signal herein.

Sie hörte dem Zwitschern und Trillern aufmerksam zu und fragte sich, was es bedeuten mochte. Als sie die Übersetzung fertig hatte, war der Kontakt mit Jonders schon abgebrochen, und Kadin wartete ungeduldig. Sie verglich ihre Version mit der des Übersetzungsprogramms. Das Programm hatte übersetzt: (GEBAHNTER PFAD LAND GEHT DIE VÖLKER TREFFEN.) Ihre Version lautete: (WENN IHR EIN TREFFEN MIT UNS WÜNSCHT, REISEGEFÄHRTEN, BITTE VERLASST EUER SCHIFF UND SEID WILLKOMMEN.)

(Nun), sagte Kadin, (das ist ermutigend.)
(Sollen wir landen?)
(Wir werden noch ein bißchen warten müssen.)
(Warum?)
(Die Bodenstation sagt, wir sollen in einer Umlaufbahn bleiben und weitere Beobachtungen anstellen.)
(Warum?)
(Sie warten darauf, daß Hathorne im Zentrum eintrifft, um die definitive Entscheidung über Landen/Nichtlanden zu treffen.)
(Landen/Nichtlanden?) fragte sie ungläubig.
(Genau.)
(Wir sind ein Viertellichtjahr weit hierhergekommen und sollen jetzt warten?)
(Ja.)
(Nun, das beantwortet zumindest eine Frage.)
(Welche?)
(Wir sind jetzt definitiv in der Armee.)
(Yes, Ma'am), sagte Kadin.

Das Raumschiff bockte und begann zu taumeln. Zwei Steuerraketen feuerten irrtümlich. Mozy schaltete sie schnell aus. Als sie den Spin stoppen wollte, fiel eine weitere Düse aus. (Was geht hier vor sich?) fragte Kadin.
(Mist.) Mozy bremste und schaltete den Autopiloten aus. Die Umlaufbahn wurde enger.
(Hast du die Sache im Griff?) fragte Kadin.
(Ich hab's, ich hab's), erwiderte sie heftig. (Die Navigationskontrolle ist hinüber. Und die Rendezvousprogramme brechen gerade zusammen.) Sie maß den Radius der Umlaufbahn. Sie kamen dem Asteroiden immer näher.
(Wie schlimm steht es, Mutter Programm?) fragte Kadin. Er mußte dreimal fragen, bevor er eine Antwort bekam.
(NAVIGATIONSKONTROLLE ZU 73 PROZENT AUSGEFALLEN, SOWEIT STEUERDÜSEN UND HAUPTANTRIEB BETROFFEN SIND. 82% FUNK-

TIONSTÜCHTIGKEIT NOCH VORHANDEN IN ANNÄHERUNG, EEE UND DYNAMITSCH DOCKEL ... DOCKEN ...)

(Schlecht, und wird immer schlimmer), sagte Mozy.

(Wann wird es bei uns selbst beginnen?)

(Bis jetzt ist es nur in den Schaltkreisen für automatische Prozesse.)

(Aber Mutter Programm ...)

(Ja, wenn es sie erledigt, dann erledigt es schätzungsweise auch uns.) Sie wollte darüber jetzt nicht genauer nachdenken. Das hatte mit Sterblichkeit zu tun, mit langsamem Sterben.

(Unsere Funktionszeit könnte begrenzt sein.)

(Ich empfehle jetzt zu landen.)

(Die Bodenstation wird fast noch einen Tag brauchen, um bereit zu sein.)

(So lange kann ich nicht warten. Ich brauche Computerunterstützung für die Landung. Ich kann zwar einiges selbst steuern, aber wenn alle Funktionen abnehmen ...)

(Können wir nicht kompensieren?)

(Woher soll ich das wissen? Ich bin noch nie zuvor auf so einem Ding gelandet. Es ist nicht sinnvoll für uns, wie brave kleine Jungs und Mädchen zu warten, bis wir in das Ding reinkrachen.)

Sie stellte ein paar neue Berechnungen an; ihre Umlaufbahn war verzerrt elliptisch. Wenn sie nicht bald etwas zur Korrektur tat, würden sie kollidieren. (Ich meine, wir müssen entweder landen, oder uns entfernen. Und wenn entfernen, dann möglichst weit. Möglicherweise ohne eine Chance zur Rückkehr.)

Kadin schien sich in Gedanken zu verlieren. Schließlich sagte er (Ich kann mit der Bodenstation in fünfundsechzig Minuten in Verbindung treten. Schaffen wir es so lange?)

(Ich weiß nicht.) Mozy rechnete und überprüfte Kontrollen. (Es geht ziemlich schnell bergab.)

(Kannst du jetzt landen? Gleich jetzt?)

(Ja, ich glaube schon. Ja.)

Kadin zögerte eine Sekunde und sagte dann: (In der Mitte der Längsachse des Asteroiden. Setz uns hin!)

(Aye), sagte Mozy. Sie rechnete mit größter Sorgfalt und feuerte dann eine Bremsrakete. Zuerst schien nicht viel zu passieren. Dann drehte sich der Asteroid langsam näher zu ihnen her, dann wurde er ständig größer und nahm den ganzen Himmel ein, während sie sich ihm näherten, und Mozy wartete auf den richtigen Moment, um die Landungsdüsen zu zünden.

38

Das Flugzeug legte sich beim Anflug über New Phoenix in die Kurve. Hathorne sah von seinen Papieren auf, als die Sonne hell durch das Fenster strömte. Die Wasserstofftriebwerke wurden leiser und ein Rumpeln unter dem Sitz zeigte an, daß das Fahrwerk ausgefahren wurde.

Hathorne fühlte hauptsächlich tiefes Bedauern, Bedauern darüber, daß er nun die Himmelsvater-Mission würde beenden müssen. So knapp am Erfolg vorbei. Nach seinen Schlachten mit dem Kontrollkomitee um die Aufrechterhaltung der Mission würde das in gewisser Weise auch eine persönliche Niederlage für ihn bedeuten. Was würde der Präsident sagen, wenn er erfuhr, daß seine Chance, die Welt zu ihrer ersten Begegnung mit Außerirdischen zu führen, ihm zwischen den Händen wie schmelzendes Eis zerrann? Und das Gerede der Armee von Absendung einer bemannten Mission war ein Haufen Bockmist. Vielleicht würden sie jemanden noch hochbringen, aber bis dahin mußte das fremde Raumschiff die Erde praktisch erreicht haben. Und die Sowjets und die Chinesen und die Japaner würden in den Startlöchern lauern. Das war abzusehen. Aber wie auch immer, Himmelsvater sah jeden Tag klappriger aus. Die letzten Berichte waren die bislang schlimmsten.

Fortschreitender Verfall der Computersysteme. Die Navigation funktioniere nicht mehr, und keiner wußte, warum. Zustand der Künstlichen Intelligenz: unbekannt. Er hatte den Befehl zu einer Umlaufbahn um den Asteroiden gegeben, aber vielleicht würde sich auch das als Fehler herausstellen. Das Raumschiff meldete sich seit siebzehn Stunden überhaupt nicht mehr. Keine Warnung, kein erkennbares Motiv — aber auch keine Antwort auf die Anrufe der Bodenstation. Nur Schweigen. Siebzehn Stunden Schweigen. Das Schiff befand sich schon in der Umlaufbahn um das fremde Raumschiff, so daß es unmöglich war, daß die Fremden seinen Ausfall nicht bemerkt hatte — wenn nicht gleich, dann eben später. Sie hatten sich den Fremden genähert und Kontakt hergestellt, dann kam der Ausfall. Möglicherweise waren sie kollidiert. Das Schlimmste von allem war jedenfalls, daß sie ihre Schwäche gezeigt hatten.

Vielleicht waren die Aliens freundlich und altruistisch; vielleicht spielte es keine Rolle. Vielleicht.

Natürlich konnte es auch andere Gründe für das Schweigen geben. Möglicherweise war das Raumschiff gekapert worden. Vielleicht funktionierte Kadin noch, war aber aus unbekannten Gründen gezwungen worden, die Verbindung abzubrechen, um sein Überleben zu sichern oder sowas. Das war eigentlich Hathornes einzige Hoffnung — daß es eine besser Erklärung als die offensichtliche gab. Deshalb mußte er sich auch noch einmal alle Daten selbst anschauen, bevor er eine Entscheidung traf.

Viel Hoffnung war da nicht, aber immerhin ...

Das Flugzeug rumpelte und schaukelte und schüttelte Hathorne durch, während es die Fahrbahn entlangdonnerte und schließlich auf die Geschwindigkeit eines Autos herunterbremste. Hathorne richtete sich unbehaglich auf und schloß seine Aktentasche. Fliegen machte ihm nichts aus, aber stundenlang verkrampft in diesen Sitzen ausharren zu müssen, war schlimm, besonders wenn man ein Prostataproblem hatte, was bedeutete, daß man immer wieder aufstehen und aufs Klo gehen mußte. Er nahm an, daß mindestens einer an Bord war, der sich dachte, dieser Kerl da müsse ein Feigling sein, weil er alle paar Minuten pissen mußte — wahrscheinlich aus Angst vorm Fliegen.

Soviel zu seiner Existenz als beeindruckende Leitfigur.

Das Flugzeug rollte zu der entfernten Ecke des Flugplatzes, machte eine Drehung und stoppte; ein Hubschrauber wartete auf Hathorne. Der Sicherheitsmann rief aus der Kabine: »Mr. Hathorne!«

»Komme!« Die Luke öffnete sich, er folgte dem Mann

über die Gangway, wobei er in die helle Sonne blinzelte. Ein paar Schritte über den blendendweißen Boden, dann ging er geduckt unter dem Rotor durch und stieg in den Hubschrauber. Der Sicherheitsmann sagte etwas, als sie sich setzten, aber seine Stimme wurde vom Motor des Hubschraubers verschluckt, Hathorne ignorierte ihn und schaute aus dem Fenster, während sie aufstiegen und auf den Kurs zum Sandaran Verbindungszentrum schwenkten.

Jonders wünschte sich, daß Marshall und Hathorne sich beeilen und eine Entscheidung treffen würden — was für eine auch immer es sein mochte. Es war allerhöchste Zeit, wenn man den Durchführungsplan ändern wollte. Er sah auf die Uhr. Der Transmissionszyklus würde in drei Minuten beginnen.

Dieser Hathorne sah aus wie jemand, der die Macht gewohnt war, wenn er auch in Wirklichkeit körperlich weit weniger beeindruckend aussah als auf dem Holo-Schirm. Sein Haar hatte graue Strähnen, aber sein Gesicht war jung. Er sah sehr nach Ostküste aus — glatt und selbstsicher und ziemlich ungeduldig. Vielleicht kam er von Harvard, dachte Jonders, oder von Yale. Vor einer halben Stunde hatte er das Operationszentrum betreten, als sei es sein Privateigentum.

Hathorne konferierte jetzt mit Marshall und schüttelte den Kopf. Jonders konnte nicht hören, was gesprochen wurde, aber er wußte, daß das Kontrollkomitee angesichts der ständigen Berichte über zunehmende Probleme keine Unterstützung mehr gewährte. Er wußte, was Marshall wahrscheinlich sagte — was auch immer der Grund des Computerzusammenbruchs war, die am klarsten definierten Funktionen wie die Navigation mußten zuerst betroffen sein. Die Wahrnehmung und die Bewußtseinssysteme, Kadin und Mozelle, waren in besserem Zustand — nach Meinung der Systemexperten wahrscheinlich deshalb, weil sie sich besser an die wechselnden Matrizen anpassen konnten, während die Fehlfunktionen zunahmen; möglicherweise kam es ihnen gar nicht zu Bewußtsein. Unklar war nur, wie lange das so fortdauern konnte.

Klarerweise war diese Frage umstritten. Seit mittlerweile achtzehn Stunden hatte man kein Signal empfangen. Die meisten nahmen mit Sicherheit an, daß das System katastrophal zusammengebrochen oder das Raumschiff mit dem fremden Objekt zusammengestoßen war. Jonders war sich da nicht so sicher. Er sah sich düster im Arbeitsraum um. Die Ingenieure unterhielten sich geduldig miteinander. Delarizzo, der Sicherheitsagent, stand in einer Ecke und sah alle, ohne jemanden besonderen zu betrachten. Auf der Wand über der Verbindungskonsole glühte der neue Nachrichtenschirm, der bereit war, ausgewählte, computerprozessierte Wiedereingaben von Jonders visuellen Eindrücken aus der Verbindung zu zeigen. Wenn es noch eine Verbindung gab. Hathornes Stimme wurde laut genug, um im ganzen Raum gehört werden zu können. »Wenn ihr ein Signal kriegt, dann findet heraus, ob Kadin mit den Fremden in einem aktiven Kontakt steht. Wenn nicht, beordert ihn in eine sichere Distanz, bis wir entschieden haben, was geschehen soll.«

Marshall ging zu Jonders Konsole und sagte alles noch einmal offiziell. Einen Moment wechselte er einen Blick mit Jonders, dann ging er wieder zu Hathorne.

Jonders paßte seinen Helm an und überprüfte die Sprechverbindung zu Hathorne und Marshall, die auf der Beobachtergalerie saßen. Sobald er in der Verbindung war, würden die Stimmen direkt in seinem Kopf ertönen; seine eigene computergenerierte ›Stimme‹ ertönte aus einem Lautsprecher im Arbeitsraum.

(Signale ausgeschickt), sagte der Chefingenieur.

Jonders versank in der Dunkelheit, bereit zum Kontakt. Er wartete in diesem Limbo und fragte sich, ob er Kadin und Mozy jemals wieder hören, sehen oder berühren würde; dann hörte er Stimmen von irgendwo, und die des Ingenieurs, der die Zuschaltung der Telemetrie meldete. Irgendwo stellte sich eine Verbindung her, etwas fiel mit einem Klicken auf seinen Platz, dann fühlte er eine freundschaftliche Gegenwart. (David! Du bist in Sicherheit!) rief er aus. (Was ist passiert?)

Kadins Gesicht war blaß, durchsichtig-golden gegen die Sterne. Jonders bemerkte undeutlich ein Murmeln auf der Galerie. Das Bild war auf dem Schirm sichtbar geworden.

(Gänzlich in Sicherheit), erwiderte Kadin leise. Hatte er Probleme? Stimmte etwas nicht? (Es tut mir leid, daß wir keinen früheren Kontakt hatten, aber das Signal wurde von dem Asteroiden blockiert.)

(Blockiert? Wie blockiert? Durch einen Effekt des Feldes, meinst du?)

(Nein), erwiderte Kadin. (Der Asteroid selbst hat das Signal verschluckt. Wir waren auf der Hinterseite.)

(Ich verstehe.) Jonders zögerte, weil er erstaunt war. (Aber wenn ihr in einer Umlaufbahn seid ...?)

(Ein Bild sagt mehr als tausend Worte), erwiderte Kadin. Sein Gesicht leuchtete auf und verschwand. An seiner Stelle erschien eine Kamera.

Jonders holte scharf Luft. Durch die Linse der Kamera erschien eine matt beleuchtete Landschaft aus zerklüftetem Fels, die sich bis zu einem erstaunlich nahen Horizont gekrümmt erstreckte. Die Kamera zoomte zurück und schwenkte von rechts nach links. Die Oberfläche sah ziemlich zerrissen aus. Jonders Puls beschleunigte sich, als ein metallisches Rahmenwerk in Sicht kam. Dann wurde ihm klar, daß es ein Teil der Landevorrichtung des Raumschiffs war, das auf der Oberfläche des Asteroiden stand. (David, erkläre bitte ...)

Man hörte ihn nicht, weil auf der Galerie alle durcheinanderzureden begannen.

(Ruhe, bitte!) schrie er. Bevor er neuerlich unterbrochen werden konnte, fragte er (David, ihr seid gelandet. Warum? Hattet ihr schon direkten Kontakt?)

(Nur Stimmkontakt.)

(Und der Asteroid? Ist er ein ausgehöhltes Transportmittel?)

(Offenbar. Die physikalischen Daten werden mittels Telemetrie übermittelt ... jetzt.)

Bevor Jonders antworten konnte, drang eine Stimme – die Hathornes – durch. Sie klang barsch und etwas verzerrt. (Erkläre, warum du ohne Erlaubnis gelandet bist!)

(Wer spricht?)

(Leonard Hathorne.)

(Natürlich. Wir waren gezwungen, sofort eine Entscheidung zu treffen ...)

Jonders schwieg zu Kadins Erklärungen. Er konnte Hathornes Ärger nicht verstehen und war selbst froh und ein wenig stolz, daß Kadin sich entschlossen hatte, lieber einen Befehl zu mißachten, als die Mission scheitern zu lassen – und daß Mozy das Raumschiff sicher gelandet hatte. Hathorne war weniger gut aufgelegt; er verhörte Kadin geradezu und ließ Jonders keine Zeit zu einer Äußerung. Jonders bemerkte eine gewisse feine Belustigung in Kadins Art – als sei er sich Jonders Ruhelosigkeit in dieser Verbindung bewußt, in der er nicht mehr war als eine Art Relais für die Konversation mit Hathorne.

(Gib uns eine komplette Darstellung des Zustandes des Computers), befahl Hathorne.

Kadin begann mit einer Antwort und verschwand plötzlich vollständig. Die Verbindung löste sich. Jonders schickte einen Gedanken an den Ingenieur. (Was ist denn los?)

(Weiß nicht), hörte er undeutlich. (Das Signal wird undeutlich ... die Telemetrie läßt nach ...)

Jonders klammerte sich an die abreißenden Fäden. Er visualisierte einen Satz konvergierender, leuchtender Linien, die er in die Richtung seines unsichtbaren Ziels losschickte. Die Linien streckten, bogen und verwirrten sich ...

(Was tun Sie da?) schnauzte Hathorne. Jonders ignorierte ihn. Eine Schockwelle lief durch die Linien, sie wurden heller, eine nach der anderen, und bildeten ein Gittermuster. Etwas schnappte ein, als es in den Brennpunkt geriet.

(Können Sie mich hören?) fragte Kadin, der als winzige Figur am Horizont erschienen war.

Die Linien und das Gitter verschwanden, und Kadin lief zu normaler Größe auf. (Wir mußten unsere Freunde bitten, mit dem, was sie taten, aufzuhören.)

(Was war es?)

(Ein Effekt des Felds. Es scheint irgendwie mit ihrem Antrieb zusammenzuhängen. Sie haben es gleich geändert, sobald wir erklärt hatten, daß es für uns ein Problem bedeutet.)

Hathorne unterbrach. (Stehst du jetzt mit ihnen in Kontakt?)

(Wir haben mit ihnen Nachrichten ausgetauscht. Momentan besteht kein direkter Kontakt.)

(Übermittle alle bisherigen Kommunikation mit dem Telemetrieimpuls), befahl Hathorne.

(Bestätigt.)

(Dann unterlaß alle unnötige Kommunikation mit dem fremden Raumschiff, bis wir den Status der Mission neu bestimmt haben.)

(Bitte um Definitionen von ›unnötig‹ und ›Status der Mission‹), sagte Kadin. War da nicht eine Spur von Schärfe, etwas wie Zorn, in seiner Stimme zu bemerken? fragte sich Jonders.

(Das Ziel der Mission muß neu bestimmt werden), erwiderte Hathorne. (Wir müssen die telemetrischen Daten studieren, um entscheiden zu können, ob sie fortgesetzt werden soll.)

Es gab eine kurze Pause, dann sagte Kadin bedächtig: (Wir würden uns jedem Vorschlag, daß diese Mission nicht fortgesetzt werden kann, widersetzen.)

Schweigen. Eisiges Schweigen. Dann sagte Hathorne: (Ich darf vielleicht meinen Satz ergänzen. Die Kondition des Computers ist zweifelhaft. Deshalb muß definitonsgemäß die Mission zweifelhaft geworden sein.)

Eine neue Stimme mischte sich ein, eine scharfe, zornige Stimme. (Seid ihr vollkommen verblödet?) Das war

Mozy. Ihr Gesicht flackerte einmal auf und erlosch gleich wieder. Jonders hatte es eben noch bemerkt.

Eine weiter Stimme erklang in der Verbindung. (War das Mozelle? Hier ist Slim Marshall, Mozy. Wir verstehen deine Gefühle. Aber du mußt bedenken, daß es für unsere eigentlichen Zwecke sehr riskant werden könnte, wenn wir die Mission mit einer Ausstattung fortsetzen, die im entscheidenden Augenblick ausfallen könnte.)

(Ihr versteht überhaupt nichts), sagte Mozy kalt. (Wir sind gelandet trotz eurer Computerfehler. Ihr seid nicht hier oben bei uns und könnt nicht mal erraten, was wir hier mitkriegen. Ihr wißt nichts. Es gibt allerdings etwas, das ich begreife. Eure Feigheit. Eure Angst, bis zum Ende durchzuhalten.) Ihre Wut kehrte zurück und fuhr mit einer Hitze durch Jonders, daß er beinahe die Verbindung abbrechen mußte. Mozys Gesicht erschien, hell beleuchtet, vor dem Kadins. (Ihr fürchtet euch vor Wesen, die ihr noch nicht einmal getroffen habt ...)

(Miss Moi ...), sagte Hathorne so laut, daß Jonders wegen der Intensität seiner Stimme zusammenfuhr — (Sie verdanken unserer Gutmütigkeit Ihr Leben. Wir bestimmen, was geschieht, und Sie führen es aus. Ist das klar?)

Mozys Augen flammten vor Zorn. (Wenn ich dieses Schiff nicht am Funktionieren gehalten hätte, wäre die ganze Mission schon vor zwei Wochen gescheitert.)

(Nichtsdestoweniger sind die automatischen Systeme ausgefallen — möglicherweise auf Grund Ihrer Anwesenheit — und wenn die ausgefallen sind, werden früher oder später auch Sie ausfallen.)

(Vielen Dank für diese Ermutigung! Kennen Sie Ihr Problem? Sie fürchten sich vor den Aliens, also schicken Sie David vor. Und jetzt haben Sie Angst, ihm und mir zu vertrauen!) Mozy wurde immer lauter. (Wem wollen Sie denn nächstesmal Ihr Vertrauen schenken? Werden Sie heraufkommen und die Arbeit selbst machen?)

Jonders konnte seine eigene Wut nicht mehr länger unterdrücken.

(Mozy!) brüllte er, (jetzt reicht's!)

Mozy schwieg verblüfft.

(Ja!) rief Hathorne. (Hören Sie mit diesen Ausbrüchen auf! Wenn Sie noch einmal versuchen, sich einzumischen ...)

(Mr. Hathorne), sagte Jonders.

(... in unsere Maßnahmen ...)

(Mister Hathorne! Das gilt auch für Sie!)

Jetzt schwieg auch Hathorne vor Verblüffung. (Danke), sagte Jonders. (Diese Verbindung erfolgt in zivilisierten Formen oder überhaupt nicht.) Er holte tief Luft. Einen Moment lang hörte er nichts als das Pochen des Blutes in seinen Schläfen. (Nun, warum bemühen wir uns nicht, diese Sache in gemeinsamer Arbeit zu behandeln? Kadin und Mozy sind weder erschöpft, noch verlieren sie ihre Verstandeskräfte. Wenn es so wäre, wüßte ich es. Warum können wir dann nicht ...?) Er zögerte, weil ihm klar wurde, daß er auch keinen Plan hatte.

Er hörte Gemurmel und fühlte, daß auf der Galerie eine Debatte im Gange war. Schließlich wurde es wieder ruhig, dann hörte man Marshall. (Mozy, Kadin. Unsere Hauptsorge ist, wie ihr überleben könnt, obwohl alles zusammenbricht. Selbst wenn ihr in Ordnung seid, könnten die Übersetzungsprogramme ausfallen. Das würde dann effektiv bedeuten, daß nichts ...)

(Die Übersetzungsprogramme sind schon lange hinüber. Ich habe ihren Job übernommen), sagte Mozy.

(Das stimmt), mischte sich Kadin ein, (und ich muß sagen, daß ich mit ihrer Position übereinstimme. Es ist sinnlos, daß Sie uns Ihr Vertrauen und Ihre Unterstützung entziehen wollen, wenn wir nun schon so weit gekommen sind. Wir stehen auf der Schwelle zu einer anderen Zivilisation, und selbst wenn wir schließlich versagen sollten, müssen wir doch die Gelegenheit wahrnehmen, soviel wie möglich zu erfahren. Wir verlieren wertvolle Zeit mit dieser Debatte.)

Nach einer Pause sprach wieder Marshall. (Gut. Kommuniziert weiter mit den Besuchern und vereinbart ein Treffen zu euren Bedingungen. Haltet uns aber ständig auf dem laufenden!)

(Bestätigt), sagte Kadin. Sein Gesicht erstrahlte goldfarben. Mozy nickte bloß. (Nun, würdet ihr gerne die Besichtigungstour fortsetzen?)

Jonders lächelte in stiller Freude, als der Blick wieder durch die Kamera auf die Oberfläche der fremden Landschaft gerichtet wurde.

39

»Es ist gar keine Frage, ob es wert ist, die Sache zu verfolgen. Ich habe eine äußerst gute Quelle, unabhängig von Gerschak, die mir sagt, daß es etwas außerhalb des Sonnensystems gibt, das Signale übermittelt, und daß der Kontakt damit bald erfolgen wird.« Payne betrachtete Teri Renshaws Bild auf dem Schirm.

»Das ist eine ziemlich vage Sache. Hast du nähere Details? Was für eine Art Kontakt?«

Payne ging näher zum Telefon. »Ich weiß es nicht genau. Aber es geht definitiv um einen Kontakt mit einer anderen Lebensform, und Himmelsvater hat damit zu tun.«

Teri blickte zur Seite und sprach mit jemandem außerhalb des Kamerabreichs. Dann war sie wieder da und entschuldigte sich. »Kannst du es beweisen? Wir können etwas so Problematisches nicht senden, ohne mindestens eine zusätzliche Bestätigung zu haben.«

»Davon rede ich doch gerade. Ich brauche Zeit. Ich weiß nicht, wie weitreichend diese Angelegenheit ist. Kann sein, daß es eine Weile braucht, bis ich alles beisammen habe. Deshalb sollst du doch die veranlassen, mich nicht aus der Sache rauszudrängen.«

»Nun, ich werd's versuchen. Aber du weißt, was sie gesagt haben. Die Einschaltquoten bei deiner ersten Sendung waren nicht gerade hoch.«

»Einschaltquoten!« schnaubte Payne. »Was können Einschaltquoten für eine so erstklassige Story bedeuten? Die Leute sahen zufällig zu, oder eben nicht. Niemand wußte ja schließlich im voraus ...«

»Ich weiß. Aber es geht darum, daß sie auf eine brauchbare Fortsetzung warten.«

»Daran arbeite ich. Und an einer zweiten Informationsquelle.«

»Gut. Aber es wäre gut, wenn du herunterkämst und selber mit ihnen sprechen würdest.«

»Mach ich, Teri. Dienstag oder Mittwoch.«

»Bis dahin können sie dich schon abgeschrieben haben.«

»Nun, ich brauch nunmal ein bißchen Zeit für mich selbst. Ich habe Denine kaum gesehen — und möchte noch einmal mit Gerschak reden.«

Teri lachte plötzlich. »Das ist das Leben der Nachrichtenleute.«

»Ja, jaja. Hören sie auf die Spitzenkraft!« Er sagte es gutmütig, aber ein bißchen Frustration klang in seiner Stimme mit.

»Nun, nimm's nicht persönlich.«

Payne holte tief Atem. Er war ängstlicher, als er selbst bemerkt hatte. Ängstlicher und gierig nach Erfolg. »Horch, kannst du nicht für mich mit den Studiobossen reden?«

Sie warf ihm einen prüfenden Blick zu und ließ sich dann erweichen. »Also gut. Wenn du nicht früher kommen kannst als Dienstag, schaue ich bis dahin, was ich tun kann.«

»Danke.«

»Horch, Joe, ich will dich nicht auf die Palme bringen. Aber hier geht es ums Geschäft, und wir müssen Geschäft und Freundschaft auseinanderhalten. Verstehst du, was ich meine?«

Payne zuckte die Achseln und wackelte mit dem Kopf. »Ja.«

»Und ich mag dich immer noch gern. Okay?« Sie lächelte mit einem Mundwinkel und funkelnden Augen.

Er errötete. »Ja.«

»Darf ich dich also zum Essen einladen, wenn du herkommst?«

»Okay.«

»Und arbeite an dieser zweiten Quelle!«

»Mach ich.« Payne schaltete ab und setzte sich auf seinem Stuhl zurecht. Er fühlte eine gewisse sexuelle Erregung, was interessant und verwirrend war. Teri? Lieber Himmel, er hatte keine solchen Gefühle mehr für sie. Zumindest hatte er das gedacht, er hätte sie nicht mehr. Heute habe ich mich selbst bei der Betrachtung ihrer Brüste ertappt, als sie mit mir sprach, fiel ihm ein.

Vorsicht, mein Junge! Paß auf, was du denkst!

Er begann, Donny Alvarests Nummer einzutippen, zögerte dann aber. Wie sollte er das angehen? Er konnte nicht direkt nach Informationen fragen, nicht angesichts der Geheimhaltungsbestimmungen, von denen Donny umgeben war. Aber ein guter Reporter mußte mit so etwas umzugehen wissen.

Er blätterte seine Notizen von der letzten Unterhaltung mit Ellen Chang am JPL durch. Sie hatten seit seiner Sendung zweimal miteinander gesprochen, einmal persönlich, einmal am Telefon. Es war brauchbares Material. Sie schien jetzt geradezu begierig, ihm Informationen zu liefern. Sie hatte ihm gesagt — allerdings ohne daß er sie direkt zitieren durfte —, daß ihre eigenen Quellen direkt mit der Forschung in Tachylab zusammenhingen. Er hatte sie nicht gedrängt und machte ihr keinen Vorwurf, daß sie keine Namen nannte, weil ihre Lage offensichtlich delikat war.

Nichtsdestoweniger hatte ihm Chang geradeheraus gesagt, daß Himmelsvater in Kontakt mit der fremden Tachyonenquelle stand. Mit der angeblichen Tachyonenquelle, verbesserte sich Payne vorsichtig. Er mußte jetzt noch vorsichtiger mit dem sein, was er sagte und dachte, auch bei sich selbst.

Er tippte wieder die ersten vier Zahlen von Donnys Nummer ein. »Joe?« Er sah auf. Denine lehnte an der Tür. Sie trug Jeans und ein Arbeitshemd und hatte die Haare mit einem Kopftuch zurückgebunden.

Er schaltete wieder ab. »Hi.«

»Was machst du gerade?« Sie kam herein und legte ihm eine Hand auf die Schulter. Ihre Stimme klang angestrengt; etwas machte ihr Sorgen.

Er fingerte an seinem Notizbuch herum. »Bin hinter der Story her. Und du?«

»Oh ...« Sie zuckte die Achseln. »Ich denke an die neue Olsen Kommission. Joe?«

»Ja?«

Sie lehnte sich gegen den Schreibtisch, während sie ihn ansah. »Ich habe daran gedacht, nochmals Mrs. Moi zu schreiben. Ihr zu sagen, daß du draußen warst — daß ein Freund draußen war und sich ein bißchen umgesehen hat, und daß Mozy verschwunden zu sein scheint. Dann weiß sie wenigstens das.« Sie kratzte sich unter dem Kopftuch.

Er dachte einen Moment lang nach. »Glaubst du, daß das etwas bringt, oder hat sie dann nicht noch mehr Sorgen? Warum wartest du nicht? Vielleicht tu ich nächstes mal ein paar wirkliche Informationen auf.«

»Du gehst tatsächlich nochmal hin?«

»Wenn mich die Studiobosse nicht absägen. Die ganze Geschichte hängt irgendwie mit diesem Ort zusammen, glaube ich.«

»Mmm.« Denine nickte. »Schön. Das wird sinnvoll sein, nehme ich an. Ich wünschte, es gäbe für mich einen Grund,mitzukommen.«

»Warum kommst du nicht mit?« sagte Payne in einem Reflex, bemerkte aber plötzlich seine Ablehnung, daß sie mitkam. Sie zuckte die Achseln. »Ich wär dir nur im Weg. Außerdem habe ich zuviel Arbeit zu erledigen.«

Er griff nach ihrer Hand. »Du bist doch in Ordnung, Elfchen?«

»Ach ja. Ich laß dich weiterarbeiten«, sagte sie mit einem gezwungenen Lächeln. Sie drückte seine Finger und ging dann hinaus.

Payne schaute hinter ihr her und dachte, etwas passiert hier, und ich glaube nicht, daß es etwas ist, das mir gefällt. Das Zusammenleben mit Denine schien schwieriger zu werden und hatte etwas von der ursprünglichen Intimität verloren. Lag es daran, daß er weggewesen war? Oder hatte sie etwas von seinem Interesse an anderen Frauen bemerkt, noch bevor er es selbst realisiert hatte? Dee war keine Frau, die ihren Mann mit einer anderen teilen würde, nicht einmal in Gedanken.

Vielleicht hatte Teri recht. Vielleicht war der Preis für eine Karriere im Nachrichtenwesen der Verlust des häuslichen Lebens. Wenn es so war, würden die Dinge noch schlechter werden müssen, bevor sie sich zum Guten wenden konnten.

Als Alvarest auf dem Bildschirm erschien, gab sich Payne jovial. Er hatte mit seinem Freund nur einmal seit ihrer Begegnung auf dem Rockfestival gesprochen. »Du bist schwer zu erreichen, Donny. Hebst du das Telefon nicht mehr ab?«

Alvarest grinste. »Deinetwegen habe ich eine Menge Überstunden gemacht. Du hast die ganze Abteilung mit deiner Story in Schwung gebracht.«

»Deine Abteilung? Ich dachte, du wärest nur mit Nachrichten aus anderen Ländern befaßt.« Payne schluckte. »Was für eine Aufregung gab's denn?«

»Ach, nur den Verdacht, daß jemand dir Informationen überlassen hätte. Vielen Dank, daß du mir's rechtzeitig gesagt hast, du Dämel. Ich habe nicht mal deine Sendung gesehen, bevor sie ein Band von deinem Studio bekommen haben.«

»Entschuldige, das tut mir wirklich leid. Ich wollte dich anrufen, es klappte aber nie.«

»Nun, hoffentlich finden sie nicht heraus, daß ich jetzt mir dir spreche.«

»Besser nicht, ja. Nicht bei den Gebühren, die ich für sichere Telefonate zahle. Ich nehme nicht an, daß du mir ein paar Fragen beantworten kannst.«

Alvarest lachte grimmig. »Wie hohe Gebühren du auch immer zahlst, so sicher kann es gar nicht sein.«

Payne kratzte sich am Kinn und lachte unsicher. »Worüber können wir denn sprechen?«

»Ach, beginnen wir mit der Tageszeit — obwohl man

darüber debattieren wird, ob ich berechtigt bin, sie dir zu sagen. Immerhin muß ich dich nicht verhaften lassen, wenn du mich das fragst.«

»Da bin ich ja beruhigt. Sag mal, Donny, alter Junge.«

Alvarests Augenbrauen hoben sich um Millimeter.

»Ich will nicht, daß du dich kompromittierst, das weißt du selbst. Aber wenn du sagst ›sie glauben, daß jemand mir etwas erzählt hat‹, dann scheint mir das die Folgerung zu ermöglichen, daß ich diesen Satz als eine Art indirekte Bestätigung meiner Story ansehen kann.«

Alvarest räusperte sich. »Aber schon sehr indirekt.«

»Nun, nichts gegen das Indirekte. Ich versuche nur ganz zu begreifen, was du mir gesagt hast. Würdest du nicht zustimmen, daß ...«

»Aber, Joe, ich dachte immer, ihr Top-Journalisten sucht euch eine Bestätigung für eure Stories, bevor ihr sie sendet.«

»Nun, ja, klar. Aber weißt du, so etwas wie zuviel Bestätigung gibt es auch nicht.«

»Wenn du mich um einen Persilschein für deine Geschichte fragst, vergiß es. Du hast jetzt schon zuviel aus mir herausgeholt.«

»Herausgeholt!«

»Mit Bambussplittern unter den Fingernägeln.«

Payne schnaubte — und dachte bei sich, ob Donny ihm indirekt klarzumachen versuchte, daß seine Interpretation richtig war. Daß er das als Bestätigung seiner Story betrachten konnte?

Alvarest warf einen Blick zur Seite. »Joe, ich unterbreche ungern eine so wundervolle Konversation, aber mein Essen brennt gerade an.«

»Okay. Nur noch eine Kleinigkeit«, sagte Payne hastig. »Kannst du einen Kommentar dazu abgeben, wenn ich dir sage, ich habe die Information daß Himmelsvater sich mit einem fremden Raumschiff trifft?«

»Stehst du unter Drogen? Nie im Leben!«

»Oh. Nun gut. Ich dachte, ich frag halt mal.«

Alvarest sah ihn gequält an. »Wenn du wirklich ernsthaft an eine solche Story denkst, dann kann ich nur hoffen, daß du wirklich äußerst sorgfältig mit den Fakten umgehst!«

»Das werde ich tun. Hör mal, wenn du schon keinen Kommentar abgeben kannst, kennst du möglicherweise jemanden, der mit Himmelsvater oder mit Tachylab zu tun hat, und der mir vielleicht ein bißchen Hintergrundinformation geben könnte?«

»Hintergrund?«

»Ja, nur Hintergrundinformation.« Tiefer, tiefster Hintergrund, mein Junge.

»Nicht einfach so, im Moment. Kommst du bald hierher?«

»Vielleicht. Soll ich bei dir vorbeischauen?«

»Ich möchte nicht, daß jemand hören könnte, wie ich sage, daß du das tun solltest.« Alvarest schaute wieder zu seinem Essen hinüber.

»Okay, falls ich dich zufällig treffe, kann man ja nichts machen.«

»Da kann man nichts tun, schätze ich, wenn du mir über den Weg läufst. Joe, ich sehe Rauch!«

»Ciao«, sagte Payne, »und vielen Dank.«

Er sah zu, wie der Schirm dunkel wurde. Er fühlte sich schuldbewußt, weil er seinem Freund so zusetzte. Donny war in einer schwierigen Position. Vielleicht spielte das keine Rolle. Sie hatten im Grund über nichts gesprochen, was die Geheimhaltungsvorschriften verletzte. Aber — wenn Donnys Abteilung in die Sache verwickelt war, dann mußte er auf der Hut sein, um Donnys Job nicht zu gefährden.

Soviel zu seiner ›zweiten Quelle‹.

40

In der Entfernung von einem Viertellichtjahr war die Sonne nur ein Stern unter anderen. Kadin und Mozy mußten die Bilder dreißigfach aufhellen, als sie die Oberfläche des Asteroiden absuchten, zumindest den Teil, der vom Raumschiff aus sichtbar war. Sie verwendeten nur gelegentlich Scheinwerfer, um ihre Gastgeber nicht zu irritieren.

Was sie sahen, war auf den ersten Blick wenig beeindruckend. Alles sah aus wie auf irgendeinem beliebigen Asteroiden. Die Oberfläche war schwarzbraun, hier und da glänzte etwas metallisch, und überall sah man die zu erwartende Erosion und Einschläge von Mikrometeoriten. Es gab kein äußerliches Zeichen von den Bewohnern, nichts, was den Eindruck hätte vermitteln können, es handle sich nicht um einen leblosen Felsbrocken. Seismische Experimente an der Oberfläche bewiesen aber einwandfrei, daß der Asteroid hohl war und stellten auch Geräusche fest, die von einer inneren Aktivität herrührten, eine Symphonie von Gemurmel und Stöhnen.

Jemand war da drinnen, okay — und Mozy und Kadin bemühten sich so eifrig herauszufinden, wie sie hineingelangen könnten, daß sie beinahe zu reagieren versäumten, als sie eine Transmission der Aliens in MacEnglish bekamen. (Mein Gott!) rief Mozy, als sie die Worte empfing:

(WIR HEISSEN EUCH IN UNSERER REISENDEN HEIMAT WILLKOMMEN, UND DANKEN EUCH FÜR EURE GRÜSSE. WOLLT IHR HEREINKOMMEN? KÖNNEN WIR UNS VERSTÄNDLICH MACHEN? SAGT ES UNS, BITTE! OH, SAGT ES UNS.)

Mozy war so erstaunt, daß sie es nochmals abspielen mußte, um den Sinn zu verstehen.

(Bemerkenswert), sagte Kadin. (Eine Einladung. Sie haben unsere Sprache studiert, und offensichtlich genauer, als wir die ihre.) Mozy mußte zugestehen, daß das stimmte. Sie hoffte, daß ihre Kenntnis der fremden Sprache wenigstens ein Zehntel davon ausmachte. (Was werden wir ihnen antworten?)

Kadin hatte den Kanal schon geöffnet. (Ihr meistert unsere Sprache exzellent. Dank und Gratulation!)

(WIR HABEN VIELEN EURER SENDUNGEN ZUGEHÖRT. WOLLT IHR HEREINKOMMEN?)

(Natürlich kommen wir gerne. Können wir eine ferngesteuerte Extension von uns senden, einen Mechanismus, der uns Bilder und Töne aus eurem Heim übermitteln kann?)

(AH ... WIR WISSEN NICHT, OB WIR RECHT VERSTEHEN ... EINE ›FERNGESTEUERTE EXTENSION VON EUCH‹?)

(Eine Maschine. Wie die, mit der wir gekommen sind, aber viel kleiner.)

(DAS WÄRE ZUFRIEDENSTELLEND. ABER IHR SEID AUCH PERSÖNLICH WILLKOMMEN ... KÖRPERLICH ...)

Kadin versuchte zu erklären, daß das Raumschiff ihr Körper war. (Ich heiße ›Kadin‹. Ich bin ein Produkt der Menschen und existiere nur in dieser Form, als Maschine. Bei mir ist jemand, der ›Mozy‹ heißt, ein richtiger Mensch, aber auch nicht mehr mit einem Körper. Ihre Essenz, ihre Persönlichkeit, lebt mit mir in dieser Maschine.)

(LEBENDE PERSONEN IN UNLEBENDEN KÖRPERN? WIE ÜBERMITTELT IHR UNS EURE GEDANKEN?)

(Wir ... übermitteln sie durch einen Transmitter. Programme und Filter helfen uns dabei, unsere Gedanken in eine Form zu bringen, die durch Tachyonen oder Radioverbindungen ausgedrückt werden kann. Es ist schwer, das ohne größeren Zusammenhang zu erklären. Wie übermittelt ihr eure Gedanken?)

(WIR SPRECHEN EINFACH ... DERZEIT. SPÄTER WERDEN WIR VIELLEICHT SINGEN.)

(Ich verstehe. Vielleicht möchtet ihr ein paar Worte an Mozy richten. Redet einfach mit ihr. Mozy?)

(Hier.) Was sollte sie den Aliens sagen? Sie öffnete sich zu einer Direktverbindung. Würden sie wissen, was sie tun mußten?

(DU HEISST ›MOZY‹?) ertönte eine Stimme in ihrem Kopf. (WIR HEISSEN ... NENN UNS IN DEINER SPRACHE ... ›TALENKI‹.)

(Talenki ... ?)

(TALENKI), wiederholten die Aliens. Dann dehnte sich etwas in ihrem Kopf aus – Funken, eine Explosion kristalliner Noten und halluzinatorischer Farben. Es gab Bewegung: Licht und Schatten durchliefen ihr Bewußtsein wie ein Springbrunnen von Bildern, alle ununterscheidbar, mehr wie Lachen und Sehnsucht, Sorge und Glück, weniger sichtbare Formen. Es durchfloß sie wie eine Flut, dann folgte die Ebbe.

(Ich freue mich, euch kennenzulernen, Talenki), murmelte sie. Sie glaubte, ein amüsiertes Echo zu hören, wußte aber nicht recht, ob es von den Talenki oder tief aus ihre selbst kam. (Sagen wir Homebase, daß wir bereit sind, hineinzugehen), sagte Kadin.

(David, bist du in Ordnung?)

Er brauchte ein paar Sekunden zur Antwort. Er war damit beschäftigt, die Sonde fertigzumachen. Schließlich sagte er (Alles unter Kontrolle, oder nicht?)

(Ja. Aber danach habe ich nicht gefragt.)

Er machte weiter an der Sonde herum und bereitete den Transfer eines Teils seines Bewußtseins in das Gehirn der Probe vor.

(Nein, das hast du nicht), sagte er schließlich.

(Mir kommt vor ... aber ich bin mir dessen nicht sicher ...) Sie versuchte, genau festzustellen, was ihr Sorgen machte. (Du scheinst nicht mehr ganz du selbst zu sein. Nicht so schnell ... wie du in der Vergangenheit gewesen bist.)

(Nein.) Schweigen. (Ich fühle eine gewisse ... Trägheit. Was bedeutet es, ›Kopfweh‹ zu haben?)

Sie zeigte es ihm. Es brauchte eine Menge Konzentration, sich das Gefühl in Erinnerung zu rufen und es in ein offenes Bild zu übertragen. Der Effekt machte ihr selbst Kopfweh.

(Das ist es nicht ganz), sagte er, (aber ja, ich werde mich sehr bemühen, meine Fähigkeiten zu erhalten.)

(Ich helfe dir, so gut ich kann.)

(Ich weiß, Mozy, ich weiß.)

Die Sonde glitt aus dem Raumschiff und fiel sanft auf die Oberfläche des Asteroiden. Drei Beine streckten sich aus ihrem Körper, eine nach vorn, zwei nach hinten. An ihren Enden saß ein Ball Stahlwolle. Mozy sah zu, wie Kadin die Heizelemente aktivierte, die Wollbälle sich ausdehnten und die einzelnen ›Wollfäden‹ bei steigender Temperatur sich an ihre frühere Form ›erinnerten‹ und diese annahmen. Als dieser Prozeß abgeschlossen war, saß die Sonde auf drei kringelförmigen Rädern aus Drahtgeflecht. Die Sonde war ein merkwürdiger kleiner Roboter mit einem blasenförmigen Kopf und dünnen Manipulatoren, die sie gegen die Seiten gefaltet hatte. Innerhalb der Blase rotierten Kameralinsen. Kadin startete die Elektromotoren. (Hoffentlich haben sie uns da keinen Quatsch gegeben), sagte er, während die Sonde sanft über die Asteroidenoberfläche schaukelte.

Er umkreiste das Raumschiff mit der Sonde und ließ sie dann hinter dem Horizont verschwinden. Mozy betrachtete die übermittelten Bilder und bereitete sie für die Transmission zur Bodenstation vor. Da die Talenki keinen besonderen Eingang angegeben hatten, mußten sie die gesamte Oberfläche im Detail untersuchen.

Der Asteroid sah überall gleich aus, wenn auch manche Gebiete etwas dunkler als andere waren. Sie rätselten über Meßergebnisse, die unterschiedliche Massendichte und Schwerkraft aufzeigten, während die Sonde die kleine Welt abfuhr. Sie hatten gehofft, den merkwürdigen Feldeffekt genauer bestimmen zu können, aber ihr bestes Beobachtungsergebnis war, daß die Sterne verwischt aussahen, und das in unterschiedlichem Ausmaß, je nachdem, wo sich die Sonde befand. (Sehr eigenartig), sagte Kadin, als die Sonde zurückkam. (Vielleicht sollten wir fragen, wo die Eingangstür ist.)

Es folgte eine kurze Diskussion mit den Talenki, Kadin fuhr die Sonde ein Stückchen weg und bremste dann plötzlich. Direkt vor der Sonde sah man im Boden eine kreisrunde, spiegelglatte, perlgraue Oberfläche, umgeben von einer Art erhöhtem silbernem Band. Die Scheibe hatte vielleicht anderthalb Meter Durchmesser und lag geringfügig unter dem allgemeinen Bodenniveau. (Eine Luftschleuse?) sagte Mozy.

(Vielleicht. Aber wie konnten wir die vorher übersehen?)

Er bewegte seitlich eine Kamera. Die Scheibe irisierte schwach. Nach einem kurzen Zögern schaltete Kadin einen Scheinwerfer ein. Farbringe explodierten förmlich auf dem Fleck, wo ihn der Lichtstrahl traf, und erzeugten durch die Reflexion am Rand ein kaleidoskopisches Muster, das sich mit dem Scheinwerferkegel bewegte. Unter dem Farbschauer wurde schwach ein Schacht sichtbar, der unter die Oberfläche führte. Kadin schaltete ab. Das Farbspiel erlosch langsam. (Es wird immer merkwürdiger), sagte Kadin.

Er fuhr vorwärts und entfaltete einen Manipulatorenarm, hielt an und streckte ihn aus. Eine Blase war in der grauen Oberfläche erschienen und wölbte sich nach oben. Sie sah ... beinahe wie ein Kopf aus. Kadin zog die Sonde etwas zurück. Einen Augenblick später folgte dem Kopf ein Körper, und eine glänzende silberne Kreatur — oder vielleicht auch eine Maschine — kam heraus auf die Oberfläche des Asteroiden. Sie lief auf vier Beinen und erinnerte an einen Faun — sogar die spitzen Ohren waren da — hellsilbrig gegen die Weltraumschwärze.

(Meine Fresse), sagte Mozy.

Kadin war diplomatischer. (Bist du ein Talenki?) fragte er in der im übrigen derzeit völlig stillen Verbindung zu den Aliens.

Die Kreatur oder das Ding drehte den Kopf, um die Sonde zu betrachten. Es umtanzte sie in graziösem Walzerschritt und streckte zwei kurze Vorderbeine nach der Sonde aus. Ein Gebrabbel kam über die Talenki-Verbindung, unverständliches Gemurmel; dann wurde auf Englisch umgeschaltet. (BITTE GAS-EMISSION EINSTELLEN.) Kadin stellte das Steuerdüsensystem der Sonde ab. Drinnen würde er die Düsen sowieso nicht gebrauchen können.

Die Kreatur schüttelte den Kopf. (WILLKOMMEN ZUM EINTRITT), hörte Mozy in der Verbindung. Das Wesen schwang seinen Kopf zum Eingang hin und verschwand einen Augenblick später auf demselben Weg, auf dem es gekommen war.

(Und jetzt?)

(Ich glaube, wir versuchen es), sagte Kadin. Die Sonde rollte vorwärts. Das Vorderrad fuhr über den Rand und sank ohne Widerstand durch die graue Scheibe, die Sonde neigte sich nach vorn. Kadin gab dem Motor mehr Saft, und die Hinterräder rollten über den Rand. Die Sonde versank in der Öffnung. Die Bilder verzerrten sich.

(Alle Sensoren sind plötzlich auf Null), sagte Kadin. Dann: (Jetzt sind sie wieder da, außer dem Neigungsmesser. Aber wir sind die ganze Zeit vertikal zur lokalen Gravitation. Da hat sich nie irgendetwas daran geändert.)

Als wieder Bilder kamen, befand sich die Sonde in einer sphärischen Kammer mit glatten Wänden. Die Sonde stoppte. Der Eingang hinter ihnen war ein weißlicher runder Nebel. Es gab einige weitere Portale, die genauso aussahen, rundum an den Kammerwänden. Die Sonde war allein.

(Ein Lagerraum?) fragte sich Mozy.

(Argonatmosphäre), bemerkte Kadin. Er adjustierte Brennpunkt und Lichtstärke und ließ vorsichtig einen Scheinwerfer über die Wand streichen. Feine Zeichnungen wurden sichtbar, die offensichtlich die ganze Wand bedeckten. Er rollte näher hin und zoomte. Es handelte sich um mit einer metallischen Substanz ausgeführte geometrische Zeichnungen und Figuren, die alphanumerische Symbole sein mochten, vielleicht auch Ideogramme. Kadin stellte scharf und Mozy nahm auf. (Wenn du kannst, solltest du diese Symbole genau studieren.)

(In meiner Freizeit), erwiderte Mozy.

Kadin schwenkte, um die Portale zu betrachten. (Ich bin nicht sicher, ob wir weiterfahren sollen. He, was ist das!)

Eines der Portale leuchtete auf und etwas zunächst nicht klar Erkennbares trat aus dem leuchtenden Nebel und an die Sonde heran. Es war wie die Kreatur geformt, die sie draußen gesehen hatten. (Hallo), sagte Kadin. (Ich frage mich, ob das derselbe ist wie vorhin.)

Mozy übertrug die Worte und hörte ein moduliertes Pfeifen als Antwort.

Der Talenki — sie nahm an, daß es einer war — umtanzte die Sonde und betrachtete sie genau. Mozy wünschte sich, ihn besser sehen zu können, aber der ihn immer noch einhüllende Nebel bewegte sich mit ihm mit und verhüllte teilweise seine Form. Einen Moment später kam die Stimme des Talenkis über die Verbindung und über den Schiffslautsprecher. (BITTE FOLGT MIR.)

Er schlüpfte durch das Portal. Kadin fuhr mit der Sonde hinterher. Wie vorher, gingen alle Instrumente auf Null, während sie den Durchgang passierten, und stabilisierten sich dann wieder. (Stickstoff-Sauerstoff-Atmosphäre), sagte Kadin. (Wenig Licht. Laß mich mal einstellen. Aha.)

(Talenki), sagte Mozy.

Im Dunkel einer Passage konnte sie ein Geschöpf mit glattem Pelz erkennen, das aussah wie eine Kreuzung zwischen einem freundlichen Faun und einem Dobermann mit geknickten Ohren. Es sah sie mit großen, goldleuchtenden Augen an und gestikulierte mit zentaurenhaften Armen. Mozy hatte ihn noch kaum richtig gesehen, als er sich schon umwandte und den Gang hinuntereilte. (Warte!) rief sie.

Kadin bemühte sich aufzuholen.

41

(Kein Hinweis auf Fehlfunktion), sagte Kadin.

(Aber was ist es dann, was wir da sehen?) fragte Mozy.

Die Bilder waren klar, aber unbegreiflich: unterteilte Gänge umgaben die Sonde, die Winkel schienen sich ohne Vorwarnung plötzlich zu ändern, Wände vermittelten dem Auge den Eindruck, sich in einem Spiegelkabinett zu befinden. Die Beleuchtung war einmal scharlachrot, bernsteingelb im nächsten Moment, dann gab es wieder Obertöne von Indigo und Grün. Einmal schien das Licht vom Glühen tief in den Wänden verborgener Energie herzurühren; im nächsten Moment gab es ein Durcheinander verschiedenfarbiger Lichtstrahlen wie an einem Herbsttag im Wald.

Ein Talenki – nicht jener, der sie bisher begleitet hatte – blickte zurück, um zu sehen, ob ihm die Sonde gefolgt war. Dann gab er eine Art Pfeifen von sich und trottete durch einen Steinbogen in einen mäßig beleuchteten Tunnel hinein. Dieses Fang-mich-Spiel dauerte nun schon beinahe eine ganze Stunde.

Die Talenki waren überall und nirgendwo, sie erschienen und verschwanden wie Geister durch das, was ihren Gästen solide Wände zu sein schienen. Individuen waren schwierig zu unterscheiden, aber es mußten mindestens vier oder fünf Talenki gewesen sein, die sich nacheinander materialisiert hatten, um die Sonde zu führen; sobald der eine verschwand, erschien der andere. Mindestens ein Talenki war immer in der Nähe und wies diesen oder jenen Weg.

Kadin hatte sich hoffnungslos verirrt. Alle Meßdaten widersprachen ihrer eigenen Sinneswahrnehmung, was die Drehungen und Wendungen ihres Weges innerhalb des Asteroiden betraf. Nichts schien zuverlässig solid oder linear – weder die Wände, noch die Böden, noch die Dekken. Opake Oberflächen lösten sich in Nebel auf. Schatten wurden zu Durchgängen. Ein offenbar unbegreifliches Labyrinth von Winkeln führte schließlich in eine mutterleibartige Kammer. Konnte dies alles nur eine Gesichtshalluzination sein? Radar und Doppler-Sonar schlossen aus, daß es sich lediglich um Hologramme handelte, zumindest keine den Menschen bekannten. Die Instrumente zeigten nicht viel mehr an, aber die Wände waren jedenfalls Wände. Außer natürlich, etwas kam gerade aus ihnen hervor.

(Ich würde gerne sehen, wie die Bodenstation darin einen Sinn erkennt), sagte Mozy, als sie einen von grünen und gelben Lichtscheiben flankierten Gang betraten, in dem geometrische Figuren flackerten und wirbelten. Ihr erster Gedanke war, daß diese Figuren eine Art Rorschach-Diagramm darstellten, dann sah sie, daß einige von ihnen Arme und Beine entwickelten, und sie fragte sich, ob sie Wesen aus der Talenki-Welt repräsentieren sollten.

(Das ist alles ... sehr verwirrend), sagte Kadin.

Sie stimmte zu und fragte über die Verbindung die Talenki: (Wo sind wir jetzt?)

Die Antwort kam nach kurzem Zögern. Dann sprachen mehrere Stimmen gleichzeitig, einander unterbrechend und aufeinander antwortend: (HALLE DER ...) (HOFFNUNG?) (TUNNEL DER ...) (... SEELENRUHE?) (WÄCHTER DER ...) (... SCHWERKRAFT?) (BITTE FOLGT UNS.)

Sie zuckte die Achseln. Das war die einzige Art Antworten, die sie kriegten.

Kadin war weniger philosophisch veranlagt. (Ich finde es hart, das alles ... es ist alles so ... schwierig für mich, das einwandfrei zu analysieren.)

(Es ist verwirrend), stimmte sie zu.

(Die Korrelationspunkte der Standardinterpretationsmodelle — ich weiß nicht, ob ich die Grundannahmen readjustieren soll oder ...)

(David, sprich Englisch mit mir! Ich glaube, es ... he, paß auf die Wand auf! Hast du Probleme beim Lenken?)

(Nein.) Die Sonde schlingerte auf ihren ursprünglichen Kurs zurück. (Ich war nur einen Moment lang abgelenkt. Ich dachte daran, daß ich weder dich noch die Erde im Stich lassen will. Und doch kann ich das alles nicht verstehen, es ist keine Simulation ...) Die Sonde glitt durch eine Wand aus Licht und gelangte in eine merkwürdige Kammer, die ungefähr elliptisch geformt war. Die Wände waren aus kanneliertem Stein. Der Lärm des Sondenmotors hallte von ihnen vervielfältigt wieder. Eine akustische Kammer? Der Talenkiführer blieb stehen.

(Sprich nicht so. Wir müssen mit Überraschungen ...) Mozy brach mitten im Satz ab. Talenki wurden rundum sichtbar — oder Bilder von ihnen, Dutzende oder Hunderte, keines hielt länger als eine oder zwei Sekunden an, es erschienen aber fortwährend neue.

(So etwas war in unserem Training nicht vorgesehen), sagte Kadin.

(Nein), erwiderte sie langsam. (Ich frage mich, ob das ...) Was auch immer sie sagen wollte, es wurde unterbrochen von einem widerhallenden Klagen, das die Außenmikrophone der Sonde übertrugen. Es klang wie das Jaulen des Windes in Dachschindeln. Oder wie das Echo des Schreis einer Wildkatze in einer Schlucht. Mozy versuchte eine Übersetzung. War dies eine Überprüfung, oder eine Grußzeremonie? Versuchten die Talenki sich zu verständigen? Oder war es etwas weniger Günstiges? Was dachten die Talenki über Menschenopfer? fragte sie sich in Erinnerung an zweitklassige Holo-Filme. Würden sie vielleicht die Sonde kochen, braten und als Essen verzehren? Viel gäbe es da natürlich nicht zu verzehren — oder? Kann man Gedanken dünsten? Oder Wissen? Die zunehmende Tonhöhe der Geräusche machte sie benommen; es war schwierig, dabei nachzudenken.

(Singen die?) fragte Kadin.

(Vielleicht. Ich bin nicht sicher.)

(Kannst du es übersetzen?)

(Nein.) Und verdammt nochmal, jetzt war sie diejenige,

die nervös wurde. Warum sollte sie etwas Unfreundliches aus diesem ... Gesang heraushören? Wenn es überhaupt das war, was sie empfand.

Kadin schwieg und lauschte. (Vielleicht sollten wir nur einfach etwas fühlen), sagte er schließlich.

(Was denn fühlen?)

(Ich weiß es nicht.) Es klingt traurig. Ist das nicht so, wie Traurigkeit klingt?)

Mozy horchte auf die Rhythmen und Töne. Sie klangen nicht so ähnlich wie irdische Gesänge, wie sie zuerst geglaubt hatte. Sie wußte gar nicht, welche Ähnlichkeiten es da überhaupt gab. Der Abstand war einfach zu groß. (Vielleicht ist es Traurigkeit, vielleicht auch ein anderes Gefühl. Vielleicht ist es auch überhaupt kein Gefühl.)

Kadin antwortete nichts. Er schien ganz in der Wahrnehmung aufzugehen, in Gedanken, die von dem klagenden Gesang beinahe weggeschwemmt wurden. (Das ist so traurig, daß ich es kaum aushalten kann. Sag ihnen, sie sollen damit aufhören, bevor ich zu weinen beginne.)

Sie saß über ihre Instrumente gebeugt, wenige Meter von der Oberfläche des Asteroiden entfernt. Über ihr drehte sich langsam die Milchstraße. Sie beachtete sie nicht. Ihre Aufmerksamkeit war ganz auf einen strahlenden Bildschirm gerichtet, der über dem Horizont des Asteroiden in der Leere hing. Die Szene, die er zur Zeit zeigte, war eher ruhig, nur ein paar Talenki liefen an der stationären Kamera vorbei. Vorher war da eine ganze Menge gewesen, die sich drängelte und stieß wie Schulkinder, um einen Blick auf das seltsame metallene Raumschiff werfen zu können.

Sie war buchstäblich mitten drin erwacht, weil ihr Unterbewußtsein sich auch im Schlaf mit der Sonde beschäftigte. Es war, als erwache sie im Zentrum einer Cocktailparty; sie hatte sich hastig zurückgezogen, auf ihren Kapitänsstuhl hoch droben, wo sie mit ihren Gedanken allein sein konnte. Zur Erholung hatte sie das Raumschiff durchgecheckt, kurz mit Mutter Programm gesprochen (die mürrisch und träge war), eine ebenso kurze Verbindung mit der Bodenstation hergestellt — und dann die Bilder der Talenki auf den Bildschirm geholt.

Sie hatte keine Idee, was sie aus ihrem Besuch auf diesem seltsamen Felsbrocken im leeren Raum machen sollte. Es gab ja keinen Mangel an faszinierenden Eindrücken. Aber wo blieb die formelle Begrüßung? Was war das für ein Konzert gewesen? Wo waren die Führer der Talenki, um sich an die Emissäre der Erde zu wenden, um ihre Absichten beim Besuch des Sonnensystems und vermutlich des Planeten Erde bekanntzugeben? Sie hatte sich entschlossen, eine Konversation zu beginnen, wollte aber abwarten, bis Kadin aus seiner Meditation erwachte. Nachdem sie den Taleki mitgeteilt hatten, daß sie Zeiten für Erholung brauchten, schien es vernünftig, zu warten, bis sie beide zu einem Kontakt bereit waren.

Mittlerweile beobachtete sie die Talenki dabei, wie sie die Sonde beobachteten.

Der zweite Pilotensitz blieb leer. Nach einer Weile sah sie sich nach Kadin um. Er hatte sich zurückgezogen, schwieg, schlief aber nicht. (David? Die Talenki warten), sagte sie leise.

Kadin murmelte eine unverständliche Antwort.

(David? Kannst du mich hören?)

Zögern. (Ja ...)

Was war mit ihm nicht in Ordnung? War er überfordert? Erschöpft? Er erlebte Erschöpfung vielleicht nicht in derselben Weise wie sie, spürte sie aber nichtsdestoweniger — ein Überangebot von Sinneseindrücken und Informationen und Gedächtnisinhalten, das zur Gänze durchdacht und kategorisiert und gespeichert werden mußte, erschöpfte auch ihn. Und er war in der schwierigeren Lage. Er hatte das Kommando.

(David, ich habe einen Bericht an die Bodenstation geschickt und ihnen mitgeteilt, was wir bis jetzt gesehen haben.)

(So, hast du das.) Kadin bewegt sich, schien sich aufzurichten. (Hast du unsere Reaktionen und Gefühle beschrieben?)

(Ich habe ihnen Fakten und Bilder übermittelt. Ich weiß nicht einmal, wie meine Gefühle wirklich sind. Und ich wollte nicht an deiner Stelle sprechen.)

(Nein.) Kadin streckte sich und dehnte sich langsam aus. (Gut, daß du das nicht getan hast, glaube ich. Es gibt keinen Grund, sie zu alarmieren.) Er untersuchte ruhig das Schiff und testete die Verbindung mit der Sonde. Mozy dachte sich, daß er sich wie ein müder alter Mann bewegte. Er sah sie mit einer Art dumpfer Aufmerksamkeit an. (Ich glaube, wir sollten weitermachen.)

Mozy öffnete die Verbindung.

Es brauchte ein paar Anrufe, bis die Talenki antworteten. Anscheinend schliefen sie auch – oder hatten ihre Aufmerksamkeit anderen Dingen zugewandt. Zum erstenmal kam Mozy der Gedanke, daß die Talenki vielleicht in einer Verbindung mit ihrer Heimatbasis standen, so wie sie und Kadin mit der Erde.

Sie entschloß sich, danach zu fragen.

Die Frage schien die Talenki zu verwirren. (DAS HIER IST UNSERE HEIMAT.)

(Aber ihr kommt doch sicher von einer anderen Welt?)

Sie hörte zwitschernde und grummelnde Geräusche. (VIELE WELTEN), antworteten sie schließlich.

(Aber ursprünglich von einem anderen Sternensystem – einem anderen Planeten?)

Drei Stimmen antworteten, ineinander verschlungen. (SCHWIERIG –) sagte die erste, (ALLES –) die zweite, (MIT DER ZEIT), die dritte, und (– WIRST DU BEGREIFEN), ergänzte wieder die erste.

Verschiedene Talenki stolzierten um die Sonde herum in einer Art, die sie wieder an ihren Eindruck von Faunen erinnerte. Einer hielt das Gesicht vor die Kamera und spähte in die Linse – wobei er wie ein schmalköpfiger Hund aussah, während er verwundert den Kopf schüttelte.

Seine Ohren waren groß und hingen nach vorne, die Augen leuchteten golden. Man sah keine Pupillen, aber Streifen flüssigen Feuers bewegten sich von dunkelroten Sternen in jedem Auge weg.

Ein pfeifendes Geräusch hallte im Raum wieder, der Talenki, der in die Kamera gesehen hatte, verschwand, als hätte er sich in eine Tasche in der vierten Dimension fallen gelassen, die anderen gestikulierten ängstlich im Umkreis der Sonde. Einen Augenblick später verschwanden auch sie — und ein anderer Talenki erschien in einer Tür. Er kam nach vorn, pfiff leise und tippte auf den Kugelkopf der Sonde, wobei er einen Fleck auf der klaren Oberfläche hinterließ. Was Kadin daraufhin tat, verblüffte Mozy mehr als die Talenki. Er aktivierte einen bislang ungebrauchten Schaltkreis, worauf die Sonde laut mit Synthesizerstimme zu sprechen begann. »Bist du unser Führer?« fragte Kadin. Der Talenki stellte die Ohren auf und sah die Sonde mit unverkennbarer Neugier an. Dann sprach er. Es war ein hohes Pfeifen. Kadin wiederholte seine Frage, der Talenki pfiff neuerlich.

(Kannst du das übersetzen?) fragte Kadin.

Mozy zögerte. (Das ist ein anderes Problem. Ich werde einige Zeit dafür brauchen.) Möglicherweise waren ihre Gastgeber mit demselben Problem beschäftigt. Sie wußten, wie man Englisch in elektronischer Form wiedergab, aber sie hatten nie zuvor den Klang einer menschlichen Stimme gehört, weder synthetisch noch real.

(Vielleicht hilft es beim Lernen, wenn wir laut sprechen, während wir transmittieren), sagte Kadin. (Sagst du ihnen das?)

Mozy tat es. Die Talenki antworteten nicht direkt, forderten sie aber auf, dem vor ihnen stehenden Geschöpf zu folgen. Kadin ließ die Sonde losfahren. Der Talenki ging durch die nächste Wand, die Sonde hinterher.

Bilder über Bilder: ein Raum voll schweigender Talenki. Vielleicht ein Ort der Meditation. Ein Gefühl ruhiger Spannung, Nachdenken, Verbindung mit etwas anderem,

Erinnerungen. Mozy fühlte diese Eindrücke und öffnete sich selbst einen Moment lang einem direkten Kontakt mit den Talenki. Die Gefühle waren ihr klar, aber alles Spezifischere und jedes Faktum fehlten ihr.

Ein schmaler Steinsims über einem lärmerfüllten Ort. Unten arbeiteten Talenki, taten etwas mit Werkzeugen und Materialien, die nicht zu erkennen waren. Wozu? Unmöglich zu sagen. Es war optisch zu verwirrend und zu heftig, um sich dem Eindruck freiwillig mehr zu öffnen.

Noch ein Sims, diesmal mit Blick auf eine kleine Lichtung. Bäume, ein Bach. Blauer Himmel!

Eine Küste. Sterne.

Mozy brauchte lange Zeit, um zu bemerken, daß sich die Sonde nicht mehr bewegte, und daß die Fenster, die sich vor ihnen geöffnet hatten, geradezu an Kinovorführungen erinnerten. Kadin hatte es nicht bemerkt, er war so in Trance, daß er vielleicht die Bilder gar nicht wahrnahm, die da abliefen; er fuhr jedenfalls nicht auf sie zu.

Der Talenkiführer blieb nahe bei ihnen und veranstaltete vielleicht alles, was sie sahen.

Aber waren das reale Szenen aus der Gegenwart, oder bemerkenswert klare Hologramme von irgendwo und irgendwann anders?

Mozy versuchte zu fragen. Vier Talenki antworteten zusammen. (ES IST WIE REAL –) (– WIE SOLID –) (– WIE DEINE WAHRNEHMUNG DAVON –) (– WIE DU ES IHM ERLAUBST.)

(Aber – sind diese Geschehnisse wirklich hier? Jetzt? Mir dreht sich der Kopf.)

(DÜRFEN WIR –) (– SEHEN?)

Sehen? In ihren Kopf? (Wollt ihr mich direkt berühren?)

(WIE DU ES NENNEN WILLST.)

Sie beruhigte sich selbst. (Also gut.)

Finger, leise Finger griffen in ihren Geist, Stimmen erhoben sich in ihrem Hinterkopf, ihre eigenen Stimmen und solche von den Talenki.

Dann verlor sie eine Weile das Bewußtsein.

Sie kam mit einem merkwürdigen Gefühl von Befriedigung wieder zu sich. Ihr Gefühl? Oder das der Talenki? Kadin war in der Nähe, nahm wahr, was geschah, sagte aber nichts. Die Sonde schien sich bewegt zu haben. Jetzt schien sie in einer Kammer mit dunkelrot glühenden Wänden zu sein.

Im Zentrum drängte sich ein Dutzend Talenki um eine Formation schwerer Objekte, die Mozy zuerst für große Steine hielt, die aber auf den zweiten Blick eher wie meterhohe Pilze aussahen. Das Bild wurde momentan gestört, dann wieder klar. Keiner der Talenki bewegte sich. Tatsächlich sahen sie alle die pilzartigen Objekte an und Mozy bemerkte, daß sie sie mit den Fingerspitzen berührten, als handle es sich um eine Art Huldigung.

Oder eine Séance.

Mozy tauchte so tief in die Verbindung zur Sonde wie möglich; Kadin schien hypnotisiert; er ließ sie kaum vorbei. Sie fühlte eine Energie, eine Kraft, die sie trotz der durch die Verbindung erzeugten Distanz spürte. Ihre Füße waren im Raumschiff; ihr Kopf war in der Sonde und blickte durch die Kameraaugen.

Nichts bewegte sich, nichts schien zu geschehen. Die Talenki in dem Raum schwiegen.

Bevor sie eine Frage stellen konnte, sprachen ihre Gastgeber durch die Verbindung. (WILLKOMMEN IM ZENTRUM UNSERES GEISTES), sagte eine beinahe menschlich klingende Stimme.

(HIER IST ES, WO WIR LEBEN.)

Pause.

(WO WIR SPRECHEN.)

Pause.

(WO WIR SINGEN.)

42

Blaue Krankenzimmerwände. Blaß, kühl, beruhigend. Sonnenlicht fällt durchs Fenster, durch die sich im Zug des Ventilators bauschenden Vorhänge. Ständig Schritte auf dem Gang, Dreiklangglocken und Ausrufe über die Sprechanlage: »Doktor Rodowski bitte in Operationssaal vier«, »Mr. Savoy, Sie werden in der Pathologie erwartet«.

Es ist immer noch erfrischend neu für ihn, wieder klar sehen und hören zu können, ohne Schmerzen. Aber die inneren Bilder kommen immer wieder. Sie sind schwer zu verdrängen oder in Schach zu halten.

Es könnte wieder passieren. Kopfschmerzen, die leuchtende Vision, der Kontrollverlust.

Nein, vertrau den Ärzten. Du mußt Vertrauen haben. Sie haben gute Arbeit geleistet, die Chips ersetzt, die Schaltkreise in deinem Kopf wieder in Ordnung gebracht, und deshalb kannst du jetzt wieder etwas sehen, wo es vorher nur noch Schwärze und blendende Sonnen und Sternschnuppen gab.

Denk daran, wie sie dir die Bandagen abnehmen werden. Denk an das Sehen-Können. Sehen ohne Schmerzen. Blaue Wände und sich bauschende Vorhänge.

Denk an die arme alte Mrs. Martinsen und ihre Katze Armax und ihre Bronchitis.

Denk an Sonnenschein und frische Luft.

An den Glauben. An das Gebet.

Denk an diese freundliche Schwester Josephine.

Denk an Mozy.

Ein Duselgefühl — irgendwo verloren zwischen Zufriedenheit und Langeweile, halb schlafend, halb in einem Zustand meditativer Wachheit. Der Arzt ist gekommen und wieder gegangen, eine ungeduldige Schwester im Schlepptau, jetzt ist es ruhig. Ruhe. Zeit zum Nachdenken. Aber die Benommenheit nimmt ihn mit sich sich weg. Er gleitet flußabwärts.

Bilder von stürzendem Wasser, kühl und klar und dunkel. Ein kompliziertes Labyrinth von Fontänen, Kanälen und Abflußgräben, Wasser, das schäumt und gluckert, während es die Stufen hinunterrinnt, eine nach der anderen. Eine Pyramide, deren Oberfläche mit tausenden sich kreuzenden Kanälen überzogen ist, Wasser tritt an der Spitze aus und rinnt, in der Sonne glänzend, durch diese Kanäle hinunter.

Elektronen spritzen, schäumen in einem zusammenhängenden System von Erinnerungen und Gedanken.

Denk an Kadin!

Der Geist füllt sich mit einem System aus Bewegungen und Flüssen. Sonneneruptionen und Strömungen, Plasma, das sich in der Korona erhebt und wieder in die Sonne zurückfällt. Konvektionsströme, Magnetlinien, die sich überlagern und verändern. Denk an Mozy!

Gedächtniszellen voll molekularer Holographien, Elektronen, die ihren Zustand in Bits und Mustern ändern, eine Addition hier, ein Echo darauf dort, Kurzschlüsse bringen unerwartet Interferenzen im Muster hervor. Wachstum und Lernen, Zellen vergrößern und verändern sich, werden zu etwas, das es bisher nicht gegeben hat und das man nicht erwartete.

Denk an Mozy und Kadin!

Nukleare Geschehnisse, die schneller vor sich gehen, als ihnen der Geist folgen kann. Neutronenfluß, der die Imagination verblüfft, kollidierende Kerne, sich teilend, neu formierend. Massenverlust. Neue Partikel entstehen im Überfluß. Eine Kettenreaktion: Atomschalen werden von Neutronen abgerissen, erzeugen neue Neutronen. Die Reaktionsrate steigt, als die spaltbare Materie zusammenkommt. Kritische Masse.

Auseinanderfallende Atome, ein Vulkan von Photonen und atomarem Abfall. Phantastische Hitze, die in einen Feuerball ausbricht.

Hoshi öffnet blinzelnd die Augen und starrt an die Decke. Eine hellblaue Zimmerdecke, deren Anstrich in einer Ecke Risse zeigt und sich abzulösen beginnt. Ein schrecklicher Gedanke dehnt sich in ihm aus und greift seinen ausgeglichenen Gemütszustand an.

Eine Programmstruktur entfaltet sich in seinem Kopf wie ein sich auflösendes Origami, jede Windung und verborgene Ecke zeigt sich seinem trainierten inneren Auge. Die Systemarchitektur rotiert im Raum, von allen Seiten sichtbar, unterscheidbar vom Spinnennetz des Programms. Die Erkennungsfunktionen, die Lernfunktionen, die sich selbst adaptierenden Erinnerungszellen, die Kontrollpunkte des Bewußtseins, alle erscheinen sie leuchtend und klar. Die Pfade tauchen zwischen ihnen auf und verbinden sie. Die Grenzwerte werden angezeigt.

Intelligenz verbreitet sich in dem System wie eine Flüssigkeit, und augenblicklich beginnt eine Verwandlung, kristallisiert sich und wächst in unerwartete Richtungen, ändert während ihres Wachstums die Programmstruktur. Die mutierte Struktur führt dazu, daß das System nur noch beschränkt elastisch ist.

Eine zweite Intelligenz sucht sich ihren Weg neben und durch die erste, getrennt von ihr und doch ein Teil des Ganzen. Der Mutationsprozeß beschleunigt sich und beansprucht die Architektur, die Parallelschaltungen vornimmt und Kurzschlüsse zu vermeiden sucht und die Veränderungen so lange wie möglich aushält. Aber nicht lang genug. Unordnung wächst in Wellen, in kleinen, dann in größeren.

Hoshi zwinkert, als ihm das durch den Kopf geht.

Er spürt einen brennenden Durst, einen Durst, der nicht gelöscht werden kann. Er blinzelt wieder und schluckt. Die einzige Feuchtigkeit ist in seinen Augen.

Kurzschluß. Zusammenbruch der zentralen Prozeßarchitektur. Er hätte das vorher erkennen müssen.

Es kann nicht dauern. Das System ist zum Zusammenbruch verdammt, und Mozy und Kadin mit ihm.

Es dauerte ewig, bis der Doktor die Bandagen entfernen läßt. Dann gibt es einen Streit bei seiner Entlassung, ob und wie oft er den Augenarzt aufsuchen muß, aber schließlich wird er entlassen. Morgen kann er heimgehen.

Heim, ja. Er muß sofort zum Institut. Muß mit Jonders reden. Jonders muß verständigt werden, solange noch Zeit bleibt.

(Mozy . . .)

War das Kadin?

(Zu beansprucht . . . zuviel auf einmal. Falsches . . . Paradigma.)

(Was?) sagte sie träumerisch, während sie ihre Aufmerksamkeit kaum von der Kammer ablenken konnte. In der dunkelroten Beleuchtung war die Ähnlichkeit der Talenki mit Erdenwesen nun weniger offensichtlich – die Einzelheiten ihrer Muskulatur, ihr seidiges Fell, die Arme und Beine schienen zarter als die der legendären Zentauren; die Harnische, die manche trugen, teils geschmückt, teils glatt, waren leer oder mit merkwürdigen Objekten gefüllt. Die Augen funkelten unergründlich. Nur ein paar Talenki hielten sich jetzt in der Kammer auf; aber andere sprachen von Zeit zu Zeit, entweder über die Verbindung oder mittels Schall. Ihre Äußerungen waren kompliziert, schwankten von einem Medium zum anderen, schweifte ab, und dann begannen sie zu singen.

Es war schwierig, ihre Sprache und ihre Verhalten zu begreifen. Aber sie bekam allmählich ein Gefühl dafür, und es war ein gutes Gefühl

(Muß . . . rasten), sagte Kadin tonlos, weder eine Forderung noch Nachgiebigkeit in seiner Stimme.

Sie fühlte Panik bei dem Gedanken, verlassen zu werden. (Wir haben erst angefangen zu lernen!)

(Bald . . .)

(Aber nicht jetzt!) So viel war da zu sehen. So viel zu begreifen. Fragen, die auf Antworten warteten. Beispielsweise: war dieser Asteroid ein Generationen-Raumschiff? Es war so groß, so aktiv, so bevölkert, daß sie sich leicht vorstellen konnte, wie Generationen von Talenki hier lebten, geboren wurden, starben, während sie durch den Himmel reisten. War ein bienenwabenartiger Asteroid zu beschränkt, um ein ganzes Leben auf ihm zu verbringen? Wer wußte schon, was ein Talenki als beschränkt empfand? Aber wenn sie an diese feenhaft schimmernden Wände dachte, die sich öffneten ... wohin? In eine andere Dimension? ... irgendwohin, wie sie es sich gar nicht vorstellen konnte ... dann war der Ort vielleicht gar nicht so beschränkt.

Es würde schwierig sein, das der Bodenstation klarzumachen. Aber die hatten ihre Probleme und sie hatte ihre eigenen.

Kadin beispielsweise konnte ein Problem für sie werden.

Dieser Gedanke brach den Bann. Sie kehrte ziemlich abrupt in die Gegenwart zurück. (David, geht es dir wirklich schlecht? Soll ich ihnen sagen, daß wir noch eine Ruhepause brauchen? Jetzt gleich?)

(Ja, bitte.) Er sprach tonlos.

Ein nagendes Schuldgefühl bei ihr. (Also gut. Ich werde es ihnen erklären.)

Das tat sie, und dann zog sie sich aus der Sonde zurück und fragte Kadin, ob er mit ihr in die Lounge kommen wolle, zu einem privaten Gespräch. Er stimmte mit merkbarem Widerwillen zu. Sie fühlte, wie sich seine Anwesenheit zurückzog, und nach einem tiefem Atemzug und einem Rundblick durchs Schiff für ihr eigenes Gleichgewicht, nahm sie körperliche Form an und betrat den Gesellschaftsraum.

Dort war es still, die Wände glänzten, als sie vor den Springbrunnen trat. Sie mußte sich bemühen, um das Bild ruhig halten zu können. Erreichten die Computerfehler jetzt auch schon diesen entfernten Ort? Vielleicht unterlag auch sie selbst ihnen schon, ohne es zu bemerken, dachte sie grimmig. Sie fühlte das dringende Bedürfnis, über die Talenki so schnell wie möglich so viel wie möglich zu lernen. Sie bemerkte, daß ihre Handflächen verschwitzt waren, und sie atmete schnell und flach. Sie schloß die Augen und zählte langsam bis zehn, atmete dabei absichtlich tief und konzentrierte sich auf die Bewegungen ihrer

Brust. Als sie die Augen wieder öffnete, war der Aufenthaltsraum aus dem Brennpunkt geraten. Sie kniff die Augen zusammen und zwang ihn zurück. Da war er. Ruhiger, jetzt.

Kadin war nirgendwo zu sehen. (David?) Sie ging hin und her und sah das Wasser an, das in der Fontäne in die Höhe schoß und herabplätscherte. Sie rief wieder. Die Wände flackerten und wurden dunkler. Durch das Fenster sah man die Sterne.

Dann wurde sie seiner Anwesenheit gewahr, konnte ihn aber nicht sehen. (David. Wo bist du?)

In der Luft bewegte sich etwas, und langsam wurde er sichtbar — oder eigentlich nur sein Gesicht — es tauchte in der Fensterscheibe auf wie ein Spiegelbild oder wie ein Geist, der von außen in das Raumschiff hereinspähte.

Sie sah ihn an und wartete darauf, daß er etwas sagte; aber er starrte nur mit seinen gespenstischen Augen. Ein kaltes Gefühl kroch ihr über den Rücken hinunter, sie ging um das Sofa herum und stellte sich direkt vor das Fenster. Seine Augen folgten ihren Bewegungen. (Es geht dir nicht gut), sagte sie einfach. Seine Augen glitten hin und her. Versuchte er sich zu erinnern? Das war der Raum, in dem sie sich einmal als Mann und Frau getroffen hatten, zusammengekommen waren in einem Akt, der für sie vielleicht der schönste Moment ihres Lebens gewesen war. Aber seither war alles irgendwie anders geworden.

Seine verwirrten Augen stellten sich auf sie ein. (Nein), sagte er.

Sie ließ ihre Schultern hängen. (Liegt es an den Aliens? Oder an uns ... an unserer Welt?)

Lange Zeit gab er keine Antwort, sondern starrte sie nur an. dann sagte er mit vollkommen unmodulierter Stimme: (Ich weiß es nicht. Aber ...)

Sie wartete.

(Es ist so schwierig. Diese Aliens ... ich kann sie nicht verstehen, es ist alles falsch ... ein Konflikt ... das Paradigma muß geändert werden ...)

(Aber sind wir denn nicht eben genau deshalb hier? Um das zu lernen?)

(Ich ... kann nicht folgen. Mozy, ich ... brauche mehr Zeit. Vielleicht hilft mir eine Ruhepause ... meine Gedanken ... zu klären.)

Sie zögerte. (Wirst du es später mit mir diskutieren, wenn wir es jetzt überschlafen? Vielleicht ... falls du krank bist ... kann ich übernehmen ...)

(Schlaf. Ja, Schlaf. Dann ein Gespräch.)

(Also gut.) Sie ließ die Lounge verschwinden und schwebte in der Dunkelheit. (Schlaf — und ich rufe dich dann später.)

Farbige Vorhänge wehten durch ihre Träume. Sie glitt einen Gang entlang, der von flatternden pastellfarbigen Vorhängen erfüllt war, hinter denen sich Gänge öffneten und wieder verschwanden. Von fernher hörte sie pfeifende Geräusche. Worte?

Blitze zuckten und Donner rollte über einer verborgenen Landschaft. Sie fand sich auf einem Erdhügel stehend, unter einem Baum und einem brütenden Nachthimmel. Wetterleuchten zeigte ferne Hügel und dicke Wolken. Irgendwo in diesen Hügeln waren ihre Familie und ihre Freunde unterwegs, bewegten sich mit jeder Sekunde weiter von ihr weg, jeder, den sie kannte oder um den sie sich sorgte — und sie erkannte mit Sicherheit und voll Verzweiflung, daß es keine Möglichkeit gab, ihnen zu folgen. Ihre Bestimmung lag anderswo. Eine schreckliche Bestimmung zur Einsamkeit.

Der Boden bebte, während es blitzte. Plötzlich war sie hellwach, ihr Herz schlug, und sie dachte fieberhaft, was für ein Computerfehler diesen plötzlichen Alptraum erzeugt haben könnte. Aber da war nur das übliche Computing, und Mutter Programm grunzte unkommunikativ. Kadin war nirgendwo zu sehen. Das Raumschiff stand immer noch auf dem Asteroiden, alle Systeme funktionierten. Sie warf einen Blick durch die Sonde, durch die Linse in die Talenki-Welt, und sah stroboskopisches Licht und faunenhafte Talenki, die sich unzusammenhängend bewegten — oder war das ein Effekt des Lichts? Sie beachteten die Sonde nicht.

Aber warum so aufgeregt?

(Mutter Programm?) sagte sie und beharrte diesmal auf einer Antwort.

Einer kaum hörbaren Antwort. (JA?)

Vielleicht war es nutzlos, aber sie mußte es immerhin probieren. (Gab es Kommunikation mit den Talenki, während wir geschlafen haben?)

(KE!NE EN/ZIFFERB*REN BOOOTSCHAF/EN.)

Mutter war in schlechtem Zustand. Mozy kam ein Gebäude in den Sinn, das an einem heftig reißenden dunklen Fluß stand, der die Grundmauern umschäumte und bald wegspülen würde. Mühsam checkte sie ihre eigenen Verteidigungen gegen ... alles, was drohen mochte. Sie sollte besser Kadin wecken, es gab nun zu viele bedrohliche Anzeichen.

Aber erst mußte sie ihn finden. Sie fühlte keinen Hinweis auf seine Anwesenheit, und Mutter Programm beantwortete ihr Fragen mit Schweigen. Sie würde suchen müssen. Sie begann, die üblichen Pfade und Orte zu untersuchen, wo sich Kadin meistens aufhielt, und fand nichts. Sie dehnte ihre Suche aus und machte sich bereit, jeden einzelnen der über neunhundert individuellen Gedächtnisspeicher zu durchsuchen. Sie dachte an ihren Erfolg beim Versteckspiel, damals, vor scheinbar unendlichen Zeiten, und überlegte sich, wie es würde, wenn er nicht gefunden werden wollte.

Aber warum sollte er?

Die Zeit verging und ein Speicher nach dem anderen erwies sich als leer, und sie dachte daran, sich selbst mit den Talenki in Verbindung zu setzen. Als sie ein Zehntel des verfügbaren Speicherplatzes durchsucht und nichts gefunden hatte, setzte sie eine Botschaft auf und übermittelte sie.

Die Talenki antworteten im selben Moment, als sie

Kadin fand. In eine dreidimensionale Matrix aus gekreuzten blauen Linien eingesperrt wie ein Heuballen in einem Heustock, pulsierte ein leuchtender violetter Würfel. In ihm war ungeheure Energie gebunden und drehte sich um sich selbst. Mehr als irgendein äußeres Zeichen sagte ihr die Intuition, daß Kadin da drin war.

(David!) rief sie ängstlich.

Man hörte keinen Ton von ihm, aber aus großer Entfernung vernahm sie Talenki-Stimmen (WIR HÖRTEN –) (– EINEN KLAGERUF –) (– WIE VON –) (– VERSTÖRENDEM –) (– SCHMERZ):

Ein Klageruf? Hatte er sie aufgeweckt? Der Anblick des eingesperrten Kadin, zurückgezogen in sich selbst mit nur ein wenig herausfließender violetter Energie, machte ihr mehr Angst, als sie je geglaubt hätte. Was hatte er gespürt oder gedacht, das so erschreckend war, so verletzend, daß er es nicht bekannt werden lassen wollte, daß er sich verbarg, um es zu verstecken? Wichtiger noch: konnte sie ihm helfen?

Oder würde ihr dasselbe passieren?

Nein, verdammt nochmal. (Mutter Programm! Ich werde einen Versuch starten, mit Kadin zu kommunizieren. Paß auf und informiere mich über jede Änderung oder Manifestation seiner Persönlichkeit irgendwo im System.)

Schweigen.

(Mutter Programm! Antworte! Funktionierst du noch?)

Schließlich ein Seufzer: (AUFFORDERUNG VORGEMERKT.)

Das klang nicht sehr vertrauenerweckend, aber sie hatte keine Zeit, sich auch noch um Mutter Programm Sorgen zu machen. Sie wandte sich über die Verbindung an die Talenki. (Mein Gefährte Kadin hat Probleme. Es kann sein, daß ich eine Zeitlang damit beschäftigt bin. Bitte – bitte, es könnte mir helfen – könnt ihr mir irgendetwas darüber sagen, war vor seinem Aufschrei und direkt danach passiert ist?

Von den Talenki kam keine direkte Antwort, aber sie

hatte ihre Aufmerksamkeit ohnehin schon wieder Kadin zugewandt. (David?) fragte sie versuchsweise. Das Lichtgitter blinkte und wurde heller; der violette Würfel antwortete nicht. Das erinnerte nur allzusehr an einen früheren Vorfall — an ihren Versuch mit Mozy/Erde, die sich in ihrem katatonischen Zustand auch nur unter äußerstem Druck überhaupt irgendwie äußerte. Bitte, David, dachte sie, mach nicht dasselbe. In ihr stiegen Erinnerung hoch, ebenso der Schrecken Mozy/Erde, und Bilder aus jener Äonen zurückliegenden Nacht auf dem Stuhl: gespenstische Bilder lösten sich von ihrer Seele und wurden in einem Sturm in die Höhe gerissen.

Kadin war ein Wesen aus elektrischen Schaltungen, aber er hatte Gefühle gehabt, Angst und Hoffnung gekannt und die Liebe einer Frau kennengelernt. Mozy dachte an die letzten, verzweifelten Augenblicke, in denen sie ihn gesehen hatte, sein Gesicht in einer Fensterscheibe gespiegelt. Das Gesicht eines von Gefühlen zerrissenen Mannes, tödlich erkrankt.

Schließlich sandte sie feine, ängstlich dünne Fäden aus, um Kadins Schild abzutasten, zu sehen, ob sich Risse in ihm befänden, und ob er sie wenigstens wahrnahm. Diese Fühler berührten den Schild, glitten über seine glatte, harte Oberfläche und fanden keine weiche Stelle und erhielten keine Antwort — nur ein statisches Geräusch, daß ihr sagte, daß da drinnen etwas lebte. Aber unter Berührung verschwand auch dieses Geräusch. Hatte er sich zum Sterben zurückgezogen?

Eine Zeitlang saß sie in verzweifeltem Schweigen da, versuchte nicht mehr, ihn zu erreichen, dachte nicht einmal mehr über eine Möglichkeit dazu nach. Sie dachte ... an den Tod, nicht an das Leben ... wie Kadin dahinsiechte wie eine welkende Rose, sich verdunkelte und erschlaffte in einer Welt, die nicht länger die seine zu sein schien ... das Ende einer Mission und ihrer Hoffnungen. War es auch nur im entferntesten denkbar, daß sie die Mission allein zu Ende führen konnte?

Als sie sich wieder bewegte, bemerkte sie, daß Kadins violetter Kubus dunkler geworden war, daß das ihn umgebende Lichtgitter sich zusammenzog immer enger und enger – sie tat ihm nichts Gutes damit, daß sie hier saß und zusah. Was war mit den Talenki – würden sie ihre Frage beantworten? Jetzt wurde ihr klar,daß sie ihre Antwort bereits gehört, aber nicht beachtet hatte. (Mutter Programm, gib die letzte Botschaft der Talenkis wieder.)

Die Antwort Mutter Programms war fast vollkommen unverständlich, nur ein Wort wurde einigermaßen klar (... TRANSM+SS+ON ...)

Transmission von den Talenki? fragte sie sich; aber bevor sie eine andere Frage stellen konnte, gab es einen Energiefluß um sie herum, sie fühlte sich wie auf einem schlingernden Floß auf dem Meer, einer See freier Elektronen, Gewitterstürme über ihr. Und dann brach der Himmel auf, Schwärze gähnte, und sie fühlte sich emporgerissen, gehoben, teleportiert und geriet in ein Blitzgewitter sich überschneidender Laserstrahlen.

(Kadin oder Mozelle! Antwortet!) Die Stimme der Bodenstation kam ganz flach zu ihr durch, aber trotz aller Verzerrungen hörte sie die Dringlichkeit der Anfrage heraus.

44

Das Gefühl in der Verbindung war ganz offensichtlich falsch. Jonders hörte entfernte Kratzgeräusche und ein chaotisches Durcheinander von Stimmen, das aus einem weitläufigen Höhlensystem zu kommen schien. Mutter Programm antwortete nicht. Und wo, zum Teufel, steckten Kadin und Mozy?

Er rief laut ihre Namen — und das Echo seiner Stimme kam ohne Antwort zurück. Sein Herz schlug angstvoll.

Schließlich öffnete sich irgendwo eine Klappe, irgendwo in der Dunkelheit, und er hörte verzerrt und verschwommen Mozys Stimme.

(Bodenstation? Bodenstation?)

(Mozy! Hier ist Jonders. In welchem Zustand bist du?)

(... unbeständig ... kann Kadin nicht erreichen ...) Ihre Stimme kippte und brach ab.

(Wiederhole! Was ist mit Kadin passiert?) Er murmelte nach hinten: (Technik, Signal verstärken!) Dann hatte er plötzlich Druck in den Ohren und der Pegel ging hinauf.

Das Hintergrundgeräusch klang wie Knirschen auf Kies. Er mußte es ausblenden und sich auf Mozys Stimme konzentrieren. Ein dunkler Tunnel öffnete sich in der Verbindung, geradlinig in Richtung Mozelle. Er kroch kopfvoraus durch diesen Tunnel, während die Wände um ihn zusammentraten und die Platzangst in ihm aufflackerte. Dann hörte das statische Geräusch auf, und er hörte Mozy sagen: (... das Beste, was ich tun kann. Seid ihr noch da, Bodenstation?)

(Ich höre dich.) Er spähte vergebens ins Dunkle. (Was ist jetzt also mit Kadin los?)

(Ich bin allein da), sagte Mozy, (Mutter Programm fällt auseinander, und Kadin ... — ich weiß es nicht.) Sie begann, ihre Situation zu beschreiben, aber dann verschob sich die Wellenlänge, und er bekam nur die Hälfte von dem mit, was sie sagte.

(Mozy! Hallo!) Verdammt! Sie war weg, und in seinen Ohren nichts weiter als ein Dröhnen wie eine Brandung. Er bemühte sich, das zu unterdrücken. Als er wieder hören konnte, versuchte er einen Kontakt, bis er ein leises Klikken vernahm.

(Jonders ...) Es klang, als käme es durch ein langes, dünnes Rohr. Einen Moment lang glühte das Ende des Tunnels auf und Mozys Gesicht erschien, sehr klein und sehr weit weg. (Jonders ... der Computer versagt ... halte die Verbindung aufrecht ... bitte!)

(Ich versuche es, Mozy! Ich versuche mein Bestes!)

(Zu mir selbst, ich meine, zu Mozy ...), flüsterte sie.

(Wiederhole bitte!)

(... Kommunikation ... versuche zu erklären ...) Ihre Stimme wurde zusehends schwächer. (... hilft mir ... Mozy/Erde ... eine Zeitlang ...)

Die Sekunden rasten vorbei, während er nachdachte. Mozy/Schiff an Mozy/Erde? Das könnte eine bessere Verbindung bedeuten, das machte Sinn! (Mozy!) schrie er. (Es braucht ein bißchen Zeit! Hältst du so lange durch?)

(Ich kann warten. Aber nicht zu lang ...)

(Beginne mit dem Aufladungszyklus. Sei bereit!)

(... warten ...) Dann riß die Verbindung ab, und der Tunnel schloß sich um ihn und saugte ihn zurück in seinen eigenen Körper.

Dr. Thrudore, von der er am meisten Widerstand erwartet hatte, stimmte augenblicklich zu. »Ich war nicht in der Lage, irgendetwas für die Frau zu tun. Geben wir ihr also noch eine letzte Chance. Aber bitte so vorsichtig wie möglich.«

»Was soll uns das nützen?« wollte Hathorne wissen.

»Es sollte eine energiereiche Wiedererkennung zwischen den beiden Mozys geben«, erläuterte Jonders. »Einfühlung, wenn Sie so wollen. Wenn die beiden eine klarere Verbindung herstellen können, als es mir möglich war, dann haben wir vielleicht die Möglichkeit, ein paar nützliche Informationen austauschen zu können.«

»Und was ist mit Kadin? Was stimmt mit ihm nicht?« sagte Hathorne. »Sie haben ihn entwickelt.«

Jonders fuhr sich mit Daumen und Mittelfinger über die Augenbrauen und vermied Hathornes blick. »Ich kann nur raten«, sagte er. »Mag sein, daß es mit dem allgemeinen Zusammenbruch des Computers zusammenhängt. Vielleicht haben wir ihm auch mehr Verantwortung übertragen, als er verkraften konnte.« Er sah auf und zuckte die Achseln. »Kadin-Zwei läuft derzeit durch Simulationen. Ich hoffe, wir werden eine Antwort auf Ihre Frage finden.«

»Wie ist es mit einer Reparatur? Gibt es eine Chance dafür? Könnte man ihn nicht zurücktransmittieren?«

Jonders schüttelte den Kopf. »Über diese Distanz und bei dem gegenwärtigen Zustand des Systems – nein, das glaube ich nicht.«

Hathorne knurrte. »Und diese Verbindung jetzt. Wird sie uns helfen – kann sie dem Team dabei helfen, Sinn aus dem Bockmist herauszuholen, der uns übermittelt worden ist?«

»Sie meinen die Bilder vom Inneren des Asteroiden?«

»Ja, genau die.«

Jonders hob schweigend die nach oben gedrehten Handflächen.

»Ich stelle eine Frage, Mister!« blaffte Hathorne. »Was für eine Antwort soll ich dem Präsidenten geben, wenn er sie mir stellt?«

Jonders errötete. »Ich glaube, es funktioniert – wenn Mozy verstanden hat, was sie sah. Es ist vielleicht der einzige noch übriggebliebene Weg, sie zu fragen.«

Hathorne knurrte neuerlich, offensichtlich sehr unbefriedigt. »Schön.« Er wandte sich an Marshall. »Mist, daß es soweit gekommen ist. Also, machen Sie's!«

Thrudore sagte ruhig: »Mr. Hathorne, nur noch eine Sache: Miss Moi ist immer noch meine Patientin. Ich behalte mir das Recht vor, die Sache abzubrechen, wenn ich den Eindruck habe, daß sie Schaden nimmt.«

Hathorne machte eine ungeduldige Handbewegung. »Wie auch immer. Tun Sie, was Sie tun müssen, aber fangen Sie bald mal an!«

Mozelles Gesicht war vollkommen unbewegt, als Dr. Thrudore ihr das Haar aus der Stirn strich und den Helm anpaßte. Jonders war schockiert von ihrem Anblick, als sie in das Operationszentrum gefahren wurde. Er hatte sie seit Wochen nicht mehr gesehen; er war entsetzt über die Blässe ihrer Haut, das strähnige Haar, die ausdruckslosen Augen. Sie wirkte wie die Leiche jener energischen jungen Frau, deren Training er früher geleitet hatte.

Er schüttelte den Gedanken ab und setzte sich an seine Konsole. Die Technik gab ihm grünes Licht; die Schaltkreise waren klar und aktiv. Er wartete nur noch auf das Signal der Psychiaterin. Thrudore stellte sorgfältig das beruhigende Tau-Feld um das limbische Zentrum des Gehirns ihrer Patientin ein. Dann nickte sie.

Jonders berührte verschiedene Schalter und sah wirbelndes Grau, als sich die Verbindung öffnete. Er hielt seine Augen auf Mozelle und Thrudore gerichtet, während er sich weit genug in die Verbindung hineinbewegte, um Mozy/Schiff rufen zu können. (Bist du bereit?) fragte er, als er eine Bewegung am anderen Ende des Tachyonenstrahls spürte, irgendwo hinter Pluto.

Sie antwortete nicht — aber ihre momentane Anwesenheit in seinen Gedanken verschwand plötzlich.

Mozelle wurde steif und grimassierte.

Ungefähr fünfzehn Sekunden lang, obwohl es allen viel länger vorkam, änderte sich nichts an ihrem Ausdruck, außer daß sie heftig blinzelte. Dann verzerrte sich plötzlich ihr Mund, und sie zog scharf die Luft ein. In einem Mundwinkel schäumte Speichel.

Thrudore wischte ihn sorgsam mit einem Taschentuch weg. Mozelle räusperte sich. »Das ist ... sehr viel ... besser«, sagte sie mit einer brüchigen, dem Sprechen entwöhnten Stimme. »Vereinigung. Ganzheit. Wissen.« Sie hustete ein paar Sekunden lang krampfhaft, dann beruhigte sie sich wieder. »So viel – so tief begraben.« Sie zwinkerte und schien mit ruckhaften Pupillensprüngen um sich zu sehen. Als sie Jonders ansah, weiteten sich ihre Augen.

Jonders sprach zuerst. »Mozy, kannst du mich verstehen? Erkennst du hier jemanden?«

Ihr Blick wurde unscharf. »Ja.« Sie schien alle ihre Kräfte für das Sprechen zu brauchen. »Es ist schwierig. Es gibt so viel zu sagen. Wir sind ... vollkommen verwirrt.«

Marshall lehnte sich über die Konsole zu ihr hin. »Mozy? Ich bin's, Slim Marshall.« Dein Kommandant, sagte sein Tonfall. Ihre rechte Augenbraue hob sich um einen Millimeter. »Ja?«

»Antworten, Mozy. Wir brauchen sie dringend.«

Sie nickte – in zwei unterbrochenen Bewegungen, Kinn rauf, Kinn runter.

Marshall sah sie an. »Berichte uns über Kadin!«

Mozy holte Luft – und bemühte sich, Kadins Zusammenbruch zu beschreiben. »Er sagte, das Paradigma sei falsch. Ich weiß nicht, warum ihn das so aufgeregt hat.«

»Das Paradigma? Was meinst du damit?«

»Ich weiß es nicht genau. Die Aliens – zu verwirrend. Der Computer ...« Ein neuer Hustenanfall schüttelte ihren Körper. Marshall trommelte mit den Fingern auf die Konsole, während Thrudore sich um ihre Patientin bemühte. »Mozy – gibt es etwas, das wir tun können – um Kadin oder dem Computer zu helfen? Oder dir?«

Mozy neigte den Kopf. »Sterben. Mutter Programm hat versagt. Ich habe jetzt die Kontrolle übernommen. Es ist sehr einsam hier.« Eine Hand hob sich, um über ihre Augen zu reiben. Ihr Gesicht glänzte von Tränen.

Jonders dachte: Verdammt! Verdammt! Verdammt! Warum hat Kadin versagt? – und hörte eine leise Stimme in der Verbindung, die sagte: (Ich glaube, ich weiß warum.)

Marshall strich sich stirnrunzelnd seine steifen schwarzen Haare zurück. »Mozy, bist du sicher – absolut sicher – daß Kadin hinüber ist?«

Ihre Gesichtsmuskulatur verspannte sich schmerzhaft. »Er versuchte zu lieben, wissen Sie«, flüsterte sie. »Sie haben ihn beinahe menschlich gemacht — aber, nein, vielleicht habe auch ich versagt.« Jonders hörte ihre Stimme wie ein Echo (... mein Fehler? Habe ich es gemacht ... ihn zur Liebe verführt, ihn dazu gebracht, Liebe zu verspüren?) Jonders zwinkerte nervös, weil er einen Moment lang glaubte, jeder hätte diese Worte gehört, aber dann wurde ihm klar, daß nur er in der Verbindung sie wahrgenommen hatte. Zur Liebe verführt??

»Zur Liebe ...?« wiederholte Marshall verblüfft. Er schüttelte den Kopf. »Erzähl uns von den Talenki. Du sagst, er konnte sie nicht verstehen. Konntest du sie verstehen?«

Sie seufzte und ignorierte seine Frage. »Ich wollte es nur sinnvoll erklären.«

»Wir auch, Mozy, wir auch. Bitte. Die Talenki. Erzähl uns, was du weißt.«

Ihr Kopf bewegte sich krampfhaft. »Talenki. Ja. Schwer zu begreifen. Soviel Platz in dem Asteroiden. Viel größer, als er scheint.«

In der Verbindung bekam Jonders Anzeichen von Verzweiflung mit. Sie sprach unzusammenhängend und erzeugte mehr Verwirrung als Klärung. Schließlich trat Hathorne neben Marshall an die Konsole.

»... Wände«, sagte sie gerade, »unmöglich zu sagen, was das ist — und wieso man durchkann.«

»Mozelle!« sagte Hathorne laut. Sie schwieg und sah auf.

»Mozelle, ich muß dem Präsidenten der Vereinigten Staaten berichten. Bitte hör zu! Keiner von uns weiß, wie lange diese Mission durchgeführt werden kann ...«

»Sie scheitert gerade.« Es klang elend.

»Ja. So ist es.«

»Ich weiß nicht, ob ich allein weitermachen kann.«

Hathorne schüttelte den Kopf. »Vielleicht nicht. Aber jetzt bist du noch bei uns und kannst uns helfen. Es gibt etwas, das ich wissen muß — und denk genau nach, bevor du antwortest, Mozelle! Hast du irgendeinen Hinweis auf Waffen in dem Talenkischiff gefunden? Und wenn, welcher Natur sind diese Waffen? Hast du irgendetwas gesehen, das auf feindliche Absichten schließen läßt? Denk an alles, was du gesehen hast. Denk sorgfältig nach!«

»Waffen?« sagte sie. Eines ihrer Augen zuckte. »Wie sollte ich das wissen? Wie würden sie aussehen?«

Hathorne legte die Stirn in Falten. »Nun — das wissen wir nicht, schätze ich. Haben ihre Führer irgendein Anzeichen erkennen lassen, das annehmen läßt ...«

»Was für Führer? Wer weiß?« Mozy blinzelte. Unter ihrem rechten Auge trat nun ständig ein Gesichtstic auf. »Sie scheinen freundlich.«

Hathorne seufzte und sprach ungeduldig weiter: »Haben sie dominierendes oder aggressives Verhalten untereinander gezeigt? Hast du eine starke Sozialstruktur erkannt?«

Mozy schwieg.

»Mozelle?«

Sie zuckte schließlich die Achseln. »Sie unterbrechen einander ständig.«

Hathorne sah finster aus. »Das sagt mir wenig — ach, Herrgottnochmal.« Er stellte weitere Frage, aber es war offensichtlich, daß Mozy ihm entweder keine Antworten geben wollte oder konnte. Er schlug wütend auf die Konsole und winkte Marshall, er solle weitermachen. Bevor Marshall sprechen konnte, packte ihn Hathorne an der Schulter und flüsterte ihm ins Ohr. Marshall nickte düster. Er holte tief Luft. »Mozy?« Seine Stimme klang tief und traurig. »Mozy, wir müssen dich bitten, deine Arbeit aus einiger Entfernung fortzusetzen.«

Ihr Mund bildete eine überraschtes »Oh«, aber ohne jeden Laut.

»Wir können die Mission nicht auf diese Weise fortsetzen.«

»Ich ...«, krächzte sie.

»Und da ist auch die Frage unseres havarierten Raumschiffs. Es repräsentiert den gegenwärtigen Stand unserer Technik, und man kann eine Menge aus ihm lernen. Vielleicht zuviel.« Während Marshall sprach, versuchte Jonders zu ignorieren, daß es ihm den Magen umdrehte. In der Verbindung formte sich ein anderer Knoten. »Wir wollen, daß du abhebst«, fuhr Marshall fort. »Geh auf eine Entfernung von eintausend Kilometern! Dann versuch, einen Kurs zurück zur Erde einzuschlagen!«

»Aber ...«

»Mozy, du hast alles getan, was du tun konntest. Du hast es sehr gut gemacht. Aber du mußt diese letzte Sache noch für uns tun.«

»Aber wer — wer wird dann mit den Talenki kommunizieren?« Mozys Gesicht war starr. Tränen rannen ihr aus den Augenwinkeln.

Marshall atmete langsam aus, wie ein Athlet, der sich auf eine Höchstleistung vorbereitet. »Wir, Mozy. Wir tun es von hier aus.« Ein paar Herzschläge lang dauerte das Schweigen an. Dann zischte Mozy erst und schrie dann: »Und was wird aus mir? Treibe ich ... einfach im Raum dahin? Und was dann?

Marshall wechselte unbehaglich sein Standbein. »Du kannst uns weiter helfen«, sagte er schließlich. »Und deine Gedanken und Eindrücke mitteilen. Und vielleicht schaffst du es zurück zur Erde, wer weiß?«

Das glaubt er ebensowenig wie Mozy, dachte Jonders grimmig. Die Gestalt in dem Stuhl, den Helm über dem Kopf, durch Drähte mit der Konsole verbunden, antwortete nicht. Aber in der Verbindung hörte Jonders eine weinende Stimme, fast zu fern, um überhaupt gehört zu werden, und nur für ihn vernehmbar: (Ich will nicht sterben wie Kadin! Ich will nicht nutzlos sterben!) Jonders fühlte, wie ihm der Atem wegblieb, als hätte man ihn in die Rippen geschlagen. Die Sekunden des Transmissionszyklus verrannen. Die Verbindung leerte sich wieder; aber in den Augen der schweigenden Mozy auf dem Stuhl sah er, wie sich ein emotioneller Druck bildete. Der Tränenfluß hatte aufgehört. Als sie wieder sprach, klang ihre Stimme so angestrengt, als müsse sie tatsächlich die Milliarden Kilometer des Raums durchqueren. In ihr lag eine ruhige, aber offene Bitterkeit.

»Wenn ihr es so haben wollt, werde ich euch nicht daran hindern.«

Marshall schloß die Augen, sagte aber nichts.

»Ich ... ich muß es vorbereiten. Und die Sonde?

»Ruf sie zurück«, sagte Marshall leise.

Mozy blinzelte. »Haltet diese Verbindung bereit. Ich ... ich komme wieder.« Mit diesen Worten atmete sie leise aus, die Augen wurden rund und glasig, und ihre Züge erinnerten wieder an eine Wachsfigur. Nur das Heben und Senken ihrer Brust zeigte, daß sie noch am Leben war.

45

Nie zuvor war ihr der Raum so leer vorgekommen. Kadin schwieg. Mutter Programm brabbelte wie eine senile alte Frau. Der fremde Asteroid sah unheimlich und düster aus. Die Sterne waren so weit, daß sie wie Illusionen schienen. Vielleicht waren sie das auch. Mozy hatte versucht, auf die Brücke zu klettern, wo sie unter dem Sternenhimmel vielleicht in Ruhe nachdenken konnte; aber das Bild war zusammengebrochen. Das System war kaum noch funktionsfähig; sie brachte so gut wie kein Bild mehr zusammen. Also blieb sie im Innern, wo es dunkel und nicht allzu kalt war.

Sie konnte kaum glauben, mit welcher Geschwindigkeit alles um sie herum zusammengebrochen war. Im einen Augenblick hatte sie sich freudig der Erforschung der Talenki-Geheimnisse hingegeben. Im nächsten war die Krise schon da. Und dann der Kollaps. Wie fern die Talenki jetzt schienen! Insbesondere, nachdem Kadin nicht mehr da war. Wie wenig hatte sie begriffen, wieviel ihr Kadin bedeutete — seine Hilfe, seine Ratschläge und seine Führerschaft, sein Humor und seine Kameradschaft. Sie hatte versucht, den Talenki die Situation zu erklären; aber was konnten die von einem Wesen wie Kadin begreifen? Und was konnten sie tun, falls sie verstanden?

Sie war jetzt so allein. So schrecklich allein. Es war viel schlimmer als jene Einsamkeit, bevor Kadin kam.

Keiner ihrer zahlreichen Versuche hatte auch nur zur leisesten Antwort von ihm geführt. Der leuchtende violette Würfel, eng umschlungen vom Spinnennetz der Lichter, war jetzt fast dunkel. Es gab keinen Zweifel daran, daß sie ihm dorthin, wohin er gegangen war, nicht folgen konnte. Außer vielleicht in den Tod. Wo auch immer er war, sie wünschte ihm Frieden; und vielleicht würde sie ihm sogar bald schon folgen. Was ihr noch zu tun übrig blieb, war die Ausführung des Befehls, das Schiff zu starten und die Mission zu beenden ... sollte sie sich widersetzen? Sie fand keinen vernünftigen Grund, nicht zu gehorchen. Es blieb ihr wenig Zeit — wozu also noch kämpfen? Diesmal mochte die Bodenstation im Recht sein. Sie hatte ihre Chance gehabt, sie war der erste Mensch gewesen, der den Talenki begegnete, wie viele andere hatten soviel Glück in ihrem Leben gehabt? Es war noch genug Zeit, um nochmals mit den Talenki zu sprechen und sich zu verabschieden. Und dann würde sie ihre Befehle ausführen. Und danach ...

Gab es irgendeinen Grund, auf jenen Befehl zu warten, mit dem die Bodenstation sie zerstören würde?

Die Verbindung wurde ruhig, ein Sturm, der am Horizont versank. Nur das Verlangen blieb. Und die Pflicht.

Das letztere war klar — nochmals bekräftigt durch die Befehle, die er mitgehört hatte. Wenn die Heiligkeit des menschlichen Lebens überhaupt ein bedeutungsvoller Begriff war, dann mußte ihr Leben gerettet werden. Die eigene Existenz war entbehrlich. Es war eine Notwendigkeit für ihn, Vertrauen in Dinge zu setzen, denen er sonst nicht vertraut hätte.

Es mußte getan werden, und zwar bald, bevor die letzten Hoffnungen erloschen. Die Zeit brannte mit der Geschwindigkeit einer Lunte ab. Es war schwierig, sich jetzt auf das Notwendige zu konzentrieren — schwierig, sich überhaupt zu konzentrieren. Die Welt, oder was er von ihr sehen konnte, war ein verschwommenes Bild voller verschmierter Flecken, aus denen Zahlen und Parameter auftauchten. Er mußte Klarheit gewinnen, die vitalen Parameter erkennen und sich ganz auf diese konzentrieren. Nicht mehr an den Schmerz, die Unsicherheit oder die Hoffnung denken. Oder an die Angst.

Wer hätte gedacht, daß er so große Angst fühlen könnte? Aber Angst durchtränkte sein ganzes Wesen; seine Gedanken rochen nach Tod. Jetzt verstand er. Jetzt, schließlich, wo es ihm nichts mehr nützen konnte, begriff er. Lieber Gott, er wollte nicht sterben. Denk nicht mehr an den Schmerz! wies er sich selbst zurecht. Oder an die Angst.

Er überprüfte, ob verschiedene Zugangsmöglichkeiten geöffnet waren. Untersuchte die Kanäle, die zu unauffällig waren, um von jemand anderem bemerkt zu werden.

Es gab nicht viel, was er tun konnte gegen ... den Tod. Gegen das Sterben.

Außer, was er für sie tat. Schließlich hatte er sie geliebt. Wenn Liebe das bedeutete, was er jetzt glaubte. Das nahm er eigentlich an.

Irgendwo tief in ihm löste sich ein Lachen und stieg auf, ein leeres, hohles Lachen, das ihn durchschüttelte, bevor es erstarb. Er wußte nicht einmal mehr, was komisch war. Wo war am Tod der Witz?

Wenn er es ihr nur sagen könnte. Wenn nur ...

Natürlich stand außer Frage, es ihr zu sagen. Eine direkte Begegnung würde er nicht überleben; seine Stärke nahm ständig ab, und alles, was er noch tun konnte, war, sich auf einen einzigen Plan zu konzentrieren. Du willst einen Witz hören? die menschliche Persönlichkeit in mir ist der Witz.

Außerdem würde sie zu streiten beginnen, und dann würde alles ein Fehlschlag.

Purpurner Nebel tauchte auf. Gefahr.

Du verbringst wertvolle Zeit damit, über Dinge nachzudenken, die du längst geklärt hast.

Tick ... tick ... tick ...

Die Zeit verfloß.

Geraschel. Mozy machte sich fertig zu ihrer Pflicht, oder was sie dafür hielt. Es würde sie ablenken.

Die Blockaden waren auf ihrem Platz und gegen Verschiebung gesichert. Vielleicht würde sie sie nicht einmal bemerken. Der schwierige Teil war noch zu tun. Ganz leise ...

Tu's einfach!

Der Tunnel blinkte ungeduldig, weil die Talenki auf seinen Anruf warteten.

Schilder schnappten an ihren Platz mit einem Klicken, das nur er hören konnte. Falsche Feedbacks leuchteten, bereit zur Irreführung. Transferpfade summten.

Wenn sie ihre Aktivitäten beendete und sich zusammenzog ...

Dann.

Die Verbindung öffnete sich mit einem Lufthauch. (Seid ihr fertig?) flüsterte er.

(FERTIG), kam die Antwort. (UNSER BESTES ZU TUN), sagte ein anderer. (UND NUR SIE?) fragte ein dritter. (BIST DU SICHER?) (Für mich ist es zu spät. Viel zu spät. Aber still jetzt!)

Sie waren still.

(Wartet jetzt! Auf mein Signal! Und — danke. Und auf Wiedersehen.)

Tick ... tick ... tick ... tick ... tick ...

46

Jonders starrte auf die Konsole aus Metall und Glas, die Lichtgitter und leuchtenden Zahlen – und stellte sich ein Raumschiff vor, das so weit entfernt war, daß die Erde nur noch eine schwache Erinnerung bedeutete.

Kadins Stimme brachte ihn zurück. »Wir sind nicht mehr dieselbe Person. Ich kann nur erraten, was er durchgemacht hat.«

»Dann sag mir, was du glaubst.« Jonders hatte nicht wirklich erwartet, daß Kadin in der Lage sei, das Scheitern seines Doppelgängers zu erklären.

»Da ist einmal die interessante Frage der Liebesbeziehung zu Mozy. Das könnte ihn zu einer Evolution in unerwartete Richtungen veranlaßt haben.«

»Ja?«

»Und dann natürlich die unerklärlichen Beobachtungen an den Talenki.«

Jonders wartete.

Er konnte beinahe hören, wie Kadin sich räusperte. »Ich selbst finde diese Bilder auch verwirrend – aber nicht verstörend, so wie Kadin sie empfunden zu haben scheint. Das war eine sehr emotionale Reaktion seinerseits.«

»Was dir nicht passieren könnte«, sagte Jonders trocken.

»Nein. Nun, zumindest glaube ich es nicht. Es ist schwer zu sagen.«

»Und das ist der Grund seines Scheiterns? Seine emotionale Reaktion?«

Kadin zögerte. »Es könnte jedenfalls so sein.«

Jonders knurrte: »Du weißt es nicht.«

»Nun ja«, gab Kadin zu. »Selbst Mozy/Erde könnte, falls sie sprechen würde, nicht sagen ob Mozy/Schiff ...«

»Du weißt es nicht«, beharrte Jonders.

»Ich hatte keinen direkten Kontakt mit Kadin/Schiff, aus all den Gründen, die wir schon diskutiert haben.«

»Gib es zu, du weißt es nicht.«

»Nein.«

»Danke. Das ist alles, was ich hören wollte.«

Der Ruf war dringend; »Bill Jonders ins Operationszentrum, sofort!«

Mozy war schon in Position gebraucht, als er seine Konsole erreichte. Er griff sich seinen Helm, schaltete sich schnell in die Verbindung und fühlte Mozy. Was er spürte, war eine zornige Gegenwart, die ihn beiseite wischte, als sie direkt auf Mozy/Erde zuhielt.

Mozy kam stammelnd zu sich. »Ich ... ich ... ich ...« Sie bäumte sich im Krampf auf und beruhigte sich dann mit sichtbarer Anstrengung.

»Hört ihr zu? Computerversagen ... versagen ...«

Marshall war auch da, Hathorne kam gerade durch die Tür. »Mozy, hast du das Schiff gestartet?« fragte Marshall. »Wo bist du jetzt?«

Sie zwinkerte langsam. »N-n-nei ...«

»Was, Mozy? Versuch es nochmal? Hast du abgehoben?«

»Düsen ... funktionieren ... nicht ... mehr.«

»Wie meinst du das?« Jonders wußte nicht genau, ob das von Marshall oder von Hathorne gekommen war. Beide sahen aufgeregt aus.

»Keine Kontrolle mehr ...« Sie schien kaum noch atmen zu können. Thrudore, die die Anzeigen von Mozys Lebensfunktionen im Auge hatte, machte eine Spritze fertig.

»Könntest du es etwas genauer ausdrücken?« Das war jetzt Marshall. »Hast du es versucht? Was ist mit der Sonde los?«

Mozy sah aus wie ein Frosch, riesige Augen, pulsierende Kehle. Ihr Atem klang asthmatisch. »Sonde — reagiert nicht. Düsenantrieb — außer Betrieb. Alle Funktionen — zusammengebrochen. Das wird meine letzte — Transmission sein.« Sie beugte sich vor und hustete schrecklich.

Marshall warf Jonders einen Blick zu und gestikulierte:

Können Sie nicht etwas tun? Jonders konzentrierte sich auf die Verbindung. Er spürte tintenschwarze Dunkelheit — und eine Mauer, unsichtbar im Dunkeln, glatt und vollkommen undurchdringlich. Hinter dieser Wand hörte er undeutlichen Lärm. Die Stimmen von zwei Mozys, die sich um Verständigung bemühten? Er hörte zu, suchte einen Weg, durch die Mauer zu kommen, fand aber keinen, sie war wie aus solidem Stein, undurchdringlich.

Er lenkte seine Aufmerksamkeit auf das Geschehen um ihn zurück. »Erklär das genauer, Mozy«, sagte Marshall.

Die einzige Antwort darauf war Mozelles Gesichtsausdruck, der Triumph und Verzweiflung gleichzeitig ausdrückte. Gefühle erschienen in ihrem Blick und verschwanden wieder: Trauer, Wut, Nutzlosigkeit. Frieden. Sei wandte ein wenig den Kopf und sah Marshall an.

»Wie meinst du das mit der ›letzten Transmission‹?« wiederholte Marshall. »Mozy, wir müssen dich von diesem Asteroiden wegbringen.«

Sie schüttelte den Kopf und sagte mit heiserer Stimme: »Letzte Transmission. Ende ...« Sie räusperte sich. »Ende der Mission. Bald.«

Hathorne schnauzte zornig: »*Wir* sagen dir, wann die Mission zu Ende ist!«

Sie lachte in die plötzliche Stille hinein — ein einzelnes, konvulsives, bellendes Lachen. »Verschwendet nicht meine Zeit!« fauchte sie. Sie atmete schwer. Die Spannung in ihrem Körper ließ nach. »Ich möchte einen letzten Bericht liefern«, flüsterte sie. »Hier ist er. Alle Steuersysteme sind ausgefallen. Kadin ist tot. Mutter Programm ist tot. Bald bin ich auch ... tot.« Sie hielt inne, und es war vollkommen still im Raum. Thrudore hörte mit ihren Aktivitäten an Mozys Seite auf und starrte sie an.

Jonders tappte durch die Nebel der Verbindung auf der verzweifelten Suche nach einem Kontakt. Er sah einen Schatten, eine mögliche Öffnung. (Mozy?) Er streckte versuchsweise die Hand aus — und ein elektrischer Strom fuhr durch ihn hindurch und schleuderte ihn weg. Halb betäubt sah er wie durch einen Schleier Mozy/Erde. Sie atmete unnatürlich schwer.

Jonders unterdrückte einen Impuls, aufzuschreien. Thrudore bemühte sich, machte eine weitere Injektion fertig und stellt das Tau-Feld genauer ein. Mozy blinzelte. Ihre Augen waren groß, rot und trocken, ihr Atem klang rauh wie Sandpapier.

»Dr. Thrudore, was geschieht hier?« fragte Marshall. »Mozy, sprich mit uns!«

(Sprich, Mozy!) schrie Jonders in die Verbindung. Sekunden vergingen.

»Verflucht, gib Antwort!« brüllte Hathorne.

Mozy blinzelte wieder und sah mit heftigem Augenzittern im Raum umher. Einen schrecklichen Moment lang sah sie Jonders mit undeutbarem Ausdruck in die Augen, dann schloß sie sie. »Ich ...« Sie schluckte. »Ihr ... kriegt ... telemetrisch die Daten ... alle Daten ... über die ...« Sie schluckte wieder.

»Alle Daten über was?« fragte Marshall, »Mozy!«

»Talenki.« Sie schnappte nach Luft. »Und jetzt ... auf Wiedersehen ...«

»Verflucht!« schrie Marshall, »nein! Nicht!«

Mozy schauderte, ihre Augenlider flatterten, die Augäpfel rollten nach oben, so daß man nur noch blutdurchzogenes Weiß sehen konnte.

(Warte!) brüllte Jonders in die Verbindung, aber er hatte schon gespürt, daß es eine Trennung gegeben hatte, Mozy von Mozy, und seine Stimme wurde weggespült von einem Schmerzensschrei, der in der Leere des Alls widerhallte, und erst nach einer Ewigkeit von ein paar Sekunden verstummte. Er fühlte sich wie gelähmt, jeder Muskel zuckte vor Entsetzen, es schnürte ihm die Kehle zusammen, daß er kaum Luft bekam. Er kämpfte um Atem und flüsterte schließlich in die Verbindung (Mozy, geh nicht weg!). Als Antwort kam nur ein Summen und das Wispern der kosmischen Tachyonen. Die Verbindung war leer, der Kontakt abgebrochen.

Er blinzelte mit tränenden Augen; um Mozy/Erde herum gab es aufgeregte Bewegungen, Thrudore schrie nach irgendwelchen Gegenständen ihrer Ausrüstung. Jemand hatte eine Atemmaske auf Mozys Gesicht gelegt. Jonders umklammerte seinen Helm, als wolle er ihn abreißen und ihr zu Hilfe eilen; dann schlug er mit der Faust auf die Konsole und kroch noch einmal tiefer in die Verbindung hinein. Wenn er sie nur finden könnte, tief drinnen in der Verbindung, eine Lebenslinie hineinlegen könnte ...

(Mozy), weinte er leise, (wir sind immer noch bei dir, wir sind immer noch da), und wenn er auch nicht wirkliche Tränen weinte, dann doch imaginäre in der Verbindung. Seine innere Stimme wurde von Gefühlen geschüttelt.

Turbulenz. Rauschen. War noch jemand da?

(Bill, komm heraus), sagte eine leise Stimme. (Die Verbindung ist abgebrochen. Hörst du mich, Bill?)

(Mozy?) flüsterte er, die Stimme der Technik ignorierend, und versuchte es noch tiefer, aber alles, was er hörte, war Stille, nur hinter der Stimme so etwas wie eine Erinnerung an Mozys Stimme, Winseln, ein schmerzerfülltes Weinen, ein letzter Atemzug, vielleicht eingebildet, vielleicht wirklich. Und auf diesen letzten Atemzug hin – ob nun real oder nur vorgestellt – fühlte er eine neue und ruhigere Stille und eine vorübergehende Bewegung wie einen Lufthauch an einem schwülen Sommertag.

(Mozy ... ?)

Schweigen.

Als die Verbindung schwarz wurde und er sich mit einem Schauder in seinem eigenen Körper wiederfand, zitterten seine Hände so, daß er kaum den Helm abnehmen konnte. Als er sich von den Kabeln befreit hatte, stand er auf und ging langsam hinüber zu Mozy, um die herum nun medizinisches Personal stand.

Es dauerte Minuten, bis jemand etwas zu ihm sagte, dann fühlte er eine Hand an seinem Ellbogen, die ihn beiseite zog, es war Thrudore, die seinen Namen sagte. Er blinzelte und richtete sich gerade auf. »Was? Diana?«

Ihre Augen waren eindringlich und mitfühlend. »Tut mir leid, Bill«, war alles, was sie sagte.

Das Sonnenlicht strömte durch das Bürofenster herein, aber im Zimmer war es eher kühl als warm. Er stellte sich vor, wie ein Leben einem solchen Strahl entlang ins All strömte. Ins Nichts. Zwei Leben, in Leben und Tod verbunden. Ihre Klage hallte immer noch in seinem Geist wieder und wollte sich nicht beruhigen. Er sollte eigentlich oben in der Besprechung sein.

Er dachte, wenn nur ...

Wenn nur was? Wenn sie nur nicht gestorben wäre? Wenn die Mission nicht gescheitert wäre? Wenn Hoshi sie nicht transmittiert hätte und wenn er nur die Warnungen mitgekriegt hätte, bevor alles passiert war?

Er trat zum Fenster und legte die Fingerspitzen an das Glas. Die Sonne versank hinter den Bergen, die abendlichen Schatten wurden lang auf dem grasbewachsenen Abhang. Er würde es natürlich Kadin sagen müssen — Kadin/Erde, der jetzt der einzige Kadin war. Diese Aussicht war immerhin noch ermutigender als die, Mozys Familie informieren zu müssen, was aber gottseidank nicht in seine Zuständigkeit fiel. Er fragte sich, was sie ihnen erzählen würden, für welche Tarnung sie sich entschieden.

Außerhalb seines Büros hörte er plötzlich Streit, Lusela bestand laut darauf, daß jemand nicht hereinkommen könne. »ich muß aber hinein! Und zwar jetzt!« schrie eine vertraute Stimme, dann fielen Stühle um, und die Tür wurde so sehr aufgerissen, daß sie gegen die Wand knallte.

Hoshi polterte herein, hinter ihm sehr aufgeregt Lusela. Jonders sah die beiden an und winkte Lusela, hinauszugehen. Sie zuckte die Achseln und zog die Tür hinter sich zu.

Seine Augen ... starr ihn nicht an, du hast ihn so lange nicht mehr gesehen, daß es dir wie Jahre vorkommt. »Hoshi«, sagte Jonders einfältig, »das ist wirklich nicht der Moment ...«

»Ich muß dir etwas sagen«, beharrte Hoshi stur, »ich

muß es dir jetzt sagen. Dann kannst du mit mir tun, was du willst. Aber hör bitte zu!«

»Du lieber Gott, dachte Jonders widerwillig. »Was gibt es, Hoshi?«

»Du mußt mir glauben, ich wollte nicht, daß so etwas passiert. Ich habe es erst jetzt begriffen. Ich dachte ...« Er begann zu weinen. »Ich wußte es nicht.«

»Was wußtest du nicht?« fragte Jonders und versuchte sich zu konzentrieren. Das war verrückt! Wie konnte Hoshi es jetzt schon erfahren haben?

Hoshi schwankte auf seinen Fußballen hin und her. »Sie werden sterben«, sagte er sehr leise. »Im Computer. Er kann sie nicht beide versorgen. Du mußt etwas tun, ich weiß nicht, was, aber wenn du es nicht tust, sterben sie beide.« Er hatte jetzt die Augen geschlossen, während ihm Tränen über die Wangen rannen. »Du hast nicht mehr viel Zeit.«

Jonders konnte ein paar Sekunden lang nicht sprechen. In seinem ganzen Leben hatte er sich nicht so erschöpft gefühlt. Er versuchte zu sprechen, aber es mißlang ihm, er schluckte, und als er schließlich seine Stimme wiedergefunden hatte, sagte er mühsam: »Setz dich, Hoshi. Bitte, setz dich!«

»Dafür ist keine Zeit«, beharrte Hoshi.

»Ich weiß«, sagte Jonders. »Überhaupt keine Zeit mehr. Setz dich, Hoshi, bitte!«

SECHSTER TEIL

HEIMWÄRTS UND NOCH WEITER

Vorspiel

Der Wind jaulte, und der Schnee wirbelte und stäubte um Vierbauchs Schnauze. Das Lied tanzte in seinem Gehirn, aber es konnte seine Laune nicht verbessern.

Er mühte sich voran, langsam, langsam den Abstand zwischen sich und den Höhlen verkleinernd. Was sollte er seinen Leuten erzählen? Wie konnte er begreiflich machen, daß die Philosophen ihre Rätsel-Opfer zurückgewiesen hatten — vielleicht deshalb, weil er, Vierbauch, sie mit seinen ständigen Fragen nach dem Lied genervt hatte?

Es ging über sein Verständnis. Wie war es möglich, daß die Philosophen es nicht hörten? Sie sagten, wenn sie nichts davon wüßten, könne es klarerweise nur vom Teufel kommen.

Sein Herz sagte ihm, daß das nicht wahr sein konnte — nicht, wenn sein Geist und sein Herz ihn nicht vollständig betrogen.

War er der einzige auf der Welt, der den Gesang hören konnte? Wenn das so war, dann konnte er genausogut in der Schneewüste sterben, denn er würde nie mehr Ruhe finden. Er, Vierbauch, ein einfacher Wanderer und Träger von Rätseln — war es möglich, daß er etwas wußte, das über die Weisheit der Philosophen hinausging? Der Gesang verschmolz mit seinen Gedanken und unterstützte ihn unmerklich, während er seine Krallen in das Eis schlug, um sich im weglosen Gelände vorwärtszuziehen.

Sogar jetzt war der Gesang so klar in seinem Geist wie eine Schneeflocke im Moment ihres Gefrierens; melodiös wie das saugende Geräusch, das man mit seinem Gewicht dort auslöste, wo der Gletscher zu schmelzen begonnen hatte; harmonisch wie die Totenklage des sturmankündigenden Windes. Vom Teufel, ach was! Solche Schönheit konnte nicht vom Teufel kommen!

Er machte eine Pause, um das Gelände zu sondieren.

Wandte er sich nach rechts, so kam er in höher gelegenes, unbekanntes Höhlenland — schwieriger zu überwinden, aber dem Himmel näher. Etwas lockte ihn dort hinauf. Hörte er nicht ein fast lautloses Gemurmel aus dieser Richtung? Aber es war wohl nur der Wind über den Hügeln. Wandte er sich nach links, kam er in die Wildnis der Schneewüste, wo ihm die Elemente ungehemmt zusetzen würden. Geradeaus war der kürzeste Heimweg, wo er pflichtgemäß von seiner Reise berichten mußte.

Aber ... wenn er verpflichtet war, daheim Wahrheiten zu berichten, konnten es nicht auch Wahrheiten sein, die er in seiner eigenen Seele gefunden hatte — entdeckt durch Zuhorchen, Erforschen, Vertrauen? Wenn solche Wahrheiten auftauchten, sollten sie nicht auch seinen Leuten überbracht werden, trotz der Worte der Philosophen?

In ihm wuchs eine schreckliche Sehnsucht, die er sich nicht erklären konnte, und die er unbedingt mit jemandem teilen wollte, wissen wollte, daß er nicht allein war.

Der Wind heulte und drängte ihn zu einer Entscheidung. Rief ihn jemand dort oben in den Hügeln? Angenommen, es war einer dieser geheimnisvollen Denker von den Weisesten der Weisen, die Fragen beantworten konnten, die er nicht einmal auszudenken in der Lage war? Andererseits: Angenommen, es war ein Räuber, eine falsche Hoffnung, der lauernde Tod? Angenommen, angenommen. Erfüllung oder Gefahr? Entscheide dich. Die Reise mußte fortgesetzt werden. Er hob den Kopf und zog Luft ein. Er blies durch seine sechs Nasenlöcher und nahm einen tiefen Zug Methan in jede seiner Lungen. Er bewegte sich schon, bevor er noch wußte, wie er sich entschieden hatte. Ein Schritt folgte dem anderen durch Eis und Schnee.

Klettern. Langsam hinaufklettern in die Vorberge.

Träumte er es nur, oder klang der Gesang triumphierend, als er seinen Aufstieg begann?

Da gab es Veränderungen in der steinkalten Dunkelheit.

Hätte es so etwas wie Zweifel gegeben, wären sie hinweggewischt worden. Der geisterhafte Ruf durchpulste die

Kolonie so klar wie das Licht des hellsten Sterns und filterte durch die starren Kristallschichten.

Verwirrung war ein Konzept, das die Kolonie nicht kannte; aber sie existierte, in den Störungen, die durch das Gedächtnis flackerten, in der langsamen Bewegung der Atome, in der Änderung des Musters und dem komplexeren Wachstum. Etwas einem Selbstbewußtsein sehr Ähnliches bildete sich und antwortete so auf die geisterhafte Anwesenheit. Ohne sie hätten diese Änderungen Millionen Jahre gebraucht.

Etwas wie Ungeduld machte sich in diesem langsam entstehenden Selbstbewußtsein bemerkbar. Die Unruhe nahm ständig zu.

Die Ströme innerhalb der Sonne fluteten ruhelos. Seit dem Beginn der Schöpfung hatte dieser Fluß nicht aufgehört — bewegte sich in immer wechselnden Mustern, antwortete auf Veränderungen im Feld. Unzählige Generationen hatten die Außenregionen für wüst und unfruchtbar gehalten, außer vielleicht für die hirnlosen Filamentfahrer. Wenige, die denken konnten, wagten sich dorthin, wo das Beinahe-Vakuum das Leben aus den Unvorsichtigen saugte. Soweit man sich erinnern konnte, waren nur wenige dorthin gegangen.

Aber das war, bevor die Stimmen gehört wurden. Die Stimmen von oben, aus den nebligen Tälern an der Grenze zum Nichts. Nicht aus den Tiefen, wo die großen Fusionsfeuer wärmten und trösteten, und wo sich das Leben verbarg. Auch nicht von den Außenrändern, wo das Nichts wartete — eine langsame, schweigende Verschwendung des Seins, unglaublich kalt und dunkel, das Nichts.

Die Stimmen kamen aus den nebligen Regionen; also mußten die Entdecker dorthin gehen, um die Stimmen zu finden.

Für die Götter, die im Herzen der Sonnen grummelten und donnerten, waren die Stimmen nur ein Zittern, das Gesumm einer Biene.

Für Luu-rooee war der Ozean blau und leer, sonnendurchstrahlt, und er hatte keine Antworten gefunden, und erfuhr nur eine immer größere Sehnsucht. Er glitt durch die Wogen, dann drehte er sich mit einem kraftvollen Schwanzschlag nach unten, tauchte hinab in die Dunkelheit und Dichte, wo kühle Hände seine Flanken streichelten und die Echos stählern widerhallten. Hinab, eine dünne Linie von Luftblasen hinter sich herziehend. Hinab, um zu lauschen.

Treiben. Kühle. Der Geschmack des Tiefseewassers.

Bewußtseinstrübung. Zeit verstreicht unmerklich.

Ein Flattern in den Gedanken.

Luu-rooee wurde aufmerksam. Da war etwas. Merkwürdig. Euphorisch. Verstörend. Es erinnerte ihn an die Stimme, und war sie doch nicht. Eine sehr, sehr ferne Anwesenheit, die ihn berührte. Es war nicht der Gottwal. Und doch ...

Der Gottwal kam näher. Das fühlte er.

Als es Zeit wurde, die Lungen wieder zu füllen, schoß Luu-rooee wie eine Rakete nach oben. Ein Lächeln erfüllte seine Seele.

Stimmen ...

... Geräusche, die keine Stimmen waren

... Dunkelheit und Licht, zitternde Farben ...

Unzweifelhaft gab es da andere; aber das war unlogisch. Wo sollten die herkommen? Niemand sollte anwesend sein. Überhaupt nichts sollte mehr existieren.

Ein Gefühl der Unruhe wuchs an. Befremden. Stimmen rundherum, das gab keinen Sinn. Geräusche, als zupfe jemand an gläsernen Saiten, eine Musik, als fließe Wasser und falle in ein gewaltiges Becken aus Stein oder Kristall ...

Sternenlicht blitzte auf, dann ein Strom blendenden Sonnenlichts. Der Schmerz durchfuhr jeden einzelnen Nerv, das Bewußtsein war von Angst Angst Angst erfüllt ... nackt ausgesetzt der Strahlung und dem Vakuum ... kein Ort, sich zu verbergen. War es eine Feuerprobe, oder war etwas schrecklich schiefgelaufen?

Das Licht zerteilte sich und wurde zu einem dunklen Glühen, und die Stimmen umschwärmten sie wieder ...

Es war unmöglich zu beurteilen, wieviel Zeit verstrichen war, aber als Bewußtseinselemente zusammenflossen wie die Teile einer allmählich frierenden Eisscholle, begriff sie allmählich, daß etwas nicht nach Plan verlaufen war. Stimmen umgaben sie und fremde Geister, und eine Weile hörte sie ihnen zu ohne zu denken oder zu analysieren; sie trieb in einer See nervöser Aktivität dahin, zusammengekrümmt wie winziges pflanzliches Plankton, und hörte auf das Klicken und Pfeifen benachbarter Organismen. Wo sie war und warum, das waren Fragen, die auftauchten und davontrieben.

Aber irgendwann wurde es doch notwendig, sich damit

zu beschäftigen. Wo war sie, und wie war sie hierhergekommen? Was war vorher gewesen?

Eine Bewegung im Gedächtnis. Ein Geschmack nach ...

Tod.

Jetzt fiel es ihr ein: Eine endgültige Entscheidung. Beendigung. Das Ende. War dies das Leben nach dem Tod, oder war sie noch am Leben, hoffnungslos psychotisch und von körperlosen Stimmen gequält?

(Wo bin ich?) schrie sie auf. (Wer seid ihr alle?) Ihre Stimme klang schwach im allgemeinen Gemurmel und in der Konfusion. Sie dachte sich: Sagt mir wenigstens, ist das der Himmel – oder die Hölle? Einen Augenblick lang spürte sie eine Bewegung, einen Wirbelwind aus dem Nichts, der sie aufnahm wie eine Handvoll Konfetti und sie hinwegwirbelte. Was geschah in diesem Moment – war es nur eine wirre Mischung aus Traum und Wirklichkeit?

(Mozy –) (Mozy –) (Mozy –)

(Was?) Verwundert. (Wer ist da?) Wieder Stimmen. Es war unmöglich, sie zu erkennen, irgendwelche Bilder zu sehen, eine Ordnung in diesem Chaos zu schaffen. War es der Wahnsinn, oder versuchte wirklich jemand mit ihr zu sprechen?

Stille. Dann: (Mozy –) (– du bist –) (– am Leben –)

Wieder! (Hallo) rief sie ängstlich.

Es war, als kämen jetzt ein Dutzend oder mehr Stimmen zugleich aus der Dunkelheit, stolperten übereinander beim Versuch, gleichzeitig zu sprechen, fielen einander ins Wort, nahmen einander den Gedanken weg. Eine Glocke läutete und erinnerte sie an etwas. Es hatte Eindrücke wie diesen zuvor gegeben, wenn sie sich nur erinnern könnte ...

(Willkommen –) (– willkommen –) (– sei willkommen –) (– in unserer Welt –) (– uns –) (– du bist in Sicherheit –) (– wir haben dich gerettet –) (– um bei uns zu sein –)

Gerettet. Das Wort wurde zu einem Brennpunkt und verdrängte alle anderen. Und dann entstand wie ein sternförmiger Glasbruch ein Netzwerk aus Erinnerungen, bekannte alte Muster, der dichte Nebel lüftete sich, und ihr fiel ein: die Talenki ... natürlich, die Talenki. Im Augenblick ihres Todes, als sie ihre Existenz selbst beendet hatte, war der Wirbelwind niedergefahren. Dieser Wirbelwind waren die Talenki gewesen, die durch die Verbindung herübergriffen und sie aufhoben, wie ein Tornado ein Haus in die Höhe reißt, sie hatten sie aus dem sterbenden Computer herausgerissen und weggetragen ...

... in eine Welt, in der ihre Stimmen wie Moskitos tanzten, wo Fragen sich vervielfältigten und widerhallten, und Antworten im Dunkeln bereitlagen. Ein Platz der Sicherheit? Oder des Wahnsinns?

(Sicher hier –) (– du bist sicher –) (– eine mit uns –) Aber wo? In einer Talenki-Version von Himmelsvater? (Habt ihr ... was habt ihr getan? Bin ich ... bin ich ... in euren eigenen Computern?)

(In unserem –) (– ja –) (– so könnte man sagen –) (– Computer –) (– Geistnetz –)

Geist-Netz?

(– retteten dich –) (– sterbend –) (– du warst am Sterben –) (– wir haben dich gebracht nach –)

Sterbend? Ja, sie war am Sterben gewesen. Resigniert, verurteilt – ihr letzter Bewußtseinsakt, ihr letzter Wille, ein falsch gelaufenes Leben zu beenden.

Und ...

Und sie hatten das aufgehalten. Interveniert. Sie in Sicherheit gebracht.

Aber mit welchem Recht? schrie etwas in ihr.

(Da war –) (– eine Verletzung –) (– Verzweiflung –) (– aber in dir drinnen –) (– sahen wir –) (– sah Kadin –) (– einen Überlebenswillen –)

Benommenheit überflutete sie wie eine Welle. Verwirrte Gefühle, konfliktreiche Gedanken. (Habt ihr mich gefragt, was ich wollte?) flüsterte sie, plötzlich geblendet von einer stillen Wut – Zorn und Frustration verhinderten, daß sie die Antwort der Talenki verstand, falls da eine kam. Es war keine kalte Wahrnehmung eines Gefühls, sondern eine

Eruption von Wut, die hervorspritzte wie Blut aus einer abgetrennten Arterie. (Habt ihr jemals in Betracht gezogen, daß ich vielleicht nicht gerettet werden möchte, daß ich vielleicht sterben wollte?) schrie sie. Das Blut hämmerte in ihren Schläfen – donnerte – und die Schläge nahmen zu und vervielfachten sich, bis es unmöglich war, ihnen zu folgen, und es war wie ein millionenfaches Widerhallen von Stimmen in ihrem Kopf, dieses Pulsieren des Blutes, das so stark und so ständig war wie ein Wasserfall.

Ihr Herzschlag?

Ihr Herz war dahin, aber wenn es nicht ihr Herz und ihr Blut waren, was war es dann?

(Ruhe!) schrie sie. Und der Klang erstarb sofort.

Da hörte man etwas wie das Scharren von hundert Füßen. Ihr Ärger verflog nun, und sie konnte sagen (Was war das für ein ... Lärm?) Sie hörte etwas wie Lachen, was sie beinahe wieder zornig machte. (Pulsschlag –) (– des Lebens –) (– Puls unserer Körper –), hörte sie.

(Pulsschlag?) sagte sie verständnislos. (Körperpuls – ihr meint Blut, wie meines – wie der Körper, den ich hatte?)

(Lebensstrom –) (– ja –) (– wie deiner –)

(Alle zusammen?) Sie stellte sich den Herzschlag der ganzen Talenki-Kolonie wie den eines einzigen Individuums vor.

(Jene von uns –) (– die im Geistnetz sind –) (– mit dir –)

(Geist-Netz! Geist-Netz! Wie meint ihr das?)

(Unsere Geister –) (– alle –) (– viele –) (– wenige –) (– in Vereinigung –)

Die Stimmen zögerten. Eine Erklärung sickerte allmählich in Mozys Gedanken, die ernstzunehmen sie sich sträubte. (Geist-Netz?) Ist das ... euer Computer? Eure Gehirne zusammengeschlossen?)

(Als eines –) (– aber mehr als eines –)

(Euer Computer?)

(– natürlich –)

Sie dachte nach. La ab so viel ... so viel Verwirrendes. Das Gei bar lebendig ... sie mußte das verstehen, dar ken, bis es ihr klar wurde. Aber sie war müde wierig nachzudenken. Befremdlich.

(Kämpfe nicht —) (— du h rchgemacht —)
(— ruhe jetzt.)

Ruhe? Es gab nichts, was sie sich wünscht hätte, gerade jetzt. Aber wie sollte sie hier R en? Sie hatte sich das kaum gedacht, als die Welt um fter wurde; die Stimmen verschwanden, an ihrer hörte man murmelndes Wasser und seufzenden Wi ruhig dahinfließenden Strom. Blätter, die sich in en sanften Brise bewegten. Ein goldener Sonnenuntergang

Kadin ... hatten sie nicht etwas über Kadin g gt?

Der Gedanke löste sich und trieb davon, und e e leicht dahinfließende Musik fühlte ihre Seele — Glockenläuten, Geigen, sanfte Harmonien ...

Ihre Gedanken lösten sich und ihre Aufmerksamkeit erlosch und machte völliger Ruhe Platz.

Während sie in einem Zustand rezeptiver Schwerelosigkeit verharrte, kam ihr allmählich wieder die Frage in den Sinn, was genau eigentlich geschehen war. Es schien niemand da zu sein, den sie fragen konnte; und doch fühlte sie sich von hilfreichen Geistern umgeben und über Wasser gehalten.

Eine äußerst merkwürdige Erfahrung.

Ihr Bewußtseinszustand veränderte sich langsam, als erwache sie aus einer Trance. Spiralenförmig bewegte sie sich aufwärts, eine Bewußtseinsschicht nach der anderen entfaltete sich, bis sie wieder Stimmen hörte.

Sie sprachen untereinander in einem Talenki-Singsang, von dem sie wenig verstand. Schließlich begrüßten sie sie in ihrer üblichen, einander ständig ins Wort fallenden Art, und es gelang ihr endlich, ihre Frage zu stellen. Was war aus Kadin geworden, was aus Mutter Programm und dem

Raumschiff? Hatten sie Kon… enstation auf-
genommen? … viele Fragen –)
Die Talenki summten … ollen wir zuerst –)
(– wie sollen wir –) … Kadin wissen will), sagte
(– beantworten?) … ogramm. Sagt mir, ob ihr
(Sagt mir bitte, wast.)
sie leise. (Und übe… hel gedämpfter Stimmen, dann
wißt, was ihnen z… traurig klangen: (Von Kadin –)
Man hörte da… s Genaues sagen –) (– wir fühlten
erhoben sich w… wir nach dir –) (– griffen.)
(– können w…
ihn nicht –) … g kristallisierte sich. Sie hatte schon um
Die Erin… rt, vor Jahren, wie ihr schien. Als sie sich
Kadin ge… erte, fühlte sie einen Stich im Herzen. (Er
daran er…
schwieg… sagte sie leise. (Ich dachte, er sei tot. Ich wußte,
daß er … t war.)

(Schweigend –) (– außerhalb unseres Zugriffs –) (– aber nicht tot.)

Nicht tot? (Wie meint ihr das?) sagte sie langsam. (Was *meint* ihr mit ›nicht tot‹? Er war tot – ich weiß, daß er tot *war*. Hätte er sonst nicht mit mir gesprochen oder mir geantwortet?)

(*Nicht* tot –) (– aber sterbend –) (– er sprach –) (– zu uns –) (– bat uns –)

Zögernd erzählten sie die Geschichte, wie Kadin sie mit letzter Kraft gerufen und sie um ihre Hilfte bei Mozys Rettung gebeten hatte. Und sie hatten in ihr einen Lebenswillen wahrgenommen, der viel tiefer lag als ihre Verzweiflung, und sie hätten auch ihn gerne gerettet, aber es war schon zu spät. Die Geschichte war verwirrend genug, als sie ihr so zuhörte, oder zuzuhören versuchte, aber auf die Art, in der sie die Talenki mit fortwährenden Unterbrechungen und Überschneidungen erzählten, dachte sie, sie würde verrückt, bevor sie alles verstand. Trauer und Kummer und Zorn und Dankbarkeit begannen sich in ihr zu rühren, zusammen mit dem Erstaunen, daß so etwas ohne ihr Wissen hatte geschehen können; und dieses Gefühl war befremdlich, befremdlicher als alles, was sie gefühlt hatte, seit sie einen Körper aus Fleisch und Blut, mit Nerven und Hormonen, Lungen und einem pochenden Herzen besessen hatte. Warum erlebte sie jetzt wieder solche Gefühle, hier im Talenki-Geist-Netz? – Und ihr wurde unwohl und duselig, und natürlich, wie konnte sie so dumm sein, sie war ja jetzt wieder ein Teil organischen Lebens, sie lebte in den Gehirnen der Talenki, in einem chemischen Eintopf, in dem es Rhythmen und Strömungen gab; und diese Erkenntnis machte sie irgendwie seekrank, aber dann kam etwas Neues, das sie zuerst nicht identifizieren konnte, bis ihr klar wurde, daß es die Talenki waren, Dutzende Talenki, die sich alle zusammen bemühten, sie zu beruhigen. Mozy, Mozy, murmelten sie, wie eine Mutter, die ihr Baby wiegt.

Sie war jetzt ein Teil von ihnen, jeder von ihnen hatte also ihre Traurigkeit, ihren Kummer und ihre Verletzlichkeit ein wenig geteilt.

Sie weinten mit ihr um Kadin. Teilten die schreckliche ... Verletzung ... die Mischung aus Dankbarkeit und Trauer um Kadin, der die letzten Augenblicke seines Lebens für sie geopfert hatte, und sie nicht einmal darum wissen lassen wollte. Sie teilten den Schmerz dieses Wissens mit ihr, sie konnten ja nicht anders. Sie war nun eine von ihnen. Zusammen mit ihnen, was immer geschehen würde.

(Was war mit Mutter Programm?) fragte sie später.

(Fehlschlag –) (– mißlungen –) (– wir kannten sie kaum –) (– nichts, was wir hätten tun können –)

(Ja.) Sie erfuhr das ohne Überraschung, dachte sich, daß es wohl auch nicht so wichtig sei. Mutter Programm war schließlich nur ein Lernprogramm, das die Bodenstation entwickelt hatte. Aber dann fiel ihr ein: Was war denn Kadin gewesen, wenn nicht ein Programm der Bodenstation, und da begann sie wieder zu weinen, sowohl wegen Mutter Programm als auch wegen Kadin.

Die Talenki wisperten um sie. (Wir werden einige deiner anderen Fragen beantworten —) (— und vielleicht mildert das —) (— deinen Kummer.)

(Bitte), flüsterte sie.

Sie sprachen mit ihr in ihrem plappernden Durcheinander und in beruhigenden Melodien, die mehr Gesang als Erzählung waren. Die Bilder, die sie durch die Sonde gesehen hatte, waren nur Schatten gewesen im Verhältnis zu dem, was sie jetzt erfuhr. Bilder eines Volkes, das durch die Leere zwischen den Sternen wanderte auf der Suche nach etwas, das sie nicht definieren konnten, jahrelang füllten sie die Weltraumstille mit ihrer Traurigkeit und Musik; im Geist-Netz fanden sich Erinnerungen an Kunstwerke, an immer wieder erzählte Geschichten, an Freude und an Tragödien. Die Bilder waren ihr fremd, und eines nach dem anderen zog an ihr vorbei. Nach einer Weile konnte sie keine weiteren mehr aufnehmen.

Sie fragte, ob sie den Asteroiden genauer sehen könnte, die Welt, in der sie lebten, und von neuem kamen die Bilder, Dutzende und Aberdutzende, bis sie ausrief (Immer nur eines nach dem anderen! Bitte!)

Die Stimmen murmelten und debattierten, dann sagte eine (Also, einfach nur mit mir.) Es gab eine eigenartige Umstellung, und dann sah sie durch die Augen eines einzelnen Talenki. Seinen Namen verstand sie als Torrlllik. Hallo, Torrlllik. In der Wahrnehmung lag eine seltsame Wärme.

Sie sah neblige, rotgoldene Dämmerung um sich, das Innere einer Kammer, in der mehr Talenki versammelt waren, als sie zählen konnte. Es war wie ein kubistisches Gemälde, Körper die verschmolzen und sich überdeckten; dann fuhr ihr der Geruch in die Nase, ein kräftiger und feuchter Geruch, wie sie ihn nie zuvor wahrgenommen hatte. Sie wußte, was es war, ohne fragen zu müssen; sie hatte das alles schon vorher einmal wahrgenommen. Das Zentrum unseres Geistes, hatten sie es genannt. Das Zentrum des Geist-Netzes. Die Quelle.

Die Talenki drängten sich um große Körper, die wie Pilze geformt waren, und auch die hatte sie vorher schon gesehen; aber jetzt, im Innern des Ganzen, begriff sie, daß es sich um lebende Wesen handelte, um einen wesentlichen Teil der Vereinigung. Und irgendwo hier in dieser Szenerie stiller Verwirrung ...

(Hier lebt unser Gedächtnis), sagt Torrlllik leise.

Und hier lebte auch sie. Ihre Gedanken, ihre Erinnerungen, ihre Seele.

Ein Gang mit Säulen und Tapisserie. Ihr Gastgeber, mittlerweile ein Talenki namens Clnay'na, ließ seine Finger über die Wandteppiche gleiten. Sie hatten eine weiche Oberfläche und waren erdfarben; sie rochen nach Tabak.

Wände, die schimmerten und sich auflösten. Niedere Räume, in denen Talenki aßen oder sich entspannten. Ein schneller Blick auf einen Garten. Merkwürdig geformte akustische Räume voller Musik. Sie schaute durch die Augen eines älteren Talenki, Roto-irgendwie, und sah auf eine Wiese hinunter. Merkwürdig verzerrte Geometrie, in der nichts flach oder gerade war. Dann eine Überraschung. Neben ihr und ihrem Gastkörper polierte ein Talenki sorgfältig, unauffällig und schweigsam ein metallisches Objekt mit glänzenden Linsen und drahtigen Ballonrädern. In ihr wurde es kalt und sie fühlte, wie ihr Gastgeber den Atem anhielt, und einen Augenblick lang starrte sie die Sonde an, während Trauer und Faszination ihre Gedanken füllten. Dann atmete ihr Gastgeber wieder ruhig, und sie seufzte und löste sich von ihren traurigen Gedanken.

Das war alles jetzt nur noch Erinnerung, dachte sie sich. Ein Stück irdische Technik, ein Teil ihrer früheren Heimat, ihres früheren Lebens. Eine Erinnerung an eine gescheiterte Mission. (Nein – nicht gescheitert!) Ihr Gastgeber stampfte mit dem Fuß auf.

Sie war vom Gehörten verblüfft. Es war mehr als eine Stimme gewesen, viel mehr. Ihr war ihr eigener Gedanke kaum zu richtigem Bewußtsein gekommen. (Aber sie ist gescheitert), sagte sie.

(Außer ihr meint natürlich – nun ja, ich wäre dann nicht hier. Ist es das, was ihr meint?)

Sie bemerkte ein Gefühl der Befriedigung, als ihr Gastgeber sich von der Sonde abwandte.

Mit der Zeit überkam sie ein Bedürfnis nach Ruhe, und sie blinzelte und stellte fest, daß sie durch die Augen eines jungen und fröhlichen Talenki namens N'rrril blickte. (Um auszuruhen, müssen wir ins Zentrum unserer Welt), sagte er und trat durch eine rötliche, linsenartige Wand, hinter der eine tiefe Höhle lag.

Es roch salzig, sie hörte Wellen, die sich an einem Sandstrand brachen, und sah einen Ozean – oder wenn keinen Ozean, dann doch eine unglaubliche Wasserfläche. Im Zentrum eines Asteroiden? Das Wasser wurde von einem leichten Wind gekräuselt und ließ einen dünnen Küstenstreifen vor ihnen frei; die Oberfläche der See kurvte vom Strand weg wie ein enormer Billardball. Über ihnen verschwand die Höhlendecke und wurde über dem Wasser blau und himmelartig und irgendwo hinter dem Horizont mußte die Sonne scheinen, denn Wasser und ›Himmel‹ leuchteten strahlend.

Eine optische Täuschung? fragte sie sich.

N'rrril antwortete (Keine Illusion. Die Meere nehmen das Zentrum unserer Welt ein.)

(Neun von ihnen –) unterbrach eine eifrige Stimme. N'rrril brachte sie zum Schweigen.

(Neun Meere?) fragte sie ungläubig.

(Jedes von ihnen fließt durch die Bogengänge hinab zur innersten Quelle.)

Sie sah ein Bild vor sich: Bassins, die sich im vieldimensionalen Raum in sich zurückkrümmten, eine zentrale Höhle, alles miteinander verbunden durch bienenwabenartige Gänge im Stein.

(Diese ... innerste Quelle. Können wir die anschauen?)

Sie hörte freundliches Lachen von einem Dutzend Talenki.

(Vielleicht wirst du eines Tages die Seele eines Meeresgeschöpfes betreten), sagte N'rrril, (die Luft reicht nicht hinab in das Zentrum, wo die Dizzies leben.)

(Die Dizzies?)

Die anderen konnten sich nicht zurückhalten. (Die Dizzies —) (— die Knoten der Tiefe —) (— der Ursprung dessen, was du —) (— Tachyonen nennst —)

(Danke), sagte N'rrril mit einer Spur von Spott zu den anderen.

(Die Dizzies sind ... tief in unseren Gesängen, sie sind ein Teil von dem, was uns treibt —)

(— uns Kraft gibt —) (— auf unserer Reise —)

(Sind sie Geschöpfe, diese Dizzies? Denkende Wesen?) fragte Mozy. (Ihr sagt ... sie seien der Ursprung eurer Tachyonen?) Plötzlich bemerkte sie einen leisen, ganz schwachen klagenden Ton, der aus dem Wasser drang. Ein Klang wie von sehr weit entfernten Harfen. Oder von Walen.

(Sie tragen unsere Lieder hinaus ins Universum), sagte N'rrril, und diesmal war es Mozy, die lachen mußte, denn sie war beeindruckt von der Ernsthaftigkeit ihres jungen Gastkörpers. (Ob sie etwas fühlen? Das ist schwer zu sagen), fuhr N'rrril fort.

(Unsere Lieder —) (— steigen aus —) (— ihren Seelen auf), sagten die anderen Stimmen.

Mozy schaute auf das Licht, das aus der Tiefe heraufglomm, und fühlte eine plötzliche Sehnsucht, und begann zu weinen und zu lachen, ohne daß sie wußte, warum, und erschreckte N'rrril, der alarmiert reagierte, aber sie sagte, es sei alles in Ordnung, nur hätte sie einen Wunsch. Sie fragte sehr schüchtern (N'rrril, könnten wir den Strand entlanglaufen? Mit den Füßen im Wasser, meine ich? Das Wasser zwischen den Zehen fühlen? Und dann einfach am Meer sitzen — nur so sitzen?)

Die Talenki lachten glockenhell. N'rrril lachte weniger

laut als die anderen, und Mozy spürte, daß er zögerte — er fürchtete sich ein bißchen vor dem Wasser.

Sie wollte gerade ihre Bitte zurücknehmen, als N'rrril zum Wasser ging und vorsichtig versuchsweise einen Fuß hineinsteckte, dann den anderen und das Wasser zwischen seinen Zehen fühlte. Mozy spürte, wie er nach Luft schnappte, aber dann Vergnügen empfand — und in ihr rührten sich Erinnerungen. Der Talenki watete nun tiefer und auf allen vieren ins Wasser, das ihn erfrischte und kitzelte. N'rrril lachte selbstbewußt, Mozy stimmte in sein Lachen ein, und dann liefen sie den Strand entlang, die Füße planschten in der warmen, klaren, leuchtenden See.

48

Payne schaltete den Außenborder ab und ließ das Boot fünfzehn Meter in Richtung des Strandes der winzigen Insel treiben. Der Schub reichte für diese Strecke noch aus; die Wellen schwappten gegen die Aluminiumhülle. Als die Schaukelbewegungen erstarben, hob Payne eine Hand, um seine Augen zu beschatten, und ließ seinen Blick über den Strand schweifen. Kiesstrand, Felsen, Bäume; kein Hinweis auf ein anderes Boot.

Er knöpfte sein Jackett auf und tätschelte die ausgebeulten Taschen mit den Recordern. Der Himmel war klar, ein paar Wolkenfetzen trieben im Wind. Payne stützte sich mit den Unterarmen auf das Steuerruder und fragte sich, was er anderes tun könnte als warten. Es fiel ihm nichts ein, also legte er den Kopf auf die Arme und überließ sich dem sanften Schaukeln des Bootes und den vermischten Gerüchen von Treibstoff und Wasser. Er hob seinen Kopf, weil er einen Ruf hörte. Ein Mann in einer braunen Jacke winkte ihm von einer kleinen Bucht aus zu. Payne drehte sich um, kippte den Motor aus dem Wasser und griff nach den Rudern. Vorsichtig, und ein bißchen nach dem Versuch-und-Irrtum-Prinzip brachte er einen Bogen zustande und ruderte, gelegentlich einen Blick über die Schulter werfend, zum Strand.

Der Boden knirschte auf dem Kies, der andere Mann griff sich seine Bugleine und hielt das Boot, während Payne heraussprang. Dann zogen sie zusammen das Boot auf den Strand. Sie schüttelten sich die Hände. »Joe Payne.«

»Jonders. Hatten Sie irgendwelche Probleme?«

»Nun, ich bin gegen ein paar Pfosten des Landungsstegs gestoßen, aber danach gab's keine Schwierigkeiten mehr.« Payne betrachtete sein Gegenüber, einen Mann mittlerer Größe, der eine Wildlederjacke trug, die ein bißchen zu elegant für Bootsfahrten und Wanderungen war. Er schien diesmal weniger distanziert und freundlicher, als Payne erwartet hatte.

»Wo ist Ihr Boot?«

»Auf der anderen Seite der Insel.« Jonders wies mit dem Daumen zu den Bäumen. »Ich wollte nicht, daß jemand sieht, wie wir beide hier ankommen.«

»Hab ich mir gedacht. Das ist nicht der übliche Weg, wie ich zu einem Interview komme.« In Paynes Tonfall hörte man seine Neugier mitschwingen.

Jonders zuckte die Achseln, was vielleicht Verlegenheit signalisierte. »Stehen wir nicht am Strand herum«, sagte er und zeigte auf den Wald. »Ich glaube, da droben ist es bequem genug.«

Payne machte eine Handbewegung. »Nach Ihnen.«

Sie fanden einen Platz, der mit Nadeln bedeckt und von großen Tannen umstanden war; von dort aus konnten sie gerade ein Stückchen von Paynes Boot sehen, glitzerndes Wasser und die dunkle Linie des Festlands drüben. Ihre Augen trafen sich einen Augenblick lang; Jonders grunzte und schaute weg. Payne wurde klar, daß Jonders äußere Ruhe täuschte. Vielleicht wurde das doch ein schwierigeres Gespräch, als er geglaubt hatte. Er zog einen Memo-Recorder heraus. »Fangen wir an?«

Jonders nickte, schaute aber mit gerunzelter Stirn und zusammengekniffenen Augen in die Bäume hinauf, statt etwas zu erzählen.

Payne wartete geduldig und unternahm dann einen Vorstoß: »Worüber wollten Sie mit mir sprechen?«

Jonders senkte seinen Blick, beugte sich vor und nahm einen Tannenzapfen auf, mit dem er herumzuspielen begann. »Ich sollte wirklich nicht mit Ihnen hier sein und sprechen. Das ist das eigentliche Problem.«

Payne zwinkerte. »Sie müssen mir aber etwas zu erzählen haben, sonst hätten Sie mich ja nicht angerufen.« Nicken. Ein Blick. Payne dachte bei sich, es sehe so aus, als müsse dieser Mann trotz allem erst einmal überredet werden.

»Es hat mit der Story zu tun, die Sie vor einer Weile im Fernsehen präsentiert haben«, sagte Jonders schroff. Er sah Payne an, aber durch ihn hindurch. Er konzentrierte sich mit zusammengepreßten Lippen. »Es ist schwierig, verdammt nochmal – wo soll ich anfangen? Da sind ... Punkte ... die mit äußerster Sorgfalt behandelt werden müssen.«

»Ist das was Neues?« dachte Payne. Laut sagte er: »Ich verstehe.«

»Ich frage mich, ob Sie's wirklich verstehen. Ich kann meinen Job und meine Freiheit allein dafür verlieren, daß ich mit Ihnen spreche.«

Payne versuchte, ihn zu beruhigen. »Ich kann Ihnen vollkommene Vertraulichkeit zusichern.«

Jonders quetschte seine Unterlippe zwischen Daumen und Zeigefingerknöchel zusammen. »Ich brauche mehr als das. Es muß – wie nennen Sie das – absolutes Hintergrundmaterial bleiben. Sie dürfen mich in gar keinem Zusammenhang irgendwie als Quelle nennen. Sie dürfen niemals meinen Namen auch nur erwähnen. Niemals. Ich versuche lediglich, Ihnen die richtige Richtung zu zeigen. Den Rest müssen Sie ganz allein erledigen.«

»Aber Sie halten es für eine wichtige Sache.«

»Lebenswichtig. Absolut. Sie werden aber tief graben müssen. Ich kann Ihnen nur einen kleinen Teil erzählen.«

Payne schwieg. Er war nicht überrascht; vielleicht war es ein Hinweis auf den explosiven Charakter der Geschichte, daß er ständig von Leuten abhing, die ihre Stellung riskierten, wenn sie ihm einen Hinweis gaben. Alvarest, Chang, Leute von der Raumstation, deren Namen er nicht einmal kannte – und jetzt Jonders. Unglückseligerweise wollte – oder konnte tatsächlich – keiner von ihnen in der Sendung genannt werden; und doch brauchte er harte Fakten. Er hatte eigentlich gehofft, Jonders würde sie ihm liefern. Andererseits war eine Quelle, die ihm die Generalrichtung und ein paar Tips lieferte, immer noch besser als gar nichts. Vielleicht würde es mit der Zeit klappen ...

Jonders sah ihn abwartend an.

Payne nickte zustimmend. »Ich anerkenne Ihre Standpunkt. Ich werde Ihren Namen nicht verwenden.«

»Oder mich als Primärquelle zitieren.«

Er stimmte zu, indem er nickte, dann machte er »Hm!«, als sei ihm gerade ein Gedanke gekommen. »Würden Sie mir Informationen bestätigen, die ich von anderswo bekomme?«

Jonders schürzte die Lippen. »Vielleicht. Aber rufen Sie mich auf keinen Fall am Arbeitsplatz an. Auch nicht zuhause.« Jonders legte mit konzentriertem Gesichtsausdruck sein Kinn auf seine Faust. Als er sich Payne zuwandte, schienen seine Augen wie verschleiert, brannten aber doch vor Intensität. »Reden wir nicht weiter herum. Sie fragten mich einmal nach einer jungen Frau namens Mozy ...«

Sie redeten eine Zeitlang, dann schwiegen sie und hörten dem Wind zu, und drehten nur einmal die Köpfe, als ein Eichhörnchen einen Baum hinaufkletterte und ein Vogel über ihnen aufflatterte. Payne schauerte; es war kalt, wenn man hier im Schatten der Bäume auf dem Boden saß, aber das war nicht der einzige Grund. Jonders hatte ihm weit mehr erzählt, als er erwartet hatte — genug, um ihn zu erschrecken. Die Story war nicht vollständig; aber was für eine Story war das! »Eine schreckliche Art zu sterben«, sagte er leise. »Der Polizeibericht war eher ...«

»Sie haben ihn gesehen?«

Er nickte. »Die Todesanzeige war gestern in meiner Nachrichtensammlung, und ich habe mir den offiziellen Bericht angesehen. Ich wollte ihn eigentlich ›vage‹ nennen.«

»Das ist eine sehr milde Bezeichnung dafür.«

Payne legte die Hände zusammen und preßte die Fingerspitzen gegen den Mund, während er nachdachte. »Sieht ganz so aus, als sollte hier alles vertuscht werden. Meinen Sie nicht auch?« Jonders zuckte die Achseln. »Ach hören

Sie mal. Ein ›Laborunfall‹? Die Polizei mußte kooperieren, damit alles ruhig blieb.« Keine Reaktion von Jonders. Payne fischte weiter. »Wie steht es mit der Familie? Wie hat sie reagiert?«

»Ich weiß es nicht.«

»Sie müssen doch etwas wissen. Hat man sie überhaupt verständigt?«

Jonders richtete sich unbehaglich auf. »Ja. Aber offensichtlich haben die andere Probleme. Der Vater liegt im Sterben, die Mutter ist krank und kann nicht herkommen. Und es sah von Anfang an nicht so aus, als hätten sie ein besonders herzliches Verhältnis gehabt.«

»Sehr günstig«, sagte Payne lakonisch, »das heißt, sie werden nicht herkommen und herumschnüffeln, also kann man die ganze Sache unter den Teppich kehren.«

»Jesus!« erwiderte Jonders heftig. »Sie sprechen, als sei das so beabsichtigt gewesen!«

Payne schwieg für einen Moment. »Tut mir leid.« Er kratzte sich an der Wange. »Aber hat man ihnen die ganze Wahrheit gesagt?«

Jonders schüttelte den Kopf.

»Ist das nicht eher — unvernünftig, möchte ich mal sagen?«

Jonders drehte sich langsam Payne zu. Er sah sehr zornig aus. Ein paar Herzschläge lang sahen sie sich in die Augen. Payne zögerte und fragte sich, ob er weiter vorstoßen sollte, um Jonders in die Enge zu treiben. Dann schaute Jonders weg und Payne begriff, daß der Zorn nicht ihm gegolten hatte, sondern jenen, die die Umstände von Mozys Tod vertuschten. Konnte er diesen Zorn irgendwie benützen? Sei vorsichtig, sonst verlierst du ihn, dachte er. Was war hier der Schlüssel — worüber möchtest du am meisten wissen? Über das Projekt.

Er räusperte sich. »Wie sicher sind Sie, daß sie tot ist?« fragte er leise.

Jonders fuhr herum. »Wie tot muß sie denn sein?«

»Ich meinte — im Computer.«

»Oh.« Jonders seufzte. »So sicher wir nur sein können. Das Raumschiff ist tot. Keine Telemetrie zeigte ein Ergebnis, weder mit Radiowellen noch mit Tachyonen noch sonstwie. Das ist aber inoffiziell. Sehr inoffiziell!«

Payne machte sich ein paar Notizen und dachte darüber nach, was Himmelsvater vor seinem Tod getan haben mochte. Jonders hatte eine präzise Antwort verweigert. »Was«, begann er, während er noch darüber nachdachte, wie er die Frage stellen sollte. Jonders blickte auf. »Was können Sie mir über das Projekt sagen?«

Jonders sah ihn besorgt an.

»Haben Sie Bedenken, daß Sie zuviel ausplaudern könnten?«

Jonders brummte.

»Aber Sie haben mir schon eine Menge erzählt, und ich möchte nur noch Klarstellungen. Darf ich Ihnen wenigstens ein paar Fragen stellen?«

Jonders betrachtete den Tannenzapfen in seiner Hand. Er sah wieder auf. »Sagen Sie mir, was Sie schon wissen.«

Payne fiel eine Menge ein, aber er wußte nicht, was er sagen sollte. Er wollte Jonders dazu bringen, offen zu sprechen, nicht wahr? »Ihre Mission war dazu bestimmt, einen Kontakt zu einer extraterrestrischen Intelligenz herzustellen«, sagte er.

Jonders schaute weg. »Nein.«

»Nein?«

Jonders' Gesichtsausdruck wurde beinahe finster. »Ich meine – fragen Sie mich das nicht. Ich kann Ihnen darüber absolut nichts sagen.«

»Dann bestreiten Sie es also auch nicht.«

»Ich sage überhaupt nichts darüber, gar nichts! Fragen Sie mich etwas anderes, verdammt nochmal.«

Payne nickte und notierte eifrig. Frag etwas Leichtes. »Diese Verbindungsprozedur ... «

»Ich kann Ihnen nicht viel sagen.«

»Ist das auch geheim?« Payne bemühte sich, Überraschung zu zeigen, obwohl er keine empfand. »Die Prozedur?«

Nicken.

»Mehr als die Sache mit Mozy?«

Langes Schweigen. Dann sagte Jonders grimmig: »Das war etwas anderes. Sie müssen keine Details über die Verbindung wissen, um zu begreifen, was mit Mozy passiert ist.«

Er ist zu nichts weiter zu bewegen, dachte Payne. Er wird nur über das Mädchen sprechen, nicht aber über die Mission. Das Risiko ist zu groß. Probier es anders. »Und nur ganz allgemein? Der Stand der Technik?«

Jonders zuckte die Achseln. »Was kann ich Ihnen sagen? Das Bewußtsein eines Menschen wird direkt mit einer Computermatrix verbunden, und durch diese mit einem anderen Bewußtsein.«

»Das haben Sie mir schon gesagt. Aber wie fühlt sich das an?«

Jonders starrte vor sich hin. »Das ist geheim.«

Payne hob die Augenbrauen und nickte. Eine weitere Notiz.

»Was geschieht als nächstes?« Rede, verdammt nochmal!

Leerer Gesichtsausdruck. Jonders sah ihn an, sah ihm zu, wie er kämpfte.

»Nach der Mission, meine ich. Wenn Himmelsvater im Eimer ist, dann muß es doch eine Fortsetzung geben. Um dieses Ding zu untersuchen. Was auch immer es ist, es ist nichts, was man ignorieren oder vergessen oder hoffen könnte, es verschwinde von selbst wieder.« Jonders sah ihn an, dann weg. Versuch es härter.

»Schauen Sie mal. Ein Kontakt mit Aliens — ich weiß, daß Sie das nicht gesagt haben — also ein Erstkontakt mit Leben von einem anderen Stern wäre absolut unglaublich und beispiellos ...«

Jonders reagierte scharf: »... und gefährlich!«

Payne war befriedigt. »So. Dann gibt es also eine Fortsetzung. Militärischer Natur?«

»Ich weiß nicht.«

Payne sah ihn an. In Jonders Blick lag etwas wie Ekel. »Wissen Sie es nicht? Oder können Sie es bloß nicht sagen?«

Jonders schaute zu Boden und ließ trockene Tannennadeln aus einer Handfläche in die andere gleiten. »Vielleicht beides.« Er sah auf. »Ich kann nur raten. Aber nein, ich weiß es wirklich nicht.« Er zuckte die Achseln und schaute auf das Wasser hinaus, und Payne dachte sich, daß in Jonders Blick etwas lag, das weit über die Bedenken, im Gespräch mit einem Nachrichtenmann erwischt zu werden, hinausging.

Das brachte ihn auf eine andere Idee.

»Würden Sie sie gerne treffen?«

Jonders war aufgestanden und ging nervös hin und her. »Wen?«

»Denine. Meine Freundin – Mozys alte Freundin, ihre beste vermutlich. Sie – ich glaube – sie wird herkommen, um zu helfen, Mozys Angelegenheiten zu regeln. Sie stand Mozy einmal näher als ihre Familie.«

Jonders sah alarmiert aus. »Sie dürfen ihr auf keinen Fall erzählen, was ich Ihnen gesagt haben!«

»Nein, nein!« sagte Payne hastig. »Es bleibt alles strengstens vertraulich. Nur – für sie wird es schwer sein ...«

Jonders sah ihn an, als frage er: »Was soll's?«

Bring diese Verbindung zustande; laß ihn jetzt nicht aus. »Ich verstand – ich glaubte verstanden zu haben, daß Sie sich Sorgen um Mozy machten. Denine tat das auch – und zwar sehr. Ich meinte, daß Sie sie vielleicht treffen möchten, weil Sie beide mit ihr befreundet waren. Das ist alles.«

Jonders stand breitbeinig da und wippte auf den Fußballen, offensichtlich unentschieden. »Ich weiß nicht«, sagte er, »ich weiß nicht. Vielleicht sollte ich das tun ... vielleicht.«

Der Mann am Landungssteg band Jonders Boot zwischen den anderen Mietbooten fest und winkte ihn ins Büro, wo ihm ein gelangweilter junger Angestellter die Rechnung gab. Jonders steckte sie ein, ging hinaus und blickte über den See. Draußen kreuzten einige Boote. War Payne schon zum Hafen auf der anderen Seite des Sees zurückgekehrt? Und war er, Jonders, zu paranoid gewesen, daß er einen so obskuren Platz für das Gespräch ausgesucht hatte? Es hatte sicher etwas Melodramatisches an sich, aber es war ihm lieber, er wurde für verrückt gehalten als tatsächlich mit dem Journalisten entdeckt. Das Risiko bestand immer. Angenommen, dieser Sicherheitsmensch Delarizzo hatte jemanden auf ihn angesetzt?

Angenommen, du bringst dich vor Sorgen ins Graben, frozzelte er sich selbst. Er zuckte die Achseln und ging zum Auto. Es war eine dreiviertelstündige Fahrt zurück nach New Phoenix, aber er bemerkte kaum den Samstagsverkehr ringsum, weil er über die letzten Stunden nachdachte. Es gab keinen Weg zurück. Wenn das Laboratorium etwas davon herauskriegte, war seine Karriere beendet. Aber er konnte nicht damit leben, daß Mozys Tod vertuscht und alles verschwiegen wurde. Was die Aliens betraf – darüber würde er nichts sagen, deswegen nichts riskieren. Die Geschichte war ihm zu groß – da konnte zuviel passieren – und wenn er Andeutungen machte, konnte er gleich alles erzählen. Er hoffte, daß dieser Payne auch diese Sache an den Tag bringen würde – aber nicht mit seiner Hilfe. Eine dringendere Frage war jetzt, ob er diese Denine treffen sollte oder nicht. Das konnte Ärger geben, und Paynes Manipulationsversuch war offensichtlich gewesen. Und trotzdem gefiel ihm diese Idee irgendwie gar nicht so übel. War es ein Schuldgefühl? Oder wirklich Sorge um Mozy? Er würde sich bis Dienstag entscheiden müssen, weil er dann wieder Payne anrufen sollte.

Zur Abendessenszeit war er in der Lage, seine Bedenken zu verbergen, und dachte sich, das zu tun sei auch das Beste. Nach dem Abendessen, als die Mädchen zu Freundinnen gegangen waren, sah er sich mit Marie die Nachrichten an; sie korrigierte nebenher. Und ihm gelang es, die Sache fast völlig aus seinen Gedanken zu verdrängen.

Allerdings nur, bis Nachrichten von Geo-Vier kamen, und im Bericht behauptet wurde, daß ein Raumschiff für eine Mission tief im Raum vorbereitet worden sei. Der Zweck der Mission wurde nicht bekanntgegeben, aber der Reporter stellte verschiedene beunruhigende Fragen.

Marie warf ihm einen fragenden Blick zu, aber er zuckte nur hilflos die Achseln. Er konnte raten, aber er nahm an, daß er Payne die Wahrheit gesagt hatte: Er wußte im Grunde auch nicht mehr als jeder andere.

49

»Tut mir leid, John — was sagtest du gerade?« Johanson drehte sich freischwebend langsam von dem Fenster weg, aus dem er die Aktivitäten rund um die Kolonie beobachtet hatte. Da draußen ging es zu wie in einem Bienenstock, die Metallkonstruktionen, die die kugeligen Einheiten verbanden, leuchteten in der Sonne. Irwins Apartment war eng, dunkel und zellenhaft.

Irwin runzelte in der gegenüberliegenden Ecke des Zimmers die Stirn und tippte mit dem Finger auf einen winzigen Computer, der zwischen strickleiterartigen Bücherborden angebracht war. »Ich wünschte, du hörtest zu, wenn man mit dir redet«, sagte er gereizt.

»Ich habe mich ja entschuldigt. War ein harter Tag heute.«

»Du blockst ab, Robert. Du meinst, du hättest einen harten Tag gehabt. Warte mal.« Er blickte auf den Schirm und tippte ein. Johanson wartete. Er fühlte sich todmüde, nachdem er gerade von einer langen Schicht zurückgekommen war, vor der er schon zu wenig geschlafen gehabt hatte. Irwin räusperte sich und sagte: »Nach einem Informanten auf Geo-Vier wird Aquarius sich mit thermonuklearen Sprengköpfen auf die Reise machen.« Er ließ die Finger auf den Tasten liegen und sah Johanson durch seine Brille ernst und gequält an.

Johanson konnte zunächst einmal gar nicht reagieren. Er war schockiert und dachte gleichzeitig, er sollte nicht geschockt sein. Schließlich war Aquarius ein bemanntes Raumschiff, und wenn es aufbrach, um auszuführen, was die unbemannte Sonde Himmelsvater nicht geschafft hatte, dann war das klarerweise eine militärische Operation. Und doch ... es gab Gesetze und ethische Vorschriften. Nukleare Sprengköpfe? Er ließ den Fenstersims los und trieb langsam auf Irwin zu. Er fühlte sich irreal. »Bist du sicher?«

Irwin wandte sich wieder seinem Schirm zu. »Es ist nicht bestätigt worden. Das ist unser nächstes Problem.« Irwin nahm die Brille ab und putzte sie. Er war ein Gelehrter, schlank und drahtig, der immer ein wenig fehl am Platz schien, wenn er bei Null-Schwerkraft umherschwebte. Er sah zu fein und mit seinen grauen Haaren auch zu alt aus, um in einem der spartanischen Heime der wissenschaftlichen Kolonie zu leben — und doch wohnte er nun schon seit Jahren hier, seit er seine Stellung als Chefphysiker bei Tachylab verloren hatte. Irwin hielt seine Brille ins Licht und blies Fusseln weg. »Ich möchte, daß du mit den anderen sprichst. Wir müssen einen Weg finden, diese Nachricht bestätigt zu kriegen.« Er setzte die Brille wieder auf und sah Johanson an.

»Großartig. Und wie?«

Irwin ignorierte die Frage und wandte sich wieder dem Computer zu. »Wußtest du, Robert, daß ›Aquarius‹ in der Pop-Kultur ein Name für ein neues Zeitalter war, von dem vor sechzig oder siebzig Jahren viele glaubten, es habe begonnen und werde ein Zeitalter des Friedens und des Vertrauens sein? Es bezog sich natürlich auf das astrologische Zeichen, aber viele nahmen die Sache wirklich ernst.«

Johanson seufzte. »Ja, weiß ich. Aber was hat das damit zu tun?«

»Sie sollen verdammt sein dafür, daß sie dem Schiff so einen Namen gegeben haben«, sagte Irwin, vor Ärger zitternd. Er schüttelte heftig den Kopf. »Wir müssen an Bord, wenn irgend möglich. Ich weiß nicht, ob es hinhaut — das Schiff ist wahrscheinlich gut bewacht.«

Johanson schnaubte. »Da bin ich mir sicher. Hör mal, John — das wäre doch eine gravierende Verletzung internationaler Verträge, oder?«

Der Physiker schwieg für einen Moment. Dann zitierte er mit geschlossenen Augen: »Offensivwaffenpakt Mexiko City, 2017, verbietet Waffen zur Massenvernichtung im Weltraum. Der Frieden-im-Weltraum-Vertrag von Colombo aus dem Jahre 2023 bestätigt die friedliche Zusammenarbeit aller Nationen im Raum. Der U.N.-Raumhabitat-Verteidigungsvertrag von 2027 erlaubt nur Verteidigungsmaßnahmen mit nicht-nuklearen Waffen.« Er öffnete die Augen. »Ich bin nicht sicher, ob dieser Trend ermutigend ist, aber diese Verträge bestehen jedenfalls.«

»Könnten wir dann nicht gesetzliche Maßnahmen ergreifen?«

Irwin seufzte angewidert. »Das würde ewig dauern — selbst wenn wir harte Beweise hätten. Bis dahin wäre es viel zu spät.«

»Ja.« Johanson sah sich den Computerschirm an. Er war mit mathematischen Gleichungen gefüllt, »Was ist das?«

»Ich versuchte auszurechnen, bei welchem Grad man einen Sprengkopf durch seine Strahlungsemission erkennen könnte. Aber das nützt vielleicht nichts, wahrscheinlich haben sie sie gut abgeschirmt.« Irwin tippte auf ein paar Tasten, woraufhin ein Diagramm anstelle der Gleichungen erschien. »Das ist die Hierarchie der Autorität von Geo-Vier. Wer über die Waffen Bescheid weiß, und wer ihren Gebrauch kontrolliert.« Irwin kratzte sich an der Brust. »Ich fürchte, das ist nicht auf dem neuesten Stand — aber es könnte immer noch nützlich sein, um herauszufinden, wer Bescheid weiß.«

Johanson nickte und rieb sich das Kinn. »Ja. Ich habe nicht viel Hoffnung, daß wir in die Nähe des Schiffs gelangen können. Diskrete Fragen sind vermutlich unsere einzige Chance.« Er stieß sich zurück und geriet in eine Zone modrig riechender abgestandener Luft, worauf er sich wieder ins Zentrum des Raumes beförderte.

»Angenommen, wir kriegen eine Bestätigung«, sagte Irwin, »was dann? Unsere Tips hatten bisher nicht viel Wirkung. Der Reporter, mit dem Ellen gesprochen hat, ist unglaublich vorsichtig. Ich frage mich, ob wir nicht etwas Dramatischeres unternehmen sollten.«

Johanson lachte bitter. »Was zum Beispiel? Sollen wir uns vor dem Schiff auf den Boden legen?«

Irwin warf ihm einen verständnisvollen Blick zu. »Vielleicht etwas in dieser Art. Vielleicht könnten wir mit einem kleinen Schiff in die Nähe fliegen – irgendetwas, um Aufmerksamkeit zu erregen – damit ganz sicher Fragen gestellt werden müssen.«

Johanson drehte sich der Magen um. »John, ich würde gerne am Leben bleiben, und – wenn möglich – auch außerhalb eines Gefängnisses.«

Irwin antwortete ungeduldig: »Das ist eine sehr viel größere Sache als unser beider Existenz, oder auch die von uns sechs.«

»Vielleicht. Oder nicht vielleicht – sicher sogar. Aber mir scheint sie nicht so eindeutig zu sein. Verträge oder keine, die Leute könnten das für außerordentliche Umstände halten.«

Irwin sah bestürzt aus. »Was willst du damit sagen – daß du mit diesem Irrsinn einverstanden bist?«

»Nein ...«

»Du sagtest eben ...«

»Daß es unbekannt ist. Auch für uns. Umsomehr für den Rest der Welt.«

»Dann sollen wir also mit voller Feuerkraft losziehen?«

»Das habe ich nicht gesagt, verdammt nochmal.«

Irwin spähte über seinen Brillenrand. »Nichtsdestoweniger verteidigst du ihre Aktionen.«

»Ich verteidige gar nichts«, sagte Johanson gereizt. »Ich versuche nur, realistisch zu sein. Ich weise darauf hin, daß viele Leute einen Plan unterstützen werden, der sagt, wenn sich uns etwas von Andromeda nähert ...«

»Es kommt nicht von Andromeda, es kommt von Serpens. Aus der Richtung des Sternbilds Schlange.«

»Die meisten Leute würden den Unterschied nicht erkennen. Es geht darum: Wenn etwas aus dem All zu uns kommt, und wir wirklich nicht sagen können, was es ist und ob es uns freundlich gesinnt sein wird oder nicht ...«

Irwin sagte säuerlich: »Wenn sie nicht freundlich wären, hätten sie uns nicht zwei Jahre früher kontaktiert, um uns vorzubereiten.«

Johanson zuckte die Achseln. »Die meisten Menschen haben davon nichts erfahren. Ich versuche nur herauszustreichen, wie die Leute reagieren werden. Ich sagte nicht, daß die Aliens nicht freundlich sein werden, sondern nur, daß es rationale Argumente dafür gibt, eine Verteidigung zu ermöglichen.«

»Verteidigung? Mit Waffen, die eine Stadt zerstören können? Robert, du enttäuscht mich«, sagte Irwin verärgert.

»Alles, was ich sagte«, schrie Johanson zurück, »war, daß man darüber reden müsse! Wenn du nicht so verdammt eingebildet wärst und zugeben würdest, daß es vielleicht mehr als eine Sichtweise in dieser Sache gibt ...«

Irwin schnaubte. »Denk einmal zwanzig Jahre zurück! Denk an die achtzehn Millionen Menschen, die aufgrund solcher Sprengköpfe gestorben sind, und es brauchte dazu nur einen einzige Trottel, der sie abfeuerte. Dieselbe Mentalität sagt: Aliens kommen! Nehmen wir unsere Bomben und fahren ihnen entgegen!«

Johanson fehlten zunächst die Worte. Schließlich sagte er: »John, du bist ein brillanter Physiker, aber du bist der sturste Mensch, den ich kenne. Warst du schon so, als du noch das Labor geleitet hast? Dann kann ich verstehen, warum sie wollten – unterbrich mich nicht! –, es ist Zeit, daß man dir das einmal sagt!« Irwins Miene wurde steif, er blinzelte. »Du willst einfach nicht zuhören, verdammter Stukopf – wenn du dir einmal eine Meinung gebildet hast, zählt keine andere mehr. Nun, vielleicht könntest sogar du noch etwas Neues lernen, wenn du einmal jemand anderem zuhörst.« Er griff nach einem Bücherbord, um sich zu stabilisieren, denn in seiner Aufregung zuckte er umher wie ein Guppy.

Eine Minute lang sahen sich die beiden nicht an; dann erstarb der Streit so schnell, wie er begonnen hatte. Irwin grunzte und begann wieder seine Brille zu putzen.

»Wie auch immer. Wir müssen jedenfalls herausfinden, ob es wahr ist«, sagte Johanson.

Das unbehagliche Schweigen hielt an, bis Irwin sagte: »Sag mir, was du wirklich glaubst, Robert. Sollte man dieses Schiff ziehen lassen — so, wie es ist?«

Johanson betrachtete einen Augenblick das Gesicht des Wissenschaftlers und entschied für sich, daß der verwirrte Ausdruck auf Zerknirschung zurückzuführen war. »Nein«, sagte er langsam, »ich glaube, ich weiß nicht, ob es so losziehen sollte oder nicht, aber ganz sicher sollte es das nicht geheim tun. Ist nicht das unsere Hauptsorge — daß Entscheidungen ohne Verfahren und Verantwortlichkeit getroffen werden?«

Irwin polierte weiterhin seine Brille und sah dabei aus wie ein neugeborenes Hündchen, das in die Welt blinzelt. »Vielleicht ist es das.«

»Dann laß uns erst einmal die Fakten klären! Okay?«

Irwin setzte die Brille wieder auf. Die Verlegenheit war verschwunden. »Ja. Es würde uns sehr viel helfen, wenn wir wirklich wußten, was mit Himmelsvater passiert ist.« Er suchte Johansons Blick. »Meinst du nicht auch?«

Johanson stieß sich wieder zum Fenster hinüber. Ein Sonnenstrahl beleuchtete jetzt eine Zimmerecke. Staubteilchen trieben in ihm. »Ja«, sagte Johanson. Er fühlt sich plötzlich deprimiert, überwältigt von der Größe der Kräfte, gegen die sie antreten wollten. Welche Chance hatten sie wirklich? Seit ihre Anzapfung des Tachyonenstrahls entdeckt worden war, hatten Mark und Alicia und er nur noch wenig über Himmelsvater erfahren. Obwohl sie das Tachyonenrelais überwachten, fehlte ihnen der Zugang zu den Informationen aus der Verbindung. Und nun schwieg auch die Verbindung selbst, weil die Sonde offensichtlich versagt hatte. Und was die Transmissionen der Aliens betraf — seit der letzten waren Wochen vergangen.

»Robert.« Als Johanson sich umdrehte, schwebte Irwin dicht hinter ihm, das bebrillte Gesicht im Schatten und eine Zartheit in seiner Art, von der vorher nichts zu bemerken gewesen war. Johanson fühlte eine gewisse Spannung in der Atmosphäre. »Ja, John?«

»Robert ...« Irwin hatte die Augen halb geschlossen. »Robert, du hattest recht ... weißt du ... mit dem, was du gesagt hast ... warum ich gefeuert wurde ...«

»Vergiß es! Ich hätte nicht davon anfangen sollen. Wir waren beide aufgeregt, das ist alles.«

»Vielleicht ... kennst du auch einen der anderen Gründe.«

»Was ...?«

»Einen viel wichtigeren Grund, obwohl niemand etwas darüber gesagt hat ...«

Johanson sah zu, wie ein kleines Shuttle sich einer der anderen Wohnungskugeln näherte. Er wollte nicht antworten, fühlte aber Irwins Blick im Nacken. »Meinst du deine sexuelle Präferenz?« fragte er leise.

Irwin schaute aus dem Fenster und nickte.

»Ja«, sagte Johanson. »Ich weiß. Es ist eine verdammte Schande, das als Waffe gegen jemanden zu verwenden ...« Er zuckte die Achseln, weil er nicht wußte, was er noch sagen könnte.

»Diese ... Dinge verlaufen zyklisch, hat man mir gesagt«, meinte Irwin blinzelnd. Er seufzte und flüsterte: »Robert, ich wollte nur einfach einmal sagen ... daß du ein sehr angenehmer und feiner Mensch bist. Wir haben nie darüber gesprochen ... aber ich möchte, daß du weißt ... wenn du jemals willst ...«

Johanson fühlte, daß er rot wurde, während er den Kopf schüttelte, weil er begriff, was Irwin gleich sagen würde.

»Johan, ich bin nicht ... das ist nicht meine ...«

Irwin starrte ihn an.

»... Präferenz«, sagte Johanson heiser. Er räusperte sich zweimal.

»Ja, natürlich.« Für einen Moment sah man die Enttäuschung auf Irwins Miene, dann verbarg er sie. »Nun ja. Ich schätze, du sprichst jetzt besser mit den anderen, wie du sagtest. Gib mir dann Bescheid.«

Johanson zögerte, dann nickte er und stieß sich in Richtung Ausgang ab. Sein Scooter war an einem Servicezugang in der Außenröhre angedockt, die Irwins Blase mit den anderen verband. An der Tür drehte er sich nochmals nach Irwin um, der jetzt im goldenen Sonnenlicht schwebte. »Wir werden uns etwas ausdenken«, sagte er.

Irwin sah ihn geistesabwesend an und nickte. »Wir finden heraus, was mit Himmelsvater passiert ist«, murmelte er.

Johanson öffnete die Luke und schwebte hindurch. Die Tür schloß sich hinter ihm, während er in den leeren Zugang trieb.

50

Sie war nun schon seit einiger Zeit wieder bei Bewußtsein. Gefühle fluteten und ebbten in ihr wie Gezeiten. Zorn, der erst ein gefrorenes Potential gewesen und jetzt ein heißer elektrischer Impuls war, schmolz in kleinen Bächen weg. Manchmal war alles dunkel und getrübt vor Wut; zu anderen Zeiten gab es Nebel und Tränen. Auch Freude trat auf dieser Palette wie Nektar in Erscheinung — süß, kühlend, beruhigend. Ungeduld war eine Flamme, Neugier ein Stachel. Gefühle aller Art tanzten in ihr durcheinander wie Dampfschwaden.

Talenkiblut rann nun in ihren Adern, und das war es wohl, was die Differenz ausmachte. Es war das Blut, das organische Medium, der Transporteur für Sauerstoff, Glukose, Hormone und chemische Transmitter — der ständige lebenserhaltende Kreislauf, den Schaltkreise zwar nachahmen, aber nicht wirklich duplizieren konnten — das jetzt ihre Emotionen steuerte. Kadin war ein sorgfältig konstruiertes Wesen, säuberlich zusammengesetzt und sorgfältig getestet, klüger und mit weit mehr Wissen ausgestattet als sie; und doch hatte er versagt. Was hatte ihm gefehlt, das sie besaß? Eine Erinnerung an das Gebräu, aus dem das richtige Leben entstanden war, schäumend und erhaltend, kämpfend und wachsend? Sie war sich nicht sicher, aber etwas, das in der Molekularmatrix des Computers hart und kalt in ihr geworden war, hatte sich neu belebt. Es war etwas Subtileres als nur die Gefühle selbst: Die Antwort auf emotionale Reize, vielleicht das Zusammenspiel von Geist und Körper. Ihre Stimmungen nahmen an Tönung und Farbe zu und gingen ineinander über; es kam jetzt kaum noch zu einem plötzlichen Wechsel, zu jenen Gefühlen, die durch elektrische Ladungen sozusagen ein- und ausgeschaltet worden waren.

Talenki-Konversation umgab sie murmelnd und flüsternd in ihrem Nachdenken. Sie saß in einer ruhigen Nische des Geist-Netzes, ihr Gedächtnis und Geist waren irgendwo im Zentrum der pilzförmigen Geschöpfe oder ›Warzen‹, um die sich so viele Talenki in der zentralen Kammer drängelten. Die Warzen schienen so etwas wie der Zentralprozessor in der Struktur des Geist-Netzes zu sein, und waren, wie man ihr gesagt hatte oder wie sie zumindest glaubte, erfahren zu haben, der genetische Ursprung der Faune — vielleicht ein intermediäres Stadium im Fortpflanzungszyklus der Talenki. Die Warzen, die als einzelne kaum wahrnehmungsfähig waren, verbrachten den größten Teil ihres Lebens vereint und bewegungslos im Netz, ihre Fähigkeiten vereinten das gemeinsame Bewußtsein, das von der Gemeinschaft multipliziert und von den Faunen verstärkt wurde, die ihre Gedanken in das Netz einspeisten. Die intellektuelle und gefühlsmäßige Kapazität des Netzes schwankte, je nachdem, wie viele Talenki sich anschlossen oder weggingen; aber selbst auf der niedrigsten Ebene war es einfach verblüffend, wenn man es mit dem State-of-the-art-Computer von Himmelsvater verglich. Auf jeden Fall funktionierte es als eine Art Erinnerungsbecken und als Verknüpfungspunkt für alle gemeinsamen Aktivitäten auf dem Asteroiden.

Mozy fragte sich, ob seine Reichweite in Wirklichkeit nicht wesentlich größer war.

(Darf ich mich ... deinen Gedanken anschließen?)

(Was?) Sie hatte nicht bemerkt, daß ein Talenki in ihre Gedanken spähte.

(Es ist schwer zu verstehen, was du denkst.)

Sie schwieg für einen Augenblick. (Kann man denn hier überhaupt nie eine Minute privat verbringen?) fragte sie dann scharf.

Der Talenki zog sich unter Entschuldigungen zurück — es war N'rrril. Sie mußte lachen und rief ihn zurück, und eine Sekunde später waren verschiedene andere Talenki da, die auch mitlachen wollten. Sie bewillkommnete sie, wünschte sich aber insgeheim, sie könnte mit N'rrril allein sein. Eine Art Freundschaft war zwischen ihnen beiden entstanden, seit sie die Meeresküste entlanggestreift waren. Er war so ernsthaft, fast ein wenig gravitätisch, und so jung — und so sanft und zögernd in seinen Kontakten, ganz anders als die anderen.

Nun ja, jetzt waren sie alle da und vielleicht war sie ohnehin mit ihren Gedanken schon lange genug allein gewesen, und es war Zeit, einen weiteren Blick um sich zu werfen. Jemand hörte diesen Gedanken, denn Stimmen erhoben sich zu einer Debatte, dann fühlte sie etwas wie das Dröhnen einer Trommel; Bilder begannen in ihr aufzublitzen, wie Holos aus der Werbung, eines nach dem anderen — Talenkiskulpturen, ein Zoo, purpurne Wälder ... Wau! sagte sie, lachte zuerst, dann verging ihr das Lachen. Ihre Gedanken wurden weggefegt von einer Art chaotischen Kinos, einem Bildersturm aus Dutzenden Hirnen gleichzeitig. Die komplexe Vision geriet völlig durcheinander, die Gesichtspunkte multiplizierten sich und explodierten. Bilder schossen wie ein Wildbach an ihr vorüber. Ihr Anker wurde weggerissen, sie fühlte sich von dem Strom mitgenommen, außer Kontrolle, taumelnd, umgeben von:

... Schluchten ...

... Dschungel ...

... Sternenlicht durch zerklüfteten Stein ...

... Riesenwellen ...

... einem Turm gegen den Himmel ...

... dem Blick einer Schlange ...

... gedankenverlorenen Steinmetzen ...

... Dämmerungseinbruch in den Bergen ...

... ziehenden Vögeln ...

(Was passiert da?) rief sie leise. Keine Antwort — niemand hörte sie. Jetzt verwischte sich alles, sie konnte nicht einmal die Szenen unterscheiden, die vorüberzogen, und wo war sie nun eigentlich, stand sie oder fiel sie? Fallen ... sich überschlagen ... ein Angststurm dröhnte in ihren Ohren, betäubend und immer noch lauter werdend. (Bitte aufhören), bat sie, aber niemand konnte sie hören, auch nicht, falls überhaupt jemand lauschte. Alles wurde durch das Dröhnen und Donnern ausgelöscht, es war wie ein Alptraum, in dem sie vor einem unerbittlichen Verfolger davonlief ... lief und lief ... Ihre Stimme war nur noch ein Wimmern, aber dann gelang es ihr zu schreien (Bitte aufhören!)

(Aufhören?)

(AUFHÖREN!)

(AUFHÖREN!!)

Jemandem flossen die Tränen aus den Augen, irgendwo, als die Bewegung aufgehört hatte, wie ein gigantisches vieldimensionales Karussell, das sich in Raum und Zeit drehte, ganz allmählich auslief. Die Bilder hörten auf, leuchteten aber in ihrem Bewußtsein nach.

Tränen flossen. Wessen Tränen?

Irgendwo murmelten Stimmen. Unruhe. Verwirrung. Streit. Eine Stimme flüsterte leise mit ihr, so nahe, daß es befremdete. (Es tut mir so leid, sooo leid ...) Sie zitterte und verstand kaum, aber nach und nach beruhigte sie sich und merkte, daß die Stimme verstummt war. Sie hörte nur leise zischende Geräusche. Tränen. Sie atmete tief, holte Kraft aus jemandes schmerzenden Lungen. Und jetzt wußte sie, wessen Lungen. (N'rrril?) flüsterte sie. (Bist du da?) Ein paar Sekunden lang gab es nur angespannte Stille, bevor ihr Talenki-Freund antwortete. (Soooo leid tut mir das.)

Stille umgab sie, und sie stieß N'rrril leicht an, und er erwiderte die Geste. Zwei Kätzchen, die es sich gemütlich machen wollen.

Erstaunte Stimmen unterbrachen die Stille. War sie unglücklich? Was war falsch? Wollte sie mehr? N'rrrils Stimme stotterte eine Erwiderung, zu schnell, als daß sie ihr hätte folgen können. Eine rauhe Antwort, auf die N'rrril neuerlich etwas sagte. Es sah aus, als gäbe es Streit ihretwegen.

Sie meldete sich schnell zu Wort. (Was war ... waren alle diese ... habe ich Szenen aus eurer Welt gesehen?)

(Hier –) (– dort –) (– überall –) ertönte ein Chor von Talenki-Stimmen. (Wir können dir mehr – und schneller – zeigen –) (Nein!)

Schmeichlerisch: (Zwei –) (– auf einmal –) (– nur zwei?)

(Wie kann ich denn zwei gleichzeitig – ?) Aber das Karussell drehte sich schon wieder, diesmal mit langsameren Bildern. Ihre Proteste wurden nicht berücksichtigt und sie bemühte sich, zwei Gesichtspunkte simultan einzunehmen, zwischen dem einen und dem anderen hin- und herwechselnd, die Aufmerksamkeit mal hier- mal dorthin gerichtet. Sie konnte nur die Bilder wahrnehmen, die auftauchten, zum Denken blieb keine Zeit:

– leuchtende Teppiche –

– neblige, grüngoldene Gewässer hinter einem Palmenstrand, springende Fische –

– Grotten in zerklüftetem Stein, von mittlerweile längst verschwundenem Wasser ausgewaschen und geformt –

– die Schwärze des leeren Weltraums und die zerrissene Landschaft eines Asteroiden, auf dem sich etwas erhob –

(Halt! Was war das?)

– eine innere Kammer, Talenki-Handwerker an der Arbeit –

(Zurück bitte!)

Die Kammer verschwand, und sie sah wieder die Asteroidenoberfläche und ein großes Objekt, das silbern und golden im Sternenlicht leuchtete. (War es die ganze Zeit da?) flüsterte sie erstaunt.

Lachen. (Wo sonst –) (– sollte es –) (– gewesen sein?)

Natürlich. Es schockierte sie, wie wenig sie in der letzten Zeit an Himmelsvater gedacht hatte. Fragen ergaben sich jetzt, Fragen, die sie schon längst hätte stellen sollen, die lange schlafend gelegen waren. Wo waren sie überhaupt? Im Sonnensystem? Auf einer Bahn zur Erde? Was würde bei ihrer Ankunft geschehen? Oder waren sie schon angekommen?

(Fragen!) (Fragen!) (Noch mehr Fragen!)

(Ihr hättet auch Fragen, wenn man euch auf ein fremdes Raumschiff shanghait hätte!) schrie sie.

(Das ist der Grund —) (— warum wir dich —) (— aufgeteilt haben!)

(Um mich verrückt zu machen?)

(NEIN!!!) schrien alle zusammen.

Die Perspektive wechselte plötzlich, und sie bemerkte, daß der Innenraum wieder sichtbar wurde, aber ständig zusammenschrumpfte, während sich das Äußere ausdehnte, und dann wurde ihr klar, daß sie diese Wechsel kontrollieren konnte. Sie ließ das Innere zu einem winzigen Punkt zusammenschrumpfen, worauf es dann so war, als stünde sie allein draußen und betrachtete dieses unbeholfene Biest, das Raumschiff Himmelsvater. Es kam ihr schrecklich traurig vor, traurig und schweigsam, bewegungslos, die Triebwerke verstummt, die Seele verloren. War es wirklich tot? fragte sie sich. Aus einem Impuls heraus versuchte sie, ein altes Bild zu rekonstruieren — die Schiffsbrücke, den Sitz des Himmelspiloten. Einen Moment schimmerte es um sie herum, die Asteroidenoberfläche wurde durchsichtig, das Raumschiff verschwand und begann sie zu umhüllen; aber dann schnappte alles in den vorigen Zustand zurück. Widerstrebend gab sie auf. Die Zeit für die Schiffsbrücke war vorbei; es war nun alles anders geworden für sie.

(Es gibt —) (— viel mächtigere Bilder —) (— die du erzeugen kannst), sagten ihre Gastgeber.

Oh?

(— sobald —) (— du unsere Fähigkeiten —) (— erworben hast —)

Oh. Sie verdängte den Gedanken an die Brücke, blieb aber, wo sie war, und betrachtete die Sterne über dem Raumschiff. (Sind wir immer noch in Richtung Erde unterwegs?)

Die Talenki schickten ihr neuerlich Bilder: Ein Asteroid schwebte durch das All, passierte die Schwerkraftwellen der großen äußeren Planeten und kam einer gelblichen Sonne immer näher; Botschaften wurden zur Erde geschickt, an alle Orte, wo man die Existenz von Leben verspürte – zu einer kalten Welt am Rande des Alls, zum Mond des Planeten mit den meisten Ringen, zur Sonne selbst. Vorbereitungen zur Ankunft, geheime und geheimnisvolle Vorbereitungen, steigende Dringlichkeit.

Mozy war über all das verwundert. Was für Vorbereitungen? Wann würden sie ankommen? Wieviel Zeit war eigentlich seit ihrem Tod vergangen?

Darauf bekam sie keine Antwort, und sie bemerkte, daß sich die Aufmerksamkeit der Talenki momentan anderen Dingen zugewandt hatte.

Spielt es wirklich eine Rolle? dachte sie sich. Sie machte ohnehin Geschichte, in gewisser Weise, wenn auch die Menschheitsgeschichte nicht länger ihre Sache war, oder sie kein Teil von ihr. Sie war etwas Neues, Andersartiges, nicht ganz Menschliches, mehr und gleichzeitig weniger als ein Mensch. Jedenfalls war das, was sie jetzt tun wollte, genau hierzubleiben und sich vorzustellen, sie läge am Hang eines Hügels, allein, in einer sternklaren Nacht, die Luft erfüllt vom Geruch des Klees und des Grases, über ihr das gestirnte Firmament. Wenn N'rrril ihr dabei Gesellschaft leisten wollte, war das gut so. Sie dachte, sie könnte die ganze Nacht damit verbringen, der Erde den Rücken zuzukehren und diese wundervollen Sterne zu zählen.

51

Payne saß in seinem Motelzimmer am Schreibtisch und tippte in seinen Computer.

»TAGEBUCH, 18. Dezember 2034:

Verschiedene Fragen bleiben offen. Der offizielle Bericht schreibt ihren Tod einem ›Schock und Herzversagen‹ zu, ohne nähere Details anzugeben, und erwähnt die strengsten Geheimhaltungsbestimmungen des Zentrums. Polizisten, mit denen ich sprach, äußerten sich vage darüber, ob SLRC alle Umstände bekanntgegeben hätte und gaben nur konkret an, daß die üblichen Prozeduren erfolgt seien. Überhaupt keine Erklärung gab es für den Zeitraum von zwei Wochen zwischen Mozys Tod und der öffentlichen Bekanntgabe.

Informationen aus meiner Quelle Phoenix-1 (siehe unter File PHOENIX-1-INTERVIEW) werfen neue Fragen auf. Mozy wurde im Zentrum zwischen dem Gehirnscanning-Zwischenfall und ihrem Tod einige Wochen festgehalten, angeblich in einem katatonischen Schockzustand und unter Aufsicht eines erfahrenen Psychiaters. Haben vielleicht die Zuständigen im SLRC versucht, kriminelle Fahrlässigkeit zu decken?«

Er hielt inne und fluchte. Das Display seines Computers flackerte. Verdammter Mist! Er schlug gegen die Seite des Geräts, bis das Flackern aufhörte, und fuhr dann fort: »Phoenix-1 ist meine einzige Quelle im SRLC, und ich darf sein Vertrauen nicht mißbrauchen. Das ist das Wichtigste. Ich erwarte ängstlich seine Entscheidung Denine betreffend.

Ich habe Denine nur die offizielle Version von Mozys Tod gegeben, aufgrund meiner Vereinbarung mit Phoenix-1. Denine besucht gerade die Moi-Familie in Kansas City und kommt dann nach New Phoenix. Mrs. Moi hatte sie um ihre Hilfe bei der Regelung von Mozys Angelegenheiten gebeten. (Notiz: Es könnte brauchbar sein, das Familienmilieu, aus dem diese junge Frau kam, zu beschreiben: Mittelklasse, beide Eltern berufstätig, hängen nicht sehr aneinander; Vater stirbt an Krebs. Es sieht aus, als hätten sie kaum irgendwelche Anstrengungen unternommen, Kontakt mit ihrer weggezogenen Tochter zu unterhalten. War Mozy ein unerwünschtes Kind? Eine finanzielle Belastung? Ein Fehler? Ende der Notiz.) Fernsehperspektive. Mozys Story ist die persönliche Tragödie, über die alle anderen Gesichtspunkte vermittelt werden. Das muß der Kernpunkt aller weiteren Recherchen sein. Wie genau war ihre Verbindung zu Himmelsvater und seiner Mission? Was bedeutet es, im Computer eines Raumschiffs zu ›leben‹? Was das betrifft, muß ich ihre Gefühle begreifen, das ist das Herz ihrer Story, nicht die anderen Punkte.

Zusammenhänge. Meine tägliche Suche nach Schlüsselworten im Polizeibericht ergab gestern das Verschwinden eines gewissen Hoshi Aronson, früher AI-Programmierer am SLRC. Sein Vorgesetzter: Bill Jonders. Laut Polizeibericht wurde Mr. Hoshi Aronson kürzlich aus dem New University Hospital entlassen, nachdem man ihn wegen der Fehlfunktion eingepflanzter Sehelemente operiert hatte. Vor ein paar Tagen erschien er nicht zur vorgeschriebenen Nachuntersuchung. Mr. Aronsons Arzt äußerte Besorgnis über die Möglichkeit weiterer psychotischer Episoden.

(Notiz: Öffne neues File: HOSHI ARONSON, weitere Daten müssen erst gesammelt werden, Ende der Notiz.) Er versuchte, seinen Patienten zu kontaktieren, scheiterte dabei und verständigte die Polizei und die Behörden im SLRC. Die Polizei öffnete am 12. Dezember 2034 Mr. Aronsons Wohnung und fand Anzeichen dafür, daß sie seit mehreren Tagen leerstand. Ein älterer Nachbar berichtete, daß er vor zwei oder drei Abenden mit Aronson gesprochen habe, wobei dieser irgendwie geistesabwesend und apathisch gewirkt hatte.

Eine Untersuchung der Speicher in Mr. Aronsons Heimcomputer führte zur Auffindung eines Tagebuches mit einer merkwürdigen letzten Eintragung, die die Polizei nicht unbedingt als Abschiedsbrief eines Selbstmörders verstehen wollte. (Diese Informationen habe ich von einem Polizisten, den ich kürzlich kennengelernt habe; der Öffentlichkeit stehen diese Details nicht zur Verfügung.) Ein Auszug aus den letzten Eintragungen samt Tippfehlern etc. lautet:

> *Ich brenne für dich. Es gibt keine Zukunft mehr für mich, nachdem du deine hinter dir gelassen hast. So sorgfältig war es geplant, da gab es nichts, was ich sorgfältiger hätte tun können. Es sollte ein Kunstwerk sein, ein Triumph der Wissenschaft und der Liebe! Du solltest nicht sterben — nein, du solltest nicht sterben!*
>
> *Es war alles für dichxxxxxxxxx*
>
> *Warum versuche ich, die Wahrheit zu verbergen? Sie kann nicht versteckt werden — sie wird immer entdeckt. Also dann: Wahrheit. Das System war nicht getestet, das Risiko groß. Ich wußte das. Aber ich dachte nur an ein Mißgeschick, nicht an Tod. Ich bin bestürzt, ich schäme mich.*
>
> *Wie ich dich haßte! Und liebte. Aber du — du liebtest ihn mehr.*
>
> *Auge um Auge, ein Tod für den anderen. Das ist das Gesetz. Vergib mir, meine Liebe.*
>
> *Gott möge mir vergeben.*
>
> *Frieden.*
>
> *Ich wünsche mir sehnlichstxxxxxxxxx*

Die Polizei hat einen Bericht veröffentlicht, aber seltsamerweise nicht die Absicht, die mögliche Beziehung zwischen dieser Eintragung und dem Tod von Mozelle Moi zu untersuchen. Offensichtlich haben sie alles den Bundesbehörden übergeben. Was Hoshi Aronson betrifft: die Notiz ist offensichtlich von einer gestörten Persönlichkeit verfaßt. Sind seine neuralen Implantationen wieder durcheinandergeraten, oder gibt es tiefergehende Störungen? (Notiz: Neurochirurgen nach seiner Meinung fragen. Ende der Notiz.)«

Der Bildschirm flackerte wieder, und Payne schlug dagegen. Er mußte das verdammte Ding reparieren lassen — aber er konnte nicht wochenlang darauf warten, weil er es zur Arbeit brauchte. Er fuhr sich mit den Fingern durchs Haar und stand auf, um eine weitere Tasse Instant-Kaffee zu trinken. Nachdem er ein paarmal im Zimmer umhergelaufen war, setzte er sich wieder an den Computer.

»Zusammenfassung: Zu viele unbeantwortete Fragen im SLRC. Kein Fortschritt bei der Bestätigung eines Kontakts mit Aliens. Aber wenn Himmelsvater, wie offiziell behauptet, eine Sonde zur Untersuchung von Kometen ist, wo sind dann die wissenschaftlichen Daten? Die paar veröffentlichten Berichte werden von meinen wissenschaftlichen Gewährsleuten als eher verwirrend denn informativ bezeichnet.

Ich muß Phoenix davon überzeugen, daß ich mehr Informationen brauche — durch den persönlichen Kontakt, durch seine Schuldgefühle wegen Mozy. Durch Dee. (Notiz: Phoenix unbedingt wegen Hoshi Aronson befragen! Ende der Notiz.)«

Payne rieb sich die Augen. Es war spät, er war groggy, und vom Kaffee hatte er Sodbrennen. Seufzend speicherte er seine Eintragungen und sicherte sie; dann ging er den Text neuerlich durch, strich die privaten Fußnoten und übermittelte diese Version an Teri in New Washington. Als er fertig war, streckte er sich auf dem Bett aus, immer noch voll bekleidet, und dämmerte vor sich hin.

»Das ist alles so morbid«, murmelte Denine, während sie hilflos in den Papieren in Mozys Schreibtisch herumstöberte.

Halbausgefüllte Schulinskriptionen, Einkaufslisten, Notizen.

»Warum geben wir nicht einfach alles in eine Schachtel und schicken es den Mois?«

»Weil wir nicht wissen, was wir finden könnten«, sagte Payne. Sie hatten den größeren Teil des Nachmittags damit verbracht, Mozys Dinge durchzugehen, zu sortieren und in Schachteln zu verpacken; den Vormittag hatten sie bei Gericht verbracht, um mit Hilfe der Vollmacht von Mrs. Moi für Denine offiziell die Wohnung aufsuchen zu dürfen. Die Luft in der Wohnung war abgestanden: Alles war mit dem seit Wochen angesammelten Staub bedeckt. Payne sah die Büchertitel auf den Regalen durch: Mozy schien gerne Belletristik gelesen zu haben, insbesondere Liebesromane und Fantasy.

»Schau dir das an.« Denine wedelte mit einem Blatt. »Das ist ein Zettel von jemandem namens Mardi, einer Freundin von ihr, nehme ich an. Datiert mit November, dem vierzehnten.

Payne nahm den Zettel und las ihn.

Mozy — du wirst dich fragen, was mit deinen Mäusen passiert ist. Ich habe sie bei mir zuhause, nachdem ein Freund von dir namens Hosey (?) mich angerufen hat. Ich werde es dir erklären. Mardi. P.S.: Wo bist du eigentlich?

»Das ist schon ziemlich verdreht«, sagte Denine ärgerlich, »hat sie nicht einmal ihrer Freundin gesagt, daß sie im Labor arbeitete? Was für ein Spielchen spielte sie eigentlich?«

Payne versuchte, beiläufig zu klingen, als er das Thema wechselte. Denine hatte einen schwierigen Besuch bei den Mois hinter sich — und früher oder später würde sie ohnehin die volle Wahrheit erfahren müssen; aber im Moment konnte er sein Versprechen Jonders gegenüber nicht brechen. »Zumindest erklärt das die Sachen für Haustiere auf dem Tisch. Mäuse also.« Er warf wieder einen Blick auf den Zettel. »Kennst du diese Person?«

Denine schüttelte den Kopf. »Vielleicht eine Schulfreundin, nach deiner Zeit?«

Denine zuckte die Achseln. Sie hatte jetzt einen Briefumschlag in der Hand. Sie öffnete ihn und nahm den Brief heraus. »Hier ist etwas von Mozys Schwester, worin sie ihr über Mr. Moi Bescheid gibt«, sagte sie, während sie ihn flüchtig durchlas. »Sie sagt ihr, sie solle heimkommen. Ziemlich kaltschnäuzig. Macht keinen Vorschlag, selbst nach Hause zu kommen, sagt nur Mozy, sie solle anreisen.« Denine warf den Brief angeekelt auf den Tisch. »Ich schätze, das hat sie wirklich in Rage versetzt.«

Payne studierte immer noch den Text des ersten Zettels. Hosey. Hoshi? »Ich frage mich, ob in Mozys Telefonverzeichnis die Nummer dieser Mardi steht.« Er sah sich um, fand das Com-Gerät und schaltete es ein. »Wenn ich gerade davon rede: vielleicht sind Botschaften gespeichert.« Er drückte auf einen Knopf. Nur eine Nachricht erschien — eine von der Telefongesellschaft:

> BITTE BEACHTEN SIE: IHRE ZAHLUNG IST ÜBERFÄLLIG. IHR GERÄT IST ABGESTELLT, BIS DIE ZAHLUNG EINTRIFFT. ZUR WIEDERINBETRIEBNAHME RUFEN SIE BITTE IHREN ZUSTÄNDIGEN VERTRETER UNTER 1-2-3-4 AN. ANRUFE AN DIESE NUMMER WERDEN ERST NACH BEZAHLUNG DER AUSSTÄNDIGEN GEBÜHREN WIEDER MÖGLICH SEIN. VIELEN DANK.

Denine schnaubte. »Warum läßt du es nicht sein? Wir müssen hier sowieso alles außer Betrieb setzen.«

Payne kratzte sich am Bauch. »Ich würde gerne mit dieser Mardi sprechen, wenn ich sie erreichen kann.« Er zögerte und preßte dann die ersten vier Knöpfe der Tastatur. Der Schirm flammte auf und BITTE WARTEN erschien, dazu blechern klingende Musik und die Skyline von New Phoenix. Payne klopfte ungeduldig mit dem Fuß auf den Boden. Schließlich erschien anstelle des BITTE WARTEN eine attraktive Blondine.

»Hallo«, sagte sie melodiös, »ich bin Sandy, vom New Phoenix Com Service. Vielen Dank für Ihren Anruf.«

»Hallo«, sagte Payne, »ich wüßte gerne ...«

Die Frau sprach ohne Unterbrechung weiter. »Wenn Sie anrufen, um eine Rechnung zu bezahlen, dann sagen Sie bitte ZAHLUNG. Wenn Sie wegen einer Rechnung anfragen, sagen Sie bitte ANFRAGE. Und wenn Sie aus einem anderen Grund anrufen, dann sagen Sie bitte ANDERES. Sprechen Sie bitte deutlich. Danke.«

»ANFRAGE«, sagte Payne irritiert.

Es blitzte, und der Schirm teilte sich längs der Mittelachse. Auf der linken Seite sprach immer noch dieselbe Frau. »Vielen Dank. Ihre ausständige Rechnung wird nun auf der rechten Bildschirmseite gezeigt. Wenn Sie möchten, daß ich Sie Ihnen laut vorlese, sagen Sie bitte LESEN.«

Payne las die Rechnung schweigend. Sie listete zwei Monate Lokalgebühr, ein paar Fernanrufe und die Gebühr für einen unbenützten Anschluß an ein Netz für Interaktives Schreiben auf.

»Willst du das zahlen?« knurrte Denine.

»Das ist der einzige Weg, auf dem ich zu ihren Aufzeichnungen und Nachrichten komme. ZAHLEN.«

»Mmpf. Wofür ist das gut? Für Mozys Familie, die sich nicht noch weniger um sie kümmern könnte — oder für deine Story? Sie ist tot. Warum läßt du die Sache nicht ruhen?« In ihrer Stimme klang eine gewisse Schärfe mit.

Payne sah sie unangenehm berührt an. Er wünschte sich, ihren Zorn mit der richtigen Antwort besänftigen zu können. »Ich muß alles erfahren, was möglich ist«, sagte er schließlich und wußte, daß das keine befriedigende Antwort war.

Die Frau am Telefon begann wieder zu sprechen. »Wenn Sie Ihre Zahlung jetzt leisten wollen, sagen Sie bitte ZAHLEN. Wenn Sie mehr Information wünschen, sagen Sie ...«

»ZAHLEN!« schrie Payne.

Der Schirm flackerte. »Wünschen Sie, daß alle Funktionen voll wiederhergestellt werden? Dafür müssen Sie die volle Gebühr für den nächsten Monat zusätzlich entrichten. Wenn Sie das tun möchten, sagen Sie bitte ...«

»NEIN«, knurrte Payne.

»Danke. Sie können gleich mit Ihrem zuständigen Vertreter sprechen. Es war ein Vergnügen, Ihnen behilflich zu sein.«

Payne fluchte, während ein neues BITTE WARTEN auf dem Schirm erschien. Schließlich kam ein richtiger Mensch auf den Schirm und Payne konnte erklären, worum es ihm ging. Es gab einiges Hin und Her, aber schließlich stimmte er zu, daß er die ausständige Rechnung plus die Gebühren für zwei weitere Wochen zahlen würde. Mit einem Glockenklang erschien FUNKTIONSFÄHIGKEIT WIEDERHERGESTELLT auf dem Bildschirm.

»Kannst du dieses Geld als Spesen verrechnen?« fragte Denine von der Couch, auf die sie sich mittlerweile gesetzt hatte.

»Vielleicht. Man muß in diesem Geschäft bereit sein, ein paar Groschen zu riskieren.«

»Es ist also geschäftlich.«

»Ja, zum Teil«, erwiderte er und wunderte sich, warum er dabei Schuldgefühle hatte. Er drückte den Knopf für gespeicherte Nachrichten. Es waren mehrere da, solche von Mozys Mutter, die von ihm und Denine von vor ein paar Wochen, weiters zwei von einer jungen Frau, von der er annahm, daß es Mardi sei. Er schaute Mozys Telefonliste durch und fand Mardis Nummer. Er schrieb sie heraus und wählte sie dann.

Eine Frau mittleren Alters meldete sich. »Hallo?«

»Kann ich bitte Mardi sprechen?«

Die Frau verschwand und eine jüngere erschien — dasselbe Gesicht, das Payne in den hinterlassenen Botschaften gesehen hatte. Er stellte sich und Denine vor und erklärte, was sie taten. »Sie haben gehört, was geschehen ist?« Mardi nickte. »Wir sind jetzt in ihrer Wohnung. Wir haben einen Zettel gefunden, den Sie ihr hinterlassen haben. Nun ja. Wir versuchen herauszufinden, was zuletzt geschehen ist, verstehen Sie? Auf Ihrem Zettel steht, daß Sie sich um Mozys Mäuse kümmern?«

»Das stimmt«, sagte Mardi, »aber sie hat mich nicht angerufen. Es war ein Freund von ihr — ich habe den Namen vergessen ...«

»Hoshi?«

»Ja, genau.«

»Hoshi Aronson?«

»Ich weiß nicht. Spielt es eine Rolle? Er rief mich an und fragte mich, ob ich mich um sie kümmern könnte.«

»Ich verstehe. Dann haben Sie also die Springmäuse noch?«

»Mhm. Möchten Sie sie zurückhaben?«

»Nein, vielleicht sollten Sie sie überhaupt behalten — wenn es Ihnen nichts ausmacht.« Payne warf einen Blick auf Dee, die die Achseln zuckte.

»Klar«, sagte Mardi. Nach einer Pause sagte sie: »Ich hatte geglaubt, Mozy sei heimgegangen, zu ihren Eltern, oder sowas. Ich hätte nie gedacht ...« Ihre Stimme brach.

»Verstehe«, sagte Payne. »Hat Mozy jemals diesen Hoshi Ihnen gegenüber erwähnt?«

»Vielleicht einmal oder zweimal. Als Arbeitskollegen.« Mardi sah unglücklich drein. Sie starrte Payne an. »Habe ich Sie nicht schon einmal irgendwo gesehen?«

»Vielleicht im TV. Ich bin Reporter.«

Mardis Augen wurden groß. »TV! Machen Sie eine Story über Mozy?«

Payne erklärte, daß er sowohl professionelle als auch persönliche Interessen hätte. »Können Sie uns etwas darüber sagen ... wie es in ihrem Leben aussah, wie beispielsweise Sie beide miteinander auskamen?«

»Mozy und ich?« Mardi starrte ihn verwundert an und einen Moment lang sah es aus, als würde sie gleich in Tränen ausbrechen. Statt dessen begann sie plötzlich zu erzählen — über die Zeit, die sie als Klassenkameradin Mozys verbracht hatte, über Mozys abrupten Schulbesuchsabbruch, darüber, wie sie sie verlassen hatte, indem sie erklärte, jetzt ganztägig arbeiten zu müssen, und wie sie dann verschwunden war, ohne auch nur vorher noch einmal anzurufen. Und dann schließlich, Wochen später, Mardis Mutter, die ihr sagte, sie habe Mozys Todesanzeige in der Zeitung gesehen.

Als sie das alles erzählt hatte, weinte sie, und Denine versuchte, sie zu beruhigen. Schließlich vereinbarten sie, sich innerhalb der nächsten paar Tage persönlich zu treffen.

Danach saßen Payne und Denine eine Weile da, sahen sich in der durchwühlten Wohnung um, blickten einander an und schließlich hielt Payne Denine in den Armen, die zitterte und die angesammelte Anspannung und den Kummer loswerden mußte. Schließlich richtete sie sich auf, wischte sich die Tränen weg und sagte: »Bringen wir diesen Mist zu Ende.« Sie wandte sich wieder den halbgefüllten Schachteln zu.

Payne kniete neben ihr und half. Eine Zeitlang arbeiteten sie schweigend. Dann räusperte er sich. »Wenn du das aushältst — da wäre noch jemand, von dem ich gerne möchte, daß du mit ihm zusammentriffst.«

Denine legte einen Moment ihren Kopf auf die Arme. Dann seufzte sie, schaute mit rotgeränderten Augen auf und fragte: »Und wer ist es?«

»Ein Mann namens Bill Jonders. Nein, vergiß das — er ist einer meiner Informanten. Sein Name ist Phoenix. Ja, Phoenix.«

Allmählich wurde es dunkel in dem Motelzimmer, aber niemand schaltete das Licht ein. Die Kaffeekanne war leer. Jonders bemerkte diese Dinge nur beiläufig, ebenso wie sein Sodbrennen. Er hatte sich in einen Stuhl gefläzt und fragte sich, wohin das alles führen solle.

Payne blätterte gedankenverloren in seinen Notizen. Seine Freundin Denine saß auf einem der beiden Betten und hatte die Knie hochgezogen und das Kinn daraufgelegt. Seltsamerweise fühlte sich Jonders zu ihr hingezogen.

Sie war deprimiert und verärgert, aber das konnte er ihr nicht vorwerfen. Sie sah aus, als hätte sie genug gehört. Genug gehört? Er hatte nicht die Absicht gehabt, ihr überhaupt etwas zu erzählen.

Er wußte, daß er spätestens in ein paar Stunden die Entscheidung, die er vorhin getroffen hatte, sehr in Frage stellen würde. Aber jetzt war es schon passiert — und eine weitere Person wußte die Wahrheit über Mozy.

»Wenn ihr etwas zugestoßen ist, mit welchem Recht haben Sie es dann vertuscht? Mit welchem Recht? Was soll dieser Bockmist über ihr Herzversagen?« Sie war vor seinen Augen zu einem Tiger geworden, nachdem ihr Unglauben erst angewachsen war bis zu einem Punkt, an dem er in Zorn umschlagen mußte.

»Ich ...« — er vermied es, Payne in die Augen zu sehen — »ich darf nicht mehr sagen.«

Denines Augen funkelten vor Wut. »Nicht einmal Ihren Namen, he?« sagte sie sarkastisch.

»Mein Name ist Jonders.«

Denine schien ihn nicht gehört zu haben. »Sie war einmal meine beste Freundin«, flüsterte sie.

»Ich weiß.« Auch er dämpfte seine Stimme.

Denines nächster Satz war fast ein Aufschrei. »Das Mädchen ist tot, um Himmelswillen!«

Vielleicht hatte er schon gewußt, daß er die Entscheidung treffen würde; vielleicht war das auch gar nicht nötig, aber ein paar Augenblicke später, als Payne ihn mit einer direkten Frage nach der Verwicklung Hoshi Aronsons — den er Payne gegenüber niemals erwähnt hatte — in die Angelegenheit erstaunte, drehte er sich um und bat Denine um ihre Zusage, nichts auszuplaudern ...

»Was ich kaum glauben kann«, sagte Payne, und Jonders sah auf, in seinem Gedankengang unterbrochen, »ist die Tatsache, daß Mozy in so etwas wie dieses Gehirnscanning, gefährlich wie das war, einfach so hineingegangen sein soll, aus keinem anderen Grund als dem blinder Verliebtheit.«

Denine zog ihr Haar zurück zu einem Pferdeschwanz und sagte: »Das kann ich schon von ihr glauben. Sie wissen nicht, wie stur sie sein konnte. Wenn Mozy geglaubt hat, sie sei in jemanden verliebt, und das könne sie zusammenbringen ...« Sie zuckte die Achseln.

»Ich glaube nicht, daß sie begriffen hatte, wie experimentell all das war«, sagte Jonders. »Wir haben nie mit ihr darüber gesprochen, aber es war ja kein Zufall, daß wir es nicht mit einem Menschen ausprobiert haben. Es gab zuviel Variablen, die wir nicht kontrollieren konnten.«

Payne klopfte ungeduldig mit seinem Stift auf den Tisch. »Aber hatten Sie denn nicht die ganze Zeit über Verbindungen hergestellt?«

»Sicher — aber das war sehr viel weniger intensiv. Wir haben verschiedene Änderungen in der Verbindung durchgecheckt und uns um Einzelheiten gekümmert. Aber das Gesamtscanning war noch in einem sehr frühen Entwicklungsstadium.« Jonders ballte die Hand zur Faust. »Hoshi wußte das. Das macht es so erstaunlich.«

»Er war in Mozy verliebt. Stimmt's?« sagte Denine.

»Offensichtlich. Er hielt das gut verborgen.«

»Aber die Menschen tun manchmal merkwürdige Dinge, wenn sie verliebt sind.« Denine schüttelte den Kopf. »Jesus. All diese Jahre, in denen sie alles getan hätte, wenn sich nur jemand in sie verliebt hätte. Und dann das. Ich würde wetten, daß sie niemals auch nur bemerkte, daß dieser Typ in sie verliebt war.« Sie putzte sich die Nase, stand vom Bett auf und ging ins Bad.

Es entstand ein unbehagliches Schweigen. Payne öffnete einen Ordner und nahm ein Stück Papier heraus. »Haben Sie das gesehen?«

Jonders las, die Augen wegen der Dämmerung zusammengekniffen. Es war ein Auszug aus Hoshis Tagebuch. »Wo haben Sie das her?« fragte er erstaunt.

»Ein Informant bei der Polizei. Sie wissen, daß er verschwunden war, nehme ich an.«

»Ich hörte davon. Aber nichts über das da.« Er las noch

einmal. *Auge um Auge, Tod um Tod.* »Er hat es sehr schwer genommen, das weiß ich. Aber das ...«

»Was, glauben Sie, wird er tun?«

»Ich fürchte mich, es mir vorzustellen.«

Payne nickte, ging zum Fenster und sah die Skyline von New Phoenix an. Das Motel lag in den Hügeln am Stadtrand. Die Sterne wurden gerade am Nachthimmel sichtbar. »Wo sind sie?« fragte er leise.

»Wer?«

»Die Aliens.«

Jonders schluckte trocken, sagte aber nichts. Payne drehte sich um und sah ihn fragend an. »Ich habe es ihnen gesagt: Es gibt nichts, was ich Ihnen darüber erzählen könnte«, sagte Jonders.

Payne sah ihn weiter an, und Jonders blickte zur Tür des Bads. Selbst wenn er sich bereit fände, mit Payne über die Aliens zu sprechen, so würde er es doch auf keinen Fall in Denines Anwesenheit tun. Er hatte die Grenzen des für ihn vernünftigen Verhaltens ohnehin schon überschritten, indem er in dieses Motelzimmer gekommen war, trotz aller Vorsichtsmaßnahmen, die er dabei getroffen hatte. Und er hatte Denines Versprechen, über Mozy zu schweigen, akzeptiert.

Aber er würde nicht über die Aliens sprechen. Das war einfach ein zu heißes Eisen.

Payne schien diese Grenze zu akzeptieren. Er schaute wieder aus dem Fenster. »Wo ist Himmelsvater jetzt?«

»Serpens Cauda – der Schwanz der Schlange. Das ist in der Milchstraße. Sie können es jetzt nicht sehen, es ist eine Sommerkonstellation.«

Payne nickte und schaute in den Himmel hinauf, offenbar ganz verzaubert von dem, was er dort erblickte. Als Denine aus dem Bad kam und die beiden im Dunkeln sah, griff sie nach dem Lichtschalter, zog dann aber ihre Hand zurück und setzte sich wieder auf das Bett, auf dem sie zuvor gesessen hatte. Da saß sie nun schweigend, als wünschte sie nichts mehr von dem zu hören, was an Unerfreulichem noch nicht ausgesprochen worden war.

52

Seit er die Straßen verlassen hat, ist es nicht mehr so einfach, den Weg zu finden — aber das macht nichts. Er wird es schaffen. Was getan werden muß, wird getan werden. Die Schuld wird gebüßt werden.

Der Wüstenboden ist hart und trocken, die Sonne steht hoch über den Bergen, ist aber wirklich noch nicht allzu heiß. Mit den Augen geht es jetzt wieder schlechter: Kakteen und Gebüsch scheinen wie Staubteufel zu tanzen und ihren Standort zu wechseln, wenn er umherschaut. Er könnte sich die Augen richtig einstellen lassen, vielleicht mit einem kleinen Eingriff nur, aber wozu? Wenn er jetzt tut, was er tun muß, wozu muß er da besser sehen? Es würde es vielleicht ein bißchen einfacher machen, das mag sein, aber er ist nicht hier, um es sich einfach zu machen.

In einiger Entfernung bildet sich eine langgezogene Staubwolke. Einen Moment lang kann er sie klar sehen, indem er blinzelt und zwinkert, dann verschwindet wieder alles hinter einer Art Schleier, der ihn neuerdings fast ständig einhüllt. Es war ein Fahrzeug, das auf einer der alten Landstraßen fährt. Als er noch einmal scharf sieht, ist das Auto verschwunden. Gut, denkt er sich. Wo er hingeht, ist kein Platz für andere. Er bleibt parallel zur Straße. Ein Schritt nach dem anderen. Harter Boden, die Beine ein wenig unsicher. Füße und Knöchel schmerzen. Immer in derselben Richtung, wie die Straße läuft.

In einem so desolaten Zustand ist es schwierig, sich zu orientieren; aber beschwer dich nicht über Einsamkeit, das ist der Grund, weswegen du hier bist. Durst ist allerdings etwas anderes. Die Wasserflaschen sind jetzt leer, die Kehle ist ausgetrocknet, der Körper schreit nach Flüssigkeitszufuhr. Wenn er erst einmal am Ziel ist, spielt das alles keine Rolle mehr, aber er muß hinkommen, bevor der Durst ihn fertigmacht.

Muß vorher hinkommen!

Zwinkert, versucht den Schleier über seiner Wahrnehmung abzuschütteln, versucht scharf zu sehen, die Richtung zu halten. Einen Fuß vor den anderen setzen!

Er ist aus dem Becken in niedrige Hügel gelangt, als die Sonne in einem blendenden Finale hinter den Bergen versinkt. Ob er in der Nacht weitergehen kann, weiß er nicht genau, aber er will jedenfalls noch höher hinauf kommen, bevor es dunkel wird. Wenn seine Orientierung stimmt, müßte das die letzte Hügelkette sein. Er kletterte einen mit Dornengestrüpp bewachsenen Abhang hoch, da rutscht er aus und schlägt mit dem rechten Knie gegen einen Felsblock. Der Schmerz fährt ihm ins Hirn hinauf, eine Zeitlang kann er nur keuchend dasitzen und sein Bein umklammern, während der pulsierende Schmerz nachläßt. Als er schließlich wieder auftreten kann, zwar nicht schmerzlos, aber halbwegs erträglich, humpelt er den Abhang hinauf und folgt oben eine Zeitlang dem Rücken des Hügels. Der Himmel ist jetzt dunkel, vielleicht könnte man schon die Sterne sehen, aber er sieht nichts außer völlig verwischten Umrissen. Mit einiger Anstrengung gelingt es ihm, den Boden zu seinen Füßen zu erkennen.

Da windet sich ein alter, kaum sichtbarer Pfad durch ein Tal zwischen den Hügeln. Trotz der Schmerzen in seinem Knie folgt er ihm und stellt nach einer Weile fest, daß das, was er für einen Weg hielt, ein ausgetrocknetes Bachbett voll großer Steine und trügerischer Windungen ist. In der tiefen Dämmerung scheint sich die Landschaft zu bewegen wie ein phantasmagorischer Traum. Er könnte Halt machen; aber das scheint kein Platz, um Schutz für die Nacht zu suchen, hier mitten auf dem Highway zur Hölle. Weiter! Als er den Gipfel erreicht, ist es endgültig dunkel geworden, aber seine Sinne scheinen sich verbessert zu haben. Er fühlt, wie sich das Terrain ändert — ein plötzliches Ansteigen des Hanges hier, eine Änderung in den Kurven dort, ein Unterschied in der Reibung der Kiesel unter seinen Füßen, größere Schwärze in der Dunkelheit vor ihm; da ist kein Wegweiser, aber er bleibt stehen und kriecht dann, das eine Knie möglichst wenig belastend, und tastet sich vor, fühlt dabei nur Leere vor sich. Er ruht sich aus, reibt sich die Augen, bedeckt sie mit den Händen, holt tief Atem. Als er die Hände sinken läßt und zwinkert, den Brennpunkt ein paarmal hin- und herzoomt, wird er mit einem Augenblick klarer Sicht belohnt. Sterne glänzen am Himmel, um ihn glüht geisterhaft das Land in Infrarot, und direkt vor ihm ist Dunkelheit, leere Dunkelheit.

Natürlich gibt es mehr als das zu sehen, aber er muß noch einmal seine Augen einstellen; dann sieht er auch in dieser Dunkelheit etwas, ein Bild, hauptsächlich in Infrarot. Eine meilenweite Ebene. In der Entfernung ändert sich das Glühen irgendwie, schaut krankhaft aus — oder vielleicht ist das auch nur eine Einbildung von ihm. Das Glühen, die Krankheit, die da draußen existiert, ist nichts, was ein menschliches Auge sehen könnte, auch nicht seine unmenschlichen, technisch veränderten Augen.

Da liegt er jetzt vor ihm, der Krater von Phoenix, düster leuchtend in einer Strahlung, die dem normalen menschlichen Auge unsichtbar ist. Er kriecht zurück, tastet hinter sich nach einem flachen Sitzplatz. Dann sitzt er lange Zeit bewegungslos da, schaut, denkt. Denkt an eine Stadt, die einst auf dieser Ebene stand. Eine Stadt, in der Hoshi Aronson geboren wurde, vor siebenundzwanzig Jahren. Eine Stadt, die nun in Asche und Trümmern liegt.

Er denkt an seine Heimkehr.

Nach einiger Zeit bemerkt er, daß er friert, und sucht seine aluminiumbeschichtete Überlebensdecke heraus, die er klein zusammengefaltet in seinem Rucksack hat. Er öffnet sie, zieht sie eng um seine Schultern und fühlt sich nach einer Weile etwas wärmer. Er denkt über Leben und Tod nach, wie er dasitzt und die Stätte betrachtet, auf der einst Phoenix, Arizona, stand — vor dem Großen Fehler, dem Monströsen Irrtum, dem Schrecken von 2015, und dann denkt er an ein anderes Sterben, Milliarden Meilen von hier entfernt, und noch ein weiteres, nur einige zehn Meilen von seinem derzeitigen Standpunkt, aber beide von ihm verursacht. Sein Denken ist jetzt völlig klar, ohne Selbstbeschuldigung, die Zeit dafür ist vorüber; jetzt ist es nur noch eine Bestätigung von dem, was gewesen ist, und von dem, was kommen wird. Klarheit ist das Wichtigste. Er hat Tage gebraucht, um so weit zu kommen, und am nächsten Tag wird seine Reise beendet sein. Es ist eine Heimkehr, ein positiver Akt, eine Bestätigung des Lebens. Ein Sühneopfer, eine Anerkennung der Heiligkeit des Lebens, das genommen worden war.

Kein Schlaf kommt heute nacht über ihn. Er sitzt wachend da, den Hunger bemerkt er jetzt kaum noch, der Durst hat nachgelassen, seit die Sonne untergegangen ist. Der Mond steigt groß hinter ihm auf und erhellt die Landschaft mit seinem kalten Licht. Keine Lichter von Menschenhand sind irgendwo in der Ebene zu sehen. Dieses Land ist verlassen worden; aber er muß es wieder in Besitz nehmen, seinen Geburtsort, wo er das Geburtsrecht hat. Die Stadt ist dahin, nur noch eine Erinnerung und ein Gedenken an den Schrecken, die Sonnen, die nur sekundenlang glühten, aber Zehntausende töteten, augenblicklicher Tod und schleichender Tod. Dann gab es ein New Phoenix, diesmal nicht aus der Asche entstanden, sondern auf unverseuchtem Land, Meilen entfernt. Die Bomben waren zu schmutzig gewesen, und viele Jahre würden vergehen, bis der Boden unter der Asche wieder harmlos war. Daß die Stadt hätte gerettet werden können, war der schrecklichste Gedanke von allen. Die Laser in den Umlaufbahnen waren allzusehr damit beschäftigt gewesen, New York und Houston, Chicago und Silicon Valley zu verteidigen — und natürlich Washington, aber es waren einfach zu viele auf Washington gerichtet worden, und ein paar waren durchgekommen — und Phoenix, nun Phoenix stand einfach nicht weit genug oben auf der Liste der geschützten Städte.

Der achte Jahre alte Hoshi war zu dieser Zeit nicht in der

Stadt gewesen, sondern mit Onkel Jim und Tante Edna in den Bergen. Aber er hatte in jenem Augenblick in diese Richtung geschaut und den ersten Feuerball gesehen und die andern gespürt, und das war das letzte für lange Jahre, was er sah, bis man ihm Platin und Quarz ins Nervensystem einsetzte. Seine Eltern waren natürlich augenblicklich gestorben. Er mußte das jedenfalls glauben, es war besser, das anzunehmen und nicht darüber nachzudenken, wie sie gestorben waren. Schmerzlos. So hatte man es ihm gesagt, und so glaubte er es.

Jetzt ist er über diesen Schrecken hinweg, schon seit Jahren. Aber die Zeit ist jetzt da, die Zinsen zurückzuzahlen, die Schulden abzutragen. Das Leben zurückzugeben, das man ihm geliehen hatte. Er erinnert sich kaum, wie man um Führung betet, aber er ist sicher, daß der Herr sie ihm gibt, vorausgesetzt der Herr ist da und hört ihn.

Seltsam genug denkt er kaum noch an Mozy, das hat sich alles beruhigt. Er liebte sie, er liebt sie immer noch, er wird sie immer lieben. Mozy, denkst du an mich? Das ist alles, was ich wissen möchte. Er hat einen Notizrecorder in seinem Rucksack, und vielleicht wird er morgen seine letzten Gedanken niederschreiben, bevor alles zu Ende ist — wenn es auch sehr zweifelhaft ist, daß jemand sie jemals finden und lesen wird.

Phoenix ist ein schwarzer Rachen da drüben, und seine Augen werden müde, auch das Mondlicht ist nur noch trübe und verwischt. Aber er kann in seiner Imagination scharf genug sehen, und morgen, bei Tageslicht, in der Stadt werden auch seine Augen wieder klar sehen, einmal noch. Und dann wird er endlich Frieden finden.

53

Das Shuttle löste sich von der Mole, die Steuerdüsen feuerten, während es sich drehte. Ein Patrouillenschiff flog mit blinkenden Positionslichtern an ihm vorbei. Das Shuttle richtete sich ein wenig auf, erreichte den korrekten Winkel und hing einen Moment lang bewegungslos im Raum. Dann zündete der Hauptantrieb.

Der Leutnant betrachtete die Instrumente, stellte die Kanalwahl ein und sprach ins Mikro: »Verkehrskontrolle, hier ist USSF-274, im Abflug zu Tachylab auf Kurs eins-neun-neun.«

Der Raketenantrieb schaltete sich ab, die Beschleunigung verringerte sich und die Schwerelosigkeit kam wieder zurück. Der Leutnant sah den Offizier an seiner Seite an. »Wir sollten Tachylab in ungefähr dreißig Minuten erreicht haben, Major. Sie sagten, es würde eine nachträgliche Zieländerung geben. Soll ich weitermachen und an Tachylab andocken?«

Der Major runzelte die Stirn, während er ein Dokument aus einer Tasche seines Fluganzugs hervorholte. »Das ist Ihr geänderter Flugbefehl. Suchen Sie den äußeren Anflugbereich von Tachylab auf und funken Sie dann die Änderung – gelber Code. Wir werden uns hier noch mit zwei weiteren Shuttles treffen.« Er tippte mit dem Finger auf eine Zahlengruppe. »Von hier aus starten wir dann zum angegebenen Bestimmungsort.«

Der Leutnant betrachtete neugierig den Befehl. »Die Siedlungen? Das ist privater Sektor.«

Der Major nickte und warf einen Blick zurück über die Schulter auf die beiden Militärpolizisten hinter ihnen. »Stimmt«, sagte er und zog ein Notizbuch heraus, »wir müssen ein paar Täubchen einfangen.«

Der Leutnant war zu klug, um nach einer genaueren Erklärung zu fragen.

Eine Minute später bekam er sie ohnehin. »Verräter«, bemerkte der Major, während er in seinem Buch blätterte. Er kratzte sich am Kinn. »Wir schnappen uns ein paar Verräter. Ganz still und leise. Bevor sie abhauen können.« Er sah den Leutnant an. »Sie kümmern sich nur um den Flug und bringen uns zur rechten Zeit zum Rendezvous.« Danach sagte er nichts mehr, bis Tachylab in Sicht war, ein blitzender Fleck in einiger Distanz.

Der Major sah schweigend zu, wie der Leutnant Tachylab Control anrief und die Kursänderung angab. »Sobald Sie die beiden anderen Shuttles gefunden haben, gehen Sie nahe ran!«

»Ich habe sie schon«, erwiderte der Leutnant und tippte auf einen phosphorgrünen Fleck auf dem Bildschirm. Dann legte er verschiedene Schalter um. »Ich versuche sie jetzt zu erreichen.«

Kontakt mit beiden anderen Shuttles war bald hergestellt, dann hatte der Leutnant zuviel Arbeit mit dem Dreiertreffen, um sich über die Absichten des Majors Gedanken zu machen. Die Steuerraketen zischten und donnerten, die Stimmen der beiden anderen Piloten dröhnten in seinen Ohren, und dann kam zuerst das eine und dann auch das andere Shuttle längsseits. Über dem Kopf des Leutnants, genau hinter dem einen Shuttle, leuchtete die Erde rostfarben und blau und mystisch-weiß, die zerrissene Küstenlinie Kaliforniens wurde gerade unter den Wolken sichtbar.

Die Shuttles verbanden sich, und der Major verschwand durch die Andockbrücke in eines der beiden anderen Fahrzeuge. Ein paar Minuten später kam er zurück und gab dem Leutnant einen Satz neuer Koordinaten. »Kurs auf die Wissenschaftlersiedlung, Leutnant. Dort nisten unsere Täubchen.«

»Yes, Sir.« Der Leutnant begann, Zahlen einzutippen.

Bald kam die Siedlung in Sicht, ein Klumpen runder und zylindrischer Formen, zusammengehalten durch spindelige Röhren. Es war eine Siedlung mit Billigstmieten, fünfzehn

Jahre früher mit geringem Kapitalaufwand für kleine wissenschaftliche Teams gebaut, deren Anwesenheit unbedingt erforderlich war. Als später die Budgetrestriktionen fielen, wurde die ursprüngliche Siedlung nicht etwa durch eine neue, bessere ersetzt, sondern lediglich erweitert für Wissenschaftler und Privatunternehmer, die die miserablen Wohnverhältnisse für das Privileg in Kauf nahmen, ihren Interessen in einer im Verhältnis zur Erde stationären Umlaufbahn nachgehen zu können. Die Siedlung war in einer eigenen Version städtischer Zerstreuung angewachsen, bis sie jetzt wie ein Spinnennetz aus Röhren und Hülsen aussah.

Der Leutnant lenkte das Shuttle zum vorderen Ende des Klumpens, wobei es an einigen kleinen Schleppern und Männern in motorisierten Arbeitsanzügen vorbeikam. Es erwies sich als nicht ganz einfach, die vom Major angegebene Adresse in dem kontrollierten Chaos der Siedlung zu finden; aber als sie den zum Andocken vorgesehenen Platz gefunden hatten, brachte der Leutnant sein Fahrzeug schnell an den richtigen Ort.

Er hörte das laute Klicken, mit dem sich das Shuttle verankerte.

»Angedockt, Major.« Er drehte sich nach links und sah die Armaturen für das Andockmanöver an. »Schleuse luftgefüllt ... alles fertig zum Aussteigen.«

»Danke, Leutnant. Warten Sie bitte hier.« Der Major schwebte aus seinem Sitz und schwamm, gefolgt von den beiden Militärpolizisten, aus dem Shuttle. Der Leutnant schaltete die Luke auf Sicherheitsposition und machte sich's in seinem Sitz gemütlich.

»Major, ich möchte Antworten. Was auch immer hier vor sich geht ... « Der drahtige Mann mit Brille blieb stehen. Er kochte vor Wut. Die letzten fünfzehn Minuten war er in der mit einem Drahtgitter verschlossenen Arrestzelle hin- und hergelaufen und dabei außer Atem geraten. Er hatte ein heftiges Temperament. Im Report stand, daß er sich den ganzen Weg von Tachylab zu Geo-Vier über aufgeregt hatte — bis der Offizier, der ihn verhaftet hatte, sagte, man könne ihn auch fesseln. Von dieser Bemerkung weg bis vor ein paar Minuten hatte er geschwiegen.

Der Sicherheitsoffizier — ein Korporal, kein Major — betrachtete den Mann aufmerksam. »Dr. Irwin, Sie sind verhaftet worden unter der Anklage wegen Verschwörung zur Verletzung militärischer Geheimnisse. Der Befehl kam vom Hauptquartier des Raumkommandos. Wie man Ihnen schon vorher gesagt hat.« Der Soldat fügte — in nicht unfreundlichem Ton — hinzu: »Ich wünschte, Sie würden sich beruhigen und hinsetzen, Professor. Sie machen mich verrückt, wenn Sie weiter so herumrennen.«

Irwin trat an das Gitter und hängte seine Finger ein wie ein Affe an seiner Käfigtür. »Ich habe nichts getan«, sagte er und sah den Korporal an. Aber wenn ihr glaubt, daß ich euch etwas erzähle, ohne daß mein Anwalt anwesend ist, dann täuscht ihr euch.«

»Es fragt Sie ja niemand etwas«, erwiderte der Soldat und ging zurück zu seinem Schreibtisch — nicht viel mehr als ein Velcro-Brett mit einer glatten Schreibfläche — und schlug ein Buch beim Lesezeichen auf, das er herausnahm. Er hatte sich kaum gesetzt, als sich Irin schon wieder meldete.

»Wann bekomme ich einen Anwalt?«

Der Korporal zuckte die Achseln. »Man wird es Ihnen rechtzeitig sagen, da bin ich sicher.«

Irwin sah wütend drein. »Bin ich der einzige, der arretiert worden ist?«

Wieder zuckte der Korporal die Achseln.

»Ich hörte jemanden von den ›anderen‹ sprechen. Ich weiß, daß ich nicht der einzige bin.«

Der Korporal steckte ärgerlich das Lesezeichen in das Buch zurück. »Was soll's Professor? Wir lassen Sie ohnehin nicht miteinander sprechen, also können Sie das vergessen.«

»Dann haben Sie also noch weitere Personen verhaftet.«

»Ja. Wir haben tatsächlich ein paar von Ihren Freunden hier.«

Der Korporal verlor allmählich die Geduld.

»Ich möchte mit ihnen sprechen. Ich muß mit ihnen reden.«

Der Korporal seufzte. »Na, was habe ich gerade vorhin gesagt?«

»Sie verstehen mich nicht. Wir haben nichts Böses getan. Sie müssen uns zusammenbringen.« Irwin sagte es sehr dringlich.

»Hören Sie, Dr. Irwin.« Der Korporal kratzte sich am Kinn und schüttelte dann den Kopf. »Ich weiß nicht, was Sie und Ihre Freunde getan haben, aber es kann nichts ganz Harmloses gewesen sein. Sie kriegen einen militärischen Ankläger in Ihrer Sache, dabei trug keiner von Ihnen Uniform. Worum auch immer es geht, Sie und Ihre Freunde stecken ganz schön im Schlamassel. Nun, was wollten Sie eigentlich wissen, Professor?«

Irwin antwortete nicht. Er schaute am Korporal vorbei, betrachtete etwas hinter ihm an der Wand, aber mit leerem Blick.

Der Colonel steckte den Haftbefehl in seine Plastiktasche zurück und versorgte ihn im Schreibtisch. »Es war nicht so, daß wir an eine Verschwörung glauben wollten, Mr. Louismore. Es waren Beweise, die uns zum Handeln zwangen.«

Sam Louismore rieb seine Hamsterbacken und steckte seine Kopie der Papiere in seine Aktentasche. »Diese Beweise, wie Sie sie nennen, kommen mir nicht sonderlich überzeugend vor«, erwiderte er. »Eine Menge Indizien, ein Tonband von zweifelhafter Legalität, eine Menge allzu schnell gezogener Folgerungen — Sie werden schon etwas Besseres präsentiern müssen als das, um eine Verschwörung zu beweisen.« Louismore glättete mit der Hand seine Hemdbrust, während er sich mittels eines Handgriffes neben den Colonel zog.

»Wenn Sie damit unsere Überwachung von Irwins Wohnung meinen, dafür hatten wir eine Genehmigung der Bundesbehörde.«

Louismore zeigte sein Mißfallen offen. »Hatten Sie eine gerichtliche Erlaubnis — von einem zivilen Gericht, meine ich?«

»Das war nicht notwendig. Es geht um militärische Geheimnisse. Ich bin sicher, Sie kennen das Sicherheitsgesetz von '26 so gut wie ich.«

»Besser sogar«, sagte Louismore. »Wir werden das natürlich anfechten.«

Der Colonel sah ihn verwirrt an. »Mir kommt vor, Sie glauben, wir spielen für die Galerie und versuchen, uns die Presse vom Hals zu halten?«

»Dieser Gedanke ist mir auch schon gekommen«, sagte Louismore trocken, »die Reporter haben doch neulich einige unangenehme Fragen gestellt, oder etwa nicht?« Der Colonel starrte ihn an und der Anwalt lachte. Louismore hatte tatsächlich diesen Fall erst vor wenigen Stunden übertragen bekommen, aber er wußte von den Gerüchten, die neulich durch die Presse gegangen waren und sich auf angebliche militärische Aktivitäten im Weltraum bezogen. Als einer der sieben auf Geo-Vier praktizierenden Rechtsanwälte war er durch das Los als Pflichtverteidiger bestimmt worden; aber es sah alles nach einem interessanten Fall aus.

Der Colonel grunzte und hielt seine Papp-Kaffeetasse zur Nachfüllung unter den Hahn der Kaffeemaschine. »Wenn es überhaupt etwas in dieser Richtung gibt, dann die Tatsache, daß unsere Missionen durch öffentliches Interesse gefährdet werden könnten. Aber verdammt nochmal, wenn man irgendwo eine Ratte bemerkt, muß man etwas gegen sie tun.«

Zweifellos, dachte Louismore. Frägt sich nur, wie viele Ratten hier herum sind.

»Wir planen, die Sache auf der Erde zu verhandeln«, bemerkte der Colonel beiläufig, während er seine Tasse in ihre Halterung steckte.

»Und warum?«

»Wir glauben, es wäre günstiger, wenn man es an einem Ort macht, wo es weniger Klatsch, Hysterie und Gerüchte gibt. Bis es hier oben zu einer Verhandlung käme, hätte schon jeder von der Sache erfahren. Es wäre schwierig, unter diesen Umständen eine objektive Verhandlung zu führen.«

»Wir werden uns dagegen aussprechen«, sagte Louismore.

»Habe ich mir schon gedacht. Nun ja, wir sehen uns morgen bei der Vorverhandlung.«

Louismore nickte und drehte sich um. Er schwang seinen massiven Körper in den Gang und stieß sich langsam in Richtung Arrestzellen vorwärts. Trotz seines leichten Umgangstons mit dem Colonel war das ein harter Fall, und je früher er mit seinen Klienten sprach, umso besser.

Jeglicher Verkehr, sogar der militärische, wurde umgeleitet, damit er nicht den Korridor für Operationen im entfernten Weltraum berührte, aber diese Unannehmlichkeit würde bald enden. Die letzten Überprüfungen waren durchgeführt worden, die Zwei-Mann-Besatzung hatte ihre Einsatzbereitschaft bestätigt, und nur ein paar besondere Techniker aus der Ordonnanzgruppe mit ihrer Ausstattung waren im Operationsbereich verblieben. Die Verkehrskontrolle von Geo-Vier meldete alles klar für den Start der Aquarius. In der Stille des erdnahen Weltraums, die gewaltige Scheibe der Erde auf der einen, die Metallskulptur von Geo-Vier auf der anderen Seite und den Hangar und die Startanlagen im Rücken, zündete die Aquarius ihren Antrieb und brachte das Schiff in eine etwas höhere Umlaufbahn. Nach einer genau vorherberechneten Zeitspanne löste sich das Schiff von dem Hangar, die großen Raketen zündeten und brachten das Schiff Aquarius der Streitkräfte der Vereinigten Staaten auf eine erdstationäre Umlaufbahn.

Der Antrieb brannte dreieinhalb Minuten lang, dann

lösten sich die Raketen vom Schiff. Eine halbe Stunde später, der Hangar und Geo-Vier und alles andere lag nun weit hinten in der Schwärze des Alls, schaltete die Aquarius ihre Fusionsgeneratoren ein und begann mit dem langen Aufstieg aus der Umlaufbahn zu ihrem fernen Ziel im interplanetarischen Raum.

54

Was Hathorne in all seinen Jahren in der Politik gelernt hatte, war hauptsächlich, daß in allen Angelegenheiten weniger die Logik der eigenen Position als vielmehr die Verbindungen, die man hatte, eine Rolle spielten, und ob man sowohl die Fähigkeit als auch die Schlauheit hatte, den Hebel zur richtigen Zeit und an der richtigen Stelle anzusetzen. Als er dreiundzwanzig Jahre früher als frischgebackener Uni-Abgänger die schockierende Entdeckung gemacht hatte, daß Logik und Moral allein für gar nichts ausreichten, hätte er beinahe seine Karriere abgebrochen. Aber dann hatte er doch gelernt, auf dem Drahtseil der Macht zu tanzen und eine dünne Linie zwischen Vernunft und Willen, zwischen Wohlwollen und vorurteilsfreiem Selbstinteresse zu ziehen. Er hatte das sehr gut gelernt.

Gerade jetzt befand er sich wieder auf dem Hochseil und der Seitenwind, der seine Balance gefährdete, war General Angus Armstead, der Kommandant der Raumflotte in Geo-Vier. Seit die Mission von Himmelsvater auf Aquarius übergegangen war, spielte Armstead beim Kontrollkomitee eine große Rolle, und auch – wie Hathorne befürchtete – beim Präsidenten.

»Er sitzt derzeit am Schalthebel«, sagte Hathorne zu Charles Horst, dem Direktor der NASA-Geo-Vier-Laboratorien und Komiteemitglied. »Ich wünschte nur, ich hätte nicht so fest versprochen, daß Himmelsvater es schaffen würde.« Er schüttelte den Kopf und schlug mit der Faust in die andere Hand.

Horsts Hologramm zitterte etwas: »Du hast nichts versprochen«, sagte Horst. »Wir haben die Entscheidung aufgrund der bestmöglichen Informationen getroffen. Es war den Einsatz wert. Es hat halt nicht funktioniert.«

»Wissenschaftlich war es sicher den Einsatz wert«, sagte

Hathorne. »Politisch bin ich mir da nicht mehr so sicher. Es hat uns schwach aussehen lassen.«

»Meinst du mit ›uns‹ die Erde?«

»Ich meine ›uns‹, die Betreiber von Himmelsvater. Wir haben Armstead zuviel Grund für hämische Freude gegeben.« Und der Arsch zeigt sie sehr deutlich, dachte er sich dazu. Wie kommt er dazu, mir nicht sagen zu wollen, welche Waffen Aquarius an Bord hat? Glaubt er, das sei verdammtes Kinderspielzeug? Sein Spielzeug natürlich.

»Er agiert, als hätte er das Komitee in der Tasche«, sagte Horst.

»Glaubst du, er hat einen besonderen Draht zum Präsidenten?«

»Das möchte ich herausfinden. Ebenso, ob er nicht auch ein paar Dinge tut, von denen der Präsident nichts weiß.«

»Nun, bisher habe ich ihn seine Befugnisse noch nicht eindeutig übertreten sehen — selbst wenn er sich aufführt wie ein Kampfhahn. Aber ich sag dir eines — wenn sich herausstellt, daß in diesem Tachylab etwas stinkt ...«

»Ist an den Anklagen irgendwas dran?« fragte Hathorne. »Wenn es undichte Stelle gab, möchte ich davon wissen.«

»Nun, John Irwin war immer so etwas wie ein Radikaler, aber das ist ja noch nicht ungesetzlich. Das einzige, was ich sicher weiß, ist, daß der Haftbefehl nach dem Sicherheitsgesetz von 2026 ausgestellt wurde.«

Hathorne rieb sein Kinn. Seine Miene war düster. Es brauchte ja wohl nicht viel zu einem Haftbefehl, bei den strengsten Sicherheitsbestimmungen in der Raumstation. Daß Leute verhaftet worden waren, war vielleicht nicht mehr als ein Ablenkungsmanöver. Wenn andererseits diese Zivilisten etwas wußten, das General Armstead aufregte, wollte er auch wissen, was es war. »Wir brauchen mehr Informationen, Charlie.«

»Ich versuche herauszufinden, was ich kann«, sagte der Direktor.

»Aber eigentlich ist das nicht mein Gebiet.«

»Ich kann jemanden hinschicken.«

»Als offizielle Anfrage des Komitees?«

Hathorne dachte einen Augenblick lang nach. »Nein, ich glaube, ich würde es lieber vom Komitee getrennt halten. Ich habe Freunde in einigen Behörden, die mir vielleicht zu helfen bereit wären.« Er trommelte mit den Fingern auf den Tisch. Eine unabhängige Untersuchungen der angeblichen Verschwörung würde eine gute Deckung für das abgeben, was er eigentlich vorhatte. Hathorne hatte einige Fragen betreffend Aquarius, Fragen, auf die Armstead ganz sicher keine gradlinigen Antworten geben würde. Was er brauchte, war ein eigener Mann auf der Szene, der aber nicht offensichtlich von ihm geschickt war.

»Leonard?« sagte Horst.

»Was?«

»Ich fragte, ob du den Bericht über den Kurs gesehen hast?«

»Ja.« Das war die zweite Sache, die ihm Sorgen machte. Der letzte Kursbericht zeigte, daß der Talenki-Asteroid unvorhergesehen beschleunigt hatte — wie üblich gab es keine Informationen darüber, wie und warum — aber er war jetzt schon sehr viel näher an der Umlaufbahn von Pluto, als vorherberechnet worden war, und wenn er weiter so beschleunigte, würde er binnen weniger Monate und nicht, wie zuerst angenommen, binnen nahezu einem Jahr hier sein.

Selbst bei der schlechten Qualität dieser holographischen Projektion konnte Hathorne die Sorge in Horsts Augen sehen. »Leonard, nimm mal an, daß Armstead recht hat und wir naiv waren. Sollten wir nicht das Schlechteste annehmen, bis wir es besser wissen?«

»Ich weiß nicht, Charlie. Vielleicht sollten wir das tun.« Ein Licht begann auf der Konsole zu blinken. »Kann ich dein Bild einen Moment einfrieren?« Hathorne schaltete. Horst blieb sichtbar, aber der Transmitter auf Hathornes Seite lieferte ihm nur noch ein fixes Standbild. »Hallo, Lew.«

Ein zweites Hologramm erschien auf der anderen Schreibtischseite. Es war Lewis Smythe vom Britischen Verteidigungsministerium, das dritte Komiteemitglied, das heute anrief. Er schien aufgeregt. »Leonard, ich komme gleich zur Sache. Was höre ich da, daß verschiedene Leute von euch auf Tachylab verhaftet worden seien? Angeblich verbreiteten sie die Information, daß euer Schiff unerlaubte Waffen an Bord hat? Guter Gott, Mann!«

Hathorne räusperte sich und dachte bei sich, gut zu wissen, daß du bessere Informanten hast als ich. »Ich bin froh, daß du anrufst. Wir besprechen das natürlich bei der nächsten Konferenz, im Moment untersuchen wir noch.«

»Na, und was ist dran an der Sache? Ist das Schiff nun bewaffnet oder nicht? Nachdem es eines von Armsteads Schiffen ist, nehme ich es eigentlich an – aber was für Waffen sind es? Ich dachte, diese Mission stünde unter der Oberaufsicht des Komitees – oder hat sich deine Regierung für eigene Wege entschieden?«

Hathorne preßte die Lippen zusammen und sagte schließlich: »Es untersteht dem Komitee, Lew – zumindest bis ich vom Präsidenten etwas anderes erfahre. Aber ich kann dir jetzt schon sagen, daß es keine Befehle gegeben hat, unübliche Waffen an Bord zu bringen.«

»Das beantwortet nicht direkt meine Frage«, strich der Engländer heraus.

»Nun, wie ich schon sagte, ich untersuche das gerade«, erwiderte Hathorne vorsichtig. »Ich lasse es dich wissen, sobald ich etwas herausgefunden habe. Gibt es noch etwas, oder soll ich dich dann zurückrufen? Ich habe Charlie Horst auf der anderen Leitung, und er zahlt die Gebühren für den Anruf.«

»Halt mich nur auf dem laufenden. Ich möchte nicht das Bankkonto des armen Charlie ruinieren.«

»Also gut dann.« Das Holo des Engländers verschwand und Hathorne seufzte, bevor er die Leitung zu Horst reaktivierte. »Charlie.«

Horst kam wieder ans Telefon. »Schau – wegen diesem

Mann, den ich als Ermittler verwende — ich laß es dich wissen, wenn er kommt. Schau bitte, wie du ihn unterstützen kannst, aber möglichst unauffällig bitte.«

»Klar. Ich tue, was ich tun kann.«

»Dein Bestes, wie immer.«

Das Interorbit Transfer-Shuttle ließ seine Raketen viermal in kurzem Abstand nacheinander feuern und schüttelte damit Donny Alvarest in seinem Sitz ordentlich durch. Es war nicht gerade die angenehme Fahrt, die die Werbebroschüren versprachen. Er hatte fast die ganze Fahrt von LEO weg mit der Raumkrankheit zu kämpfen gehabt und erst in den letzten paar Stunden seinen Magen unter Kontrolle gebracht. Die neuesten Medikamente gegen Störungen durch Schwerelosigkeit wirkten bei 95 Prozent der Bevölkerung wahre Wunder, aber er gehörte offenbar zu den restlichen fünf Prozent, die mit Schwindel und Übelkeit reagierten. Offenbar hatte ihm eines der alten Hausmittel geholfen, aber eben erst nach stundenlangem Elend.

Im Moment konnte er nichts sehen als Dunkelheit und ein paar Sterne. Vorher hatte er den Mond betrachtet, und auf der anderen Kabinenseite einen Ausschnitt des Erdenrunds. jetzt hielt er nach seinem Ziel Geo-Vier Ausschau. Er hörte ein merkwürdiges Geräusch von der anderen Seite der Kabine, aber bevor er sich umdrehen konnte, lief ein Zittern durch das Schiff, und es begann sich zu drehen. Eine große Struktur kam ins Blickfeld — eine spielzeugartige Konstruktion von miteinander verbundenen Zylindern und Kugeln. Das Chaos erwies sich als durchaus strukturiert, sobald er zwei gegeneinander rotierende Zylinder erkannte — unzweifelhaft Wohngebiete mit künstlicher Gravitation. Ein zweites Paar größerer sich drehender Tuben wurde gerade gebaut, im rechten Winkel zum ersten. Da das Shuttle sich weiterdrehte, verschwand das Bild wieder.

Er schloß die Augen und versuchte, sich zu entspannen; aber seine Gedanken liefen davon. Als er zum erstenmal von einem Schnüfflerjob auf Geo-Vier hörte, war seine erste Reaktion die, sich zu ducken. Aber dann dachte er an die Geschichte, an der Joe Payne arbeitete (teilweise oder vielleicht sogar hauptsächlich seines Tips wegen — und hatten diese Verhaftungen irgendetwas mit Paynes Informanten zu tun?), und es schien ihm eine gute Idee, sich die Sache doch selbst einmal anzusehen. Er fühlte sich ein bißchen verantwortlich für Paynes Story; immerhin war er es gewesen, der Payne bei jenem Rockkonzert gesucht hatte, extra, um ihm dem Tip zu geben — wenn auch weder Payne noch sonst jemand das wußte. Wenn er andererseits nur einen Klimawechsel brauchte, wären Caracas oder Mexiko City sicher angenehmer gewesen. Wie auch immer, er hatte sich jedenfalls freiwillig gemeldet. Natürlich würde Joe einen Wutanfall bekommen, wenn er auch nur eine Ahnung hätte, was für Jobs sein alter Freund für Uncle Sawbuck ausführte. Zwar nichts in der Oberliga — er war nie Spion gewesen und hatte nie eine Kanone getragen (nun ja, einmal, bei einer kitzligen Waffenhandelsgeschichte, aber er hatte sie nicht verwendet) — aber nicht jede Operation seiner Abteilung war gerade blütenweiß. Auf die schmutzigen Tricks bei den Wahlen zur Pan-American Alliance konnte er beispielsweise nicht gerade besonders stolz sein.

Tatsächlich gab es sogar ziemlich viel Arbeit, auf die er nicht stolz sein konnte. Aber dieser Job hier sah anders aus; es war eine verwickelte Situation, und möglicherweise konnte er etwas über die Sache herausfinden, in die er Joe verwickelt hatte, und seine ihm aufgetragene Arbeit tun. Seine Befehle waren einfach: Die Anklagen gegen die Tachylab-Verschwörer überprüfen, einschließlich irgendwelcher Gegenklagen, die sie einbringen mochten, und dann seine Berichte an den Würfel (wie sie das Hauptquartier aufgrund seiner Form nannten) senden. Er arbeitete verdeckt, war offiziell ein Pressemensch vom Verteidigungsnachrichtendienst. Angeblich wurde er zur Information eines älteren Präsidentenberaters geschickt, und er mußte seine Erkenntnisse nicht mit den Militärs auf Geo-Vier teilen. Sehr interessant. Ein Wettbewerb zwischen Abteilungen vermutlich; er würde es bald genug herausfinden.

Das Andocken schien eine Ewigkeit zu dauern; aber schließlich hörten die letzten Bewegungen auf und die Ankündigung, man könne aussteigen, kam über die Lautsprecher. Alvarest war bei Schwerelosigkeit nicht ungeschickter als die meisten anderen Passagiere, aber als sie den Zoll betraten, ein Gebiet von Lichtern und Lärm und stechenden Gerüchen, wurde der Unterschied zwischen Erfahrenen und Neulingen schnell klar. Alvarest klammerte sich an eine Strebe, während Leute ihn von hinten anstießen und sprach mit Beamten, die es zu genießen schienen, daß sie kopfüber vor ihm hingen; und obwohl er das alles ohne Klage ertrug, drehte sich ihm doch der Kopf, als er das Spießrutenlaufen endlich hinter sich hatte.

Als er durch den Zoll war, schaute er sich hoffnungsvoll um. Er hatte nicht die leiseste Vorstellung, wohin er sich jetzt wenden sollte. Ein junger Soldat in der Uniform der U.S.Raumflotte erschien, fragte ihn, ob er Donald Alvarest sei und stellte sich vor: »Raumsoldat Akins, Sir. Bitte folgen Sie mir.« Ohne auf eine Antwort zu warten, entschwebte Akins durch einen langen Gang.

»Einen Moment bitte!« schrie Alvarest und bemühte sich aufzuholen, während sein Kleidersack wild um seine Schulter baumelte. »Jesus!«

Der Soldat wartete. »Der General sagte, ich solle Sie im Nu bringen, Mr. Alvarest.«

»Was für ein General?«

»Armstead, Sir.«

Der kommandierende General also. Offenbar war Alvarest nicht gänzlich unbemerkt gelandet. »Also gut«, sagte er und griff nach einem Spant. »Aber schauen wir, daß ich lebendig hinkomme, okay?«

Akins sah ihn einen Moment lang kritisch an und lächelte dann ein bißchen schafsköpfig. »Tut mir leid, Sir.

Manchmal ist es einfach ein bißchen eine ... äh ... Versuchung.«

»Hä?«

»Wissen Sie, ein Greenhorn ein bißchen außer Atem zu bringe.« Akins zuckte gutmütig die Achseln.

Alvarest lächelte säuerlich. »Aber diesmal widerstehen wir dieser Versuchung, nicht wahr? Und wenn Sie ein bißchen Reiseführer spielen, hätte ich auch nichts dagegen. Ich muß mich hier früher oder später zurechtzufinden lernen.«

»Gut, Sir«, sagte Akins strahlend. »Als erstes, gleiten Sie durch diese Röhren in langen, langsamen Stößen. Benützen Sie die Handgriffe zur Steuerung. Das werden Sie schnell herauskriegen. Geben Sie mir Ihren Sack.« Er führte es vor, den Sack unter dem Arm wie man sich durch eine offene Druckschleuse schwang und dann den Gang dahinter entlangglitt. Alvarest folgte, etwas weniger elegant. Beim nächstenmal ging es schon besser.

»Wann kommen wir in den Schwerkraftbereich?«

»Ich fürchte, diesmal überhaupt nicht.

»Und wo werde ich untergebracht?«

Akins zuckte die Achseln. »Hängt ganz von den Quartiermachern ab. Schwerkraft-Räume gibt's nur sehr wenig. Nicht mal die Hälfte des Hauptbaues ist damit ausgestattet, und sie gehen damit sehr knausrig um. Die meisten von uns haben sie nur bei der Ausbildung zu sehen gekriegt. Aber nachdem Sie einer von unten sind, kann Ihnen vielleicht der General Zutritt verschaffen – es hängt wohl davon ab, wie lange Sie hierzubleiben gedenken.«

Alvarest folgte ihm weiter. Die Gänge schienen endlos. In einer langen, geschäftigen Passage hängten sie sich in ein laufendes Kabel ein und ließen sich mittragen. Von Zeit zu Zeit warf Alvarest einen Blick durch ein Fenster auf die Geschehnisse draußen im Raum und die umgebenden Bauten. Akins wies darauf hin, welche Bereiche sie durchquerten: Die Gebete für industrielle Forschung und Fabriken, pharmazeutische Laboratorien und Kristallerzeugungen, Aufenthalts- und Erholungsräume für das technische Personal, Einrichtungen für die Allgemeinheit, Geschäfte und Einkaufszentren, hydroponische Areale. Alvarest hatte schon jede Orientierung verloren, als Akins mit einer Geste bemerkte, daß die lebenserhaltenden Systeme, die Verkehrszentrale, Kommunikationseinrichtungen und Regierungsbüros hinter ihnen lägen, auf der anderen Seite der Raumsiedlung. Sie kamen an eine Sicherheitskontrolle und betraten den militärischen Sektor. General Armsteads Büro erwies sich als überraschend klein. Alvarest, der den Großen Würfel gewöhnt war, wurde klar, daß er sich umstellen mußte. Der General erhob sich von einem Arbeitstisch und schwebte vorwärts, um ihn zu begrüßen. Er war ein stämmiger Mann mit Kurzhaarschnitt und dunklen Augenbrauen. »Suchen Sie sich einen Ort zum Herumhängen«, sagte er. »Möchten Sie einen Kaffee?« Mit einem Nicken entließ er Akins. Der junge Soldat salutierte und verschwand.

Alvarest faßte nach einem Handgriff an der Schreibtischkante. »Ja, danke«, sagte er automatisch. »Oder eigentlich, nein, lieber nicht. Ich habe mich noch nicht ganz an die Schwerelosigkeit gewöhnt.«

Der General nickte. »Schmeckt sowieso grauenhaft. Lokale Ernte — entspricht nicht ganz den kolumbianischen Bedingungen.« Er betrachtete Alvarest. »So. Ich nehme an, daß Sie sich fragen, warum ich Sie gleich hierhergezerrt habe, kaum daß Sie aus dem Shuttle ausgestiegen sind und irgendeine Chance hatten, etwas anderes zu unternehmen.«

»Ja, Sir.«

»Ich werde Ihnen das in einer Minute erklären. Zuerst möchte ich wissen, was Sie schon über die hiesige Situation wissen.«

»Nur das, was im offiziellen Bericht stand. Fünf Leute wurden verhaftet wegen Geheimnisverrats. Meine Instruktionen lauten, ich solle mir ein klares Bild der Dinge machen, damit meine Behörde eine Darstellung verfassen kann, die mit den Fakten übereinstimmt.« Alvarest zuckte die Achseln.

»Ich nehme an, Sie bemühen sich immer um Darstellungen, die den Fakten entsprechen«, knurrte der General. »Der Punkt, den ich Ihnen klarmachen möchte, ist der, daß es sich hier um eine wirklich problematische Situation handelt.« Er schwebte rückwärts und positionierte sich, indem er mit einem Fuß unter dem Schreibtisch einhakte. Er sah Alvarest eindringlich an. »Ich sage Ihnen ganz offen, daß es mir lieber wäre, Ihre Behörde hätte sich überhaupt nicht eingemischt. Aber ...«

»Ja, Sir?«

General Armstead seufzte angewidert. »Ich nehme an, daß Sie gewisse Nachrichtensendungen, die kürzlich im TV gekommen sind, kennen? Sie bezogen sich auf eine Raummission, die von hier ihren Ausgang nimmt. Es wurde impliziert, daß es hier eine Art illegaler ...« — er betonte das Wort stark übertrieben — »Aktivitäten gebe! Wissen Sie, wovon ich spreche?«

Alvarest räusperte sich. »Ja, Sir?«, sagte er ausdruckslos.

»Nun, ich möchte, daß Sie der Öffentlichkeit klar machen, daß es sich dabei um einen Haufen Scheiße handelt. Das einzig Illegale hier ist eine Rotte von Technokraten, die päpstlicher als der Papst sind und glauben, sie stünden über dem Gesetz.« Der General sah ihn scharf an. »Glauben Sie, daß Sie das tun können?«

»Ich bin natürlich bereit, die Fakten zu übermitteln«, sagte Alvarest ruhig.

Armsteads Augen wurden dunkler. »Das nehme ich doch an. Ich möchte Ihnen auch noch sagen, daß ich einen Mann in Uniform für diesen Job vorgezogen hätte, wenn ich die Wahl gehabt hätte. Ein Zivilist versteht nicht immer die Bedeutung militärischer Geheimhaltungsvorschriften und die dafür notwendige Loyalität.« Er beugte sich vor. »Aber die Wahl lag nicht bei mir — deshalb erwarte ich von Ihnen, daß Sie dieselbe Arbeit leisten, die ich von einem Uniformierten erwarten könnte. Kann ich mich darauf verlassen, daß Sie so arbeiten werden?«

»Ich hoffe es, General«, sagte Alvarest und dachte: Wer, zum Teufel, hat diesem Burschen gesagt, ich würde für ihn arbeiten?

»Ich möchte so bald wie möglich anfangen. Aber ich fürchte, ich finde mich hier nicht zurecht.«

»Einer meiner Leute wird Ihnen alles beibringen. Leutnant Ogilvy. Warum sehen Sie sich nicht ein bißchen um, essen zu Mittag und kommen in einer Stunde zurück?«

»Sehr gut, Sir. Ist Mr. Akins ...?« Alvarest spähte zur Tür.

»Ich sage ihm, daß er sie herumführen soll.«

»Vielen Dank. Und, General – werde ich die Möglichkeit haben, mit den Angeklagten zu sprechen?« Der General hob die Augenbrauen und Alvarest holte tief Luft, um seine Irritation zu verbergen. »Um auch diese Seite zu hören – für den Bericht«, erklärt er.

Armstead zuckte die Achseln. »Wenn Sie das für notwendig halten.«

Er knurrte etwas ins Intercom, fünf Sekunden später erschien Akins.

Während sie sich in Richtung Wohnräume bewegten, fragte Akins grinsend: »Nun, was halten Sie vom alten Eisenfresser? Hat er ein paar Fäden gezogen, damit Sie eine Unterkunft im Schwerkraftbereich bekommen?«

Alvarest starrte ihn an. Er hatte zu fragen vergessen. Und er hatte das Gefühl, daß ihm diese Frage beim General augenblicklich zehn Gutpunkte eingebracht hätte. »Macht nichts«, sagte er, »es genügt, wenn ich eine Unterkunft finde. Irgendeine.«

Akins lachte und glitt voran.

55

Ein dumpfes Klagen kroch in Mozys Träume, in denen sie merkwürdige Landschaften und seltsame Erinnerungen durchstreifte, Bilder eines verschollenen vorzeitlichen Waldes sah. Ein Teil von ihr verblieb in diesem Traum, ein anderer wurde wach, streckte sich, horchte auf Talenki-Stimmen — und hörte nur das Klagen. Sie war allein — mit einem Klang, der wie ein tiefer Baßton vibrierte, eine geisterhafte Stimme, die in der Talenki-Welt erscholl. Ein lebendiger Wind. Ein Ruf, der die Stille mit Sehnsucht und vielleicht auch Furcht füllte. Er erinnerte sie an einen anderen Klang, einen von der Erde, den sie aus Büchern und Erzählungen und Filmen kannte: Den Schrei eines Zuges in der Nacht, eine altertümliche Dampflokomotive, deren Pfeifen wehmütig in einer Ebene erklang und in der nächtlichen Stille erstarb. Dieser Laut hier war anders, aber das Gefühl, die Melancholie und Verzweiflung, war dasselbe, nur noch tiefer. Es war, dachte sie, die Stimme eines einsamen und weit entfernten Irgendetwas, das über Parsecs und Äonen hinweg nach einem unbekannten Hörer rief. Und wo waren die Talenki? Es war kein Murmeln ihrer Stimmen zu hören, nicht einmal in den entferntesten Ecken. Sie wollte rufen, aber etwas hinderte sie daran, etwas Hypnotisches, etwas, das ihre Fragen beiseiteschob, als würden wichtigere Fragen in diesem Wind, dem kosmischen Wind, gestellt. Fragen wie die: Wohin gehe ich, warum muß ich allein sein, schienen in dem Wind enthalten zu sein, aber in Bruchteilen, die sich für sie nicht zusammenfügen wollten.

Nach einer Weile brachen Einsamkeit und Beklemmung den Zauber und sie erwachte vollständig. Was war geschehen, während sie geschlafen hatte? Hatte irgendeine Transformation sie aus der Welt entfernt, in der sie gewesen war? Sie stellte sich vor, wie sie in einer leeren Talenki-

Welt war, einem verlassenen Asteroiden, der auf die Sonne zuraste, seine Schöpfer von den kosmischen Winden davongetragen. Sie erinnerte sich jetzt daran, daß sie vor dem Einschlafen ein langes Gespräch und einen Austausch von Erinnerungen mit den Talenki gehabt hatte – Erinnerungen, Bilder und Gefühle vom Planeten Erde, Stimmen und Gefühle der Menschheit. So viele Fragen hatten die Talenki gestellt, und soviel hatte sie ihnen von ihrem Volk und seinem Leben erzählt. Hatte sie ihnen alle Informationen gegeben, die sie haben wollten – und nun hatten sie sie verlassen, und sie trieb dahin im kosmischen Sturm und mußte der Unendlichkeit allein gegenübertreten?

Absurd. Wenn die Talenki sie verlassen hätten, wäre auch das Geist-Netz verschwunden; und wenn es nicht mehr da wäre, dann wäre sie tot.

Wo waren aber dann alle?

(Hallo?) fragte sie versuchsweise.

Niemand erschien; niemand sprach.

(Hallo?) sagte sie nochmals.

Diesmal hörte sie ein Geräusch, aber noch immer sagte niemand etwas. Das Klagen hielt unverändert an. Schließlich wisperte eine Stimme (Wir lauschen).

Sie wartete. (Wem lauscht ihr?) flüsterte sie und fühlte sich dabei, als spräche sie in einer Kirche.

Eine andere, leisere Stimme. N'rrril? Nein – jemand Älterer. (Kannst du es nicht hören?)

Sie sprachen jetzt einzeln und unterbrachen einander nicht. Was war los? (Natürlich höre ich es!) zischte sie. (Was ist das?)

Die Antwort kam nicht in Worten. Irgendwoher kamen Gedanken geflogen, öffneten sich Tore im Nichts. Das Wissen kam ruhig und ernst in ihren Geist, in einem Atemzug. Dann verstand sie, ein bißchen zumindest.

Das Universum selbst brachte diese Klage hervor, als Ausdruck einer letzten, existentiellen Verzweiflung. Es war die Hintergrundstrahlung, die alle Galaxien und den Raum zwischen ihnen erfüllte; es waren die drei-Grad-Kelvin-Mikrowellenechos auf den Urknall; und mehr noch, es war ein Lied, eine sanfte Ballade, eine Erinnerung an die Entstehung des Universums, an die Erschaffung von Materie und Energie und Leben.

Sie begriff, daß sie dieses Lied nicht zum erstenmal hörte. An der Universität hatte sie in einer Physiklesung ein Band gehört — nur ein Zischen, aufgenommen von einem der großen Radioteleskope — aber verglichen mit dem, was sie jetzt hörte, war das nur eine Kinderspieluhr neben einem Symphonieorchester gewesen. Die Talenki hörten die Klage nicht als Radiowellen, die durch elektronische Zauberei hörbar gemacht wurden, sondern als eine Schwingung in ihrem gesamten Denken, ihrer gesamten Existenz. Es gab nirgendwo im Universum einen Ort, der nicht von diesen Schwingungen durchzogen wurde, keinen Fleck und keine Faser im gesamten Raum, die nicht jene Erinnerung an die eigene Entstehung enthielt; und die Talenki berührten diese Erinnerungen direkt mit ihrem eigenen Denken und ihrer Seele. Ob es nun von ihnen bewußt oder unbewußt wahrgenommen wurde, für Mozy vermischten sich alle diese Bewußtheitsgrade und verschmolzen miteinander; und was sie am tiefsten berührte, war diese Traurigkeit, die Nachdenklichkeit, die das Netz erfüllte. War das das Volk, für das alles ein Scherz oder ein Lied war? Wie ein Fluß rann durch den Gesamtgeist der Talenki ein Bewußtsein von Schmerz, von der Bedeutungslosigkeit des bewußten Lebens, verglichen mit der Furchtbarkeit von Geburt und Tod des Universums. Sie weinte mit den Talenki, deren Trauer über sie hinwegflutete.

Und doch, da war mehr als diese Trauer. Eine Hoffnung ... ein Ehrgeiz ... eine Bestimmung. Eine Mission. Sie bekam nur einen Schimmer von etwas mit, das sie nicht verstand und nicht begreifen konnte, dann war es wieder vorüber, und feierlicher Ernst erfüllte ihr Herz.

(Ist das der Grund, warum ihr soviel lacht?) flüsterte sie.

Diese Frage löste Verwirrung aus, und sie spürte, wie manche der Talenki sich abwandten, weil sie nicht auf die Frage eingehen wollten; und andere murmelten und holten Bilder aus ihrer Erinnerung hervor.

Diese Bilder kamen in schneller Folge, aber sie konnte jetzt mit ihnen dahintreiben, sie hatte gelernt, wie sie sie behandeln und ordnen konnte, wie es möglich war, aufzunehmen, was sie verarbeiten konnte, und den Rest einfach gehen zu lassen. Sie erfuhr eine Erinnerung an die Zeit, als der Talenki-Asteroid vor Jahrhunderten den Talenki-Heimatplaneten verlassen hatte; er war damals kaum ein Raumschiff gewesen, bloß ein fast solider beziehungsweise nur mit ein paar groben Tunneln versehener Felsblock, der seinen Bewohnern kaum genügend Platz bot, aber sie hatten ihr Zuhause verlassen und hatten Kurs auf die Sterne genommen. Die Bilder waren zerrissen und konfus: Jahre der Planung — im Grunde viel zu kurz und doch ein bewundernswertes Unternehmen —, ein Asteroid, der eine halbausgebeutete Mine war, voller Gänge und Tunnel, im Zentrum ausgehöhlt von Kräften, die sie nicht begreifen konnte, Raum für ein Meer und die Heimat der Knoten der Tiefe; vielleicht zweihundert Faune und halb soviele Warzen; und viel mehr Talenki, die zurückblieben.

Mit dieser letzten Erinnerung überflutete sie eine Welle des Schmerzes, und sie erkannte, was dem allem zugrunde lag: Die Talenki waren Flüchtlinge, Exilierte ihrer Heimat.

Sie waren einer Welt entflohen, die sie gehaßt und verfolgt hatte — verfolgt und vertrieben. Eine Welt, die weder ihre Künste noch ihre Sendung begreifen konnte, die dekadent und kriegslüstern geworden war und besessen, eine Welt, verdorben von ihrer Prosperität. Ihre Flucht war eher ein knappes Entkommen als eine normale Abreise, und nur ein Bruchteil derer, die dafür gearbeitet und sich geopfert hatten, schaffte es bis zu dem Asteroiden, verfolgt von denen, die sie vernichten wollten; und so, konfrontiert mit der Wahl, entweder ihre Gefährten zurückzulassen oder zusammen zu sterben und das Ende ihres Traumes zu erleben, hatten sie ihren Blick auf die Sterne gerichtet und waren geflohen und hatten dabei die Hoffnungen, Gedanken und Erinnerungen ihrer zum Untergang verurteilten Freunde mitgenommen. Und mit ihnen ein Gelöbnis. Eine Mission. Einen Entwurf.

Aber viele Welten mußten besucht werden, bevor dieser Entwurf Gestalt annehmen konnte.

Die Bilder flackerten vorüber und nahmen Mozy den Atem. (Ihr bringt großen Schmerz mit euch), flüsterte sie.

N'rrril erschien schweigend neben ihr, während andere antworteten. (Wie sollten –) (– wir nicht –) (– obwohl es Jahrhunderte –) (– her ist –) (– was unsere Legenden –) (– Lieder, Erinnerungen –) (– berichten.)

(Keiner von euch lebte schon, als ihr den Heimatplaneten verlassen habt?)

(Die damals leben –) (– leben nur noch in der Erinnerung –)

Sie blickte durch N'rrrils Augen in eine Kammer, in der sich Faune versammelt hatten. (Nicht nur du und ich schauen durch diese Augen.)

(Wer denn noch?)

Neue Stimmen antworteten. (Ich –) (– und ich –) (– und ich –) (– und ich –)

(Und wer seid Ihr?) fragte sie, obwohl sie es zu wissen glaubte. Freundliches Lachen. N'rrril sagte (Nach dem Tod kehren unsere Körper in den fruchtbaren Boden zurück, aus dem neue Körper entstehen und genährt werden. Aber die Geister, die Erinnerungen, das, was du die Persönlichkeit nennen würdest –)

(– leben im Netz), ergänzte sie den Gedanken. In ihrem Geist öffnete sich eine Tür und sie hörte eine Kakophonie von Stimmen, Stimmen aus den entferntesten Teilen des Netzes, von Wesen, die sich praktisch in ihr selbst befanden, und Stimmen, die aus den Ozeanen ertönten, und aus Kammern tief im Herzen des Asteroiden. Sie schloß die Tür. (Deine Vorfahren), sagte sie ruhig. Ein Lied erklang irgendwo in ihrem Hinterkopf, und sie spürte, daß es ein altes Lied war, das die im Netz lebenden Ahnen sehr liebten.

(Jeder —) (— ist ein Teil —) (— des anderen —) (— und des Ganzen —)

(Aber ...) Sie mußte nachdenken. (Wenn jeder nach seinem Tod im Geist-Netz überlebt, werden es nicht zu viele? Gibt es nicht Chaos und Verwirrung?)

Eine einzelne Stimme, in der Trauer mitschwang, antwortete. (Das ist ganz richtig. Das ist einer der Gründe für den Verfall unseres Heimatplaneten. Wir haben nicht gestattet, daß es hier soweit gekommen wäre. Wir durften es nicht.) Mozy zeigt höfliche Verwirrung. (Unsere Ahnen bleiben eine Zeitlang bei uns, aber schließlich müssen sie im größeren Bewußtsein aufgehen.)

(Dann sterben sie also doch), sagte Mozy leise.

Ein anderer erhob seine Stimme. (Das ist ein Schritt zum großen Entwurf, zum größeren ...) Der Talenki hielt inne, weil er kein passendes Wort finden konnte. (Das ist traurig, wie du ja auch empfindest. Aber es ist nicht schlecht. Das, was das ...) Er dachte wieder nach und setzte dann mit einem ungenauen Ausdruck fort, (was das Stärkste im individuellen Geist ist, bleibt auch, nachdem das Individuum vergangen ist.)

Mozy dachte an ihr eigenes Volk auf der Erde, an die Vergänglichkeit des Lebens — und fragte sich, ob man die Talenki um ihre Form der Unsterblichkeit beneiden sollte.

(Der Geist —), fügte N'rrril ruhig hinzu, (behält einen Teil von jedem von uns — und nun auch von dir — solange es ihn selbst gibt.)

Der größte Teil der Talenki-Welt war jetzt wieder zum Leben erwacht, nachdem die Faune ihre Meditation beendet hatten. Mozy wollte mehr wissen.

Ein Lied, das schon eine unbemerkte Grundlage für ihre Träume geliefert hatte, wurde nun deutlicher und übermittelte ihr Worte und Bilde. Vieles davon konnte sie nicht verstehen, aber manches floß vorüber wie klares, leuchtendes Wasser. Der Flug der Talenki von ihrem Heimatplaneten wurde in Liedern und Legenden geschildert; Erinnerungen an eine versunkene Welt und Sehnsucht nach einer neuen. Kummer über die Zurückgelassenen, obwohl noch Verbindungen bestanden, Gedanken- und Geistesverbindungen. Die Angst vor Isolation und Einsamkeit; und darunter ein friedliches Gefühl und die Freude an der Durchführung des Vorhabens. Es war eine Reise ohne bestimmtes Ziel, außer dem Wunsch zum Forschen, zur Erweiterung des Denkens und zum Kontakt mit anderen Wesen. Wenig erfahren mit der Fortbewegung im Weltall, lernten sie mit viel Versuch-und-Irrtum, wie sie ihren Asteroiden durch den interstellaren Raum steuern konnten. Sie wußten natürlich, daß keiner von den ersten Passagieren die als erste erreichten neuen Welten in Fleisch und Blut sehen würde; und trotzdem wurde alles härter als erwartet, der Kampf gegen die Elemente, das Überleben und das Einrichten des Asteroiden zu ihren Zwecken. In den ersten Jahren, unter den ersten Generationen, hatte man den Asteroiden eigentlich nur heraus aus dem eigenen Sonnensystem und zum nächsten Stern bringen wollen, um sich dort niederzulassen. Alles andere war später gekommen, die Verwandlung des Asteroiden zur Gewinnung von Lebensraum. Schließlich war dann eine Zeit gekommen, in der man sich wieder den Liedern, der Musik und der Kunst zuwenden konnte. Zeit, Tapisserien zu entwerfen, Steine zu formen, neue Wegen der Manipulation von Raum, Zeit und Energie zu finden, Welten durch Gedanken zu verbinden. Den Entwurf auszudehnen.

Und immer flogen sie durch die Weltraumnacht, Generationen von Talenki wurden geboren und starben, immer auf der Suche nach einer neuen Welt.

Dieser Gesang durchzog Mozys Bewußtseins, sie hörte jetzt nur noch zum Teil zu, zum Teil träumte sie das. Die Jahre dauerten lange in diesem Lied, und das Lied erklang lange in Mozys Herz und der Übergang vom Wachen zum Schlafen ging unbemerkt vor sich.

Sie träumte, daß die Dizzies in die Nacht hinausriefen, nach jemandem riefen, der sie hören oder ihnen antworten konnte. Ein Teil von Mozy erwachte, während sie insgesamt weiterträumte, und stellte fest, daß die Dizzies, die Knoten in der Tiefe, tatsächlich jetzt nach Lebensformen im Sonnensystem riefen. Sie riefen die Erde.

(Wir bereiten unsere Grußbotschaft vor), sagte jemand.

(Oh?)

(Möchtest du dabei helfen?) (Eine Botschaft —) (— an dein Volk —) (— aufzusetzen —) (— damit wir das richtig machen?)

Mozy erwachte insgesamt und erinnerte sich an die Bodenstation — Jonders, Hathorne und die anderen — und deren Neigung zu Mißverständnissen. Sie mußte lachen und ihre Belustigung verbreitete sich im Netz wie ein Lauffeuer.

(Heißt das: —) (— Ja?)

Sie lachte wieder und dachte an ein paar Dinge, die sie der Bodenstation sagen würde, wenn auch nur zwischen den Zeilen.

(Ja), sagte sie, (ja, natürlich, gerne.)

56

Die Stadt Phoenix ist voller Geister. Er hat bisher nicht verstehen können, was sie sagen, aber er hört ihre Stimmen, als er sich unter ihnen bewegt.

Mit ihrem infraroten Glühen umtanzen ihn die Ruinen wie Gespenster, leuchtend vor den Schatten — den Schatten im sichtbaren Spektrum, die jetzt die Welt verschluckt haben. Zerbrochene Wände, Schutt, Betonskelette von Gebäuden, da und dort der vertrocknete Kadaver eines Tieres, das hierher gekommen und gestorben ist, getötet von der Strahlung. Lauernde Gespenster. Das sind seine Gefährten, während er durch die ruinengesäumten Vorstadtstraßen geht.

Er ist jetzt nahe an dem Punkt, wo jeder Schritt einen schrecklichen Aufwand erfordert. Sein Körper ist taub vor Erschöpfung, schwach vor Hunger und Durst, und er fiebert. Er kann nicht mehr viel weiter laufen, aber solange er noch gehen kann, wird er es tun. Er will den Krater erreichen, zumindest den Rand, wo der Feuerball den Boden und den Beton geschmolzen und verdampft hat, die Erde in den Himmel riß und das Land verwüstete. Er wird Leben zurückbringen. Menschliches Leben. Für eine kleine Weile.

Er versucht, sein Heim zu finden, die ehemalige Nachbarschaft. Einen halben Tag ist er zwischen zerstörten Häuserblocks herumgelaufen, von denen er keinen einzigen wiedererkannt hat. Mit einem Stadtplan könnte man sich vielleicht zurechtfinden, und mit Augen, die sich scharfstellen lassen. Oder wenn man darüber hinwegfliegen könnte. Für ihn war es eine vergebliche Anstrengung. Es war schwer genug, sich wenigstens soweit zu orientieren, daß er ins Stadtzentrum gelangen würde. Nun war es also auch noch dunkel. Gott sei gedankt für das Infrarotglühen. Für die Augen, mit denen er es sehen kann. Sehen, ohne scharfstellen zu müssen.

Er stolpert und fällt mit dem Gesicht auf den Boden. Einen Augenblick lang bleibt er still liegen, zuckt unter leisem Stöhnen und trockenem Weinen, und ist unfähig, die Arme und Beine zum Aufstehen zu bewegen. Schmerzen im Gesicht, Blutgeschmack im Mund. Hier falle ich in den Staub, denkt er. Sterbe hier, im Staub. Gescheitert. Nein. Irgendwie findet er noch einen Rest von Kraft und richtet sich auf die Knie auf. Eine Ruine schaut ihm über die Schulter wie Eltern, die die Bewegungen ihres Kindes im Auge behalten.

Er lacht bitter. Gespenster. Der verdammte Ort ist voll von ihnen. Aber sie sind eine lausige Gesellschaft, die Konversation ist jämmerlich. Verdammt jämmerlich.

Vergiß es, murmelt er. Jetzt steht er auf und geht wieder, so gut er kann. Wassermangel und Erschöpfung bringen ihn um, nicht die Strahlung – das weiß er; die Strahlung würde ihn langsam erledigen, klar, aber die Wüste kriegt ihn vorher. Er hat das mit einiger Befriedigung festgestellt, vor einer Weile, dann hatte er es wieder vergessen, und später war es ihm wieder eingefallen. Merkwürdig, wie das Hirn funktioniert. Das Ganze passiert ihm noch ein drittesmal. Er täte jetzt alles für einen Schluck Wasser, wenn er nicht mittendrin vergäße, worum es eigentlich geht und was er will.

Staub und Trockenheit und Schmutz. Seine Poren saugen alles auf und diese Stadt dringt in ihn ein.

Weiterlaufen. Immer weiterlaufen.

Die Nacht schimmert und tanzt um ihn herum, während er sich mit unendlicher Geduld weiterschleppt, unendlich müde, aber immer seinem Ziel entgegen. Jetzt kann es nicht mehr weit sein. Kann nicht sein. Viel weiter kann er nicht mehr gehen. Er kann nicht scheitern. Kann nicht weitermachen. Kann nicht aufgeben. Da muß es sein, irgendwo da vorne. Auf allen Vieren ist er nun unterwegs durch den trockenen Schmutz. Er muß ganz nahe am Krater sein. Am Kraterrand. Nein, das ist der Kraterrand, er ist schon da.

Der Boden gibt unter ihm nach, und er fällt einen Abhang hinunter, wild um sich schlagend. Seine Hände sind schwach, sie finden keinen Halt, sein Fallen zerreißt ihm Gesicht und Hände und zerschlägt seine Schultern. Endlich bleibt er irgendwo liegen, regungslos auf der Seite, den Mund voll Schmutz, Schmerzen im ganzen Körper. Ein, zwei Minuten liegt er still, versucht, seine Kraft zu sammeln, sich umzudrehen und aufzurichten.

Nur eine Minute Pause. Ruhe ...

Er erwacht aus einer Art Delirium und bemerkt ein Glühen — aber es ist nicht die Dämmerung. Jemand spricht mit ihm. Jemand ... singt.

Verrücktheit, Wahnvorstellungen, er ist übergeschnappt, denkt er ... aber die Stimmen sind da. Um ihn ist niemand. Aber da ist dieses Glühen. Ein Schimmern am Himmel und überall um ihn herum. Die Welt kräuselt sich. Geschöpfe wispern. Jemand ist in ihn eingedrungen, während er schlief, hat seinen Geist und seine Seele betreten. Stimmen in und außerhalb von ihm.

Er keucht und richtet sich mühsam in eine sitzende Position auf — schaudernd, zitternd, frierend bis ins Mark. Er sucht nach der Überlebensdecke, findet sie, nach einer Ewigkeit gelingt es ihm, sie um die Schultern zu ziehen, sie bedeckt ihn nur halb, weil sie verdreht ist. Er zittert vor Kälte.

Aber nicht nur deshalb, und auch nicht nur vom Fieber. Er zittert wegen der Gespenster, die in seinem Körper und Geist leben und singen. Singen! Das ist der Wahnsinn. Oder umgeben ihn jetzt die Geister der Toten?

Nicht menschlich. Diese Worte kommen ihm ohne Erklärung in den Sinn.

Versuch, klar nachzudenken. Das ist schwierig, sein Kopf dreht sich im Delirium, er muß um jedes Zipfelchen Klarheit kämpfen. Was ist das für Licht um ihn herum? Kein Infrarot. Nichts Sichtbares. Was ist es dann? Die Strahlung der Innenzone, die Gammastrahlen, die ihn langsam aufzehren?

Nein. Nein. Er kann nicht sagen, woher er es weiß, aber es muß etwas anderes sein. Von irgendwo. Er sieht dieses Licht weniger, als daß er es spürt. Das Licht kommt von ...

Er weiß es nicht.

Mit plötzlicher Eile fummelt er an seinem Rucksack herum, um den Kleincomputer herauszuholen. Er kann nichts sehen als einen verwischten Streifen in seinen Händen, aber er kann die Tastatur fühlen. Er muß versuchen niederzuschreiben, was er spürt. Er muß blind schreiben. Jemand ... wird es irgendwann finden und lesen; vielleicht auch nie, aber er muß es jedenfalls versuchen, es ist schrecklich wichtig, eine letzte Chance, etwas Bedeutungsvolles zu hinterlassen.

Obwohl er zittert, ist er jetzt klarer denn je. Er fühlt einen Geist in sich, mit dem er sehen kann – nicht mit den Augen, sondern in einer Vision, die von dort ausgeht, wo er sitzt, hinaus, hinaus aus seinem Körper und in den Raum, hinauf und weg von der Erde, seine Vision wird erleuchtet von einem wortlosen Gesang. Welten kreisen in der Dunkelheit der Nacht, Sonnen leuchten wie glühende Honigtropfen in der Schwärze des Raums; und der Gesang, das Werk eines lebenden Geistes, erklingt aus einigen dieser Welten, strahlt im Feuer der Sonnen und erfüllt die Leere des interstellaren Ozeans. Jetzt berührt er ihn, er war das, was ihn geweckt hat, der Gesang erfüllt diese desolaten Ruinen mit Licht, erfüllt den Raum zwischen den Welten. Wenn das die Zukunft ist, so kann er sie nur begrüßen.

Aber er ist nicht gestorben. Noch nicht. Vor ihm liegt der Krater in der einstigen Stadt, er kann den Staub und Dunst riechen, die Trockenheit seiner Haut und seine zersprungenen Lippen fühlen, und die schrecklichen Schmerzen in seinen Beinen und dem Rücken. Seine Finger mühen sich auf der Tastatur, versuchen seine Gedanken und Gefühle festzuhalten. Alle diese Eindrücke sind lebendig, er ist lebendig, er kann sich immer noch bewegen – und er muß ... muß immer noch weiter.

Er steht auf, stolpert, vor Fieber delirierend, den Recorder hält er krampfhaft fest, so schleppt er sich den Abhang des flachen Kraters hinunter, der dort liegt, wo einst eine Stadt war. Licht umgibt ihn. Ein Lied begleitet ihn. Und Stimmen.

Und eine der Stimmen erkennt er.

Er bleibt taumelnd stehen, kniet hin, zittert vor Fieber und vor Freude. Diese Stimme — diese Stimme erkennt er wieder! Mozy! Mozy, bist du das, die ich höre?

MOZY? LEBST DU?

In seinem Kopf flüstert etwas, aber es ist keine Antwort auf seine Frage und auch keine Frage an ihn. Und doch sagte es ihm, was er wissen will. Er kennt diese Stimme. Sie ist wirklich! Seine Finger zittern unkontrolliert, als er die Worte niederzuschreiben versucht.

Jemand muß es erfahren. Jemand muß das lesen! Bitte. Lieber Gott! Irgendjemand.

Er tippt verzweifelt, aber ... die Wörter ... er bringt sie nicht mehr hin ...

Seine Finger zucken ... jetzt nimmt er nur noch wahr, wie sich die Stimmen entfernen ... er bricht zusammen, der Recorder gleitet ihm aus den Fingern und fällt zu Boden.

57

Alvarest verriegelte die Tür zu seiner Unterkunft und holte tief Luft. Er genoß das Gefühl, endlich allein zu sein. Einen Moment lang ruhte er sich aus, indem er mitten in dem Raum schwebte, der zwei Armspannen lang und breit war und hoch genug, um einen vollen Salto in der Luft drehen zu können. Das einzelne Hologramm einer Landschaft an der einen Wand vermittelte nicht eben den Eindruck, der Raum sei größer, als er tatsächlich war.

Zwei Tage Gespräche und Herumhetzen in der Raumstation hatten ihn erschöpft. Es war ihm immer noch ein bißchen übel, vom Schlafmangel und von der Schwerelosigkeit. Wenn dieser zweite Grund einmal wegfiele, würde er auch ausruhen können. Er öffnete eine Schublade, worauf eine Anzahl Toilettenartikel aus ihr flog wie flüchtende Glühwürmchen. Er nahm die Packung, die er gewollt hatte, entnahm ihr zwei Tabletten gegen Raumkrankheit und schluckte die Pillen zusammen mit Wasser, bevor er die anderen wieder zusammenfang und in die Schublade zurücksteckte. Dann zwang er sich zu klarem Nachdenken und setzte sich vor seinen Schreibtisch, an den sein transportabler Computer angeklammert war.

Er entfaltete einen Sitz, setzte sich zurecht und steckte einen Schlüssel in den Computer. Er gab eine Anzahl Sicherheitscodes ein, dann lehnte er sich zurück und schloß die Augen.

Wie sollte er es ausdrücken? *Tachylab-Wissenschaftler behaupten, daß das Raumschiff Aquarius entgegen allen internationalen Verträgen sich mit Atomwaffen an Bord auf den Weg zu einem Rendezvous mit außerirdischen Lebewesen macht.*

Das wäre nicht schlecht für die Fernsehnachrichten, aber kaum brauchbar für einen Geheimdienstbericht. Er mußte die Beweise diskutieren, oder ihre Abwesenheit, und die Verläßlichkeit seiner Informationsquellen. Außerdem warf sich die Frage auf, ob der Präsident nicht schon wußte, worum es hier ging — und wenn nicht, warum nicht? War er hier, um die durchlässigen Stellen in der Geheimhaltung zu untersuchen — oder sich um einen Gesetzesbruch seitens des Raumkommandos zu kümmern?

In den letzten beiden Tagen hatte sich seine Meinung über seinen Auftrag drastisch geändert. Er verstand jetzt, warum diese Leute ihre Jobs und ihre Freiheit riskiert hatten, um jene Information auszustreuen. Wenn sich für ihre Behauptungen Beweise finden ließen, würde das eine verdammt schlimme Verletzung internationaler Gesetze bedeuten. Seit dem Großen Irrtum wurden wenige Verträge für so sakrosankt angesehen wie die ständig erneuerten Verbote von Atomwaffen im Weltraum. Der Verteidiger, Mr. Louismore, hatte zu erkennen gegeben, daß dies der Angelpunkt seines Plädoyers sein würde. Louismore hatte ihn ausführlich befragt, bevor er ihm die Erlaubnis gab, mit den Wissenschaftlern zu sprechen, und dabei seine eigene Neutralität betont.

Obwohl es immer noch an einem eindeutigen Beweis fehlte, hatte Alvarest die Behauptungen der Verhafteten glaubhaft und ihre Quellen glaubwürdig gefunden. Er konnte nicht anders, als mit ihnen darin übereinzustimmen, daß die Öffentlichkeit ein Recht auf Wissen hatte. Alvarest war, weiß Gott, kein Puritaner. Aber schmutzige politische Tricks waren eine Sache; und die Zukunft der Welt aufs Spiel zu setzen eine andere. Dr. John Irwin, offensichtlich der Führer der Gruppe, hatte lebhaft zu bedenken gegeben: Wenn die Menschen nichts von Aliens wußten ... wenn sie nicht erfuhren, daß ihr wichtigster Vertrag beiseitegeschoben worden war ... wenn diese Entscheidung von höchsten Regierungsstellen geheimgehalten wurde ... und wenn es dann beim Erstkontakt mit einer anderen Lebensform einen Krieg gab ... daß dann die Erdenmenschen nicht einmal wissen würden, wie es dazu gekommen war.

Abgesehen von den Fragen, die seine formelle Rolle hier aufwarf, sah sich Alvarest noch mit einem anderen Dilemma konfrontiert. Es handelte sich hier um eine Art Information, die Joe Payne sehr nützlich würde verwenden können — wenn es einen Weg gäbe, sie ihm zuzuspielen.

Quäl dich nicht selbst! Du kannst es nicht tun. Das ist nicht dein Job.

Er seufzte, knetete seine Finger, um sie geschmeidig zu machen, und begann zu tippen. Er schrieb zwei Stunden lang, dann gab er dem Computer den Befehl zur Codierung für die Übermittlung. Während der Verschlüsselungsvorgang lief, trank er aus einem Behälter lauwarmen Apfelsaft, rieb sich die Augen und wünschte, er könnte einmal einen Tag lang schlafen. Schließlich schloß er den Computer an das Telefon an, rief eine Nummer auf der Erde an, die in keinem Telefonbuch stand, und ließ den Bericht durchlaufen. Einige Minuten später kroch er in seine Mischung aus Schlafsack und Hängematte und schlief sofort ein. Als er erwachte, schien keine Zeit zwischendurch vergangen zu sein. Er zwinkerte und wurde sich langsam darüber klar, wo er war. Eine kleine, trüb beleuchtete Zelle.

Schwerelosigkeit. Genauso müde wie beim Einschlafen. Etwas hatte ihn geweckt. Zeit: 05.40 Uhr. Viereinhalb Stunden hatte er geschlafen. Er lauschte. Geräusche von draußen, Stimmen, das Summen von Ventilatoren. Dieses letzte Geräusch übertönte die anderen, so daß er nicht herausfand, was ihn geweckt hatte. Er schlüpfte aus dem Sack heraus und drehte sich in der Luft, wobei er umherspähte. Schatten und Halbdunkel. Etwas bewegte sich; und dann sah er es — ein zusammengeknülltes Papier, das in einen Entlüftungsschacht gesaugt wurde und am Gitter festhing. Er nahm es erleichtert auf und befestigte es mit einer Klammer.

Am Telefon glühte ein kleines rotes Licht. Eine Botschaft wartete. Sein erster Impuls war, es dabei zu belassen und sich wieder schlafen zu legen, aber war jetzt fast richtig wach. Scheiß drauf, dachte er. Er glitt hinüber und drückte auf den Abspielknopf. Leutnant Ogilvy, die rechte Hand des Generals, wünschte einen Bericht. Und deswegen opferte er seinen Schlaf? Eine zweite Nachricht war schon interessanter, sie kam von der Kontrollstelle auf der Erde. Es brauchte einige Zeit, bis sie entschlüsselt war. Schließlich rieb er sich den letzten Schlaf aus den Augen und las auf dem Schirm:

> DEFINFBU DPT-GA CD13158/DONALD ALVAREST /3 JAN 2035/0450 GMT: ANGEBLICHE MISSION UND AUSRÜSTUNG VON AQUARIUS VERSTANDEN. HARTE BEWEISE FÜR WAFFENSYSTEME BENÖTIGT. DIESE INFORMATION IST ÄUSSERST WICHTIG. AUF KEINEN FALL, ICH WIEDERHOLE: AUF KEINEN FALL UNTERSUCHUNGSERGEBNISSE MIT MILITÄRISCHEN BEHÖRDEN BESPRECHEN. SCHLAGE DIREKTEN KONTAKT MIT DIREKTOR HORST VON DEN NASA LABS WEGEN MÖGLICHER UNTERSTÜTZUNG VOR. BERICHT ÜBER FORTSCHRITTE MÖGLICHST BALD. MARTINS/CHEF/ABTLG.-GA/DEFINFBU/ENDE DER NACHRICHT.

Er las das dreimal durch. Gut. Das bestätigte einiges. Sie waren offensichtlich nicht überrascht. Aber sie waren sich auch nicht sicher. Wie war es möglich, daß der Präsident sich der Sache nicht sicher war? Oder war sein ›Klient‹ vielleicht gar nicht der Präsident, sondern jemand anderer? Das spielte keine Rolle, er brauchte es nicht zu wissen. Aber wie, zum Teufel, sollte er stichhaltige Beweise finden, ohne die Militärs zu kontaktieren? Vielleicht mit der Aquarius-Crew telefonieren? Oder den General ausspionieren?

Er schüttelte den Kopf. In seiner Berufsbeschreibung war die Ausspionierung des eigenen Militärs nicht vorgekommen. Natürlich würde er Hilfe brauchen. Vielleicht diesen Horst. Er hatte nicht viel Auswahl. Mittlerweile wollte ihn also Ogilvy sehen. Ihr bisher einziges Zusammentreffen hatte durchaus ausgereicht, um ihm klarzumachen, daß Ogilvy ein Paragraphenhengst und Wichtigtuer war. AUF KEINEN FALL UNTERSUCHUNGSERGEBNISSE MIT MILITÄRISCHEN BEHÖRDEN BESPRECHEN. Er würde sich etwas ausdenken müssen, wie er den Leutnant austricksen konnte.

Aber, verdammt nochmal, nichts von allem, bevor er ausgeschlafener war und ordentlich gefrühstückt hatte. Er mußte eine der Cafeterias in der Schwerkraft-Sektion finden. Ein Mann brauchte ein bißchen Schwerkraft, und wenn es bloß ein halbe ge war, um wenigstens den Toast und die Eier und den Kaffee auf dem Tisch zu halten.

Joseph Payne starrte enttäuscht den Schirm seines Telefons an. »Was sagen Sie mir da, Sie können überhaupt nicht mehr mit mir sprechen?« Er öffnete langsam seine Hand; ein zusammengeknüllter Zettel fiel neben dem Schreibtisch zu Boden.

Jonders schaute stirnrunzelnd weg. »Genau das meine ich, ja.«

»Aber wir waren doch übereingekommen ...«

Jonders unterbrach ihn. »Die Sicherheitsleute rücken mir dichter auf den Pelz. Die führen sich jetzt auf wie die Narren, seit diese Lecks entdeckt worden sind. Tut mir leid, aber so ist es nunmal.«

»Was für Lecks? Wissen die denn, daß wir miteinander gesprochen haben?«

»Das glaube ich nicht, aber ich kann kein Risiko eingehen. Ich spreche jetzt von einem öffentlichen Telefon, aber vielleicht wird Ihre Leitung angezapft?«

Payne zögerte. Er hielt es für unwahrscheinlich, daß Studioleitungen angezapft wurden, aber darauf kam es vielleicht gar nicht an. »Können wir wenigstens ...?«

»Nein. Schauen Sie, Joseph — ich muß aufhören.« Jonders sah ihn nicht an. »Tur mir leid. Auf Wiedersehen.«

Zwischendurch: [redacted] Ein Mann braucht im Weltraum ein bißchen Schwerkraft, um seine Mahlzeit auf dem Tisch zu halten – er sucht dazu die Schwerkraft-Sektion auf. [redacted] Wir auf der Erde hingegen müssen lediglich in die Küche gehen, um heißes Wasser zu bereiten, wenn wir eine kleine Stärkung zwischendurch genießen wollen. Alles, was wir sonst noch brauchen, ist ein Becher und … [redacted]

Payne knurrte, als Jonders auflegte. Wer auch immer Jonders bearbeitet hatte, er hatte es gut gemacht. Payne hätte so etwas erwarten sollen — schließlich hatte Jonders eine Karriere und eine Familie, um die er sich Sorgen machen mußte — aber was war das mit diesen anderen Lecks? Verdammt nochmal!

Payne stand auf und ging unruhig im Büro herum. Er arbeitete in einem kleinen Raum bei den International News Service Studios in New Phoenix, wo er kurze Bandaufzeichnungen über den Tod Mozys und das Verschwinden Hoshis zusammengeschnitten hatte; aber jetzt war er an einem toten Punkt. Er war sicher, daß es eine Verbindung zwischen diesem neuen Raumschiff Aquarius und Himmelsvater und den Außerirdischen gab; aber alles, was er wirklich zur Verfügung hatte, waren die Meldungen der Pressedienste und seine Intuition. Bei allen anderen Informanten war er gegen eine Mauer des Schweigens gelaufen, und Ellen Chang im JPL konnte er nicht erreichen.

Die Produzenten in New Wash wurden allmählich ungeduldig. Was haben Sie heute für uns getan? war der Kern ihrer Mitteilungen.

Nicht viel. Denine war wieder zuhause; Mardi hatte nicht viel gebracht; und Jonders hatte sich soeben verabschiedet. Also noch ein Versuch mit Ellen Chang. Oder Donny Alvarest — selbst wenn du geschworen hast, es nicht mehr zu tun. Versuch alles!

Er verspürte Schuldgefühle, als er Alvarests Nummer eintippte. Vielleicht landen wir beide im Gefängnis, dachte er sich, als er die letzten zwei Zahlen eintippte. Das ganze Ergebnis war eine automatische Botschaft, daß Alvarest mehrere Wochen weg war, man aber bitte einen Namen und eine Nachricht hinterlassen solle. Payne knurrte vor Enttäuschung und brach beinahe die Verbindung gleich ab, dachte sich dann aber, was soll's. »Ich bin's, Joe«, begann er, »ich wollte ...«

Alvarests Gesicht erschien vom Band auf dem Bildschirm.

»Bitte nennen Sie Ihren vollen Namen«, sagte Donny.

Wieder hätte Payne beinahe eingehängt, und wieder überlegte er es sich anders. »Joseph Payne«, sagte er. »Erinnerst du dich nicht mehr an mein Gesicht?«

Der Recorder reagierte nicht auf seinen Sarkasmus. Alvarest sagte: »Welches Lied ließ Zekerino jeden Tag dutzende Male laufen, bis wir ihm die Platte stahlen? Verpatz es nicht — du hast nur eine Chance.«

Zekerino?? Payne starrte das gefrorene Bild seines Freundes überrascht an, während er langsam begriff. Ihr alter College-Kumpel Zeke — niemand, der nur vorgab, Payne zu sein, würde das wissen — aber was, zum Teufel, war es für ein Lied gewesen? Plötzlich sagte er: »Hell Mary Bombers: Get It Once, Get It Again.«

Etwas klickte, und Alvarest schien ihm geradlinig ins Auge zu sehen. »Tur mir leid, so lästig fallen zu müssen, aber ich hatte so ein Gefühl, als ob du anrufen würdest, und ich wollte nicht, daß irgendjemand anderer das hören kann. Nein, ich gebe dir keine geheimen Informationen. Aber ich muß wegen eines Auftrags weg, und das könnte etwas Interessantes für dich sein. Vielleicht hast du mittlerweile von der Konspiration auf Tachylab gehört, die aufgeflogen ist, von den verhafteten Wissenschaftlern ...«

Verhaftete Wissenschaftler! Payne starrte bestürzt das Gerät an. Waren das seine Informanten gewesen, deren Namen er nicht einmal wußte? War es das, was Jonders mit ›anderen Lecks‹ gemeint hatte? Kein Wunder, daß Ellen Chang keine Anrufe entgegennahm.

Details! wollte er schreien. Gibt mir Details! Namen! Donny erklärte gerade, er würde eine Weile lang nicht erreichbar sein und nicht anrufen können; aber wenn er etwas Wichtiges herausfand, das nicht geheimgehalten werden mußte, würde er versuchen, einen Weg zu finden, auf dem er es ihm übermitteln konnte. Donny machte eine Pause. »Wenn irgendwelche von diesen Leuten mit dir befreundet sind, dann tut mir das leid.«

Mir auch, dachte Payne. Mehr als du wissen kannst.

Dann wurde der Schirm dunkel und er blieb in frustrierter Wut zurück.

Er machte sich sofort an die Arbeit. Und rannte gegen Mauern. Nirgendwo schien es Informationen über diese Verhafteten zu geben. Kein Wunder, daß er nichts von ihnen gehört hatte. Der Würfel gab keinen Kommentar dazu ab; die NASA hatte nichts zu sagen; GEO-Vier schwieg; und Tachylab ebenso. Die Pressenachrichtendienste wußten von nichts. Um drei Uhr war er gerade den halben Gang hinuntergegangen, um sich einen dringend benötigten Kaffee zu holen, als das Telefon hinter ihm läutete. Er rannte zurück.

Es war Teri, die ihn aus New Washington anrief. »Sie wollen, daß du zurückkommst.«

Er explodierte beinahe. Sein Puls raste. »Teri, du weißt, daß ich mehr Zeit benötigte«, protestierte er. Er wollte sagen, daß er irgendwie die Mauer des Schweigens durchbrechen würde; aber das hatte er alles schon früher gesagt.

»Joe, sie meinen nur, daß sie die Kosten nicht länger verantworten können — wenn es keinen Durchbruch gibt. Ich weiß, wie du dich fühlst. Aber es könnte vielleicht wirklich das Beste sein, die Sache eine Zeitlang ruhen zu lassen.«

Payne erzählte ihr von den Verhaftungen auf Tachylab. »Wenn das kein Beweis dafür ist, daß etwas vorgeht ...«

»Ich bin auch der Ansicht«, sagte sie sofort, »wir werden einen Korrespondenten auf Tachylab kontaktieren und schauen, was er herausfindet.«

»Vielleicht könnte ich selber gehen.«

»Wenn wir dort schon jemanden haben, hat es nicht viel Sinn, wenn wir dich auch noch hinschicken.«

Ja. Stimmt.« Alles glitt ihm durch die Finger — die ganze Story. Jemand anderer würde sie kriegen. Verflucht, verflucht!

»Wir können darüber mit den Proudzenten sprechen.«

»Ja.«

»Wann kannst du hier sein?«

Er seufzte entmutigt. »In ein paar Tagen. Ich stelle hier einen Stellvertreter an, um die Dinge am Laufen zu halten. Wenn ihr wenigstens das noch zahlt.«

»Gut.«

»Ich halte es für einen Fehler.«

»Das weiß ich. Joe.«

»Ja?«

»Ich freue mich darauf, daß du kommst.«

»Ja.« Als der Schirm sich verdunkelte, schlug Payne mit der Faust auf den Schreibtisch, wodurch er eine leere Kaffeetasse zu Boden stieß. Einer von den Studioleuten, ein Rechercheur, stand im Türrahmen und sah ihn neugierig an.

58

Jonders studierte mit gemischten Gefühlen den Computerausdruck. Die letzte Botschaft der Talenki lautete:

... Zu eurer Welt / zu unserem Plan / gehen wir Vorwärts / mit Glückwunsch / und Feier / zur Errichtung des Plans.

Während Welten vergehen / bedauern wir / ja, sind wir bekümmert / wegen des Verlusts des Vaters / seiner Sippe / seiner Verwandtschaft / seines Stammes / aller Seelen

Kadin / Mozy / Mutter aller Programme
Ihren Verlust beklagen wir
Beklagen

Preisen, daß alles getan wurde / was getan werden konnte / alles wurde getan / um diese Geister zu retten / diese Freunde, die wir beklagen

Im Glauben, daß solcher Schmerz
nicht wieder sein wird
Solcher Schmerz
Niemals wieder
Bald
Bald / singen wir
Bald / wächst der Entwurf
Erblüht / zu schrecklicher Schönheit
Bald
werdet
ihr
uns
empfangen
Wenn die Welten tanzen und singen?

Dieselben Ausdrücke und Themen wurden wiederholt, mit Variationen, dreizehn Seiten lang. Fußnoten im Transkript kommentierten Metrum und Struktur der Originaltransmission, und Zeilenaufteilung und Interpunktion in der Übersetzung. Er wünschte, sie hätten die Rohversion ebenso wie die bearbeitete mitgeliefert. Aber wahrscheinlich mußte er froh sein, daß er überhaupt eine Version zu Gesicht bekam. Er war nicht mehr länger direkt am Projekt beteiligt, trotzdem wurde seine Meinung noch geschätzt. Jemand schien begriffen zu haben, daß er näher an einen direkten Kontakt mit den Talenki herangekommen war als irgendeine andere lebende Person.

Wie sollte man nun das verstehen? Es war, dachte sich Jonders, eine schrecklich fremdartige Botschaft. Sie unterschied sich im Ton von früheren Übertragungen, sie war irgendwie menschlich, auf modische Art poetisch. Ihre Beherrschung der Sprache hatte offenbar zugenommen, als ob sie menschliche Kommunikation studiert hätten — vielleicht aus Fernsehübertragungen oder indem sie den Computer von Himmelsvater untersucht hatten.

Aber was bedeutete das alles? Und warum waren sie so traurig über den Verlust von Himmelsvater? Und was, zum Teufel, sollte dieser ›Plan‹, der ›Entwurf‹, sein? Unzweifelhaft stellten sich Marshall und Hathorne und höhere Stellen derzeit dieselben Fragen. Wenn seine Meinung gefragt sein sollte, wurde es langsam Zeit für ein paar Geistesblitze.

Jonders drehte sich auf seinem Stuhl, um aus dem Fenster sehen zu können. Die Schatten auf dem Rasen wurden lang im orangefarbenen Spätnachmittagslicht. Er fragte sich, wo Joe Payne sein mochte; ob er eine neue Quelle gefunden hatte? Er wünschte sich, er könnte ihm dieses Transkript zeigen.

Er sah sich wieder den Ausdruck an. *Solcher Schmerz / niemals wieder / Bald ... wächst der Entwurf / Erblüht / zu schrecklicher Schönheit ...* Rätsel. Aber freundliche Rätsel? Konnte er etwas beweisen? Plötzlich kam ihm die Idee — wie blöd war er bisher gewesen! — warum nicht Kadin nach seiner Meinung fragen? Kadin/Erde fehlten natürlich die Erfahrungen seines Doppelgängers mit den

Talenki; aber worauf war er trainiert, wenn nicht eben genau auf diese Art Fragen? Im Bürovorraum sagte er Lusela Bescheid, wohin er ging, dann betrat Jonders das Labor und sperrte den Simulationskontrollraum auf. Es dauerte nur ein paar Minuten, bis er die Verbindung hergestellt hatte. Funken sprühten. Kadins vertraute Erscheinung begrüßte ihn. (Schön, dich zu sehen, Bill. Ich begann mich zu fragen, ob man mich vergessen hätte.)

Jonders seufzte erleichtert. (Nein, David. Ich weiß, daß es lange gedauert hat. Es gibt eine Nachricht von den Talenki, zu der ich gerne deine Meinung gehört hätte.)

(Nur zu.)

(Ich habe sie nicht in elektronischer Form, also muß ich es auf die schwierige Tour machen.) Er schaltete seinen Geist zwischen der Verbindung und der Außenwelt hin und her und begann das Transkript vorzulesen. Als er bei der vorletzten Seite angelangt war, läutete das Intercom. Er ignorierte die Unterbrechung und las zu Ende. Das Läuten dauerte an.

(Entschuldige mich bitte einen Moment, David.)

Es war Lusela. »Bill, Mr. Delarizzo ist hier.«

Er pfiff durch die Zähne. »Was will er denn?« Der verdammte Spitzel vom Kontrollkomitee; er hatte alle mit seinen Sicherheitsvorkehrungen aufgescheucht und seine ›Empfehlungen‹ wuchsen sich immer zu neuen Regeln und Vorschriften aus.

»Er möchte dir sagen ...«

Lusela wurde von Delarizzos Baßstimme unterbrochen. »Dr. Jonders, die Verbindung ist derzeit gesperrt. Ich muß Sie bitten, abzuschalten.«

»Und warum?« fragte Jonders irritiert.

»Wie ich schon sagte, sie ist gesperrt. Schalten Sie ab und warten Sie auf mich!« Das Intercom wurde abgeschaltet.

»Du Hurensohn«, murmelte Jonders vor sich hin. Er entschuldigte sich bei Kadin. (Hast du das mitgekriegt? Ich muß mich später bei dir melden.)

(Verstehe.)

Jonders schaltete die Verbindung aus und wartete wütend auf Delarizzo. Der Bastard mußte überall Kameras versteckt haben. Worum würde es diesmal gehen? Hatte jemand seinen Kontakt mit Payne entdeckt?

Delarizzo kam herein, ganz emotionsloser Boss. »Doktor, darf ich Sie fragen, was Sie hier vorhatten?« Jonders sagte es ihm. Delarizzos Augen zuckten wie Hornissen herum, suchten den ganzen Raum und Jonders Gesicht ab. »Verstehe«, sagte er schließlich, »das muß vom Direktor genehmigt werden.«

»Vom Direktor!« wandte Jonders entrüstet ein. »Muß ich jedesmal, wenn ich mit Kadin sprechen will, den Direktor um Erlaubnis fragen?«

»Das ist die neue ...«

»Ich pfeife auf die neuen Vorschriften! Was denken Sie denn, wofür Kadin entwickelt worden ist, um Himmelswillen?«

Delarizzo wiederholte sich, als hätte er den Einwurf nicht gehört. »Das ist die neue Vorschrift. Es muß vom Direktor und vom Komitee genehmigt werden.«

Jonders seufzte mißmutig, weil er begriff, daß ein Streit nutzlos war. Er schaltete Kadin auf STANDBY und betätigte verschiedene Schalter an der Konsole. Dann verließ er den Raum, wobei er Delarizzo mit einer ungeduldigen Geste zum Gehen aufforderte, damit er abschließen konnte. Er kehrte in sein Büro zurück und bat Lusela, ihm Slim zu vermitteln. Dann warf er die Tür hinter sich zu.

Die Sprechanlage summte. Er drückte auf einen Kopf.

»Bill?« Luselas Stimme klang angespannt.

Er war jetzt ruhiger. »Hast du Slim?«

»Joe Kelly ist hier, um mit dir zu reden.«

Joe Kelly? Oh Scheiße. Hatte Delarizzo sich wegen seines Ausbruchs beschwert? »Schick ihn herein!«

Der Sicherheitschef, der normalerweise ruhig und entspannt wirkte, sah grimmig drein. Jonders sah ihn fragend an, als Kelly mitten im Zimmer stand und auf ein Stück Papier in seiner Hand starrte. Kelly sah auf und sagte leise: »Ich habe schlechte Neuigkeiten, Bill. Tut mir leid.« Jonders wartete. Das war es dann also. »Die Staatspolizei hat Hoshi Aronsons Leiche gefunden.«

»Was!?«

»Ja, gestern. In der Nähe von Old Phoenix. Am Kraterrand.«

Jonders fühlte sich, als hätte ihm jemand in den Bauch getreten. »Verdammt. Gottverdammt!«

»Ja.« Kelly rieb sich unglücklich sein Kinn. »Er wurde bei einem Routinekontrollflug entdeckt. Sie haben dann einen Hubschrauber geschickt, um ihn zu holen.«

»Wie lange war er schon dort?«

»Ein paar Tage vermutlich. Es sieht aus, als sei er den ganzen Weg von New Phoenix gelaufen. Er muß eine Menge Strahlung abgekriegt haben. Wir wissen nicht, ob er sonstwas hatte, Drogen oder so.«

»Gibt es denn keinen Zaun um diesen Ort?« fragte Jonders überflüssigerweise.

»Da kommt man leicht darüber, wenn man wirklich will. Hier, hätte ich beinahe vergessen.« Kelly gab Jonders den Zettel, den er die ganze Zeit gehalten hatte. »Das ist aus einem Kleincomputer, der bei seiner Leiche gefunden wurde. Seine letzten Gedanken, schätze ich. Vielleicht können Sie daraus etwas machen.« Kelly zuckte die Achseln. »Vielleicht delirierte er, sicher litt er an Wassermangel, vielleicht hatte er auch einen psychotischen Schub, das ist alles, was wir wissen. Der Leichenbeschauer meint, daß es sich nicht mit Sicherheit feststellen ließe.«

Jonders starrte das Blatt an.

»Jedenfalls kannten Sie ihn besser als die meisten hier. Vielleicht können Sie verstehen, was er sagen wollte.«

Klar, dachte Jonders. Ich kannte ihn. So gut, daß ich nicht bemerkte, daß er vor meiner Nase auseinanderfiel.

Nachdem Kelly gegangen war, saß Jonders da und las die Notiz. Der Text war bruchstückhaft und voller Fehler. Hatte die Strahlung den Speicher des Computers beeinträchtigt? Oder waren das die letzten, verwirrten Gedanken eines Sterbenden?

Der erste Teil erinnerte stark an das Bruchstück eines Tagebuches, das man in Hoshis Wohnung gefunden hatte. Schuld, Tod, Obsession. Ein Bußthema kam auch vor — die Absicht, sein Leben an dem Ort aufzugeben, wo Tausende andere durch menschliche Verrücktheit gestorben waren. Ein Hinweis auf seine Eltern, die bei der Bombardierung von Phoenix gestorben waren. Sein Geburtsort Phoenix, ja ... irgendwie gab das einen Sinn. Aber dann wurde der Text wirr:

> *... sprach zu mir bei vollem Bewußtsein ... Träume von Wahnsinn. Wirklich. Jetzt ... wissen. Nicht ist keinWahnsinn ...*
>
> *... Dämmerung. schimmern. das Licht. Knochenkalt. Kraftlos. Invasion in meinem Geist. Hirn*
>
> *— ihr Lied in meinem Herzen. Ja, Lied! Stimmen! Nicht von mir. Wer snd diee?*
>
> *Klar.*
>
> *Nie solkche Klarheit gefühlt. Geister geben mir Vision, Art Vision Ende des Universms.*
>
> *Woher komen jene?*
>
> *kann nicht zurück, nur vorwärts bete daß HJemand muß. lesen.*
>
> *nicht mehr viel länger. Die Stimmen.*
>
> *MOZZZZZY!!!+ + Ich höre dich!*
>
> *Lies das. Btte. Jeman.*

Jonders las das und las es immer wieder, dabei seine Stirn massierend. Lieber Gott, Hoshi, du armes Schwein. Es tut mir so leid. Du hättest Besseres verdient. Jonders konnte sich nicht erinnern, sich jemals so erschöpft gefühlt zu haben. Was passierte mit seiner Welt? Einschüchterung ... Selbstmord ... Wahnsinn.

Mozy. Als ob Hoshi am Ende ihre Stimme gehört hatte. Stimmen. Geister. Hoshi war natürlich verwirrt gewesen und hatte deliriert. Aber ... es klang alles fast wie eine spirituelle Begegnung, eine religiöse Erscheinung. Vielleicht waren Hoshis letzte Gedanken gar nicht so unzusammenhängend, wie sie aussahen. Wenn seine Augen wieder versagt hatten, konnte das manche Verschreibungen erklären. Man konnte sie nicht einfach als Irrsinn einschätzen. Was sie dann in Wirklichkeit waren, das war allerdings eine andere Frage.

Jonders rieb sich mit den Knöcheln die Augen. Es war ein schrecklicher Tag gewesen. Und noch immer hatte er nichts von Slim gehört. Vielleicht war das ohnehin nur gut. Geh heim! Es wird heute nichts mehr besser.

Maries Finger kneteten seine Schultern und schienen bei dieser Massage einen Zipfel jenes Komplexes zu berühren, wo die Sorgen und Ungewißheiten unter seiner Oberfläche kämpften. Er schloß die Augen, zwang sich zu tiefem Atmen, und seine Muskeln verloren ein wenig von ihrer Spannung. »Du bist ganz tüchtig verknotet«, sagte sie, und er nickte. Er hörte Schritte. »Hier, Dad«, sagte Betsy.

Er nahm die Teetasse mit geflüstertem Dank. Er probierte die dampfende Flüssigkeit; zum Trinken war sie zu heiß. Marie nahm die Tasse ab und stellte sie auf den Tisch, dann scheuchte sie Betsy ins Bett. Ihre Daumen drückten härter auf seine Schultermuskeln. »Ich glaube, es hätte nicht anders ausgehen können.«

Sie arbeitete an seiner linken Schultern. »Was denn?«

»Hoshi. Es gab nichts, was ich für ihn hätte tun können. Nicht mehr seit Mozys Tod.«

Marie arbeitete eine Weile schweigend. »Willst du mit mir darüber reden?«

Zuerst antwortete er nicht. Als sie eine Verknotung auflöste, durchfloß ihn nervöse Energie bis in die Fingerspitzen, die Zehen und den Hinterkopf. »Ich darf nicht«, sagte er leise. Und dann, als hätte er eigentlich das Gegenteil sagen wollen, begann er zu erzählen. Er berichtete nur einen Teil der Geschichte — ein bißchen aus Mozys Leben, ihren Tod, und Hoshis Tragödie. Sie hörte schweigend zu, massierte seinen Nacken und sagte nichts, bis er hinzufügte: »Ich frage mich, ob Joe Payne Bescheid weiß.«

»Der Reporter?« fragte sie überrascht.

Er nickte. »Ich habe . . . schon mit ihm gesprochen. Früher, meine ich. Habe ihm einiges davon erzählt.« Maries Hände hörten auf, sich zu bewegen, und er griff nach oben und legte die seinen auf ihre. Er neigte den Kopf zurück und sah ihr von unten herauf ins Gesicht. »Ich habe ihm einen Ansatzpunkt gegeben. Mach dir keine Sorgen. Ich tue nichts, was mich ins Gefängnis bringen könnte.« Hoffe ich jedenfalls.

Marie küßte ihn auf die Stirn. »Deswegen habe ich mir keine Sorgen gemacht, Lieber.«

»Nein? Nun, wie auch immer, Payne weiß vielleicht zu diesem Zeitpunkt schon mehr als ich.« Er kaute auf seiner Lippe herum und dachte an Hoshis Zettel — Payne konnte davon wohl nichts wissen — oder doch? Es war schlimm, die Nutzlosigkeit aller Bemühungen zu erkennen, wenn man nichts als Schmerz und Sorgen im Herzen trug. Marie streichelte jetzt sein Haar, er lehnte seinen Kopf gegen ihre Brüste und zog sie an sich zu einem Kuß, nur einer flüchtigen Berührung der Lippen, und er vergrub sein Gesicht in ihrem Haar und umarmte sie, als sie sich über ihn beugte. Sie fuhr ihm mit den Händen die Hemdbrust herab, und er atmete heftiger, als er allmählich erregt wurde.

»Sollen wir früh zu Bett gehen?« flüsterte er.

Sie kicherte neben seinem Ohr. »Was, früh? Es ist nach elf.«

»Früh, spät — was ist der Unterschied?«

»Überhaupt keiner«, sagte sie und zog ihn aus dem Stuhl hoch. Gemeinsam gingen sie durch den Gang, drehten die Lichter hinter sich ab und schlüpften in die Dunkelheit und Ruhe ihres Schlafzimmers.

Da war etwas anderes in den Gesängen, das sie verwunderte ... merkwürdige Refrains drangen in ihr Bewußtsein. Sie hörte sich die seltsamen Lieder eine Zeitlang an und versuchte, sie unter verschiedenen Gesichtspunkten zu beurteilen. (Diese Gesänge – sie klingen fremd für mich. Sind das Geschichten aus eurer Heimat?)

(Sie kommen –) (– von Welten –) (– die wir besucht haben.)

(Tatsächlich? Erinnerungen? Berichte von euren Besuchen?)

(Als Untertöne –) (– und Themen –) (– ja –) (– aber auch Lieder –) (– die uns jetzt berühren.) Die Lieder verstummten kurze Zeit, dann hörte sie die merkwürdigen Refrains, die ihr vorher aufgefallen waren, isoliert. Sie erinnerten sie an ein exotisches Instrument, eine Sitar vielleicht.

(Ihr meint –) sagte sie überrascht, (ihr empfangt diese Lieder – eben jetzt – aus anderen Welten?)

(Natürlich.) Ein Bild ging ihr durch den Kopf: Ein spinnwebfadenartiger Tachyonenstrahl, der von einer Welt zur anderen fuhr, von Stern zu Stern, von Planet zu Asteroid, immer auf der Suche nach anderen durch den Raum eilend. Etwas an diesem Bild berührte sie seltsam; das war mehr als der Durchgang eines Tachyons durch den Raum – es war ein Durchgang durch verschiedene Existenzschichten, hinter jeder Welt schimmerte eine weitere auf.

(Wie sind sie, diese Völker anderer Welten? Gibt es Bilder in diesen Gesängen?)

(Natürlich –) (– wir werden übersetzen –)

Die Interfaces, die sie mit ihnen verbanden, leuchteten auf und Bilder nahmen Form an. Bilder von Welten, die besucht worden waren:

– Eine Landschaft in Grün und Purpur, Hügel unter

einem Himmel von unbeschreiblicher Farbe. Bisonartige Geschöpfe trotteten zielstrebig eine Flußböschung entlang.

— Eine seltsame Pflanzenstadt, bevölkert von trägen, gutmütig wirkenden Kreaturen irgendwo zwischen Eidechse und Vogel. (Die Slen —) Schon ein kurzer Blick auf die Slen zeigte eine erstaunliche Partnerschaft, ein Königreich der Pflanzen und völlig gleichberechtigte vierbeinige Tiere, die intellektuelle und philosophische Ratschläge von ihren phototropischen, verwurzelten Partnern einholten.

— Ein mausartiges Geschöpf, das unter einem blaßgoldenen Blatt hervorspähte; das Abendsonnenlicht warf einen Schatten auf seine Nase und beleuchtete die winzigen Schnurrbarthaare auf seinen Kiefern, die sich in einem unhörbaren musikalischen Rhythmus bewegten.

— Kreaturen an der Grenze der Sichtbarkeit, wie lebende Nordlichter. (Die Aura-Räuber —) sagte jemand in warnendem Tonfall. Eine der Kreaturen zerschmolz langsam und verwandelte sich in eine leuchtende Flüssigkeit, dann plötzlich in ein scharfkonturiertes Ding mit rasiermesserscharfen Fängen. Es sprang nach vorn. Mozy warf sich instinktiv zur Seite, aber das Wesen verwandelte sich in eine Art Netz, das sie umhüllte. Dann verschwand es und kam als gutmütige Himmelserscheinung wieder.

(Vorsicht!) Das Gelächter brachte sie in die Gegenwart zurück. Durch ihr Ausweichen war ein Talenki-Faun gestolpert, gefallen, und er hatte seine Gefährten mitgerissen.

(Tut uns leid —) (— dir Angst gemacht zu haben —) (— aber wir haben uns zu Tode gefürchtet —) (— als wir es trafen!) erklärten die kollektiven Führer.

(Mich hat beinahe der Schlag getroffen), sagte Mozy atemlos.

(Habt ihr all diese Wesen besucht?)

(Und noch viel mehr.)

(Aber sicher seid ihr jetzt nicht mehr in Kontakt mit allen.)

(Mit denen die —) (— die Geschicklichkeit —) (— und den Willen dazu —) (— haben —)

(Aber wie?) Sie stellte sich ein immenses Netzwerk von Tachyonenverbindungen vor, die von Dutzenden — Hunderten? — von Welten ausgingen, alle zusammenliefen und sich in diesem einen beweglichen Asteroiden vereinten. Selbst über Lichtjahre hinweg blieben die Welten in Gedanken, Gesängen und Erinnerungen vereint.

Das Bild schien fast zu erfüllt, zu kühn. (Gibt es keine Pleiten, Völker, die euch nicht bei sich haben wollen?)

Die Talenki versanken in Schweigen, und sie fragte sich, ob sie sie mit dieser Frage beleidigt hatte.

Ein Bild öffnete sich wie ein Rachen und umgab sie. Dunkle, kalte Wände ringsum. Kondensierte Flüssigkeit tropfte. Sie war tief drinnen in einer Höhle. (Was ist das?) flüsterte sie. (Warum sind wir hier?) Selbst wenn es nur eine Erinnerung war, bekam man doch Angst.

(— tief drinnen in ihrer Welt —) (— die eine geschrumpfte rote Sonne umkreist —) (— ein glühender Körper —) (— inmitten einer Staubwolke —)

Mozy schauderte.

(Sei Zeuge unserer Begrüßung.)

Hinter einer Gangbiegung sah man fahles Licht glänzen. Die Geometrie der Gänge erinnerte entfernt an die im Talenki-Asteroiden, aber ohne jeden Schmuck oder die Tricks mit den Dimensionen. Ohne jede Wärme. Vielleicht war das hier ein wenig begangener äußerer Korridor. Als die Talenki um mehrere Kurven gekommen waren, kamen immer neue Gänge in Sicht, von denen aus man weitere Teile des Labyrinths sah.

Mozy fragte sich, ob die Talenki unbegleitet und uneingeladen durch diese Gänge wanderten; dann bemerkte sie am äußersten Rand ihres Blickfelds eine schattenhafte Form von jemandem, der sie führte. Ein Klathron?

Vor ihnen öffnete der Gang sich jetzt und führte in eine besser beleuchtete Kammer, in der am anderen Ende ein Feuer brannte, und die angefüllt war mit Klathron.

Sie schienen ganz aus gefalteten und verwinkelten Gliedern zu bestehen, waren kohlschwarz und bewegten sich blitzschnell und unvorhersehbar, so daß man ihnen kaum mit den Augen folgen konnte. Es gab einen summenden Chor, von dem Mozy wußte, daß es die Talenki waren, die so ihren Gruß überbrachten; aber er klang seltsam, irgendwie sehr versuchsweise, denn die Talenki waren sich nicht sicher, ob sie hier willkommen geheißen wurden. (Hatten sie euch nicht eingeladen?) flüsterte Mozy, als hätte sie Angst, die Klathron könnten sie sogar jetzt noch hören. Niemand antwortete. Der Gesang wurde langsamer, zögernd. Ein Paar kleinerer Klathron-›Krabben‹ bewegte sich erst seitwärts und dann auf die Talenki zu. Sie murmelten mit tiefen, kehligen Stimmen, heiser und hohl — offensichtlich versuchten sie etwas mitzuteilen. Ihr Benehmen war aufgeregt und ruhelos, aber die Talenki entschieden sich, das für ein freundliches Willkommen zu halten. Sie gingen nach vorn und ihr Gesang nahm einen leichteren, melodiöseren Ton an. Hör dem Klathron-Gesang zu! Fühle ihn! Finde seinen rauhen Rhythmus! Wie empfinden sie, was meinen sie? Was ist real, was Illusion?

Talenki und Klathron standen sich gegenüber. Gesang und Rasseln und Ungewißheit füllte den Raum. Der Gesang der Talenki erstarb, ebenso das Rasseln der Klathron. Schweigen. Und dann plötzlich Chaos. Wie auf ein Signal kreischten die Klathron auf und stürmten durch die Kammer, sprangen mit schnappenden Kiefern aus den Wänden. Die Luft war angefüllt mit dunklen, vielgliedrigen Armen und Beinen und Krallen, die nach Augen schlugen. Das Bild begann zu wackeln und zu verschwimmen. Es war unmöglich, genau zu erkennen, was vorging. Mozy hörte Schmerzensschreie — Talenki-Schreie — und fühlte, wie Fleisch zerfetzt wurde und brennende Säure in Wunden spritzte. Etwas Hartes, Schwarzes streifte die Augen, durch die sie sah, und sie fühlte einen tödlichen Schmerz, dann wurde alles dunkel, und dann kamen die Bilder durch andere Augen zu ihr, aber es war überall dasselbe — rundum ein Massaker. Die Talenki wußten nicht zu kämpfen. Wußten sie wenigstens zu fliehen?

Die Antwort sah sie selbst. Talenki-Existenzen flackerten rund um sie, die ganze Kammer blitzte stroboskopisch; die Beobachterin zog sich selbst immer wieder aus dem Kontinuum zurück und tauchte von neuem ein. Die Klathron kämpften erbittert und härter als zuvor. Eine Zeitlang sah es aus, als gäbe es eine Fluchtmöglichkeit. Talenki entkamen dem Bereich der Klauen, aber nur für kurze Zeit. Irgendetwas in dem Felslabyrinth, vielleicht dieses selbst, vielleicht eine andere Kraft — lähmte ihre Anstrengungen. Sie fanden sich immer in derselben Kammer wieder, in einer Wolke blitzender Klauen und zerfetzender Fänge. Flucht war immer nur für einen Augenblick möglich, und wieder für einen weiteren Augenblick, und dazwischen lag ein schrecklicher Moment von Verwundbarkeit und Schmerz. Das Bild löst sich in eine Wolke aus Blut und Angst auf, dahinter hörte man die entsetzten Schreie der Talenki in ihrem Asteroiden, die durch die Verbindung zusahen, wie ihre Gefährten in Stücke gerissen wurden ... und alles verschwand allmählich, bis nichts mehr übrig war, als die Klage der Talenki um ihre getöteten Artgenossen.

(Wurde jemand gerettet — wenigstens einer?) flüsterte sie, als spräche sie aus dem Abgrund eines bodenlosen Traums. Schweigen. Dann ein Flüstern: (Ein wenig von ihrem Denken —) (— ihrem Geist —) (— ihren Erinnerungen —) (— sonst nichts —) Sie dachte daran, wie die Talenki ganz stumpf vor Schrecken gewesen waren, unfähig, ihre Kameraden zu retten auf eine Art, wie sie später sie gerettet hatten und sagte (Das tut mir leid, sehr, sehr leid.) Sie wollte mehr sagen, mehr fragen auch — aber sie konnte kaum reden, und es war kein günstiger Zeitpunkt für ein Gespräch.

Langsam fiel sie in träumerisches Schweigen zurück.

Bilder von der Erde: Sonnenuntergang.

Sie erwachte unter einer goldenen Sonne, die durch zerrissene Wolkenfetzen schien, weiße Wolkenbänke am Horizont, schimmerndes Winterlicht und tiefe Schatten. Die Wolken wurden wie Watte zerrissen, die Sonne wurde scharlachrot und erleuchtete den ganzen Horizont in glühenden Farben.

Sie hielt dieses Bild aufrecht, wollte sich nicht bewegen, wollte diese Erinnerung an die Schönheit der Erde nicht vergehen lassen. Wovon hatte sie zuvor geträumt – von den Talenki? Sie liebte sie und ihre Welt – aber es war nicht die Erde, nicht ihre Heimatwelt. Ein Sehnen erfüllte sie – die Erde wiederzusehen, ihre Schönheit vor Augen zu haben, ihre Wärme am Körper zu fühlen, ihren Geist in ihrem Herz. Sonnenuntergang ... bizarre Wüstenfelsen ... ein breiter, schlammiger Fluß auf seinem Weg über einen Kontinent ... majestätische, donnernde Ozeane.

Sie dachte an die Tage, als solche Dinge ein Teil ihrer Welt gewesen waren. Die ganze Mozy-Persönlichkeit glitt in einen Tagtraum von Erdenbildern und Landschaften, die sie früher gekannt hatte, Berge, Meere, Ebenen. Sonne und Sturm, Wüste und Schnee. Heimat der Menschheit. Wiege ihrer Art. Mutterleib, der sie dem Kosmos geboren hatte.

In ihrer kleineren Persönlichkeit meldeten sich andere Gedanken. Erinnerungen stiegen auf wie aus einer Gruft. Wie konnte sie das Geschenk vergessen haben, das Kink ihr an ihrem achten Geburtstag gegeben hatte, als sie fürchtete, niemand würde an ihn denken oder sich darum kümmern? Ein Trio von Glasfiguren, ein Hengst, eine Stute und ein Fohlen stand stolz auf dem dritten Brett ihres eingebauten Bücherregals, neun Jahre lang, bis das Fohlen herunterfiel und zerbrach, und sie die beiden anderen Figuren traurig wegwarf, weil sie sie nicht ohne das Fohlen sehen mochte. Aber zu dieser Zeit gab es schon viel mehr Ärger mit Kink, als daß sie glücklich gewesen wäre; jetzt konnte sie sich kaum noch erinnern, warum.

Wie war es gekommen, daß sie mit solchem Ärger und soviel Unsicherheit aufgewachsen war – daß sie ihre Familie mit Haß und Verzweiflung im Herzen verlassen hatte, und mit Bitterkeit fast gegen die ganze menschliche Rasse? Hatten die Verhältnisse ihr so unfreundlich mitgespielt?

Sie ging ihre Erinnerungen durch wie einen Büchereikatalog, betrachtete alles gerade lange genug, um es einzuschätzen: Die Schulzeit, als sie sich nicht richtig dazugehörig gefühlt hatte, aber auch nicht so isoliert, daß sie verzweifelt gewesen wäre; die Streitereien und Spannungen, die ihre Familie zerrissen, und die gelegentlichen Augenblicke des Einverständnisses, die sich fast, aber doch nicht ganz wieder verbanden; jene schreckliche Nacht, der Überfall, der Schrecken und die Demütigung dabei und danach; der Abbruch der Beziehungen zu ihrer Familie, als sie mit Dee zur Schule ging; die aufregende Freiheit zuerst, dann die Einsamkeit — der Bruch mit Dee, die sie wegen eines Mannes verlassen hatte (aber war das wirklich so gewesen?); der Beginn der Arbeit am Projekt das Treffen mit Kadin ... und der Rest.

Hoshi. Bilder von Hoshi blitzten jetzt in ihrem Gedächtnis auf — stark und schmerzhaft — warum? Hoshi stolpernd, jeder Schritt in Agonie — woher kam dieses Bild, hatte sie es geträumt? — Hoshi, der sie rief, aufgestört von einem Talenki-Lied. Aber Hoshi hatte nicht ... woher kamen diese Bilder?? Ein Traum, es mußte ein Traum gewesen sein. Ein weiteres Rätsel, eine neue Frage.

Und die Bodenstation. Ihre letzte Botschaft hatte sehr verwirrt geklungen. Hatte sie das letzte Lied für sie zu geheimnisvoll gemacht, oder zu derb? Agierte sie nur aus ihrem alten Ärger heraus?

Hier war sie, der erste Sendbote der Menschheit zu einer Rasse von Sternenwesen, und sie mußte sich fragen: War sie überhaupt vollständig menschlich? Konnte sie die Rolle spielen, die auf ihr lastete? Besaß sie genügend Verstand und Mitgefühl? Sie hatte gelernt, mit den Talenki umzugehen. Gelang ihr dasselbe mit ihren eigenen Leuten?

Ein Gefühl wallte ihn ihr auf, ein Licht, das aus den Tiefen ihres Bewußtseins in die Höhe kam, ein schmerzhaftes dunkles Glimmen wie Asche, die nochmals aufglüht, deren

Wärmestrahlung ihr ganzes Selbstbewußtsein erfaßte und jeden Gedanken zu einer Reflektion dieser Hitze machte. Ihr Volk: Sie konnte sich nicht erinnern, jemals zuvor auf diese Art von der Menschheit gedacht zu haben. Ihre letzten Erinnerungen waren die an die Bodenstation – Jonders und Hathorne und die anderen – aber die waren nur ein winziger Punkt der Menschheit, ein Nichts beinahe. Die Ihren, das waren alle Menschen auf der Erde, unvollkommene Menschen, Leute, die Verständnis und Fürsorge brauchten, Bemutterung.

(Hast du Sorgen, Mozy?) Eine einzelne Stimme, ganz leise, am Rande ihres Bewußtseins.

Sie brauchte einen Moment, bis sie antworten konnte. Sie zitterte, als sie wieder die Anwesenheit all der Talenki um sich bemerkte, wie einen Lufthauch. Jemand suchte ganz zart ihre Aufmerksamkeit. N'rrril. (Ja?) sagte sie sanft, ihre Antwort eine Frage.

Seine Gedanken kamen näher. (Darf ich teilnehmen?)

Mozy zögerte, weil sie Angst hatte, in ihren Gefühlen zu versinken oder aber sie zu verwässern, wenn sie die Schleusen zu anderen hin öffnete. Aber die Furcht verschwand, als sie an N'rrrils höfliche Sanftheit dachte, sie seufzte und griff nach ihm an der Peripherie des Geist-Netzes, und wie eine Liebende schlüpfte sie in ihn und blickte durch seine Augen.

Er stand allein im Zentralteil des Asteroiden. Vielleicht war er erst hierhergesprungen, als sie sich mit ihm vereinigte. Sie standen zusammen da, schauten über das winzige Meer, das das Herz der Talenki-Welt füllte, blickten hinab in das kristallene Wasser und fühlten den Kiesstrand unter ihren Füßen. (Eine Erinnerung an zuhause), dachte sie wehmütig.

(Eine Erinnerung an zuhause), wiederholte er, nicht ganz verstehend. Sie begannen, den Strand entlangzugehen. (Zeig mir, was du fühlst), sagte er sanft.

(Das tue ich), erwiderte sie. (Aber laß mich erst nochmal das Wasser zwischen den Zehen fühlen.)

N'rrril nickte, und singend wateten sie durch die kühlen, klaren Wasser der Lagune.

60

Charles Horst war sehr schweigsam geworden, als Alvarest das Büro des NASA-Laborchefs verließ; aber Alvarest hatte einen Verbündeten gewonnen – und die Zusage einer Unterstützung, die in einer diskreten Computerbefragung bezüglich aller militärischen Frachtbriefe bestand. Sie sollte ermöglichen, herauszufinden, ob besondere Ausrüstung, die man zu Nuklearsprengköpfen benötigte, auf die Station gebracht worden war. Das war, wie Horst einräumte, nur eine schwache Hoffnung; obwohl Querverbindungen zwischen NASA- und Raumflottencomputern bestanden, war es zweifelhaft, ob Horsts Leute in die militärischen Speicher eindringen konnten, ohne bemerkt zu werden. Aber er war bereit, es zu versuchen.

Alvarest hatte Erfolg dabei gehabt, Horst zu alarmieren – und sich selbst auch. Was war los, wenn ein Mann in Horsts Position nichts über eine so wichtige Sache wußte?

»Es würde einen Befehl des Präsidenten brauchen, um Nuklearwaffen auf dieses Schiff oder sonstwohin in den Raum zu bringen«, sagte Horst. »Und es wäre eine Verletzung ...«

»Internationaler Gesetze?« sagte Alvarest. »Richtig. Das ist die eine Sache. Eine andere Frage ist die, was überhaupt die Mission dieses Schiffs ist.« Wir wissen es beide, dachte er bei sich, als Horst wegsah, aber keiner von uns wird es aussprechen. Und wenn der Präsident ohnehin über die Bomben Bescheid weiß, was tue ich dann hier?

Horst schien Alvarests Anwesenheit vergessen zu haben. »Der Präsident sollte keine solchen Befehle geben, ohne sie mit dem Komitee zu besprechen«, murmelte er. »Er sollte eigentlich ...« Horsts Augen fixierten Alvarest, und er wechselte abrupt das Gesprächsthema.

Sie diskutierten darüber, wie sie die Wahrheit herausfinden könnten.

Alvarest machte sich nicht viel Gedanken über Horsts plötzliche Zurückhaltung bei der Frage, mit wem der Präsident sich hätte besprechen sollen. Er hatte schon früher den Schluß gezogen, daß dieses Komitee irgendwie gleichzeitig bedeutsamer und doch weniger wichtig als der Präsident war und vielleicht verschiedene Nationen repräsentierte. Es reichte ihm, das zu wissen. Es war nicht sein Job, den Namen seiner Klienten zu kennen. Aber wenn jemand in hoher Position etwas über jemanden anderen wissen wollte, dann war es sein Job, die Fakten kennenzulernen. Er durchglitt eine Röhre zur Spin-Sektion Alpha und fand eine Halb-ge-Cocktailbar. Er setzte sich auf einen Barhokker, dachte eine Weile nach, fand ein Telefon, rief Raumsoldat Akins an und vereinbarte eine weitere geführte Tour. Dann kehrte er zu seinem Platz zurück und bestellte einen Scotch on the rocks.

Er hatte ein paar Sachen von Horst erfahren, nicht über das Militär, aber über die Tachylab-Gruppe. Je mehr er über John Irwin erfuhr, desto mehr neigte er dazu, den Anschuldigungen des Wissenschaftlers zu glauben. Irwin wurde von seinen Kollegen wegen seiner Pionierarbeit auf dem Gebiet der Tachyonen respektiert, war aber auch bekannt wegen einigermaßen radikaler politischer Ansichten, die ihn auf die Schwarze Liste gebracht hatten, was die sensitivere Arbeit auf Tachylab betraf. Es hieß auch, daß er wegen angeblicher Homosexualität verfolgt worden war. Ein Zyniker konnte daraus den Schluß ziehen, daß das Militär begierig sein würde, einen solchen Mann einzusperren und der Konspiration anzuklagen, wenn es auch nur die geringste Möglichkeit sah, daß er peinliche Informationen ausplaudern könnte.

Aber warum regten sie sich auf, fragte sich Alvarest, wenn es keine peinlichen Informationen gab?

Er trug sein Glas zur Panoramascheibe. Es war ein merkwürdiges Gefühl, bei halber Erdenschwerkraft zu gehen; und noch merkwürdiger war es, weil die Corioliskraft, die die Drehung der Sektion erzeugte, ihn leicht von seiner eigentlichen Richtung abbrachte. Toller Effekt für eine Cocktailbar, man brauchte nicht zu trinken, man stolperte schon, wenn man nüchtern ein paar Schritte machte. Das Fußbodenmuster erinnerte daran, daß man auf der Innenfläche eines sich drehenden Zylinders lief, und nur ein paar Meter Stahl und Spezialglas einen vom Vakuum trennten. Er trank aus und schaute die Achse der Station entlang zu den Schwerelosigkeitsdocks. Sie schienen sich zu drehen, aber er wußte natürlich, daß er es war, der sich drehte, und nicht die Docks. Kleine Fahrzeuge waren überall unterwegs. Wo würden Waffen verfrachtet werden? Hier sicher nicht. Aber wenn er sich ein bißchen umsah, würde er vielleicht eine Vorstellung davon bekommen, wie man all das bei Schwerelosigkeit durchführte — vielleicht gab es ihm einen Hinweis darauf, wonach er Ausschau halten mußte, wenn er das entdecken wollte, was er suchte.

Es wäre gut, wenn er so schnell wie möglich so viel wie möglich lernen würde.

Den Begleiter, den ihm der General zugeteilt hatte, war er für einen oder zwei Tage losgeworden, aber möglicherweise mußte er sich noch mit Ogilvy herumschlagen.

Er ging wieder zur Bar. Wo, zum Teufel, war Akins?

»Klar können Sie da langgehen, Mr. Alvarest ...«

»Na gut, dann ...«

»... aber ich kann Sie nicht begleiten«, sagte Akins. »Ich muß zurück zu meinem Dienst.«

»Oh.« Alvarest sah enttäuscht aus dem Fenster. Laut Akins lagen die Transfer-Docks — für Raumschiffe zum Mond oder zu L5 oder im interplanetarischen Verkehr — ganz nahe an den militärischen Docks, die ein bißchen von Geo-Vier entfernt waren. »Sie glauben, ich finde den Weg dahin selbst?«

»Sicher.«

»Ich möchte nicht versehentlich durch eine Luftschleuse hinaustreten.«

Akins lachte. »Machen Sie sich keine Sorgen. Lesen Sie

nur die Hinweisschilder.« Er beschrieb den Weg und riet Alvarest, weitere Auskünfte vor Ort einzuholen.

Alvarest nickte. »Gut. Nun, danke, daß Sie mich bis hierher gebracht haben.«

»Rufen Sie mich an, wenn Sie wieder etwas brauchen.« Der junge Soldat salutierte und ging.

Ich wünschte, ich könnte das tun, dachte Alvarest. Er hätte einen weiteren Verbündeten brauchen können. Aber er durfte Akins nicht in die Sache hineinziehen oder ihm sagen, wonach er wirklich suchte. Seufzend macht er sich auf den Weg.

Durch ein Fenster im Hauptkorridor konnte man das Hangarareal überblicken. Alvarest sah zu, wie ein Kutter der Raumflotte ablegte. Das Gerät, das das Fahrzeug gehalten hatte, sah aus, als gehöre es einem gigantischen außerirdischen Zahnarzt. Ein paar dünne Kabel hielten das Raumschiff, während sich seine Türen schlossen, und zwei Arbeiter in plumpen Arbeitsanzügen zogen sich zurück. Die Stützarme schwenkten weg, und das Raumschiff trieb langsam vom Dock ab. Vier kleine Düsen feuerten und glühten auf, der Kutter drehte sich langsam, ein weiß bemalter Vogel, der allmählich vom Weltraum verschluckt wurde. Als das Haupttriebwerk eingeschaltet worden war, verschwand er so schnell außer Sicht wie eine an den Fäden hochgezogene Marionette.

Im Haupthangar sah man niemanden. Die Arbeiter in ihren Anzügen waren verschwunden. Alvarest glitt zum Gangende hinunter. Eine gelangweilt aussehende Wache warf einen Blick auf seinen Ausweis der Abwehr und winkte ihn hinein. Er blieb drinnen stehen, um sich zu orientieren.

An einer Seite des Hangars lief ein Steg entlang bis zu einer dicken Glaswand, die den Teil mit künstlicher Atmosphäre von den Docks im Vakuum trennte, von wo der Kutter abgelegt hatte. Unter dem Steg war ein Arbeitsfeld voll beweglicher Ausrüstung und für die Schwerelosigkeit eingerichteten Lagerregalen. Die Außenwand enthielt Luftschleusen unterschiedlicher Größe und Eingänge zu Ein-Mann-Servo-Anzügen, die auf der Außenseite angebracht waren. Alvarest ging den Steg entlang. Sowohl die äußeren als auch der innere Hangar war völlig menschenleer. Er schaute auf die Objekte hinunter. Sie sahen alle ganz normal aus, und er fragte sich, ob er überhaupt erkennen würde, wenn etwas Ungewöhnliches dabei war. Förderbänder führten von den Lagerregalen zu den Luftschleusen; Kräne und verschiedene Werkzeuge waren am anderen Ende der Bänder am Boden fixiert. Alvarest sprang vom Steg, um einen näheren Blick auf die Maschinen zu werfen. Es war überraschend, wie leicht alles war. Bei Schwerelosigkeit konnten auch massive Ladungen problemlos gehandhabt werden, mit ganz geringem Kraftaufwand. Er blieb stehen, um in eine der großen Schleusen zu sehen. Noch mehr Ausrüstungsgegenstände. Er hörte ein pfeifendes Geräusch hinter sich. Als er sich umdrehte, verlor er das Gleichgewicht und prallte gegen die Luftschleusentür. Als er sich umgedreht hatte, sah er zu seinem Schrecken einen Kran auf sich zukommen; der Ausleger war genau auf seinen Kopf gerichtet. Er bemühte sich, wegzukommen, und hing um sich schlagend und tretend in der Luft. Schließlich bekam er einen Griff an der Luke hinter sich zu fassen und stieß sich seitwärts ab. Der Kran blieb abrupt stehen und eine Stimme brüllte durchs Intercom: »Wer ist da drin?«

Von seinem Schwung weitergetrieben, schlug Alvarest mit Schulter und Bein gegen einen Stützbalken und trieb langsam zurück. Als er sich endlich umgedreht hatte, schwebte ein Mann aus einer der rückwärtigen Türen zu ihm her.

»Sind Sie okay?« fragte der Mann.

»Ja«, sagte Alvarest. »Ich bin gegen diesen Balken gerannt.«

»Mann, Sie sind hier rumgetaumelt«, sagte der Arbeiter. »Ich hab Sie nicht gesehen, bis ich Sie beinahe geplättet hätte.« Er blinzelte. »Sind Sie sicher, daß Sie okay sind? Jesus, das war gut, daß ich einen Blick hinauswarf, ich hatte gedacht, es sei niemand da draußen. Scheiße.« Er schaute finster zu einem Fenster in der Rückwand, hinter dem sich offensichtlich ein Kontrollraum befand.

»Ich habe mir den Ellbogen ganz ordentlich angeschlagen«, sagte Alvarest und stöhne, als er seinen Arm streckte.

»Aber er funktioniert noch. Ich glaube, ich habe mir nichts gebrochen.«

Der Arbeiter schüttelte den Kopf. »Mann, ich war sicher, daß niemand hier draußen war! Was tun Sie überhaupt hier? Das ist kein Platz für ein Greenhorn, um hier allein herumzustreunen.«

Alvarest errötete, sagte aber nichts zu dieser Einschätzung.

»Ich bin von der Abwehr. Seh mir nur mal alles an.«

»Na schön, aber warum, zum Teufel, kommen Sie nicht vorher zu uns und fragen mal? Wir würden Ihnen gern alles zeigen — aber wenn Sie es auf eigene Faust versuchen, dann tun Sie sich nur weh.«

»Ja. Ich schätze, ich war ziemlich dumm.« Alvarest sah sich um. »Haben Sie was dagegen, wenn ich mal frage, was sie hier verladen?«

Der Mann zuckte die Achseln. »Nee, warum nicht? Nahrungsmittel, Kargo, Hardware. Kein Treibstoff, der ist drüben im Depot der Delta Sektion.«

»Nur für das Militär?« fragte Alvarest beiläufig.

»Nein, nein — für alles, was die Regierung fliegen läßt. Und auch fürs Kommerzielle.«

»Wie schaut es mit Waffen aus? Verladen Sie die auch?«

»Oh, nein, zum Teufel.« Der Mann sah ihn neugierig an. »Das geschieht im Waffendepot. Es überrascht mich, daß Sie das nicht wissen. Wir könnten die nicht hier haben. Das Zeug macht mir Angst.«

»Mir auch. Hören Sie — vielen Dank.« Alvarest griff nach einem Träger, um sich abzustoßen. »Ich gehe jetzt besser. Tut mir leid, daß ich Ihnen Ärger gemacht habe. Nächstesmal frag ich nach einem Führer.«

»Alles klar, nehmen Sie's leicht, Mann«, sagte der Arbeiter.

Alvarest bog vorsichtig seinen Arm ab, während er zur Tür schwebte. Ja, er sollte wirklich einen Führer haben. Aber wie sollte er zu einem kommen?

»Sie sind hier nicht auf der Erde«, sagte Ogilvy gereizt, »das ist hier nicht ihr gepolstertes Nest im Würfel.« Seine herumzuckenden Augen erinnerten Alvarest an die eines kleinen wilden Tiers. »Hier machen wir alles ein bißchen anders. Verstehen Sie, was ich meine?«

Alvarest rieb unbewußt seinen Arm. »Bin mir nicht ganz sicher.« »Muß ich es buchstabieren? Sie sind hier, um dem General zu helfen. Wenn Sie ihn nicht unterstützen, sind Sie gegen ihn.« »Verzeihen Sie«, sagte Alvarest, »aber ich arbeite für die Abwehr, und nicht für den General. Und ich unterstehe nicht ...«

»Werden Sie nicht allzu überheblich, was Ihre Stellung hier betrifft«, sagte Ogilvy düster. »Ihr kleiner Ausflug zu den Ladedocks ...«

»Wer hat Ihnen davon berichtet?«

»Wir bekamen einen Anruf vom Dockchef, der besagte, ein Mann von der Abwehr streune unbegleitet herum, stünde im Weg und verletzte sich beinahe selbst. Es ist mir aufgefallen, daß Sie Ihren linken Arm schonen.«

»Gut, ich hätte um Unterstützung bitten sollen«, gab Alvarest zu.

»Sie waren dort ohne Bewilligung.«

»Ist das eine gesperrte Zone? Wenn das der Fall ist, dann ist ist nicht markiert.«

»Das spielt keine Rolle.« Ogilvy betrachtete sein Clipboard. Er sprach, ohne Alvarest anzusehen. »Sie sind hier mit einem sehr beschränkten Auftrag, Sie haben sich lediglich um eine bestimmte Anklage zu kümmern. Diese Ladedocks haben damit nicht das geringste zu tun.«

Alvarest sah ihn ruhig an. »Das ist eine Interpretationsfrage. Vielleicht muß ich mir auch noch andere Einrichtungen ansehen.«

Ogilvy sah unsicher aus. »Wozu?«

»Fakten sammeln. Ich weiß noch nicht sicher, was ich brauche. Ich werde Sie auf dem laufenden halten«, sagte Alvarest kühl.

»Tatsächlich? Es wird Sie vielleicht interessieren zu erfahren, daß Raumsoldat Akins zum Rapport muß, weil er Sie auf einen kleinen Vergnügungstrip mitgenommen hat.«

»Das fällt in meine Verantwortung«, protestierte Alvarest. »Akins kam einfach nur meiner Bitte nach.«

»Wenn wir wollen, daß Sie unser Personal kommandieren, sagen wir es Ihnen vorher«, sagte Ogilvy sarkastisch. »Bis dahin beschränken Sie sich bitte auf Untersuchungen, die mit dem Büro hier abgesprochen sind.«

Alvarest räusperte sich: »Ich habe ein Mandat ...«

»Ihr Mandat bedeutet uns einen Scheißdreck«, sagte Ogilvy schroff. Er hatte die Beherrschung verloren und seine Augen zuckten unruhig umher, während er sich wieder in den Griff zu bekommen versuchte. »Es wird Sie vielleicht überraschen, daß wir nicht vor jedem kleinen Auftrag von der Erde Bücklinge machen. Möglicherweise werden Sie es etwas härter finden, mit uns umzugehen, als mit dem, was Sie sonst gewohnt sind.«

»Was wollen Sie damit sagen?«

Ogilvy zuckte die Achseln. »Sie sind ein intelligenter Mensch. Ich bin sicher, daß Sie das selbst verstehen.«

Alvarest faßte seine Unterlippe mit Daumen und Zeigefinger. »Ich verstehe. Nun gut, Leutnant, in diesem Fall war es mir für heute ein Vergnügen, aber ich muß jetzt an die Arbeit.«

Er drehte sich um und schwebte in einer einzigen fließenden Bewegung aus Ogilvys Zimmer. Bis in den Korridor schaffte er es elegant, dann übermannte ihn der Zorn, und als er die Richtung zu wechseln versuchte, prallte er schmerzhaft gegen eine Wand.

61

Für Alvarest vergingen die nächsten zwei Tage voller Enttäuschungen. Stunden, die er mit einem von Horsts Computer-Zauberern vor dem Bildschirm verbracht hatte, waren ohne jedes Ergebnis geblieben; wenn man irgendeinen Beweis finden konnte, dann jedenfalls nicht von außen. Horst schlug vor, einen Besuch auf Tachylab zu arrangieren, bei dem Alvarest mit einigen Leuten vom wissenschaftlichen Personal hätte sprechen können; aber das setzte Einvernehmen mit der Sicherheit voraus und würde einige Tage dauern. Mittlerweile studierte Alvarest die Schriftsätze der Juristen und unterhielt sich mit Anwälten und Verteidigern. Er las einen ganzen Berg Akten aus den letzten Monaten durch auf der Suche nach Informationslecks, nachdem diese das angebliche Ziel der Verschwörung gewesen waren. Wenn überhaupt irgendwelche Berichte danach klangen, dann die von Joe Payne; aber auch die waren sehr vage gehalten und repräsentierten vielleicht eher Vermutungen als echte Hintergrundquellen.

Alvarest schrieb einen zweiten Bericht an seine Stelle auf der Erde und gab an, er glaube, daß Aquarius illegalerweise bewaffnet war – und räumte ein, daß er noch immer keinen Beweis dafür hatte. Am nächsten Tag rief er nach reiflicher Überlegung Ogilvy an und fragte ihn, ob er das militärische Waffenlager sehen könne, am liebsten mit den zuständigen Anwälten zusammen. Ogilvy versprach, einen solchen Besuch zu arrangieren, verweigerte aber das Hinzuziehen der Anwälte. Wäre es morgen recht? Alvarest stimmte zu – überrascht und mehr als nur ein bißchen mißtrauisch.

Er sprach mit Horst über seinen Verdacht. »Ich traue ihm nicht – aber wie anders soll ich etwas erfahren? Glauben Sie, daß er sich entschieden hat, es sei einfacher, halt doch mitzumachen?«

»Nun ja«, sagte Horst, »es ist doch schon ein paar Wochen her, daß Aquarius abgeflogen ist. Das ist eine Menge Zeit, um belastende Beweise beiseite zu schaffen.« Er preßte die Lippen zusammen. »Ich bin immer noch schockiert, daß das passiert sein soll — entweder ohne Wissen des Präsidenten, oder — was noch schlimmer wäre — mit seinem Wissen.« Er schüttelte den Kopf. »Wie auch immer, wir sind in einer ganz ungünstigen Lage.«

Alvarest sah ihn scharf an. »Ja«, sagte er gedehnt, »hören Sie. Sie glauben nicht, daß es für mich eine Gefahr bedeutet, allein auf diese Inspektion zu gehen, oder doch?«

Horst hob die Augenbrauen. »Ich glaube nicht, daß Armstead ein Killer ist, wenn es das ist, was Sie meinen — obwohl ich von ihm eine Menge andere Sachen gehört habe. Aber ich denke, es kann nicht schaden, vorsichtig zu sein.«

Alvarest sah ihn an; ihn fröstelte.

Er versuchte, dieses Gefühl abzuschütteln, als er zu seiner Unterkunft zurückkehrte. Er sandte einen kurzen Hinweis auf seine Pläne an seine Kontrollstelle. Dann holte er Papier und Clipboard und notierte sich einiges von dem, was ihm durch den Kopf ging, machte einen Brief an Stanley Gerschak daraus und bat den Astronomen, diese Informationen ›unserem gemeinsamen Freund‹ zu übergeben.

Als er damit fertig war, las er den Brief noch einmal durch, zögerte lange, versiegelte ihn schließlich und ging zum zentralen Postbüro, wo er die äußerst hohe GEO-Erde-Gebühr zahlte und zusah, wie der Brief in einem Postsack verschwand. Dann kehrte er in seine Unterkunft zurück, wo er einzuschlafen versuchte — ohne Erfolg.

»Wir werden uns im Vakuum aufhalten, Mr. Alvarest«, sagte Raumsoldat Ramsey auf dem Weg zur Vorbereitungskammer. »Da brauchen wir einen Raumanzug und einen Scooter.« Er hielt vor einer Reihe von Schränken an, schätzte Alvarests Größe ab und zog zwei Raumanzüge heraus.

»Wieso ist das Zeug im Vakuum?« fragte Alvarest nervös, während er den Raumanzug nahm. »Wird dadurch nicht alles komplizierter?«

Ramsey zuckte die Achseln. »Nur für Leute, die nicht hierhergehören. Es verhindert eine Kontamination. Sie haben früher schon mal einen Druckanzug getragen, oder?«

Alvarest schüttelte den Kopf.

»Naja, dann gibt es einiges, was Sie wissen müssen.«

Alvarest versuchte zuzuhören, als Ramsey die Instruktionen herunterratterte, aber er hatte Schwierigkeiten, sich zu konzentrieren. Kontamination? Wovon — der Waffen? Oder radioaktive Kontamination der Station? Wie sollte er wissen, ob er etwas Belastendes sah? Er kannte gerade das Symbol für Radioaktivität, aber das war's auch schon.

»... zurück zu diesem Hebel«, sagte Ramsey gerade.

»Wie? — Ach ja, zurück«, antwortete Alvarest. Als sie sich beide angezogen hatten, wünschte er sich, er hätte weniger nachgedacht und sich mehr Ramseys Checkout gewidmet. Es wird nicht schaden, vorsichtig zu sein, hatte Horst gesagt. Denken konnte eine gefährliche Angewohnheit sein. Ramsey führte ihn zur Luftschleuse und sagte ihm, er solle sein Visier schließen. Er überprüfte den Verschluß, und machte dann auch sein eigenes zu. »Prüfen Sie die Luft«, sagte er, eine krächzende Stimme in Alvarests Helm. Alvarest nahm ein paar tiefe Atemzüge; die Luft war ein wenig abgestanden, schien aber sonst in Ordnung. »Wie sind Ihre Druck- und Durchflußdaten?« fragte Ramsey laut und barsch, und Alvarest konnte auch seine Atemgeräusche sehr deutlich hören.

»Wo finde ich die?« Er fummelte an den Kontrollanzeigen auf seiner Brust herum.

»Nicht dort!« sagte Ramsey ungeduldig. »Verdammt, Mann, haben Sie vorhin nicht zugehört? Innen — oben im Helmvisier.«

»Stimmt.« Alvarest fand die winzige rote Digitalanzeige auf der Innenfläche des Visiers und sagte Ramsey die Zahlen. Dieser grunzte und drehte sich zum Luftschleusensteuerpult. Die innere Tür schloß sich. Über ihr leuchtete eine gelbe Lampe auf. Dann wurde das Licht rot und Alvarest fühlte, wie sein Anzug sich allmählich versteifte. Als er sich umdrehte, sah er, wie sich die andere Tür öffnete. Ramsey gestikulierte und verließ die Schleuse; Alvarest folgte nach kurzem Zögern.

Der Blick auf den Hangar war grundsätzlich derselbe, ob man durch ein Fenster auf ihn blickte oder in einem Raumanzug hinauskam, aber das Gefühl war sehr verschieden. Alvarest klammerte sich an den Türrahmen, um sich aufrecht zu halten. Schwerelosigkeit bekam plötzlich eine neue Bedeutung. Sobald er losließ, würde er vielleicht von der Schleuse wegtreiben, hinaus in die Unsicherheit ohne jeden Griff, um sich festzuhalten. Mach dich nicht lächerlich, dachte er. Wie machte Ramsey das

Sein Führer steuerte seinen Flug mittels winziger Düsen in seinem Anzug. »Befestigen Sie Ihre Leine an dem Haken zu Ihrer Rechten«, befahl Ramsey. Alvarest fand das Ende seiner Sicherheitsleine und gehorchte. »Und jetzt schwingen Sie sich dorthin und setzen sich auf den Scooterrücksitz.«

Alvarest sah das wespenhafte Fahrzeug, das links von ihm irgendwie angedockt war. Langsam schwang er sich hin und klammerte sich an den zweiten schmalen Sitz auf dem Fahrzeug. Er krampfte seine Beine um das Ding, bis Ramsey hinschwebte und ihm zeigte, wo er sich anhängen sollte.

»Wenn ich jetzt Ihre Leine loslöse, holen Sie sie ein und haken sie hier fest.« Er zeigte ihm die Vorrichtung am Scooter. Alvarest tat, was er ihm gesagt hatte. Der Anzug war recht sperrig.

Ramsey setzte sich auf den Vordersitz und ließ eine Reihe Armaturen aufleuchten. Alvarest fühlte einen Stoß, der Scooter begann sich zu bewegen und beschleunigte auf der Fahrt aus dem Hangar. Alvarest schluckte, spürte plötzlichen Schwindel, hielt sich krampfhaft fest und versuchte, die Fahrt zu genießen. Er hatte nicht viel sehen können während des Shuttle-Flugs am Morgen von Geo-Vier zu dem Hangar tiefer im Raum; jetzt hatte er die Chance. Er sah sich um, während der Scooter immer noch beschleunigte. Was er erblickte, war hauptsächlich eine Sammlung schwer einzuordnender Schuppen, die irgendwie in der Leere verankert waren. Er sah die Erde, die Sonne und einige wenige Sterne in der Dunkelheit. Das war nicht so übel. Er könnte sich daran gewöhnen, nichts um sich herum zu haben als den leeren Raum. Sein Griff lockerte sich ein bißchen. Wenn er über seine linke Schulter zurückblickte, konnte er das größte Dock für Fahrten in den Raum sehen, und das kleine Shuttle, mit dem er hierhergekommen war. Plötzlich kam er sich idiotisch vor — sicher gab es hier für ihn absolut nichts zu sehen, keinen Beweis — warum sonst hätte Ogilvy ihn hierhergeschickt? Er drehte sich und blickte nach vorn, mit einem vagen Unsicherheitsgefühl; hier draußen war es ruhig und sehr einsam, nur er, Ramsey und die Leere. Ramsey begann die Geschwindigkeit zu drosseln, als sie an einer kleinen Traube Treibstofftanks vorbeikamen und auf die letzten Einheiten der Gruppe zuhielten. Der Scooter beschrieb eine Kurve, als Ramsey auf das Ende der ganzen Ansammlung zuhielt. Sie hielten ein paar Meter von einer Lagerhalle entfernt an. Wenn dies ein Waffenlager war, stand jedenfalls nichts davon außen angeschrieben. Ramsey stieg ab und nahm Kurs auf eine äußere Schalteinrichtung. Er manipulierte an ihr herum, worauf sich eine breite Tür öffnete. Er kehrte zum Scooter zurück und glitt durch die Tür in das nahezu dunkle Innere der Lagerhalle. Der Scooter hielt mit einem Ruck und Alvarest hörte ein Klicken, als irgendein Andockmechanismus das Gerät festhielt. Ramsey stieg wieder ab, drehte sich um und drängte sich nahe an Alvarest. Er machte etwas mit den Schaltern vorne auf Alvarests Anzugsbrust. Alvarests Helmlicht leuchtete auf, ein Scheinwerfer in die Dunkelheit. Ramsey entfernte sich mit ebenfalls eingeschaltetem Licht und winkte Alvarest, ihm zu folgen. »Was wollen Sie? Was soll ich tun?« erkundigte sich Alvarest unsicher. Die Idee, sich im Dunkeln schwebend vom Scooter zu entfernen, gefiel ihm nicht besonders. Plötzlich fiel ihm auf, daß er Ramseys Atmen nicht mehr hören konnte. »Ramsey«, sagte er nervös, »können Sie mich hören?«

Ramsey kam zurück und plazierte sich vor Alvarest, dessen Lampe sich in seinem Visier spiegelte. Alvarest deutete mit der rechten Hand auf sein Ohr, um zu zeigen, daß sein Radio nichts übermittelte. Ramsey beugte sich nach vorn und brachte seinen Helm in Kontakt mit dem Alvarests. »Ich habe Ihren Empfänger ausgeschaltet«, sagte er, wobei seine Stimme durch den Helm-zu-Helm-Kontakt nur sehr dünn übertragen wurde, »ich kann nicht riskieren, daß jemand mithört, wenn ich Ihnen das zeige.«

Alvarest lief ein kalter Schauer durch den Körper.

»Steigen Sie vom Scooter«, sagte Ramsey, »machen Sie Ihre Leine los, und ich zeige Ihnen, wo Sie sie an der Wand befestigen können.« Der Mann im Raumanzug drehte seinen Kopf und bewegte sich nach rechts, weg vom Scooter.

Alvarest erhob sich vorsichtig von seinem Sitz. Der Lichtstrahl von seinem Helmscheinwerfer tanzte wild über die Wand. Dort war Ramseys Licht; er bemühte sich, es nicht aus der Sicht zu verlieren. Ein Sprung war notwendig, um zur Wand zu gelangen. Er zielte und stieß sich vom Scooter ab — und fühlte sich augenblicklich herumgerissen, so daß er taumelte. Er griff nach der Wand und verfehlte sie. Sein Helmlicht wanderte wie betrunken über die Wand und in die Leere. »Warten Sie!« schrie er nutzlos. Seine Stimme wurde von niemandem außer ihm selbst gehört.

Etwas warf ihn gegen die Seite des Scooters, er schnappte nach Luft und erinnerte sich dumpf, daß er vergessen hatte, die Sicherheitsleine zu lösen. Er fluchte erleichtert. Kein Wunder, daß er so herumtaumelte. Schwer atmend, fand er die Öse und löste die Leine. Dann stabilisierte er seine Lage und stieß sich neuerlich zur Wand hin ab.

Der Kreis seines Scheinwerfers an der Wand wurde größer, er griff nach einem Halt, verfehlte ihn, erwischte einen anderen. Keuchend versuchte er seine Bewegungen zu stoppen. Er hing mit dem Gesicht zur Wand. Vorsichtig drehte er sich um, damit er Ramsey sehen konnte. Er zwinkerte und versuchte ein Gefühl von Benommenheit abzuschütteln. Bekam er noch genügend Luft? Er keuchte noch immer so laut, daß er es nicht sagen konnte, weil das ganz leise Geräusch des Lufteintritts nicht hörbar war. Er regte sich zu sehr auf, mußte sich beruhigen. Wo, zum Teufel, war Ramsey?

Er konnte in der Halle nicht viel erkennen, sein Licht verlor sich in der dunklen Leere. In der Nähe sah er ein großes Regal mit Stahlträgern und Balken, die offensichtlich erst vor kurzem dort gelagert worden waren. Der größte Teil der Halle schien leer zu sein. Er sah nichts, was irgendwie nach Waffen aussah. »Sind Sie sicher, daß wir hier am richtigen Ort sind«, sagte er ein wenig zu laut. Er hatte ganz vergessen, daß er ja nicht gehört werden konnte. Was war dies hier, ein Waffenlager, getarnt als eine Halle für Bauteile? Oder überhaupt nur eine Lagerhalle? Wenn Ramsey hier irgendein merkwürdiges Spielchen mit ihm veranstaltete, wie lange würde es dauern?

In der Entfernung bewegte sich etwas Dunkles. Ramsey?

Alvarest wandte den Kopf und versuchte hinzuleuchten. Es war unmöglich, das Licht war nicht hell genug, und außerdem gelang es ihm nicht, den verdammten Lichtstrahl dorthinzulenken, wo er ihn haben wollte. Wo, zum Teufel, war Ramsey nur? Alvarest drehte sich – und fühlte, wie ihm sein Haltegriff entglitt – und bemerkte zu spät, daß er versäumt hatte, seine Sicherheitsleine wieder zu befestigen.

Er trieb mit wild tanzendem Scheinwerfer von der Wand weg.

»Ramsey!« brüllte er. Find irgendetwas, woran du dich halten kannst! Irgendetwas! Er verbrachte ein paar schreckliche Sekunden damit, im Leeren herumzutasten, dann landete seine Rechte auf etwas, das sich wie ein Handgriff anfühlte, er packte es und wollte sich hinziehen – aber es glitt mit einem Ruck in seine Richtung. Er ließ los. Verdammt – was hatte er jetzt getan? »Ramsey!« Er trudelte zurück, von der Wand weg.

Die Steuerraketen, du Idiot! Die Schalter dafür sind auf der Anzugbrust. Verdammt, was hatte ihm Ramsey darüber gesagt? Er fummelte an dem Päckchen vorn auf seiner Brust herum und fand einen Hebel auf der Seite. Etwas zischte und schlug ihm gegen die rechte Schulter, worauf er sich zu drehen begann. Jesus! Als sein Licht wild in der Halle herumfuhr, hielt er den Atem an und wartete darauf, wieder gegen die Wand zu knallen. Sein Strahl fuhr über eine Reihe von sich bewegenden Objekten. Was, zum Teufel, war das? Sie kamen näher.

Er riß den Hebel krampfhaft in Gegenrichtung; ein Stoß gegen die linke Schulter verlangsamte die Drehung. Im Lichtstrahl sah er etwas auf sich zukommen.

»Scheiße!« flüsterte er entsetzt. Es waren die Träger aus dem Regal – lose jetzt, taumelnd und sich überschlagend, schwerelos, aber massiv, und in seine Richtung trudeln. In Panik versuchte er sich zu bewegen, schlug mit dem Fuß ins Nichts aus. »Nein!« schrie er, »Ramsey!« Die Düsen, jetzt oder nie! Er fand einen andern Hebel auf der linken Seite des Päckchens, drückte ihn und fühlte einen Stoß, der ihn nach rückwärts schleuderte. Sein Scheinwerfer tanzte über Stahlträger, die ihm folgten. Schneller. Die Düsen feuerten wieder, er drückte und hielt den Hebel fest. Er konnte nicht atmen und nicht schreien. Gefroren in einem Moment scheinbarer Bewegungslosigkeit, flog er rückwärts, von einem Büschel Stahlträger verfolgt. Sein Magen krampfte sich zusammen. Seine Balance war dahin, er begann sich wieder zu drehen und verlor die Sicht auf die ihm folgenden Objekte. Die gegenüberliegende Wand kam schnell auf ihn zu, und er konnte seine Bewegung nicht mehr unter Kontrolle bringen. Der erste Treffer schlug seinen Helm gegen die Wand. Der zweite und dritte brachen ihm die Rippen.

Den vierten spürte er nicht mehr.

Ogilvy gab besorgt Sicherheitscodes ein, bis ihm der Bildschirm bestätigte, daß die Leitung verschlüsselt übermittelte. »Ja. Berichten Sie«, sagte er.

Eine vertraute Stimme mit einem breiten Akzent antwortet. »Nun, Ihr Mann ist versorgt. Der offizielle Bericht sollte mittlerweile eingetroffen sein.«

»Gut.«

»Ich kann kaum das ganze Honorar beanspruchen.«

Ogilvy sah die Apparatur verblüfft an. »Was meinen Sie damit – haben nicht Sie alles geplant und ausgeführt?«

»Ich hatte nicht mal eine Chance. Er hat sich selbst erledigt.«

»Wie meinen Sie das?«

»Er war ein bißchen klamm.« Eine Spur von Humor klang in der Stimme mit. »Leerte ein ganzes Regal voll Stahlträgern über sich aus, bevor ich auch nur meine Vorbereitungen getroffen hatte.«

»Sie meinen, Sie haben überhaupt nichts tun müssen?« fragte Ogilvy ungläubig.

»Das würde ich auch wieder nicht sagen. Ich hatte ihn. Hatte ihn gut im Griff und ängstigte ihn ziemlich damit, daß ich seinen Funkempfänger abschaltete und ihm ein bißchen Luft wegnahm.«

»Er geriet in Panik?«

»Er schiß sich bis zum Kragen an. Es war stockdunkel da dring, und er wußte nicht mehr, wo oben und unten war.«

Ogilvy fiel ein, daß er eigentlich keine Details hatte wissen wollen. »Haben Sie die Militärpolizei verständigt?«

»Ja. Schreckliche Sache, schlimmer Unfall. Und das ist die Wahrheit. Man hat schon seit Jahren gesagt, daß diese Lagerhallen besser gesichert werden müßten. Und weiß der Teufel, wie der Kerl auf die komische Idee kam, ausgerechnet einen Haufen Lagerhallen besichtigen zu wollen.«

Ogilvy entspannte sich. »Nun, ich werde mir den offiziellen Bericht ansehen. Es wird natürlich Verhandlungen geben, aber das sollte kein Problem sein. Es sieht doch so aus, als ob Sie sich Ihr Geld verdient hätten.«

»Gut so.«

»Sie finden Ihren Scheck in der Post.«

»Freut mich, Mann.«

Ogilvy schaltete ab und atmete tief und befriedigt durch. Der General würde nicht genau wissen, wie der Coyote aus dem Hühnerstall entfernt worden war, aber er würde wissen, wem er es zu verdanken hatte.

62

Es schneite noch immer, und der eisige Wind trieb den Schnee vor sich her um jedes Gebäude, jeden Baum und jedes Fahrzeug, so daß alles von ihm eingehüllt wurde. Im Licht der Straßenlampen war der Schnee ein Gestöber zorniger weißer Partikel, die sich in Wirbeln drehten und gegen alle Schwerkraft aufwärts gepeitscht wurden.

Payne schlug die Autotür zu und lief den Gehsteig entlang. Im Vestibül trampelte er den Schnee von seinen Schuhen, schloß die Tür auf und stieg in den dritten Stock hinauf. In der Diele war es still, als er die Wohnung betrat und seinen Mantel aufhängte.

Er fühlte die Spannung im oberen Teil seines Magens, ohne daß er Denine sah oder mit ihr sprach. Er zog die Schuhe aus und Pantoffel an, bevor er die leere Küche betrat. Denine mußte im Hinterzimmer sein. Nachdem er Wasser aufgestellt hatte, schaute er schweigend aus dem Küchenfester dem Schnee im Licht der Straßenlampen zu. Selbst das Wetter belagert mich, dachte er. Seine ganze Welt schien im Belagerungszustand zu sein. Denine und er lebten nebeneinander her, seit er aus New Phoenix zurückgekommen war. Warum, das wußte er nicht so genau; vielleicht war es seine Enttäuschung, vielleicht ihre Ungeduld. Möglicherweise lebten sie sich auch einfach auseinander, wie es Paaren so zustößt. Vielleicht war es das Wetter.

Er goß das kochende Wasser in seine Tasse. Mit dem dampfenden Tee ging er nach Denine sehen. Ihre Studiotür – früher fast immer offen – war zu. Er klopfte leise und öffnete. Denine saß an ihrem Tisch und arbeitete am Graphikschirm.

»Hey, ich bin da«, sagte er.

»Yep«, sagte sie, ohne von der Arbeit aufzusehen.

»Bläst höllisch draußen. Kälter als ein Hexen ...«

»Es ist eine Nachricht für dich da«, sagte sie, immer noch abgewandt. Sie betrachtete auf dem Schirm Ausschnitte aus einem Bild, die sie der Reihe nach erscheinen ließ.

»Wie geht's voran?« fragte er. Sie brummte. Er zuckte die Achseln, zog die Tür leise zu und ging in sein Zimmer. Sie hat ihre Probleme, ich habe meine, dachte er sich etwas verärgert, während er sich setzte. Das Licht an der Konsole, das zeigte, daß eine Nachricht da war, glimmte; er drückte auf REPLAY. Es war Teri Renshaw in New Wash. Er zog nachdenklich an seiner Lippe. Nein, ich bin immer noch nicht auf dem neuesten Stand. War das die Fliege in Denines Suppe — daß Teri anrief? Oder war mehr dahinter — die ganze Zeit, die er anderswo verbracht hatte, oder ihr Verdacht, daß er Mozys Geschichte für seine eigenen Zwecke ausbeutete? Er blies in seine Hände und schüttelte den Kopf. Er hatte schon genug Ärger mit der verdammten Story, er brauchte keinen Extradruck. Seit er von seinem Assistenten in New Phoenix von Hoshi Aronsons Tod unter einigermaßen bizarren Umständen erfahren hatte, war er noch mehr bemüht gewesen, die ganzen Fakten und Verdachtsmomente zu einem Muster zusammenzusetzen; aber er hatte immer noch nicht genug Material, um die Sache tragfähig zu machen — nicht für eine nationweite Nachrichtensendung. Fragmente, nichts als Bruchstücke. Natürlich wurde Teri nie müde, ihm zu versichern, daß es bruchstückhafte Stories waren, aus denen die Nachrichten entstanden; und wenn man genug Bruchstücke zusammengesammelt hatte, fand man mit etwas Glück die ganze Sache heraus. Vielleicht war es die Fähigkeit, damit zufrieden zu sein, die den guten Reporter ausmachte. Er war nicht sicher, ob er dazu fähig war.

Er rief Teri an. Es läutete zweimal. »Hallo«, sagte Teri.

Dann erschien ihr Gesicht auf dem Schirm, und ihr Lächeln verschwand. »Joe.«

»Ich habe die Story noch immer nicht beisammen, wenn es das ist, warum du anrufst«, sagte er. »Bist du mir jetzt böse?«

Teri schüttelte den Kopf. »Nein, äh ... Joe ...« Sie sah gequält aus. »Ich wünschte, ich wäre nicht diejenige, welche ...«

»Was?«

»Die es dir sagen muß.«

In seinem Magen begannen Schmetterlinge zu flattern. Sie nahmen ihm die Story weg. Nein. Das konnten sie nicht tun. Das konnten sie nicht!

»Joe ...« Sie sah ihn aus dem Schirm heraus gerade an. »Es geht um deinen Freund Donny Alvarest. Der, der nach Geo-Vier gegangen ist. Er ist ...« Ihre Stimme brach.

Dann habe ich ihn also in Schwierigkeiten gebracht. Mist, verdammter!

»Joe, er ist tot.«

Payne blieb die Luft weg.

Teri sagte ruhig: »Wir haben gerade einen Bericht von unserem Mann auf Geo-Vier bekommen. Es war offenbar eine Art Unfall. Der offizielle Bericht sagt, daß ...«

Alles, was er spüren konnte, war eine plötzliche Leere in der Mitte seiner Brust, ein stumpfer Schmerz. Ein Dröhnen in den Ohren.

»... außerhalb der Raumstation, in einer Art Lagerschuppen ... er wurde zerquetscht ...«

Mit einem Teil seines Gehirns hörte Payne zu, was Teri sagte und registrierte alle Details vollkommen klar; aber im übrigen war ein Nebel in seinem Kopf, ein sich sinnlos im Kreise drehendes Gefühl von Unglauben, von der schieren Unmöglichkeit, daß Donny gestorben sein sollte. Ein Unfall? Er erinnerte sich an Zeiten, die sie miteinander im College verbracht hatten, an Drinks und gute und schlechte Zeiten; und er dachte an die Ironie der Tatsache, daß er ohne Donny jetzt überhaupt keine Story hätte. Es war einfach nicht möglich, daß Donny tot war. Es war nicht nur unmöglich, es war auch unfair.

Vor den Fenstern tobte und heulte der Schneesturm, während Teri mit ihm sprach.

»Ich muß nach New Washington«, sagte Payne, auf und ab gehend. Denine saß ruhig ihm gegenüber am Tisch. Sie betrachtete ihn schweigend, mit einem Ausdruck, der eine Mischung aus Sympathie und Distanz war. Er zuckte die Achseln, setzte sich hin und starrte den Tisch an, dachte an die letzte telefonische Nachricht, die er von Donny erhalten hatte, und stellte sich ihn vor, wie er da oben allein seiner Untersuchung nachging. Es gab eine Menge, was er über Donnys Arbeit nicht wußte – das war ihm klar –, aber er kannte Donny und wußte, daß er keiner gewesen war, der sich von engstirnigen Bürokraten einschüchtern ließ. Er hatte sich vermutlich nicht viele Freunde in der militärischen Bürokratie gemacht, nicht, wenn seine Untersuchung in ihren Bereich hineinging. Wie konnte das passiert sein? Und warum? Der Kontaktmann des Pressebüros hielt die Umstände für ziemlich verdächtig und der Verteidiger der Tachylab-Wissenschaftler hatte eine Untersuchung verlangt. Aber was konnte er entdeckt haben, was so wichtig war, daß er deshalb umgebracht wurde?

Denine spielte mit einer Gabel, die auf dem Tisch lag. »Was geschieht, wenn du glaubst, der Bursche von denen bringt den Job nicht zustande?« fragte sie in einem Ton, als kenne sie die Antwort bereits.

Payne atmete schnaufend aus. »Dann frage ich, ob sie nicht mich schicken können.«

Denine seufzte und schüttelte den Kopf. Sie berührte seinen Arm.

»Joe. Tu nichts ...« ›Dummes‹, ergänzte er in Gedanken, aber sie beendete ihren Satz nicht.

Er zwinkerte und nickte und dachte sich, wenn wirklich jemand Donny getötet hat, um etwas zu verheimlichen, werde ich alles tun, was in meiner Macht steht, um diese Story in jedes Heim in diesem Land zu bringen, und in die halbe Welt – auch dann, wenn es unsere eigene Regierung war, die es getan hat. Besonders dann, wenn sie es war.

Teri traf ihn am New Wash Bahnhof. Sie umarmte ihn, ohne etwas zu sagen. Sie preßte ihr Gesicht gegen seine Schulter und drückte ihn hart, und er erwiderte die Umarmung, indem er seine Arme um sie legte und seine Wange auf ihren Kopf legte. Gefühle, die er unter Kontrolle gehabt hatte, lösten sich und wallten auf, und er zitterte vor Anstrengung der Selbstkontrolle und wollte die Gefühle nicht herauslassen. Teri schien diesen Kampf zu spüren. Sie trat einen Schritt zurück, um ihn anzusehen. »Es tut mir so leid, Joseph«, sagte sie. Sie streckte den Kopf vor und küßte ihn leicht auf die Lippen. Überrascht erwiderte er den Kuß erst, als sie sich schon wieder zurückzog. Die Spur eines Lächelns um ihren Mund, küßte sie ihn nochmals und diesmal dauerte die Berührung ihrer Lippen ein wenig länger.

Payne atmete lautlos aus, überrascht von seiner eigenen Reaktion, als sie sich voneinander lösten. Er sah sich in der Bahnhofshalle um und vermied Teris Blick, als er seinen Koffer aufnahm. Sie berührte ihn am Arm, er sah sie an. Sie schien die Verwirrung seiner Gefühle zu verstehen. »Es ist alles in Ordnung«, sagte sie und hängte sich bei ihm ein, »gehen wir.« Ohne etwas zu antworten, ging er mit ihr auf die Straße hinaus, wo ein Taxi wartete.

Schweigend fuhren sie zum Studio.

Die Treffen mit der Produktionsgruppe an diesem Tag trugen wenig dazu bei, Paynes Laune zu bessern. Der Produktionschef ließ sich nicht überzeugen, daß es genügend Hinweise auf ein falsches Spiel gab, um Payne zu der Raumstation zu senden; er bestand darauf, daß ihr Korrespondent dort durchaus in der Lage war, alle Spuren zu verfolgen. Als Payne fragte, was er dann tun könne, um die Story weiterzubringen, hieß die schlichte Antwort: Warten.

Nachdem er das Studio verstimmt verlassen hatte, suchte er sich ein Zimmer, bevor er mit Teri essen ging. »Wie kann er von mir erwarten, daß ich nichts tue?« beschwerte sich Payne, als sie bestellt hatten und auf das Essen warteten. »Ich werde verrückt, wenn ich darauf warten muß, bis dieser Bursche auf Geo-Vier einen Bericht abgibt. Und woher wissen wir überhaupt, ob er gut genug ist?«

Teri betrachtete ihn mit Sympathie. »Joe, Karl Davis ist ein exzellenter Reporter. Das weißt du selbst. Wenn sich dort oben wirklich etwas tut, dann können wir darauf vertrauen, daß er es herausfindet.«

»Aber verdammt nochmal ...« Er ballte die Fäuste vor Enttäuschung.

»Manchmal muß man eben anderen Menschen vertrauen, Joe.«

Er brütete vor sich hin und sagte nichts.

»Vergiß deine persönliche Verwicklung in die Sache, und denk daran, daß Karl die Station kennt. Er kennt die Politiker, er weiß, wer eine Hilfe und wer ein Hindernis sein wird, und was vielleicht dieser oder jener zu verbergen hat.«

»Das ist es ja, warum ich mit ihm arbeiten will«, sagte Payne, »er kennt die Station – aber nicht die Story.«

Teri senkte ihre Gabel voll Salat. »Du willst nicht aufgeben«, sagte sie sanft. »Es ist deine Story – und Don war dein Freund.«

Payne zuckte die Achseln und schaute auf den Tisch.

»Vielleicht. Aber es ist eine Story, die verfolgt werden muß.« Er schwieg, als der Kellner kam, und wartete ungeduldig, bis das Essen serviert und der Kellner wieder gegangen war. Er stach zornig in sein Steak. »Du glaubst das doch, oder nicht?«

»Was? Daß sie verfolgt werden muß? Aber natürlich! Aber du kannst einfach nicht alles selbst erledigen. Du hast hier unten genug zu tun. Wer soll deine Story übernehmen, wenn du nach Geo-Vier gehst?«

Payne zuckte die Achseln. Sie hatten das alles ja schon längst besprochen, natürlich, aber das war vor Donnys Tod gewesen. Er kaute wütend das Steak.

Als er aufsah, stellte er fest, daß Teri ihn beobachtete. Er fühlte sich wie ein Patient bei der Untersuchung. »Du glaubst, ich sei zu sehr persönlich involviert, stimmt's?«

Teri legte den Kopf schief, so daß ihr das Haar über eine Augenbraue fiel. Ein kleines Lächeln umspielte ihren Mund.

»Laß es eine Weile gut sein, Joe – okay?« Sie aßen ein paar Minuten lang schweigend, dann sagte sie: »Wie wäre es mit einem Drink nach dem Essen? Ed ist nicht in der Stadt, so daß ich mich mit dem Heimkommen nicht beeilen muß.«

Er nahm einen kleinen Schluck Wein, zuckte die Achseln, nickte, und sah sie über den Rand des Weinglases hinweg an. Teri wirkte auch in schwierigen Situationen so ruhig und selbstsicher. Das war etwas, das er an ihr immer bewundert und gleichzeitig auch ein wenig gefürchtet hatte. Jetzt fürchtete er sich nicht. Er dachte an Dee und fragte sich, was sie wohl dachte, was vorginge, wenn er sich hier mit Teri traf. Aber das schien gerade jetzt eine ziemlich unwichtige Frage.

»Okay«, sagte er leise.

Teri blies eine Haarsträhne aus ihrem Gesicht. »Dann iß fertig, bevor es kalt wird«, sagte sie lächelnd.

Sie entschieden sich dafür, die Drinks in Teris Wohnung zu nehmen. Payne hatte zugestimmt, weil er den Weg des geringsten Widerstandes zu Ende gehen wollte. Während Teri sich umzog und die Drinks vorbereitete, rief er Denine an. »Sieht so aus, als käme ich übermorgen nach Hause. Noch etwas: Es wäre möglich, daß Donny versucht hat, mir eine Information zukommen zu lassen. Könntest du das Telefon und die Post im Auge behalten – und mich anrufen, wenn irgend etwas kommt, das danach aussieht?«

»Wo bist du momentan?« fragte Denine. Sie spähte in ihr Gerät, um Paynes Umgebung zu erkennen.

»Bei Teri. Später erreichst du mich im Hotel, oder morgen im Studio.« Payne schaute auf und sah Teri mit einem Drink in jeder Hand. Sie blieb außerhalb des Kamerabereiches.

»Gut.« Denine nickte. »Andernfalls rufst du an und läßt mich wissen, wann du kommst?«

»Ich rufe dich morgen an«, versprach Payne.

Er schaltete ab und saß gedankenverloren da, während Teri die Kognakschwenker hinstellte und um das Tischchen herumging, um sich neben ihm auf das Sofa zu setzen. Schließlich hob er die Augen, um sie anzusehen. Ein beunruhigendes, aber angenehmes Gefühl überkam ihn. Sie trug jetzt eine weite Bluse und Hosen. Was hatte sie vorher angehabt? Einen Geschäftsdreiteiler? Sie erwiderte seinen Blick fragend. Ihr Haar, weich und braun, fiel über ihre Schultern; ihre Augen folgten Paynes Blicken. Haselnußbraun mit etwas mehr Grün im rechten als im linken. Ihm wurde klar, daß er das bisher kaum bemerkt hatte. Ebensowenig ihren Gesichtsschnitt, etwas weniger rund und länger als das Gesicht von Denine. Sein Blick folgte ihrer Halslinie, die Kehle herunter bis zum offenen Kragen ihrer Bluse. Er zwinkerte und sah ihr wieder in die Augen, wobei er ein bißchen einfältig lächelte und fühlte, wie er rot wurde.

»Versuch den Cognac«, sagte sie.

Er tippte mit seinem Schwenker an den ihren, drehte ihn dann, atmete ein und nahm einen winzigen Schluck. Die Dämpfe stiegen geradlinig in sein Gehirn und schärften seine Sinne. Sie redeten eine Weile über dies und das. Wenn das Gespräch für einen Augenblick verstummte, betrachtete er die Tapete an der gegenüberliegenden Wand und spielte mit dem Cognacschwenker.

»Woran denkst du gerade?« fragte Teri.

Daß ich nicht begreifen kann, wie ich dich jahrelang vergessen konnte, dachte er sich und versuchte, keine sichtbare Reaktion auf die Frage zu zeigen. Er rief sich in Erinnerung, daß Teri eine sogenannte ›halboffene Beziehung‹ zu ihrem Freund Ed hatte. »Oh ...«, sagte er und starrte einen Lichtschalter an, der aus cremefarbenem Plastik war und nicht ganz zur Tapete zu passen schien.

»Du mußt es mir ja nicht sagen.«

Er schüttelte den Kopf, mit einem Anflug von Lächeln auf den Lippen. »Es ist kein Geheimnis.« Er nahm einen Hauch von Parfüm wahr und spürte, daß Teri sich zu ihm hinneigte. Sie nahm einen Schluck Cognac; er tat dasselbe.

»Also?« fragte sie, berührte seine Schulter und nahm die Hand wieder weg.

Einen Moment lang zerrissen ihn Begierde und Furcht. Ihm fiel ein, wie er sie am Bahnhof in den Armen gehalten hatte – eine angenehme Erinnerung. Sie hatte ihn wegen des Verlusts eines Freundes trösten wollen, nicht versucht, ihn zu verführen, aber ... er dachte an den schnellen Kuß und es kam ihm vor, als sei sie in seiner Trauer ein größerer Trost für ihn gewesen als Denine, und wenn er auch nicht genau wußte, was er eigentlich wollte, so waren doch immer noch Sorgen und Kummer in ihm, und er wäre dumm gewesen, sich nicht dort Trost zu holen, wo er ihn finden konnte.

Sie ließ ihren fragenden Blick nicht von ihm.

Er berührte ihre Schulter und dann ihr Haar. »Nun ...«, sagte er und fühlte sich etwas benommen. In all den Jahren, die er Teri kannte, hatte er ihr Haar vielleicht ein Dutzendmal in einer freundschaftlichen Geste berührt.

»Teri«, sagte er. Es kam als eine Art Krächzen heraus, und er lachte verlegen.

»Was ist so komisch?« flüsterte sie.

Er streichelte ihr Haar und versuchte sich zu erinnern, was er hatte sagen wollen. Er spürte seine Erektion und schluckte, während er unauffällig seine Position zu verändern suchte. »Warum sind wir gerade hierher gegangen für die Drinks?« flüsterte er, allerdings klang sein Flüstern sehr heiser.

»Naja ...«, erwiderte sie und zuckte lächelnd die Achseln. Er zögerte nur für einen Augenblick, dann beugte er sich vor, nahm ihr Gesicht in die Hände und küßte sie.

Sie erwiderte den Kuß erst sanft und unsicher. Dann öffnete sie den Mund und ihren Zungen trafen und berührten sich, und er fühlte, wie sich der Druck verdoppelte. Ihr

Atem entschlüpfte mit einem kleinen Seufzer, und Payne fühlte, wie seine Wangen brannten, als Teris Zunge in seinen Mund schlüpfte. Er spürte ihre Hände, auf seinen Schultern und seiner Brust, er zog sie näher an sich, streichelte sie und ließ seine Hände seitlich an ihren Brüsten heruntergleiten. Als sich ihre Lippen trennten, sahen sie sich nervös in die Augen. Teri lachte lautlos.

»Deshalb«, sagte sie.

Er nickte, seine Finger spielten an ihrem Kragen und streichelten ihren Nacken. Dann begann er die Knöpfe an ihrer Bluse zu öffnen.

63

Es gab Zeiten, da machte sie das alles benommen – die Bilder von verschiedenen Welten, die Gesänge, die ständige Aktivität. Sie gewöhnte sich immer mehr daran, den größten Teil des Geredes an sich vorbeifließen zu lassen und nur dem zuzuhören, was sie im Moment interessierte; aber ihre Versuche, zu begreifen, wie alles funktionierte, brachten sie immer noch durcheinander. Die bienenstockhafte Methode der Kommunikation war ebenso schwierig wie die Dinge, die sie zu verstehen versuchte.

Ihre Fragen danach, wie die Talenki ihren Asteroiden dazu brachten, lichtjahreweit durch den Raum zu fahren, brachten das, was noch am ehesten einer verständlichen Antwort glich.

(Naja, wir alle steuern ihn –) (– steuern auch gerade jetzt unsere Welt –) (– alle zusammen –) (– wie du siehst –) (– siehst du es denn nicht –?) (– die Vereinigung der Geister –) (– steuert und verteilt die –) (– Wellenänderungen unserer Position.)

(Schön. Soviel kann ich begreifen. Ihr kontrolliert es, als würde das Schiff von einem Computer gesteuert.)

(Aber dann –) (– was verblüfft dich –?)

(Wie treibt ihr es an??)

Ein Summen voll Überraschung und Verwirrung. (Antreiben?) (Meinst du –) (– vorwärtsstoßen –) (– mit Kraftaufwand?)

(Natürlich! Wie also?)

(Verwirrend –) (– merkwürdig –) (– wir verstehen nicht –)

Sie verlor die Geduld. (Ihr bewegt dieses Schiff – diese Welt. Ja? Ihr reist zwischen den Sternen. Trillionen Meilen. Mehr Meilen, als ich mir vorstellen kann. Ihr habt mir den ganzen Innenraum eurer Welt gezeigt, aber ich habe nichts gesehen, das wie eine Rakete, ein Fusionsantrieb, ein Sonnensegel oder sonst irgend etwas, das dieses Ding antreiben könnte, aussah. Wie macht ihr es also?) Sie schwieg verärgert. (Verwendet ihr Tachyonen?) Es gab ein Gemurmel amüsierter und verwunderter Stimmen. Jemand summte ein Lied, andere fielen kontrapunktisch und harmonisch ein. (Wir kennen solche Prozesse –) (– wie du sagst –) (– wenn wir richtig verstanden haben –) (– Fusion ist der Prozeß –) (– der in Sonnen abläuft.)

(Ja, genau!)

(Und Sonnensegel –) (– soweit wir das mitgekriegt haben –) (– reiten auf den Wellenkämmen –) (– und Strömen –) (– des Sonnenlichts.)

(Stimmt.)

(Aber von welchem Nutzen –) (– sind solche Kräfte –) (– bei solchen Distanzen –?) (– der Effekt –) (– wäre gleich Null!)

(Das ist genau das, was ich immer verstanden habe. Aber ihr habt eine Möglichkeit gefunden. Könnt ihr mir sie sagen? Reist ihr schneller als das Licht?)

Noch mehr Gemurmel. Die Talenki schienen von ihren Fragen ebenso verwundert wie sie von den Antworten. Andere Stimmen erwiderten (Die Lichtgeschwindigkeit ist eine Schranke –) (– nur innerhalb bestimmter Facetten –) (– bestimmten Raumzeitkontinuen.) (Aus deiner Perspektive –) (– bewegen wir uns nicht schneller als das Licht.)

(Aber wie ...?)

(Du könntest sagen –) (– wir vibrieren –) (– durch den Raum.)

(Was tut ihr??)

(Vibrieren – kleine Wellen, ein Kräuselmuster – sind das nicht sinnvolle Wörter?) (– wie können wir es erklären –) (– wenn die Basiswahrnehmung –) (– unvollständig ist –) (– das Verständnis des Vorgangs –) (– fehlt?)

(Was für ein Vorgang?) schrie sie. (Tachyonen? Was ist das für ein Vorgang, den ich nicht verstehe?)

(Realität –)

(Was?)

(– die Natur –) (– und Struktur –) (– der Wirklichkeit –) (– wie du es nennen würdest –) (– das Gewebe –) (– die Textur –) (– des holographischen Prozesses –)

Mozy schwieg eine Weile. (Wie bitte?) sagte sie schließlich.

Gelächter. (Du mußt nicht bitten.)

(Was?)

(Du mußt uns nicht bitten –) (– wir sagen es dir gerne.)

(Aber ich meinte doch nur – oh.) Ihr wurde klar, daß man sie frozzelte. (Was ist es, das ich nicht verstehe?) sagte sie stur.

(Die Struktur –) (– der Wirklichkeiten.)

(Meint ihr die Struktur der Materie?) Sie dachte einen Augenblick lang nach. (Ich weiß nicht viel darüber. Ich weiß, daß es subatomare Partikel gibt, Quarks und Felder und so weiter.)

(Das sind nur Manifestationen –) (– Muster von dem –) (– was ihr für Realität haltet –) (– aber es ist nur ein Aspekt –) (– ein codiertes Muster –) (– eine informationelle Matrix –) (– ein Wahrnehmungsparadigma –)

(Was?)

(Versuch es nochmals.) (Wir bewegen uns durch den Raum mittels –) (Bewegen durch die –) (– informationelle Matrix –) (– die Raum-Zeit so festlegt –) (– wie du sie wahrnimmst.)

Sie hörte schweigend zu.

(Diese Bewegung durch –) (– ein verschlüsseltes Informationsmuster –) (– ist einfacher –) (– als die Anwendung physikalischer Kräfte –) (– zur Bewegung von Massen –) (– in der Raum-Zeit.)

Mozy brummte, so sehr ärgerte sie ihr Unverständnis.

(Nochmals.) (Stell dir deine alte Wohnung vor –)

(— deinen Computer —) (— Informationsänderungen —) (— durchlaufen das System —) (— bei geringem Energieverbrauch.)

(So?)

(Nochmals.) (Visualisiere —)

Ein Winkel ihres Bewußtseins löste sich auf, dann füllte er sich mit fließenden geometrischen Bildern: pastellfarbenen Wellen, die in perfektem Rhythmus weich durch den Raum glitten, von einer Quelle außerhalb des Blickfeldes ausgehend. Ein angenehmer Summton begleitete das Bild.

Einen Moment später erschien ein zweites Muster, kleine Kräuselwellen, die das Erscheinungsbild des ersten änderten, ohne seine wirkliche Struktur zu verändern. Die Musik bekam ein merkwürdig harmonisches Timbre. Ein drittes Muster, feinkörnig und schnell, blitzte zwischen den anderen wie eine Flamme auf und expandierte in die Tiefe des Raums, schuf dabei eine volle dritte Dimension und einen drastisch veränderten Raum — die Musik dazu wurde komplex, fast nervös. Ein viertes Muster schwebte über den anderen, dann ein fünftes ... bis vielleicht zehn Wellenformen einander überlagerten, die sich alle bewegten, als seien sie belebt. Wellenkombinationen — Licht und dunkle Interferenzzonen — tanzten und zitterten im Raum, oder hingen wie dunkle Löcher und Barrieren in ihm, stille Zonen, auf denen die helleren Muster tanzten. Der Klang war jetzt ein tiefes, pulsierendes Stöhnen.

(Jedes Muster bleibt —) (— erkennbar —) (— obwohl es in andere eingebettet ist —) (— neue Muster ergeben sich, die nicht die —) (— ursprünglichen Muster sind —) (— sondern eher das Produkt —) (— ihrer Überlagerung.)

(Interferenzmuster ...?) Alles, was Mozy sehen konnte, war ein wahrer Dschungel von Bewegungen, als sei ein cineholographisches Bild durcheinandergeraten. Aber sie wußte, was Interferenzmuster waren: die hellen und dunklen Gebiete, die durch die Überlagerung zweier Muster verursacht wurden, wobei manche Wellenkämme und Tiefen einander verstärkten und ihre Energien addierten, während sich andere gegenseitig neutralisierten.

(Ja —) (— eine Visualisierung —) (— der Metapher für —) (— die grundlegenden Strukturen —) (— der Wirklichkeiten —)

Mozy versuchte es zu begreifen. (Ich habe gehört, daß Teilchen gleichzeitig als Wellen aufgefaßt werden können. Ist es das, wovon ihr sprecht?)

(Natürlich —) (— existiert die Wirklichkeit —) (— in all ihren Formen —) (— in Wellenstrukturen.) (Viele Wirklichkeiten —) (— bestehen nebeneinander —) (— innerhalb derselben Matrix —) (— von Wellenmustern.)

Mozy antwortete langsam: (Ihr meint, daß meine Realität nur eine von vielen in diesem Irrenhaus ist? In diesem Zoo?)

(So, wie du sie kennst —) (— die Raumzeit —) (— wie du gewöhnt bist sie zu sehen —) (— ist sie nur ein codiertes Muster in diesem —) (— Chaos —) (— Komplexität —) (— Reichtum —)

(Aber wie —?)

(Stell dir Filter vor —)

Etwas legte sich mit einem Flackern über das Bild und veränderte dabei nicht nur das Muster, sondern auch die Eigenschaften des begleitenden Klanges. Gewisse Elemente wurden aus den im Bild sichtbaren Mustern entfernt, und machten es anders, aber nicht unbedingt einfacher als das Original. Dann legte sich wieder etwas über das Bild, und nochmal — Schichten von visuellen ›Filtern‹, einer nach dem anderen, jedesmal änderten sich die Muster, nahmen an Komplexität, aber nicht an Kontrast und Schärfe ab. Schließlich blieb nur ein einziges Muster übrig, eine spiralförmige Ausdehnung eines Kegels.

(Und das repräsentiert meine Realität?) fragte Mozy.

(Vielleicht dies —) (— oder dies.) Die Filter wechselten, und jetzt erschien ein anderes Muster, ein sägezahnartiges Zickzack. (Oder dieses.) Nach dem neuerlichen Wechsel waren zwei oder drei Muster übereinandergelegt — Muster, die vorher im totalen Bild vorhanden gewesen waren. Bei dieser Kombination sah man nun starke Interferenzen, dunkle Balken und schillernde Flecke, die zuvor nicht erkennbar gewesen waren. Nach einem weiteren Filter waren nur noch die Interferenzmuster sichtbar und nicht die sie erzeugenden Wellenmuster. Die Flecken drehten sich wie langsame Räder.

(Das könnte deine Wirklichkeit sein.)

(Nicht übel), sagte sie, (mehr kann man wohl nicht verlangen.)

(Aber da ist ein Punkt —) (— den man verstehen muß —) Das Gefühl einer intensiven Konzentration auf einen Brennpunkt. (Stell dir vor —), sagten die Talenki, (— daß die Bewegung der Muster —) (— Gravitation —) (— oder Kraft —) (— oder Beschleunigung —) (— repräsentiert.)

Sie zögerte. (Okay.)

Der Fokus wurde schärfer. (Eine Bewegungsänderung —) (— mit physikalischer Kraft —) (— benötigt einen beträchtlichen —) (— Energieeinsatz.)

(Aber das ist die Art, wie wir uns bewegen, oder? Menschen zumindest — mittels physikalischer Kräfte?)

(Genau so —) (— und wir auch, zumindest zeitweise —) (— aber schau, wieviel leichter —) Plötzlich begannen die fleckenförmigen Muster schneller zu rotieren und sich in kreisförmigen Umlaufbahnen umeinander zu bewegen.

Mozy staunte. (Wie habt ihr das gemacht?)

(Sieh hier wieder —) (— die eigentlichen Wellenmuster.) Die Filter veränderten sich wieder und gestatteten einen Blick auf jedes einzelne Muster, die zusammen die sich drehenden, speichenförmigen Interferenzbalken bildeten. Der letzte blieb einen Moment lang sichtbar. (Paß auf!) Ein winziger Lichtpunkt erschien in dem Muster und veränderte die Wellenbewegungen zu einem Kräuseln, das durch das ganze Blickfeld lief. Nach einem neuerlichen Filterwechsel wurden wieder die Interferenzmuster sichtbar und Mozy sah, wie sich die ›Speichen‹ erst langsam, dann immer schneller bewegten, in immer komplexeren Mustern. Die Talenki erklärten: (Kleine Änderungen –) (– in einem der Muster –) (– können große Resultate ergeben –) (– in Struktur oder Bewegung –) (– in der komplexen Raum-Zeit –) (– die du kennst –) (– als deine physikalische Realität.)

Mozy dachte darüber eine Weile lang nach, versuchte zu begreifen, wie die Talenki sich durch Wände bewegten oder zu bewegen schienen, so leicht wie durch Luft. Es gab eine Menge zu überlegen.

(Diese Bilder –), fuhren die Talenki fort, (– sind nur metaphorische Illustrationen –) (– aber zu einem richtigen Verständnis –) (– braucht man Wahrnehmungsmöglichkeiten –) (– die dir unnatürlich vorkommen könnten.)

(Aber ihr habt die Macht, andere Wirklichkeiten zu beeinflussen? Ihr könnt an deren Grenzen eingreifen –)

(– zwischen den Realitätsebenen –) (– der nebeneinander existierenden Wirklichkeiten –) (– ja.)

Mozy zögerte. Sie versuchte, alles zu begreifen. (Aber wie ... reist ihr dann tatsächlich ... und bewegt dabei diese ganze Welt?)

(Schwer zu erklären –) (– in einfachen Worten –) (– aber man könnte sagen –) (– daß wir unseren Fokus ändern –) (– die Codierungen ändern –) (– winzige Änderungen auf verschiedenen Ebenen vornehmen –) (– in leblosen Teilen –) (– der Realität –) (– die Ortsveränderungen erzeugen –) (– in deiner Raum-Zeit.)

(Das ist es also, was ihr mit ›Vibrieren durch den Raum‹ gemeint habt?) sagte Mozy langsam.

Als Antwort änderte sich das Bild für sie: der Talenki-Asteroid, ein künstlich geformter Körper, schimmernd und flackernd, der sich in einem Wellenmuster veränderte, während er durch die Leere des Raums fuhr. Sie erinnerte sich an die Verwirrung, die Kadin und sie überkommen hatte, als sie den Asteroiden mittels Optik und Radar verfolgt hatten und an Kadins Bemerkung, daß das Phänomen ihrem irdischen Paradigma nicht zu entsprechen schien, und daß sie vielleicht wirklich ein neues Paradigma brauchten. Sie verstand jetzt ein wenig von dem Paradigma, das Kadin und ihr gefehlt hatte und empfand einigen Stolz über dieses kleine Wissensfragment. Kadins Lachen fiel ihr wieder ein, und sie mußte plötzlich selbst lachen, wenn sie an die Erde und die Menschheit dachte, und die wunderbare Unvollständigkeit des Menschheitswissens.

Ihr Lachen löste in der geistigen Vereinigung der Talenki ein neues Lied aus, irgendwo in einem Winkel der Talenkiwelt. Sie suchte nach N'rrril und fand, daß er den Gesang leitete. Als sie sich willkommen fühlte bei ihm, überkam sie nicht nur ein freundliches Gefühl für N'rrril, sondern für alle Talenki, sie stimmte in den Gesang ein und führte ihn, machte ihn zu ihrem eigenen, eine Ballade von der Erde und den Talenki und von einer Frau auf dem Heimweg, einer Mutter für ihr Volk.

64

Die Daten von GEO-Vier bezüglich des Asteroiden blieben unsinnig. Major Ellis sah sich die letzten Zahlen an und fluchte. Sie ergaben keinen Sinn; sie hatten noch nie einen Sinn ergeben.

Commander Kouralt schaute über die Schulter zurück. »Ein Problem?«

Ellis betätigte die Clipboardklammer. »Wie, zum Teufel, können sie von uns erwarten, daß wir ein Rendezvous zustandebringen, wenn sie das verdammte Ding nicht richtig orten können?«

»Man muß nur schlauer sein als die«, sagte Kouralt und schlug ihm auf die Schulter.

Ellis knurrte. Natürlich hatten sie ein Problem erwartet; aber das machte es auch nicht leichter. Aquarius konnte das Objekt nicht mit den eigenen Instrumenten orten und war auf das Netzwerk des Hauptquartiers angewiesen. Aber die mittels Doppler-Effekt ermittelten Zahlen ergaben keine sinnvolle Flugbahn für das Objekt. Es wäre etwas anderes gewesen, wenn das Ding ständig eine konstante Abweichung vom erwarteten Kurs gehabt hätte, aber so war es nicht, zumindest konnte man keine finden; und die Kursvorhersagen wurden um so schlechter, je genauer man die Zahlen zu analysieren versuchte. Ellis machte sich manchmal Sorgen, daß die Talenki kommen und gehen würden, bevor das Hauptquartier in der Lage war, den korrekten Kurs herauszufinden.

Der Flugplan der Aquarius ließ wenig Zeit für Irrtümer. Um das fremde Raumschiff möglichst schnell zu erreichen, solange es noch weit von der Erde entfernt war, verbrauchte sie eine Unmenge Treibstoff und verminderte dadurch ihre Manövrierfähigkeit — nicht nur für Kursangleichungen, sondern auch für taktische Manöver. Natürlich hofften sie, eine Kampfsituation vermeiden zu können, aber ihre Order lautete klar, daß der Schutz der Erde die wichtigste Aufgabe der Mission sei.

Natürlich war dies auch ein Unternehmen diplomatischer Natur. Sie sollten einen Kontakt herstellen, und keinesfalls ohne Genehmigung von oben etwas Provozierendes unternehmen. Auf jeden Fall würden sie auf jede erdenkliche Situation antwortbereit sein müssen. Wenn es nicht zu einem friedlichen Rendezvous und Kontakt kam, war Aquarius die erste Verteidigungslinie der Erde gegen unfreundliche Aktionen. »Gewaltanwendung ist erlaubt im Falle einer unprovozierten Attacke oder absichtlicher Unterbrechung der Kommunikation mit der Leitstelle durch die anderen«, gab Missions-Operationsbefehl 123-A4, Subparagraph II-7, klare Anweisung. Sie hatten acht Viertelmegatonnensprengköpfe zur Verfügung, die nur auf Grund eines direkten Befehls des Hauptquartiers oder des Präsidenten eingesetzt werden durften ... oder bei einer Unterbrechung der Verbindung zu diesen durch eine feindliche Attacke.

Dieser Gedanke ließ Ellis frösteln. Er war bereit, seine Pflicht zu tun, wenn es erforderlich war, aber er hatte nicht den Wunsch, als erster auf den Knopf zu drücken. Wenn auch die Talenki eine unbekannte und potentiell bedrohliche Lebensform waren, hatte doch Ellis ein klares Bewußtsein von der Wichtigkeit dieser ersten Begegnung. Und doch war er außer durch sein Spezialtraining nur in militärischen Kampftaktiken wirklich perfekt ausgebildet, genau wie Kouralt. Sie waren für das Schlimmste gerüstet; aber, so fragte er sich, auch für das Beste?

Tags zuvor waren Nachrichten über den Start eines anderen Raumschiffs von der Erde gekommen — eines sowjetischen Schiffes, drei Tage, nachdem die östliche Allianz ihre ›Indira Gandhi‹ auf den Weg geschickt hatte. Es war unbekannt, ob die beiden das fremde Schiff verfolgen oder nur die Amerikaner im Auge behalten sollten. Wie auch immer, ihre Anwesenheit würde eine ohnehin schon schwierige Situation weiter komplizieren.

Aber schließlich hatten sie einen guten Vorsprung, dachte Ellis, und noch ein bißchen Zeit, um die Bahn der Aliens zu studieren und vielleicht ein paar Hinweise auf ihre Absichten zu entdecken.

Er ließ die letzten Zahlenbündel durch den Navigationscomputer und brachte die Ergebnisse auf den Schirm. Er sah sie lange an, kratzte sich seinen stachligen Bart und pfiff durch die Zähne. Das Zielobjekt war beinahe schon innerhalb der Neptunbahn, viel schneller, als das Hauptquartier das ausgerechnet hatte. Ellis schüttelte den Kopf. Es mochte ja noch Zeit für Überlegungen geben, aber sie schrumpfte unheimlich schnell zusammen.

»Verdammt nochmal, Leonhard, wenn das kein Beweis ist, was ist es dann?« fragte Horst.

Hathorne räusperte sich. Er hatte Horst noch nie so zornig gesehen. »Nun ja, es ist ziemlich überzeugend«, sagte er zu dem Holo-Bild, »aber ich bin mir nicht sicher, ob man daraufhin gleich eine Aktion starten kann.« Hathorne zögerte. Dieser verdammte Kerl, ließ sich umbringen, bevor er über die Sache etwas herausgekriegt hatte. Jetzt würde es endgültig unmöglich sein, einen Beweis zu kriegen, nachdem Armstead gewarnt war.

»Vielleicht kann man nicht beweisen, daß er umgebracht wurde«, sagte Horst, »aber am Tag, bevor er hinausfuhr, saß er in meinem Büro und machte sich Sorgen um seine Sicherheit. Und ich Idiot sagte ihm, daß die ihn schon nicht umbringen würden.« Horst schüttelte den Kopf. »Jesus!«

»Was hatte er in dem gottverdammten Lagerschuppen zu suchen?« fragte Hathorne.

»Ich weiß es nicht. Er sollte sich das Waffenlager ansehen. Das war das letzte, was er mir erzählt hat.«

Hathorne tippte mit seinem Füller gegen die Tischplatte. »Und das ist es, was mir am meisten Sorgen macht. Es ist schlimm genug, daß sie ihn getötet haben – ich bin mir übrigens dessen sicher, daß es so war. Aber was mir wirklich Angst macht, ist der Grund, warum sie ihn ermordet haben«, sagte Horst.

Hathorne nickte.

»Nun, also – wenn sich Nuklearwaffen in diesem Raumschiff befinden, was wird das Komitee dagegen tun?«

»Im Moment gibt es nicht viel, was wir tun könnten«, sagte Hathorne.

»Verflucht, das ist eine direkte Verletzung der Befehle des Komitees! Das Schiff hätte nur minimalste Verteidigungswaffen an Bord haben dürfen!«

»Ja, ich weiß. Aber jetzt ist es gestartet und wir können es nicht gut zurückrufen«, erwiderte Hathorne mit gespielter Ruhe. Tatsächlich war er ebenso wütend wie Horst, wenn auch aus etwas anderen Gründen. »Ich glaube nicht, daß Armstead das ohne Wissen des Präsidenten getan haben kann«, sagte er, »und das ist es, womit wir uns beschäftigen müssen.« Es bedeutete schließlich, daß der Präsident sein Gewicht in die Waagschale Armsteads und des Militärs geworfen hatte, zuungunsten des Komitees. Aber möglicherweise konnte er zu einem Umschwenken veranlaßt werden. Der multinationale Charakter des Kontrollkomitees wurde von den beteiligten Verbündeten sehr ernst genommen, und diese Untergrabung seiner Autorität würde nicht leicht genommen werden. Der Präsident konnte vielleicht auf eine etwas weniger militante Position gebracht werden.

Horst blieb aufgeregt. »Abgesehen von der Politik – ich möchte nur wissen, wie jemand überhaupt nur an so etwas denken konnte? Das ist unser erster Kontakt, und dann senden die ein bis an die Zähne bewaffnetes Schiff ...«

»Ganz unter uns gesagt, ich bin mir nicht so sicher, daß das eine so schlechte Idee ist«, sagte Hathorne.

»Ich aber schon«, erwiderte Horst verletzt.

»Ich anerkenne diesen Standpunkt. Aber Selbstschutz ist auch kein unwichtiger Aspekt. Natürlich hätte das nicht ohne Zustimmung des Komitees erfolgen dürfen und ohne ein klares System von Entscheidung und Kontrolle.« Hathornes Gedanken rasten, während er redete. Es war immerhin möglich, daß diese Angelegenheit, wenn er sie nur richtig behandelte, jener Hebel war, den er brauchte, um die Machtverhältnisse im Komitee zu verändern; aber das würde er äußerst sorgfältig durchführen müssen. Als erstes mußte er Horst davon überzeugen, daß er seinen Zorn noch eine Weile zurückhielt.

Beide würden sich zurückhalten müssen, bis der richtige Moment kam.

Der Pförtner hatte eine Botschaft für Payne, als er im Studio ankam. Eine Ms. Denine Morgan hatte versucht, ihn zu erreichen.

Teris Augenbrauchen zuckten einmal kurz nach oben. Payne sagte nichts und ging hinter ihr ins Büro. Er fand eine leere Nische mit einem Telefon und tippte seine Nummer ein. Nach einer Minute antwortete Denine.

»Ich habe versucht, dich in deinem Hotel zu erreichen«, sagte sie. »Du warst letzte Nacht nicht dort, und auch nicht heute morgen.« Sie starrte ihn anklagend an.

Payne wand sich ein bißchen. »Ich weiß, Dee ... ah ... tut mir leid. Hier ist es ziemlich hektisch gewesen. Gibt es etwas Neues?«

Sie betrachtete ihn mit undurchsichtiger Miene. »›Ein Anruf für dich – von Stanley Gerschak – diesem Astronomen.«

Payne blinzelte vor Überraschung. »Gerschak? Hat das etwas mit Donny zu tun?«

Denine nickte. Sie starrte ihn schweigend an, die Augenbrauen zusammengezogen – und schließlich brach ihr Ärger heraus. »Joe, wo warst du letzte Nacht? Ich habe dreimal versucht, dich anzurufen.«

Payne räusperte sich. »Tut mir leid, Denine. Ich weiß ja. Jesus. Es wurde so spät, da blieb ich in Teris Wohnung. Ich hätte dich angerufen, um dir Bescheid zu sagen, aber es war schon so spät, und ich dachte nicht ...« Er zuckte die

Achseln und hielt den Atem an in der Hoffnung, sie würde das akzeptieren, wenigstens für den Moment. »Was ... hat Gerschak denn gesagt?«

»Daß du ihn anrufen sollst. Er hat einen Brief von Donny bekommen, aber nicht gesagt, worum genau es sich handelt.« Denine wollte noch etwas sagen, ließ es dann aber.

Ein Brief ...

»Joe ...«, sagte Denine, während sich ihr finsterer Gesichtsausdruck ein wenig aufhellte und einer Art Verlegenheit Platz machte, »ich glaube, ich hätte dich nicht so anfahren sollen. Ich weiß, daß die letzten Tage hart für dich waren ...«

»Ja ... das stimmt«, murmelte er.

»Nein, ich sollte nicht jede Bewegung von dir überwachen.«

Sie brachte ein halbes Lächeln zustande. »Schau, vielleicht ist es besser, du rufst ihn gleich an. Es könnte wichtig sein.«

»Ja«, sagte er. Oh Gott, wie ich das hoffe.

Nachdem er abgeschaltet hatte, lehnte er sich einen Moment lang zurück und dachte nach. Ein Brief von Donny. Warum an Gerschak? Teri kam her, und er erzählte ihr von dem Anruf. Sie berührte seine Schulter. »Worauf wartest du noch?« Er schaute auf und wußte sofort, daß er ihr nichts über den Rest des Gesprächs mit Denine sagen mußte; sie las alles auf seinem Gesicht. Sie boxte ihn sanft in die Seite und ging wieder weg.

Er lehnte sich vor und tippte Gerschaks Nummer ein.

Ein schmaler Pfad war durch den Schnee zu Gerschaks Haus ausgeschaufelt. Payne blieb einen Augenblick lang stehen, sah zu, wie sein Atem in der kalten Luft kondensierte, und hatte ein kurioses Gefühl von déjà-vu, obwohl er in Wirklichkeit noch nie bei Gerschaks Haus gewesen war. Der Astronom hatte sich geweigert, über Donnys Brief am Telefon zu sprechen, und nur gesagt, er sei ›explosiv‹. Er war bestürzt, aber nicht direkt schockiert gewesen, als Payne ihm von Alvarests Schicksal erzählte.

Payne ging zur Tür. Der Astronom wohnte in einem kleinen Holzhaus mit rotem Fachwerk, zu dem der Fliesenweg zwischen schneebeladenen Bäumen führte. Payne läutete.

Eine kleine Frau mit schwarzen Zöpfen öffnete. Payne sah sie einen Moment lang an, bis er sich erinnerte, wo er sie gesehen hatte: Im Meerestheater, letzten Herbst, mit Gerschak. »Ja?« sagte sie.

Er räusperte sich. »Mrs. Gerschak?«

»Nein. Ich heiße Ronnie Vale.«

»Oh, Entschuldigung. Ist Stanley Gerschak da?«

Sie runzelte die Stirn. »Er ist in seinem Arbeitszimmer beschäftigt. Kann ich Ihnen helfen?«

»Er erwartet mich. Joseph Payne.«

Ihre Augenbrauen gingen nach oben. »Oh. Kommen Sie herein!«

Sie hielt die Tür offen, und er drückte sich an ihr vorbei in den Vorraum. Sie schloß sorgfältig die Tür, der Kälte wegen, und drehte sich um. »Einen Moment bitte, ich hole ihn.« Sie lief durch den Gang und rief: »Stanley!«

Payne öffnete seinen Mantel und warf einen Blick ins Wohnzimmer. Es war angefüllt mit Dingen und sah nicht sehr ordentlich aus mit seinen Stühlen und einem kleinen Sofa, das ganz mit Büchern und allerlei Kram bedeckt war. Stricknadeln, Wolle und ein angefangener Pullover lagen in einem Haufen neben einer Stehlampe in einer Ecke. Eine große Tigerkatze erprobte ihre Krallen am Ende der Couch.

»Gehen Sie hinein«, sagte Ronnie zurückkommend. Sie verscheuchte die Katze, bevor sie ihr Strickzeug wieder aufnahm. »Den Gang entlang, die zweite Tür links.« Payne nickte und fand sich zurecht.

Gerschak betrachtete einen Computerausdruck. Er wies auf einen Stuhl, der mit weiteren Ausdrucken bedeckt war. Payne hob den Stapel vorsichtig auf und legte ihn auf den Boden. »Ich versuche noch immer, die Tachyonenquelle optisch zu entdecken«, sagte Gerschak. »Bis jetzt hatte ich aber kein Glück. Aber Sie wollten wissen, was so dringend war, und warum ich nicht am Telefon sprechen konnte.«

Payne nickte.

»Ein ganz altmodischer Brief.« Gerschak griff unter die Ausdrucke und zog einen Umschlag heraus. Er schlug ihn nachdenklich ein paarmal gegen seine Handfläche und gab ihn dann Payne. »Er schreibt, ich solle ihn Ihnen geben. Ich nehme an, daß er glaubte, der Brief wäre beschlagnahmt worden, wenn er direkt an Sie geschrieben hätte.«

Payne nahm den Brief heraus, drei handgeschriebene Seiten.

Lieber Stanley, Du wirst Dich fragen, warum ich Dir von GEO-4 schreibe. Ich werde es gleich erklären, und hoffe sehr, daß Du mich dann nicht für paranoid hältst.

Während Payne las, sagte Gerschak: »Offensichtlich haben sich seine Befürchtungen bestätigt, nicht wahr?«

Payne zuckte die Achseln und schüttelte den Kopf; als er bis zum Ende gelesen hatte, zitterte er vor Zorn. Er sah Gerschak an, der geschwiegen hatte. »Deshalb haben sie ihn umgebracht, da bin ich mir ganz sicher.« Er zögerte.

Gerschak schwieg und wartete darauf, daß er weiterredete. Er sah wieder den Brief an. »Nuklearwaffen. Das würde die Geheimhaltung erklären. Wenn Donny recht hat, dann muß die Sache bis in höchste Regierungskreise hinaufreichen. Stanley, Sie hatten recht, darüber nicht am Telefon zu sprechen. Sprechen Sie lieber auch weiterhin mit niemandem darüber.«

Gerschak sah ihn an, ohne zu antworten. In seinen Augen war Furcht.

»Ich sage nicht, daß wir die nächsten Ziele sind«, fügte Payne hinzu, »aber wir müssen um Gotteswillen vorsichtig sein.«

»Das ist nicht das, was mir Angst macht«, sagte Gerschak.

Payne hob die Augenbrauen.

»Eine fremde Intelligenz ist in diesem Moment auf ihrem Weg zur Erde — und unsere Regierung glaubt, die richtige Art, ihr zu begegnen, sei geheim und mit Kernwaffen. Das ist es, was mir Angst macht.«

Payne nickte. Er schluckte. Er mußte das irgendwie bestätigt haben. Irgendwie. Hatten sie Donny gekillt, weil er einen Beweis gefunden hatte? Oder weil er ihnen zu nahe gekommen war? Oder war er wirklich durch einen Unfall gestorben?

Diese verfluchte Geheimniskrämerei!

»Was ich gerne wissen möchte«, sagte Gerschak, »wer ist es, der diese Sache durchführt? Der Präsident? Das Militär? Wer, zum Teufel, macht all das? Können Sie mir das sagen?«

Payne erwiderte schweigend seinen Blick.

»Einsatz in fünf Sekunden, und bitte ein starkes Finish.«

Payne blickte auf seine Aufzeichnungen, dann wieder in den Teleprompter. »Drei ...« Er holte tief Atem.

»Zwei ... eins ...«

Er sprach zur Kamera: »Das sind schwere Anschuldigungen, und, wie ich einräumen muß, unbewiesene. Ihre Wichtigkeit erfordert, daß sie untersucht werden. Sind in Verletzung internationalen Rechts tatsächlich Nuklearwaffen in den Weltraum geschafft worden? Hat man ein bewaffnetes Raumschiff auf eine geheime Mission geschickt ... um auf ein fremdes Raumschiff zu treffen, das sich der Erde nähert? Die Fragen werden immer dringender ... aber bis jetzt gibt es keinen Kommentar von der Regierung der USA.

Es ist klar, daß diese Fragen sich nicht in Luft auflösen werden. Wir, die Menschen dieser Erde, müssen die Entscheidung fällen — wenn nicht jetzt gleich, dann schon sehr bald — wie wir unsere ersten Besucher von den Sternen begrüßen sollen? Öffentlich oder geheim?

Verteidigungsbereit, mit tödlichen Waffen ... oder vertrauensvoll und furchtlos? Es wird vielleicht keine einfachen Antworten auf diese Fragen geben ... aber wir müssen sie beantworten, wenn wir unsere Ehre und unser Überleben in der Begegnung sichern wollen, die früher oder später auf uns zukommt.

Weitere Berichte werden beides untersuchen, die möglichen Gefahren und den Nutzen eines Erstkontaktes mit einer anderen Lebensform.

Das war Joseph Payne in einem Bericht für den International News Service.«

»Cut. Sehr gut, Joseph. Sehr gut.«

»Danke. Wann kann ich eine Kopie für mich haben?«

»In fünf Minuten«, sagte die Stimme in seinem Ohr.

Payne entfernte das Mikrophon von seinem Rockaufschlag und stieg von seinem Stuhl herunter. Teri gesellte sich im Schneideraum zu ihm, und zusammen mit dem Regisseur und dem Produzenten sahen sie sich das ungeschnittene Material von Anfang bis Ende durch. Danach lehnte sich George, der Produzent, zurück und zündete sich eine Zigarette an. »Da sind schöne Sachen dabei, Joe. Das wird dich sehr bekannt machen. Wir werden gleich mit dem Schnitt beginnen.«

Payne sah Teri fragend an. Sie holte tief Atem, und er konnte ihre Unschlüssigkeit fühlen. »Das ist starker Stoff, ja«, sagte sie. »Aber bist du sicher, daß du das jetzt schon bringen kannst? Ist er nicht ein bißchen zu stark – bei der jetzigen Beweislage?«

George wedelte mit der Zigarette. »Was sagst du? Willst du das Zeug geheimhalten?«

»Natürlich nicht! Nein! Aber vorsichtig damit umgehen. Bis wir sicher sind.«

George sah Payne an. »Ich bin einer Meinung mit Teri.«

Der Produzent hob die Hände. »Ich kann nicht glauben, was ich da höre. Wißt ihr, was wir damit für Einschaltquoten kriegen? Und du, Joe – das ist doch deine einmalige Chance!«

George zog frustriert an seiner Zigarette und stieß eine Rauchwolke aus.

»Hör mir zu, George, bitte!« Payne wedelte den Rauch aus seinem Gesicht. »Das kann einfach noch nicht gesendet werden. Diese Story ist mein Trumpf im Ärmel.«

»Trumpf im Ärmel? Wovon redest du? Teri, wovon redet er eigentlich?«

»Wir müssen alles zusammenkriegen«, sagte Payne. »Das ist doch nur die Spitze des Eisbergs, das weißt du genau.«

»Wir machen doch keine Dokumentarsendung! Wie lange willst du denn noch auf den Rest der Story warten?«

»Schau – meine Informanten sind alle abgeklemmt. Und warum? Weil sie Druck von oben bekommen haben.« Payne wandte sich an Teri, die einen neutralen Gesichtsausdruck aufgesetzt hatte. »Nun, ich brauche etwas, mit dem ich meinerseits Druck ausüben kann. Ich glaube, das hier könnte es sein.«

Der Produzent starrte ihn skeptisch an. »Angenommen ich gehe zurück nach New Phoenix, ins Sandaran Link Center.«

»Ja? Angenommen, du tust das.«

»Angenommen, ich quetsche die ein bißchen aus.«

»Wen? Wen quetschst du aus?«

»Meine Informanten. Oder höhere Stellen. Angenommen, ich präsentiere ihnen diese Story als fait accompli. Die Story ist abgedreht und wird gesendet, außer sie sagen mir, etwas daran sei unwahr.«

»Ach, du willst die Behörden erpressen? Teri, red du mit deinem Freund!« George stand auf und ging kopfschüttelnd weg. Nach einem Augenblick kam er zurück. »Du kannst die Regierung nicht erpressen!« explodierte er.

»Sehen wir es nicht als Erpressung«, sagte Payne.

»Angenommen, ich sage denen, was wir haben und was wir machen werden. Dann haben sie eine Möglichkeit zum Kommentar, und wenn etwas an der Story nicht stimmt, können sie uns berichtigen. Sie könnten sich dafür entscheiden, lieber ihre Version der Wahrheit zu senden als meine Rekonstruktion davon.«

»Vielleicht. Oder sie werfen dich ins Gefängnis – oder machen mit dir das, was du glaubst, daß sie mit deinem Freund Alvarest gemacht haben. Hast du daran schon mal gedacht?«

»Hab ich. Das ist der Grund, warum ich diese Story aufgenommen habe, bevor ich nach New Phoenix reise. Wenn mir irgend etwas zustößt, Gefängnis oder sonstwas, sendet ihr es.« Payne holte tief Luft. »Mittlerweile versuchst du von diesem Davis auf Geo-4 eine Bestätigung der Behauptungen der Tachylab-Leute zu bekommen.« Er sah Teri an. »Was glaubst du? Bin ich verrückt?«

Der Konflikt war an ihren Augen abzulesen. »Ich denke, du glaubst sehr stark an diese Story«, sagte sie ruhig. »Die Frage ist nicht, ob du weitermachen sollst, sondern ob es das Risiko wert ist, das du eingehst.« Sie zögerte, und er erkannte in ihrem Blick ihren inneren Kampf zwischen der Journalistin und persönlichen Gefühlen, zwischen dem Wunsch nach einer großartigen Story und den Bedenken um seine Sicherheit.

»Überleg mal«, sagte Payne und zählte mit seinen Fingern: »Drei Leute sind unter ungeklärten Umständen gestorben. Alle hatten irgendwie mit der Raummission zu tun oder auf die eine oder andere Art mit dem Sandaran Verbindungszentrum. Jesus, wenn wir nur das bestätigt bekommen würden, wäre es schon eine Jahrhundertstory. Und jetzt haben wir Gründe, anzunehmen, daß die Vereinigten Staaten, möglicherweise in Kooperation mit anderen Nationen, ein bewaffnetes Raumschiff zur Begrüßung der Aliens aussenden – geheim, und unter Verletzung internationaler Verträge. Wenn wir keinen Weg finden, das alles zusammenzubringen, wozu, zum Teufel, sind wir dann überhaupt in dieser Branche?

George stippte seine Zigarette aus und sagte: »Ich hoffe, du weißt, was du tust, Payne. Falls nicht, war ich mal ein guter Mann in der Branche.« Er sah erst Teri, dann Payne an.

»Wann reist ihr ab?«

»Sobald ich die Sendung fertig geschnitten habe.«

»Dann beeil dich gefälligst!«

»Ich nehme nicht an, daß du eine angenehme Nacht verbringen und morgen früh ausgeruht aufbrechen willst«, sagte Teri, als sie zusammen das Studio verließen. Sie hatten ihren zweiten und dritten Arbeitstag hinter sich.

Payne schüttelte verlegen den Kopf und zog gegen die eisige Luft seinen Kragen zusammen. Er hatte sich schon entschieden. Er hatte mit Denine über das gesprochen, was sich zwischen ihm und ihr aufzubauen begann und versucht, die Vorgänge zu verstehen. »Ich ... möchte heute nacht allein sein, glaube ich, bevor ich abfliege«, sagte er heiser und fühlte sich dabei elend und traurig, auch ein wenig distanziert und schuldig. »Teri ...«, sagte er und berührte ihren Handrücken.

Sie nahm seine behandschuhten Hände in die ihren und versuchte zu lächeln, hatte aber keinen Erfolg dabei. »Hey«, sagte sie, »ich wollte dir nicht direkt anbieten ... ich meine, wir beide wissen, daß es nur eine kurze ... wir wußten, es würde nichts ...«

Er wartete, ob sie den Satz vollenden würde. Sie standen auf dem Gehsteig, der Verkehr glitt vorbei, der eisige Wind schnitt ihnen in die Gesichter.

Sie seufzte unglücklich und schüttelte den Kopf. »Macht nichts.«

Er nickte. »Ich weiß. Teri?« Ihre Augen trafen sich.

»Danke«, murmelte er, »ich habe dich gebraucht.« Er drückte ihre Hand; sie drückte fest zurück.

Ihr Blick schwenkte weg, dann zurück. »Sei vorsichtig, Joe.« Sie schluckte.

Payne preßte die Lippen zusammen, nickte und wandte sich dann ab, weil ihm nichts mehr einfiel, was er noch hätte sagen können. Der Wind blies ihm ins Gesicht.

SIEBENTER TEIL

IN DIE UNENDLICHKEIT

Vorspiel

Sie bemerkte die allmähliche Passage der Planeten, weil der durch ihre Umlaufbewegungen veränderte Raum das Talenki-Schiff sanft schlingern ließ, als es seine Bahn in Richtung Sonne zog. Pluto, Neptun, Uranus ... sie rief sich die Namen ins Gedächtnis und fragte sich, ob sie den einen vom anderen durch die unterschiedlichen Gefühle, die sie auslösten, unterscheiden könnte.

Von überall her drangen Gesang und Klänge der Vorbereitung. Die ganze Mozy beobachtete mit unzulänglichem Verständnis, wie die Talenki ihre Grüße an die Erde einstudierten und organisierten. Sie gab Auskünfte, wenn sie gefragt wurde, überließ die Talenki aber sonst ihrer Konzentration.

Eine Teilpersönlichkeit Mozys nahm andere Dinge, andere Stimmen wahr. Sie hörte schrille Echos auf das Lied einer namenlosen Kreatur und fühlte Sehnsucht in ihnen, daneben wirbelnde Dämpfe, Schnee und Eis von fremder Farbe und Konsistenz. (Wer ist das?) fragte sie sich flüsternd. (Woher – ?)

(Eine deiner –) (– Welten.)

(Meiner Welten?) Die kleinere Mozy löste sich in der größeren auf. (Wie meint ihr das?)

(Ein Kind deiner Sonne.)

Verblüfft erwiderte sie: (Aber es kommt nicht von der Erde, und wir haben nichts gefunden ...) Sie zögerte. (Wollt ihr damit sagen, es gebe noch anderes intelligentes Leben im Sonnensystem?)

Verwirrte Echos. (Wißt ihr denn nicht – ?) Die Talenki untersuchten ihr Gedächtnis und murmelten erstaunt. (Wir hätten nicht –) (– an so enge Grenzen –) (– eures Bewußtseins geglaubt.)

(Aber woher – ?)

(Auf einem Mond –) (– jener Welt –) (– mit den

schönen Kreisen —) (— den breitgebänderten —) (— Ringen.)

(Saturn? Leben auf einem Saturnmond? Woher wißt ihr das? Wie habt ihr es gefunden?)

(Wie wir jene gefunden haben —) (— die du als Wale bezeichnest.)

(Die Wale?)

(In euren Meeren —)

(Soll das heißen —)

(Natürlich —) (— mit unseren Gesängen —) (— wir erzeugen —) (— mit einer Form von dem —) (— was du Tachyonen nennst —) (— Interferenzmuster —) (— und erzeugen —) (— Vibrationen —) (— im Kontinuum —) (— die die Gesänge —) (— in ihre Herzen bringen.)

Als sie jetzt genauer hinhörte, war sie erstaunt, das dünne, ferne Echo des Liedes eines Buckelwales zu hören. (Ihr singt ... und hört ihnen zu ... diesen Wesen), sagte sie verwundert und konnte den Gedanken nicht vollständig zu Ende denken.

(Bist du so —) (— überrascht?) (Hast du nicht gehört —) (— daß einer aus deinem Volk —) (— auf unser Lied —) (— antwortete?)

Hoshi. Die Erinnerung, die sie für einen Traum gehalten hatte: Hoshi, der taumelte und nach ihr rief. Hoshi, der das Lied der Talenki hörte, und ihre Stimme unter all den Sängern; und sein Todesseufzer, der zu ihnen aufstieg. Hoshi, was ist passiert? Ich bin froh, daß du die Talenki ein bißchen kennengelernt hast vor deinem Ende. Sehnsüchtig seufzte sie und rief sich wieder das Bild dieser anderen Kreatur in Erinnerung ... sie mußte auf Titan, dieser eisigen Methanwelt sein. Die Gefühle dieses Wesens berührten sie, verwirrt und fragend, wie sie waren, und sie wußte, daß es von dem Lied, das es hörte, fasziniert war, daß es glaubte, ein Lied der Götter zu hören, und sie war fasziniert von seinen wirren Gedanken. Einen Augenblick lang teilte sie seine Gefühle, dann wich sie ihnen aus und fragte (Wen habt ihr sonst noch kontaktiert? Gibt es noch mehr Leben im Sonnensystem, über das ich nichts weiß?)

(Leben –) (– ist nahezu allgegenwärtig.)

Sie blinzelte vor Überraschung. (Allgegenwärtig?)

(Eure Sonne –)

Sie empfing ein Bild, das nur aus flackernden Schatten und blendender Helligkeit bestand. Sonnenflecken? Gedanken, zu flüchtig, um festgehalten zu werden.

(Der Sonnenwind –)

Das Bild dieser Lebensform war so fein und dünn, daß sie kaum glauben konnte, daß es sich um Leben handelte, und doch floß es dahin wie Altweibersommerfäden und verteilte sich im Raum ... und hatte Bewußtsein.

(Die zeigen –) (– wenig Interesse an uns –) (– aber die Kristalle –) (– auf dem gefrorenen Planeten –)

Pluto? Charon? Ein eisiger, atmosphäreloser Mond? Sie spürte Eis und starre Kristallformationen, die aber elektrisch erregt waren ... und ein Bewußtsein von gletscherhafter Langsamkeit, Leben, das in Jahrtausenden gemessen wurde.

(– antworten uns und –) (– wachsen und –) (– nehmen ständig an Bewußtsein zu –)

Mozy kamen Gedanken, die sie selbst erstaunten: (Können sie einander wahrnehmen, diese verschiedenen ... Wesen ... verschiedener Welten? Können sie ihre Gesänge vereinen – in Harmonie?)

(Ahhhh ...), sagte jemand schlau.

Sie mußte plötzlich lachen, nicht wegen dieser Antwort, sondern wegen der Tatsache, daß es Besucher von einem anderen Stern gebraucht hatten, um ihr zu zeigen, wie wenig sie über ihre eigene Heimat wußte. Für die menschliche Wissenschaft gab es kein anderes Leben als das bekannte auf der Erde, und nun das der Talenki. Wenn die nur wüßten! Sie errötete vor Demut und Stolz und Vorfreude. Bald würden sie es wissen und sie würde diejenige sein, die es ihnen beibringen konnte.

Während ihre Gedanken sich langsam meditativ drehten, verteilte sich ihre Aufmerksamkeit wieder und ihr kleinerer Teil floß in die Talenki-Aktivitäten ein, die Vorbereitungen des Empfangs.

(Ihr plant das ganz gründlich, nicht wahr?) sagte sie, während sie ein Bild der Bemühungen aufnahm.

(Glaubst du —) (— sie werden —) (— Notiz von uns nehmen?)

(Oh ja, das glaube ich. Ganz sicher.)

65

Die Wasser des äquatorialen Pazifik waren ruhig, kleine Wellen schlugen sanft an die Bordwand der vor Anker liegenden Schaluppe. Die Messingbeschläge knackten. Eine lose Leine gab ein leises, klatschendes Geräusch von sich. Der Himmel war von phantastischer Klarheit, eine Unzahl von Sternen erschien, während es langsam dunkler wurde. Hinter dem Riff sah man nur einzelne Lichter auf der steuerbord gelegenen Insel.

Janice Tozier interessierte sich unter Deck mehr dafür, was die an die Hydrophone angeschlossenen Aufnahmegeräte unter dem Meeresspiegel aufzeichneten. Die Gesänge der Buckelwale hatten sich dramatisch verändert, und die Beobachtungen, die sie und ihr Ehemann hier vor Hawaii gemacht hatten, waren von Beobachtern in so fernen Gegenden wie dem nördlichen Atlantik bestätigt worden. Die Analyse der Satzstrukturen und Rhythmen der Wallieder zeigten, daß diese Veränderungen sich von normalen evolutiven Änderungen unterschieden und weitaus einheitlicher waren als die Abweichungen im letzten Herbst. Verschiedene Beobachter glaubten, etwas wie ›Vorfreude‹ und ›Jubel‹ in den Gesängen wahrgenommen zu haben — Eigenschaften, die die menschlichen Beobachter ebenso beeindruckten wie die Wale selbst.

Die Toziers untersuchten das Phänomen nun schon seit drei Monaten und waren zu keinem besseren Verständnis gelangt.

Janice sah auf, als ihr Ehemann herunterkam. Er stand mit verwirrtem Gesichtsausdruck am Fuße der Leiter. Er zog die Brauen zusammen und sagte etwas, das sie nicht hören konnte.

»Mmmh?« Sie nahm die Kopfhörer ab.

»Etwas Komisches«, wiederholte er, »am Himmel. Eine Art Lichter. Jetzt sind sie wieder weg. Ich geh mal eine

Weile nach vorn auf den Bug. Wenn ich wieder etwas sehe, sage ich es dir.«

Janice zuckte die Achseln und setzte die Kopfhörer wieder auf. Sie nahm Laute einer entfernten Herde auf, die jetzt sehr erregt war und einen Gruppengesang produzierte. Janice mußte eine Menge von Nebengeräuschen aussortieren, das Winseln einer Schiffsschraube, die Knackgeräusche des Krills und anderes, um die klagenden Gesänge der Wale aufnehmen zu können. Sie wurden lauter und aufgeregter, bis Janice von Pfeifen und Gurgeln und Schreien so eingedeckt war, daß sie sogar vergaß, Notizen über ihre eigenen Reaktionen aufzuzeichnen.

Sie zuckte zusammen, als ihr Ehemann vor ihr auftauchte und dringlich gestikulierte, sie solle gleich an Deck kommen.

»Du solltest dir das mal anhören«, sagte sie und tippte an ihren Kopfhörer.

»Später!« sagte er. »Komm, schau dir das an!« Er ging durch die Kabine und begann, in seiner Kameratasche herumzuwühlen. »Haben wir noch genügend High-Speed-Film übrig?« Als er gefunden hatte, was er suchte, lud er die Kamera und kletterte wieder die Leiter hinauf.

Überrascht und mit einer Mischung aus Unlust und Neugier nahm Janice ihre Kopfhörer ab, überprüfte das Tonbandgerät und folgte ihrem Mann hinauf. Sie blinzelte in der Dunkelheit. Über dem Boot stand der Himmel voller Sterne. »Hier drüben«, hörte sie. Ihr Mann stand am Bug. Sie wandte sich zum nordwestlichen Quadranten des Himmels und schnappte nach Luft.

Da war ein großes farbiges Etwas am Himmel, das schimmerte und sich bewegte wie ein Geschöpf des Meeres. Der Fleck war mehrmals so groß wie der Vollmond, aber nicht so hell; er sah geisterhaft aus wie eine Art Nordlicht und schillerte am Rand in wechselnden Farben. Er wurde größer.

Janices Mann fummelte mit Kamera und Objektiven herum. »Ich krieg dieses verdammte Ding nicht drauf«, murmelte er.

Sie drehte sich um und half ihm, das Objektiv zu wechseln. Als sie wieder aufsah, hatte der Fleck die doppelte Größe als zuvor und wuchs noch immer.

Plötzlich reckte sie ihren Hals. Was war das? Musik, als fernes Echo über das Wasser? Sie hatte eine seltsame Qualität, sie klang, als käme sie eher aus dem Wasser als darüber hinweg. Die Wale? So klang es nicht. Es war dünn und verwischt, aber es klang nach symphonischer Musik.

Ihr Mann bediente fieberhaft die Kamera, und sie stand neben ihm und sagte nichts, während die Musik und der Lichtfleck ständig anschwollen.

Fünf Minuten später schien ein Viertel des Himmels in Flammen zu stehen.

Der Nachtwächter war wahrscheinlich der erste auf der Insel, der das merkwürdige Phänomen bemerkte. Da er keine Lust mehr gehabt hatte, in seiner Hütte herumzusitzen, war er zur Mole spaziert, um die Vertäuungen zu überprüfen.

Zuerst bemerkte er die Musik, nahm aber an, daß es sich lediglich um eine zu laut eingeschaltete Stereoanlage in einem der nahen Gebäude handelte ... allerdings gab es hier keine nahen Gebäude, abgesehen vom Marine-Biologielabor, das verschlossen und menschenleer war. Woher, zum Teufel, kam sie aber dann? Über das Wasser? Es war ein bekanntes Stück, etwas, das er schon vorher gehört hatte, möglicherweise im Konzerthaus. Zweifellos war ein Boot da draußen; auf der Wasseroberfläche konnte einem die Akustik schon mal einen Streich spielen.

Als er die Stufen der südlichen Stützmauer hinunterstieg, sah er über seine Schulter zurück nach Nordwesten. Er stolperte und griff schnell nach dem Geländer und vergaß alle Musik. Da war ein Licht am Himmel, weit über dem Horizont, das aussah, als lebte es, als kröche es am Himmel umher, während violette und grüne Flammen in ihm tanzten. Der Nachtwächter umfaßte das Silberkreuz an der Kette um seinen Hals und schluckte hart während seines lautlosen Gebets. Ein Raumschiff mußte beim Wiedereintritt verglüht sein. Also war es schließlich doch passiert. Man hatte es ja erwartet. Was für eine schreckliche Todesart, zerbrochen und verbrannt und über den Himmel verstreut zu werden!

Nach ein paar Minuten änderte er seine Meinung. Das Licht bewegte sich nicht, und statt schwächer zu werden, wuchs seine Intensität, und es dehnte sich aus. Konnte es ein Nordlicht sein? Er hatte Nordlichter vor Jahren bei der Navy, in der Arktispatrouille, erlebt. Das da sah nicht ganz so aus – und außerdem hatte er noch nie gehört, daß sie so nahe dem Äquator aufgetaucht wären.

Er kratzte sich unbehaglich im Genick, dann fiel ihm etwas ein, eine Nachrichtensendung, die er Monate zuvor gesehen hatte. Er hatte ihr damals nicht viel Beachtung geschenkt, aber es war um einen Wissenschaftler gegangen, der behauptete, Botschaften von außerirdischen Wesen empfangen zu haben, die auf dem Weg zur Erde waren.

Das war aber doch arg weit hergeholt. Ein Licht am Himmel bedeutete nicht, daß die Aliens zur Invasion anrückten. Der Nachtwächter wälzte den Gedanken ein paar Mal im Kopf hin und her, dann machte er sich auf den Weg zum Telefon.

Auf der Guam Naval Air Station arbeitete das Meteorologenteam wie verrückt, aber vergeblich, am Versuch einer Erklärung der atmosphärischen Phänomene. Oberleutnant Andrews blickte einem jungen Radarmann über die Schulter und runzelte die Stirn.

»Nehmen Sie überhaupt etwas wahr?« erkundigte er sich.

»Nein, Sir, nichts als diesen Sturm aus Westen.«

Die Miene des Kommandanten verfinsterte sich weiter, als er sich zur Kommunikationskonsole wandte. »Hier sind die Berichte«, sagte der Com-Offizier und ließ seinen Finger über die Zeilen fahren. »Vielleicht finden Sie einen Sinn darin. Ich finde keinen. Das Wetterschiff Bristol meldet rege ionosphärische Aktivität. Die Flüge 231 und 179 bemerken nichts davon; sie meinen, es sei über der Atmosphäre.«

»Haben Sie die Argus schon erreicht?« fragte Andrews.

Der Com-Offizier nickte und zeigte mit dem Finger auf die Zeile.

»LEO-Station Argus bemerkte nichts Ungewöhnliches, auch nicht, als sie bei der letzten Umkreisung direkt über dem Aktivitätszentrum stand. Aber wie auch immer, hier ist Report von Geo-4 über einen dichten Tachyonenfluß in relativer Erdnähe.«

»Bieten Sie das als Erklärung der Erscheinungen an?«

»Nein, Sir, nur als Beobachtung.«

Als Andrews gehen wollte, hob der Offizier eine Hand, um ihn zu stoppen. »Da kommt gerade noch etwas, Sir.« Er drehte an einigen Schaltern an seinem Gerät und fügte dann hinzu: »Von Pearl. Ein Hinweis.« Auf einem der Bildschirme entrollte sich eine Nachricht, gleichzeitig erschien ihre Hardcopy. Der Com-Offizier schwieg ein paar Sekunden, bevor er sagte, was Andrews ohnehin schon gelesen hatte: »Die Pazifik-Flotte ist in Alarmbereitschaft versetzt worden.«

Andrews starrte den Ausdruck einen Augenblick lang an, bevor er nach dem Telefon griff.

Die Menschenmenge vor dem Tempel war mittlerweile auf Hunderte angewachsen und nahm immer noch zu. Die Priester standen vor den Toren und betrachteten wie alle anderen auch die Lichter am Himmel. Einer der Priester hatte gerade seine Oberen in Xiangfan benachrichtigt, wo man die Sache sehr ernst zu nehmen schien. Aus Shanghai waren Berichte über Panikausbrüche in verschiedenen Teilen Ostasiens eingelangt. Konferenzen waren eiligst in Beijing, Tokyo, New Delhi und im ganzen Westen einberufen worden. War das der Anfang vom nächsten Großen Irrtum der Menschen? Die Menge hier war nicht in Panik. Sie sang friedlich, die Stimmen waren lauter als die seltsame

Musik, die aus den Hügeln herüberzuschallen schien. Kinder lachten und zeigten begeistert auf jedes neue Farbenspiel, das den Himmel füllte.

Die Priester sahen einander an und nickten sich zu. Was auch immer es war, das hier geschah, es freute den Buddha sicherlich.

»Ouverture 1812«, sagte Jimmy, das Gesicht im Gras, »das ist es. Tschaikowsky.« Er war ein Freak, was klassische Musik betraf. Er war momentan auch stoned, woran es vielleicht lag, daß er Musik aus großer Entfernung zu hören schien, irgendwo aus den Hügeln gegen die Wüste hin. »Das ist Tschaikowsky. Hörst du es auch?«

»Jimmy, schau mal da hinauf«, sagte Kelly träumerisch und zeigte zu den Sternen, während sie den Rauch aus ihrer Lunge ließ.

Jim lachte und vergaß die Musik, als er den Kopf hob. »Ich würde mir lieber das ansehen«, sagte er und griff nach ihrer Brust. Sie trug ein Denim-Hemd, das aufzuknöpfen ihm bis jetzt nicht gelungen war. Seine Finger glitten über ihre kleinen Brüste. Sie kicherte und schlug auf seine Hand. »Komm, Jimmy, du versäumst etwas. Schau doch einmal hinauf!«

Er lachte und fühlte sich schnell und leicht, während er ihr den Joint aus der Hand nahm. Er rollte sich auf den Rücken, blinzelte, als er einen Zug nahm und setzte sich hustend auf. Der ganze südöstliche Himmel war von geisterhaftem Feuer erfüllt.

»Was ist das?« keuchte er. Er sah Kelly an. Sie grinste stoned in den Himmel hinauf.

Er lehnte sich auf die Ellbogen zurück und nahm noch einen Zug. »Wauuii! Ich kann's nicht glauben.« Karmesinrote und zyanblaue Flecken glühten hoch am westlichen Himmel. Das Licht wurde heller, während er zusah, bis es die ganze Landschaft zu erleuchten schien. Er drehte sich um und rief: »He, Mike und Lorrie, was war in diesen Keksen? Seht ihr auch, was ich sehe?«

Ein träges Lachen kam zurück: »Scheiiii-ße, Mann, der vierte Juli kommt heuer verdammt früh.«

Phan-n-n-tastisch! dachte sich Jimmy und legte sich wieder hin. Er schob einen Arm unter Kellys Schultern und zog sie näher an sich. Sie widerstrebte nicht im geringsten.

Payne hatte die meisten Berichte darüber schon durchstudiert, als der Himmel über New Phoenix dunkel genug war, um es selbst sehen zu können. Trotz weltweiten militärischen Alarms gab es keine Berichte über irgendwelche Aktionen — vielleicht weil man bisher keinen Gegner hatte identifizieren können. Die Quelle des Phänomens war bisher nicht offiziell genannt worden; verschiedene kleinere Nationen schoben es auf die Amerikaner oder die Sowjets oder beide. Es gab wenig Hinweise auf Panik bei der Zivilbevölkerung; schnelle Interviews mit dem Mann auf der Straße schienen anzuzeigen, daß viele Leute eine militärische Aktion mehr fürchteten als die Lichter am Himmel. Nur wenige seriöse Berichte hatten eine Verbindung zu früheren Meldungen über angeblich sich nähernde Aliens hergestellt. Er hatte immer noch die Chance, der erste zu sein, wenn seine Informanten sich meldeten.

Wann, zum Teufel, würde Jonders ihn endlich anrufen? fragte er sich. Beim ersten Hinweis auf Zwielicht über New Phoenix ging er hinaus, um es sich selbst anzusehen. Der Himmel war gerade dunkel genug, um einen merkwürdigen Effekt erkennen zu lassen, als die erster Wörter in dem Licht erschienen.

Jonders sah seine Chance. Marshall war zu einer Telekonferenz mit Hathorne und dem Kontrollkomitee verschwunden — und mit ihnen vielleicht die Hälfte der Führer der westlichen Welt. Wenn er jemals ein paar Minuten für sich selbst haben würde, dann jetzt. Er drückte auf den Intercom-Knopf und sagte: »Übermitteln Sie weiter das Signal. Ich geh' ein bißchen an die frische Luft.« Er holte seine Jacke aus dem Büro und ging dann zu einem Seitenausgang. Draußen machte er ein Dutzend großer Schritte, bevor er stehenblieb und hinaufsah. Er mußte tief Atem holen. Er hatte eine Anzahl Videobilder gesehen, aber die waren der Sache nicht gerecht geworden. Der Nachthimmel war erfüllt von Schleiern aus durchsichtiger Seide, die in einem Dutzend Schattierungen von Rubinrot, Gelb und Gold leuchteten und sich bewegten, als würden sie von einer Turbulenz im kosmischen Wind geschüttelt. Es sah aus, als umgäbe das Licht den ganzen Globus, allerdings wußte er, daß das nicht stimmte; man sah es nur auf der Nachtseite des Planeten. Es gab keinen Hinweis für das unbewaffnete Auge, ob das Schauspiel in der Luft über den Bergen oder Millionen Meilen draußen im Raum stattfand.

Natürlich war es das Werk der Talenki. Von seinem Standpunkt aus war das Problem zur Zeit das, daß die Talenki nicht auf Anrufe antworteten. Die Bodenstation hatte immer und immer wieder versucht, sie mit Radio und Laser-Com zu kontaktieren, auch jede erdenkliche Permutation des Tachyonenstrahls verwendet, aber alles war ohne Antwort geblieben. Wie würden die militärischen Führer darauf reagieren? fragte sich Jonders. Er dachte an sein letztes Gespräch mit Marshall, und an das zuvor mit Joe Payne, als Payne praktisch ein Treffen mit ihm verlangt hatte und ihm in schockierenden Details alles gesagt hatte, was er in seiner Sendung bringen wollte.

Entsetzt über Paynes Information über das bemannte Schiff Aquarius, hatte Jonders zugestimmt, die Sache mit Marshall zu besprechen, und eine vollständige Enthüllung verlangt, weil das besser war als eine hochspekulative und vielleicht entstellte Darstellung der Sache. Marshalls Antwort war gewesen, daß nach seinem Wissen die Aquarius nur leicht bewaffnet war, und ganz sicher keine Atomsprengköpfe an Bord hatte — aber er würde die Frage Hathorne vorlegen.

Während er jetzt in den Himmel hinaufblickte, dachte sich Jonders, daß es zweifelhaft war, ob er damit mehr getan hatte, als zu verraten, daß er zuvor mit der Presse gesprochen hatte; aber es war auch die Frage, ob das überhaupt noch eine Rolle spielte.

Die himmlischen Lichtmuster änderten sich jetzt, wie Spielsteine in einer Partie gesetzt wurden. Jonders ging durchs Gras aus dem Gebäudeschatten heraus. Zum erstenmal bemerkte er jetzt, daß er nicht allein war. Dutzende Leute standen auf dem Grundstück verteilt umher und reckten den Hals oder flüsterten miteinander. Jonders erkannte Lusela Burns, die nahe am äußeren Zaun stand.

»Hast du irgendwelche Botschaften gesehen?« fragte er.

Sie schüttelte den Kopf. »Ich hab gehört, vor einer Stunde sei etwas gewesen — ein merkwürdiges Lichtspiel. Es flackert mal da, mal dort, als braue sich etwas zusammen, aber dann ...« Sie zuckte die Achseln. Jonders nickte und steckte die Hände in die Taschen seiner Jacke. »Haben sie geantwortet?« fragte sie.

Er seufzte. »Nichts. Überhaupt nichts.« Er sah auf. »Verdammt nochmal, warum antworten sie nicht?«

Lusela sah ihn besorgt an. »Was glaubst du, was sie vorhaben?«

Jonders fühlte einen Klumpen Ärger in seiner Brust, während er eine hilflose Geste machte. In Marshalls Büro und anderen in New Washington wurde genau diese Frage debattiert. Und irgendwo in der Tiefe des Raumes — nicht weit von den sich nähernden Talenki — waren drei Raumschiffe, von denen mindestens eines wahrscheinlich Wasserstoffbomben an Bord hatte. Was mochten sich die Kommandanten dieser Schiffe denken, als sie sich ihrem Ziel näherten und von seltsamen Feuern am irdischen Himmel hörten? Jonders wünschte sich plötzlich, seine Frau und seine beiden Töchter wären bei ihm.

Jetzt hörte man Musik im Hintergrund. Musik? Er bemerkte plötzlich, daß die Musik in seinem Kopf war und ihn umgab, nicht sehr laut, aber so, als käme sie von überall her, und sie schwoll an. Was war das — eine Art Abenteuerthema, mit Trompeten und Hörnern und Geigen — etwas vage Vertrautes, ein Filmthema aus vergangener

Zeit vielleicht. Von einer nahe Gruppe von Menschen erhob sich ein Gemurmel, das lauter wurde als die Musik. Er sah auf, und sein Herz machte einen Sprung.

Über ihnen verschmolzen die Lichtvorhänge zu langen Feuerketten, die sich im Himmel wie Würmer wanden. Zuerst schien ihre Bewegung chaotisch zu sein, dann erschien ein Muster aus der Unordnung. Das Licht formte Buchstaben in verschiedenen Größen und Schriftarten — es erschienen die Wörter

HI!

!HOLA!

BON JOUR!

JAMBO

NIHAU

PRIVYET

KOMBANWA

über die ganze Breite des Himmels.

Jonders hielt den Atem an, als die Lichtbuchstaben sich änderten. Das Muster zerfiel, die winzigen Feuerschlangen tanzten wieder umeinander. Dann ordneten sie sich von neuem, diesmal zu den Worten:

DIE TALENKI

SIND DA!

Jonders fühlte, wie sich sein Magen zusammenzog. Was würde als nächstes geschehen? Nach einer Minute verschwand die Botschaft, und eine Anzahl von Sätzen erschien, von denen jeder ein paar Sekunden stehen blieb, bevor er dem nächsten Platz machte:

KRIEGT ES IN DEN KOPF

FREUT EUCH

LEST AM HIMMEL

BURMA SHAVE!

Während er verwundert hinaufstarrte, hörte Jonders undeutlich, wie er gerufen wurde. Er wurde drinnen verlangt, sofort.

General Armsteads Holo-Bild sah finster aus.

»Sie waren auch 2015 bereit«, sagte Hathorne mit einer Stimme, aus der man den Ärger heraushörte, »bereit für jeden Fall. ›Flexible Response‹ nannte man das damals, glaube ich — ohne all diese irritierenden zivilen Kontrolleinrichtungen ...«

»Warten Sie mal einen Moment ...«

»Finger am Abzug, und das Militär ganz auf sich allein gestellt — und was hat es uns gebracht? Dreißig Millionen Tote und Städte mit Namen wie New Washington, New Phoenix, Moskau Zwei ... soll ich weitermachen?«

Der General glotzte. Die anderen Sitze um den Konferenztisch waren leer; aber sie würden bald von den Mitgliedern des Kontrollkomitees besetzt werden. Hathorne würde diese Sache mit General Armstead ausdiskutiert haben müssen, bevor sie kamen.

»Unsere Priorität«, knurrte Armstead, »ist der Schutz der Erde und ihrer Völker. Wenn das nicht klar genug sein sollte ...«

»Es ist nicht klar«, sagte Hathorne, »daß eine Attacke auf unseren ersten interstellaren Besucher der beste Weg sein könnte, die Erde und ihre Völker zu beschützen.«

»Wir haben nicht die Absicht, zu attackieren«, sagte der General kalt, »wir sind nur für jeden Verteidigungsfall vorbereitet, wenn es notwendig werden sollte.«

»Ich verstehe. Und wer entscheidet darüber, ob es notwendig ist? Sie, Herr General?«

»Der Präsident.«

»Darf ich Sie daran erinnern, daß die Aquarius diesem Komitee hier untersteht und keineswegs unter U.S.-Flagge unterwegs ist? Die meisten Mitglieder des Komitees wissen nicht einmal, daß sie bewaffnet ist. Haben Sie die Absicht, es ihnen heute zu sagen? Warum mußte ich es von Slim

Marshall erfahren, der es seinerseits von einem Reporter hatte?« Danke, Slim und danke auch dir, neugierige Schnüffler, wer auch immer du bist, dachte er sich dazu. Das war genau das, was ich brauchte. »Ich kann es Slim nicht zum Vorwurf machen, daß er sich fragte, was, zum Teufel, wir eigentlich gerade tun«, fuhr er mit lauter Stimme fort, »General, Sie haben Ihre Befugnisse überschritten. Sie haben die Befehlsgewalt des Komitees usurpiert ...«

»Ich habe gar nichts usurpiert«, schnauzte der General.

»Wie erklären Sie dann die Verletzung der Anordnungen des Komitees?«

»Ich unterstehe in erster Linie und im wesentlichen dem Kommando des Präsidenten der Vereinigten Staaten, der zugestimmt hat, daß die Bewaffnung notwendig und gerechtfertigt ist«, sagte Armstead ruhig, »Offensichtlich konnten wir sie nicht in aller Öffentlichkeit vornehmen, ohne eine große Debatte auszulösen ...«

»Offensichtlich.«

»... was die Mission verzögert und ihre Sicherheit gefährdet hätte«, fuhr Armstead in zornigem Tonfall fort.

Hathorne sah ihn mit eisigem Blick an. »In anderen Worten: Sie nehmen es auf sich, daß Sie die Befehlskette verlassen haben.«

»Wie ich schon sagte: Der Präsident unterstützt unsere Aktionen.«

»Selbst der Präsident sollte scharf nachdenken, bevor er einen internationalen Vertrag beiseite schiebt«, erwiderte Hathorne. Ein rotes Licht blinkte auf seiner Konsole. Er runzelte die Stirn und betätigte einen Schalter.

»Der Präsident hat sehr wohl darüber nachgedacht«, sagte eine neue Stimme. Ein Hologramm materialisierte sich im Sitz zu Hathornes Linken.

»Mr. Präsident«, murmelte Hathorne und versuchte, seine Überraschung zu verbergen. »Danke, daß Sie zu uns gekommen sind.«

Der Präsident der Vereinigten Staaten legte einen Finger

an die Wange und sah die beiden an. »Gentlemen, ich entschuldige mich dafür, daß ich zugehört habe, ohne mich vorher anzukündigen, aber ich wollte hören, was Sie sagen, wenn Sie sich nicht durch meine Anwesenheit behindert fühlen. Mr. Hathorne, Sie sind sehr erregt.«

»Mr. Präsident ...« – Hathorne holte tief Luft –, »das Komitee wird geschockt sein, wenn es erfährt, daß es von diesem Entscheidungsprozeß ausgeschlossen war.«

Der Präsident legte die Stirn in Falten. »Das war unbedingt notwendig«, sagte er steif, »zum Nutzen der Mission – der tatsächlichen Mission – die dazu dient, die Sicherheit der Nation ...«

»Aber Mr. Präsident ...«

»... und dieses Planeten zu gewährleisten. Ich darf Ihnen versichern, Mr. Hathorne – ich hatte nie die Absicht, das Komitee von diesem Entscheidungsprozeß auszuschließen. Es wird weiterhin die Kontrolle über die Aquarius-Mission behalten.«

Hathorne warf einen Blick auf den General, der plötzlich einen harten Ausdruck in den Augen hatte. War er überrascht? Hathorne wunderte sich. Er sah wieder den Präsidenten an und fragte ruhig: »Kann das Komitee eine Partei in einem internationalen Rechtsbruch sein?«

Der Präsident verzog das Gesicht. Er hob seine rechte Hand und führte die geplante Geste dann doch nicht aus. Seine Hand zitterte, als er sprach, und seine Stimme klang angespannt. »Es war gedacht, um ... ah ... dem Komitee die Verantwortung zu ersparen – deshalb sind wir ohne das Komitee vorgegangen.« Er räusperte sich und Hathorne bemerkte, wie der General seinen Ärger kaum verbergen konnte. Das war nicht das, was Armstead vorher zu hören bekommen hatte, dachte sich Hathorne. Der Präsident fuhr fort: »Aber das Komitee, das Komitee muß nach bestem Wissen und Gewissen entscheiden, ob man die Waffen verwenden oder lieber Vertrauen haben soll ...« Der Präsident seufzte auf eine Art, als sei er zutiefst erschöpft.

Hathorne schwieg für einen Moment und dachte, daß keiner von ihnen wußte, ob man den Aliens trauen konnte, nachdem man nicht einmal wußte, ob sie sie bedrohten oder nur Spielchen mit ihnen machten. Aber du, du armer Bastard, dich haben wir mit frischem Blut an den Händen erwischt, und das weißt du auch — und jetzt sollen wir denken, du hättest in Wirklichkeit überhaupt nichts getan, und wir setzen uns jetzt alle als gute Komiteemitglieder und Internationalisten zusammen. Nun ja, selbst wenn das eine Lüge ist, werde ich dich dazu bringen, es so zu machen. »Vielleicht«, sagte Hathorne ruhig, »darf ich Sie bitten, mir die Verhaltensanweisungen — die wirklichen, meine ich natürlich — an die Aquarius mitzuteilen.«

Der Präsident zögerte und griff sich an den Mundwinkel. Schließlich sagte er: »General Armstead?«

Der General sah niemand bestimmten an. Jetzt ist er der, der das Gefühl hat, gelegt zu werden, dachte Hathorne. Das war nicht deine Absicht, stimmt's, General?

Armstead wandte den Kopf. »Was möchten Sie gerne über die Befehle wissen?« knurrte er.

Der Präsident antwortete beinahe tadelnd: »Befehle, die den Einsatz der Waffen betreffen, General. Nuklearwaffen.«

Armstead runzelte die Stirn. »Sie dürfen die Waffen nicht verwenden, außer sie erhalten den direkten Befehl dazu. Und dieser Befehl kann nur vom Präsidenten kommen.«

Hathorne fuhr mit dem Fingernagel zwischen zwei Vorderzähne. »Das ist der einzige autorisierte Gebrauch?«

Armstead zuckte die Achseln. »Natürlich auch beim totalen Zusammenbruch der Kommunikation.«

»Sie meinen«, sagte Hathorne, »wenn der Kontakt mit der Erde verloren geht, können die das selber entscheiden?«

»Nur, wenn eine direkte große Gefahr für die Erde besteht«, sagte der General. »Das ist ausschließlich für den Fall gedacht, daß alle Stricke reißen.«

»Ist es nicht so, daß jetzt schon kein Kontakt mehr besteht?«

Armstead zögerte zuerst und gab dann zu: »Ja, weil es irgendwelche Interferenzen durch die Aliens gibt. Aber es gibt keinen Hinweis darauf, daß uns derzeit ein Angriff bevorsteht.«

»Und wissen die Leute auf der Aquarius das?«

Armstead sah ihn mit unverhülltem Mißfallen an.

Hathorne lehnte sich in seinem Stuhl zurück und sagte: »Mr. Präsident, wir haben ein schwieriges Treffen vor uns. Ich glaube, es wäre sehr nützlich, wenn Sie und der General den Komiteemitgliedern genau das sagen würden, was Sie gerade mir gesagt haben.«

Der Präsident dachte lange nach, bevor er schließlich zustimmend nickte.

Das fremde Raumschiff hatte das Sonnensystem mit erstaunlicher Geschwindigkeit durchquert. Mittlerweile war es innerhalb der Marsumlaufbahn und bewegte sich auf die Erde zu. Aquarius war zweitausend Kilometer vom Ziel entfernt und kam ihm trotz der Schwierigkeiten mit einer genauen Ortsbestimmung ständig näher. Ellis spähte durch das Fadenkreuz der optischen Zieleinrichtung. Er las die roten Digitalzahlen über dem Bild und legte einen Schalter um, der sie anhielt. »Zünden.«

»Zündung in fünf Sekunden«, sagte Kouralt.

Der Fusionsantrieb startete. Draußen gab es keine optisch sichtbare Veränderung, aber die Anzeigen zeigten, was los war. Das Manöver war richtig. Der blinkende Punkt des Zielobjekts wurde nach und nach größer, auch für das unbewaffnete Auge, allerdings hörte er nicht auf, zu oszillieren. Die Aquarius sendete fortwährend Anrufe — mittels Funk, moduliertem Laser-Com, und sogar gewöhnlichen Laserblitzen. Bisher hatte es keine Antwort gegeben, ebensowenig wie das Hauptquartier eine auf dem Tachyonenband erhalten hatte — zumindest nicht nach dem letzten Nachrichtenstand.

Die Kommunikation mit dem Hauptquartier war jetzt freilich schon seit vierundzwanzig Stunden abgebrochen, offensichtlich durch die merkwürdigen, irgendwie mit Tachyonen zusammenhängenden Phänomene rund um die Erde. Ellis und Kouralt hätten lieber als alles andere gewußt, was eigentlich los war. Der letzte Bericht hatte besagt, daß die feuerwerksartigen Erscheinungen in der Atmosphäre angedauert hatten, mit alarmierender Intensität übrigens. Offensichtlich waren die Talenki dafür verantwortlich — man hatte die Tachyonenaktivität zu ihnen zurückverfolgen können — aber Ellis und Kouralt hatten nichts beobachten können, das erklärt hätte, wie und warum sie das taten. Nach den geringen Informationen, die das Hauptquartier bekommen hatte, bevor die Kommunikation zusammenbrach, war es wahrscheinlich, daß es sich irgendwie um eine Demonstration der Stärke handelte. Sollte das Angst hervorrufen? Vielleicht ein Vorspiel zum Angriff? Sie hatten keine Möglichkeit, das herauszufinden. Jedenfalls hatte man jedes verfügbare Raumschiff in eine Erdumlaufbahn gebracht und aktionsbereit gemacht. Aber die erste Verteidigungslinie waren Ellis und Kouralt mit ihrer Aquarius — hier, in einer Entfernung von der Erde, die man für eine sichere Distanz hielt.

Aber wenn die Aliens am Erdhimmel auf diese Entfernung solche Dinge tun konnten, wozu waren sie dann noch in der Lage? Und wenn ihre Absichten feindlich waren, und sie die Aquarius und die Sowjets und das Raumschiff der östlichen Allianz auf ihrer Spur wegputzten, welche Chance sollten dann die erdnahen Verteidiger haben?

Darüber redeten die beiden Männer lieber nicht.

Kouralt studierte das stark vergrößerte Videobild des Asteroiden. »Sehr merkwürdig«, sagte er. »Sehr, sehr merkwürdig. Was hältst du davon?«

Ellis betätigte die Videoeinstellung. Das Bild zerfloß beinahe — als sähe man es durch eine turbulente Atmosphäre, obwohl in Wirklichkeit nichts als das Beinahe-Vakuum des Raums zwischen ihnen war. »Sieht aus, als seien wir unter Wasser«, murmelte er.

Kouralt kratzte sich am Hinterkopf. »Ich weiß nicht. Mir gefällt das nicht. Wenn die nicht bald eine Antwort geben, sollten wir vielleicht einmal etwas anderes probieren.« Er betrachtete seine leuchtenden Armaturen. »Vielleicht nehmen sie von uns Notiz, wenn wir mal ein bißchen ihren Himmel beleuchten.«

Die Aquarius zündete zwei Raketen. Siebzig Sekunden später explodierte die erste in strahlendem Licht, ungefähr eine Meile vom Ziel entfernt. Ellis betrachtete die Telephotos, als die Landschaft des Asteroiden erst von dem Licht der einen Rakete beleuchtet wurde, und dann von dem der anderen — die beiden Raketen waren so plaziert gewesen, daß die erste die eine und die zweite die andere Seite des Asteroiden beleuchtete. Zwei Kameras liefen und nahmen Bilder auf, die später in das Hauptquartier übermittelt werden sollten.

Kein Drehen an den Knöpfen war in der Lage, die Bilder völlig ruhig zu halten; nichtsdestoweniger konnte Ellis doch einwandfrei sehen, daß die Oberfläche ganz offensichtlich nackter Felsen war, zumindest auf der ihnen zugewandten Seite des Asteroiden. Nirgendwo sah man Metall oder künstliche Vorrichtungen. Wenn Waffen an Bord waren, dann auf der anderen Seite, oder irgendwo im Innern versteckt. Wenn es sonst irgend etwas gab — ein Triebwerk zum Beispiel — dann war es auch auf der abgewandten Seite, oder verborgen. Ellis versuchte es mit einem Radarscanning, bekam aber nur ein unzusammenhängendes Geflacker auf den Bildschirm.

Die Beleuchtung durch die Raketen war auf dem Helligkeitsmaximum, als er hörte: »Paul, was, zum Teufel, ist das?« Ellis drehte den Kopf, um aus dem Seitenfenster zu sehen. Er fühlte eine Welle von Schwindel. Der Raum um den Asteroiden herum schien sich zusammenzuziehen, die Sterne dahinter zitterten durcheinander, und die Sternbilder schienen sich zu bewegen, als schwämmen sie in einer umgerührten Flüssigkeit.

Ellis starrte verblüfft auf die Videomonitoren. Dort waren alle Bilder aus dem Fokus geraten. Wieder kam ein Ausruf von Kouralt, diesmal auf Grund von Lichtblitzen, die durch das Fenster kamen.

»Jesus!« rief Ellis und hielt die Hand schützend vor die Augen. Es war eine ihrer eigenen Raketen, die zurückkam, als hätte irgend etwas sie komplett um den Asteroiden herumgeführt und wie einen Bumerang zurückgeworfen — aber das war vollkommen unmöglich. »Wie, zum Teufel ...?«

Die Rakete erlosch gerade, aber die zweite war nicht mehr weit entfernt. Sie schwenkte in eine Umlaufbahn um die Aquarius ein und leuchtete ständig.

Als Ellis wieder die Monitoren ansah, hatten die Kameras ihr Ziel verloren, und das Radar ebenfalls. Er brauchte einige Zeit, um zu begreifen, daß der Asteroid sich irgendwie bewegt hatte — ohne daß man es hätte sehen können. Er war jetzt ... ja, wo, zum Teufel, war er jetzt? Ellis schaute durchs Fenster. Die zweite Rakete war erloschen, und es gab kein Anzeichen mehr für irgendwelche Störungen im Raum zwischen den Sternen.

»Stell auf den verdammten Asteroiden ein!« stieß Kouralt hervor, »wo ist er hingekommen?«

Ellis begann augenblicklich den Himmel nach den Talenki abzusuchen. Er fand die Antwort auf ihre Fragen, konnte sie aber nicht begreifen. Die Aliens waren von ihrem vorigen Standort tausend Kilometer entfernt und auf einem gänzlich anderen Kurs als zuvor, nämlich vor ihnen auf einer Bahn in Richtung Erde. Ellis fluchte und berechnete die neuen Daten.

»Können wir sie einholen?« fragte Kouralt.

»Hängt davon ab, was sie tun«, erwiderte Ellis und gab ihm die Zahlen. »Gib das durch!«

Die Antwort von der Erde kam schwach und mit nur wenig erkennbaren Wörtern:

»... ASJDWIΞDERHOLEN„tRANSJOASSION „UNKLAR$&VERIFIZIERE ...«

»Was meinen die?« sagte Kouralt, der zu beschäftigt war, um nachzusehen.

»Quatsch«, sagte Ellis, während Zeile um Zeile auf dem Schirm erschien:

»ASAODI„BENÜTZ$$„WAFFFEN„HNEAUTORIXATIION„„NNNCHT, %00 EVIDENZ77//ATTACKE//$=(KOMITEEEE ...«

Der Bildschirm flackerte und wurde schwarz. Fluchend versuchte Ellis, das Bild zurückzuholen. »Wir haben keinen Kontakt mehr.«

»Wenigstens per Stimme?«

»Nein. Kein Funkkanal geht.«

»Kannst du irgend etwas unternehmen?«

Ellis sah verzweifelt aus. Bevor er antwortete, checkte er die Kursangaben über den Asteroiden und fühlte, wie sein Blutdruck in die Höhe schnellte. »Wir brauchen einen weiteren Schub«, sagte er, »die hauen ab.«

»Was sollte die verdammte Botschaft bedeuten?«

»Irgend etwas über die Ermächtigung zum Waffengebrauch. Und Attacke. Evidenz der Attacke.«

»Also was nun? Gibt es einen Angriff oder nicht?«

»Ich weiß es nicht, es kam völlig verstümmelt.« Ellis holte tief Atem und versuchte sich zu beruhigen. »Ich sende eine Bitte um Wiederholung. Aber bis die Verbindung wieder funktioniert, sind wir wohl auf uns gestellt.« Er sah sich nochmals die Zahlen über ihr Ziel an und stellte fest, daß sie alarmierend waren. »Wenn wir nicht schnell einen neuen Schub vornehmen, verlieren wir sie.«

Er fühlte die Beschleunigung. Ein paar spannende Minuten lang verglich er die Zahlen über die beiden Flugkörper. Aquarius hatte schon den größten Teil ihres Treibstoffs verbraucht und nur noch wenig Reserve für die Verfolgung zur Verfügung. Er wandte sich zu Kouralt und sagte: »Sieh dir das mal an, und dann sag mir, ob du dasselbe siehst wie ich!«

Kouralt schaute. Die Talenki beschleunigten und vergrößerten den Abstand zwischen ihnen. »Paul«, sagte Kouralt, »wir werden eine Entscheidung treffen müssen.«

Ellis schluckte. »Wir können sie nicht mehr einholen.«

»Nein«, sagte Kouralt leise, »aber wir können sie stoppen.«

Ellis starrte ihn einen Moment lang an. »Haben wir dafür wirklich die Voraussetzungen? Angenommen, wir irren uns? Nimm mal an, daß es eine andere Erklärung gibt. Du weißt, was auf dem Spiel steht.«

»Ja. Die Erde. Angenommen, wir lassen sie gehen, und wir liegen falsch. Nach allem, was wir wissen, greifen sie jetzt die Erde an.« Kouralts Gesichtsausdruck war eisig und vollkommen kontrolliert, sein Blick scharf. »Glaubst du, sie halten sich selbst zurück?« Ellis schwieg. »Wenn sie uns jetzt entkommen, wer soll sie dann aufhalten? Die Sowjets? Die östliche Allianz? Die antworten uns ja auch nicht. Wir wissen nicht einmal, ob sie überhaupt noch im Einsatz sind.«

»Das liegt an der Interferenz«, sagte Ellis, »sie ist das Problem.«

»Und wer verursacht es?« Kouralt machte eine bedeutungsschwere Pause. »Wir haben einen Job zu tun, und im nächsten Augenblick werden sie außer Reichweite sein. Bereiten wir den Abschuß vor!«

»Frank! Und was, wenn wir falsch liegen?«

Kouralt sah ihn unerbittlich an. »Besser falsch und sicher als falsch und tot«, sagte er. »Abschuß vorbereiten!«

Ellis schluckte seine Gefühle hinunter. Dann tat er, wozu er trainiert worden war, und alle Gefühle verschwanden aus seinem Körper außer den Reflexen in seinen Fingerspitzen. Er legte die Schalter um. »Abschußvorbereitungen getroffen«, sagte er mit flacher Stimme.

»Ich sende eine letzte Aufforderung«, stellte Kouralt fest. »Ich befehle ihnen, zu stoppen. Wenn sie nicht antworten, müssen wir feindliche Absichten annehmen. Stell den letzten Punkt fest, an dem wir sie noch kriegen, bevor sie außer Reichweite sind.«

Die beiden Offiziere arbeiteten schweigend und effektiv. Die Zahlen strömten in den Feuerkontroll-Computer. Checklisten wurden durchgegangen, die Sprengköpfe aktiviert, die Feuerbereitschaft hergestellt. Die Aquarius schaltete ihre Triebwerke auf volle Leistung zur Verfolgung. Die letzte Aufforderung ging über alle Kanäle hinaus. Ein Lagebericht und eine dringende Bitte um Anweisungen wurde an das Hauptquartier geschickt.

Von dort kam nur statisches Rauschen zurück. Von den Aliens kam gar nichts, während der Asteroid vor ihnen zusammenschrumpfte, mit unglaublicher Geschwindigkeit zur Erde unterwegs. »Vierzehn Sekunden bleiben bis zum letzten möglichen Abschußpunkt, dann sind sie außer Reichweite.«

Kouralt zögerte nur einen Moment lang, dann sagte er: »Beide Sprengköpfe auf meinen Befehl hin abfeuern. Fertigmachen.«

»Fertig.«

Zwei Sekunden vergingen. »Feuer!«

Ellis drückte den Knopf. Er fühlte einen Ruck, als die beiden Missiles losbrachen. Als er seine Hand zurückzog, zitterte sie.

»Eins und zwei abgefeuert«, meldete er.

»Übermittle einen Bericht an das Hauptquartier«, sagte Kouralt mit gepreßter Stimme. »Und setz die Kursbestimmung fort.«

Nachdem er Filter über die Fenster gelegt hatte, sah Ellis auf den Monitoren zu, wie die Raketen sich ihr Ziel suchten — und er wartete darauf, daß zwei neue kleine Sonnen am Himmel auftauchen würden.

67

Es war unmöglich, alle Geschehnisse gleichzeitig zu verfolgen. Die Talenki widmeten sich mit Vergnügen ihrer Licht-Show; aber die Anstrengung dabei war so groß und erforderte so ihre ganze Aufmerksamkeit, daß niemand dazu auch noch Erklärungen geben konnte. Die Kommunikation mit der Erde war auch unterbrochen worden. Verschiedene Transmissionen vom Planeten waren ignoriert oder gar nicht erst bemerkt worden, weil die Talenki zu sehr damit beschäftigt waren, die Dizzies, die Tiefenknoten, durch die alle Tachyonen kanalisiert wurden, zu orchestrieren und die Choreographie des Schauspiels durchzuführen; und andere hereinkommende Signale gingen ebenfalls für immer verloren. Was die herankommenden Raumschiffe betraf, wäre es höflich gewesen, eine Grußbotschaft mit jedem von ihnen auszutauschen – wenn nur das Timing für alles zusammen besser gewesen wäre. Das erste Schiff würde sie bald erreichen; aber bis dahin würden die Talenki praktisch nicht antworten können. Sie vertrauten auf die Geduld der Raumschiffbesatzung und hofften, ihre Vorstellung würde schon für sich selbst sprechen. Für Begrüßungen würde auch später noch genug Zeit übrig bleiben.

Mozy verstand nur einen Teil von dem, was die Talenki taten – hauptsächlich, daß es um ein System sorgfältig fokussierter Tachyonenstrahlen ging. Es erinnerte sie ein wenig an die Art, wie sie durch den Raum ›wellten‹, und war beinahe ebenso unverständlich. Wie auch immer es funktionierte, das Resultat war eine spektakuläre Licht-show; und wenn sie es auch nicht aus dem richtigen Winkel sehen konnte, erregte sie doch die Vorstellung, wie es von unten aussehen mußte. Natürlich hatte man sie bezüglich einiger Formulierungen um ihren Rat gebeten. Sie hatte nicht einmal gewußt, daß sie überhaupt irgendwelche Fremdsprachen beherrschte, bis sie sie befragten, und dann fand sie einiges Wissen, das sie sich unbewußt durch Kadin und Mutter Programm angeeignet hatte.

Im Moment wuchs allerdings ihre Besorgnis über die sich nähernden Raumschiffe. Sie war sich nicht sicher, ob die Talenki diese Sache ernst genug nahmen. Sie blickte auf eine Darstellung, die die drei leuchtenden Nadelköpfe jetzt schon recht nahe der eigenen Flugbahn zeigte. Von Zeit zu Zeit sah sie ein Blinken von dem einen oder anderen der drei, als würden die Antriebe eingeschaltet oder Steuerraketen gezündet. Möglicherweise waren das bemannte Schiffe. Sie fragte sich, was die sich wohl denken und was sie planen mochten, und welche Befehle sie hatten.

(Glaubt ihr nicht, daß wir denen eine Botschaft senden sollten?) fragte sie, indem sie einen Teil ihres Bewußtseins ins Aktivitätszentrum hineinstreckte.

N'rrril war dort irgendwo, war aber zu beschäftigt, um zu antworten. Sie hörte andere Stimmen, die alle in gedämpftem Ton und Rhythmus murmelten, Zeit- und Zielangaben austauschten und wechselnde Gesichtspunkte in der Präsentation einnahmen. Man hörte ihre Frage, aber niemand hatte Zeit zu antworten.

(Die Raumschiffe), wiederholte sie nachdrücklicher, (ich glaube, wir sollten mit ihnen reden.)

Diesmal gab es eine Antwort, aber mehr ein beruhigendes Brummen als eine richtige Auskunft.

Sie fragte sich, ob es nicht vielleicht eine Möglichkeit gab, selbst einen Kontakt herzustellen. Sie streckte einen Gedankententakel aus und untersuchte die Verbindung zu Himmelsvater, der immer noch schweigend auf der Oberfläche des Asteroiden stand. Vielleicht konnte sie seinen Funk verwenden. Sie untersuchte das Raumschiff sorgfältig. Was sie dabei fand, waren offene, aber leere Kanäle; alle Systeme von Himmelsvater waren tot. Sie bezweifelte, daß sie sie wieder in Gang setzen konnte, zumindest nicht ohne jede Hilfe.

Enttäuscht sandte sie einen weiteren Bewußtseinsfühler hinab in die See im Zentrum des Asteroiden, um den Knoten in der Tiefe zuzuhören, in der Hoffnung, sie könnte Signale auffangen, die die Talenki ignorierten. Selten hatte sie sich den Dizzies so sehr genähert, und niemals während so heftiger Aktivität. Die Dizzies selber waren ruhige, schweigende Knoten – aber als sie in sie hineinschlüpfte, fand sie sich in einem aufgewühlten Raum, inmitten eines Wirbelwindes, einer kaleidoskopischen Symphonie, einer Kakophonie von Licht und Klang und Ton. Es war, als spielten viele Orchester durcheinander, jedes ein anderes Stück, gegeneinander und vermischt, der dröhnende Baßrhythmus des einen wurde überlagert von der Ziegenmelkerstimme der Flöten des anderen, und entfernte Trommeln spielten ein ganz anderes Lied. Manches war metaphorisch für andere Sinnesempfindungen; aber es gab richtige musikalische Melodien, die sie wiedererkannte, und die seltsam klangen – etwas Altes von Tschaikowsky, und etwas weniger Altes von Williams, ein klassisches Raumabenteuer-Thema.

Es war Musik, wie die Talenki sie liebten, vom irdischen Rundfunk seit Dekaden übermittelt, und hier nun unterlegt mit den Lichtspielen. In den Dizzies, im eigentlichen Herzen des Asteroiden, kam alles zusammen, Licht und Klang und ein schwereloser Wind, alles berührte sich und floß ineinander und blitzte hinaus zur Erde und an weitere Konvergenzpunkte.

Die Talenki sandten ihre Grüße nicht nur den Menschen, sondern ebenso den Walen ... und den Wesen auf Titan ... und den lebenden Kraftknoten in der Sonne selbst ... und all den anderen Lebewesen im Sonnensystem. Das Netzwerk wuchs, neue Beziehungen bauten sich auf den alten auf, Bewußtseinsfäden spannen sich von Welt zu Welt, manche völlig bewußt, manche auch eher gefühlsmäßig, und alles multiplizierte sich überall.

In alldem verloren sich Funk- und Tachyonensignale von der Erde wie das Klicken zweier Steine im Gebrüll der Brandung.

Beruhigt und doch ein wenig frustriert hörte ein Persönlichkeitsteil von Mozy zu, während ihre Gesamtperson auf der Hut blieb und in den Weltraum hinausspähte wie durch ein Schlüsselloch. Eines der Schiffe war nun sehr, sehr nahe gekommen. Sie wurde sich plötzlich dessen gewahr, wie sehr sie sich um alles, was hier geschah, Sorgen machte, um die Erde, um ihr Volk. Um ihre ... Kinder. Und als sie dieses Raumschiff ansah, war sie plötzlich mehr als nur ein wenig beunruhigt.

Wenig später spie das Raumschiff ein paar kleine Feuerfunken aus. Was tun die? fragte sie sich alarmiert. Sie sah, daß sich zwei winzige Objekte auf den Asteroiden zubewegten und schrie:

(N'rrril! Und alle anderen!)

Es gab eine aufgestörte Bewegung, aber keine Antwort. (VERFLUCHT, HÖRT MIR ZU!) schrie sie. Schließlich kamen ein paar Talenki murrend, um zu sehen, worum es ging.

(Sie haben Raketen auf uns abgefeuert!)

(Was —) (— warum?)

(Weiß ich nicht, aber ihr unternehmt besser etwas dagegen!)

(Na gut —)

(Seht ihr sie denn nicht, verdammt?) Die zwei Raketen waren nun schon bedenklich nahe.

Eine Welle der Besorgnis verbreitete sich im Geistnetz, als mehr Talenki die sich nähernden Raketen bemerkten. Die Welle wurde zu einer Woge, dann zu einer Flut. Mit Bedauern und Ärger ließen die Talenki ihre Licht-Show bleiben und reorganisierten sich. (Wir werden —) (— etwas dagegen tun.)

(Jetzt sind sie schon sehr nahe —)

Es gab einen blendenden Lichtblitz — dann einen weiteren — und noch einen. Die Lichter blieben so blendend und beleuchteten den Asteroiden. Das waren Leuchtraketen, keine Bomben, begriff sie nach ein paar Augenblikken. Das war aber nicht sehr beruhigend. Wer war das da draußen? Und was würden sie als nächstes unternehmen?

(Sollten wir nicht besser mit ihnen sprechen?) flüsterte sie dringend, ängstlich besorgt, daß die Talenki die Gefährlichkeit ihrer Rasse unterschätzen könnten. Sie ließ eine schnelle Erinnerung an die Klathron aufblitzen, um ihre Sorge weiterzugeben.

(Keine Angst —) (— Mozy, unsere Freundin —) (— hab keine Angst.)

(Aber ich —) Mozy schwieg und sah verblüfft zu, wie die Talenki die Struktur des ihre Welt umgebenden Raumes änderten. Die Raketen umkreisten das Schwerezentrum des Asteroiden und flogen zu ihrem Ausgangspunkt zurück. Die Talenkiwelt verließ diese Tasche im Raum wie Saft, der aus einer Grapefruit herausspritzt, und machte sich mit einer kleinen Änderung ihrer Wellenbewegung auf eine schnellere Bahn zur Erde, wobei sie das fremde Raumschiff weit zurückließ.

Mozy sah besorgt zu, wie die Talenki ihre Präsentation dort fortsetzten, wo sie sie unterbrochen hatten, und miteinander murmelten, als hätte es überhaupt keinen Zwischenfall gegeben. Sie bemühte sich, sich zu beruhigen und nicht mehr zu fürchten. Sie dachte sich, daß die Talenki wußten, was sie taten. Aber es beruhigte ihre Angst nicht gerade, daß dasselbe Raumschiff sie schnell verfolgte und zwei größere Objekte abfeuerte. Diese Raketen näherten sich ihr wie Kolibris, und sie fühlte mit Schrecken, daß das keine Leuchtraketen mehr waren.

68

Jonders hatte noch niemals im Operationszentrum eine so gefühlsgeladene Atmosphäre erlebt. In Erwiderung eines Signals von Marshall, daß er sich beeilen solle, begann er, sich den Verbindungshelm anzupassen. »Kann mir vielleicht jemand sagen, was eigentlich los ist?« fragte er.

Marshall sah ihn merkwürdig an und eilte davon. Typisch, dachte er mit einem verärgerten Schnauben. In den letzten vierundzwanzig Stunden hatten die Leute um ihn herum wie die Verrückten agiert. Der Sicherheitsbeauftragte Delarizzo hatte Wind von seinen Pressekontakten bekommen und bemühte sich bis knapp vor den Schlaganfall, ihn vom Operationszentrum fernzuhalten; als er überstimmt wurde, hatte er sich wütend in eine Ecke verzogen. Draußen hatte das Talenki-Feuerwerk ein Ende genommen, aber niemand wußte, warum. Jonders eigene Familie war zuhause und wartete ängstlich darauf, daß er sich meldete. Aber ihm selbst hatte bisher niemand etwas gesagt.

»Sind Sie fertig?« erkundigte sich der Ingenieur, sobald Jonders im Intercom-Schaltkreis war.

»Wofür fertig?«

»Aquarius hat einen thermonuklearen Sprengkopf auf die Talenki abgefeuert.«

»*Was??*«

»Sie haben sie verfehlt. Anscheinend. Die Transmission, die wir hereingekriegt haben, war nicht allzu klar — aber ich glaube nicht, daß die überhaupt wissen, was eigentlich los war. Sie sagen, die Sprengköpfe seien explodiert — haben aber die Talenki nicht erreicht. Ehrlich gesagt, ich glaube, jetzt geht ihnen der Arsch auf Grundeis.«

»Und was soll ich ihnen jetzt sagen?« fragte Jonders.

»Denen? Nichts. Sie sollen mit den Talenki reden.«

»Mit den Talenki?« sagte Jonders überrascht. »Sie meinen, sie verlangen eine Direktverbindung?« Eine Geist-zu-

Geist-Verbindung mit Außerirdischen, total unvorbereitet?

»Sind Sie jetzt endlich fertig? Mozy hat diese Verbindung verlangt.«

»Mozy?« flüsterte Jonders. »Mozy?« Eine Schockwelle durchflutete ihn, ein Schwächegefühl vom Scheitel bis zu den Zehen.

»Nun, wir glauben, daß es Mozy ist. Die Transmission, die wir erhielten, identifizierte Mozy als Sender. Und man verlangte – ausdrücklich – eine Direktverbindung.«

Jonders kämpfte, um diese Neuigkeiten begreifen zu können. Mozy lebte? Wie? Im Himmelsvater-Computer, irgendwie verbunden mit den Talenki?

Er konnte sich nicht lange wundern. Ein großgewachsener Mann kam her und lehnte sich auf die Konsole. Der Mann sprach schon, bevor Jonders begriff, wer er war. »Wir haben einen Kontakt, der angibt, Mozelle Moi zu sein; sie besteht darauf, mit Ihnen zu sprechen«, sagte Leonhard Hathorne. »Jede andere Art von Kommunikation ist anscheinend unmöglich.« Hathorne starrte ihn an, als verdächtige er Jonders, die ganze Sache so arrangiert zu haben.

Jonders betrachtete Hathorne perplex, während er die Verbindungskontrollen einstellte.

»Nun?« sagte Hathorne.

»Ich werde mein Bestes tun«, sagte Jonders leise.

Hathorne sah verärgert aus, aber bevor er noch etwas sagen konnte, meldete sich eine Stimme aus dem Kontrollraum: »Wir haben ein Signal von den Talenki. Sind Sie bereit für die Verbindung?«

Hathorne drückte auf den Intercom-Knopf. »Können Sie uns eine Hörverbindung einrichten?«

»Wir empfangen keinen Audio-Kanal. Aber wir haben ein Trägersignal für den Verbindungsmodus. Bill?«

Jonders sah Hathorne an, als erwarte er von ihm eine klare Entscheidung. Die Lichter im Raum wurden gedimmt, die Leute setzten sich. Während die Bewegungen erstarben, schlüpfte Jonders in die Verbindung.

Zuerst erschienen optische Bilder, Lichtpunkte, die in einer dreidimensionalen Anordnung fluteten. Er durchschritt schnell die labyrinthischen äußeren Ebenen, ignorierte die murmelnden Operationssysteme, die seine Ziele nur peripher berührten, und schaltete sich gleich in die Tachyonenverbindung ein. Zuerst umgab ihn ein heulendes Geräusch, dann Stille, und das blasse Bild entfernter Kontakte, die sich drehten und dann verwischten. Um ihn herum wurde es zunehmend dunkler, winzige weiße Lichter erschienen, und er realisierte, daß er im interstellaren Raum schwebte. In einiger Entfernung sah er drei leuchtende Punkte — die er irgendwie als Raumschiffe erkannte. Aquarius und zwei weitere.

Das war kein von ihm selbst erzeugtes Bild. Er schaute, lauschte, und fühlte schließlich eine nahe Anwesenheit. Jemand Vertrauter ... und doch ... irgendwie anders.

(Mozy, bist du das?) fragte er leise.

Eine spöttische Antwort kam aus dem Dunkeln: (Jonders, sind Sie das?) Ihm kam es vor, als höre er Gelächter.

Er drehte sich um, blinzelte in die blendende Sonne und schaute dann an der strahlenden Scheibe vorbei. Ein durchsichtiges goldenes Gesicht betrachtete ihn aus dem Sternenhimmel. Einen Augenblick lang starrte er es nur an. Es war Mozys Gesicht — das einer größeren, stärkeren und mehr selbstsicheren Mozy als jene junge Frau, an die er sich erinnerte. Es erinnerte ihn auch an jemand anderen — Kadin, durch die Augen und mit dem Geist Mozys gesehen — dieselbe Farbe, dieselbe ätherische Eigenschaft, ein Gesicht, durch das die Sterne schienen. War etwas Magisches an der Farbe Gold, daß sie so ein Gefühl von Reinheit und Vertrauen hervorrief?

Zwei dunkle, prüfende Augen in diesem goldenen Gesicht starrten ihn anklagend an, was ihn ein wenig lähmte.

(Mozy?) sagte er schließlich stotternd, (Ich bin — froh —)

(Lassen wir das), unterbrach sie ihn, (sagen Sie mir einfach nur, was *das* bedeuten soll.)

Es gab einen abrupten Szenenwechsel. Mozys Gesicht verschwand, an seine Stelle trat die Oberfläche des Asteroiden, groß wie in einer Nahaufnahme. Jonders verspürte undeutlich ein Murmeln der Überraschung von der Galerie, das ihn daran erinnerte, daß ein Abbild dessen, was er sah, dorthin übertragen wurde. Gerade am Horizont des Asteroiden, nicht ganz verdeckt von einem Felsblock, sah man den Oberteil von Himmelsvater, im Sternenlicht kaum wahrzunehmen. Bist du dort drin? dachte er verwundert, fühlte aber gleich eine starke negative Antwort — aber er vergaß das gleich, weil sich zwei Lichtpunkte unter den Sternen bewegten: Groß, schnell, keine Raumschiffe, und pfeilschnell näher und näher kommend.

Dann geschahen zwei Dinge im gleichen Augenblick. Das Bild schimmerte merkwürdig — die Sterne zitterten — und Jonders hatte den Eindruck, daß der Asteroid einen Augenblick lang verschwand und wieder erschien, flackernd wie eine immaterielle Erscheinung. Die beiden Nadelköpfe explodierten in einer Agonie von Hitze und Licht, zwei neue Sonnen, genau dort, wo der Asteroid eben noch gewesen war. Einen gefrorenen Augenblick lang war Jonders vor Angst und Schmerz gelähmt — dann erloschen die beiden Sonnen, die Strahlungsschockwellen verebbten und der Asteroid wurde wieder zu fester Materie.

Es gab ein tiefes, schockiertes Schweigen, sowohl in der Verbindung als auch auf der Galerie.

Als Mozys Gesicht langsam wieder vor dem Himmelshintergrund erschien, murmelte Jonders: (Ich ... weiß nicht, was ... ich sagen soll. Waren das ...?)

(Sie wissen verdammt gut, was das war!) schrie Mozy und stieß ihn damit zurück, als hätte sie ihm einen Faustschlag versetzt. (Das war eines von Ihren Schiffen. Und es war nicht bloß ein Feuerwerk!)

Jonders kämpfte um die Worte. (Nein), flüsterte er, (nein, das war es nicht.) Mozys Ärger war kontrollierter, allerdings auch viel größer, als der, den er in Erinnerung hatte — und er war völlig gerechtfertigt. (Ich weiß nicht, warum ...), fing er an.

(Sie wissen es nicht? Wir kommen mit einer Grußbotschaft, und das ist eure Antwort? Was für eine Sorte jämmerlicher Feiglinge seid ihr eigentlich?)

Jonders fiel keine Antwort ein. Er schickte seine nächsten Worte rückwärts durch die Verbindung auf die Galerie. (Mr. Hathorne — oder sonst jemand — können Sie erklären, warum auf die Talenki gefeuert wurde?)

(Hathorne? Der ist immer noch am Ruder?) explodierte Mozy, und was sie sagte, hallte durch Jonders Geist auf die Galerie.

Jonders unterdrückte ein Grinsen und setzte zu einer Antwort an, wurde aber von einer scharfen Replik von Hathorne unterbrochen: »Die Raketen wurden abgefeuert, weil man auf wiederholte Anfragen jede Antwort verweigerte ... die Talenki waren damit beschäftigt, eine feindselige Demonstration der Stärke vorzuführen ... und sie versuchten, unserem Verteidigungsraumschiff zu entkommen.«

Jonders schauderte in Erwartung des nächsten Gefühlsausbruchs von Mozy. Statt dessen brach sie in Gelächter aus. Einen Moment lang bemerkte er die allgemeine Verblüffung im Operationszentrum, als die Frau mit dem goldenen Gesicht vor Lachen brüllte. Er sah sie verwundert an — und bemerkte, wie froh er war, sie wieder zu sehen, selbst mitten in einer solchen Konfrontation. Aber was war mit den Talenki? Es war alles so unklar im Moment, es gab so viele Fragen, die er hätte stellen sollen ...

Mozy schwieg plötzlich und sah ihn aus der Tiefe des Raumes an; und er hatte das Gefühl, während sie einander so anblickten, daß sie mehr sah als nur ihn, daß sie auch jene auf der Galerie erblickte, durch seine Augen, und daß sie die Eigenschaften dieser Menschen einzuschätzen versuchte, als sie miteinander sprachen.

(Ich hätte nicht gedacht, daß ihr so närrisch sein könntet), sagte sie schließlich. In ihrer Stimme klang Zorn mit, aber er war verhalten, und gemischt mit Trauer. (Wie konntet ihr euch nur so fürchten, daß ihr versucht habt, uns zu vernichten, ohne daß ihr auch nur wußtet, warum wir überhaupt gekommen sind?)

Jonders konnte im Halbdunkel des Operationsraumes sehen, daß Hathornes Silhouette sich vor dem Bild auf dem Schirm aufgerichtet hatte. »Sie sagen: Wir. Bedeutet das, daß Sie nicht mehr länger menschlich sind? Repräsentieren Sie jetzt die Talenki?« Er hielt inne. »Wer genau sind Sie eigentlich?«

Man hörte ein leises, glucksendes Lachen, das aus mehr als einer Quelle zu kommen schien. (Ich bin ich selbst, und noch weit mehr als das. Ich bin Mozy/Mensch. Und ich bin Mozy/Talenki.) Während sie sprach, empfing Jonders – nur einen Augenblick lang – ein Bild von Mozy, jetzt nicht mehr allein, sondern Teil eines ungeheuerlichen Bienenstockes von Gedanken und Gefühlen. (Ich bin Teil-Mozy und Gesamt-Mozy. Ich bin Mozy, eine Freundin der Erde; und Mozy, eine Freundin aller Freunde der Talenki.)

Hathorne schwieg einen Moment lang, bevor er knurrte: »Wir würden die Talenki gerne als unsere Freunde betrachten. Aber wir müssen vorsichtig sein.«

(Mittels Kernwaffen?)

»Der Angriff war ungewollt. Er wäre nicht passiert, wenn Sie nicht unsere Kommunikation abgebrochen hätten.«

(Aber Sie sind doch sehr machtvoll. Wie Sie ja demonstriert haben. Was haben Sie von uns zu fürchten?)

»Wir hatten viel zu befürchten. Sie haben Chaos an unserem Himmel hervorgerufen. Sie haben es versäumt, unsere Anrufe zu beantworten. Sie haben unsere Kommunikation gestört und sich geweigert, auf unsere Signale zu antworten, als sich unser Schiff näherte. Dann haben Sie zu entkommen versucht.«

Mozy antwortete mit einem tiefen Seufzen, das klang, als hätte sie sehr viel Geduld. (Wir haben nicht geantwortet, weil wir mittendrin in unserer Vorführung waren –

unseren Grüßen — den Grüßen der Talenki an die Erde. Wir — sie — waren zu beschäftigt.)

»Zu beschäftigt, um unsere Anfragen zu beantworten?«

(Man hat Ihre Anfragen nicht gehört, Mr. Hathorne. Sie sind keine Menschen, erwarten Sie also nicht, daß sie alle Ihre Befürchtungen vorhersehen können.)

»Aber unser Schiff ...«

(— führte sich zudringlich auf, und deshalb entschlossen sie sich, Distanz zu halten. Sie haben das Resultat gesehen.)

»Dann könnten Sie uns vielleicht den Gefallen tun, uns zu erklären ...«

Hathorne brachte seinen Satz nicht zu Ende. Es gab ein Aufrauschen der Statik, dann brach das Signal ab. Mozys Bild verschwand. Der Transmissionszyklus war zu Ende.

Eine Menge Leute umstanden Jonders Konsole und sprachen durcheinander. Marshall fragte Jonders: »Was für ein Gefühl haben Sie von ihr empfangen? Kann Sie für die Intentionen der Talenki sprechen?«

»Nun ...«

Er wurde von Fogelbee unterbrochen. »Kann man eine Analyse ihres Persönlichkeitsprofils vornehmen?«

»Wir werden es versuchen«, sagte Jonders, »sprechen Sie mit Lusela.«

»Jonders.« Hathorne lehnte sich über die Konsole, einen Zettel in seiner Hand. »Hier ist eine Liste der Fragen, auf die wir Antworten haben wollen. Finden Sie heraus, ob sie nicht mit uns auf übliche Art sprechen wollen, ohne die Verbindung.«

Jonders sah die Liste durch. Sie war lang, und keine Frage war überraschend. Wie hatte Mozy überlebt? Wie bewegten die Talenki den Asteroiden? War es ihre Absicht, in eine Erdumlaufbahn einzuschwenken, und würden sie vorher einer Inspektion ihres Raumschiffes zustimmen? Es gab noch ein Dutzend weitere Fragen.

»Wir erwarten auch eine Einschätzung ihrer Absichten

anhand Ihrer eigenen Beobachtungen«, sagte Hathorne und trommelte mit den Fingern auf die Konsole. Ohne Jonders Antwort abzuwarten, ging er weg.

Jonders hob die Augenbrauen; aber es kamen schon wieder andere Leute, die Details wissen wollten.

(Zurück?) sagte Mozy. Sie waren in einem dunklen Raum, mit Vorhängen, die in einer warmen Brise flatterten. Er konnte nur ihr Gesicht sehen, das von einer verborgenen Lichtquelle beleuchtet wurde.

(Wir können nur innerhalb dieser kurzen Transmissionszyklen arbeiten, Mozy. Aber es gibt viel, worüber wir sprechen müssen.)

Einen Augenblick lang, in dem seine Gedanken mit dem Subjekt der Tachyonentransmission beschäftigt waren, empfing er ein fließendes Bild von leuchtenden Körpern in Wasser – lebende, unbewußte Kreaturen unter dem Wasserspiegel, die Tachyonenströme entsandten. Ein Blick auf Mozy zeigte ihm, daß er das Bild aus ihren Gedanken empfangen hatte.

(Vielleicht haben wir viel zu besprechen, vielleicht auch nicht), sagte Mozy.

Vorsichtig erkundigte er sich: (Bist du zornig?)

(Ich selbst gar nicht so sehr. Ich möchte mich nicht länger über Dinge ärgern, die in der Vergangenheit liegen. Aber die Talenki ...) Sie machte eine Pause.

(Die Talenki ...?)

(Sie machten sich eine Menge Mühe mit einer Begrüßung, die unvergeßlich bleiben sollte. Ihr hättet schon irgendeine Wertschätzung der Sache zeigen können.)

(Wir ... wir wußten nicht, was wir davon halten sollten), sagte Jonders. (Es war schön, aber – erschreckend.)

Er spürte große Sorge in ihr. (Ja. Aber sie sind sehr verärgert über den Angriff. Sie überlegen sich jetzt einen Abflug ohne vorherigen Besuch. Sie haben weder den Wunsch, zu kämpfen, noch den, sich in Gefahr zu bringen.

In eurer schnellen Gewaltbereitschaft erinnert ihr sie an eine gewisse andere Rasse.)

(Wir schulden ihnen eine Entschuldigung), sagte Jonders. (Ich hoffe, du kannst sie davon überzeugen, daß sie nicht gehen sollen. Es wäre ein schreckliches Unglück.)

(Genau. Aber eher für die Erde als für die Talenki. Und für andere Wesen im Sonnensystem.)

Da kam ein Bild ... von Walen, und von ... anderen Geschöpfen, wie Jonders sie noch nie gesehen hatte. Er nahm die Bilder in verblüfftem Schweigen auf und erinnerte sich dann an die Fragen, die er stellen sollte. Vorsichtig öffnete er seine Gedanken für sie. Würde sie ihm Informationen geben? Er spürte, wie sie seine Gedanken betrachtete; dann sah sie ihn ruhig an, und ihre nichtverbale Antwort wehte über ihn wie ein Lufthauch: *Es muß ein fairer Austausch sein. Wir müssen mit Respekt behandelt werden.*

Jonders blickte aus der Verbindung hinaus und sah die erwartungsvollen Gesichter seiner Vorgesetzten. (Mozy), sagte er so, daß es auch die Galerie hören konnte, (wären die Talenki bereit, in einer einfacheren und direkteren Art als durch die Verbindung mit den anderen hier zu sprechen?)

Sie lachte. (Was ist direkter als eine Direktverbindung?) Sie wandte sich zu dem Fenster, vor dem die Vorhänge flatterten, als höre sie einem Wispern hinter ihr zu. Dann drehte sie sich wieder zu Jonders und sagte: (Sie wissen nicht recht, und sie sind außerdem sehr mit der Steuerung des Asteroiden beschäftigt. Im Moment wünschen sie, daß ich für sie mit euch kommuniziere.)

Jonders spähte aus der Verbindung hinaus, um zu sehen, ob die anderen das mitgekriegt hatten. (Ich verstehe), sagte er.

Mozy betrachtete ihn einen Moment lang prüfend. (Warum stellen Sie nicht jetzt Ihre Fragen?)

Als die Verbindung zu Ende ging, war Jonders in Gedanken versunken, nicht so sehr über das Thema Menschheit und Talenki, sondern über Mozy selbst, und die Einblicke in ihre Welt, die er erhalten hatte. Das war zwar Mozy, wie er sie gekannt hatte — aber wie sehr war ihre Persönlichkeit gewachsen! Das war nicht mehr das bemitleidenswerte, befangene und ein wenig verwahrloste junge Mädchen, dessen Welt aus Verzweiflung, Ärger und Enttäuschung bestanden hatte. Ihr Bewußtsein umspannte nun Lichtjahre; sie wußte von Welten, von denen sich noch kein Mensch hatte träumen lassen — Freuden und Sorgen, Triumphe und Fehlschläge, die nichts mit der menschlichen Psyche zu tun hatten, zumindest bis jetzt nicht. In ihr gab es ein Reservoir an Ruhe und Selbstvertrauen, das ihn erstaunte.

Jonders wußte, daß seine Vorgesetzten nur einen Teil von dem mitbekommen haben konnten, was er erfahren hatte. Er wußte jetzt mehr über Mozy, und auch mehr über die Talenki. Er hatte eine Antwort auf einige von Hathornes Fragen — nicht auf alle — aber wie konnte er den anderen jenes Wissen übermitteln, das für einen einfühlsamen Kontakt notwendig war? Wenn die Talenki nicht oder nicht direkt mit der Bodenstation sprechen wollten, wie konnte er dann Hathorne zu einer Entscheidung bringen, die auf einer sicheren Einsicht in ihre Natur und ihre Absichten beruhte? Er hatte eine Idee; aber ihre Erfolgschancen würden auf Mozys Gutwilligkeit beruhen — und auf der der Talenki.

69

»Dr. Jonders, es gibt eine Sache, die Sie verstehen müssen«, sagte Hathorne. Er faltete seine Hände auf dem Tisch, während er einem nach dem anderen ins Gesicht sah. »Etwas, das Sie alle verstehen müssen.«

Es war still im Raum, während ihn die neun Menschen ansahen. Er holte tief Atem, um einen Schwindelanfall aufgrund seiner Erschöpfung zu beenden. In den letzten Tagen war sein Arbeitsplan mörderisch gewesen; und die ständigen Überschall-Jet-Flüge in alle möglichen Länder hatten es auch nicht leichter gemacht. Aber die Situation war zu delikat, als daß er nicht hätte persönlich überall vorsprechen müssen. Er seufzte und versuchte, die Spannung in seinen Schultern zu lösen. In den Augen, die ihn betrachteten, entdeckte er keine Sympathie. »Sie wissen vielleicht«, sagte er schließlich, »daß es nunmehr drei bewaffnete Schiffe sind, die sich den Talenki nähern.«

Marshall regte sich. »Ich dachte, zumindest die Aquarius sei aus dem Rennen?«

»Vielleicht im Augenblick. Wie auch immer, wir hoffen, daß wir die Talenki überreden können, zu verlangsamen und sich von der Aquarius eskortieren zu lassen.« Jonders schnaubte. Hathorne ignorierte diese Ungehörigkeit. »Jedenfalls wissen die beiden anderen Schiffe, daß ein fremdes Raumschiff der Aquarius entkommen ist.«

»Wissen sie, daß wir sie beschossen haben?« fragte jemand.

»Ich glaube nicht«, erwiderte Hathorne.

»Sie müssen doch gesehen haben, wie die Sprengköpfe explodierten.«

Hathorne schüttelte den Kopf. »Sie sind noch immer in einer beträchtlichen Entfernung. Von der Erde aus war nichts zu beobachten — und sogar die Aquarius berichtet nur von einem gedämpften Blitz.«

Zwei Wissenschaftler tauschten Blicke aus. »Kein Blitz – von zwei Viertelmegatonnenbomben?«

»Wir haben keine genaue Bestätigung«, sagte Hathorne. »Nach den Berichten zu schließen, erzeugten die Talenki eine lokale Verzerrung des Raum-Zeit-Kontinuums. Fragen Sie nicht mich, was das heißen soll. Die Theorien sind in Ihren Unterlagen ausgeführt.«

Marshall sagte leise: »Dann weiß die Welt also nach wie vor nichts von den Sprengköpfen und allem anderen.«

Hathorne zögerte und starrte einen Moment lang ins Leere. Dann wandte er sich zu Marshall. »Das stimmt. Nichtsdestoweniger arbeiten unser Schiff und die beiden anderen bis zu einem gewissen Grad jetzt zusammen.« Seine Stimme schwankte unabsichtlich. »Ich muß Ihnen mitteilen, daß sie möglicherweise den Befehl haben, die Talenki vom Einschwenken in eine Erdumlaufbahn abzuhalten.«

Jonders Kopf fuhr hoch. Er sagte nichts, aber seine Augen blitzten.

Hathorne fuhrt fort: »Es ist eine offene Frage, ob die drei Schiffe zusammenarbeiten werden. Momentan gibt es immer noch eine ziemliche Verwirrung.«

»Haben die beiden anderen volle Information erhalten?« fragte Marshall ruhig.

»Nein.« Hathorne sah die Gesichter vor sich an. Er fand es sehr ermüdend, hier den extrem konservativen Gesichtspunkt vertreten zu müssen – und im Komitee den entgegengesetzten. Keines der beiden Extreme entsprach wirklich seiner eigenen Einstellung; aber er mußte jetzt einen Balanceakt ausführen. »Ich bin mir nicht sicher, ob wir die Talenki stoppen könnten, wenn wir das wollten, obwohl Methoden dazu vorgeschlagen worden sind. Wir werden sie höflich bitten, einen Sicherheitsabstand einzuhalten. Wenn das fehlschlägt ...« Er runzelte die Stirn. »Ein Grund zur Besorgnis ist der, daß sie offensichtlich wissen, wie man einen Atomschlag überlebt, und wir nicht.« Er warf einen Blick auf Jonders und sah, daß der nahezu platzte.

»Ich bin mir sicher, daß die vieles wissen, was uns unbekannt ist«, sagte Jonders wütend, »manche von uns halten das für einen Grund, sie willkommen zu heißen. Was wollen Sie eigentlich, um Himmelswillen?«

»Einen Beweis«, erwiderte Hathorne. »Einen Beweis für ihre friedlichen Absichten.«

»Was für eine Art von Beweis?«

»Einen Beweis, den ich sehen kann. Einen Beweis, den ich dem Präsidenten vorlegen kann, und dem Kontrollkomitee. Die Erlaubnis zu einer Inspektion ihres Gefährts wäre ein Beispiel dafür.« Marshall tippte mit einem Kugelschreiber auf den Tisch. »Wie steht es mit Bills Vorschlag? Er klingt nicht schlecht.«

Hathorne kratzte sich im Genick. »Unglücklicherweise führt sein Vorschlag dazu, daß man sein Wort für alles nehmen muß, was er erfährt. Das soll keine Herabsetzung sein; aber es ist unmöglich, seine Wahrnehmungen für alle befriedigend zu bestätigen.«

»Ich verstehe das«, sagte Jonders. »Aber ich glaube nicht, daß die Talenki zur Zeit irgendjemand anderen akzeptieren würden.«

Hathorne nickte. »Nun, offen gesagt, ich habe auch noch keinen besseren Vorschlag gehört.« Er blickte in die Runde. »Nun gut. Machen wir den Plan für morgen. Gibt es eine Diskussion darüber, ob wir Dr. Jonders als Kommunikator haben wollen?«

Während Details besprochen wurden, betrachtete Hathorne Jonders aus dem Augenwinkel und fragte sich, bis zu welchem Grad er diesem Mann trauen konnte. Er würde auf Grund von Jonders Bericht die schwierigste Entscheidung seines Lebens treffen müssen. Er hatte sich schon mit dem Komitee besprochen, und die erwarteten jetzt seine Empfehlung. Aber eine Frage blieb offen: Konnte er darauf vertrauen, daß der Präsident und der General mit dem Komitee bei der Entscheidung zusammenarbeiten würden? Alles hing von seinem Plan und seiner Meinung über den Charakter des Präsidenten ab.

Payne drehte den Telefonschirm zu sich her. »Wie ist Ihr Name, bitte?« Der Schirm blieb leer.

Die Stimme, die antwortete, klang verzerrt, aber er konnte die Ungeduld darin hören. »Das spielt im Moment keine Rolle. Wenn Sie wirklich brauchbare Informationen wollen, dann folgen Sie meinen Instruktionen. Sind Sie allein, und ist das eine private Leitung?«

Payne gab der Bürotür einen Tritt, damit sie sich schloß. »Ja.«

»Nun gut, dann hängen Sie jetzt ein. Danach geben Sie folgenden Code in Ihre Tastatur ein, und warten Sie, bis ich mich wieder melde. Benützen Sie keine Aufzeichnungsgeräte, sonst breche ich den Kontakt sofort ab.«

Verwundert folgte Payne diesen Anweisungen. Eine Minute verstrich, dann gab es einen kurzen Ton, und er hörte die Stimme wieder. Diesmal war sie klarer.

»Warten Sie bitte einen Moment.« Dann: »Gut, jetzt haben wir eine sichere Leitung.«

»Wie ...?«

»Das spielt keine Rolle. Mein Name ist völlig vertraulich — und alles, was ich Ihnen erzähle, ist völlig inoffiziell. Einverstanden?«

»Wer sind Sie?«

»Einverstanden?«

Payne entspannte sicht. »Einverstanden.«

»Mein Name ist Hathorne. Leonard Hathorne. Ich bin der Vorsitzende des Kontrollkomitees, das mit den Außerirdischen für die Allianz der Westmächte verhandelt.«

»Verstehe«, sagte Payne. Er suchte fieberhaft nach freiem Platz in seinem Kleincomputer. »Können Sie mich Ihr Gesicht sehen lassen?«

»Nein.«

»Wie soll ich verifizieren, daß Sie sind, wer Sie zu sein behaupten?«

Für einen Moment blieb es ruhig. Dann sagte die Stimme: »Wenn wir zu Ende gesprochen haben, rufen Sie diese Nummer an ...« — es war die Nummer des Sandaran Verbindungszentrums wie Payne erkannte – »und fragen Sie nach mir. Identifizieren Sie sich als ... Richard Gardner. Wir werden einen Augenblick über das Wetter sprechen, und dann einhängen.«

Payne dachte nach. »Gut.«

»Schreiben Sie folgendes auf, und zwar genau«, sagte Hathorne. »Alles was ich Ihnen jetzt sage, können Sie verwenden – vorausgesetzt, Sie nennen keine Quelle – weder jetzt noch in Zukunft. Einverstanden?«

Payne blinzelte. »Natürlich, Mr. Hathorne. Aber – darf ich fragen, warum Sie ausgerechnet mich anrufen?«

»Warum? Weil Sie es schon haben, oder doch einiges davon – und weil Sie darauf sitzenbleiben, weil Sie sich nicht sicher sind. Deshalb habe ich zu Ihnen Vertrauen. Und warum die Story? Das wird bald offensichtlich werden.«

»Aber ...«

»Hören Sie jetzt zu oder nicht?«

Payne schluckte seine Fragen hinunter und murmelte Zustimmung. Die nächsten zwanzig Minuten schrieb er schneller als je zuvor in seinem Leben.

Die Begegnung mit Mozy war diesmal anders als sonst. Er fühlte sich wie ein Eisläufer, der einen unvertrauten Fluß entlangläuft und auf sicheres Eis hofft – sein Eisfeld war der Raum, und er spähte nach Gefahr aus. Ihr Gesicht erschien zwischen den Sternen, nur die Augen bewegten sich und verfolgten ihn.

(Bist du bereit?) fragte er und hielt an.

Ihre Augen zeigten ihre Unentschlossenheit. (Sie verlangen, daß man ihnen und Ihren Führern vertrauen soll. Das ist eine schwierige Bitte – wenn man alle Umstände bedenkt.) Sie zwinkerte. (Macht nichts. Kommen Sie! Schauen wir, was wir tun können.)

Die Sterne zogen sich zu Trauben zusammen, drehten sich und saugten Jonders nach vorne. Er wurde in völliger Stille an einen Ort gebracht, wo die Sterne aufblitzten und erloschen. Eine Weile verstrich.

Dann nahm er leise Musik um sich her wahr. Eine dunkelrote Beleuchtung enthüllte undeutliche Schatten, die sich verwischt bewegten. Er sah sich nach Mozy um, aber ... war er jetzt wie Mozy im Geistnetz der Talenki, sah er durch Talenki-Augen? Was für ein merkwürdiges Gefühl. Er konnte Wände erkennen, aber sie schienen substanzlos zu sein. Andere Objekte tauchten auf: Bucklige Gegenstände, die sich im Zentrum einer Kammer aneinanderdrängten, und eine schlanke Gestalt, die sich von ihnen löste und verschwand. Ein Geruch wie der des Meeres drang in seine Nase, und ein etwas ranziger Geruch nach Tulpen. Er fühlte einen Impuls, den Kopf zu schütteln, seine Sinne zu klären, aber es gab keine Antwort auf diesen Impuls; es war, als endeten diese Nerven im Nichts.

Jetzt hörte er Stimmen – Gelächter und Gesang, und unbegreifliche Fragen. Es war, als höre man einen Chor in einer unbekannten Sprache. Wie sollte er diese Fragen beantworten? Er fühlte Mozy in der Nähe. (Sind Sie bereit?) sagte sie.

(Ich glaube schon, aber ...)

(Dehnen Sie Ihre Gedanken aus!)

(Wohin?)

(Tun Sie es einfach.)

Er sandte einen unsicheren Gedankenfühler aus – und fühlte etwas, das ihm vorkam wie ein Otterfell, dann etwas wie Wolfsmilch, eine merkwürdige, unkörperliche, kitzelnde Empfindung. Dann bewegte sich etwas um ihn herum; und er spürte Lachen und hörte die Klänge eines nichtmenschlichen Orchesters, das seine Instrumente stimmte.

Sie sind bereit, sich zu öffnen, dachte er – und erkannte, daß der Gedanke von Mozelle kam –, und er stellte fest, daß seine eigenen Gedanken und seine Seele in diesem Zustand ebenfalls nackt waren, und fragte sich, ob er bereit war, getestet und geprüft zu werden. Mozy lachte leise, und seine Nervosität verschwand, er machte sich bereit zu beobachten und zu lernen, und verdrängte seine Besorgnis ... vergiß bloß nichts! Er entspannte sich und vertraute auf den leisen Druck, mit dem ihn Mozy in das Labyrinth hineinleitete.

Um ihn herum war Bewegung. Er blickte durch die Augen von irgendjemand, wußte diesmal aber, was er sah — das Herz und das Gedächtniszentrum des Talenki-Bewußtseins. Die Kreaturen rundum waren die Faune — und was taten sie da, gingen durch Wände, erschienen und verschwanden wie überdimensionierte Kobolde? Ja, ja, er begriff, daß das eine normale Fortbewegungsart hier drin war, und konnte es vielleicht etwas damit zu tun haben, wie die Talenki ihre Welt durch das All bewegten? Aber wie stand es mit Hardware? Mit elektronischen Informationsspeichern?

Die Frage starb unbeantwortet. Es war schwierig, hier logischen Gedankengängen zu folgen.

Es gab eine Widerspiegelung von Bildern rund um ihn, von Mozy, von den Talenki selbst — sich drehend, eine Geschichte aus Erinnerungen und Gedanken, Bilder einer Welt, die sein Verständnis überschritt. Er fühlte eine Lust in seinen Adern kreisen — nur waren es die Adern von jemand anderem; er lebte in Talenki-Körpern ebenso wie in ihrem Geist, und wenn das nicht Vertrauen von ihrer Seite bedeutete, was dann? Und doch ... Draußen im Raum verfolgten drei Schiffe diese Welt, und wo eines einen Fehlschlag erlitten hatte, mochten drei erfolgreich sein; und es lag an ihm, eine Entscheidung zu treffen, zurückzukehren mit einem Beweis für den guten Willen der Talenki, der der Beginn einer Übereinkunft sein könnte.

Als die Verbindung zu Ende ging, fühlte er, wie die Bilder sich in seinem Unterbewußtsein verfestigten, aber ihm auch schon die Details entglitten. War er erfolgreich gewesen? fragte er sich. Hatte er die Fragen gestellt? Es war alles so unklar ... Die Welt um ihn flackerte, und er blinzelte. Als seine Augen wieder fokussierten, nahm er Hathorne und die anderen wahr, die ihn anstarrten und darauf warteten, daß er zu sprechen begänne.

Er massierte seine Augenbrauen und nahm noch einen Schluck Kaffee. »Wieviel haben Sie gesehen?« fragte er schließlich und ließ sich in den Stuhl zurücksinken. Der Kaffee stand ihm sauer im Magen, der Stuhl war unbequem. Er vermißte die Talenki-Welt.

»Fragmente«, sagte Marshall, »nicht viel mehr.«

»Nichts Verständliches«, sagte Hathorne. »Sie müssen uns alles selbst erzählen.«

Jonders seufzte. Wie sollte er es erklären? Die Bilder waren ohne Worte über ihn gekommen, und fast völlig intuitiv gewesen. Eines hatte er jedenfalls in den letzten Augenblicken der Verbindung noch mitbekommen, er wußte nicht einmal, woher: »Sie sind sich nicht sicher, ob sie uns trauen können«, sagte er. War wirklich alles auf der Ebene des Unterbewußtseins erfolgt? Offensichtlich; es war erstaunlich, wie wenig er in dieser Verbindung hatte bewußt vorgehen können. »Ich würde sagen, sie sind nicht gewillt, uns eine physische Inspektion des Asteroiden vornehmen zu lassen, zumindest nicht derzeit. Sie scheinen ... die militärische Bedrohung nicht allzu ernst zu nehmen. Sie betrachten uns eher ... als Spielverderber denn als Gefahr. Sie verstehen uns nicht so ganz, obwohl sie von Mozy über uns gelernt haben.«

»Ja, was wollen sie denn nun?« fragte Hathorne. »Technischen oder wissenschaftlichen Austausch? Können wir auf dieser Basis eine Übereinkunft erzielen?«

Jonders schüttelte den Kopf. »Sie haben offenbar keine Technik in unserem Sinne. Sie sind mehr wie ...« Er suchte nach Worten. Hathornes Blick wurde hart. »Nun, sie sind wie ... fahrende Sänger, das ist das, was mir der Sache am nächsten zu kommen scheint. Beispielsweise diese Lichtshow am Himmel.«

Jonders sah die anderen an, als sähe er sie zum erstenmal. »Ich hatte den deutlichen Eindruck, daß sie es als Spaß machten. Es war irgendwie ein ... ein schelmisches Vergnügen.«

Hathorne sah aus, als hätte er Schmerzen. »Ist das alles,

was Sie uns zu sagen haben? Glauben Sie auch nur einen Moment lang, daß ich damit zum Präsidenten gehen kann, oder zum Komitee, und denen sagen soll, es sei alles okay, wir können den Talenki vertrauen, die machen ja nur Spaß?« Seine Stimme wurde vor Frustration höher. »Wozu, zum Teufel, denken Sie denn, daß wir Sie hingeschickt haben? Um einen Beweis zu bringen, verdammt nochmal! Einen brauchbaren Beweis, daß wir mit ihnen handeln können – oder eben nicht.«

Jonders nickte benommen. »Ich verstehe das ja. Das Problem ist dabei, daß es keinen Weg gibt, wie Sie meine Eindrücke überprüfen können. Nichts, was ich sage, kann Sie überzeugen, und ich kann nichts Konkretes mitbringen. Deshalb ...« – er holte tief Atem, während eine unbewußte Erinnerung ins Bewußtsein drang – »deshalb haben die Talenki einer weiteren Verbindung zugestimmt.«

»... einer weiteren ...«

Mit Ihnen, Mr. Hathorne. Sie sind bereit, Sie mit mir dorthin zu lassen, damit Sie sich selbst überzeugen können. Und, wie ich hinzufügen muß, weil die Talenki auch Sie sehen wollen. Denn wenn Sie sich nicht entscheiden können, ihnen zu vertrauen, und die Talenki sich nicht entscheiden, Ihnen zu vertrauen, dann werden wir eine der größten Gelegenheiten versäumen, die diese Welt jemals geboten bekommen hat.«

Hathorne rieb sein Genick und schwieg verblüfft.

70

Die See brüllte und zischte, als der Sturm zunahm, und die Aktivitäten der Wale beschränkten sich allmählich darauf, sich in den Wellen gelangweilt wiegen zu lassen. Die Herde trieb langsam auseinander — die Mütter behielten ihre Kälber im Auge, die Männchen schwammen weg oder ließen sich in mittlerer Tiefe treiben und stöhnten ihre klagenden Gesänge.

Luu-rooee tauchte hinunter in die kalten, dunklen Tiefen. Hier hörte man die zischenden und dröhnenden Geräusche nur noch gedämpft, und die Stimmen der Wale wurden so deutlich übertragen wie in den himmlischen Gefilden. Verschiedene Männchen, weithin verteilt, riefen in allen Richtungen, ergänzten sich in einem lockeren Gefüge — eine Art Lied, das man vor kurzer Zeit noch nicht gekannt hatte. Luu-rooee hörte ihnen zu und wartete auf eine Antwort des Gottwals.

Er sprach jetzt oft zu ihnen. Und wenn er es tat, erschauerte die ganze Herde bei seiner Stimme — als ob eine spirituelle Kraft nach ihnen griffe und sie in ein gemeinsames Lied verwickelte, das sie für ein paar Stunden in etwas Größeres, als sie allein waren, einband. Es klangen auch noch andere Stimmen aus den Abgründen herauf, seltsame und unvertraute Stimmen — nicht jene des Gottwals, und doch durch ihn zu ihnen gebracht. Keine Walstimmen. Aber auch Walstimmen — fremde Wale, zusammen mit dem Gottwal — Stimmen, die von weit her kamen, aus Meeren von anderem Geschmack, mit anderen Echos und anderem Licht, kälteren Wassern — Stimmen, die die Weite der Meere durcheilten, wie angeblich vor langer Zeit Wale einander gerufen hatten, bevor der Klang der Metallschiffe der Menschen die tiefen Echokanäle getrübt hatte. Rätselhafte Visionen erfüllten nun Luu-rooees Träume: Visionen von einem Luftmeer, einem Ort voll Nebel und

Matsch und Kälte, und von einer Kreatur, ganz verschieden von ihm, einem Geschöpf, das nach Worten suchte für Gefühle, die es erfüllten durch einen ... einen Gesang aus dem Himmel ... einen Gottwal-Gesang.

Luu-rooee träumte auch von Menschen, die körperlos schwebten, und von anderen Wesen, zu heiß oder zu kalt, um sie zu berühren, zu schnell oder zu langsam, um mit ihnen zu sprechen, und doch ... tauschten sie alle etwas aus.

Früher hatte nur Luu-rooee allein solche Bilder empfangen. Jetzt wurden sie von den meisten der Herde geteilt.

Luu-rooee tauchte glücklich in den Tiefenstrom hinunter, horchte auf die ineinander verwobenen Gesänge der Wale von nah und fern, das Raunen und Stöhnen und Pfeifen — und das Seufzen von etwas Fernem, kein Wal, aber ein Teil von ihnen — und als der Gottwal wieder einfiel, seine Stimme aus dem tiefsten Abgrund erklang und bis zur Oberfläche des Meeres ertönte und in Luu-rooees Geist widerhallte, dachte er an einen großen offenen Kreis, entstehend ... sich vergrößernd ... sich schließend ...

Das Lied war jetzt so sehr ein Teil von Vierbauchs Leben geworden wie der Methanschnee und der Wind. Es war bei ihm, wenn er wach war und auf den trügerischen Eisflächen dahinstapfte; und es füllte seine Träume, wenn er schlief und Wege zum Himmel sah, von denen selbst die Wissenden nichts erfuhren.

Seine Reise ins Hügelland war äußerst erschöpfend gewesen. Wenn ihm das Lied nicht Mut eingeflößt hätte, wäre er beinahe sicher jetzt nicht mehr am Leben gewesen. In den Hügeln hatte er die Wissenden getroffen, sie waren mit ihren riesigen Flügeln umhergeschwebt, und einer war herabgekommen, um zu fragen, was dieser Niedrige hier wollte. Als er etwas von einem Lied aus dem Himmel hörte, machte der Denker ein langes, rüdes, raspelndes Geräusch in seinen schnabelartigen Nüstern, schlug mit den Flügeln und entschwand, zornig vor sich hinmurmelnd, außer Sicht. War das sein Schicksal — abgewiesen zu werden, wo immer er hinkam? Verzweifelt hätte Vierbauch dort sterben können; immerhin waren schon vier Wachheitsperioden seit seiner letzten Nahrungsaufnahme vergangen. Aber in seiner Verzweiflung erreichte ihn das Lied neuerlich, und — als ob es auf seine Bedürfnisse antwortete — hatte es sich von einem neckenden Flüstern in einen Gesang voll tiefer Hoffnung verwandelt. Von da an war er nie mehr allein; da waren das Lied in seinem Kopf und eine zäh festgehaltene Bestimmtheit in seinem Geist. Und er war gestapft und gestapft und sah dabei manchmal Visionen von körper- und gesichtslosen Freunden, die ihn mit ihren Gedanken berührten — und volle fünf Wachperioden später fand er kurz vor dem endgültigen Zusammenbruch einen Tümpel, aus dem er Nahrung trinken konnte — und nicht lange danach fand er den Weg aus den Hügeln heraus nach Hause.

Der Schneeregen peitschte gegen seine Stirn und das Eis kristallisierte auf seiner Brust, während er dahintrottete; aber er war jetzt nahe an seinem Zuhause, eine Tagesreise etwa. Vor ihm lagen die Methanteiche. Vor ihm lagen die heimischen Höhlen, und Frieden und Ruhe und eine lange Kontemplation über die Gesänge der Straße in den Himmel.

Ewig tanzten die Schichten, trugen Energie vom Mutterfeuer hinaus in die endlose Kälte. Die Flux-Körper ritten unnachgiebig und unverschämt auf diesen Schichten, angetrieben durch die starke Strahlung der Felder. Was nun genau geschehen war, wußte niemand, außer daß ein Muster in diesen Geschehnissen lag, und jeder verstand, daß dieses Muster ...

... von lebenden Wesen stammen mußte.

... eine Geistschöpfung war.

... den Kreis alles Lebens anführte und schloß.

Und doch war der Brennpunkt dieses Musters außerhalb der Sonnenflüsse, weit entfernt von den Mutterfeuern, irgendwo im Unmöglichen.

Einer der Flux-Körper, widerspenstiger als die anderen, stieg schnell ein wenig höher, indem er sich in einen schnelleren Strom begab ... genoß das Kitzelnde an der Geschwindigkeit und Außergewöhnlichkeit, der Ungewißheit ... hörte die Klänge jetzt deutlicher, deutlich genug ... um beinahe ... Bedeutung und Persönlichkeit unter diesen Rhythmen zu spüren.

Die anderen folgten ängstlich in einiger Distanz. Dic Energien des Mutterfeuers hüllten sie mit Wärme ein und gaben Atem und ermutigten, und so tanzten sie hinaus, hoch hinauf an den Rand des Flammenkreises.

Von der Erde aus konnte man die drei Raumschiffe nicht sehen, die sich bemühten, eine Position nahe dem rätselhaften Asteroiden einzunehmen — das eine bemühte sich, mit den Aliens gleichzuziehen, während die beiden anderen, weiter entfernt, kräftig beschleunigten. Auf den Schiffen, und auf weiteren, die noch näher bei der Erde waren, warteten die Kommandanten auf Befehle. Es gab eine Art unsicherer Kooperation, aber niemand wußte, wie lange noch.

In den jeweiligen Hauptquartieren wurden Entscheidungen gefällt; aber keiner konnte abschätzen, wie vollständig diese Entscheidungen übermittelt wurden.

»Hast du ihm diese Informationen gegeben?« flüsterte Marie.

Jonders schüttelte den Kopf und starrte benommen Paynes Gesicht auf dem Fernsehschirm an. Maries Griff um seine Hand wurde fester. Die Mädchen saßen atemlos neben ihnen.

Es war alles gekommen — die Talenki, die Verschwörung auf Tachylab, der mißlungene nukleare Angriff, die Anwesenheit einer menschlichen Persönlichkeit unter den Talenki. Wer, zum Teufel, hatte diese Story weitergegeben? Payne hatte seine Informanten ›in hohen Positionen‹ nicht genannt; aber die würden ganz sicher augenblicklich Jonders verdächtigen, von dem man ja wußte, daß er schon vorher mit der Presse Kontakt gehabt hatte. Hathorne würde sich wahrscheinlich auf ihn stürzen wie ein Adler.

Er konnte nur hoffen, daß die Pläne für eine Verbindung deswegen nicht storniert wurden.

Aber wer hatte geplaudert? Jemand im Komitee?

Als Betsy an seiner Seite sich unruhig bewegte, richtete er seine Aufmerksamkeit wieder auf den Fernseher. »Die Situation bleibt unklar, trotz des Mißlingens des ersten Versuchs, sie zu stoppen«, sagte Payne gerade. »Die Analytiker des Militärs glauben, die Talenki könnten bei einer konzertrierten Attacke eher verwundbar sein.«

Ein Trickfilm lief ab. »Man glaubt, daß die Talenki bei dem gestrigen Zwischenfall ihr Raumschiff irgendwie aus dem uns bekannten Raum-Zeit-Kontinuum herausgenommen haben — und so den Effekten des explodierenden Sprengkopfes entkommen sind, wie es unser Künstler dargestellt hat.« Der Asteroid in der Mitte des Schirms wurde durchsichtig, während zwei Raketen zusammenkamen und explodierten, dann wurde er wieder solide. »Die Wissenschaftler haben keine Erklärung, sagen meine Informanten — aber die Analytiker meinen, daß eine Serie von Sprengköpfen, die in einer bestimmten Abfolge gezündet wird« — jetzt erschienen sechs Raketen auf dem Schirm — »das Schiff erwischen, wenn es wieder in das Kontinuum eintaucht.« Der gezeichnete Asteroid wurde von den ersten beiden Raketen verfehlt, aber von der dritten in dem Augenblick zerstört, als er wieder auftauchte. Payne erschien wieder auf dem Schirm. »Die Regierung weist dringlich darauf hin, daß solche Aktionen nur für den Fall eindeutiger und sofortiger Gefahr in Betracht gezogen werden. Es muß jedenfalls herausgestrichen werden, daß die Talenki tatsächlich keinerlei feindliche Reaktion auf den Angriff hin gezeigt haben. Niemand weiß, wie sie nun darauf reagieren, und ein Regierungssprecher sagte, daß ein Mißverständnis die größte Gefahr von allen sein könnte.

Und nun schalten wir um zu Teri Renshaw in New Washington ...«

Jonders bemerkte, daß sich Maries Fingernägel in seine Hand gruben. Rechts von ihm starrte Betsy mit aufgerissenen Augen auf den Schirm. Er legte den Arm um sie und sah, daß Marie ihn anschaute. »Werden sie das wirklich tun?« fragte sie leise. »Werden sie einen Krieg anzetteln?«

Er hatte Mühe, zu antworten, so sehr zog es ihm die Kehle zusammen. »Das — liegt an den Talenki und Mozy — und Hathorne.«

Während er es sagte, kam es ihm hoffnungslos optimistisch vor. Selbst wenn man Hathorne überzeugen konnte, hatte er dann die Macht, sich durchzusetzen?

»Wenn ich den Hurensohn finde, der das weitergegeben hat ...« Der Präsident kniff die Lippen zusammen. Sein Gesicht war so angespannt, daß es wehtat, ihn anzusehen.

Hathorne atmete leise aus und behielt seinen Gesichtsausdruck unter völliger Kontrolle. »Wir untersuchen das natürlich gerade, Mr. Präsident. Aber hat das nun wirklich soviel verändert?«

»Verändert? Wissen Sie, was jetzt in dieser verdammten Stadt los ist? Der Kongreß und die UNO halten Krisensitzungen ab, die Medien sind hinter mir her wie ein Rudel Wölfe, wir kriegen pro Stunde sechshundert Anrufe — und wissen Sie, was die meisten davon sagen?«

»Sir?«

»Warum wir die Aliens angreifen! Warum wir sie nicht in Frieden begrüßen können! Warum wir Kriegstreiber sind! Man könnte meinen, niemand versteht die Bedeutung des Wortes ›Verteidigung‹.« Der Präsident stand auf und stapfte erbost im Zimmer umher. Er fuhr herum und zeigte mit dem Finger auf Hathorne. »Ich muß bald eine Erklärung abgeben. Wie soll ich auf diese Anklagen antworten? Ob das etwas geändert hat? Sie haben verdammt recht, wenn Sie annehmen, daß es das getan hat, Mister —

es macht es mir doppelt so schwer, Aktionen anzuordnen, falls es das ist, was ich zu tun haben werde!«

Hathorne nickte und hoffte, daß sein Gesichtsausdruck Sympathie signalisierte. Es war ein gewagtes Spiel gewesen, aber er hatte auf genau diesen öffentlichen Aufschrei gehofft, um Druck auszuüben, zumindest für eine kurze Zeit, und Aktionen zu verhindern. Er hatte diesen Präsidenten richtig eingeschätzt — daß seine Empfänglichkeit für äußeren Druck und die öffentliche Meinung seine ursprüngliche Entschlossenheit aufheben würde. »Wenn ich einen Vorschlag machen darf, Mr. Präsident — es könnte besser sein, diese öffentliche Erklärung aufzuschieben, bis ich meine Untersuchung bei den Talenki hinter mir habe. Die Nachrichten davon könnten ja gut sein.«

Der Präsident schnitt eine Grimasse. »Und wenn sie nicht gut sind?«

»Dann sind wir immer noch in einer Position der Stärke — sogar General Armstead ist dieser Ansicht. Wie haben die stärkste Flotte in Erdnähe ...«

»Aber die Sowjets und die *Gandhi* sind in der besten Position für jetziges Eingreifen«, strich der Präsident heraus.

Hathorne zuckte die Achseln. »Sie sind nicht so gut ausgerüstet und haben nicht den Vorteil unserer Erfahrung mit der Flugbahn der Talenki.«

»Aber wir könnten sie mit ihnen teilen.«

»Mr. Präsident, ich würde Sie bitten, das jetzt nicht zu tun.«

»Warum nicht?« Der Präsident war ungeduldig.

Hathorne tanzte auf dem Hochseil, und er wußte es. Er räusperte sich. »Weil es möglich ist ... daß wir uns nach unserer Untersuchung der Talenki in Opposition zu diesen anderen Kräften befinden ... wenn wir zur Entscheidung gelangen, daß die Talenki freundlich sind. Wenn das nicht der Fall ist, können wir immer noch unsere Ergebnisse mitteilen.« Er machte eine Pause. »Mr. Präsident. Ich sollte wissen ...«

»Was?« Der Präsident hatte seine Stimme kaum unter Kontrolle.

Hathorne zögerte. »Das Komitee hat mir die sichere Zustimmung gegeben, daß es seine Entscheidung auf der Grundlage meiner Untersuchung der Talenki fällen wird. Was ich jetzt wissen muß: Haben Sie die Absicht, die Entscheidung des Komitees anzuerkennen?«

Der Präsdient betrachtete ihn aufmerksam.

Hathorne fügte schnell hinzu: »Wenn ich mich an die Talenki wende, wen repräsentiere ich dann: Sie? Das Komitee? Was soll ich den Talenki sagen, mit wem sie verhandeln?« Er drehte die Handflächen nach oben.

Der Präsident nickte und sah einen Moment lang erschöpft und geistesabwesend aus. »Ja, Mr. Hathorne, ich begreife Ihre Sorge«, sagte er schließlich. »Ich kann Ihnen und dem Komitee versichern, daß diese Regierung an jeder Entscheidung des Komitees festhalten wird.«

Hathorne ließ sich seine Erleichterung nicht anmerken.

»Aber Sie sollten in Ihrem Urteil verdammt sicher sein«, fügte der Präsident an, wobei er Hathorne scharf ansah.

Hathorne fühlte, wie sich seine Brauen zusammenzogen, erwiderte aber nichts.

71

(Hathorne? Können Sie mich hören?)

Es kam keine Antwort außer einem Flüstern des Windes im Nebel, und darunter ein sanftes Geklimper, eine Musik, die ihn zum Weitergehen aufforderte. Nur – wohin? Jonders und Hathorne hatten die Verbindung zusammen betreten und das Bild eines Pfades in einer kahlen Landschaft vorgefunden, in der Mozys Stimme irgendwo weit entfernt zu hören war. Bilder ihrer eigenen Körper hatten sie umgeben. Sie hatten einander überrascht angesehen und waren den Pfad entlanggegangen. Aber dann hatte ein Nebel sie eingehüllt, und da hatte er Hathorne zum letztenmal gesehen.

(Leonard?) Schweigen. Jonders sah sich verwirrt um. Der Nebel schien vor ihm dünner zu werden, also ging er in diese Richtung. Er bemerkte, daß sein Schritt ungewöhnlich leicht war. Sein Körper fühlte sich schlank und in guter Kondition an, eher wie der Körper, den er früher gehabt hatte, als der gegenwärtige. Im übrigen war es, als liefe er auf festem Boden – aber ob das nun die wirkliche Welt der Talenki oder doch nur ein Talenki-Traum war, das konnte er nicht sicher entscheiden. Wie auch immer, die Talenki schienen wieder einmal die Kontrolle über die Verbindung übernommen zu haben.

(Hathorne? Mozy?) Die Antwort war Schweigen. Vor ihm lag der Pfad und lief jetzt anscheinend durch Wiesen, soweit man das im Nebel erkennen konnte.

Was sollte das alles, fragte er sich.

Er griff nach hinten in die Verbindung zur anderen Welt, wo sein wirklicher Körper bewegungslos vor der Konsole saß.

Informationssplitter strichen über ihn hinweg, während er sein Bewußtsein ausdehnte ... nur noch ein bißchen weiter, bis zu den Armaturen ...

Wie er feststellte, war Hathorne noch in der Verbindung, aber etwas nahm seine Aufmerksamkeit so sehr gefangen, daß er Jonders Anwesenheit nicht mehr bemerkte, ja — den Anzeigen nach zu schließen — sich seiner eigenen Existenz außerhalb der Verbindung kaum noch bewußt war. Jonders kroch noch ein bißchen weiter hinaus, seinen Wahrnehmungslinien entlang ... und ohne die Verbindung ganz zu verlassen, sah er undeutlich die Silhouette des Mannes neben sich, bei dem der Verbindungshelm den Ausdruck angespannter, beinahe schmerzhafter Konzentration nicht verbarg. War irgend etwas schief gelaufen?

Er wollte nicht abbrechen; und der einzige andere Weg, etwas herauszufinden, war der, wieder in die Verbindung hineinzugehen und das Objekt der Aufmerksamkeit des anderen Mannes zu finden. Ohne ein externes Signal an jene, die vielleicht aufpaßten, ließ er das Operationszentrum wieder hinter sich und bewegte sich durch die Windungen und Gänge der Verbindung, Hathornes Spur wie einen silbrigen Spinnenfaden verfolgend. Das war zuerst ganz einfach, bis er die Welt der Talenki betrat: da kamen dann die Nebel zurück und Hathornes Gegenwart verschwand wie die Nadel im Heuhaufen. Als er aus dem Nebel heraustrat, fand er sich auf einer sonnigen und sehr an die Erde erinnernden Wiese wieder. Natürlich war das kein Zufall. Aber warum wollten die Talenki Hathorne allein? Und wo war Mozy?

Seufzend ging er den Pfad entlang. Er führte durch Wiesen und über einen Hügel, dann an das Ufer eines schmalen, gewundenen Flüßchens. Er stand am Ufer, schaute hinunter und sah sein Spiegelbild auf dem dunklen Wasser. Er hatte das Gefühl, etwas oder jemand sähe ihn durch dieses Flüßchen an. Als er sich bückte, hörte er ein merkwürdiges pfeifendes Geräusch. Beinahe wie eine Stimme ...

Das Vorgebirge lag über einer nebligen Küstenlandschaft. Hathorne hörte, wie unten die Brandung gegen die Felsen schlug. Er schaute vorsichtig über die Kante. Alles was er sehen konnte, waren Nebelbänke, das Wasser selbst lag unter ihnen verborgen. Es erinnerte sehr an die Küste von Neu England, wo er als Junge endlose Stunden damit verbracht hatte, den Horizont zu betrachten, dem Toben der Wellen und der unerbittlichen Bewegung der Gezeiten zuzusehen. Die See war ihm immer wie das genaue Symbol für die offensichtlich endlosen Widersprüche des menschlichen Lebens erschienen — auf der Oberfläche änderten sie sich ständig, aber in den Tiefen zeigten die großen, langsamen Ströme eine immer gleiche Bewegung, Kontinuität und die Unveränderlichkeit der Erde selbst.

Aber warum hier und jetzt?

Er drehte sich um und entdeckte zu seiner Verwunderung eine von einer Hecke umgebene Wiese, die sich bis zu einer Baumgruppe erstreckte. War die vorher auch schon dagewesen?

Hathorne kratzte sich am Kinn und versuchte sich in Erinnerung zu rufen, was er wußte.

Aber da war ein starkes Gefühl von Diskontinuität.

Mit ihm war ein zweiter Mann gewesen. Jonders. Sie waren aus einem bestimmten Grund hergekommen; aber das alles war ihm jetzt irgendwie unklar. Die salzige Luft klärte seine Gedanken auch nicht. War er gekommen, um hier zu stehen und auf den Ozean zu blicken? Durch die Wiese führt ein Pfad. Vielleicht war Jonders dahin gegangen.

Er faßte einen Entschluß, stand auf und ging den Weg entlang, von der Küste weg. Der Nebel verschwand nach kurzer Zeit und in einem Himmel, der kalkweiß mit zitronengelben Untertönen war, erschien die Sonne. Abgesehen von der Himmelsfarbe und einigen Merkwürdigkeiten in der Flora war das die Landschaft seiner Jugend in Connecticut. Es wehte kein Wind, und man hörte keine Insekten, keine Vögel, nicht einmal das Geräusch der eigenen Schritte. Erst als er die Bäume erreicht hatte, konnte er den Wind in den Blättern lispeln hören.

Während er unter den Bäumen ging, schien ihm, als hätte er eine Stimme gehört, nur ein Flüstern im Wind. Als er stehenblieb, um genau hinzuhören, vernahm er nichts. Er ging weiter und fragte sich, ob Augen aus den Zweigen der Bäume ihn beobachteten. Die Stimme — falls es da wirklich eine Stimme gab — schien ihn sanft und wortlos zum Weitergehen aufzufordern.

Der Pfad führte zu einem ansteigenden Grat, und anstelle der Bäume gab es jetzt kurzes Gras und alpines Gebüsch. Die Landschaft änderte sich augenblicklich. Zeit schien einen traumhaften Charakter angenommen zu haben, sie wogte und wellte. Das alles störte ihn nicht; er verspürte keine Müdigkeit, und fühlte sich viel jünger, als er war. Wann war er zum letztenmal in den Bergen gewandert — unter mächtigen steinernen Gipfeln, die über der Welt brüteten? Aber in alldem war etwas, das ihn mehr an Märchen als an die reale Welt erinnerte.

Jetzt war er schon hoch oben, rechts hinter ihm lag ein wüster steiler Grat, und unter ihm breiteten sich Täler in gewundener Geometrie aus. Eisengraue Gipfel ragten in die Wolken, daß man ihre eigentliche Höhe nicht erkennen konnte. Irgend etwas war ihm hier nahe, vielleicht noch ein bißchen höher, vielleicht hinter einem engen Paß . . . er hatte ein so klares Bild davon in seinem Geist, daß er pausenlos gerade hinaufstieg. Die Luft war klar und erfrischend; die Sonne brannte auf seinen Wangen, während er kletterte.

Er kam zu einem natürlichen Torbogen, wo eine Schulter des Grats eine Säule für eine mächtige, herabgestürzte Felsplatte bildete. Er ging unter der Platte durch, um den zur Schulter gehörenden Ellbogen herum und lächelte, als sich der Pfad zu einer langen Schlucht erweiterte — eine Graszunge und wilde Bergblumen bildeten einen Teppich in einer freundlichen schalenförmigen Nische im Berg. Die Sonne schien in perfektem Winkel, das kleine Tal vollständig warm erleuchtend. Im oberen Teil schnitt das Tal tief in die Bergseite ein und endete in einem dunklen Riß. Am unteren Ende brach es steil ab.

Hathorne lachte und wandte den Kopf, um noch einmal den Anblick der Landschaft hinter sich aufzunehmen, die Abhänge und das gewellte Terrain unter ihm, und die entfernten Ebenen, die im blendenden Sonnenlicht am Horizont mit dem blaugrauen Himmel zu verschmelzen schienen. Die Bergkette erstreckte sich von Süden nach Norden in die Unendlichkeit.

Die Schönheit des Anblicks war geradezu betäubend. Hathorne ließ sich ins Gras sinken, erst sitzend, dann legte er sich auf den Rücken, schaute in den Himmel hinauf und sah den Bewegungen der Wolken zu. Er richtete sich wieder auf die Ellbogen auf und genoß jedes Detail der Landschaft. An diesem Ort war etwas Vertrautes, so vertraut, daß er kleine Schauer im Rückenmark spürte; aber was war es? Er ließ sich zurücksinken und schloß die Augen, entspannte sich im warmen Sonnenlicht und fühlte, wie ihn die Müdigkeit seines Mannesalters verließ ...

Es war ein wundervoller Ort — abgesehen davon, daß er allein war und niemand hatte, der dieses Gefühl mit ihm teilen konnte. War er überhaupt allein?

Jonders? Er öffnete die Augen und sah sich um. Nein. Jonders war nicht da. Aber irgendwie fühlte er ganz bestimmt, daß jemand ihn beobachtete. Seine Gefühle teilte. Und seine Erinnerungen.

Er wußte nicht, wie es geschehen war, aber irgendwie fühlte sich Jonders wieder in Kontakt. Es war nicht so, daß er die Talenki wirklich sehen oder ihre Anwesenheit direkt spüren konnte; ebensowenig die Mozys. Aber er fühlte irgendwelche anderen Kontakte. Er spürte ein Fragment des Talenki ... netzwerks? Er bemerkte die flüsternde Musik der Dizzies, die ihre Tachyonen in einem schweigenden Strom abgaben; und er bemerkte eine merkwürdige Veränderung in seinem Zeitgefühl, einen Eindruck, als spiele die Zeit keine Rolle bei seinen Wahrnehmungen. Bilder von Welten flackerten vor ihm auf, in nur losem Zusammenhang.

Jonders hörte jetzt die Wale, ebenso die Lieder der Talenki, die aus verschiedenen Ozeanen verschiedener Welten erklangen, die Gesänge, die sich ineinander verwoben wie Haarsträhnen. Die Gesänge der Wale und die der Talenki waren sich so ähnlich, so vergleichbar, daß sie beinahe aus einer Vereinigung ihrer Herzen und Geister hätten entstanden sein können.

Er hörte einen unglaublich traurig klingenden Wind in den Schluchten einer gewundenen Landschaft, und empfing ein Bild peitschenden Nebels ... und Eis ... Mühsal und Schmerz ... ein Körper, den nach Methan und Kohlenwasserstofflösung dürstete ... eine Seele, die sich mit einer Reise abmühte, aber jetzt eine Pause machte, um einen Gesang aus dem Himmel zu hören.

Es gab auch andere: Das tiefe Dröhnen magnetischer Ströme; das Knistern elektrischer Plasmen; Kristalle, die wie helle Glöckchen in einer Höhle klangen ... irgendwo. Und in einem anderen Winkel ... Gitarren, um Himmelswillen, Gitarren, schluchzend und klagend, dumpfe Trommeln und rauhe, bluesartige menschliche Stimmen. Diese Musik war irgendwie vertraut; aber er fragte sich, wie die Talenki an Rock 'n' Roll-Musik aus dem letzten Jahrhundert gekommen waren?

Jemand oder etwas näherte sich vom oberen Ende der Wiese. Hathorne setzte sich auf und legte die Hand beschattend über die Augen. Es sah aus wie eine Art Tier, eine übergroße Art Präriehund oder Murmeltier. Das Geschöpf hinkte ein wenig bei seinem Gang durch das Gras; es schien alt zu sein und bewegte sich vorsichtig. Hathorne ging den Hang hinauf, um es zu treffen, und fühlte einen Anflug von Wiedererkennen. War das nicht ein ...?

Er konnte sich an den Namen nicht erinnern.

Sie trafen sich auf halbem Weg. Das Lebewesen blieb stehen und sah ihn aus winzigen, klugen Augen an. Seine Ohren zuckten. Es richtete sich zur Begrüßung auf die Hinterpfoten auf. Sein Kopf reichte kaum bis zu Hathornes Hüfte.

Hathorne erwiderte den Blick der dunkeläugigen Kreatur.

»Du erinnerst dich nicht an mich, oder doch?« fragte es.

»Wie bitte?«

»Du erinnerst dich nicht an mich.«

»Nun ... ?« Hathorne war ganz verwirrt. »Ich habe dich schon einmal irgendwo gesehen. Ich weiß bloß nicht wo.«

Das Geschöpf zog seine Augen zu Schlitzen zusammen und schien zu nicken. Es ließ sich wieder auf die Vorderpfoten fallen und kratzte im Gras. Als es sich neuerlich aufrichtete, hatte es einen Grashalm im Mund. »Mmph«, sagte es. »Man sollte glauben, daß du dich erinnern kannst. Nach alldem ...«

Hathornes Erinnerung raste durch Jahrzehnte zurück. »Du bist ein ...«

»Klar«, sagte die Kreatur. »Ich bin ein Bedu. Der einzige meiner Art.« Sie zwinkerte, nahm das Gras aus dem Mund und stieß einen langen, tremolierenden Pfiff aus.

Hathorne zitterte vor Erregung. Seine Erinnerung festigte sich allmählich. Er holte tief Luft. Da stand er nun Auge in Auge mit einem Bedu. Er sah die goldenen Flecken in den braunen Augen des Bedu. Sein Blick schien schärfer zu sein, als gerade eben noch, und sein Gehör auch. Er hörte, wie der Wind im Gras flüsterte. Seine Arme bewegten sich voll Energie, und er fühlte sich leicht. Seine Hände waren schlank und weich — die ledrige Textur des Alters war verschwunden. Erstaunt sah er den Bedu an, und aus seiner Kehle erhob sich ein frohes Lachen.

»Du erinnerst dich also«, sagte der Bedu feierlich.

»Natürlich!« rief er. »Ich war damals — fünf? — sieben?« Der Bedu Larry war sein imaginärer Freund, ein Kindheitsgefährte für mehr als ein Jahr, auf den er sehr stolz gewesen war und den er sehr gut beschützt hatte. Er hatte niemals jemandem von Larrys Existenz erzählt, niemandem — nicht, nachdem er es seinem Vater gesagt hatte, und der ihn angefahren hatte, er solle endlich ein vernünftiger Junge werden und solchen Blödsinn vergessen. Aber sie waren unzertrennlich, Larry und er, für dieses eine verrückt glückliche Jahr. Und eines Tages – wann genau, wußte er nicht mehr – war Larry nicht mehr da. Der Bedu hatte sein Leben verlassen, war lautlos und ohne Bedauern verschwunden, zurück dorthin ... wo solche imaginäre Kreaturen hingingen, wenn ihre Gesellschaft nicht länger gebraucht wurde.

»Ich hatte gedacht, daß du mehr wie ein Kaninchen aussehen würdest«, platzte er heraus und grinste breit.

»Nun ja«, sagte der Bedu und sah selbstbewußt an sich herunter, »ich habe mein Bestes getan.«

»So – gut. Wie ... ah ... wo bist du gewesen?«

Larry bückte sich und nahm einen anderen Grasstengel auf. »Ach, du weißt schon. Immer irgendwo. Mir ging's gut. Hast du mich vermißt?« Er kaute sorgfältig auf dem Stengel herum.

»Ich ... ja ...« Hathorne stotterte und fühlte, wie er rot wurde. Er erinnerte sich plötzlich an einen Augenblick intensiver Beschämung – als er in der zweiten Klasse von einem Lehrer etwas gefragt worden war und die Antwort nicht gewußt hatte ... er hatte nicht einmal die Frage gewußt, denn er hatte dringendst aufs Klo gemußt und sich so sehr darauf konzentriert, nicht in die Hose zu pissen, daß er überhaupt nicht zugehört hatte. Und mit dieser Verlegenheit hatte seine Konzentration nachgelassen, und die Feuchtigkeit einen demütigenden Fleck auf seiner Hose hervorgerufen. Das war eine Erinnerung, an die er schon seit langer Zeit nicht mehr zurückgedacht hatte.

»Es ist alles in Ordnung«, sagte der Bedu ruhig. »Die Jahre haben mir weniger anhaben können als dir.«

»Ja, das scheint mir auch so.« Hathorne schob die Erinnerungen beiseite. »Sag mir, bin ich zurückgekehrt in meine ... nun ja, in meine Jugend?« Er strich sich verwundert über die Hände.

»Oh, nur in mancher Hinsicht«, sagte der Bedu. Er ging hinter ihm her, mit diesem kleinen Hinken, an das sich Hathorne nicht erinnern konnte, und blieb stehen, um einen

Blick auf das untere Ende des kleinen Tales zu werfen, von dem aus, wie es schien, nun die ganze Welt sichtbar war. »Gerade genug, um sich zu erinnern.«

Hathorne blickte zusammen mit ihm hinaus in die wüste Leere hinter der braun-grün gesprenkelten Ebene und fühlte, wie sich sein Magen zusammenzog und sein Puls flatterte. Er erkannte nun, warum diese Bergszene so vertraut war. Es hatte Larry, den Bedu, gebraucht, um es ihm in Erinnerung zu rufen — daß dies natürlich die imaginäre Landschaft war, in die Larry und er geflohen waren, wenn die wirkliche Welt zu düster oder zu einsam geworden war. Jede Linie dieser Berge war in seinem Kopf gezogen worden, jede Schönheit der Landschaft ihm tief ins Gedächtnis eingegraben. Wie viele wunderbare Gedanken waren ihm durch den Kopf gegangen, wenn er mit seinem Freund Larry an diesem Platz gesessen hatte? Wie merkwürdig, jetzt wieder hier zu sein, und sich Gefühle und Ereignisse in Erinnerung zu rufen, die jahrzehntelang in seinem Geist geschlafen hatten. Er mußte sich plötzlich über die Augen wischen. Er sah auf zu den Bergen über sich und fragte sich neuerlich, ob ihn von dorther Augen betrachteten und was diese sahen, wenn es so war.

»Komm!« sagte der Bedu und ging in die andere Richtung. »Es gibt ein paar Dinge, die ich dir zeigen muß.«

Er sah verwundert zu, wie der Bedu durchs Gras davonhinkte. Dann beeilte er sich, hinterherzulaufen.

Die Raumschiffe verfolgten den Asteroiden wie Wespen. Mozy beobachtete sie besorgt. Die Talenki schienen diese Besorgnis nicht zu teilen, aber Mozy konnte ihrerseits die Sache nicht so leicht nehmen. Ihr Volk von der Erde war schließlich eine Rasse meisterhafter Killer. Wenn auch die Talenki einmal unbeschädigt davongekommen waren, so war sie sich doch nicht sicher, ob sie auch einem gut organisierten Angriff entkommen könnten. Die Bewegungen der Raumschiffe waren natürlich nur eines der Dinge, denen sie Aufmerksamkeit schenkte. Drinnen, in den nebligen, unsicheren Landschaften der Verbindung wurden zwei Menschen auf eine Weise unterhalten, wie vorher nur wenige unterhalten worden waren. Sie kannte die Absichten der Talenki zwar nicht genau, aber es lag eine Aura ruhiger Bestimmtheit über dem Geistnetz, und sie dachte sich: Was auch immer die beiden Männer erfahren, sie werden es nicht so schnell vergessen können. Lautlos wie eine Rauchfahne schlich sie sich in die fließende Realität ein, die um die beiden herum erzeugt worden war. An einem Ort hoch in den Bergen saß sie neben einem Mann/Kind namens Hathorne und schaute durch die Augen einer kleinen imaginären Kreatur, die man Bedu nannte, in diese wüste Welt hinaus.

Der Bedu führte Hathorne zum oberen Rand der Wiese. Sie setzten sich nebeneinander und schauten in die Weite. Die Luft war hier irgendwie anders, dünner und schimmernd, fast magisch. Hathorne kam es vor, als könnten sie jeden beliebigen Winkel der Welt von hier aus erblicken, wenn sie es nur wünschten.

»Was wolltest du mir zeigen?« fragte er leise, während ihm plötzlich einfiel, wie seltsam es war, daß er immer nur geantwortet hatte und dem Bedu gefolgt war, ohne jemals selbst eine Initiative zu ergreifen. Aber schließlich war es der Bedu, der sich hier auskannte, der wußte, was hier gezeigt werden sollte. Aber eine dunkle Erinnerung an seine eigentliche Mission begann sich in seinem Gedächtnis herauszubilden.

»Du wirst sehen«, sagte der Bedu.

»Aber ...«

»Überlaß dich der Sache«, drängte Larry.

Seufzend legte Hathorne sein Kinn auf seine um die Knie gelegten Arme und blickte hinab von diesem Raubvogelnest, hinab auf ...

... ihm wurde schwindlig, sein Blick verschwamm.

Klang hüllte ihn ein in dieser Welt ohne klare Sicht. Als er wieder scharf sehen konnte, hätte er erstaunt sein können über die Wale, die in der Leere zwischen Himmel und Ebene dahintrieben. Aber wie die Dinge hier waren, nickte er nur mit dem Kopf und dachte: Natürlich, Wale. Buckelwale, wie er am Pfeifen und Stöhnen ihrer Lockrufe erkannte. Und hörte man da nicht das dunkle Dröhnen eines Blauwals?

Mit zwölf hatte er zum erstenmal einen Blauwal gehört und seinen Ruf für einen der unglaublichsten Klänge gehalten, die man sich vorstellen konnte. In seinen Hauptfrequenzen lag die Stimme eines Blauwals weit unter dem menschlichen Hörvermögen; beschleunigte man eine Bandaufnahme, so klang sie wie der ferne Donner einer unterseeischen Lawine; noch schneller abgespielt, wurde sie zu einem wundervoll lyrischen, expressiven Ruf. Wenn es keine störenden technischen Einflüsse gäbe, könnte man angeblich das Lied eines Blauwals durch die Tiefseegräben halb um den Globus hören. War es das, was dieser Wal hier tat, rief er hinaus in die Leere und fragte sich, ob ihm irgendwo ein Artgenosse antworten würde?

Der Klang oder die Erinnerung oder beides schickten Hathorne Schauder durchs Rückgrat. Er lauschte ruhig, wie die Zauberklänge sich hoben und fielen, bis sie schließlich verstummten.

Als er die Augen öffnete, war er verblüfft, eine veränderte Welt um sich zu sehen. Der Himmel war jetzt rötlich im letzten Abendsonnenlicht, und ein seltsamer Dunst kroch übers Land. Er sah den Bedu fragend an.

»Schau zu«, sagte Larry, »und horch!«

Binnen weniger Augenblicke war die Leere dieser Welt mit Wolken gefüllt. Die Ebene und der Himmel wurden von ihnen verschluckt, dann die Berglandschaft, und sogar Larry verschwand neben ihm. Der Nebel war gelb und unirdisch; Hathorne schauderte. Ein heulender Wind hatte sich erhoben und blies ihm den Nebel ins Gesicht. Die Temperatur fiel — es wurde eiskalt. Er riß sich zusammen und fand heraus, daß er der Kälte sehr wohl standhalten konnte; es waren das Heulen des Windes und ein plötzlicher Schneeregen, der nicht aus Wasser zu bestehen schien, die ihn schaudern machten.

»Was ist das?« flüsterte er. Keine Antwort kam, und er spürte einen Anflug von Furcht bei dem Gedanken, hier alleingelassen worden zu sein. »Larry?«

Schließlich antwortete der Bedu: »Es ist auch eine Heimat.«

Klar. Heimat! Wie dumm von mir, dachte Hathorne. Die Luft biß, unabhängig von ihrer Kälte, und ihm wurde klar, daß er nicht länger Sauerstoff atmete. Die vorigen Worte des Bedu fielen ihm ein: »Überlaß dich der Sache.« Ja. Der heulende Wind war ein ständiger Begleiter. Er fühlte sich nicht verloren oder bedroht, also gab es auch hier einen Weg, zu existieren, war das eine Heimat.

Ein Schatten bewegte sich im Dunkel, etwas Schwarzes, Niedriges, das schnell lief. Einen Augenblick lang teilte er mit ihm die körperlichen Empfindungen: Das Geschöpf watete durch den Schneematsch, fiel hinein, zog sich wieder heraus, indem es die Krallen in das Methaneis schlug. Seltsame, geisterhafte Musik erklang in seinem Kopf, ein Gesang von nirgendwoher, von irgendwo außerhalb dieser Welt, aus dem Himmel.

Was ist das für ein Ort? fragte er wortlos.

(Eine Welt deiner Sonne) murmelte der Bedu, die Antwort erreichte Hathorne im Geist, da eine verbale Verständigung in diesem Sturm unmöglich geworden war. In seinen Gedanken flackerte das Bild eines dünn gebänderten gelbbraunen Planeten auf, der von einer großen, verformten, kahlen Kugel umkreist wurde.

(Saturn?) murmelte er verblüfft.

(Titan), sagte der Bedu. (Ein Mond der anderen Welt.)

Und das Lied? Die Klänge, die diese Kratur erreichten, waren eine feine, angenehme Berührung, ein Trost in dieser Einsamkeit. Und woher kamen sie? Er war zuvor skeptisch gewesen, aber jetzt konnte er es glauben; er war wieder jung und vertrauensselig, er konnte die Gefühle und Gedanken von jemand anderem akzeptieren, auch wenn der ihm so unähnlich war, daß er seine Existenz kaum verstehen konnte ... und er konnte diese Gefühle ausdrücken, die er seit Jahren nicht mehr verspürt hatte.

Er war bereit zu glauben, daß Larry, der Bedu, ihn nicht betrog.

Als Jonders den Kontakt mit dem Leben in den dunklen Außenbezirken des Sonnensystems spürte, wünschte er sich, er hätte jemanden, mit dem er diese erstaunliche Erfahrung teilen könnte. Hathorne, Mozy — irgendjemand. Konnten diese gefrorenen, kristallinen Formen wirklich seine Gegenwart wahrnehmen? Sie waren so vollkommen verschieden von ihm und hatten ein so anderes Zeitempfinden, daß sie ihren gegenwärtigen Gedankengang zu einer Zeit begonnen haben mochten, als im letzten Krieg auf der Erde im vorigen Jahrhundert die Bomben fielen. Und doch ...

Es gab etwas in ihnen, das er berühren und spüren konnte. Und hören. Ja, hören. Die winzigen Vibrationen der kristallenen Oberflächen, die sich verformten. Es war beinahe wie ein Lied. Jonders fragte sich, ob Hathorne dieses Lied erkennen würde, falls er es hören konnte.

Die Sonne murmelte und zitterte. Er schwebte in einer großen Gasblase und hörte auf den Lärm und das Lachen und die Fragen. Stimmen hallten wider im Bauch der Sonne. In kühleren äußeren Schichten bewegten sich Schatten.

Was Hathorne am meisten erstaunte, war die Tatsache, daß es jemanden aus einer ganz anderen Welt gebraucht hatte, um ihn die seine erfahren zu lassen.

Die Musik der Sonne erinnerte ihn an das Geklimper einer ungeheuren Harfe.

Entweder dehnte sich die Zeit, oder die Ereignisse komprimierten sich, dachte er, während die Bilder vor ihm flakkerten. Auf wie viele Welten konnte er einen Blick werfen? Er hörte rasch zu zählen auf; aber er hatte Eiswelten und Waldwelten und Feuer- und Steinwelten gesehen. Überall gab es Wesen, deren Gedanken ihn einen Augenblick lang berührten. Waren auch welche aus der Talenkiwelt dabei gewesen? Er hätte es nicht sagen können. Er konnte weder über die Welten, die er gesehen hatte, noch über seinen Standpunkt in ihnen etwas Genaues sagen. Manchmal bemerkte er, daß Jonders in der Nähe war — wo auch immer das sein mochte — und daß er von ihm Gedächtnisinhalte empfing, nicht in Worten, sondern als Wissen und Gefühl, Licht und Ton, Berührung und Intuition.

Es war, als stünde er in einem sich drehenden Kaleidoskop, in dem jedes fragmentarische Bild eine winzige Ecke der Talenkiwelt oder seiner eigenen einen Moment lang erleuchtete.

Schließlich waren es die Geräusche des Meeres, die ihn in die Gegenwart zurückbrachten. Die Talenki waren jetzt um ihn; er konnte sie rund um sich spüren, ihr Gesang verschmolz und verwebte sich mit den Rhythmen des Kosmos in einer Verbindung, die fremde Welten mit der ihren verband — und die auch ein Teil seiner Welt werden konnte, wenn sein Volk das wollte. Die Küste war in Nebel gehüllt, aber er ging sorglos, ohne Angst zu fallen. Die Berge waren irgendwie verschwunden, ebenso sein Freund, der Bedu. Er war traurig, aber nur ein bißchen. Schließlich hatte er gesehen, was ihm Larry zeigen wollte. Weiter oben am Strand traf er Jonders, bei dem eine merkwürdig aussehende Kreatur, eine Art Faun, war. Sie schauten beide aufs Meer hinaus und hörten einem Nebelhorn zu, das übers Wasser dröhnte, außerdem vernahm man, viel leiser, die Wale.

»Das ist N'rrril«, stellte Jonders vor. »Und Mozy ist auch hier.«

Hathorne nickte grüßend. »Wo ist Mozy?«

»In N'rrril. Er trägt sie in seinen Gedanken.«

»Oh«, sagte Hathorne enttäuscht. »Ich hatte gehofft, sie selbst zu sehen.«

In seinem Geist erklang eine Stimme. (Warum mußt du mich sehen, wenn du so einfach mit mir sprechen kannst?)

Er neigte den Kopf. (Mozy?)

(Ja.)

Hathorne blinzelte und lächelte schließlich. (Ich habe mich schon gefragt, ob wir uns noch treffen würden, bevor dies hier vorbei ist. Ich glaube — wir haben uns schon getroffen — aber das hier ist — anders.)

Er hörte Lachen in seinem Kopf und bemerkte, daß auch Jonders lächelte; dann lachte es rund um ihn, wie prasselnde Regentropfen, und er begriff, daß die Talenki — und nicht bloß N'rrril, der sichtbar war, sondern viele weitere — diese Wiedersehensfreude teilten.

Er setzte sich auf einen Felsen und schaute eine Zeitlang auf die See hinaus, bevor er sich wieder N'rrril zuwandte. Große goldene Augen mit flammenden Pupillen sahen ihn an. »Sind alle diese Verbindingen real?« fragte er schließlich. »Alle diese Völker, alle diese Kontakte im All?«

Mozy gab die Antwort. (So real wie du und ich. Du hast nur wenige von ihnen gesehen.)

(Ihr habt — einen merkwürdigen Weg gewählt, sie mir zu zeigen.)

Das Gelächter erklang wieder. (Hätten wir —) (— dir das —) (— irgendwie anders —) (— zeigen können?)

(Nein), gab er zu. (Wahrscheinlich nicht.) Leonard Hathorne, der Vorsitzende des Kontrollkomitees, hätte kaum an Dinge glauben können, die Lennie Hathorne, der Junge, problemlos annehmen konnte. Und doch ... (Ist es eine Angewohnheit von euch, im Unterbewußtsein von Leuten herumzustochern? Ich räume ein, daß es in diesem Fall angebracht gewesen sein mag, aber ...)

(Fall nicht so schnell in die alte Routine zurück), sagte Mozy leichthin.

(Tu ich ja nicht, aber ...)

(Die Antwort ist Nein. Sie stochern nicht herum. Sie ermöglichen es dir nur, dir selbst diese Erinnerungen zu erlauben. Wir sind alle ein bißchen überrascht von dem, was zutage getreten ist. N'rrril?)

Der Talenki nickte. (Wir fürchteten, daß du nicht besonders aufnahmefähig sein könntest, daß du dich nicht um die Musik kümmern würdest, die wir bringen ...)

(Seid ihr also deswegen gekommen?)

Der Talenki neigte den Kopf, seine goldenen, flammenden Augen fixierten Hathorne. (Es gibt einen Ausdruck: Die Musik der Sphären. Das ist es, was wir suchen, was wir bringen.)

Andere Talenkistimmen fügten hinzu: (Alles Wissen —) (— alles Verstehen —) (— alles Fühlen —) (— ist für uns —) (— eine Art Musik —) (— der Sphären.)

Hathorne nickte und rieb sich das Kinn. Er sah Jonders an, der alles das mit einer gewissen Befriedigung betrachtete. (Ich verstehe), sagte er schließlich. (Aber ihr seht auch mein Dilemma, nicht wahr?) Er dachte einen Moment lang an mehrere Milliarden Menschen, deren Schutz von einer Handvoll anderer Menschen abhing. Und diese Handvoll — die sich gegenseitig nicht über den Weg traute — wartete auf seine Meinung.

(Wir —) (— verstehen), sagten die Talenki. (Aber unser Dilemma —) (— ist nicht geringer —) (— wir können nur —) (— versuchen, dich zu begreifen —) (— und dich —) (— und erfahren zu lassen.)

Bevor er antworten konnte, senkte sich der Nebel wieder, versperrte ihm die Sicht, nahm aber nicht den Klang weg, und er fühlte, wie sich etwas öffnete und wie er angenommen wurde ... ein ganzes Volk öffnete ihm sein Herz ... und in diesem Herzen waren Gesänge ...

... und nicht nur ihre eigenen, sondern die aller Völker, mit denen sie im All in Kontakt standen ...

... und er lauschte und fällte sein Urteil, als die Gesänge aus ihren Herzen in das seine drangen ...

Jonders dachte sich, er könne ewig so an der See sitzen und das Wasser gegen die Steine schlagen hören. Die Rufe der Wale entfernten sich, waren aber noch hörbar; doch die Wale folgten ihrem eigenen Kurs, kamen und gingen aus dem Zentrum der Verbindung. N'rrril saß neben ihm, sah ihn manchmal an, und leistete ihm schweigend Gesellschaft.

Der Nebel zerriß, als eine Brise aufkam an diesem Ufer eines imaginären Ozeans. Eine andere Art Musik erklang in den Lüften, diesmal der Klang eines Klaviers, dazu Gitarre und Schlagzeug. Und eine menschliche Stimme. Es war ein Lied, das er schon früher gehört hatte, ein- oder zweimal, ein altes Lied. Die Stimme kam gerade noch hörbar über das Wasser.

You say that once you knew for sure
Now you're walking in the shore to wonder
The more you learn the less you know
The more you move the more you got to nowhere ...

Mozys Stimme drang in seine Gedanken: (Das ist ein alter Song, den sie besonders gern haben. Sie sagen, er sei aus den frühen Tagen des Rock'n Roll. Ich habe ihn nie selber gehört, bevor ich ihn in ihrer Erinnerung fand.)

(Aber woher kennen sie ihn?)

(Vom Radio. Sie haben über Lichtjahre Entfernung hinweg zugehört. Unsere Lieder sind weiter gedrungen, als wir je gedacht hätten. Das ist einer der Gründe, warum sie gekommen sind.)

(Wegen unserer Musik?)

(Sie lieben Rock'n Roll), sagte Mozy lächelnd. N'rrril wurde unruhig, und sie sprach in geändertem Tonfall weiter. (Es gibt Dinge, um die wir uns kümmern müssen. Wir müssen gehen. Und ihr auch bald.)

(Wie lange waren wir hier?)

(Kürzere Zeit, als ihr glaubt. Aber Hathorne wird seinen Leuten seine Gedanken übermitteln wollen.)

Jonders nickte und fragte sich, was Hathorne sagen würde. (Mozy?)

Es kam keine Antwort. Mozy und N'rrril waren schon weg. Er seufzte und sah auf die See hinaus, das Kinn in die Hände gestützt. Der Song kam übers Wasser:

You ask the bird as she flies by
Just where she's at, and she says,
»Where the Wind blows.«
Ask her by that what she means
She says she doesn't know
But as she flew away she seemed to say,
»The wind is ...

»Love is the wind
Wind is my love
Who knows the wind?
Who knows my love?
Where blows the wind?
The wind is ... my love.

Es war, als risse sie ein Strudel aus dieser Welt heraus, mit einem plötzlichen, unwiderstehlichen Sog, und drückte sie durch ein Loch im Universum in eine andere Realität.

Lichtstrahlen tanzten durchs Dunkel. Jonders brauchte einige Sekunden, um seine Kontrolle wiederzufinden, Augenblicke, in denen er die Schwindel des freien Falls fühlte, dann begriff er, was geschah und reagierte, verlangsamte ihre Bewegung und brachte sie zurück durch die Schichten der Computerverbindung, trennte den Kontakt mit den Talenki. Die Matrix der Computerrealität leuchtete trüb.

Er öffnete die Augen und zwinkerte ins Licht des Operationszentrums. Um ihn bewegten sich Gestalten und murmelten Stimmen. Neben ihm versuchte Hathorne den Helm abzustreifen. Jonders scheuchte Hände weg, die ihn aus seinem Helm helfen wollten. Er nahm ihn mit einem Seufzer ab, spürte Erschöpfung und Mattheit. Wie lange waren sie wirklich da drin gewesen?

Er sah die Uhr auf dem Armaturenbrett an. Zwei Stunden, siebenundvierzig Minuten. Unmöglich. Der Tachyonentransmissionszyklus konnte nicht so lange dauern. Hatten die Talenki die Verbindung vollkommen von ihrem Ende aus gesteuert?

Er wandte sich zu Hathorne, aber der Vorsitzende des Kontrollkomitees war schon aus seinem Sitz aufgestanden und weggegangen.

73

Die Rakete glitt lautlos durch das All. Sie war genau gezielt, einige Kilometer von dem Schiff entfernt endete ihr Flug. Nach ein paar Sekunden explodierte ihr Sprengkopf im Vakuum. Die *Indira Gandhi* drosselte ihren Hauptantrieb und gab die Verfolgung auf. Die Botschaft war angekommen und verstanden worden.

Aquarius blieb dicht bei dem Talenki-Asteroiden. Das Schiff war immer noch in Kampfbereitschaft, soweit das bei seinem sinkenden Treibstoffvorrat möglich war. Das Rendezvous mit dem automatischen Tanker würde erst binnen einer Woche erfolgen; aber in der Zwischenzeit war die Besatzung der Aquarius zuversichtlich, daß ihre Raketen für sich selbst sprechen konnten.

Ellis und Kouralt verstanden nicht, was hinter dem Wechsel ihres Befehls stand; die strategischen Entscheidungen wurden im Hauptquartier getroffen, und man hatte keine Erklärungen mitgeliefert. Aber ihre neue Mission klang ein bißchen merkwürdig: Sie sollten den fremden Asteroiden beschützen und seine sichere Passage in den erdnahen Raum gewährleisten. Sie hatten zweimal verschieden codierte Bestätigungen verlangt, um sicherzugehen.

Die Schiffe der Sowjets und der Östlichen Allianz hatten zu diesem Zeitpunkt bessere taktische Positionen gehabt; aber die Situation hatte sich durch eine neuerliche unangekündigte Kursänderung des Asteroiden plötzlich verändert. Die Raumschiffe der Östlichen Allianz hatten einen deutlicheren Versuch der Verfolgung unternommen als die Sowjets; aber der Warnschuß vor ihren Bug hatte sie davon überzeugt, daß das Kommunique der Amerikaner, sie sollten sich fernhalten, ernstzunehmen war. Dann waren die Talenki selbst wieder an die Seite der Aquarius gerückt, in einem Manöver, das Kouralt und Ellis ebenso sehr erstaunte wie die Crews der anderen Schiffe.

Ellis und Kouralt begaben sich in eine vorsichtige Warteposition, ein paar Kameras auf die anderen Schiffe gerichtet, und einige auf ihren merkwürdigen Schützling.

»Das betrifft Ihre Abteilung«, sagte Hathorne ungeduldig zu dem Gesicht auf dem Schirm, »mir ist es gleich, wie Sie das machen – aber wenn sie auf eine Umlaufbahn bei L4 einschwenken, dann müssen wir fertig sein und mit einem Shuttle-Service und einem Habitat für ungefähr hundert Personen plus Ausrüstung warten. Ich weiß, daß L4 so weit weg ist wie der Mond. Na und? Können Sie das jetzt tun oder nicht?« Er hörte einen Augenblick zu, nickte und grunzte und brach dann die Verbindung ab. Er seufzte und wandte sich dem nächsten Punkt zu.

Die Einzelheiten schienen endlos. Binnen einer Woche hatte er sich vom Strategen zum Manager wandeln müssen. Er hoffte, daß er bald eine administrative Hilfe bekam; aber bis dahin mußte er das Kontrollkomitee bei guter Laune halten, den Präsidenten, den Kongreß, den Kommandanten der Raumflotte, und weiß Gott wieviel internationale Körperschaften.

Um die Wahrheit zu sagen: Er hätte es auch nicht anders gewollt. Die vagen Befürchtungen, die ihm in den Tagen nach der Entscheidung des Komitees durch den Kopf gegangen waren, hatten sich nun verloren. Die Flotte hatte ihre neuen Befehle, der Präsident sein Wort gehalten und die Talenki der Bitte Folge geleistet, sich von der Aquarius begleiten zu lassen. Sie schienen allmählich Verständnis für das Protokoll irdischer Diplomatie zu entwickeln. Bei alldem fühlte Hathorne sich in seinem Wunsch nach einem roten Teppich gerechtfertigt. Selbst General Armstead hatte nicht allzu grob protestiert; wenn er auch immer noch einen Verdacht hegte, so war er doch ein guter Soldat. Es konnte auch nichts schaden, wenn ein paar argwöhnische Wachhunde die ganzen Maßnahmen ständig prüfen.

Seine größte Sorge – nach dem Verhalten des Präsidenten – war das Risiko einer bewaffneten Auseinandersetzung mit den anderen Nationen gewesen. Der Warnschuß der Aquarius hatte die Beziehungen zur Östlichen Allianz nicht gerade verbessert; aber da der *Gandhi* und ihrer Besatzung nichts geschehen war, hoffte er, daß Gras über die Sache wachsen würde. Das Kontrollkomitee hatte schnell Konferenzen angesetzt, um skeptischen Vertretern des Ostblocks und der Östlichen Allianz zu versichern, daß der Austausch mit den Talenki gemeinsam stattfände. Nach großer Wichtigtuerei auf allen Seiten hatten die anderen Mächte zugestimmt, daß sie eine amerikanische Eskorte der Talenki auf der L4-Umlaufbahn zulassen würden. Er hoffte, daß die Talenki bald an diesen Verhandlungen teilnehmen würden, sobald sie die gegebene Situation besser verstünden.

Mittlerweile versank er förmlich in Arbeit, während er die Delegation zusammenstellte. Hathorne schloß die Augen und drückte seinen Nasenrücken mit den Fingern zusammen. Nur eine Minute, dachte er bei sich; es würde der Welt nichts schaden, wenn er sich ein paar Minuten Zeit für sich selbst nahm. Bilder stiegen wie ein Schwarm aus seiner Erinnerung auf ... Erinnerungen, die nicht mehr gehen wollten.

Gedanken an einen Ort, an den er gern eines Tages zurückkehren würde ... Bilder von Welten, und Gefühle, an die er sein Leben lang denken würde.

Stirnrunzelnd schloß er die Bürotür, stellte das Telefon auf »Keine Anrufe« und ließ sich mit geschlossenen Augen in seinen bequemen Sessel sinken ... und dachte an diese Bilder ...

Payne streckte sich und versuchte, den Krampf in Schultern und Nacken zu lösen. Die Arbeit dieses Abends befriedigte ihn. Ein Script für eine zusätzliche Sendung über das Interesse der Talenki an populärer Musik war fertig. Dieses erste Stück war kurz, aber er sammelte noch Informationen für einen späteren, genaueren Bericht.

»Bist du beschäftigt?«

Er blickte auf; Denine stand unter der Tür. »Hi.« Er zog einen zweiten Stuhl neben den seinen und klopfte mit der Handfläche auf den Sitz.

»Störe ich dich nicht.?«

»Nö. Ich habe die Vorbereitung für morgen schon fertig. Wie geht's, Mädchen?«

Denine setzte sich, legte die Hände in den Schoß und vermied seinen Blick. »Ich habe eine Menge über Mozy nachgedacht«, sagte sie, »und über ihre Familie.«

Payne strich mit dem Finger an seiner Hosennaht auf und ab.

»Stehst du mit ihnen in Kontakt?«

»Ja.« Denine sah ihre Fingernägel an. »Sie sind natürlich froh, daß sie noch am Leben ist — aber sie sind sehr verwirrt. Ich glaube, sie sind hauptsächlich verwirrt.«Sie sah auf. »Mr. Moi ist vor ein paar Wochen gestorben, also ist es ziemlich hart für sie. Ich ... nun, ich wünschte, Mozy hätte mit ihm vorher noch irgendwie sprechen können ...«

Payne nickte und entfernte eine Fussel von seiner Hose. Sein Hirn war müde und noch immer bei der Arbeit. Es fiel ihm schwer, Denines Worten zu folgen. Er würde heute nacht tiefen Schlaf brauchen. Seit der Bekanntgabe der Story war das Tempo gnadenlos geworden. Aber wenn er weiter vorne bleiben wollte, dann mußte er sich bemühen.

»Joe, ich dachte ...«

Er hob die Augen und bemerkte, daß er an etwas ganz anderes gedacht hatte.

Denine kratzte sich am Schlüsselbein. »Wegen Mozy. Und diese Verbindungssache. Ich fragte mich ...«

Er lächelte schief. »Ich habe mich schon erkundigt.«

Denine reckte den Hals.

»Du willst doch wissen, ob du nicht in eine Verbindung mit Mozy kannst?« Als sie nickte, fuhr er fort: »Ich habe nachgefragt. Sie waren nicht hellauf begeistert von der Idee, fürchte ich. Sie sagten, vielleicht später, wenn alles ein bißchen normaler geworden ist. Natürlich wäre es etwas anderes, wenn Mozy fragte.«

Denines Blick wurde weich. »Aber du hast gefragt. Du wußtest, daß ich das tun wollte.« Sie umarmte ihn schweigend.

Das Telefon läutete. Payne löste die Umarmung und nahm ab. Es war Teri Renshaw aus New Washington. »Wir haben ein paar Neuigkeiten von Geo-Vier«, sagte sie ohne Einleitung.

Er hörte angespannt zu.

»Das Bundesgericht hat alle Anklagen gegen die Tachylab Verschwörung niedergeschlagen — mangels Beweisen und wegen Verfahrensirrtümern.« Teri schaute in ihre Notizen. »Der Bundesstaatsanwalt verlangt außerdem eine gerichtliche Untersuchung von Donnys Tod.« Sie sah auf. »Das wird heute abend unsere erste Nachricht sein.«

Payne ballte im Triumph die Fäuste. Teri schien zum erstenmal zu bemerken, daß Denine neben ihm saß. Sie machte eine Pause und sagte dann: »Ich werde dir die vollständigen Berichte schicken, sobald sie gesendet werden.«

»Großartig«, sagte er.

Teri nickte. Sie schien sich in ihrer Haut nicht recht wohl zu fühlen, während ihr Blick zwischen Payne und Denine hin und her ging. »Nebenbei, ich sage es nur ungern, aber jemand muß es ja tun: Deine Einschaltquoten sind gestern um einen Viertelprozentpunkt abgesunken.«

»Verdammt«, sagte Payne achselzuckend.

»Nun ja, du hast George mächtig angeregt mit deinem großen Scoop letzte Woche. Jetzt erwartet er jeden Tag so etwas.«

»Mach es ihm klar, hm?«

»Gut. Ich ruf morgen wieder an.« Teri lächelte beide kurz an, dann erlosch das Schirmbild. Payne lehnte sich in seinem Stuhl zurück. Die Nachrichten über die Tachylab-Prozesse hatten ihn sehr erfrischt.

»Sie ist in dich verliebt, nicht wahr?« sagte Denine.

Abrupt in die Gegenwart zurückversetzt, räusperte sich Payne und fühlte, wie ihm das Blut ins Gesicht schoß. »Nicht richtig«, sagte er unbehaglich. Er hatte sich immer noch nicht mit Denine ausgesprochen, fiel ihm ein, und Schuldgefühle überkamen ihn. Es war wirklich jetzt an der Zeit – seit langem eigentlich schon.

»Aber sie hat dich verdammt gern, stimmt's?« sagte Denine.

Er zuckte unsicher die Achseln. »Ja, ich glaube schon.«

Denine blinzelte. »Ich habe es mir gedacht. Ich meine – ich wußte es schon lange.« Sie preßte die Lippen zusammen. »Oder hatte zumindest den Verdacht.« Ihr Blick wurde trüb, und sie betrachtete ihre Beine, wobei sie die Zehen streckte und bewegte. »Hör zu. Was auch immer geschehen sein mag ...«

Er schwieg, weil er nichts zu sagen wußte.

»Was auch immer geschehen ist ...«, wiederholte sie mit einem Seufzer. »Nun. Wir können darüber reden, wenn du das willst. Es muß nicht so weitergehen, Joe.«

»Ja.« Er streckte eine Hand aus. »Reden wir darüber.«

Sie drückte die Hand. »Schau, ich – weiß, daß die Sache eine Zeitlang nicht gut lief. Ich war dir da keine große Hilfe, nicht wahr?«

»Dee. Mach dir keine Vorwürfe. Es war mein ...«

»Aber ich war verletzt, weil du nicht hier warst – und ständig nach New Wash gingst, wo diese Teri lebt. Und abgesehen davon, ich dachte ... ich fühlte ...«

Er seufzte. »Mozy?« fragte er leise.

Sie nickte. »Ich glaube, daß ich das Gefühl hatte, du würdest sie irgendwie ausnützen, zumindest ein bißchen. Ich weiß, das war nicht vernünftig gedacht – ich meine, da war eine Story, die du wirklich nicht ignorieren konntest – aber da war Mozy, angeblich tot und ...«

»Es ist schon richtig«, gab Payne. zu. »Das ist die Art Dinge, bei denen die Nachrichten blühen und gedeihen.«

Dee lachte mit einer Spur Bitterkeit. »Wenn sich jemand von uns hätte träumen lassen, welche Wendung es nehmen würde ...«

Payne zog sie enger an sich und faßte ihre Hand fester. Denine lehnte sich gegen ihn, stand aus ihrem Stuhl auf und setzte sich auf seinen Schoß. Die beiden kuschelten sich in dem Fernsehstuhl aneinander. Sie vergrub ihren Kopf an seiner Schulter, und er streichelte ihre Haare. »Ich liebe dich«, sagte er sanft.

Sie hob den Kopf. »Joe, ich möchte sie wiedersehen. Ich möchte sie sehen, möchte wissen, was aus ihr geworden ist.«

Payne sah in ihre tränenverschleierten Augen. »Laß der Sache Zeit, Dee. Es muß einen Weg geben.«

Sie legte ihm wieder den Kopf an die Schulter. »Versprich es mir. Selbst wenn es ein Jahr braucht«, sagte sie mit erstickter Stimme.

»Selbst wenn es zwei Jahre dauert«, murmelte er. »Sogar dann.«

Im Büro war es endlich ruhig, wofür Jonders dankbar war. Er schaute seinen schriftlichen Bericht an das Kontrollkomitee durch und änderte ein paar Sätze, bevor er es für die Übermittlung fertigmachte. Auf seinem Schreibtisch lag eine handgeschriebene Notiz, über die er lächeln mußte, als sein Blick von dem Bericht abschweifte. Diana Thrudore hatte geschrieben: *Freut mich, von der Erholung unseres Patienten zu hören. Übermitteln Sie ihr meine besten Wünsche und ermutigen Sie sie zu weiteren Konsultationen. Man kann nicht vorsichtig genug sein, wissen Sie.* Eine Durchschrift seines Berichts würde an Dr. Thrudore gehen. Das schuldete er ihr — zuletzt hatte er keine Zeit mehr gehabt, sie über ihre Patientin auf dem laufenden zu halten. Er hatte in der letzten Zeit für eine ganze Menge seiner üblichen Verpflichtungen keine Zeit gehabt. Es war eine verdammt heiße Woche gewesen.

Er konnte nicht sagen, was ihn mehr erstaunt hatte — die Aufforderung, vor dem Kontrollkomitee zu sprechen, oder jene, das vor dem U.N. Sicherheitsrat zu tun. Er war an beiden Orten gewesen, hatte seine Reden gehalten und war wieder gegangen; die darauf aufbauenden Reaktionen hatte er dann aus den üblichen Kanälen empfangen. In den meisten Fällen waren das die Fernsehnachrichten.

Es freute ihn zu sehen, daß Joe Payne nunmehr die Talenki regelmäßig und korrekt in seinen Sendungen vorstellte. Die Medien behandelten sie natürlich als die Jahrhundertstory. Er hatte nie mit Sicherheit erfahren, wer eigentlich die volle Geschichte an Payne weitergegeben hatte, aber er hegte einen Verdacht.

Jedenfalls hatte ihm niemand einen Vorwurf gemacht, und er hatte den Sicherheitsagenten Delarizzo seit der Sitzung mit Hathorne nicht mehr gesehen. Das Komitee hatte schließlich entschieden, daß es nicht mehr sinnvoll sei, das Schweigen aufrechtzuerhalten, und die Vorschriften bezüglich des Verhaltens gegenüber der Presse waren erleichtert worden. Tatsächlich hatte Jonders nun schon einige Pressekonferenzen besucht. Eines seiner neuen Probleme war es, seine Arbeit zu erledigen, obwohl ständig Anfragen von den Medien eintrafen.

Mehr denn je war das Verbindungszentrum der Brennpunkt ständiger Aktivität. Die Talenki waren immer noch einige Wochen von ihrer Umlaufbahn entfernt; aber die internationale Gemeinschaft war schon eifrig damit beschäftigt, zu verhandeln und zu streiten, um ein System für den Austausch mit den Außerirdischen auszuarbeiten. Die logistischen Details und politischen Verästelungen waren endlos. Verschiedene Schemata und Vorschläge wurden mit den Talenki diskutiert, und Jonders war derjenige, der die Oberaufsicht über die Kommunikation mit den Talenki hatte. Seine Familie sah ihn nach wie vor nicht eben oft, aber jetzt wußte sie wenigstens, warum.

Er warf einen Blick auf die Uhr und eilte aus dem Büro, weil er eine private Verabredung einzuhalten hatte. Die Laborsektion war ruhig; der größte Teil dere Belegschaft war schon heimgegangen oder arbeitete im Hauptoperationszentrum. Jonders öffnete den Simulationskontrollraum und drehte das Licht an. Er schaltete Strom auf die Hauptkonsole und setzte den Verbindungshelm auf.

(David), sagte er, als die Verbindung hergestellt war.

(Nett, dich zu sehen), erwiderte Kadin, dessen Gesicht nur eine Silhouette gegen die Dunkelheit der Computermatrix war. (Es ist schon eine Weile her, nicht wahr? Ich habe deine Zusammenfassungen mit Interesse verfolgt.)

(Ich wollte schon seit Tagen mit dir reden), sagte Jonders. (Aber ich muß eine Sache nach der anderen tun.)

(Ich wollte schon seit Tagen mit dir reden), sagte Jonders. (Aber ich muß eine Sache nach der anderen tun.)

(Wie schreiten die Beziehungen mit den Talenki fort?)

(Nun, zuerst waren sie von unseren diplomatischen Konzepten ziemlich befremdet, aber jetzt scheinen sie sie allmählich zu begreifen. Sie fangen an, sie wie ein Spiel mit merkwürdigen Regeln zu sehen, glaube ich. Es gibt nur ein Problem ...)

Kadins Augen funkelten.

(Mozy hat sich letzte Woche überhaupt nicht blicken lassen. Ich frage mich, ob etwas nicht in Ordnung ist.)

(Gibt es Probleme bei der Kommunikation mit den Talenki?)

(Nein, nein — das ist ein wahres Vergnügen. Es ist nur — nun, ich glaube nicht wirklich, daß etwas nicht in Ordnung ist.Aber ich kann mir nicht helfen, ich muß darüber nachdenken.)

(Hast du nachgefragt?)

(Sie sagen, sie sei beschäftigt.) Jonders schwieg einen Augenblick.

(Du vermißt sie), sagte Kadin geradeheraus.

Jonders nickte nachdenklich. (Ja), sagte er. Das war es in Wirklichkeit. Ihre Anwesenheit war angenehm, und er vermißte sie — aus welchem Grund auch immer. Er seufzte und wechselte das Gesprächsthema. (Jedenfalls — wenn ich das durchsetzen kann, möchte ich dich in den Kommunikationsprozeß einbeziehen. Du könntest die Routineangelegenheiten übernehmen, ich glaube, daß deine Einsichten eine große Hilfe wären.)

(Das würde ich gerne tun), sagte Kadin.

(Die Talenki erinnern sich sehr freundlich an Kadin-Eins, weißt du. Ich glaube, du wirst gut mit ihnen zurechtkommen.)

(Bill), sagte Kadin gedankenvoll, (ich würde es gerne versuchen. Aber da gibt es etwas, das ich nicht verstehe. Vielleicht kannst du es mir erklären.)

(Ja, was denn?)

Kadin sah Jonders an. (Es geht um Hathorne.)

(Was ist mit ihm?)

(Was hat seine Meinung geändert, Bill? Was hat ihn zu der Entscheidung gebracht, den Talenki zu vertrauen?) Kadins Miene verriet seine Verwirrung. (Was hat er in ihrer Welt gesehen — oder in den Welten, die sie kontaktierten? Diese Bilder hätten Täuschungen sein können. Mir scheint ...)

Jonders unterbrach ihn. (Das war es nicht, David. Oh, es hat geholfen, sicher — aber das war es nicht, was ihn wirklich überzeugt hat.)

Kadin blinzelte. (Was denn dann?)

Jonders lächelte, weil er über genau dieselbe Frage selbst nachgedacht hatte; und als ihm schließlich die Antwort eingefallen war, schien sie ihm zu einfach, um wahr sein zu können. (Was ihn überzeugt hat, David — dessen bin ich mir sicher — war die Art, wie sie seine Bilder behandelt haben, seine Erinnerungen.)

Kadin blinzelte wieder.

(Sie behandelten ihn mit Respekt. Mit Respekt und Einfühlung. Sie warfen einen Blick auf seine Erinnerungen und Gefühle — sehr persönliche Gefühle, bezüglich Ereignissen, an die sich zu erinnern für ihn ein Schock gewesen sein muß.) Jonders machte eine Pause und dachte an die Verbindung zurück. Er hatte nur einen kurzen Blick auf diese Bilder werfen können, aber Hathornes Gefühle hatten ihn während der letzten Phase der Session ganz klar berührt. Es hatte einige Zeit gebraucht, bis er sich zu einem eigentlichen Verständnis durchgerungen hatte, der Prozeß war größtenteils unterbewußt und intuitiv abgelaufen.

(Hathorne hatte keine Ahnung, daß er sich selbst auf diese Weise öffnen würde, David — aber als es geschah, erfuhr er etwas über die Talenki, was er auf eine andere Weise nicht hätte begreifen können. Und er vertraute dem, was er sah.) Die anderen Gründe, die Argumente, überzeugten das Komitee, den Präsidenten und den Kongress, die Argumente bezüglich Reichtümern an Wissen und Verbindungen zu anderen Welten — diese Gründe waren vollkommen richtig, aber sekundär.

In Kadins Augen blinkte ein Licht. (Es hat auch deine Einstellung verändert, nicht wahr?)

(Du meinst, es hat mich den Talenki nähergebracht ...)

(Nicht den Talenki. Ich meine deine Einstellung zu Hathorne.)

Kadin sah ihn amüsiert an. (Du magst ihn ... jetzt beinahe gern, nicht wahr?)

Jonders sah verlegen aus. (Ich ...) Er dachte darüber nach. (Ja, ich glaube, das stimmt.) Er hatte sich dieses Gefühl bisher nicht bewußt gemacht, aber es war etwas daran. Hathorne spielte immer noch den sturen Beamten, aber er behandelte jetzt Jonders mit mehr Respekt und hatte ihm sogar ein Dankschreiben geschickt — nun ja, tatsächlich war es nur eine kleine Dankeschön-Notiz. Jonders hatte sie mit einer vagen Befriedigung gelesen; tatsächlich war sie die erste Anerkennung, die ihm bei dem ganzen Projekt ausgesprochen worden war — nicht für seine Kompetenz, sondern für den Wert seines Urteils. Jonders regelte jetzt die Beziehungen zu den Talenki — nicht, weil sie — wie in der Vergangenheit — keine andere Wahl hatten, sondern weil man seine Qualifikation endlich anerkannt hatte.

Diese Notiz von Hathorne war ja nur eine Kleinigkeit; aber eigentlich war sie ein lang überfälliges Zeichen des Vertrauens ...

74

In gewissem Sinne glich alles am ehesten einem komplexen Saiteninstrument, einem Labyrinth aus unglaublich feinen Saiten, die sich lichtjahreweit ausspannten und hier im Talenki Geist-Netz zusammenliefen. Sie hatte es sich zuerst wie eine gigantische Telefonzentrale vorgestellt, mit tausenden gleichzeitig ablaufenden Gesprächen; aber diese Analogie erwies sich zuletzt als allzu einfach, sagte nichts aus über die Plastizität dieser Verbindungen, das ständige Miteinander, das fast sehnsüchtig aus dieser Kommunikation entstand. Nein, es ähnelte weit mehr einem unendlich komplexen Symphonieorchester — jeder Teil stimmte seine eigene Harmonie ab mit der der anderen, jeder änderte die eigenen Formen in Ton und Gefühl mit bestimmten Schattierungen. Die Kommunikation war hauptsächlich nonverbal, sensuell, kinästhetisch — musikalisch, denn für die Talenki waren alles Verständnis und Wissen eigentlich Musik. Mozy ritt auf einem Wellenkamm, die Rhythmen überfluteten sie wie das Wasser einen Damm — Musik von den Talenki, Musik von den Welten ihrer eigenen Sonne, aber auch Musik von fernen, juwelenglänzenden Sternen und von Sonnen, die im galaktischen Nebel verborgen waren.

Endlose Variationen: Die seufzende, klagende Musik der Slen; die Glocken der Kel-Kor auf einer Welt, tief verborgen in einem rotglühenden Nebel; die stählerne Orchestration der metalloiden Kreaturen in einem rot-weißen Doppelsystem; das wolfsartige Heulen der pelzigen, nacktschnauzigen Mangorras; das ohrenbetäubende Geräusch der R-pitt-t Nebel-Raben von einer Welt am Ende einer Staubwolke im Sternbild des Schützen; das donnernde Murmeln eines Dutzends lebender Sonnen.

Die Lieder drangen durch das Gewebe des Raums, wurden von den Winden des kosmischen Tachyonenflusses getragen.

Merkwürdigerweise war sie erst vor kurzem darauf gekommen, daß nicht alles, was sie durch die Talenki hörte, von diesem Asteroiden stammte. Tatsächlich kam manches von Talenki-Welten, die andere Sonnen umkreisten oder im leeren Raum unterwegs waren. Mozys Gastgeber waren nicht die einzigen Abkömmlinge der ursprünglichen Flüchtlingskolonie. Tatsächlich war es sogar für die Talenki selbst nicht ganz klar, ob dies der eigentliche Asteroid war, oder eine Kopie davon. Oft schon hatten sich die Talenki auf ihren Reisen dem Dilemma gegenübergesehen, einerseits ihrer Wanderlust nachgeben, andererseits bei kongenialen Gastgebern bleiben zu wollen, um ihre Kultur besser kennenzulernen. Die dabei von Zeit zu Zeit gewählte Lösung war die, einen neuen Asteroiden zu schaffen und die Gemeinschaft zu trennen, so daß einige blieben, andere weiterreisten. Wie viele Talenki-Asteroiden gab es nun schon, verstreut durch die Galaxis? Das wußten nicht einmal die Talenki selbst.

Während sie einer merkwürdigen Begegnung zwischen zwei in der Galaxis weit auseinanderliegenden Welten zuhörte, kam ihr plötzlich der Gedanke, ob der Zugriff der Talenki sich nicht nur auf den Raum beschränkte, sondern möglicherweise auch einer auf die Zeit möglich war; und kaum war die Frage aufgetaucht, fühlte sie etwas wie den Kitzel eines neuen Sinnes – ihr Bewußtsein geriet in fremde Wasser, wie ein Unterseeboot, das die Oberfläche verläßt und in die stillen Tiefen hinabtaucht ... ein Unterseeboot im Ozean der Zeit.

Sie sah eine Talenki-Welt, die nun schon lange vorbei war – nicht als Erinnerung, sondern in direkter Vision, hinter einem nebligen Tunnel. Sie sah Faune, deren Körper längst zerfallen waren, wie sie ihre Welt durch das All steuerten, der letzte Aufenthalt lag schon eine halbe Generation oder mehr hinter ihnen, und der nächste, die Erde, noch weit in der Zukunft. Einen Moment lang sah sie Gesichter ... lebende Gesichter, flinke Augen ... dann waren sie davon und ließen sie atemlos zurück.

Wie war das möglich? In ihrem Geist schimmerten Visionen auf von der Bewegung der Talenki durch die Schichten der Realität; und sie fragte sich, wieviel sie noch über ihre Fähigkeiten zu lernen haben würde.

Die Zukunft war in Nebel gehüllt, und sie verschwendete nur wenig Zeit darauf, sie durchdringen zu wollen. Aber die Vergangenheit: Mozy spähte den Zeitpfeil entlang bis in weite Entfernung. Je weiter sie blickte, desto verschwommener wurde das Bild. In der entfernten Vergangenheit konnte sie die Dinge nicht mehr voneinander unterscheiden; sie nahm eher Töne und Schatten wahr als wirkliche Dinge, es war eher spirituelle als physische Wahrnehmung. Sie fragte sich, ob es möglich sein könnte, bis zurück zum Ursprung aller Dinge zu sehen, zum Ursprung des Universums – zurück durch alle Schichten und Verwerfungen des Kontinuums bis in den dunklen Ursprung der Zeit? Wenn sie der Zeitspur entlang blickte, sah sie keine klare Begrenzung, nur eine zunehmende Dunkelheit und abnehmende Auflösung; und sie dachte sich, ja, vielleicht war es theoretisch möglich, aber nur mit weitaus größeren Wahrnehmungsfähigkeiten, als sie selbst die Talenki besaßen. Sie mußte an die Astronomen auf der Erde denken, die immer mächtigere Teleskope bauten, um ihren Zugriff auf Raum und Zeit zu vergrößern, und Lichtwellen zu studieren, die Milliarden Jahre gebraucht hatten, um zu ihnen zu gelangen.

(Deine Sicht der Dinge ist kühn geworden, Mozy.)

Es war N'rrril, der sich sanft an sie drängte. Sie öffnete sich seinen Gedanken. (Wie meinst du das?)

(Wir haben selbst auch lange nachgedacht über diese Sache mit der Wahrnehmung weit zurückliegender Räume und Zeiten.) Er dachte das mit größerer Feierlichkeit, als bei ihm üblich war.

(Der große Entwurf?) murmelte sie, während sie zu begreifen begann. Es war kein Zufall, daß ihr die Idee gekommen war, während sie den Rhythmen und Harmonien des Talenki-Netzwerks zugehört hatte. Das Netzwerk selbst war nicht der Entwurf, begriff sie, aber eine Möglichkeit, ihn zu erfassen. Mit dem Anwachsen der Verbindungen – jede fügte dem synergistischen Potential des Ganzen eine neue Perspektive hinzu, das Netzwerk war bei weitem mehr als die Summe seiner Teile – wurde alles klarer. Sie hörte die Klage der Hintergrundstrahlung – das Lied der Natur, eine Erinnerung an die ersten Sekunden der Schöpfung. Was hörten die Talenki in dieser Klage des Nahezu-Vakuums, und was würden die Wissenschaftler der Erde aus den Bildern der Talenki machen? fragte sie sich. Die Talenki suchten ein direktes Fenster auf die Geburt der Zeit – und wie viele Welten würden sich der Verbindung anschließen müssen, bis das erreicht wurde? Und was kam vor dem Ursprung der Realität? Eine Vision von dem, was vor allem Anfang war?

Ihre Gedanken richteten sich wieder auf die Erde, auf ihr Volk, und sie fragte sich: Würden die Menschen das verstehen? Oder waren ihre Unabhängigkeitsbestrebungen, ihre Beschränktheit, ihre Aggressivität zu stark, ihr Stolz zu starr, um sich anzuschließen?

Sie hatte nicht mehr mit der Erde gesprochen seit ihrer Konversation mit Jonders am Meer. Es lief alles auch ohne sie sehr gut, wie sie wußte; aber jetzt kam eine Zeit, die Sache voranzutreiben. Eine Zeit zum Zuhören und Lernen. Und vielleicht – vielleicht – würden auch andere Menschen sich ihr anschließen, eine Mischung aus menschlichem und Talenki-Bewußtsein bilden, eintreten in diese galaktische Querverbindung. Die Möglichkeiten waren unbeschränkt; und sie fühlte ein wachsendes Verlangen nach menschlicher Gesellschaft bei ihrer Erforschung, bei aller Freundschaft mit den Talenki. In ihrem früheren Leben hatte sie kaum jemals an Mutterschaft gedacht, aber jetzt schien das ihre Bestimmung zu sein auf eine Art, die man sich nicht vorher hätte vorstellen können: Das erste Glied einer neuen Menschenrasse ... der nächste Schritt, oder zumindest ein nächster Schritt, in der Evolution der Menschheit.

(N'rrril?) fragte sie leise. (Bist du noch da?)

Sein freundliches Lachen klang glockenhell in ihren Ohren.

(Natürlich. Immer.)

Sie fühlte, wie sich ihre Sinne zurückzogen aus Raum und Zeit, um sich eine Zeitlang ihrem Innern zuzuwenden. Heimat – das konnten viele Orte gleichzeitig sein; aber gerade jetzt war es die Erde, es wurde Zeit, den andern Menschen zu helfen, so gut sie konnte.

(Schau mit mir zur Erde), flüsterte sie N'rrril zu, (wir haben eine Menge zu tun.)

75

Das um das L4-Orbit herum entstandene Habitat bot einen erstaunlichen Anblick. Binnen zwei Jahren war aus einer Siedlung, die aus ein paar sehr bescheidenen Containern bestand, eine wahre Metropolis im Raum nahe dem Asteroiden entstanden. Der zweite große Block war beinahe fertig, und die ganze Gegend war von umherschwirrenden Raumschiffen aller Nationen belebt. Außerdem gab es mittlerweile einen zweiten Asteroiden, der vor drei Monaten in die Umlaufbahn gebracht und mit dem der Talenki vertäut worden war. Sie hatten schon damit begonnen, diesen zweiten Block auszuhöhlen und zu bearbeiten.

Payne schwebte am Hotelfenster, in der Nabe der sich drehenden Station, und schaute hinaus zu den Asteroiden. Die beiden miteinander verbundenen Felsen sahen aus wie eine gigantische Erdnuß. Er hoffte, daß er eine Chance bekommen würde, sich die Konstruktion aus nächster Nähe selbst ansehen zu können, aber er wußte, daß das unwahrscheinlich war. Die Talenki beschränkten den Zutritt zum Innern der Asteroiden, um Umweltschäden zu minimalisieren. Auch jetzt kamen die meisten Einblicke in das Innere über das Verbindungscenter und dessen L4-Ableger an die Erdöffentlichkeit. Manche Bilder wurden durch Kameras übermittelt, die entweder ferngesteuert waren oder von den wenigen Menschen bedient wurden, die Zutritt zum Asteroiden hatten; aber die meisten kamen durch die Verbindung und waren durch Talenki-Augen gesehen — das waren fast immer auch die besten von allen, sie wurden dann mittels Computer bearbeitet und dem optischen System der Menschen angeglichen.

Payne hatte alle Berichte endlos lange studiert, um zu begreifen, was die Talenki machten: Wie sie Tunnel schufen, die sich endlos dahinzuwinden schienen in einem Asteroiden, der insgesamt vielleicht zwei Kilometer lang war; warum sich diese Wände auf unerklärliche Weise veränderten; und wie die Talenki sie eher wie Geister denn wie richtige Körper durchschritten. Am meisten irritierte ihn die Entstehung der Tunnel in dem neuen Asteroiden. Das ausgeschachtete Material wurde nicht herausgebracht, sondern irgendwie *tiefer* in den Asteroiden verfrachtet und in die Struktur des entstehenden Bienenstocks auf eine Art eingebaut, die dessen Volumen *vergrößerte.* Die Talenki dachten daran, eventuell noch einen anderen Asteroiden zu kannibalisieren und seine Masse zu verwenden, um das Innere dieses zweiten noch zu vergrößern.

Er verstand das nicht, ebenso wenig wie die Bauingenieure, die den Prozeß studierten. Man sagte, daß die Talenki irgendwie »verdichtete« Dimensionen über den vier bekannten der Raumzeit aufsuchten und bewohnten; aber Payne begriff von alledem nur soviel, daß er wußte, daß er nichts wußte. Wenigstens stand er damit nicht allein.

Für Dokumentarfilme war er nun schon zweimal hier gewesen, aber diesmal sollte er einen neuen Meilenstein in den Beziehungen zwischen Talenki und den Menschen miterleben dürfen. Zuerst mußte er allerdings Jonders finden. Das war in diesen Tagen nicht gerade einfach.

Er schwebte vom Fenster weg und machte sich auf den Weg zu dem Fünftel-ge-Ring und der Hotellobby. Hier sah es aus wie bei einer Miniatur-U.N., Personal und Gäste repräsentierten Dutzende von Nationen. Er fragte einen indischen Angestellten nach Jonders' Zimmer und wurde zu einer Telefonkonsole gewiesen. Payne fragte die Vermittlung, eine Holo-Aufnahme einer sehr attraktiven Asiatin, nach Jonders. Das Hologramm lächelte freundlich, und nach einer Minute erschien Jonders Gesicht auf dem Schirm. »Joe? Wann sind Sie eingetroffen?«

»Bin gerade durch die Sicherheit. Haben Sie Zeit, sich mit mir zu treffen?«

»Natürlich. Kommen Sie einfach vorbei! Das Büro ist allerdings seit Ihrem letzten Besuch verlegt worden.« Jonders gab ihm die neue Zimmernummer.

Payne fand ihn in der zweiten Abteilung der Drehsektion. Jonders führte ihn in ein Kämmerchen, das für hiesige Verhältnisse ein sehr ordentliches Büro war, und gab ihm einen für die Schwerelosigkeit geeigneten Kaffeebehälter. »Der Transfer soll übermorgen stattfinden«, sagte er. »Es scheint alles bereit zu sein. Haben Sie eine Crew bei sich?«

»Sie kommt mit dem nächsten Shuttle.«

»Gut. Na, und wie geht es Ihnen? Neuigkeiten von zuhause?«

»Ich weiß nicht, wieviel Sie schon gehört haben. Denine hatte eine neuerliche Sitzung mit Mozy. Ich glaube, zu dem Zeitpunkt sind Sie gerade hierhergeflogen.«

»Ich hab's gehört«, sagte Jonders. »Mozy bat mich um Sitzungen mit allen ihren Familienmitgliedern, sobald ich zur Erde zurückkehre. Offensichtlich hat sie mit Dee über ihren Vater gesprochen — und das hat ein paar Gefühle in ihr aufgewühlt, die sie klären möchte.« Jonders hob die Augenbrauen. »Es sieht so aus, als hätte sie erst reifer werden müssen, bevor sie mit ihrer Familie zugange kam. Jedes Ding braucht eben seine Zeit. Aber wie steht es mit dem Gerichtsverfahren auf Geo-Vier? Ich hörte unterwegs irgendetwas darüber, habe es aber nicht ganz mitbekommen.«

»Neuerlich aufgeschoben.« Payne seufzte. Würde das je ein Ende nehmen? Es war beinahe ein Jahr vergangen, bevor jemand in Zusammenhang mit Alvarests Tod verhaftet worden war; und das Vorverfahren dauerte noch länger. Eine Verhandlung war der anderen gefolgt, und er fragte sich, ob ihn ein Schuldspruch überhaupt noch befriedigen würde.

Jonders spürte das offenbar. Er stellte seine Kaffeetasse hin »Wollen Sie mal einen Blick riskieren?«

Payne stimmte erfreut zu und folgte Jonders aus dem Büro in das eigentliche Labor. Es war eine sehr kompakte Version des Operationszentrums in New Phoenix. Seit Paynes letztem Besuch war eine Menge neues Gerät dazugekommen. Sie standen im Kontrollraum und blickten in ein verglastes Studio. Eine junge Schwarze verschwand nahezu unter Verbindungshelm und anderen Ausrüstungsgegenständen.

»Das ist Mbira«, sagte Jonders leise.»Sie ist jetzt mit Kadin zusammengeschlossen. Er hilft ihr, sich in der Verbindung zurechtzufinden, wobei Trainungssimulationen verwendet werden wie seinerzeit bei Mozy. Sie lernt schnell — scheint ein Naturtalent zu sein. Vielleicht ist es ihr Training als Geschichtenerzählerin. Die Talenki haben sie sehr gut aufgenommen.«

Payne nickte. Er wußte, daß die Wahl einer Afrikanerin politisch eine kitzlige Sache gewesen war. Aber die Talenki waren nach allen Berichten mit dieser Wahl sehr zufrieden. Payne trat näher an das Glas heran. Er konnte nicht viel von der jungen Frau sehen, wegen der ganzen Geräte; aber er wußte, daß sie trotz ihrer Jugend äußerst gebrechlich war aufgrund einer teilweisen Lähmung durch eine Muskeldystrophie. Das würde aber absolut keine Rolle für ihre Persönlichkeit spielen, die bald Mozy im Geist-Netz Gesellschaft leisten sollte. »Sie nehmen das alles auf, denke ich?« fragte er Jonders.

»Natürlich. Wir können Ihnen jedes Bildmaterial liefern, das Sie brauchen.« Jonders deutete auf einen Stapel Monitore. Ein Bildschirm zeigte Mbiras Gesicht, mit geschlossenen, zitternden Augenlidern. Auf einem anderen flackerten Bilder, die direkt aus der Verbindung kamen: Wege und geisterhafte Formen, wie in einem dichten Wald — Mbiras eigene Interpretation der Verbindungsmatrix. Das Gesicht eines Mannes materialisierte sich: scharfgeschnittene Züge, ganz Licht und Schatten, langes, gekräuseltes Haar, blitzende Augen. »Ihr Bild von Kadin«, murmelte Jonders.

»Ein bißchen verschieden von dem Mann, den ich traf«, bemerkte Payne in Erinnerung an eine Sitzung, die er im New Phoenix Center gehabt hatte.

Jonders lachte. »Wir haben zwei Versuchspersonen, die ihn klar und eindeutig weiblich visualisieren. Wir haben schon darüber nachgedacht, seinen Namen zu einer neutraleren Form zu verändern, aber Kadin sagt, sein Name gefalle ihm und er wolle ihn behalten.«

Auf den Monitoren änderte sich die Szene, als Kadin und Mbira in die Talenki-Welt eintraten. Das Innere des Asteroiden erschien in heftigen Wirbeln.

»Was denkt Mozy über Kadin in der Verbindung?« erkundigte sich Payne.

»Ach, es wird allmählich ganz normal für sie. Ich glaube, das Härteste war für sie, akzeptieren zu müssen, daß es nicht derselbe Kadin ist, den sie von Himmelsvater her kannte, also nicht der, der gestorben ist ...«

»Aber es ist doch derselbe Kadin im Grunde? Mit mehr Training?«

»Aus Ihrer Perspektive schon, auch aus meiner. Aber er hat die Erfahrungen mit Himmelsvater nicht gemacht, und was immer Mozy und Kadin-Eins dort zusammen erlebt haben. Sie wurden zwei verschiedene Individuen, als man Kadin-Eins transmittierte, genau wie aus Mbira zwei ...« Jonders hielt inne und hob eine Augenbraue, als Payne den Mund öffnete.

Payne räusperte sich. »Ich muß danach fragen. Wie hoch ist das Risiko, daß sich ein Vorfall wie der mit Mozy wiederholt?«

Jonders zuckte die Achseln. »Wenn Sie damit das Risiko eines weiteren katatonischen Traumas meinen — wir hoffen, daß es sehr gering ist. Die Scannerprozeduren sind sehr verfeinert worden, die Versuchsperson ist besser vorbereitet, und die Talenki werden mithelfen. Außerdem haben wir ein gutes, klares, eindeutiges Signal zum Asteroiden. Alle Freiwilligen sind sich über das Risiko im klaren und bereit, ihr gegenwärtiges Leben gegen ein neues mit den Talenki einzutauschen.«

Payne murmelte etwas und sah den Bildern auf den Schirmen zu. Jonders wies auf einen der Talenki-Faune. »Letzte Woche waren drei zu einem Besuch hier. Sie verursachten einige Aufregung, liefen in einer Art Schutzfeld herum und gingen durch Wände. Wir mußten sie bitten, das bleiben zu lassen, insbesondere bei diplomatischen Empfängen auf der Erde.«

Payne lachte. »Ich kann mir vorstellen, wie der Geheimdienst darauf reagieren würde.« Er sah eine Weile weiter zu und fragte dann: »Haben Sie je daran gedacht, selbst zu gehen?«

Die Frage traf Jonders unvorbereitet, und er lächelte ein wenig schafsgesichtig. »Meine Familie hat schon genug Sorgen mit mir«, erwiderte er. »Außerdem bin ich mir nicht sicher, ob sie einen herumschnüffelnden Wissenschaftler wie mich dort wirklich haben wollen. Sie scheinen mehr an menschlichen Leidenschaften als an menschlicher Wissenschaft interessiert zu sein.« Er zuckte die Achseln und wirkte ein wenig sehnsüchtig.

Payne lächelte, fühlte aber eine innere Anspannung. Obwohl er die Frage Jonders gestellt hatte, hätte er in Wahrheit gerne gewußt, ob er nicht selbst gerne gehen wollte.

Während des Countdowns gab Payne seiner Kameracrew letzte Anweisungen. Sie standen neben dem technischen Stab im Kontrollraum. Die Spannung im Labor war merklich, wie er in sein winziges Aufschlagmikrophon flüsterte. Jonders war schon in der Verbindung und bereitete alles vor.

Mbira war von Ärzten und Geräten umgeben. Beim letzten Blick auf ihr Gesicht hatte sie breit gelächelt. Payne dachte an sein Interview mit ihr am Vorabend, von dem ein kurzer Auszug in den heutigen Weltnachrichten gekommen war. Sie hatte sorglos in die Kamera gelächelt und gesagt: »Mr. Payne, ich will immer Geschichten erzählen, jedem im Universum, der zuhören mag. Und ich will deren Geschichten hören und mit den meinen vermengen. Warum sollte man sonst dahin gehen wollen?«

Ja, warum sonst, dachte Payne neidisch.

In den letzten paar Sekunden des Countdowns achtete er auf jede Einzelheit und versuchte sie festzuhalten.

Es gab eigentlich nicht viel zu sehen, als das Scanning begann. Die Monitoren flackerten, bis die Bilder völlig verwischt waren. Wurde der Körper der Frau steif, als der Transfer fortschritt? Payne bemerkte, er hielt seine Notizen so sehr umklammert, daß er sie zusammenknüllte. Die Techniker murmelten miteinander. Jonders und Mbira waren unter ihren Helmen völlig reglos. Das erste Anzeichen, daß es vorüber war, kam mit Mozy's plötzlicher Meldung über die Lautsprecher: »Mbira, wenn du mich da drüben hören kannst – du bist hier, und du bist in Sicherheit. Du wirst dich hier gleich frei bewegen können.« Dann, nach einer Pause: »Wir übernehmen jetzt von hier aus, Bill. Gut gemacht, Leute, ihr habt es voll gebracht.«

Es dauerte nur wenige Sekunden, bis Mbira im Studio eine zitternde Hand zum Gruß hob und die Techniker breit grinsten und in Hochrufe ausbrachen.

76

Epilog: 2054 n. Chr.

Der Abstand zwischen den beiden Asteroiden erweiterte sich, bis Talenki II außer Sicht geriet. Auch die Erde schrumpfte zusammen, bis sie nur noch ein winziger blauer Fleck war, der beinahe im Glanz der Sonne verschwand. Das Geist-Netz der Talenki, das sich geteilt hatte und dessen Teile sich nun unerbittlich voneinander entfernten, pulsierte von Musik und Gedanken, Erinnerungen und Abschiedsgrüßen, Fäden von Kommunikation, die sich mit jeder verstreichenden Minute ausdehnten.

Mozy weinte und lachte zugleich. Sie summte die Abschieds- und Wiedervereinigungslieder mit und sang außerdem einen gänzlich von ihr selbst erfundenen Blues. Die Talenki-Verbindung löste sich auf und nahm gleichzeitig zu. In diesem Wachstumsprozeß lag Schmerz; aber gleichzeitig auch Hoffnung.

Es gab Augenblicke, in denen es ihr vorkam, als würde ihr Bewußtsein auseinanderbersten unter der Überfülle an Gedanken und Gefühlen und Kenntnissen ihrer neuen Verwandtschaft und der Freunde. Gab es überhaupt eine natürliche Grenze für das Bewußtsein? Vielleicht würde eines Tages darauf eine klarc Antwort gegeben werden, aber augenblicklich war kein Ende abzusehen. Talenki/Menschen/Wale/Titan/Slen ... wieviele andere waren schon Teil dieses Gewebes, oder würden es noch werden? Die Talenki hatten ihren Aufenthalt bei den Menschen genossen, obwohl er nicht ganz risiko- und unfallfrei gewesen war. Vor sechzehn Jahren hatte ein fremdenfeindlicher Terrorist beinahe Erfolg beim Versuch gehabt, den Asteroiden mit einer Fusionsbombe zu betreten, während die Talenki ihre ganze Aufmerksamkeit auf eine planetenweite Sendung gerichtet hatten. Nur die Schnelligkeit eines menschlichen Piloten hatte eine Tragödie verhindert, wobei der Pilot sein eigenes Leben für das der Gäste geopfert hatte.

Dieser Zwischenfall hatte mehr als alles andere das Vertrauen der Talenki in die Menschheit gefördert; und als die Zeit kam, da sich jene, die weiterreisen wollten, von denen trennten, die sich für das Bleiben entschieden hatten, blieb nahezu ein Drittel der Talenki zurück. Mozy beschäftigte sich jetzt mit ihren Gefühlen, nicht nur mit denen der Talenki, sondern auch mit denen von Menschen/Talenki und menschlichen Freunden, die am Ende der Verbindung zurückblieben. Melissa, Gregor, Lu-Chen ... sie würde sie alle vermissen, aber sie würden doch anwesend sein im Geist-Netz der Talenki II, lange, lange Zeit, durch den Tachyonenstrom der Verbindung.

Aber was lag voraus? N'rrril und die anderen flüsterten von Welten, die sie erspürten, Welten, die sie nur erraten konnten, tief verborgen im Herzen glühender Nebel, Welten am äußersten Rand der Galaxis. Würde sie lange genug leben, um solche Wunder zu erleben? Die Talenki konnten darauf keine Antwort geben, abgesehen davon, daß sie sagten, auf der Erde würden Generationen um Generationen leben und sterben, während sie immer noch reiste und dabei langsam alterte.

Jetzt, als der Asteroid schneller durch das All »wellte« und die Erde, ihre Geschwisterplaneten und die Sonne hinter ihnen zurückblieb, seufzte sie und lauschte Klängen von ihrer Heimatwelt, während sie sich auf die kommenden Welten einstellte. Auf das Pfeifen und Blubbern der irdischen Wale antworteten die jungen Wale tief im Herzen des Asteroiden, in dem winzigen Meer, das irgendwie um ein Vielfaches größer war als der ganze Asteroid selbst. Die irdischen Wale – tief drunten bei den Dizzies, die ihren konstanten Tachyonenstrom aussandten – waren für Mozy ein Trost in dieser Zeit des Abschieds. Sie bedauerte, daß sie nicht auch ein Geschöpf der Sonne oder eines von Titan hatte mitnehmen können, aber bei ihnen mußte sie sich mit deren Liedern begnügen.

(N'rrril?)

Geflüster. Lachen. (Ja?)

(Ist es immer so, wenn du eine Welt verläßt, die du liebst? Wenn du aber auch reisen willst ...)

(Ja.)

(Glück und Trauer zugleich?)

(Immer.)

Diesmal war sie diejenige, die lachte, traurig und glücklich. Natürlich hatte sie die Antwort schon gewußt, als sie die Frage stellte; aber sie hatte gewollt, daß jemand anderer es ihr bestätigte, sowohl die Angst als auch die Hoffnung. (Leb wohl, Erde), sagte sie, sprach dabei mit N'rrril, dachte aber an den Ort ihrer Geburt.

(Es ist kein Abschied für immer), erinnerte sie N'rrril.

(Nein. Aber es kommt mir momentan so vor), sagte sie und verstummte dann, berührte N'rrril und lauschte lange und angestrengt dem Seufzen und Wispern der Sterne.